AMANTE CONSAGRADO

J. R. Ward es una autora de novela romántica que está cosechando espléndidas críticas y ha sido nominada a varios de los más prestigiosos premios del género. Sus libros han ocupado los puestos más altos en las listas de best-sellers del *New York Times* y *USA Today*.

Bajo el pseudónimo de J. R. Ward sumerge a los lectores en un mundo de vampiros, romanticismo y fuerzas sobrenaturales. Con su verdadero nombre, Jessica Bird, escribe novela romántica contemporánea.

www.jrward.com

1. AMANTE OSCURO
2. AMANTE ENTERNO
3. AMANTE DESPIERTO
4. AMANTE CONFESO
5. AMANTE DESATADO
6. AMANTE CONSAGRADO

J.R. WARD

AMANTE CONSAGRADO

La Hermandad de la Daga Negra VI

Traducción de Patricia Torres Londoño

punto de lectura

Título original: *Lover Enshrined*
© 2007, Jessica Bird
Esta edición se publica por acuerdo com NAL Signet,
miembro de Penguin Group (USA) Inc.
Todos los derechos reservados
© Traducción: 2009, Patricia Torres Londoño
© De esta edición:
2010, Santillana Ediciones Generales, S.L.
Torrelaguna, 60. 28043 Madrid (España)
Teléfono 91 744 90 60
www.puntodelectura.com

ISBN: 978-84-663-2214-0
Depósito legal: B-150-2010
Impreso en España – Printed in Spain

© Diseño de portada e interiores: Raquel Cané

Primera edición: enero 2011

Impreso por Litografía Rosés, S.A.

DEDICADO A TI.
FUISTE TODO UN CABALLERO Y UN ALIVIO.
Y CREO QUE EL PLACER ENCARNA EN TI...
Y CIERTAMENTE LO MERECES.

AGRADECIMIENTOS

¡MUCHÍSIMAS GRACIAS A LOS LECTORES
DE LA «HERMANDAD DE LA DAGA NEGRA»
Y UN SALUDO A LOS CELLIES!

MI INMENSA GRATITUD PARA:
KAREN SOLEM, KARA CESARE,
CLAIRE ZION Y KARA WELSH.

GRACIAS A S-BYTE, VENTRUE, LOOP Y OPAL
POR TODO LO QUE HACEN GRACIAS
A LA BONDAD DE SU CORAZÓN.

COMO SIEMPRE, UN MILLÓN DE GRACIAS
A MI COMITÉ EJECUTIVO:
SUE GRAFTON, DR. JESSICA ANDERSEN Y BETSEY VAUGHAN.
Y MIS RESPETOS PARA LA INCOMPARABLE
SUZANNE BROCKMANN.

A DLB, CON RESPETO, TE QUIERO MUCHÍSIMO, MAMÁ.

A NTM, COMO SIEMPRE, CON AMOR Y AGRADECIMIENTO.

SIN LUGAR A DUDAS, ERES UN PRÍNCIPE.

P. D. ¿HAY ALGO QUE NO PUEDAS ENCONTRAR?

A LEELLA SCOTT, ¿YA LLEGAMOS?

¿YA LLEGAMOS?

¿YA LLEGAMOS?

REMMY, EL SISTEMA DE CONTROL ES NUESTRO AMIGO

Y NO SOMOS NADA SIN LESUNSHINE.

CON TODO EL AMOR, MI QUERIDA AMIGA.

A KAYLIE, BIENVENIDA AL MUNDO, CHIQUITA.

TIENES UNA MADRE ESPECTACULAR, ELLA ES MI ÍDOLO,

Y NO SÓLO POR LO BIEN QUE MANTIENE MI PELO.

A BUB, GRACIAS POR SCHWASTED.

NADA DE ESTO SERÍA POSIBLE SIN:

MI ADORADO ESPOSO,

QUE ES MI CONSEJERO Y ME CUIDA Y ES UN VISIONARIO;

MI MARAVILLOSA MADRE,

QUE ME HA BRINDADO TANTO AMOR

QUE NUNCA PODRÉ RECOMPENSARLA;

MI FAMILIA (TANTO LA PROPIA COMO LA ADOPTADA)

Y MIS QUERIDOS AMIGOS.

AH, Y SIN LA MEJOR MITAD DE WRITERDOG, CLARO.

GLOSARIO DE TÉRMINOS Y NOMBRES PROPIOS

ahstrux nohtrum (n.). Guardia privado con licencia para matar. Sólo puede ser nombrado por el rey.

ahvenge (n.). Acto de retribución mortal, ejecutado por lo general por un amante masculino.

chrih (n.). Símbolo de una muerte honorable, en la Lengua Antigua.

cohntehst (n. m.). Conflicto entre dos machos que compiten por el derecho a ser pareja de una hembra.

Dhunhd (n. pr.). Infierno.

doggen (n.). Miembro de la clase servil del mundo de los vampiros. Los doggen conservan antiguas tradiciones para el servicio a sus superiores. Tienen vestimentas y comportamientos muy formales. Pueden salir durante el día, pero envejecen relativamente rápido. Su esperanza de vida es de aproximadamente quinientos años.

Elegidas, las (n. f.). Vampiresas criadas para servir a la Virgen Escribana. Se consideran miembros de la aristocracia, aunque sus intereses son más espirituales que materiales. Tienen poca, o ninguna, relación con los machos, pero pueden aparearse con miembros de la Hermandad, si así lo dictamina la Virgen Escribana, a fin de perpetuar su clase. Algunas tienen la habilidad de vaticinar el futuro. En el pasado se usaban para satisfacer las necesidades de sangre de miembros solteros de la Hermandad y, después de un periodo en que los hermanos abandonaron esta práctica, ha vuelto a cobrar vigencia.

ehros (n. f.). Elegidas entrenadas en las artes amatorias.

esclavo de sangre (n.). Vampiro hembra o macho que ha sido subyugado para satisfacer las necesidades de sangre de otros vampiros. La práctica de mantener esclavos de sangre ha sido prohibida recientemente.

exhile dhoble (n. pr.). Gemelo malvado o maldito, el que nace en segundo lugar.

ghardian (n. m.). El que vigila a un individuo. Hay distintas clases de ghardians, pero la más poderosa es la de los que cuidan a un hembra sehcluded.

glymera (n. f.). Núcleo de la aristocracia, equivalente, en líneas generales, a la flor y nata de la sociedad inglesa de los tiempos de la Regencia.

hellren (n. m.). Vampiro macho que se ha apareado con una hembra y la ha tomado por compañera. Los machos pueden tomar varias hembras como compañeras.

Hermandad de la Daga Negra (n. pr.). Guerreros vampiros muy bien entrenados que protegen a su especie contra la Sociedad Restrictiva. Como resultado de una cría selectiva en el interior de la raza, los hermanos poseen inmensa fuerza física y mental, así como la facultad de curarse rápidamente. En su mayor parte no son hermanos de sangre, y son iniciados en la Hermandad por nominación de los hermanos. Agresivos, autosuficientes y reservados por naturaleza, viven apartados de los humanos. Tienen poco contacto con miembros de otras clases de seres, excepto cuando necesitan alimentarse. Son protagonistas de leyendas y objeto de reverencia dentro del mundo de los vampiros. Sólo se les puede matar infligiéndoles heridas graves, como disparos o puñaladas en el corazón y lesiones similares.

leahdyre (n. m.). Persona poderosa y con influencia.

leelan (n.). Término cariñoso que se puede traducir como «queri-do/a».

lewlhen (n. m.). Regalo.

lheage (n.). Apelativo respetuoso usado por un esclavo sexual para referirse a su amo o ama dominante.

mahmen (n. f.). Madre. Es al mismo tiempo una manera de decir «madre» y un término cariñoso.

mhis (n.). Especie de niebla con la que se envuelve un determinado entorno físico; produce un campo de ilusión.

nalla (f.) o **nallum** (m.) (n.). Palabra cariñosa que significa «amada» o «amado».

newling (n. f.). Muchacha virgen.

Ocaso, el (n. pr.). Reino intemporal, donde los muertos se reúnen con sus seres queridos para pasar la eternidad.

Omega, el (n. pr.). Malévola figura mística que busca la extinción de los vampiros debido a una animadversión hacia la Virgen Escribana. Vive en un reino intemporal y posee enormes poderes, aunque no tiene el poder de la creación.

periodo de necesidad (n.). Momento de fertilidad de las vampiresas. Por lo general dura dos días y viene acompañado de intensas ansias sexuales. Se presenta aproximadamente cinco años después de la transición de una hembra y de ahí en adelante tiene lugar una vez cada década. Todos los machos tienden a sentir la necesidad de aparearse, si se encuentran cerca de una hembra que esté en su periodo de fertilidad. Puede ser una época peligrosa, pues suelen estallar múltiples conflictos y luchas entre los machos contendientes, particularmente si la hembra no tiene compañero.

phearsom (n.). Término referente a la potencia de los órganos sexuales de un macho. La traducción literal sería algo como «digno de penetrar a una hembra».

Primera Familia (n. pr.). El rey y la reina de los vampiros y todos los hijos nacidos de esa unión.

princeps (n.). Nivel superior de la aristocracia de los vampiros, superado solamente por los miembros de la Primera Familia o las Elegidas de la Virgen Escribana. Se debe nacer con el título; no puede ser otorgado.

pyrocant (n.). Se refiere a una debilidad crítica en un individuo. Dicha debilidad puede ser interna, como una adicción, o externa, como un amante.

rahlman (m.). Salvador.

restrictor (n.). Miembro de la Sociedad Restrictiva, humano sin alma que persigue a los vampiros para exterminarlos. A los restrictores se les debe apuñalar en el pecho para matarlos; de lo contrario, son inmortales. No comen ni beben y son impotentes. Con el paso del tiempo, su cabello, su piel y el iris de los ojos pierden pigmentación, hasta que acaban siendo rubios, pálidos y de ojos incoloros. Huelen a talco para bebé. Tras ser iniciados en la sociedad por el Omega, conservan su corazón extirpado en un frasco de cerámica.

rythe (n.). Forma ritual de honrar a un individuo al que se ha ofendido. Si se acepta, el ofendido elige un arma y ataca al ofensor u ofensora, quien se presenta sin defensas.

sehclusion (m.). Estatus conferido por el rey a una hembra de la aristocracia, como resultado de una solicitud de la familia de la hembra. Coloca a la hembra bajo la dirección exclusiva de su ghardian, que por lo general es el macho más viejo de la familia. El ghardian tiene el derecho legal de determinar todos los aspectos de la vida de la hembra y puede restringir a voluntad toda relación que ella tenga con el mundo.

shellan (n.). Vampiresa que ha elegido compañero. Por lo general las hembras no toman más de un compañero, debido a la naturaleza fuertemente territorial de los machos que han elegido compañera.

Sociedad Restrictiva (n. pr.). Orden de asesinos o verdugos convocados por el Omega con el propósito de erradicar la especie de los vampiros.

symphath (n.). Subespecie de la raza de los vampiros que se caracteriza, entre otros rasgos, por la capacidad y el deseo de manipular las emociones de los demás (con el propósito de realizar un intercambio de energía). Históricamente han sido discriminados y durante ciertas épocas han sido víctimas de la cacería de los vampiros. Están en vías de extinción.

trahyner (n.). Palabra que denota el respeto y cariño mutuo que existe entre dos vampiros machos. Se podría traducir como «mi querido amigo».

transición (n.). Momento crítico en la vida de un vampiro, cuando él, o ella, se convierten en adultos. De ahí en adelante deben beber la sangre del sexo opuesto para sobrevivir y no pueden soportar la luz del sol. Generalmente ocurre a los veinticinco años. Algunos vampiros no sobreviven a su transición, en particular los machos. Antes de la transición, los vampiros son físicamente débiles, no tienen conciencia ni impulsos sexuales y tampoco pueden desmaterializarse.

Tumba, la (n. pr.). Cripta sagrada de la Hermandad de la Daga Negra. Se usa como sede ceremonial y también para guardar los frascos de los restrictores. Entre las ceremonias realizadas allí están las iniciaciones, los funerales y las acciones disciplinarias contra miembros de la Hermandad. Sólo pueden entrar los miembros de la Hermandad, la Virgen Escribana y los candidatos a ser iniciados.

vampiro (n.). Miembro de una especie distinta del Homo sapiens. Los vampiros tienen que beber sangre del sexo opuesto para sobrevivir. La sangre humana los mantiene vivos, pero la fuerza no dura mucho tiempo. Tras la transición, que ocurre a los veinticinco años, no pueden salir a la luz del día y deben alimentarse regularmente. Los vampiros no pueden «convertir» a los humanos por medio de un mordisco o una transfusión sanguínea, aunque en algunos casos raros son capaces de procrear con otras especies. Los vampiros pueden desmaterializarse a voluntad, aunque deben ser capaces de calmarse y concentrarse para hacerlo, y no pueden llevar consigo nada pesado. Tienen la capacidad de borrar los recuerdos de los humanos, siempre que tales recuerdos sean de corto plazo. Algunos vampiros pueden leer la mente. Su esperanza de vida es superior a mil años y, en algunos casos, incluso más.

Virgen Escribana, la (n. pr.). Fuerza mística que hace las veces de consejera del rey, guardiana de los archivos de los vampiros y dispensadora de privilegios. Vive en un reino intemporal y tiene enormes poderes. Capaz de un único acto de creación, que empleó para dar existencia a los vampiros.

wahlker (n.). Individuo que ha muerto y ha regresado al mundo de los vivos desde el Ocaso. Son muy respetados y reverenciados por sus tribulaciones.

whard (n.). Equivalente al padrino o madrina de un individuo.

PRÓLOGO

*Hace veinticinco años, tres meses, cuatro días,
once horas, ocho minutos y treinta y cuatro segundos...*

En efecto, el tiempo no era un túnel que se perdía en el infinito. Era maleable, y no fijo, hasta este preciso segundo del presente. Arcilla, no cemento.

Lo cual era algo que el Omega agradecía. Porque si el tiempo fuera fijo, no tendría en brazos a su hijo recién nacido.

Nunca había ambicionado tener hijos. Pero en ese momento cambió de parecer.

—¿La madre está muerta? —preguntó, mientras su segundo al mando, el jefe de los restrictores, bajaba las escaleras. Curioso, si se le hubiese preguntado al asesino qué año creía que era, habría contestado que era el año 1983. Y, en cierta forma, habría tenido razón.

El jefe de los restrictores asintió con la cabeza.

—No sobrevivió al parto.

—Las vampiresas rara vez sobreviven al parto. Es una de sus pocas virtudes. —Y en ese caso era algo muy apropiado. Pues asesinar a la madre después del servicio que le había prestado parecería poco elegante.

—¿Qué quieres que haga con su cuerpo?

El Omega se quedó observando mientras su hijo estiraba la mano y le agarraba el pulgar con fuerza.

—¡Qué extraño!

—¿Qué?

17

Era difícil poner en palabras lo que estaba sintiendo. O tal vez de eso se trataba: el Omega no esperaba sentir nada.

Se suponía que ese hijo era una reacción de defensa contra la Profecía del Destructor, una respuesta calculada en la guerra contra los vampiros, una estrategia para garantizar la supervivencia del Omega. Su hijo lucharía de una forma nueva y aniquilaría a esa raza de salvajes antes de que el Destructor purgara la esencia del Omega hasta no dejar nada.

Hasta este momento el plan había sido ejecutado a la perfección, comenzando por el secuestro de la vampiresa que el Omega había inseminado y terminando aquí, con la llegada de este nuevo ser al mundo.

El bebé levantó la vista hacia él, mientras movía la boca diminuta. Tenía un olor dulzón, pero no debido a que fuera un restrictor.

De repente, el Omega sintió que no quería perderlo. Ese niño que tenía en los brazos era un milagro, una fractura en el sistema, que respiraba y estaba viva. El Omega no había sido bendecido con el don de la creación, como su hermana, pero tampoco le había sido negada la reproducción. Es posible que no pudiera crear toda una nueva raza, pero podía reproducir una parte de él y proyectarla hacia el futuro gracias a la genética.

Y lo había hecho.

—¿Señor? —dijo el jefe de los restrictores.

En realidad el Omega no quería soltar al niño, pero para que el plan funcionara su hijo tenía que vivir con el enemigo y ser educado como uno de ellos. Su hijo tenía que conocer la lengua de los enemigos, su cultura y sus costumbres.

Su hijo tenía que saber dónde vivían para poder ir a matarlos después.

El Omega se obligó a entregarle el bebé al jefe de los restrictores.

—Déjalo en el lugar de reunión que te prohibí saquear. Envuélvelo bien y déjalo y, cuando regreses aquí, yo te llevaré hasta mí.

«Donde morirás porque ése es mi deseo», pensó el Omega para sus adentros.

No podía dejar cabos sueltos. No podía haber errores.

Mientras el jefe de los restrictores ejecutaba una serie de venias y gestos de adulación que en cualquier otro momento habrían despertado el interés del Omega, el sol se levantó sobre los campos sembrados de maíz de Caldwell, Nueva York. Desde arriba llegó el suave chisporroteo de un fuego que se convirtió rápidamente en llamarada y el olor a quemado que anunciaba la incineración del cuerpo de la vampiresa, junto con toda la sangre que había en la cama.

Lo cual era perfecto. El orden y la limpieza eran importantes y la granja era completamente nueva, había sido construida especialmente para el nacimiento del niño.

—Vete —ordenó el Omega—. Vete y cumple con tu deber.

El jefe de los restrictores se marchó con el bebé; y mientras observaba cómo se cerraba la puerta, el Omega sintió la ausencia de su retoño. Realmente sintió no poder quedarse más tiempo con él.

Sin embargo, tenía a mano la manera de solucionar su angustia. El Omega se proyectó en el aire con el pensamiento y se trasladó al presente, a la misma sala en que se encontraba.

El transcurso del tiempo se manifestó en un deterioro instantáneo de la casa. El papel de la pared quedó súbitamente descolorido y rasgado en algunos lugares. Los muebles estaban muy estropeados después de dos décadas de uso constante. El techo pasó del blanco brillante a adoptar un color amarillo sucio, como si la casa hubiese estado habitada durante años por un grupo de fumadores. Las tablas del suelo se levantaron en muchos puntos.

Al fondo de la casa, el Omega oyó a dos humanos discutiendo.

Entonces se dirigió hacia la cocina sucia y descuidada, que hasta hacía sólo unos segundos estaba tan resplandeciente como el día en que se construyó.

Al verlo entrar en la cocina, el hombre y la mujer dejaron de discutir y se quedaron paralizados. Entonces el Omega procedió a ejecutar la tediosa tarea de vaciar la granja de curiosos.

Su hijo iba a regresar al redil. Y el Omega necesitaba verlo casi más de lo que necesitaba aprovecharse de él.

Cuando la maldad tocó el centro de su pecho, se sintió vacío y pensó en su hermana. Ella había traído al mundo a una nueva raza, una raza diseñada a través de una combinación de su deseo y la biología disponible. Se sentía tan orgullosa de su obra…

Y su padre igual.

El Omega había comenzado a matar a los vampiros sólo para mortificarlos, pero rápidamente se dio cuenta de que él se alimentaba de maldad. Su padre no podía detenerlo, claro, porque resultó que las acciones del Omega —o, mejor, su existencia misma— eran necesarias para contrarrestar la bondad de su hermana.

Y había que mantener el equilibrio. Ése era el principio fundamental de su hermana, la justificación del Omega, y el mandato de su padre y también del padre de éste. La esencia misma del mundo.

Y el resultado fue que la Virgen Escribana sufriera y el Omega obtuviera satisfacción. Cada muerte infligida a la raza de su hermana hacía que ella sufriera, y él lo sabía. El hermano siempre había podido percibir lo que sentía su hermana.

Ahora, sin embargo, eso era aún más cierto.

Cuando el Omega se imaginaba a su hijo allá afuera, en el mundo, se preocupaba por el chico. Esperaba que los veintitantos años que habían transcurrido hubiesen sido buenos para él. Pero eso era propio de todo padre. Se suponía que los padres debían preocuparse por sus retoños, alimentarlos y protegerlos. Cualquiera que sea la naturaleza de tu corazón, ya sea la virtud o el pecado, siempre deseas lo mejor para los que has traído al mundo.

Era asombroso ver que él tenía algo en común con su hermana, después de todo… Era una sorpresa descubrir que los dos deseaban que los hijos que habían procreado pudieran sobrevivir y prosperar.

El Omega observó los cuerpos de los humanos que acababa de aniquilar.

Qué sentimientos tan extraños…

CAPÍTULO
1

E l hechicero había regresado.

Phury cerró los ojos y dejó caer la cabeza contra el cabecero de la cama. Ah, demonios, ¿qué le estaba diciendo ahora? El hechicero nunca se había marchado.

«Socio, a veces me desesperas», dijo la voz ronca en su cabeza, arrastrando las palabras. «De verdad, me desesperas. Después de todo lo que hemos vivido juntos…».

Todo lo que habían vivido juntos… ¿acaso no era cierto?

El hechicero era la causa de su apremiante necesidad de fumar humo rojo; siempre en su cabeza, siempre martilleando sobre lo que no había hecho, sobre lo que debería haber hecho, sobre lo que podría haber hecho mejor.

Debería. Tendría. Podría.

¡Qué bonito sonsonete! La realidad era que uno de los sirvientes de Sauron, del *Señor de los Anillos,* lo arrastraba hacia el humo rojo con tanta efectividad como si lo tuviera atado, como si fuera un animal y lo metiera en el maletero de un coche.

«En realidad, socio, tú serías el parachoques».

Exacto.

En la imaginación de Phury, el hechicero se presentaba bajo la forma de uno de los sirvientes de Sauron, de pie, en medio de un paisaje gris, lleno de huesos y calaveras; y con su elegante acento británico el bastardo se aseguraba de que Phury nunca ol-

21

vidara sus errores. Así que la insistente retahíla le hacía encenderse un porro tras otro para evitar ir hasta el armario en que guardaba sus armas y tragarse el cañón de una de las de calibre 40.

«Tú no lo salvaste. No los salvaste. Tú atrajiste la maldición que les cayó encima a todos. La culpa es tuya... tú tienes la culpa».

Phury estiró la mano para alcanzar otro porro y lo encendió con su mechero de oro.

Él era evidentemente un lobo solitario.

El gemelo que nació el segundo. El gemelo malvado.

Al nacer tres minutos después de Zsadist, el nacimiento de Phury atrajo a la familia la maldición de la falta de equilibrio. El hecho de tener dos hijos nobles, vivos y respirando, era un exceso de buena fortuna y, claro, el equilibrio terminó por imponerse: pocos meses después, su gemelo fue raptado y vendido como esclavo y sufrió durante un siglo todo tipo de vejaciones.

Gracias a la maldad de la mujer que era su dueña, Zsadist quedó con cicatrices en la cara, la espalda, las muñecas y el cuello. Y tenía todavía más cicatrices en el alma.

Phury abrió los ojos. El haber rescatado el cuerpo físico de su gemelo no había sido suficiente; había sido necesario el milagro de Bella para resucitar el alma de Z y ahora ella estaba en peligro. Si la perdían...

«Entonces todo volvería a su lugar y el equilibrio permanecería intacto para la nueva generación», dijo el hechicero. «En realidad tú no crees que tu gemelo pueda obtener la bendición de tener un hijo, ¿verdad? Tú tendrás muchos hijos, pero él no tendrá ninguno. Ésas son las reglas del equilibrio. Ah, y también me voy a llevar a su shellan. Ya te lo había dicho, ¿recuerdas?».

Phury cogió el control remoto y puso a todo volumen la música. *Che gelida manina* tronó en la habitación.

Pero no funcionó. Al hechicero le gustaba Puccini. El sirviente de Sauron comenzó a bailar alrededor del campo lleno de esqueletos: sus botas aplastaban lo que había debajo, sus pesados brazos se mecían con elegancia y su túnica negra y rasgada se agitaba como la crin de un semental que sacude la cabeza. El hechicero bailaba y se reía contra un inmenso horizonte gris y desolado.

Estaba absolutamente jodido.

Sin necesidad de mirar, Phury estiró la mano hasta la mesita de noche para coger la bolsa de humo rojo y el papel de liar. No necesitó medir la distancia. Estaba perfectamente entrenado.

Mientras el hechicero cantaba al ritmo de *La Bohème*, Phury enrolló dos porros grandes para poder encender el uno con el otro y se los fumó al tiempo que preparaba otros refuerzos. Lo que salía de sus labios cuando exhalaba olía a café y a chocolate, pero con tal de acallar al hechicero habría sido capaz de fumar cualquier cosa.

Demonios, estaba llegando al punto en que fumarse todo un basurero le parecería perfecto, si eso le brindaba un poco de paz.

«No puedo creer que ya no aprecies nuestra relación», dijo el hechicero.

Phury se concentró en el dibujo que tenía sobre las piernas, en el cual había estado trabajando durante la última media hora. Después de hacer una rápida evaluación, mojó la punta de la pluma en el tintero de plata que tenía apoyado contra la cadera. El pozo de tinta se parecía a la sangre de sus enemigos, con su brillo denso y aceitoso. Pero en el papel dejaba un rastro marrón de tonos rojizos, no negro.

Phury nunca habría usado tinta negra para pintar a alguien que amaba. Eso atraía la mala suerte.

Además, la tinta sepia tenía exactamente el mismo tono de los rayos del pelo color caoba de Bella. Así que la tinta coincidía con el tema del dibujo.

Phury sombreó con cuidado la curva de la nariz perfecta de Bella y los finos trazos de la pluma se fueron cruzando hasta obtener la densidad correcta.

Dibujar con tinta se parecía mucho a la vida: un error y todo acababa estropeándose.

¡Maldición! El ojo de Bella no le hacía justicia al modelo.

Doblando el antebrazo para no tocar con la muñeca la tinta fresca que acababa de aplicar, Phury trató de arreglar lo que no estaba bien, de moldear el párpado inferior para que la curva tuviera un mejor trazo. Sus líneas iban marcando bellamente la hoja de papel. Pero el ojo todavía no estaba bien.

No, no estaba bien y él debería saberlo, teniendo en cuenta la cantidad de tiempo que había pasado dibujándola durante los últimos ocho meses.

El hechicero se detuvo en medio de un pliegue y observó que ese gusto por los dibujos con tinta era un asco. Dibujar a la shellan embarazada de su propio gemelo. ¡Por favor!

«Sólo un absoluto y maldito bastardo se obsesionaría con una mujer que ya tiene dueño, precisamente su hermano gemelo. Y sin embargo tú lo has hecho. Debes sentirte muy orgulloso de ti mismo, socio».

Sí, el hechicero siempre había tenido acento británico por alguna razón.

Phury le dio otra calada al porro y ladeó la cabeza para ver si un cambio de perspectiva ayudaba. No. Todavía no estaba bien. Y, en realidad, el pelo tampoco estaba bien. Por alguna razón había dibujado el largo cabello oscuro de Bella recogido en un moño, con algunos mechones diminutos haciéndole cosquillas en las mejillas. Aunque ella siempre lo llevaba suelto.

A pesar de todo, estaba adorable, y el resto del rostro le había quedado como siempre que la dibujaba: su hermosa mirada se dirigía a la derecha, con las pestañas delineadas, y los ojos mostraban una mezcla de ternura y devoción.

Zsadist siempre se sentaba a la derecha de ella durante las comidas. De manera que le quedara libre la mano con la que peleaba.

Phury nunca la pintaba con los ojos fijos en él. Lo cual tenía sentido. En la vida real, él nunca atraía la mirada de Bella. Ella estaba enamorada de su gemelo y él nunca cambiaría ese hecho, aunque la echaba tanto de menos…

El dibujo mostraba a Bella desde la parte superior del moño hasta el comienzo de los hombros. Phury nunca dibujaba su barriga de embarazada. Nunca se pintaba a las mujeres embarazadas del torso para abajo. Porque, de nuevo, eso atraía la mala suerte. Y también era un recordatorio de su mayor temor.

Era común que las madres murieran en el parto.

Phury pasó los dedos por la cara del dibujo, sin tocar la nariz, donde la tinta todavía estaba fresca. Ella era adorable, incluso con ese ojo que no se veía bien y el pelo, que estaba arreglado de manera distinta, y los labios, que eran menos carnosos.

Ese dibujo estaba terminado. Hora de comenzar otro.

Entonces movió la mano hacia la base del dibujo y comenzó a pintar un primer bucle de hiedra, que subía por la curva del hombro. Primero una hoja, luego un tallo que se elevaba hacia arriba… ahora más hojas que se enredaban y se volvían más densas, mientras cubrían el cuello y subían hacia la barbilla, bordeando la boca y desenrollándose sobre las mejillas.

A medida que la mano iba y volvía del tintero, la hiedra iba cubriendo la imagen de Bella, al tiempo que ocultaba los trazos de la pluma de Phury, y con ellos su corazón y el pecado en que vivía.

Lo más difícil era cubrir la nariz. Eso siempre era lo último que hacía y, cuando ya no lo podía evitar por más tiempo, sentía que los pulmones le ardían, como si fuera él el que ya no pudiese respirar.

Cuando la hiedra cubrió toda la imagen, arrugó la hoja y la arrojó a la papelera de bronce que estaba al otro lado de la habitación.

¿En qué mes estaban… agosto? Sí, agosto. Lo que significaba que… Bella todavía tenía todo un año de embarazo por delante, suponiendo que lograra soportarlo. Como muchas vampiresas, ya le habían ordenado completo reposo, debido al miedo a que el niño naciera prematuramente.

Phury apagó la colilla del porro y estiró la mano para buscar uno de los otros dos que acababa de liarse. Y recordó que ya se los había fumado.

Entonces estiró la pierna buena, puso a un lado el caballete de mesa que tenía sobre el regazo y volvió a agarrar su kit de supervivencia: una bolsita de plástico llena de humo rojo, un delgado paquete de papelillos para liar cigarros y su macizo encendedor de oro. En un segundo se lió un nuevo porro y, mientras le daba la primera calada, evaluó el estado de sus reservas.

Mierda, estaban bajas. Muy bajas.

En ese momento las persianas de acero que cubrían las ventanas comenzaron a subir y eso le calmó. Por fin había caído la noche, con toda su oscura gloria, y su llegada le brindaba la libertad para huir de la mansión de la Hermandad… y la posibilidad de visitar a su proveedor, Rehvenge.

Mientras bajaba de la cama la pierna amputada hasta la rodilla, se estiró para agarrar la prótesis, la ajustó debajo de la rodilla derecha y se puso de pie. Estaba lo suficientemente aturdido como para sentir que el aire que lo rodeaba era una especie de densa bruma que tenía que atravesar y que la ventana hacia la cual se dirigía estaba a muchos kilómetros de distancia. Pero eso estaba bien. Phury encontró alivio en ese estado de confusión que tan conocido le resultaba y en la sensación de flotar mientras caminaba desnudo a través de la habitación.

El jardín tenía un aspecto resplandeciente allá abajo, iluminado por la luz que se proyectaba hacia fuera desde las puertas francesas de la biblioteca.

Así era como debía estar siempre la parte trasera de una casa, pensó. Con todas las flores abiertas y lozanas, los árboles frutales cargados de peras y manzanas, los senderos limpios y el seto podado.

Esto no se parecía a la vista de la parte trasera del lugar en el que él había crecido. En absoluto.

Justo debajo de su ventana, las rosas estaban en plena floración; y sus corolas gruesas y llenas de colores se erguían con orgullo sobre el tallo espinoso. Las rosas le hicieron pensar en otra mujer.

Mientras le daba otra calada al porro, pensó en la imagen de esa mujer, a la que sí debería estar dibujando... la mujer a la que, de acuerdo con la ley y la tradición, debería estar haciéndole muchas más cosas aparte de dibujarla.

La Elegida Cormia. Su Primera Compañera.

De un total de cuarenta.

¡Por Dios! ¿Cómo demonios había terminado convertido en el Gran Padre de las Elegidas?

«Te lo dije», respondió el hechicero. «Tendrás infinidad de hijos, todos los cuales tendrán el dudoso placer de tener que admirar a un padre cuyo único mérito ha sido decepcionar a todos los que lo rodean».

De acuerdo, aunque el maldito hechicero podía ser muy desagradable, ese punto era difícil de rebatir. Phury no se había apareado con Cormia, tal como le exigía el ritual. No había regresado al Otro Lado a ver a la Directrix. Y tampoco había conocido a las otras treinta y nueve hembras con las que se suponía que debía aparearse para fecundarlas.

Phury dio una calada más profunda al porro, mientras el peso de esos importantes detalles aterrizaba en su cabeza como si fueran rocas ardientes lanzadas por el hechicero.

Y el hechicero tenía excelente puntería. Aunque, claro, también tenía mucha práctica.

«Bueno, socio, la verdad es que eres un blanco fácil. Eso es todo».

Al menos Cormia no se estaba quejando por su negligencia en el cumplimiento de sus deberes. Ella no quería ser la Primera Compañera, la habían obligado: el día del ritual tuvieron que atarla a la cama ceremonial, con las piernas abiertas para que él la usara como a un animal, mientras ella temblaba de terror.

En el instante en que la vio, Phury adoptó de manera automática la actitud con que lo habían programado originalmente: la del salvador absoluto. Así que la había llevado allí, a la mansión de la Hermandad de la Daga Negra, y la había instalado en la habitación que estaba junto a la suya. Independientemente de lo que mandara la tradición, nunca obligaría a ninguna hembra a estar con él; y entonces pensó que si tenían un poco de tiempo y espacio para conocerse, todo sería más fácil.

Sí… no. Cormia se mantenía completamente cerrada a él, mientras que él luchaba diariamente por tratar de no estallar. Después de transcurridos cinco meses, no estaban más cerca el uno del otro ni más cerca de la cama. Cormia rara vez hablaba y sólo aparecía durante las comidas. Si salía de su habitación era sólo para ir a la biblioteca a buscar libros.

Vestida con su larga túnica blanca, parecía más una sombra con olor a jazmín que un ser de carne y hueso.

Pero la vergonzosa realidad era que Phury se sentía muy bien con el estado actual de la situación. Cuando tomó el lugar de Vishous como Gran Padre creía que realmente comprendía el compromiso sexual que estaba asumiendo, pero la realidad era mucho más terrible que la idea abstracta. Cuarenta hembras. Cuarenta.

Cuatro-cero.

Debía haber estado fuera de sus cabales cuando tomó el lugar de V. Dios sabía que su único intento de tratar de perder la virginidad había estado lejos de ser una fiesta… y eso que había sido con una profesional. Aunque tal vez intentarlo con una prostituta había sido parte del problema.

Pero ¿a quién rayos más podía acudir? Era un célibe de doscientos años que no tenía idea de lo que tenía que hacer. ¿Cómo se suponía que debía hacerlo? ¿Debía saltarle encima a la adorable y frágil Cormia, penetrarla y eyacular dentro de ella para irse luego corriendo al santuario de las Elegidas y hacer como Bill Paxton en *Big Love*?*

¿Qué demonios estaba pensando?

Phury agarró el porro con los labios y abrió la ventana. Mientras el denso perfume nocturno del verano invadía su habitación, volvió a fijar su atención en las rosas. El otro día había visto a Cormia con una rosa, una rosa que evidentemente había tomado del ramo que Fritz siempre mantenía en la salita de estar del segundo piso. Ella estaba de pie junto al florero, sosteniendo una rosa color lavanda pálido entre sus largos dedos, con la cabeza inclinada hacia la flor y la nariz encima de la espesa corola de pétalos. Llevaba, como siempre, el pelo rubio recogido en la cabeza en un moño, del cual se habían escapado unos cuantos mechones que caían hacia delante con delicadeza y se curvaban de manera natural. Igual que los pétalos de una rosa.

Cuando ella descubrió que él la estaba mirando, se sobresaltó, devolvió la rosa a su sitio y se marchó rápidamente a su habitación, donde cerró la puerta sin hacer ruido.

Phury sabía que no podía mantenerla allí para siempre, lejos de todo lo que ella conocía y de todo lo que era. Y también sabía que tenían que completar la ceremonia sexual. Ése era el trato que había hecho y ése era el papel que, según sus propias palabras, ella estaba dispuesta a cumplir, independientemente de lo asustada que estuviera al comienzo.

Luego levantó la vista hacia la cómoda, donde reposaba un pesado medallón de oro, que tenía grabada una leyenda en la versión arcaica de la Lengua Antigua. Era el símbolo del Gran Padre: no sólo la llave para abrir todos los edificios del Otro Lado, sino la tarjeta de presentación del macho que estaba a cargo de las Elegidas.

La fuerza de la raza, como era conocido el Gran Padre.

El medallón había vuelto a sonar esa tarde, tal y como lo había hecho otras veces. Cada vez que la Directrix quería verlo, la maldita cosa comenzaba a vibrar y, en teoría, se suponía que él debía desplazarse hasta lo que debería haber sido su casa, el San-

---

* *Big Love* es una serie de televisión estadounidense que trata sobre una familia mormona que practica la poligamia. Bill Paxton es el nombre del actor protagonista.

tuario. Pero él había hecho caso omiso de la llamada. Así como había ignorado las otras dos convocatorias.

Phury no quería oír lo que ya sabía: habían pasado cinco meses y él seguía sin sellar el pacto que había hecho durante la ceremonia del Gran Padre. Demasiado tiempo.

Entonces pensó en Cormia, encerrada en esa habitación de huéspedes contigua a la suya, totalmente aislada. Sin hablar con nadie. Lejos de sus hermanas. Phury había tratado de hablar con ella, pero la ponía demasiado nerviosa. Era comprensible.

No entendía cómo Cormia podía pasar las horas sin volverse loca. Necesitaba una amiga. Todo el mundo necesitaba amigos.

«Pero no todo el mundo los merece», señaló el hechicero.

Phury dio media vuelta y se dirigió a la ducha. De pronto se detuvo. El dibujo que había arrugado y arrojado a la papelera había comenzado a abrirse y, en medio de las arrugas, Phury vio el manto de hiedra que había agregado. Por una fracción de segundo recordó lo que había debajo, recordó el cabello recogido y los delicados mechones que caían sobre una mejilla suave. Mechones que tenían la misma curvatura de los pétalos de una rosa.

Después de sacudir la cabeza, siguió hacia el baño. Cormia era adorable, pero…

«Desearla sería apropiado», dijo el hechicero terminando la frase. «Razón por la cual no seguirás ese camino ni en un millón de años. Porque eso podría arruinar tu perfecto récord de logros. Ah, perdona, quería decir tu perfecto récord de cagadas, socio».

Phury subió el volumen a Puccini y se metió en la ducha.

Cuando las persianas se levantaron esa noche, Cormia estaba muy ocupada.

Sentada sobre la alfombra oriental de su habitación, con las piernas cruzadas, estaba pescando guisantes en un recipiente de cristal lleno de agua. Cuando Fritz le llevó los guisantes, estaban duros como piedras, pero después de permanecer un rato en remojo, estaban lo suficientemente blandos como para usarlos.

Cuando pescó uno, estiró la mano hacia la izquierda y cogió un palillo de una cajita blanca marcada con un letrero rojo que decía: «Mondadientes Simmons, 500 palillos».

Cormia tomó el guisante y lo empujó contra la punta del palillo, hasta clavarlo, luego cogió otro guisante y otro palillo e hizo lo mismo hasta formar un ángulo recto. Siguió trabajando hasta crear primero un cuadrado y luego un cubo. Satisfecha con el resultado, se inclinó y unió el primer cubo a otro igual, rematando de esa manera la última esquina de una estructura de cuatro lados y aproximadamente metro y medio de diámetro. Ahora podría seguir subiendo y construyendo más pisos.

Los palillos eran todos iguales, trozos de madera idénticos, y los guisantes también eran parecidos, redondos y verdes. Las dos cosas le recordaban el lugar del que provenía. La igualdad era importante en el santuario atemporal de las Elegidas. La igualdad era lo más importante.

En este lugar, sin embargo, muy pocas cosas eran iguales.

Las primeras veces que vio los palillos fue abajo, después de las comidas, cuando el hermano Rhage y el hermano Butch los sacaban de una delicada cajita de plata al salir del comedor. Sin tener ninguna razón en particular, una noche ella tomó un puñado de palillos cuando regresaba a su habitación. Primero trató de metérselos en la boca, pero no le gustó el sabor seco a madera. Sin saber muy bien qué hacer, puso los palillos sobre la mesilla de noche y comenzó a jugar con ellos y a armar figuras.

Más tarde, cuando Fritz, el mayordomo, entró a limpiar, vio lo que ella había estado haciendo y después de un rato regresó con un recipiente lleno de agua tibia y guisantes en remojo. Le enseñó un divertido juego: un guisante entre dos palillos. Luego se podía agregar otra sección y luego otra y otra y, antes de que te dieras cuenta, tenías algo que valía la pena ver.

A medida que los diseños fueron creciendo y volviéndose más ambiciosos, Cormia empezó a planear con anticipación todos los ángulos y las intersecciones, para evitar errores. También empezó a trabajar en el suelo para tener más espacio. Se inclinó hacia delante para revisar el dibujo que había hecho antes de comenzar y que usaba como modelo. El siguiente nivel tendría una planta más pequeña, al igual que el que lo seguía. Luego añadiría una torre.

Quedaría muy bien si tuviera colores, pensó. Pero ¿y si al pintarlo se desmoronaba la estructura?

Ah, el color. El placer de la vista.

Estar en este lado suponía muchos desafíos, pero una cosa que Cormia definitivamente adoraba eran los colores. En el santuario de las Elegidas todo era blanco: desde el césped hasta los árboles y los templos, la comida y la bebida y los libros de oración.

Sintiéndose culpable, echó un vistazo a sus textos sagrados. Era difícil argumentar que estaba adorando a la Virgen Escribana mientras construía su pequeña catedral de guisantes y palillos.

Alimentar el ego no era la meta de las Elegidas. Era un sacrilegio.

Y la anterior visita de la Directrix de las Elegidas debería habérselo recordado.

Querida Virgen Escribana, Cormia no quería pensar en eso.

Entonces se levantó, esperó a que se le pasara el mareo y se dirigió a la ventana. Abajo estaban las rosas; se fijó en cada una de las plantas para ver si había nuevos botones o pétalos que se hubiesen caído u hojas nuevas.

El tiempo estaba pasando. Podía darse cuenta por la manera en que las plantas cambiaban, por la forma en que transcurría su ciclo de florescencia, que duraba entre tres y cuatro días por flor.

Era otra cosa a la que había que acostumbrarse en este lado. En el Otro Lado no existía el tiempo. Había rituales regulares y estaban las comidas y los baños, pero no había alternancia entre el día y la noche, no se medían las horas ni cambiaban las estaciones. El tiempo y la existencia eran estáticos, al igual que el aire, al igual que la luz, al igual que el paisaje.

En este lado había tenido que aprender que existían los minutos y las horas, los días y las semanas, los meses y los años. Se empleaban relojes y calendarios para marcar el transcurso del tiempo y ella había aprendido a leerlos, de la misma manera en que había logrado comprender los ciclos de este mundo y de la gente que vivía en él.

Afuera, en la terraza, Cormia divisó un doggen. Tenía en la mano unas tijeras de podar y un inmenso cubo rojo y se paseaba por entre las plantas, podándolas para darles forma.

Entonces pensó en los prados blancos y ondulados del Santuario. Y en los árboles blancos e inmóviles. Y en las flores blancas, que permanecían todo el tiempo abiertas. En el Otro Lado todo estaba congelado en su lugar, de manera que no había necesidad de podar, ni de cortar el césped, pues nunca había ningún cambio.

Quienes respiraban el aire quieto del santuario también estaban congelados, a pesar de que se movían y estaban vivos, aunque sin vida.

Sin embargo, las Elegidas sí envejecían. Y morían.

Cormia miró por encima del hombro hacia una cómoda que tenía los cajones vacíos. El pergamino que la Directrix había ido a entregarle reposaba sobre la superficie brillante del mueble. En su papel de Directrix, la Elegida Amalya era la encargada de emitir esos certificados de nacimiento y hoy había venido a cumplir con su deber.

Si Cormia hubiese estado en el Otro Lado, también habría habido una ceremonia. Aunque no para ella, claro. El individuo cuyo nacimiento se celebraba no recibía ningún reconocimiento especial, pues en el Otro Lado no existía el yo individual. Sólo el conjunto.

Pensar por uno mismo… pensar en uno mismo era una blasfemia.

Ella siempre había sido una pecadora clandestina. Siempre había tenido ideas alocadas y distracciones e impulsos. Pero ninguno había prosperado.

Entonces levantó la mano y la puso sobre el vidrio de la ventana. El cristal a través del cual miraba era más delgado que su dedo meñique y tan transparente como el aire, así que difícilmente constituía una barrera. Ya hacía mucho tiempo que tenía deseos de bajar a ver las flores, pero estaba esperando… no sabía qué.

Cuando llegó a ese lugar se sintió abrumada por una sobrecarga de sensaciones. Había toda clase de cosas que ella no reconocía, como antorchas que se conectaban a la pared y que había que encender para obtener luz, y máquinas que hacían cosas como lavar los platos o mantener los alimentos fríos o crear imágenes en una pequeña pantalla. Había cajas que sonaban a cada hora y vehículos metálicos que transportaban a la gente, y artilugios que zumbaban y que uno pasaba por el suelo para limpiarlo.

Había más colores aquí que en todas las joyas que albergaba el tesoro. También olores, buenos y malos.

Todo era tan diferente… al igual que la gente. En el lugar de donde ella venía no había machos y sus hermanas eran idénticas e intercambiables: todas las Elegidas usaban la misma túnica blanca, se recogían el pelo de la misma manera y llevaban una perla con forma de lágrima al cuello. Todas caminaban y hablaban con la misma suavidad y hacían lo mismo a la misma hora. ¿Aquí? Era el caos. Los hermanos y sus shellans usaban ropa distinta, conversaban y se reían de maneras totalmente diferentes e identificables. Les gustaban ciertas comidas, pero otras no, y algunos dormían hasta tarde y otros simplemente no dormían. Algunos eran graciosos, otros eran aterradores, algunos eran… hermosos.

Una era definitivamente hermosa.

Bella era hermosa.

En especial a los ojos del Gran Padre.

Cuando el reloj empezó a dar la hora, Cormia se envolvió entre sus brazos. Las comidas eran una tortura y constituían una muestra de lo que pasaría cuando ella y el Gran Padre regresaran al santuario.

Y él observara las caras de sus hermanas con la misma admiración y placer.

Hablando de cambios, al principio ella se había sentido aterrorizada en presencia del Gran Padre. Pero ahora, después de cinco meses, no quería compartirlo.

Con su melena multicolor, esos ojos amarillos y esa voz grave y sedosa, él era un macho espectacular, en la plenitud de la edad para aparearse. Pero eso no era lo que de verdad la atraía. El Gran Padre era el epítome de todo lo que se consideraba valioso: siempre estaba pendiente de los demás, nunca de sí mismo. En el comedor, era el que preguntaba por todos y cada uno, preocupándose por lesiones y malestares estomacales y angustias grandes y pequeñas. Nunca reclamaba atención para él mismo. Nunca desviaba la conversación hacia algo suyo. Era infinitamente comprensivo.

Si había una tarea difícil, él se ofrecía a hacerla. Si había una diligencia que hacer, él quería realizarla. Si Fritz se tambaleaba bajo el peso de una bandeja, era el primero en levantarse de la silla para ayudar. Por todo lo que había escuchado en la mesa del comedor, también era un guerrero que luchaba para defender su raza y era maestro de los que se estaban entrenando. Y el mejor amigo de todos ellos.

Realmente era el mejor ejemplo del espíritu generoso y desinteresado de las Elegidas, el Gran Padre perfecto. Y en algún momento de los muchos segundos y horas, días y meses que llevaba allí, Cormia se había desviado del camino del deber y había derivado hacia el confuso bosque de la elección. Ahora deseaba estar con él. Ya no había ningún deber, ninguna imposición, ninguna necesidad.

Pero lo quería todo para ella.

Lo cual la convertía en una hereje.

En la habitación de al lado, esa maravillosa música que el Gran Padre siempre escuchaba cuando estaba en su cuarto dejó

34

de sonar de repente. Lo cual significaba que se dirigía a la Primera Comida.

El ruido de un golpecito en la puerta hizo que Cormia se sobresaltara y diera media vuelta. Mientras la túnica volvía a asentarse sobre sus piernas, percibió el aroma del humo rojo, que entraba en su habitación.

¿Acaso el Gran Padre había ido a buscarla?

Cormia revisó rápidamente su moño y se metió algunos de los mechones sueltos detrás de las orejas. Cuando abrió la puerta sólo un poco, miró furtivamente el rostro de Phury, antes de hacerle una reverencia.

Ay, querida Virgen Escribana… el Gran Padre era demasiado perfecto para quedarse mirándolo durante un largo rato. Sus ojos eran amarillos como los cuarzos citrinos, tenía la piel de un color dorado cálido y su pelo largo era una mezcla espectacular de colores, que iban del rubio más pálido al caoba oscuro, pasando por el cobre ardiente.

El Gran Padre hizo una rápida inclinación, una formalidad que Cormia sabía que le molestaba. Sin embargo lo hacía por consideración hacia ella, pues a pesar de las múltiples veces que le había dicho que no fuera tan formal, ella no podía evitarlo.

—Oye, he estado pensando —dijo.

Vaciló, y Cormia pensó con temor que quizá la Directrix hubiese venido a verlo. Todo el mundo en el santuario estaba esperando a que se completara la ceremonia y todos estaban al tanto de que eso aún no había ocurrido. Ella estaba comenzando a sentir una sensación de urgencia que no tenía nada que ver con la atracción que sentía hacia él. Con cada día que pasaba el peso de la tradición se volvía más fuerte.

El Gran Padre carraspeó.

—Llevamos algún tiempo aquí y sé que el cambio ha sido duro. Estaba pensando que debes sentirte un poco sola y que tal vez te gustaría tener un poco de compañía.

Cormia se llevó la mano al cuello. Era una buena señal. Ya era hora de que estuvieran juntos. Al principio no estaba lista para él. Pero ahora sí lo estaba.

—En realidad creo que sería bueno para ti —dijo con su hermosa voz— que tuvieras algo de compañía.

Cormia hizo una reverencia pronunciada.

—Gracias, Su Excelencia. Estoy de acuerdo.

—Fantástico. Estaba pensando en alguien que te gustará.

Cormia se enderezó lentamente. *¿Alguien?*

***

John Matthew siempre dormía desnudo.

Bueno, al menos desde que pasó por la transición.

Menos ropa que lavar.

Con un gruñido, John se llevó la mano a la entrepierna y se tocó su pene, que estaba erecto y duro como una roca. Como siempre, esa maldita cosa lo había despertado; era un despertador más confiable y rígido que el maldito Big Ben.

Y también tenía un botón para activar la función de repetición. Si se ocupaba de él, podría descansar otros veinte minutos o más, antes de que volviera a activarse. La rutina típica era masturbarse tres veces antes de levantarse y una más en la ducha.

¡Y pensar que alguna vez había deseado esto!

Concentrarse en ideas poco atractivas no servía de nada y aunque sospechaba que excitarse en realidad empeoraba las cosas, negarse a atender las necesidades de su miembro no era realmente una opción: un par de meses atrás, un día se negó a masturbarse a modo de experimento, pero sólo aguantó doce horas, y acabó más caliente que una hoguera, dispuesto a abalanzarse sobre todo lo que se le pusiera por delante.

¿No existiría algo así como una especie de antiviagra? ¿Un relajapenes? ¿Una «flacidilina»?

Así que, rendido, se tumbó boca arriba, apartó las mantas y comenzó a acariciarse. Era la posición que más le gustaba, aunque si la eyaculación era muy fuerte se encogía sobre el lado derecho en medio del orgasmo.

Cuando aún era un pretrans, siempre soñaba con tener una erección porque se imaginaba que el hecho de excitarse lo convertiría en un hombre. Pero la realidad había sido distinta. Claro, con ese cuerpo tan enorme, sus innatas habilidades de guerrero y esa erección constante que mantenía, por fuera parecía un superhombre.

Pero por dentro se seguía sintiendo tan pequeño como siempre.

John arqueó la espalda y bombeó dentro de su mano, impulsándose con las caderas. Dios… esto era realmente agradable. Todas las veces se sentía bien… pero siempre y cuando fuera su mano la que estuviera haciendo el trabajo. La única vez que una mujer lo había tocado, su erección se había desinflado más rápido que su ego.

Así que en realidad sí tenía un antiviagra: la presencia de otra persona.

Pero no era el momento de rumiar sus malas experiencias. Su pene se estaba preparando para estallar; lo sabía por la sensación de entumecimiento. Justo antes de eyacular, su miembro se sentía como dormido durante un par de movimientos y eso era lo que estaba pasando justo en ahora, al tiempo que su mano subía y bajaba por la vara húmeda.

«Ay, sí… ahí viene…». La tensión en sus testículos se intensificó como si fuera un cable de acero, sus caderas comenzaron a moverse sin control y sus labios se abrieron para poder jadear con más facilidad… y como si eso no fuera suficiente, su mente entró en acción.

«No… maldición… no, ella otra vez no, por favor, no».

Demasiado tarde. En medio del remolino sexual, la mente de John se aferró a la única cosa que garantizaba la multiplicación del efecto: una mujer vestida con ropa de cuero, que llevaba el pelo cortado como el de un hombre y tenía unos hombros tan sólidos como los de un boxeador.

Xhex.

Después de soltar un resuello inaudible, John se volvió de lado y comenzó a eyacular. El orgasmo siguió y siguió, mientras él fantaseaba con la imagen de los dos haciendo el amor en uno de los baños del club en el cual ella trabajaba como jefa de seguridad. Y mientras las imágenes se sucedían en su mente, su cuerpo no cesaba de eyacular. Era capaz de mantener la eyaculación durante diez minutos sin interrupción, hasta que terminaba embadurnado en lo que había salido de su pene y las sábanas quedaban totalmente empapadas.

John trató de rechazar sus pensamientos, trató de controlarlos… pero fracasó. Simplemente siguió eyaculando, en tanto que su mano seguía masajeando, su corazón latía como un loco y la respiración se atascaba en su garganta, mientras pensaba en la imagen de los dos juntos. Menos mal que había nacido sin voz, de lo contrario toda la mansión de la Hermandad se enteraría con precisión de lo que hacía continuamente.

Comenzó a calmarse cuando se obligó a retirar la mano del pene. Y mientras su cuerpo disminuía el ritmo, se quedó tendido, completamente agotado, respirando contra la almohada, al tiempo que el sudor y las otras cosas se secaban sobre su piel.

Bonita forma de despertar. Excelente sesión de ejercicios. Buena manera de matar el tiempo. Y lo peor de todo es que era inútil. No lograba acallar sus ansias.

Sin ninguna razón en particular, los ojos de John se posaron en la mesilla de noche. Si tuviera intención de abrir el cajón, lo cual nunca hacía, encontraría dos cosas: una caja de color rojo sangre del tamaño de un puño y un viejo diario con las tapas de cuero. Dentro de la caja había un enorme anillo, un sello de oro que llevaba el emblema de su linaje, y que le pertenecía como hijo que era del guerrero Darius, miembro de la Hermandad de la Daga Negra e hijo de Marklon. El diario contenía los pensamientos privados de su padre durante un periodo de dos años de su vida. Había recibido los dos como regalo.

Pero John nunca se había puesto el anillo y tampoco había leído las anotaciones del diario.

Tenía muchas razones para mantenerse alejado de esos dos objetos, pero la principal era que el macho al que él consideraba como su padre no era Darius. Era otro hermano. Un hermano que ya llevaba ocho meses desaparecido.

Si fuera a usar algún anillo sería uno que llevara el emblema de Tohrment, hijo de Hharm. Como una manera de honrar al vampiro que había significado tanto para él, en tan corto tiempo.

Pero eso no iba a suceder. Lo más probable era que Tohr estuviera muerto, independientemente de lo que Wrath dijera, y en todo caso él nunca había sido su padre.

Como no quería hundirse en una depresión, John se obligó a levantarse de la cama y fue tambaleándose hasta el baño. La ducha le ayudó a concentrarse, al igual que el acto de vestirse.

Esa noche no había clase, así que pasaría unas horas abajo, en la oficina, y luego se encontraría con Qhuinn y Blay. Tenía la esperanza de que hubiese mucho papeleo y que el trabajo lo absorbiera, pues no tenía muchas ganas de ver a sus amigos esa noche.

Los tres iban a ir hasta el otro lado de la ciudad... Ay, Dios, hasta el centro comercial.

Había sido idea de Qhuinn. Como sucedía la mayoría de las veces. Según Qhuinn, el guardarropa de John necesitaba una inyección de estilo.

John bajó la vista hacia sus vaqueros Levi's y su camiseta blanca Hanes. Lo único de moda que usaba eran las zapatillas deportivas: un par de Air Maxes negras de Nike. Y ni siquiera las zapatillas eran muy llamativas.

Tal vez Qhuinn tenía razón cuando decía que John era un desastre en lo que se refería a la moda, pero, hombre, ¿a quién tenía que impresionar?

La palabra que resonó en su cabeza le hizo soltar una maldición y comenzó a excitarlo de nuevo: Xhex.

Entonces alguien llamó a su puerta.

—¿John? ¿Estás ahí?

John se puso rápidamente la camiseta y se preguntó por qué lo estaría buscando Phury. Estaba al día en sus estudios y le estaba yendo bien en el combate cuerpo a cuerpo. ¿Tal vez quería hablarle del trabajo que estaba haciendo en la oficina?

John abrió la puerta.

—Hola —dijo con lenguaje de señas.

—Hola. ¿Cómo estás? —John asintió y luego frunció el ceño, al ver que el hermano comenzaba a hablar también con señas—. Me preguntaba si podrías hacerme un favor.

—Lo que quieras.

—Cormia está... Bueno, ha tenido problemas, para ella no ha sido nada fácil adaptarse a vivir en este lado, y creo que sería genial si tuviera alguien con quien pasar un rato, ya sabes... alguien sensato y discreto. Sin complicaciones. Así que, ¿crees que podrías hacer los honores? Se trata solamente de hablar con ella, enseñarle la casa o... lo que sea. Yo lo haría, pero...

Es complicado, pensó John para sus adentros, terminando la frase.

—Es complicado —dijo Phury con señas.

John pensó en la imagen de la Elegida, tan rubia y silenciosa. Había observado que, en los últimos meses, Cormia y Phury

39

evitaban mirarse de manera sistemática y se había preguntado —como sin duda lo hacían todos los demás— si ya habrían sellado el trato.

John no lo creía. Todavía parecían muy, pero que muy incómodos.

—¿Te importaría hacerlo? —dijo Phury con lenguaje de señas—. Me imagino que debe tener preguntas o... No lo sé, cosas sobre las que quiera hablar.

A decir verdad, la Elegida no parecía tener muchas ganas de compañía. Siempre mantenía la cabeza baja durante las comidas y nunca decía nada, mientras comía sólo comida blanca. Pero si Phury se lo pedía, ¿cómo podía John decirle que no? El hermano siempre lo ayudaba con sus posturas de combate, respondía siempre a todas sus preguntas y era la clase de persona a la que quieres hacerle un favor porque siempre era amable con todo el mundo.

—Claro —contestó John—. Con mucho gusto.

—Gracias. —Phury le puso una mano en el hombro con satisfacción, como si hubiese encontrado la solución a un problema—. Le diré que te busque en la biblioteca después de la Primera Comida.

John bajó la vista hacia lo que llevaba puesto. No estaba seguro de que los vaqueros fueran lo suficientemente elegantes, pero en su armario sólo había más de lo mismo.

Tal vez sí era buena idea que él y los chicos fueran de compras. Lástima que no lo hubiesen hecho antes.

CAPÍTULO
3

En la Sociedad Restrictiva la tradición era que, después de ser inducido, a uno se le conociera sólo por la primera letra del apellido.

El señor D debería haber sido conocido como señor R. De Roberts. Pero la cosa era que la identidad que estaba usando cuando fue reclutado era Delancy. Así que se había convertido en el señor D y se le conocía con ese nombre desde hacía treinta años.

Eso no era problema, claro. Los nombres nunca importaban.

El señor D redujo la velocidad al entrar en una curva de la carretera 22, pero bajar a tercera en realidad no le sirvió de mucho. El Ford Focus parecía tener noventa años. También olía a naftalina y a cuero reseco.

Caldwell, la despensa de Nueva York, era una extensión de cerca de ochenta kilómetros de campos sembrados de maíz y pastos; y mientras él lo atravesaba a trompicones, se sorprendió pensando en las horquillas para airear heno. A su primer muerto lo había matado con una de esas horquillas. Allá en Texas, cuando tenía catorce años. Se trataba de su primo, el Gran Tommy.

El señor D se había sentido muy orgulloso de sí mismo por haber salido impune de ese crimen. El hecho de ser pequeño y tener un aspecto inocente y desvalido había sido el truco para salirse con la suya. El Gran Tommy era un matón de manos tan

41

grandes como jamones y alma mezquina, así que cuando el señor D llegó corriendo a casa de su madre, gritando y con la cara hinchada y llena de moretones, todo el mundo creyó que su primo había tenido un ataque de ira y se merecía lo que le había sucedido. ¡Ya! El señor D había seguido al Gran Tommy hasta el granero y lo había irritado lo suficiente como para lograr que le rompiera el labio y le pusiera el ojo negro que necesitaba para alegar que sólo se había defendido. Luego agarró la horquilla que había puesto de antemano en una de las cuadras y se puso a trabajar.

Sólo quería saber qué se sentía al matar a un ser humano. Los gatos, las zarigüeyas y los mapaches que atrapaba y torturaba le parecían interesantes, pero no eran seres humanos.

La tarea fue más difícil de lo que había pensado. En las películas, las horquillas atravesaban a la gente como un cuchillo de mantequilla, pero eso no era cierto. Los dientes de la cosa se enredaron de tal manera en las costillas del Gran Tommy que el señor D tuvo que apoyar el pie en la cadera de su primo para poder hacer palanca y sacar la horquilla del cuerpo. El segundo golpe lo dirigió al estómago, pero la horquilla se volvió a atascar. Probablemente con la columna vertebral. Y otra vez tuvo que hacer palanca. Cuando el Gran Tommy dejó de aullar como un cerdo herido, el señor D estaba jadeando y respirando con tanta dificultad que parecía que no había suficiente aire dulce y lleno de polvo en el granero.

Pero no estuvo tan mal, después de todo. El señor D realmente disfrutó viendo las cambiantes expresiones del rostro de su primo. Primero la rabia, que hizo que el señor D recibiera el golpe que necesitaba para alegar legítima defensa. Luego la incredulidad. Al final el horror. Mientras el Gran Tommy escupía sangre y luchaba por respirar, sus ojos estuvieron a punto de salírsele de las órbitas de puro miedo, el tipo de miedo que las madres siempre quieren que sus hijos le tengan a Dios. El señor D, el enano de la familia, el pequeñito, se sintió como si midiera más de dos metros.

Fue la primera vez que saboreó el poder y quería hacerlo otra vez, pero luego vino la policía y hubo muchos rumores en el pueblo y entonces se vio obligado a portarse bien. Pasaron un par de años antes de que volviera a hacer algo parecido. Trabajar en una planta de procesamiento de carne mejoró su habilidad con los cuchillos y, cuando estuvo listo, volvió a usar el mismo truco que utilizó con Gran Tommy: una pelea a la salida de una taberna, con un tipo gigante. El señor D enfureció al bastardo y luego lo llevó a un rincón oscuro. Un destornillador fue el instrumento con el que hizo el trabajo.

Pero en ese caso hubo más complicaciones que con el Gran Tommy. Después de que el señor D comenzara a atacarlo, ya no pudo detenerse. Y era más difícil alegar defensa propia cuando el cadáver del otro tenía siete puñaladas y había sido arrastrado detrás de un coche y desmembrado como una máquina inservible.

Después de meter al muerto en unas bolsas, el señor D llevó a su amiguito a dar un paseo y se dirigió hacia el norte. Utilizó el mismísimo Ford de su víctima para hacer el viaje y cuando el cuerpo comenzó a oler mal, encontró lo más parecido a una colina que había en la zona rural de Misisipi, puso el coche marcha atrás en el borde de la pendiente y lo empujó desde el parachoques delantero. El automóvil, con su cargamento hediondo, descendió a trompicones y acabó estrellándose contra un árbol. La explosión fue todo un espectáculo.

Después hizo autoestop hasta Tennessee y allí se quedó un tiempo, haciendo trabajos varios a cambio de alojamiento y alimentación. Mató a dos hombres más antes de seguir hacia Carolina del Norte, donde casi lo atrapan con las manos en la masa.

Sus víctimas siempre eran rufianes grandes y fornidos. Y así fue como llegó a convertirse en restrictor. Se propuso atacar a un miembro de la Sociedad Restrictiva y a punto estuvo de matarlo, a pesar del tamaño del otro; el restrictor se quedó tan impresionado que invitó al señor D a unirse a la causa e irse a cazar vampiros.

Parecía un buen trato. Después de superar la etapa de entrenamiento.

Pasada la inducción, el señor D fue destinado a Connecticut, donde estuvo mucho tiempo hasta que se mudó a Caldie, donde llevaba dos años. Y ahora el señor X, el jefe de los restrictores, había decidido apretar un poco las riendas a la Sociedad.

En treinta años, el señor D nunca había sido convocado por el Omega.

Pero hacía cerca de dos horas que eso había cambiado.

La llamada había llegado en la forma de un sueño, cuando estaba durmiendo, y ciertamente no necesitó recordar los buenos modales que había tratado de enseñarle su madre para confirmar enseguida su asistencia. Pero no podía dejar de preguntarse si iba a sobrevivir a esa noche.

Las cosas no iban muy bien en la Sociedad Restrictiva últimamente, justo desde que el anunciado Destructor había metido su caballo en el establo.

Según lo que el señor D había oído, el Destructor era un policía humano con sangre de vampiro en sus venas, al cual el Omega había tratado de manipular, con muy malos resultados. Y, claro, la Hermandad de la Daga Negra acogió al tío y lo puso a trabajar para ellos. Porque no eran tontos.

Resulta que cuando el Destructor mataba a un restrictor, no sólo quitaba de circulación a un asesino. Si el Destructor te atrapaba, tomaba la parte del Omega que había dentro de ti y la absorbía. Y en lugar del paraíso eterno que te prometían cuando te unías a la Sociedad, terminabas atrapado dentro de ese hombre. Y con cada restrictor que destruía, se perdía para siempre un fragmento del Omega.

Antes, cuando peleabas contra los hermanos, lo peor que podía suceder era que te fueras al paraíso. Pero ¿ahora? La mayoría de las veces quedabas medio muerto y el Destructor podía venir e inhalarte hasta convertirte en cenizas, robándote la eternidad que te habías ganado.

Así que las cosas habían estado muy tensas últimamente. El Omega estaba más violento que de costumbre, los asesinos estaban de los nervios por tener que andar siempre alerta, con la sospecha de tener detrás al Destructor, y la afiliación de nuevos miembros era más baja que nunca, porque todos estaban tan preocupados por salvar su pellejo que no tenían ni tiempo ni ganas de buscar sangre nueva.

Y había habido mucho movimiento entre los jefes de los restrictores. Aunque eso siempre había sido igual.

El señor D giró a la derecha para tomar la carretera rural 149 y siguió poco más de cinco kilómetros hasta la siguiente carretera local, cuya señal indicadora estaba en el suelo, probablemente debido al golpe de un bate de béisbol propinado por algún gamberro. La sinuosa carretera no era más que un sendero lleno de baches, de modo que tuvo que reducir la velocidad para evitar que sus tripas terminaran revueltas: el coche tenía la misma suspensión que una tostadora, es decir, ninguna.

Una de las peores cosas de la Sociedad Restrictiva era que te daban unos coches que eran una mierda.

Bass Pond... Estaba buscando una entrada que se llamaba Bass... Ahí estaba. Entonces el señor D giró el volante, pisó el freno con fuerza y apenas tuvo tiempo de meterse por la entrada.

Como no había alumbrado público, siguió de largo sin ver el terreno por completo descuidado y lleno de maleza que estaba buscando y tuvo que parar y dar marcha atrás. La granja estaba en peor estado que el Focus; no era más que una ratonera con el techo roto y paredes que apenas se sostenían en pie, cubiertas de hiedra venenosa.

Tras aparcar en el camino, porque no había entrada para coches, el señor D se bajó del automóvil y se colocó su sombrero de vaquero. La casa le recordó su propia casa de la infancia, con la tela alquitranada que se asomaba por los rincones, las ventanas torcidas y el típico jardín lleno de maleza propio de las casas pobres. Era difícil creer que no estuvieran esperándolo su madre, siempre en casa, y su acabado padre agricultor.

Sus padres debían haber muerto hacía algún tiempo, pensó, mientras se acercaba. Él era el menor de siete hijos y los dos eran fumadores.

La puerta ya casi no tenía arpillera y el marco estaba oxidado. Cuando el señor D la abrió, chirrió como un cerdo atrapado, como el Gran Tommy, como la puerta de arpillera de su casa de infancia. Al golpear en la segunda puerta no obtuvo respuesta, así que se quitó el sombrero de vaquero e irrumpió en la casa, empujando la puerta con la cadera y el hombro para romper la cerradura.

Dentro olía a humo de cigarrillo, a moho y a muerte. Los primeros dos olores eran viejos. Pero el olor de la muerte era reciente, ese tipo de olor fresco y jugoso que te hace desear salir a matar algo para poder unirte a la fiesta.

Y también había otro olor. El olor dulzón que flotaba en el aire le confirmó que el Omega había estado allí recientemente. Él o tal vez otro asesino.

Con el sombrero en la mano, el señor D atravesó las habitaciones, que estaban en penumbra, y fue hasta la cocina, al fondo. Ahí era donde estaban los cuerpos, tumbados bocabajo. Era imposible saber el sexo de ninguno de los dos, pues habían sido decapitados y ninguno llevaba falda, pero los charcos de sangre que había en el lugar donde debían haber estado sus cabezas se habían mezclado, como si estuvieran cogidos de las manos.

En realidad era una imagen tierna.

El señor D miró hacia el otro lado de la habitación, hacia la mancha negra que había en la pared, entre el refrigerador viejo y la endeble mesa de formica. Era la mancha de una explosión y significaba que un colega había salido de la circulación de una manera muy fea a manos del Omega. Era evidente que el Señor acababa de despedir a otro jefe de restrictores.

El señor D pasó por encima de los cuerpos y abrió el refrigerador. Los restrictores no comían, pero tenía curiosidad por ver qué había dentro. Um. Más recuerdos. Había un paquete de mortadela Oscar Mayer abierto y ya casi se estaba acabando la mayonesa.

Aunque en realidad los ocupantes de la casa ya no tenían que preocuparse más por hacer sándwiches.

Cerró el frigorífico y se recostó contra él...

De repente la temperatura de la casa descendió al menos veinte grados, como si alguien hubiese encendido el aire acondicionado y hubiese llevado el botón del termostato hasta la línea que dice: «Congelación total». Luego siguió un viento que arrasó la quieta noche de verano y fue tomando tanta fuerza que la granja comenzó a aullar.

El Omega.

El señor D se puso alerta cuando la puerta se abrió de par en par. Lo que entró por el corredor fue una niebla oscura como la tinta, fluida y transparente, que fue avanzando por el suelo de madera. Se condensó frente al señor D y tomó la forma de un hombre.

—Señor —dijo el señor D, al tiempo que se inclinaba y su sangre negra se agitaba entre las venas impulsada por el sentimiento de temor y amor.

La voz del Omega llegó desde lejos; tenía una cadencia electrónica, llena de electricidad estática.

—Te nombro jefe de los restrictores.

El señor D se quedó sin aire. Era el mayor honor posible, la posición más alta en la Sociedad Restrictiva. Nunca había soñado con escalar a tales alturas, tal vez incluso pudiera permanecer algún tiempo en el cargo.

—Graci…

El Omega volvió a convertirse en niebla y envolvió el cuerpo del señor D como si fuera una capa de alquitrán. Mientras el dolor se apoderaba de cada hueso de su cuerpo, el señor D sintió que le daban la vuelta y le empujaban la cabeza contra la mesa, al tiempo que el sombrero salía volando de sus manos.

El Omega tomó el control y sucedieron cosas que el señor D nunca habría permitido.

Pero en la Sociedad se perdía el derecho a decir que no. Sólo se decía sí una vez y ya estabas dentro. Y se perdía el control sobre todo lo que venía después.

Cuando parecía que habían transcurrido siglos enteros, el Omega salió del cuerpo del señor D y se vistió, con una túnica blanca que lo cubrió de la cabeza a los pies. Con una elegancia casi femenina, el malvado se arregló las solapas; parecía que sus garras hubiesen desaparecido.

O tal vez sólo se habían gastado después de todos los arañazos y desgarrones que le había infligido a D.

Débil y ensangrentado, el señor D se dejó caer sobre la mesa. Quería vestirse, pero ya no quedaba mucho de su ropa.

—Los acontecimientos han llegado a un punto culminante —sentenció el Omega—. La incubación ha terminado. Es hora de abrir el capullo.

—Sí, señor. —¿Acaso existía otra respuesta posible?—. ¿Cómo puedo servirte?

—Tu misión es traerme a este macho. —El Omega extendió la mano con la palma hacia arriba y apareció una imagen que quedó flotando en el aire.

El señor D estudió el rostro, mientras los nervios activaban su cerebro. No había duda de que necesitaba más información aparte de esta borrosa fotografía.

—¿Dónde puedo encontrarlo?

—Nació aquí y vive entre los vampiros en Caldwell. —La voz del Omega parecía salida de una película de ciencia-ficción y resonaba con un eco que resultaba espeluznante—. Acaba de pasar la transición hace unos meses. Ellos creen que es uno de los suyos.

Bueno, eso reducía las posibilidades.

—Puedes hacer lo que quieras a los demás —dijo el Omega—. Pero este macho debe ser capturado vivo. Si alguien lo mata, tú serás el responsable ante mí.

El Omega se inclinó hacia un lado y puso la palma junto a la marca negra de la explosión, sobre el papel de la pared que todavía quedaba en pie. La imagen del civil quedó grabada sobre el viejo papel de flores amarillas.

El Omega ladeó la cabeza y observó la imagen. Luego, con una mano delicada y elegante, acarició el rostro.

—Es muy especial. Encuéntralo. Tráelo aquí. Hazlo pronto.

No había necesidad de añadir qué sucedería si no lo hacía.

Mientras que el malvado desaparecía, el señor D se inclinó y recogió su sombrero de vaquero. Por fortuna no lo habían aplastado, ni siquiera estaba manchado.

Luego se frotó los ojos y pensó en el lío en que estaba metido. Tenía que encontrar a un vampiro en Caldwell. Iba a ser como buscar una aguja en un pajar.

Entonces tomó un cuchillo que había sobre la mesa y recortó con él la imagen que había quedado impresa en el papel de la pared. Mientras lo arrancaba con cuidado, estudió el rostro.

A los vampiros les gustaba vivir en la clandestinidad por dos razones: no querían que los humanos se relacionaran con su raza y sabían que los restrictores estaban tras ellos. Sin embargo, hacían apariciones públicas, en especial los machos que acababan de pasar la transición. Agresivos e impacientes, a los jóvenes les gustaba frecuentar las zonas más sórdidas del centro de Caldwell, porque ahí había humanos con los cuales podían tener sexo y peleas en las cuales participar, y todo tipo de cosas divertidas que esnifar, beber y fumar.

El centro. Reuniría un escuadrón y se dirigiría a los bares del centro. Aunque no encontraran al macho enseguida, la comunidad de vampiros no era muy grande. Debía de haber otros civiles que conocieran a su objetivo; y una de las especialidades del señor D era recopilar información.

Al diablo con el suero de la verdad. Él sólo necesitaba un buen martillo y un trozo de cadena para convertirse en una máquina excelente para hacer hablar a quien se le pusiera por delante.

El señor D arrastró escaleras arriba su cuerpo dolorido y exhausto y se duchó en el asqueroso baño de los difuntos dueños de la casa. Cuando terminó, se puso un mono de trabajo y una camisa que, naturalmente, le quedaban demasiado grandes. Después de enrollarse las mangas de la camisa y cortarle siete centímetros a las piernas del pantalón del mono, se peinó el pelo blanco sobre el cráneo. Y antes de salir de la habitación, se puso un poco de Old Spice que encontró en la cómoda del dueño de casa. Era más alcohol que loción, como si la botella llevara mucho tiempo allí, pero al señor D le gustaba arreglarse bien.

De vuelta en el primer piso, pasó por la cocina y arrancó del todo el trozo de papel con la cara del vampiro que tenía que buscar. Devoró los rasgos y se sorprendió al darse cuenta de que comenzaba a sentirse muy excitado, como un verdadero sabueso, a pesar de que todavía le dolía todo el cuerpo.

La cacería había comenzado y ya sabía a quién iba a reclutar. Había un grupo de cinco restrictores con los que había trabajado de vez en cuando a lo largo de los dos años pasados. Eran buenos tíos. Bueno, tal vez la palabra «buenos» no era la más adecuada. Pero se entendía bien con ellos y ahora que era el jefe de los restrictores, les podría dar órdenes.

Camino a la puerta, se acomodó el sombrero en la cabeza y se bajó un poco el ala al pasar frente a los cadáveres.

—Nos vemos.

***

Qhuinn entró al estudio de su padre de mal humor, estaba seguro de de que no iba a conseguir nada, pero había que intentarlo.

«Allá vamos».

Tan pronto entró al estudio, su padre dejó caer a un lado el *Wall Street Journal* para poder llevarse los nudillos a la boca y tocarse luego la garganta. Hecho esto, balbuceó una frase rápida en Lengua Antigua y volvió a concentrarse en el periódico.

—¿Me necesitas para la fiesta de gala? —dijo Qhuinn.

—¿Acaso no te lo ha dicho uno de los doggen?

—No.

—Les dije que te informaran.

—Entonces, eso significa que no. —Al igual que la primera pregunta, la intención de este comentario no era más que fastidiar.

—No entiendo por qué no te informaron. —Su padre descruzó y volvió a cruzar las piernas; la raya del pantalón permanecía tan perfecto como el borde de su copa de jerez—. En realidad me gustaría tener que decir las cosas una sola vez. No creo que sea mucho…

—No me lo vas a decir directamente, ¿verdad?

—No te lo voy a… pedir. Me refiero a que el trabajo de un sirviente es bastante obvio. Su propósito es servir; y en realidad no me gusta tener que repetir las órdenes cada dos por tres.

Su padre movió el pie que tenía suspendido en el aire. Los mocasines de flecos eran, como siempre, Cole Haan, caros, mas no llamativos; sólo un toque aristocrático.

Qhuinn bajó la vista hacia sus New Rocks. Las suelas tenían cinco centímetros de espesor en la planta del pie y siete en el talón. El cuero negro subía hasta la base de las pantorrillas y estaba cruzado por los cordones y tres pares de hebillas cromadas de primera.

Antes, cuando todavía recibía su paga, antes de que la transición dejara su defecto al descubierto, había ahorrado durante meses para comprarse esas botas de combate de puro matón y se las había comprado en cuanto pudo después de la transición. Eran el premio que se había dado a sí mismo por sobrevivir al cambio, pues sabía que no debía esperar nada de sus padres.

A su elegante padre casi se le salieron los ojos de las órbitas cuando Qhuinn las usó por primera vez durante la Primera Comida.

—Hay algo más —dijo su padre.

—No. Seré bueno y desapareceré. No te preocupes.

Dios sabía que eso era lo que siempre había hecho en otras reuniones oficiales, pero ¿a quién querían engañar? La glymera era perfectamente consciente de su existencia y de su pequeño «problema». Y esos esnobs estirados eran como los elefantes: nunca olvidaban nada.

—A propósito, tu primo Lash tiene un nuevo empleo —murmuró su padre—. En la clínica de Havers. Lash sueña con convertirse en médico y está haciendo prácticas después de las clases. —El periódico se dobló de repente y el rostro de su padre apareció por un segundo... lo que resultó ser un golpe duro, pues Qhuinn alcanzó a ver el anhelo en los ojos de su progenitor—. Lash es un verdadero motivo de orgullo para su padre. Un digno sucesor de la reputación de la familia.

Qhuinn miró la mano izquierda de su padre. En el dedo índice llevaba un sólido anillo de oro que ostentaba el escudo de la familia y cubría todo el espacio debajo del nudillo.

Todos los vampiros jóvenes de la aristocracia recibían uno después de pasar por la transición, y los dos mejores amigos de Qhuinn tenían cada uno el suyo. Blay lo usaba todo el tiempo, excepto para combatir o ir al centro, y John Matthew también había recibido uno, aunque no lo usaba. Y ellos no eran los únicos que tenían esos vistosos adornos. En las clases de entrenamiento a las que asistían en el complejo de la Hermandad, cada uno de los estudiantes que iba y pasaba la transición aparecía con un anillo de sello en el dedo.

El escudo familiar grabado en diez onzas de oro: cinco mil dólares.

El hecho de recibirlo de tu padre cuando te convertías en un vampiro de verdad era todo un acontecimiento, no tenía precio.

Qhuinn había pasado por la transición hacía cinco meses. Pero había dejado de esperar que le dieran su anillo hacía cuatro meses, tres semanas, seis días y dos horas.

Más o menos.

Dios, a pesar de los problemas entre su padre y él, nunca pensó que le negarían el anillo. Pero ¡sorpresa! Era otra manera de hacer que sintiera que no pertenecía al redil.

Se oyó otra sacudida del periódico, pero esta vez parecía una muestra de impaciencia, como si su padre estuviera espantando una mosca de su hamburguesa. Aunque, claro, su padre nunca comía hamburguesas, porque eso era demasiado vulgar.

—Voy a tener que hablar con ese doggen —dijo su padre.

Qhuinn cerró la puerta al salir y cuando dio media vuelta para enfilar el pasillo, estuvo a punto de chocar con una doggen que salía de la biblioteca contigua. La criada uniformada dio un salto, se besó los nudillos y se tocó las venas que pasaban por su garganta.

Mientras que la mujer huía, murmurando la misma frase que había balbuceado su padre, Qhuinn se paró frente a un espejo antiguo que colgaba de la pared cubierta de seda. A pesar de las ondas que se habían formado en el espejo de plomo y de las manchas oscuras, su imagen se reflejaba a la perfección en el espejo, evidenciando su problema.

Su madre tenía los ojos grises. Su padre tenía los ojos grises. Su hermano y su hermana tenían los ojos grises.

Pero Qhuinn tenía un ojo azul y el otro verde.

Había ojos azules y verdes en su linaje, claro. Pero nadie tenía uno de cada color, y todos sabían que la imperfección no es propia de los dioses. La aristocracia se negaba a lidiar con los defectos y los padres de Qhuinn no sólo estaban firmemente arraigados en la glymera, debido a que los dos provenían de dos de las seis familias fundadoras, sino que su padre había sido incluso leahdyre del Consejo de Princeps.

Todo el mundo tenía la esperanza de que la transición ayudara a curar el problema y cualquiera de los dos colores habría sido aceptable. Pero nada de eso. Qhuinn había salido de la transición con un cuerpo grande, un par de colmillos, un fuerte deseo sexual… y un ojo azul y el otro verde.

¡Qué noche! Fue la primera y única vez en que su padre perdió el control. La primera y única vez en que Qhuinn recibió un golpe. Y desde entonces, nadie de la familia o la servidumbre quería mirarlo a los ojos.

Ni siquiera se molestó en despedirse de su madre. O de su hermano o su hermana mayores.

Desde el nacimiento lo habían marginado en la familia, lo habían apartado, marcado por algún tipo de daño genético. De acuerdo con el sistema de valores de la raza, lo único que salvaba su lastimosa existencia era el hecho de que hubiese dos jóvenes sanos y normales en la familia y que el macho mayor, su hermano, fuera considerado apto para procrear.

Qhuinn siempre pensó que sus padres deberían haberse detenido en el segundo hijo, ya que tratar de tener tres hijos sanos era una apuesta demasiado alta. Sin embargo, no podía cambiar la mano que el destino le había dado. Y tampoco podía evitar desear que las cosas hubieran sido diferentes.

No podía evitar que le doliera.

Aunque la fiesta de gala consistía sólo en un puñado de tíos estirados, ataviados con vestidos elegantes y trajes de pingüino, él quería estar con su familia durante el gran baile del fin del verano de la glymera. Quería estar hombro con hombro con su hermano y que lo tuvieran en cuenta por lo menos una vez en la vida. Quería vestirse como todo el mundo y usar su anillo de oro; y tal vez bailar con algunas de las vampiresas solteras y de alcurnia. En medio del resplandor de la aristocracia, quería ser reconocido como un ciudadano, como uno de ellos, como un vampiro cabal, no como una vergüenza genética.

«Pero eso no va a suceder», se dijo. Para la glymera, él era menos que un animal, menos apto para el sexo que un perro.

«Lo único que me falta es la correa», pensó, mientras se desmaterializaba para ir a casa de Blay.

Al este, en la mansión de la Hermandad, Cormia estaba en la biblioteca, esperando al Gran Padre y a esa persona con quien él pensaba que ella debía pasar un tiempo. Mientras se paseaba entre el sofá y el sillón de cuero, oía a los hermanos hablando en el vestíbulo y discutiendo algo acerca de una fiesta de la glymera que estaba próxima a celebrarse.

La voz del hermano Rhage retumbó.

—Ese puñado de egocéntricos, elitistas, maricones de mocasines…

—Cuidado con las referencias a los mocasines —intervino el hermano Butch—. Llevo puestos unos.

—… parásitos, hijos de puta cortos de miras…

—Vamos, dinos todo lo que sientes, no te reprimas —dijo alguien.

—… pueden coger su baile de mierda y metérselo por el culo.

El rey se rió en voz baja.

—Suerte que no eres diplomático, Hollywood.

—Ah, tienes que dejarme enviar un mensaje. Mejor aún, dejemos que el emisario sea mi bestia. Haré que destroce el lugar. Les vendría muy bien a esos bastardos, merecen una lección por cómo han tratado a Marissa.

—¿Sabes una cosa? —dijo Butch—. Siempre he pensado que tienes dos dedos de frente. A pesar de lo que dicen todos los demás.

Cormia dejó de pasearse al ver que el Gran Padre aparecía en la puerta de la biblioteca con una copa de oporto en la mano. Iba vestido con lo que normalmente usaba para bajar a la Primera Comida, cuando no estaba dando clases: unos pantalones de corte perfecto, que esa noche eran color crema; una camisa de seda, por lo general negra; y un cinturón negro, cuya hebilla tenía la forma de una H dorada alargada. Sus zapatos de punta cuadrada estaban perfectamente lustrados y llevaban la misma H que el cinturón.

Hermès, según le había oído decir en una comida.

Llevaba el pelo suelto y sus ondas caían sobre los hombros inmensos, algunas por delante y otras por la espalda. Olía a lo que los hermanos llamaban loción para después de afeitar, y también al humo con aroma a café que flotaba en su habitación.

Cormia sabía exactamente a qué olía la habitación del Gran Padre. Había pasado todo un día acostada a su lado en su habitación y todo lo que había ocurrido en esa ocasión era inolvidable.

Aunque no era el momento apropiado para recordar lo que había ocurrido entre ellos en esa cama enorme, cuando estaba dormido. Ya era suficientemente difícil estar en compañía de él con toda una habitación entre los dos y gente afuera en el vestíbulo. Como para pensar en esos momentos en los que él había apretado su cuerpo desnudo contra el de ella...

—¿Te ha gustado la cena? —preguntó Phury, al tiempo que le daba un sorbo a su copa.

—Sí, por supuesto. ¿Y a usted, Excelencia?

El Gran Padre estaba a punto de responder cuando apareció John Matthew detrás de él.

Entonces se volvió hacia el joven y sonrió.

—Hola, John. Me alegra que hayas venido.

John Matthew miró hacia el otro extremo de la biblioteca, donde estaba ella, y levantó la mano a modo de saludo.

Cormia sintió alivio al ver quién era el elegido. Aunque no conocía a John más que a ninguno de los otros, él siempre guardaba silencio durante las comidas. Lo que hacía que su tamaño no resultara tan intimidante como habría resultado si, además, tuviera un vozarrón.

Cormia le hizo una reverencia.

—Su Excelencia.

Mientras se enderezaba, sintió los ojos de John sobre ella y se preguntó qué vería: ¿a una hembra o a una Elegida?

¡Qué extraño pensamiento!

—Bueno, que os divirtáis. —Los brillantes ojos dorados del Gran Padre se posaron sobre ella—. Esta noche estoy de servicio, así que estaré fuera.

Peleando, pensó Cormia y sintió una punzada de temor.

Tenía deseos de correr hacia él y decirle que se cuidara, pero eso estaría fuera de lugar. Ella era sólo su Primera Compañera, para empezar. Además, se suponía que él era la fuerza de la raza y, ciertamente, no necesitaba la preocupación de una pusilánime jovencita.

El Gran Padre le puso una mano sobre el hombro a John Matthew, le hizo un gesto con la cabeza a ella y se marchó.

Cormia se inclinó hacia un lado para verlo subir las escaleras. Se movía con elegancia y agilidad, a pesar de que le faltaba una pierna y usaba prótesis. Era alto, orgulloso y adorable… y ella odiaba la idea de que fueran a pasar varias horas hasta que regresara.

Cuando volvió a mirar a John Matthew, el joven estaba junto al escritorio, sacando una libreta y un bolígrafo. Mientras escribía, sostenía el papel cerca del pecho con sus grandes manos. Parecía mucho más joven de lo que sugería el tamaño de su cuerpo mientras trabajaba juiciosamente en lo que estaba escribiendo.

Cormia lo había visto comunicándose con las manos, en aquellas raras ocasiones en que él tenía algo que decir en la mesa y entonces se le ocurrió que tal vez fuera mudo.

John le mostró la libreta mientras hacía una mueca, como si no estuviera muy contento con lo que había escrito.

«¿Te gusta leer? Esta biblioteca tiene muchos libros buenos».

Cormia levantó la vista para mirarlo a los ojos. Los tenía de un azul muy hermoso.

—¿Qué problema tiene? ¿Por qué no puede hablar? Si me permite la pregunta.

«No tengo ningún problema», escribió. «Hice un voto de silencio».

Ah… entonces recordó. La Elegida Layla había mencionado que él había hecho esa promesa.

—Lo he visto usando las manos para hablar —dijo Cormia.

«Es el lenguaje de signos americano», escribió John.

—Es una elegante manera de comunicarse.

«Es muy útil». John escribió algo más y luego volvió a mostrarle la libreta. «He oído que el Otro Lado es muy diferente. ¿Es verdad que todo es blanco?».

Cormia alzó su túnica, como para dar un ejemplo de cómo era el lugar de donde ella venía.

—Sí. El blanco es todo lo que tenemos. —Luego frunció el ceño—. Más bien, todo lo que necesitamos.

«¿Tienen electricidad?».

—Tenemos velas y hacemos las cosas a mano.

«Parece algo anticuado».

Cormia no sabía qué significado darle a las palabras de John.

—¿Y eso es malo?

John negó con la cabeza.

«Creo que es genial».

Cormia había oído ese término en la mesa del comedor, pero todavía no lo entendía bien.

—Es lo único que conozco —dijo y caminó hacia una de las inmensas puertas con paneles de vidrio—. Bueno, hasta ahora.

Sus rosas estaban tan cerca, pensó.

John silbó y ella miró por encima del hombro hacia la libreta que él le estaba mostrando.

«¿Te gusta vivir aquí?», había escrito. Luego añadió: «Y, por favor, quiero que sepas que puedes ser sincera si no te gusta. No te voy a juzgar».

Cormia jugueteó un poco con su túnica.

—Me siento tan distinta a todos los demás… Me siento perdida en las conversaciones, aunque hablo la misma lengua.

Hubo un largo silencio. Cuando volvió a mirar a John, él estaba escribiendo y su mano se detenía de vez en cuando, como si estuviera eligiendo las palabras. De pronto tachó algo y escribió un poco más. Cuando terminó, le entregó la libreta.

«Sé lo que es eso. Como soy mudo, muchas veces me siento fuera de lugar. Las cosas están mejor desde la transición, pero todavía me sucede. Sin embargo, aquí nadie te juzga. Nos agradas a todos y estamos contentos de que estés en la casa».

Cormia leyó el párrafo dos veces. No estaba segura de cómo responder a la última parte. Se había imaginado que sólo la toleraban porque el Gran Padre la había llevado allí. En cuanto a la primera parte... ¿se sentía fuera de lugar porque era mudo?

—Pero... Su Excelencia, creía que había asumido el voto del silencio. —Al ver que John se sonrojaba, agregó—: Lo siento, es algo que no me incumbe.

John escribió algo y luego le mostró la libreta.

«Nací sin laringe». La siguiente frase estaba tachada, pero ella pudo captar la idea. Había escrito algo como: «Sin embargo, soy un buen guerrero y soy inteligente y todo lo demás».

Cormia entendía la razón del subterfugio. Las Elegidas, al igual que la glymera, valoraban la perfección física como evidencia de una crianza apropiada y la fuerza de los genes de la raza. Muchos podrían haber interpretado su silencio como un defecto, e incluso las Elegidas podían ser crueles con aquellos a quienes consideraban inferiores a ellas.

Cormia estiró la mano y la puso sobre el brazo de John.

—Creo que hay cosas que no hay necesidad de decir para entenderlas. Y es evidente que eres muy fuerte.

John se sonrojó otra vez y bajó la cabeza para esconder la mirada.

Cormia sonrió. Parecía un poco perverso eso de sentirse mejor al ver que él estaba incómodo, pero de alguna manera eso los ponía al mismo nivel.

—¿Cuánto tiempo llevas aquí? —preguntó Cormia.

Una sombra de emoción cruzó por el rostro de John cuando volvió a escribir en la libreta.

«Poco más de ocho meses. Me acogieron porque no tengo familia. Mi padre fue asesinado».

—Siento mucho tu pérdida. Y dime... ¿te has quedado porque te gusta vivir aquí?

Hubo una larga pausa. Luego John comenzó a escribir lentamente. Cuando le mostró la libreta, decía:

«No me gusta ni más ni menos de lo que me gustaría cualquier otra casa».

—Lo que te convierte en un desplazado como yo —murmuró Cormia—. Estamos aquí, pero sin estar aquí.

John asintió con la cabeza y luego sonrió, dejando ver unos brillantes colmillos blancos.

Cormia no pudo dejar de devolver la sonrisa que se reflejaba en aquel apuesto rostro.

En el santuario, todo el mundo era como ella. Pero ¿aquí? Nadie era como ella. Hasta ahora.

«Entonces, ¿tienes alguna pregunta que quieras hacer?», escribió John. «¿Acerca de la casa? ¿De la servidumbre? Phury me ha dicho que seguramente querrías hacerme muchas preguntas».

Preguntas... Ah, claro que podía pensar en unas cuantas. Por ejemplo, ¿cuánto tiempo llevaba el Gran Padre enamorado de Bella? ¿Alguna vez ella había sentido algo por él? ¿Alguna vez habían dormido juntos?

Sin embargo, los ojos de Cormia se fijaron en los libros.

—No tengo ninguna pregunta en este momento. —Sin ninguna razón en particular, agregó—: Acabo de terminar *Las amistades peligrosas,* de Choderlos de Laclos.

«Hicieron una película de ese libro. Con Glenn Close y John Malkovich».

—¿Una película? ¿Y quiénes son esas personas?

John escribió durante un rato.

«Sabes lo que es una televisión, ¿verdad? ¿Esa pantalla grande que hay en la sala de billar? Bueno, las películas de cine se ven en una pantalla todavía más grande y a la gente que participa en ellas se les conoce como actores. Ellos fingen ser otras personas. Esos tres son actores. En realidad, todos son actores, ya estén en la tele o en el cine. Bueno, la mayoría».

—Sólo he visto la sala de billar desde afuera. Nunca he entrado. —Cormia sintió una vergüenza curiosa al admitir lo poco que se había aventurado a salir—. ¿La televisión es la caja que brilla y tiene imágenes?

«Esa misma. Te puedo mostrar cómo funciona, si quieres».

—Por favor.

Entonces abandonaron la biblioteca y salieron al mágico vestíbulo multicolor de la mansión; como siempre, Cormia levantó la mirada hacia el techo, que se elevaba tres pisos por encima del suelo de mosaico. La escena que se representaba allí arriba mostraba a unos guerreros montados en grandes corceles, que partían a la guerra. Los colores eran increíblemente vivos, las figuras eran imponentes y fuertes y el fondo era de un azul brillante, matizado con nubes blancas.

Había un guerrero en particular, que tenía una melena con mechones rubios, al que ella miraba con mucha atención cada vez que pasaba por allí. Tenía que asegurarse de que se encontraba bien, aunque eso era ridículo. Las figuras nunca se movían. La lucha siempre estaba a punto de comenzar, nunca se desarrollaba realmente.

A diferencia de la lucha de la Hermandad. A diferencia de la del Gran Padre.

John Matthew la condujo hasta la habitación de color verde oscuro que estaba frente al salón donde se tomaban las comidas. Los hermanos pasaban mucho tiempo allí; Cormia había oído muchas veces su voces saliendo entre suaves estallidos cuya fuente no había podido identificar. John resolvió el misterio, sin embargo. Al pasar por una mesa cubierta con un paño verde, cogió una de las muchas bolas de colores que había sobre la superficie y la echó a rodar. Cuando la bola se estrelló con una de sus compañeras, el golpe seco explicó el sonido.

John se detuvo frente a una lona gris extendida en posición vertical y cogió un pequeño aparato negro. De repente apareció una imagen a todo color y el sonido estalló por todas partes. Cormia dio un salto al sentir que un rugido invadía la habitación y objetos parecidos a balas pasaban a toda velocidad.

John la agarró para tranquilizarla, mientras el estrépito disminuía gradualmente y luego escribió en su libreta: «Lo siento, ya he bajado el volumen. Están retransmitiendo una carrera de la NASCAR.* Hay gente en los coches y dan vueltas alrededor de una pista. El que más corre gana».

Cormia se acercó a la imagen y la tocó con un poco de temor. Lo único que sintió fue una superficie lisa, parecida a una tela. Luego miró detrás de la pantalla. Pero sólo estaba la pared.

—Asombroso.

John asintió con la cabeza y le ofreció el aparato delgado, moviéndolo hacia arriba y hacia abajo, como si quisiera animarla a tomarlo. Después de mostrarle el botón que debía pulsar entre

---

* Asociación Nacional de Carreras de Automóviles de Serie.

la gran cantidad de botones que tenía el aparato, dio un paso atrás. Cormia apuntó la cosa hacia la imagen en movimiento… e hizo cambiar la imagen. Una y otra vez. Parecía haber una serie infinita de imágenes.

—Pero no hay vampiros —murmuró, mientras aparecía otro paisaje soleado—. Esto es sólo para los humanos.

«Pero nosotros también la vemos. Hay vampiros en el cine, sólo que por lo general no son buenos. Ni las películas ni los vampiros».

Cormia se dejó caer lentamente en el sofá, enfrente de la televisión, y John la siguió y se sentó en una silla junto a ella. La infinita variación era fascinante y John fue describiéndole cada «canal» con sus notas. Ella no sabía cuánto tiempo estuvieron ahí sentados, pero él no parecía tener prisa.

Entonces se preguntó qué canales vería el Gran Padre.

Después de un rato, John le enseñó a apagar el aparato. Con la cara colorada por la excitación, miró hacia las puertas de vidrio.

—¿Es seguro salir afuera? —preguntó.

«Claro. Hay una enorme muralla de protección alrededor del complejo, además de las cámaras de seguridad que hay por todas partes. Más aún, estamos aislados por un sistema de sensores. Ningún asesino ha entrado nunca aquí y ninguno lo hará… Ah, y las ardillas y los ciervos son inofensivos».

—Me gustaría salir.

«Te acompañaré con mucho gusto».

John se metió la libreta debajo del brazo y avanzó hacia una de las puertas dobles de cristal. Después de quitar el cerrojo de bronce, abrió una puerta de par en par e hizo un gesto galante con el brazo, invitándola a salir.

El aire tibio que entró por la puerta tenía un olor distinto del que había en la casa. Estaba lleno de fragancias. Era fuerte. Cargado con los aromas del jardín y el calor húmedo.

Cormia se levantó del sofá y se acercó a John. Más allá de la terraza, los hermosos jardines que había observado desde lejos durante tanto tiempo se proyectaban a lo largo de lo que parecía una vasta extensión. Con sus flores de colores y sus árboles en flor, la vista era muy distinta del paisaje monocromático del santuario, pero igual de perfecta, igual de hermosa.

—Es el día de mi nacimiento —dijo de manera espontánea.

John sonrió y aplaudió. Luego escribió: «Debería haberte comprado un regalo».

—¿Un regalo?

«Claro, un regalo. Para ti».

Cormia alzó la cabeza para mirar al cielo. Tenía un color azul oscuro satinado, con luces que titilaban y formaban figuras. Maravilloso, pensó. Sencillamente maravilloso.

—Esto es un regalo.

Salieron de la casa juntos. Las losas de piedra de la terraza estaban frías bajo sus pies descalzos, pero el aire era tibio como el agua de una bañera, y a Cormia le encantó el contraste.

—Ah... —Cormia respiró hondo—. Es encantador...

Mientras giraba una y otra vez, lo miraba todo: la majestuosa montaña de la mansión. Las formas oscuras y mullidas de las copas de los árboles. El césped ondulado. Las flores.

La brisa que soplaba, sobre todo, era tan suave como el aliento y arrastraba una fragancia demasiado fuerte, que ella no podía reconocer. Nunca había olido una fragancia semejante.

John la dejó guiarlo y sus pasos cautelosos los fueron conduciendo hacia las rosas.

Cuando Cormia llegó hasta ellas, alargó la mano y acarició los frágiles pétalos de una rosa madura y tan grande como la palma de su mano. Luego se agachó e inhaló su perfume.

Cuando se enderezó, comenzó a reírse a carcajadas. Sin ningún motivo aparente. Era sólo que... su corazón había cobrado alas súbitamente y estaba volando en su pecho. El letargo que la había mortificado durante el pasado mes parecía disiparse ante una brillante oleada de energía.

Era el día de su nacimiento y ella estaba al aire libre.

Cormia miró a John y lo sorprendió mirándola con una discreta sonrisa en los labios. Él la entendía, pensó. Sabía lo que ella estaba sintiendo.

—Quiero correr.

John le señaló el césped con un movimiento del brazo.

Cormia no se permitió pensar en los peligros de lo desconocido ni en la dignidad con la que se suponía que las Elegidas debían de comportarse. Haciendo a un lado el enorme peso de su apropiada y digna vestimenta, se recogió la túnica y arrancó a correr tan rápido como se lo permitían sus piernas. La hierba elástica amortiguaba sus pasos y su pelo ondeaba detrás de ella mientras el aire le azotaba la cara.

Aunque permanecía con los pies en la tierra, la libertad que sentía en el alma la hacía volar.

E n el centro, en el barrio de los clubes y las drogas, Phury iba corriendo por un callejón que salía de la calle 10, con sus botas de combate martilleando el sucio pavimento y la chaqueta al viento. A unos catorce metros por delante de él iba un restrictor y, teniendo en cuenta sus posiciones, se podía decir que técnicamente Phury lo estaba persiguiendo. Pero en realidad el asesino no estaba tratando de escapar. Lo que el bastardo quería era internarse en las sombras lo suficiente para poder pelear. Y Phury estaba totalmente de acuerdo.

La regla número uno en la guerra entre la Hermandad y la Sociedad Restrictiva era: nada de peleas en presencia de humanos. Ningún bando necesitaba ese tipo de problemas.

Esa era, en realidad, la única regla.

El olor dulzón a talco de bebé llegó hasta las narices de Phury y el rastro de su enemigo se convirtió en un maldito olor nauseabundo que le impedía respirar. Pero valía la pena el sacrificio, pues se prometía una buena pelea. El asesino que estaba persiguiendo tenía el pelo del color del vientre de un pescado: absolutamente blanco, lo cual significaba que el tío debía llevar largo tiempo en la Sociedad. Debido a razones desconocidas, todos los restrictores iban palideciendo con el tiempo y perdían la coloración del pelo, los ojos y la piel, a medida que ganaban experiencia en la cacería y el asesinato de vampiros inocentes.

Vaya intercambio. Cuantos más asesinatos cometías, más parecías un cadáver.

Después de esquivar un contenedor de basura y saltar sobre lo que esperaba que fuera una montón de cajas y no un indigente humano muerto, Phury calculó que en otros cuarenta y cinco metros él y su amiguito por fin iban a tener un poco de intimidad. El final del callejón era un callejón sin salida, oscuro, enmarcado por edificios de ladrillo sin ventanas y...

Había un par de humanos allí.

Phury y el asesino se detuvieron en seco al ver aquello. Guardando una distancia prudente, cada uno evaluó la situación, mientras los dos humanos los miraban.

—Largaos de aquí —dijo el de la izquierda.

Muy bien, era obvio que se trataba de un caso de negocio *interruptus.*

Estaba claro que el tío de la derecha era definitivamente el comprador, y no sólo porque no estaba tratando de tomar el control de la situación. El desgraciado estaba temblando dentro de sus pantalones, tenía los ojos vidriosos y desorbitados y la piel cetrina marcada por el acné. Pero lo más revelador fue que enseguida volvió a concentrarse en los bolsillos de la chaqueta del distribuidor, sin preocuparse en absoluto por la posibilidad de que Phury o el asesino los mandaran al otro mundo.

No, su mayor preocupación era conseguir su siguiente dosis; y era evidente que le aterraba tener que regresar a casa sin lo que necesitaba.

Phury tragó saliva mientras observaba esa mirada perdida que giraba hacia todos lados sin centrarse en nada. Dios, él acababa de experimentar ese mismo pánico aterrador... lo había sentido en casa, justo antes de que las persianas de acero empezaran a subir para indicar el comienzo de la noche.

El distribuidor se llevó una mano a la parte baja de la espalda.

—He dicho que os larguéis.

Mierda. Si ese estúpido sacaba un arma, se iba a preparar un follón porque... Claro, el asesino también se estaba llevando la mano a la chaqueta. Mientras maldecía, Phury se unió al grupo y empuñó la culata de la SIG que llevaba amarrada en el cinto.

Cuando vio que todos estaban bien abastecidos de accesorios de plomo, el camello se detuvo. Después de hacer una especie de evaluación del riesgo, el tío levantó las manos.

—Pensándolo bien, tal vez sea yo el que se vaya.

—Buena decisión —dijo el restrictor, arrastrando las palabras.

Pero el adicto no pensaba que fuera una idea tan buena.

—No, ay, no… No, yo necesito…

—Después. —El distribuidor se cerró la chaqueta como el comerciante que cierra una tienda.

Y luego todo ocurrió tan rápido que nadie habría podido evitarlo. Súbitamente el adicto sacó un cuchillo de la nada y con un movimiento torpe, más producto de la suerte que de la habilidad, le cortó la garganta al distribuidor. Mientras la sangre brotaba, salpicándolo todo, el comprador saqueó la tienda del distribuidor, abriéndole la chaqueta y guardándose los paquetes de celofán que había en los bolsillos de sus vaqueros. Cuando el saqueo terminó, huyó como una rata, encorvado y corriendo, demasiado excitado con su premio mayor como para preocuparse por los dos asesinos auténticos con los que acababa de cruzarse.

Estaba claro que el restrictor lo había dejado escapar sólo para despejar el campo de intrusos y poder comenzar la verdadera pelea.

En cambio Phury lo dejó ir sin más porque se sintió identificado, como si estuviera viéndose en un espejo.

La absoluta felicidad que reflejaba la cara del adicto hizo que se solidarizara con él. Era evidente que el tío había tomado un tren expreso hacia el paraíso y el hecho de que fuera gratis sólo era una pequeña parte del premio. La verdadera recompensa era el lujurioso éxtasis que experimentaría al ver todo lo que había conseguido.

Phury conocía bien esa excitación casi orgásmica. La sentía cada vez que se encerraba en su habitación con una bolsa llena de humo rojo y un paquete completo de papel de fumar.

Sintió… envidia. Estaba tan…

La cadena de acero lo agarró de repente por un lado de la garganta y se enroscó alrededor de su cuello, como una serpiente metálica con una cola endemoniadamente fuerte. Cuando el asesino le dio un tirón, los eslabones se clavaron en la piel de Phury y suspendieron todo tipo de cosas: la respiración, la circulación, la voz.

El centro de gravedad de Phury pasó de las caderas a los hombros y cayó de bruces, al tiempo que ponía las manos para evitar caer de cara contra el pavimento. Cuando quedó a cuatro patas, pudo ver por un instante al vendedor de drogas, que gorgoteaba como una cafetera a tres metros de él.

El hombre tenía la mano extendida y sus labios ensangrentados modulaban lentamente: «Ayudadme… ayudadme».

En ese momento, la bota del asesino golpeó la cabeza de Phury como si fuera un balón de fútbol y el impacto hizo que el mundo comenzara a dar vueltas, mientras su cuerpo hacía las veces de trompo. Terminó estrellándose contra el camello y el cuerpo del moribundo impidió que siguiera rodando.

Phury parpadeó y trató de respirar. En lo alto, las luces de la ciudad ocultaban la mayor parte de las estrellas de la galaxia, pero no interferían con las que daban vueltas alrededor de su campo visual.

Entonces oyó un jadeo ahogado junto a él y, durante una fracción de segundo, fijó sus ojos vidriosos en su vecino. El distribuidor estaba encontrándose con la muerte y su último aliento se escapaba por la segunda boca que le habían abierto en la parte delantera de la garganta. El tipo olía a crack, como si también fuera adicto, además de vendedor de drogas.

«Éste es mi mundo», pensó Phury. Ese mundo de bolsitas de celofán y fajos de billetes; consumir y preocuparse sólo por la siguiente dosis ocupaba la mayor parte de su tiempo, incluso más que la misión de la Hermandad.

De repente el hechicero apareció en su imaginación, de pie, como Atlas, en ese campo lleno de huesos. «Claro que es tu mundo, maldito bastardo. Y yo soy tu rey».

Cuando el restrictor le dio otro tirón a la cadena, el hechicero desapareció y las estrellas que Phury veía alrededor de su cabeza se volvieron más brillantes.

Si no volvía a entrar en el juego en este momento, la asfixia iba a ser su mejor y única amiga.

Así que Phury subió las manos hasta los eslabones, los agarró con sus puños enormes y tiró hasta poder meter los dedos; luego se pasó la cadena de acero por la pierna de la prótesis y, usando el pie a modo de palanca, dio un tirón y logró aflojarla un poco para poder respirar.

A causa del tirón, el asesino se había echado hacia atrás como si estuviera haciendo esquí acuático, al tiempo que la prótesis se aflojaba debido a la presión, alterando el ángulo en que estaba apoyado el pie. Con un movimiento rápido, Phury sacó la pierna de la cadena, dejó que los eslabones del cuello se volvieran a apretar y tensionó el cuello y los hombros. Cuando el asesino se fue contra la pared de ladrillo de una lavandería, la fuerza y el peso corporal del muerto viviente levantaron a Phury del suelo.

Durante una fracción de segundo la cadena se aflojó.

Y eso fue suficiente para que Phury diera media vuelta, se la quitara del cuello y sacara una de sus dagas.

Como el restrictor todavía estaba aturdido por haberse estrellado contra el edificio, Phury aprovechó esos segundos de conmoción y se abalanzó con la daga en la mano. La punta de acero compuesto y el cuerpo de la daga penetraron en lo más profundo de las entrañas blandas y vacías del restrictor, haciendo brotar un chorro de un líquido brillante y negro.

El asesino bajó la mirada totalmente confundido, como si las reglas del juego hubiesen cambiado a mitad del partido y nadie le hubiese avisado. Sus manos blancas volaron, tratando de detener el flujo de sangre dulce y malvada, pero no pudo luchar contra el diluvio.

Phury se limpió la boca con la manga, al tiempo que empezaba a sentir que un hormigueo de excitación se encendía en su interior.

El asesino lo miró a la cara por un segundo y entonces su expresión de indiferencia fue reemplazada por un temor descontrolado que se apoderó de sus rasgos pálidos.

—Tú eres el que… —susurró el asesino, mientras sus rodillas se aflojaban—. El torturador.

La impaciencia de Phury pareció ceder un poco.

—¿Qué?

—He oído… hablar de ti. Primero mutilas… y después matas.

¿Acaso ya tenía una reputación entre los miembros de la Sociedad Restrictiva? Bueno, la verdad es que ya llevaba un par de meses haciendo horrores con los restrictores.

—¿Cómo sabes que soy soy?

—Por la manera… en que… sonríes.

Mientras el asesino se desplomaba sobre el pavimento, Phury se dio cuenta de la malévola sonrisa que se dibujaba en sus labios.

Era difícil saber qué era más horrible: si tener esa sonrisa o que no hubiese reparado en ella.

De repente los ojos del asesino se desviaron hacia la izquierda.

—Gracias… joder.

Phury se quedó helado al sentir el cañón de un arma contra su riñón izquierdo y una nueva oleada de olor a talco de bebé en su nariz.

***

A no más de cinco calles hacia el este, en su oficina privada del Zero Sum, Rehvenge, alias el Reverendo, maldecía. Detestaba a los incontinentes. Los odiaba.

El humano que colgaba frente a su escritorio acababa de orinarse en los pantalones y la mancha formaba una especie de círculo oscuro precisamente a la altura de la entrepierna de sus Z-Brand.

Parecía como si alguien le hubiera clavado una esponja en sus partes íntimas.

—Ay, por Dios. —Rehv les hizo un gesto con la cabeza a sus Moros, los miembros de su seguridad privada, que eran los que estaban haciendo de percha del pobre desgraciado. Ambos tenían la misma expresión de asco que él.

Lo único bueno, supuso Rehv, era que el par de zapatos Doc Martens del tío parecían estar funcionando muy bien como bacinillas. Pues no había caído ni una sola gota al suelo.

—¿Que he hecho?… ¿Qué? —chilló el tío y el tono agudo de su voz sugería que tenía las pelotas bien arriba de sus calzoncillos empapados. Un poco más y podría haber sido todo un contralto—. Yo no he hecho…

Rehv lo interrumpió.

—Chrissy ha aparecido con el labio partido y un ojo negro… Otra vez.

—¿Y usted cree que he sido yo? Vamos, la chica es una de sus putas. Pudo haber sido cualquier...

Trez parecía tener objeciones frente a ese testimonio y para demostrarlo, agarró la mano del hombre, le cerró el puño y se lo exprimió como si fuera una naranja.

Mientras el aullido de dolor del pobre desgraciado se desvanecía y se convertía en un gemido, Rehv cogió casualmente del escritorio un abrecartas de plata. El instrumento tenía forma de espada y Rehv probó la punta con el índice y se limpió rápidamente la gota de sangre que le dejó en el dedo.

—Cuando solicitaste trabajo aquí —comenzó— dijiste que tu dirección era el 1.311 de la calle 23. Que resulta ser la misma dirección que la de Chrissy. Los dos llegáis y os vais juntos al final de la noche. —Al ver que el tío abría la boca para hablar, Rehv levantó la mano—. Sí, soy consciente de que eso no es una evidencia concluyente. Pero... ¿ves ese anillo que tienes en la mano? Espera, ¿por qué estás tratando de esconder el brazo detrás de la espalda? Trez, ¿te importaría ayudarle a poner la palma de la mano sobre mi escritorio, aquí?

Mientras Rehv daba golpecitos en el escritorio con la punta del abrecartas, Trez bajó al desgraciado como si no pesara más que una bolsa de ropa sucia y, sin hacer ningún esfuerzo, le plantó la mano frente a Rehv y se la sostuvo allí.

Rehv se inclinó un poco y señaló un anillo de graduación de la escuela secundaria Caldwell con la punta del abrecartas.

—Sí, ¿ves? Ella tiene una curiosa marca en la mejilla. La primera vez que la vi me pregunté qué sería. Es la marca de este anillo. Tú le diste una bofetada con el dorso de la mano, ¿no es verdad? La golpeaste en la cara con esto.

Mientras el tío tartamudeaba como el motor de un coche, Rehv volvió a trazar un círculo con el abrecartas alrededor de la piedra azul del anillo y luego acarició con la punta afilada cada uno de los dedos del hombre, desde los nudillos hasta la punta de las uñas.

Los dos nudillos más grandes estaban amoratados y la piel blanca estaba morada e hinchada.

—Parece que no sólo le diste una bofetada —murmuró Rehv, mientras seguía acariciando los dedos del hombre con el abrecartas.

—Ella me lo pidió…

El puño de Rehv se estrelló contra el escritorio con tanta fuerza, que su teléfono saltó y el auricular cayó sobre la mesa de madera.

—No te atrevas a terminar esa frase. —Rehv hizo un esfuerzo para no enseñar los colmillos que comenzaban a hacerle presión en la boca—. O te prometo que te obligaré a comerte las pelotas ahora mismo.

El imbécil se desmoronó, mientras que un sutil bip-bip-bip reemplazó el tono normal del teléfono. Iam, tan sereno como siempre, se estiró con tranquilidad y volvió a poner el auricular en su lugar.

Al ver que una gota de sudor rodaba por la nariz del hombre y aterrizaba en el dorso de su mano, Rehv controló su ira.

—Muy bien. ¿Dónde estábamos antes de que estuvieras a punto de castrarte tú mismo? Ah, sí. Las manos… estábamos hablando de las manos. Curioso, no sé qué haríamos si no tuviéramos dos manos. Me refiero a que no se puede conducir un coche de marchas, por ejemplo. Y tú tienes un coche con caja de cambios, ¿no es verdad? Sí, he visto ese deslumbrante Acura que conduces por ahí. Bonito coche.

Rehv puso su mano sobre la superficie brillante del escritorio, justo al lado de la del hombre y, mientras hacía comparaciones, señalaba con el abrecartas las diferencias más notorias.

—Mi mano es más larga que la tuya… y más ancha. Los dedos son más largos. Mis venas se notan más. Tienes un tatuaje de… ¿Qué es eso que tienes en la base del pulgar? Una especie de… Ah, el símbolo chino de la fuerza. Sí, yo tengo mis tatuajes en otra parte. ¿Qué más? Bueno… tu piel es más clara. Joder, los blancos realmente deberíais pensar en broncearos un poco. Parecéis cadáveres; todos deberíais daros alguna sesión de rayos UVA.

Mientras Rehv levantaba la vista, pensó en el pasado, en su madre y en su colección de moretones. Había tardado mucho, mucho tiempo hacer justicia en ese caso.

—¿Sabes cuál es la mayor diferencia entre tú y yo? —dijo—. Verás… yo no tengo los nudillos amoratados por haber golpeado a una mujer.

Con un movimiento rápido, levantó el abrecartas y lo clavó con tanta fuerza que la punta no sólo atravesó la piel sino que penetró en la madera del escritorio.

Pero la mano que apuñaló fue su propia mano.

Y aunque el humano gritaba como loco, Rehv no sentía nada.

—No te atrevas a desmayarte, maldito afeminado —gritó Rehv, al ver que el idiota comenzaba a poner los ojos en blanco—. Vas a observar esto con cuidado para que te acuerdes de mi mensaje.

Rehv sacó el abrecartas del escritorio haciendo presión con la palma de la mano para lograr arrancar la hoja que se había clavado en la madera. Luego levantó la mano donde el hombre pudiera verla y metió y sacó el abrecartas varias veces con inexorable precisión, abriendo un hueco en medio de su piel y sus huesos, y ampliando la herida hasta convertirla en una pequeña ventana. Cuando terminó, sacó el abrecartas y lo puso con cuidado al lado del teléfono.

Mientras la sangre chorreaba por dentro de la manga de su camisa, miró al hombre a través del hueco de su mano.

—Te voy a estar vigilando. Por todas partes. Todo el tiempo. Y si ella vuelve a aparecer con otro moretón por «haberse caído en la ducha», te voy a marcar como si fueras un calendario, ¿entendido?

El hombre se volvió de repente hacia un lado y vomitó sobre sus pantalones.

Rehv soltó una maldición. Debió haber imaginado que algo así podría pasar. Maldito maricón, matón de mierda.

Afortunadamente este miserable que escupía ahora la pasta a medio digerir sobre sus Doc Martens empapados en orines no sabía las cosas que Rehv era capaz de hacer. Ese humano, como todos los humanos que frecuentaban el club, no tenía ni idea de que el jefe del Zero Sum no era sólo un vampiro sino un symphath. El desgraciado se habría cagado en los pantalones y eso habría sido un desastre. A juzgar por la humedad de su ropa, ya era bastante obvio que no llevaba pañales para adulto.

—Tu coche ahora es mío —dijo Rehv, mientras alcanzaba el teléfono y marcaba el número del cuarto de limpieza—. Considéralo un pago con intereses y multas por el dinero que has estado robando de mi bar. Quedas despedido por eso y por vender heroína a escondidas en mi zona privada. Un consejo, la próxima vez que trates de meterte en el terreno de otro, no marques tus paquetes con la misma águila que usas en tu chaqueta. Eso hace que sea muy fácil identificar al intruso. Ah, y como ya te dije, será mejor que esa chica mía no aparezca ni siquiera con una uña partida, o iré a hacerte una visita. Ahora, lárgate de mi oficina y no vuelvas a poner un pie en este club nunca más.

El tío estaba tan impresionado y aterrado que ni siquiera trató de discutir mientras lo empujaban hacia la puerta.

Rehv volvió a estrellar su puño ensangrentado sobre el escritorio para captar la atención de todo el mundo.

Los Moros se detuvieron, al igual que el pobre imbécil. El humano fue el único que echó un vistazo por encima del hombro; en sus ojos se veía un terror auténtico.

—Una última cosa. —Rehv esbozó una sonrisa forzada, mientras escondía sus caninos—. Si Chrissy renuncia, voy a suponer que tú la obligaste y voy a buscarte para que me pagues todo el dinero que voy a perder. —Luego se inclinó hacia delante—. Y recuerda que yo no necesito el dinero, pero soy un sádico y me excito cuando le hago daño a la gente. La próxima vez, me voy a vengar directamente contigo, no me voy a conformar con tu dinero o lo que aparcas a la entrada de tu casa. ¿Las llaves? ¿Trez?

El Moro metió la mano en el bolsillo trasero de los pantalones del tío y sacó un llavero que le lanzó a Rehv.

—Y no te preocupes por enviarme la documentación del coche —dijo Rehv, al tiempo que lo atrapaba—. En el lugar en que va a terminar tu maldito Acura no piden los papeles. Y ahora, adiós.

Mientras la puerta se cerraba detrás del hombre, Rehv miró el llavero. En la etiqueta que colgaba de él decía: Sunny New Paltz.

—¿Qué? —dijo sin levantar la vista.

La voz de Xhex llegó desde la esquina en penumbra de la oficina, donde ella siempre observaba la diversión.

—Si lo vuelve a hacer, quiero encargarme de él —dijo en voz baja.

Rehv se recostó contra la silla. Aunque él dijera que no, si Chrissy volvía a llegar con signos de haber sido golpeada, su jefa de seguridad probablemente organizaría una buena. Xhex no era como sus otros empleados. Xhex no era como nadie más.

Bueno, eso no era enteramente cierto. Ella era como él. Era mitad symphath.

O mitad sociópata, en este caso.

—Tú vigila a la chica —le dijo Rehv—. Si ese hijo de puta vuelve a darle con el anillo de graduación, echaremos a suertes cuál de los dos acaba con él.

—Siempre vigilo a todas tus chicas. —Xhex avanzó hacia la puerta, moviéndose con seguridad y suavidad a la vez. Tenía el cuerpo de un hombre, alta y musculosa, pero no era brusca. A pesar de su corte de pelo estilo Annie Lennox y su cuerpo fornido, no parecía una simple puta hombruna con su uniforme de camiseta negra sin mangas y pantalones de cuero. No, Xhex era letal, pero con la elegancia de un cuchillo: rápida, decisiva, esbelta.

Y como a todos los cuchillos, le sentaba bien la sangre.

—Hoy es el primer martes del mes —dijo antes de abrir la puerta.

Como si él no lo supiera.

—Me voy dentro de media hora —dijo Rehv.

La puerta se abrió y se cerró y, simultáneamente, el estrépito del club entró por un segundo y se desvaneció.

Rehv levantó la palma de la mano. La hemorragia ya estaba cediendo y el agujero desaparecería en unos veinte minutos. A medianoche no quedaría ningún indicio de lo que había ocurrido.

Rehv pensó en el momento en que se había atravesado la mano con el abrecartas. No sentir el cuerpo era una extraña forma de parálisis. Aunque te movías, no reconocías el peso de la ropa sobre tu espalda o si los zapatos estaban demasiado apretados, o si el suelo bajo tus pies era irregular o estaba resbaladizo.

Extrañaba su cuerpo, pero las alternativas eran o bien tomar la dopamina y aguantar los efectos secundarios o bien lidiar con su lado perverso. Y ésa era una lucha combinada que no estaba seguro de poder ganar.

Rehv agarró su bastón y se levantó con cuidado de la silla. Como resultado del estado permanente de anestesia en que vivía, el equilibrio era un problema y la gravedad no era exactamente su amiga, así que el viaje hasta el panel que había en la pared le llevó más tiempo del que debería. Cuando lo alcanzó, apoyó la palma sobre un cuadrado que sobresalía de la pared y un panel del tamaño de una puerta se deslizó hacia un lado, como las puertas de la nave de *Star Trek*.

La suite oscura que incluía dormitorio y baño que apareció dentro era uno de sus tres apartamentos de soltero y, por alguna razón, era la que tenía mejor ducha. Probablemente debido a que, como sólo tenía unos veintitantos metros cuadrados, todo el lugar se podía volver una sauna con sólo abrir la llave.

Y cuando uno está helado todo el tiempo, ése era un valor agregado realmente importante.

Tras desvestirse y abrir la llave del agua, se afeitó rápidamente mientras esperaba a que el agua se calentara de verdad. Mientras se pasaba la cuchilla por las mejillas, el hombre que lo miraba desde el espejo era el mismo de siempre. Corte de pelo con mechón delantero. Ojos color amatista. Tatuajes en el pecho y los abdominales. Y un pene largo que reposaba, flácido, entre las piernas.

Luego pensó en el lugar al que tenía que ir esa noche; su visión cambió y una niebla roja reemplazó poco a poco todos los colores que veía. Pero Rehv no se sintió sorprendido. La violencia tenía la capacidad de liberar su naturaleza perversa, como un plato de comida frente a alguien que se está muriendo de hambre, y eso que había probado sólo un bocado del plato que tenía en su oficina hacía un momento.

En circunstancias normales, ése sería el momento de tomar más dopamina. Su salvador químico mantenía a raya lo peor de sus instintos symphath y los cambiaba por una sensación de hipotermia, impotencia y entumecimiento. Los efectos secundarios eran un asco, pero uno tenía que hacer lo que tenía que hacer, y mantener una mentira requería una dosis de sacrificio.

Al igual que una dosis de actuación.

Su chantajista también actuaba.

Rehv se llevó la mano a su miembro, como si pudiera protegerlo de lo que iba a tener que hacer más tarde esa noche y probó el agua. Aunque el vapor ya estaba volviendo el aire tan denso como si fuera crema, el agua todavía no estaba lo suficientemente caliente. Nunca lo estaba.

Se restregó los ojos con la mano que tenía libre. Todavía lo veía todo rojo, pero eso era bueno. Era mejor encontrarse con su chantajista en igualdad de condiciones. Maldad contra maldad. Symphath contra symphath.

Rehv se metió debajo del chorro y la sangre comenzó a desaparecer de sus manos. Mientras se pasaba el jabón por la piel seguía sintiéndose sucio, totalmente impuro. Y la sensación iba a ser peor cuando llegara el amanecer.

Sí... él entendía perfectamente por qué sus putas llenaban de vapor los vestidores al final de los turnos. A las putas les encantaba el agua caliente. El jabón y el agua caliente. A veces eso y una esponja era lo único que te ayudaba a sobrevivir a la noche.

CAPÍTULO
6

John siguió a Cormia con los ojos, mientras la muchacha corría y giraba en el césped y su túnica blanca flotaba detrás de ella, en parte bandera y en parte alas. No creía que a las Elegidas se les permitiera correr por ahí descalzas, y John tuvo la sensación de que debía de estar rompiendo algunas reglas.

Bien por ella. Y era hermoso verla. Parecía tan feliz que, aunque estaba en medio de la noche, no formaba parte de la oscuridad, era más bien una luciérnaga, un punto blanco que danzaba contra el denso horizonte del bosque.

Phury debería ver esto, pensó John.

De pronto su teléfono sonó y lo sacó del bolsillo. El mensaje era de Qhuinn y decía: «¿Puedes pedirle a Fritz que te lleve adonde Blay ahora? Estamos listos». John le respondió a su amigo que sí.

Guardó su Blackberry y pensó en cuánto le gustaría poder desmaterializarse. Se suponía que debía intentarlo por primera vez un par de semanas después de la transición y Blay y Qhuinn no habían tenido problemas cuando lo hicieron. Pero ¿y él? Le había pasado lo mismo que cuando comenzó a entrenar, que siempre era el más lento, el más débil y el peor. Lo único que tenías que hacer era concentrarte en el lugar al que querías ir y desear con el pensamiento estar allí. Al menos en teoría. Pero ¿y él? Sólo había pasado cierto tiempo con los ojos cerrados y la cara contraída, tratando de obligar a sus moléculas a desplazarse hasta el otro extremo de la habitación, pero siempre se quedaba exactamente donde estaba. Había oído que algunos vampiros no lo conseguían hasta un año después de la transición; pero a veces pensaba que jamás podría lograrlo.

Por eso tenía que sacarse el maldito carné de conducir. Se sentía como un chiquillo de doce años por tener que pedir que lo llevaran y lo trajeran a todas partes. Fritz era un chófer magnífico, pero, joder, John quería ser un hombre, no depender de un doggen.

Cormia hizo un círculo y regresó hacia la casa. Cuando se detuvo frente a él, parecía como si su túnica quisiera seguir corriendo, pues los pliegues siguieron meciéndose un rato más, antes de asentarse sobre su cuerpo. Tenía la respiración agitada, las mejillas coloradas y una sonrisa más grande que la luna llena.

Dios, con ese cabello rubio todo suelto y el hermoso rubor de las mejillas, parecía la representación perfecta de una chica del verano. También se la podía imaginar en el campo, recostada sobre un mantel de cuadros, comiendo tarta de manzana, al lado de una jarra de limonada helada... y vestida con un bikini rojo y blanco.

Muy bien, eso estaba un poco fuera de lugar.

—Me gusta el aire libre —dijo Cormia.

«Y tú le gustas al aire libre», escribió John y le mostró la libreta.

—Me gustaría haber venido aquí antes. —Cormia clavó la vista en las rosas que estaban creciendo alrededor de la terraza. Mientras se llevaba la mano al cuello, John tuvo la sensación de que quería tocarlas, pero otra vez sentía el freno de la cautela.

Entonces carraspeó para que ella se volviera a mirarlo.

«Puedes coger una si quieres», escribió.

—Yo... creo que voy a hacerlo.

Cormia se acercó a las rosas como si fueran un ciervo que se pudiera espantar; con las manos a los lados y los pies descalzos, fue avanzando lentamente sobre las losas de piedra. Se dirigió directamente a las rosas color lavanda y pasó de largo frente a las rojas y los botones amarillos.

John estaba escribiendo: «Ten cuidado con las espinas», cuando ella estiró la mano, gritó y la retiró bruscamente. En la yema de su dedo apareció una gota de sangre, que la luz oscura de la noche hacía parecer casi negra sobre su piel blanca.

Antes de darse cuenta de lo que estaba haciendo, John se inclinó y comenzó a limpiarle la sangre con la lengua. Chupó la gota con los labios y le lamió el dedo rápidamente, asombrado tanto por lo que estaba haciendo como por la deliciosa sensación que le producía.

De repente se dio cuenta de que necesitaba alimentarse.

Mierda.

Cuando se enderezó, ella lo estaba mirando con los ojos muy abiertos, y totalmente inmóvil.

«Lo siento», garabateó. «No quería que te mancharas el vestido».

Mentiroso. En realidad quería saber a qué sabía ella.

—Yo...

«Toma tu rosa, sólo ten cuidado con las espinas».

Ella asintió con la cabeza e hizo otro intento, aunque John sospechó que lo hacía en parte porque quería la flor, pero también para llenar el tenso silencio que se creó entre ellos después del gesto de John.

La rosa que Cormia eligió era un espécimen perfecto, un botón de color púrpura plateado, que estaba a punto de abrirse y que tenía el potencial de adquirir el tamaño de un pomelo.

—Gracias —dijo Cormia. John estaba a punto de contestarle, cuando se dio cuenta de que ella le estaba hablando a la planta, no a él.

Luego se volvió hacia él.

—Las otras flores estaban en *casas de cristal* con agua.

«Vamos a buscar un florero», escribió John. «Así es como se dice».

Cormia asintió con la cabeza y comenzó a avanzar hacia las puertas francesas que llevaban hasta la sala de billar. Cuando las atravesó, volvió la vista hacia atrás y sus ojos se clavaron en el jardín, como si fuera un amante al que nunca fuera a volver a ver.

«Podemos volver a hacer esto otra vez», escribió John en la libreta. «Si quieres».

Al ver que ella asentía rápidamente, John sintió alivio, teniendo en cuenta lo que acababa de hacer.

—Eso me gustaría mucho.

«Tal vez también podríamos ver una película. Arriba, en la sala de proyecciones».

—¿La sala de proyecciones?

John cerró las puertas tras él.

«Es una habitación creada especialmente para ver películas».

—¿Podemos ver la película ahora? —preguntó Cormia.

El fuerte tono de su voz hizo que John reconsiderara un poco la impresión que tenía sobre ella. Esa reserva y ese delicado tono de voz podían ser sólo producto de su educación, y no un rasgo de personalidad.

«Tengo que salir. Pero ¿podríamos hacerlo mañana por la noche?».

—Bien. Lo haremos después de la Primera Comida.

Muy bien, definitivamente esa timidez no era un rasgo de personalidad. Lo cual lo hizo preguntarse cómo llevaría la pobre toda esa historia de las Elegidas.

«Tengo clase, pero ¿podemos hacerlo después?».

—Sí. Y me gustaría aprender más sobre todas las cosas de aquí. —La sonrisa de Cormia iluminó la sala de billar como si fuera una llamarada y al verla girar sobre un pie, John pensó en esas hermosas bailarinas que salían de las cajitas de música.

«Bueno, tendré mucho gusto en enseñarte», escribió.

Cormia se detuvo, mientras su pelo suelto seguía moviéndose.

—Gracias, John Matthew. Serás un estupendo maestro.

Cuando ella levantó la vista para mirarlo, John vio sobre todo sus colores, no tanto la cara o el cuerpo: el rojo de las mejillas y los labios, el lavanda de la flor que tenía en la mano, el verde pálido brillante de los ojos, el amarillo dorado del pelo.

Sin ninguna razón en particular, pensó en Xhex. Xhex era como un día de tormenta en que el cielo está negro y el aire está cargado de electricidad. Cormia, en cambio, era como un día soleado, con un arco iris de colores brillantes y cálidos.

John se llevó la mano al corazón y le hizo una venia, luego se marchó. Mientras se dirigía a su habitación, se preguntó qué le gustaría más: ¿la tormenta o el día soleado?

Luego se dio cuenta de que ninguna de las dos estaba a su disposición, así que no importaba.

De pie en el callejón, con su nueve milímetros enterrada en el hígado de un hermano, el señor D estaba tan alerta como un gato salvaje. Habría preferido poner el cañón de su arma contra la sien del vampiro, pero para eso habría necesitado una escalera. A decir verdad, el maldito era inmenso.

Hacía que el viejo primo Tommy pareciera tan alto como una lata de cerveza. E igual de fácil de aplastar.

—Tienes el pelo como una mujer —dijo el señor D.

—Y tú hueles a baño de burbujas. Al menos yo puedo cortarme el pelo.

—Es Old Spice.

—La próxima vez prueba con algo más fuerte. Como estiércol de caballo.

El señor D le enterró más el cañón de la pistola.

—Quiero que te pongas de rodillas. Con las manos en la espalda y la cabeza gacha.

Mientras el hermano cumplía sus órdenes, el señor D se quedó absolutamente quieto, esperando el momento oportuno para sacar sus esposas de acero. Pues a pesar de que parecía un poco amanerado, este vampiro no era el tipo de criatura de la que te puedes olvidar y no sólo porque el hecho de capturar a un hermano sería una proeza que quedaría consignada en los libros de historia. El señor D tenía una serpiente de cascabel agarrada de la cola y era muy consciente de ello.

Al bajar la mano hacia el cinturón para sacar las esposas, él...

Pero la situación cambió de repente en un segundo.

El hermano giró sobre una rodilla y le pegó con la palma de la mano al cañón de la pistola. El señor D apretó el gatillo y la bala salió disparada al cielo.

Antes de que el eco del estallido se desvaneciera, el señor D estaba de espaldas contra el suelo, aturdido y confundido, y su sombrero había vuelto a salir volando de su cabeza.

A pesar de su brillante color amarillo, los ojos del hermano parecían los de un muerto cuando bajó la mirada. Pero, claro, nadie en su sano juicio habría intentado semejante maniobra mientras estaba de rodillas, con el cañón de una pistola pegado a su cuerpo. A menos que ya estuviera muerto.

El hermano levantó el puño por encima de su cabeza.

«Esto va a doler, seguro», pensó el señor D.

Entonces giró hacia un lado para escapar del vampiro y, con una finta veloz, lanzó una patada con los dos pies hacia la pantorrilla derecha del hermano.

Se oyó un chasquido y... ¡joder!, una parte de la pierna salió volando. Entonces el hermano se tambaleó, los pantalones de cuero quedaron vacíos de la rodilla para abajo en ese lado, y después se desplomó de bruces como un edificio.

Pero no era el momento adecuado para quedarse admirando lo que había ocurrido, así que el señor D se hizo a un lado y luego saltó sobre los escombros, seguro de que si no tomaba el control del juego, pronto estaría comiéndose sus propias vísceras. Le pasó una pierna por encima al vampiro, cogió un puñado de ese pelo de marica y tiró hacia atrás con fuerza, mientras buscaba su cuchillo.

Pero no pudo alcanzarlo. El hermano comenzó a corcovear como un toro, levantándose del pavimento y echándose hacia atrás. El señor D se agarró con las piernas y le pasó un brazo por el cuello, que era tan grueso como una pierna...

En un segundo, la tierra giró y —mierda— el hermano dio una vuelta y se acostó de espaldas, convirtiendo al señor D en un colchón.

Era como sentir una losa de granito sobre el pecho.

Al ver que el señor D quedaba aturdido durante una fracción de segundo, el hermano aprovechó la ventaja, se hizo a un lado y usó el codo como ariete contra su estómago. Mientras el señor D gruñía y comenzaba a resollar, vio el resplandor de una daga negra que salía de su funda y luego el hermano se puso de rodillas.

Entonces el señor D se preparó para ser apuñalado, mientras pensaba que había durado menos de tres horas como jefe de los restrictores y que eso sí era una presentación realmente lamentable.

Pero en lugar de recibir una puñalada en el corazón, el señor D sintió que le sacaban la camisa de entre los pantalones. Y cuando su barriga quedó toda blanca y expuesta en medio de la oscuridad de la noche, levantó la vista con horror.

Estaba a merced del hermano al que le gustaba rebanar a sus víctimas antes de matarlas. Lo cual significaba que no iba a ser una muerte fácil. Iba a ser un proceso largo y sangriento. Estaba seguro de que no se trataba del Destructor, pero ese bastardo iba a hacer que el señor D sufriera cada minuto de su viaje hasta las Puertas Nacaradas.

Y él sabía que, aunque estaban muertos, los restrictores sentían dolor.

***

Mientras se preparaba para asumir el papel de Sweeney Todd[*] con el insignificante asesino, Phury se tomó un momento para recuperar el aliento y buscar su prótesis. Dios, uno pensaría que, después de salvarse de recibir esa bala que tenía grabado su nombre en ella, debía estar exhausto y daría por terminada la jornada para largarse de ese callejón antes de que aparecieran más enemigos.

Pero no. A medida que descubría la barriga del asesino, se sentía al mismo tiempo paralizado e impulsado por un ardor irreprimible, y su cuerpo vibraba como si estuviera entrando en su habitación con una bolsa llena de humo rojo y sin ningún lugar adonde ir durante las siguientes diez horas.

Era como el adicto que se acababa de escapar de allí, feliz de que le hubiera tocado la lotería.

La voz del hechicero interrumpió la excitación, como si su entusiasmo hubiese atraído al espectro como la carne dañada al buitre.

«Este gusto por la carnicería es una sangrienta manera de diferenciarte, pero, claro, ser un simple fracasado sería un poco prosaico, ¿no es cierto? Y tú provienes de una familia que era noble hasta que tú la arruinaste. Así que adelante, socio».

Phury se concentró en la piel ondulante que acababa de descubrir y permitió que la sensación de la daga en su mano y el terror paralizante del asesino penetraran dentro de él. Mientras su mente se serenaba, sonrió. Era su momento. Se lo había ganado. Durante el tiempo que tardara en hacer lo que quería hacerle a ese

---

[*] *Sweeney Todd: el barbero diabólico de la calle Fleet.*

desgraciado, gozaría de paz y estaría a salvo de la inquietud que le producía la voz del hechicero.

Al hacer sufrir al asesino, él se curaba. Aunque sólo fuera durante un rato.

Entonces acercó la daga negra a la piel del asesino y...

—No te atrevas a hacerlo.

Phury miró por encima del hombro. Su gemelo estaba de pie, a la entrada del callejón, una enorme sombra negra con el cráneo rapado. No alcanzó a ver la cara de Zsadist, pero no era necesario ver que tenía el ceño fruncido para percibir su estado de ánimo. La rabia que sentía se proyectaba fuera de él en forma de olas.

Phury cerró los ojos y trató de combatir la ira que lo invadía. Maldición, eso era un robo. Se sentía absolutamente estafado.

En un segundo recordó la cantidad de veces que Zsadist le había exigido que lo golpeara, que lo golpeara hasta hacerle sangre. ¿Y su hermano pensaba que matar a un asesino no estaba bien? ¿Qué diablos importaba? No cabía duda de que este resctrictor debía haber matado a una buena cantidad de vampiros inocentes. ¿Cómo era posible que eso fuera peor que pedirle a tu hermano de sangre que te golpeara hasta dejarte en carne viva, aunque sabías que eso le descomponía el estómago y lo dejaba perturbado mentalmente durante varios días?

—Lárgate de aquí —dijo Phury, al tiempo que apretaba con más fuerza al restrictor, que comenzaba a retorcerse—. Esto es asunto mío. No tuyo.

—A la mierda con que no es asunto mío. Y tú me prometiste que ibas a dejar de hacerlo.

—Da media vuelta y lárgate, Z.

—¿Para que puedan masacrarte cuando lleguen los refuerzos?

El asesino que Phury tenía agarrado se levantó, tratando de soltarse, y era tan pequeño y fibroso que estuvo a punto de lograrlo. Ah, demonios, no, pensó Phury, no estaba dispuesto a perder su premio. Antes de darse cuenta de lo que hacía, enterró la daga en el vientre del asesino y la movió a través de sus intestinos.

El aullido del restrictor fue más fuerte que el grito de cólera de Zsadist, pero en ese momento Phury no se sintió mal por ninguno de los dos. Estaba mortalmente harto de todo, incluso de él mismo.

«Eso es, chico», susurró el hechicero. «Estás justo donde te quería».

Un segundo después, Zsadist estaba sobre él; le arrancó la daga y la lanzó al otro extremo del callejón. Mientras el asesino se desmayaba, Phury se puso de pie rápidamente para enfrentarse a su gemelo.

Pero no tenía puesta la prótesis, así que cayó hacia atrás contra la pared de ladrillo, al tiempo que pensaba que debía parecer un borracho y eso lo ponía más furioso.

Z recogió la prótesis y se la lanzó desde el otro lado del callejón.

—Ponte esa maldita cosa.

Phury la cogió al vuelo y se deslizó contra la superficie áspera y fría de la pared exterior del edificio de la lavandería.

«Mierda. Qué fracaso. Qué maldito fracaso», pensó. Y ahora, además, iba a tener que soportar las recriminaciones de sus hermanos.

¿Por qué Z no había podido tomar otro callejón? ¿O ese mismo, pero a otra hora?

Maldición, la verdad era que necesitaba actividad, pensó Phury. Porque si no dejaba salir parte de su rabia, iba a volverse loco, y si, después de todas sus malditas prácticas masoquistas, Z no podía entenderlo, pues a la mierda con su gemelo.

Zsadist desenfundó su daga, apuñaló al primer asesino para enviarlo de regreso al Omega y luego se quedó inmóvil sobre el rastro que dejó la llamarada.

—Huele a mierda —dijo su gemelo en Lengua Antigua.

—Es la nueva loción para después de afeitar de los restrictores —farfulló Phury y se restregó los ojos.

—Creo que deberíais pensar un poco sobre lo que ha pasado —se oyó decir a una voz con un pesado acento tejano.

Simultáneamente, Z giró sobre sus talones y Phury levantó la cabeza. El asesino enano tenía otra vez el arma en la mano y estaba apuntando a Phury mientras miraba fijamente a Z.

La respuesta de Z fue apuntar con su arma al asesino.

—Todos tenemos un problema —dijo el maldito, mientras se inclinaba con un gruñido y recogía su sombrero de vaquero. Luego se acomodó el Stetson en la cabeza y volvió a sostenerse el estómago—. Verás, si tú me disparas, mi mano va a apretar el gatillo y voy a matar a tu amigo aquí presente. Y si yo le disparo, tú me vas a llenar de plomo. —El asesino volvió a respirar profundamente y dejó escapar otro gruñido—. Creo que se trata de un empate y no tenemos toda la noche. Ya ha sonado un tiro y quién sabe quién ha podido oírlo.

El maldito tejano tenía razón. Después de la medianoche, el centro de Caldwell no era precisamente el Valle de la Muerte a mediodía. Había gente por los alrededores y no todos pertenecían a la categoría de humanos adictos. También había policías. Y vampiros civiles. Y otros restrictores. Claro, el callejón estaba bastante escondido, pero la privacidad que ofrecía era sólo relativa.

«Lo tienes difícil, socio», dijo el hechicero.

—Mierda —dijo Phury.

—Sí, así es —murmuró el asesino—. Creo que ahí es donde terminaríamos.

Como si estuviera planeado, las sirenas de la policía comenzaron a aullar y a acercarse.

Nadie se movió, ni siquiera cuando la patrulla dobló la esquina y empezó a acercarse por el callejón. En efecto, alguien debía haber oído ese tiro al aire que se disparó cuando Phury y el doble de John Wayne estaban forcejeando, y quienquiera que lo hubiese oído, ciertamente no se había quedado quieto.

La escena parecía congelada entre los edificios, cuando las luces de la patrulla de policía la iluminaron y el coche se detuvo con un chirrido.

Dos puertas se abrieron rápidamente.

—¡Arrojen sus armas!

La voz cansada del asesino resonó con un tono tan suave como la brisa de una noche de verano.

—Vosotros podéis encargaros de esto, ¿no es cierto?

—Preferiría encargarme de ti —le respondió Z.

—¡Arrojen sus armas o disparamos!

Phury entró en acción y obligó mentalmente a los humanos a entrar en un estado de somnolencia, al tiempo que le ordenaba al de la derecha que se subiera otra vez al coche y apagara las luces.

—Muy agradecido —dijo el asesino, al tiempo que comenzaba a avanzar por el callejón. Mantenía la espalda contra la pared, con los ojos sobre Zsadist y el arma apuntando a Phury. Cuando el maldito pasó junto a los policías, agarró el arma de la agente que tenía más cerca y le sacó de la mano lo que sin duda era una 9 milímetros, sin que la mujer opusiera resistencia.

El asesino apuntó con esa pistola a Z. Como tenía las dos manos ocupadas, la sangre negra empezó a brotar profusamente de sus entrañas.

—Los mataría a los dos, pero entonces sus simpáticos juegos de control mental dejarían de funcionar sobre este grupo de dignos representantes de la policía de Caldwell. Así que supongo que tendré que portarme bien.

—Maldición. —Z cambió el peso de su cuerpo de un pie a otro, como si quisiera salir corriendo.

—No es bueno andar maldiciendo —dijo el asesino cuando llegó a la esquina por la que había entrado la policía—. Que pasen buena noche, caballeros.

El hombrecillo se marchó rápidamente y sus pasos ni siquiera resonaron cuando arrancó a correr.

Phury les ordenó mentalmente a los policías que regresaran a la patrulla e hizo que la mujer llamara a la comisaría e informara que su investigación había demostrado que no había ningún altercado ni escándalo público en el callejón. Pero cuando se diera cuenta de que le faltaba la pistola... eso ciertamente era un problema. Maldito restrictor. Ningún recuerdo ficticio podía resolver el hecho de que faltaba una 9 milímetros.

—Dale tu arma —le dijo a Zsadist.

Su gemelo vació el cargador, mientras avanzaba hacia la oficial. No se preocupó por limpiar el arma antes de arrojarla sobre el regazo de la mujer. No había necesidad. Los vampiros no dejaban huellas que se pudieran identificar.

—Tendrá suerte si no se vuelve loca después de esto —dijo Z.

Tenía razón. No era su arma y estaba vacía. Phury hizo lo mejor que pudo y le implantó el recuerdo de haber comprado esa pistola nueva, haberla probado y haberle vaciado el cargador porque las balas estaban defectuosas. Pero no era una historia muy convincente. En especial, considerando que a todas las armas de la Hermandad les borraban el número de serie.

Phury le ordenó mentalmente al oficial que estaba tras el volante que diera marcha atrás y saliera del callejón. ¿Con qué destino? La comisaría, para tomarse un descanso.

Cuando se quedaron solos, Z miró a Phury a los ojos.

—¿Acaso quieres despertarte muerto?

Phury revisó su prótesis. Estaba intacta, al menos para el uso normal, sólo se había salido del sitio donde se enganchaba, debajo de la rodilla. Sin embargo, no era segura para pelear.

Entonces se levantó el pantalón de cuero, se la volvió a acomodar y se puso de pie.

—Me voy a casa.

—¿Has oído lo que te he dicho?

—Sí. Te he oído. —Phury miró a su gemelo a los ojos y pensó que era el menos indicado para hacerle esa pregunta. El deseo de morir había sido el principio operativo de Z hasta que conoció a Bella. Lo cual había sucedido, proporcionalmente, hacía unos diez minutos.

Z frunció el ceño sobre una mirada que se había vuelto totalmente negra.

—Vete directamente a casa.

—Sí. Directo a casa. Entendido.

Cuando dio media vuelta, Z dijo abruptamente:

—¿No olvidas algo?

Phury pensó en todas las veces que había seguido a Zsadist, desesperado por salvar a su hermano de matarse o de matar a alguien. Pensó en los días en que no podía dormir porque no dejaba de preguntarse si Z sería capaz de sobrevivir, debido a que se negaba a alimentarse de vampiresas e insistía en beber solamente sangre humana. Pensó en la dolorosa tristeza que lo invadía cada vez que veía la cara llena de cicatrices de su gemelo.

Y luego pensó en la noche en que se paró frente a su propio espejo y se cortó el pelo y se enterró la daga en la frente y la bajó hasta la mejilla para poder verse como Z... y poder tomar el lugar de su gemelo y quedar a merced de la sádica venganza de un restrictor.

Pensó en la pierna que se quitó de un disparo para salvar el pellejo de ambos.

Phury miró por encima del hombro.

—No. Lo recuerdo todo. Absolutamente todo.

Sin sentir ningún remordimiento, se desmaterializó y volvió a tomar forma en la calle del Comercio.

Frente al Zero Sum, con el corazón y la cabeza en llamas, se sintió impelido a cruzar la calle como si hubiese sido elegido especialmente para esa misión de autodestrucción y hubiese recibido un golpecito en el hombro, mientras el dedo huesudo de su adicción lo llamaba a dar un paso adelante.

No podía rechazar la invitación. Peor aún, no quería hacerlo.

Mientras se acercaba a la puerta principal del club, sus pies —el verdadero y el de titanio— estaban trabajando para el hechicero. Entonces atravesó la puerta principal, pasó frente al gorila que vigilaba la sección vip y frente a las mesas del fondo en las que se sentaba la gente importante, hasta llegar a la oficina de Rehvenge.

Los Moros lo saludaron con un movimiento de cabeza, y uno de ellos se acercó el reloj a la boca y dijo algo en voz muy baja. Mientras esperaba, Phury sabía muy bien que estaba atrapado en un remolino interminable que giraba y giraba como la broca de un taladro que entraba cada vez más hondo en la tierra. Y a medida que se hundía, cada nuevo nivel le ofrecía vetas más profundas y ricas de sustancias venenosas que se aferraban al tronco de su vida y tiraban de él hacia abajo. Se dirigía a la fuente, a consumirse en el infierno, que era su destino final, y cada barrera que encontraba en el descenso representaba un estímulo perverso.

El gorila que estaba a mano derecha, Trez, asintió con la cabeza y abrió la puerta hacia la cueva oscura. Allí era donde se compraban pequeños trozos de infierno en forma de bolsitas de celofán.

Phury entró con temblorosa impaciencia.

Rehvenge salió de una puerta corrediza que había en la pared; sus ojos de amatista lo miraron con suspicacia y un poco de decepción.

—¿Ya has acabado tu dosis habitual? —le preguntó en voz baja.

El maldito devorador de pecados lo conocía muy bien, pensó Phury.

—Soy un symphath, ¿recuerdas? —Rehv fue lentamente hasta su escritorio, apoyándose en el bastón—. Devorador de pecados es una expresión muy degradante. Y no queremos que mi lado perverso se entere de tus andanzas. Entonces, ¿cuánto te vas a llevar esta noche?

El vampiro se desabotonó su impecable chaqueta negra de doble botonadura y se sentó en una silla de cuero negro. El mechón de pelo le brillaba como si acabara de salir de la ducha y olía muy bien, una combinación de Cartier para hombres y algún tipo de champú con especias.

Phury pensó en el otro camello, el que acababa de morir en el callejón hacía un rato, el que se había desangrado mientras suplicaba una ayuda que nunca llegó. El hecho de que Rehv estuviera vestido como un caballero de la Quinta Avenida no cambiaba lo que era.

Phury bajó la vista hacia él mismo. Y se dio cuenta de que su ropa tampoco cambiaba lo que era él.

Le faltaba una de sus dagas.

Debía haberla dejado en el callejón.

—Lo de siempre —dijo, al tiempo que se sacaba un fajo de mil dólares del bolsillo—. Sólo lo de siempre.

Arriba, en su habitación de color rojo sangre, Cormia no podía librarse de la convicción de que, al salir al aire libre, había desencadenado una serie de acontecimientos cuyas consecuencias no podía predecir. Sólo sabía que las manos del destino estaban moviendo las cosas detrás del telón de terciopelo que cubría el escenario. Y cuando el telón volviera a subir, algo nuevo iba a revelarse.

No estaba segura de confiar en que el destino le estuviera preparando algo que le fuera a gustar, pero estaba atrapada, frente al público, y no tenía adónde ir.

Sólo que eso no era enteramente cierto…

Cormia fue hasta la puerta de su habitación, la abrió un poco y observó la alfombra oriental que se extendía hasta el comienzo de la gran escalera.

El corredor de las estatuas estaba a la derecha.

Cada vez que subía al segundo piso, les echaba un vistazo a esas elegantes figuras que reposaban en un corredor con ventanas y sentía una cierta fascinación. Con su formalidad, sus cuerpos inmóviles y sus vestidos blancos, le recordaban al santuario.

No obstante, su desnudez y el hecho de que fueran hombres le resultaba totalmente extraño.

Si pudiera salir, podría ir a ver las estatuas de cerca. Claro que podría.

Entonces Cormia salió al pasillo, deslizó sigilosamente sus pies descalzos por delante de la habitación del Gran Padre, y luego por delante de la de Rhage y Mary. El estudio del rey, al final de la escalera, estaba cerrado; y el vestíbulo, en el piso de abajo, estaba vacío.

Las estatuas se extendían por lo que parecía una eternidad. Estaban iluminadas desde arriba por luces instaladas en el techo y separadas unas de otras por ventanas de arco. A mano derecha, frente a algunas de las ventanas, había puertas que Cormia supuso que llevaban a más habitaciones.

Interesante. Si ella hubiese diseñado la casa, habría puesto las habitaciones del lado de las ventanas para que los habitantes disfrutaran de la vista del jardín. Tal y como estaban ahora, si tenía razón en la forma como se imaginaba que estaba distribuida la mansión, las habitaciones miraban hacia la otra ala de la casa, la que cerraba el extremo del fondo del jardín delantero. Era una vista bonita, cierto, pero era mejor tener vistas a los jardines y a las montañas. Al menos, ésa era su opinión.

Cormia frunció el ceño. Últimamente tenía pensamientos extraños. Pensamientos acerca de las cosas y la gente. La diferencia de opinión la ponía nerviosa, pero no podía evitarlo.

Mientras trataba de no preocuparse por pensar de dónde vendrían esas opiniones o lo que significaban, dobló la esquina y quedó frente al corredor.

La primera estatua representaba a un joven: un humano macho, a juzgar por su tamaño, que estaba envuelto en un manto de abundantes pliegues que se extendía desde el hombro derecho hasta la cadera izquierda. Tenía los ojos fijos en el suelo y su rostro parecía sereno, ni triste ni feliz. Tenía el pecho ancho, la parte superior de los brazos, que eran muy esbeltos, parecía fuerte y su vientre plano estaba enmarcado por las costillas.

La siguiente estatua era similar, sólo que sus extremidades estaban dispuestas de forma diferente. Y la siguiente estaba en otra posición. La cuarta también... excepto que esa estaba totalmente desnuda.

El instinto la hacía querer escapar, pero la curiosidad le exigió que se detuviera y observara.

La estatua era muy hermosa en su desnudez.

Cormia echó un vistazo rápido a su alrededor. No había nadie.

Entonces estiró la mano y tocó el cuello de la estatua. El mármol estaba caliente, lo cual le sorprendió, pero luego se dio cuenta de que la luz que había arriba era la fuente del calor.

Cormia pensó en el Gran Padre.

Habían pasado un día en la misma cama, ese primer día cuando llegó allí con él. Ella había tenido que pedirle que la dejara quedarse con él en su habitación y acostarse junto a él, y cuando se acomodaron debajo de las sábanas, la sensación de incomodidad los cubrió a los dos como una manta de cardos.

Pero luego ella se había quedado dormida... y sólo se despertó cuando sintió el cuerpo enorme de un macho que trataba de apretarse contra ella y algo duro, largo y tibio que le hacía presión sobre la cadera. Estaba demasiado asombrada para hacer otra cosa que consentir cuando, sin decir ni una palabra, el Gran Padre la había despojado de la ropa que cubría su cuerpo y había reemplazado la túnica con su propia piel y el peso de su fuerza.

En efecto, no siempre se necesitaban las palabras.

Con una caricia lenta, Cormia deslizó los dedos por el pecho de mármol templado de la estatua y se detuvo en el pezón que sobresalía de los músculos planos. Hacia abajo, las costillas y el estómago seguían un magnífico patrón de ondulaciones. Suaves, muy suaves.

La piel del Gran Padre era igual de suave.

El corazón de Cormia empezó a latir con fuerza cuando llegó a las caderas de la estatua.

Pero el tibio cosquilleo que sentía no tenía nada que ver con la piedra que tenía frente a ella. En su mente, Cormia se imaginaba que estaba tocando al Gran Padre. Lo que sus dedos acariciaban era su cuerpo; era su sexo, y no el de la estatua, lo que parecía llamarla.

La mano de Cormia siguió bajando hasta detenerse justo sobre el pubis del macho.

El ruido de alguien que irrumpía en la mansión resonó desde el vestíbulo.

Cormia saltó hacia atrás con tanta prisa para alejarse de la estatua que se enredó con el bajo de la túnica.

Al sentir unas pisadas enormes que se dirigían rápidamente a la escalera y comenzaban a subir hacia el segundo piso, se refugió en el nicho de una de las ventanas y se asomó tímidamente para ver qué pasaba.

El hermano Zsadist apareció en lo alto de las escaleras. Estaba vestido con la ropa que usaban para pelear, con dagas en el pecho y una pistola en el cinto… y a juzgar por la tensión de su mandíbula, parecía que todavía estaba en medio del combate.

Después de que el hermano saliera de su campo visual, Cormia oyó golpes en las que debían ser las puertas del estudio del rey.

Moviéndose silenciosamente, avanzó por el corredor y se detuvo en la esquina, al lado de donde estaba el hermano.

Se oyó un grito autoritario y luego la puerta se abrió y se cerró.

La voz del rey resonó a través de la pared contra la que ella estaba apoyada.

—¿No te estás divirtiendo esta noche, Z? Parece como si alguien acabara de cagarse en tu jardín.

Las palabras del hermano Zsadist parecían sombrías.

—¿Phury todavía no ha regresado?

—¿Esta noche? No, que yo sepa.

—Maldito bastardo. Dijo que vendría directo a casa.

—Tu gemelo dice muchas cosas. ¿Por qué no me cuentas cuál es el drama ahora?

Cormia se pegó contra la pared, con la esperanza de ser menos visible, y rogó que nadie pasara por el corredor. ¿Qué había hecho el Gran Padre?

—Lo atrapé haciendo sushi con los restrictores.

El rey profirió una maldición.

—Pensé que te había dicho que iba a dejar de hacer eso.

—Eso me dijo.

Se oyó un gruñido, como si el rey se estuviera restregando los ojos o tal vez las sienes.

—¿Qué fue exactamente lo que viste?

Hubo una larga pausa.

El rey habló en voz todavía más baja.

—Z, vamos, háblame. Debo saber qué es exactamente lo que tengo entre manos si voy a hacer algo al respecto.

—Está bien. Lo encontré con dos restrictores. Había perdido la prótesis y tenía una rozadura en el cuello, como si lo hubieran tratado de estrangular con una cadena. Estaba sobre el vientre de un asesino, con una daga en la mano. Maldición… estaba totalmente desprevenido, sin darse cuenta de lo que pasaba a su alrededor. No me vio hasta que le hablé. Yo habría podido ser otro maldito restrictor y ¿qué habría sucedido? Lo estarían torturando en este mismo momento o ya estaría más muerto que los muertos.

—¿Qué demonios voy a hacer con él?

La voz de Z adquirió de repente un tono solemne.

—No quiero que lo expulses.

—No es tu decisión. Y no me mires así… todavía soy tu jefe, maldito impertinente. —Hubo una pausa—. Mierda, estoy comenzando a pensar que tu gemelo necesita que lo enviemos directamente a un psiquiatra. Es un peligro para él mismo y para los demás. ¿Le dijiste algo?

—En ese momento llegó la policía…

—¿Así que también hubo policías involucrados en esto? Por Dios…

—Por eso no dije nada.

Las voces bajaron el tono y se volvieron inaudibles por un rato hasta que el hermano Zsadist dijo en tono más alto:

—¿Has pensado en lo que sería de él? La Hermandad es su vida.

—Tú sabes muy bien que tu hermano es un problema. Piensa. Sacarlo de la rotación durante una semana y mandarlo de vacaciones no es una solución. Tenemos que tomar medidas drásticas.

Se produjo un nuevo silencio.

—Mira, tengo que ir a ver a Bella. Sólo te pido que hables con Phury antes de lanzarlo al vacío. Él te escuchará. Y devuélvele esto.

Cuando algo pesado cayó probablemente sobre el escritorio, Cormia se refugió en una de las habitaciones de huéspedes. Un momento después oyó las pisadas del hermano Zsadist, que se dirigía a su habitación.

Un peligro para él y los demás.

Cormia no se podía imaginar al Gran Padre tratando a sus enemigos con brutalidad, ni poniéndose en peligro por ser descuidado. Pero ¿por qué iba a mentir el hermano Zsadist?

Él no lo haría.

De repente, Cormia se sintió exhausta, se sentó en el borde de la cama y echó un vistazo a su alrededor. La habitación estaba decorada con el mismo color lavanda pálido de su rosa favorita.

Qué color más hermoso, pensó y se dejó caer sobre el edredón.

Hermoso, ciertamente, aunque eso no sirvió para calmar sus agitados nervios.

***

El centro comercial de Caldwell tenía dos pisos llenos de tiendas como Hollister, H&M, Express, Banana Republic y Ann Taylor y estaba ubicada en la zona residencial de la ciudad. Su clientela se componía de tres cuartas partes de adolescentes y una cuarta parte de madres profesionales, de esas que viven corriendo. La zona de comidas tenía McDonalds, Kuik Wok, California Smoothie, Auntie Anne's y Cinnabon. Los puestos que había en las galerías centrales vendían todo tipo de artículos, allí se podía encontrar de todo: desde ropa hasta muñecas de trapo, teléfonos móviles y calendarios de animales.

El lugar olía a rancio y fresas de plástico.

Mierda, realmente estaba en el centro comercial.

John Matthew no podía creer que estuviera en el centro comercial. Las vueltas que daba la vida.

El lugar había sido renovado desde la última vez que lo vio, el color beige de las paredes había sido reemplazado por un rosa y un verde mar que le daba un aire tropical. Todo, desde las baldosas del suelo hasta las papeleras y las plantas de plástico y las fuentes parecían gritar: esto es genial.

Era como ver a un cincuentón con una camisa hawaiana. Todo parecía alegremente fuera de lugar y divertido.

Dios, ¡cómo cambiaban las cosas! La última vez que estuvo allí era un huérfano delgaducho que iba a la zaga de un grupo de otros chicos abandonados. Ahora estaba de otra vez allí, con colmillos en la boca, zapatos del número cuarenta y ocho y un cuerpo enorme que hacía que la gente lo esquivase para no cruzarse en su camino.

Aunque seguía siendo huérfano.

Y hablando de huérfanos, todavía podía recordar con claridad esos paseos allí, al centro comercial. Cada año, el orfanato de Saint Francis llevaba a los internos al centro comercial antes de la Navidad. Lo cual era más bien cruel, pues ninguno de los niños tenía dinero para comprar ninguno de los deslumbrantes y preciosos juguetes que estaban a la venta. John siempre había tenido miedo de que los echaran a patadas o algo así, pues nadie llevaba una bolsa de compras que justificara que el grupo pudiera usar los baños.

Pero esa noche no iba a tener ese problema, pensó, mientras se daba unos golpecitos en el bolsillo posterior del pantalón. Tenía en su billetera cuatrocientos dólares que se había ganado trabajando en la oficina del centro de entrenamiento.

Qué alivio tener dinero para gastar y pertenecer a las masas de compradores.

—No te habrás olvidado la billetera —preguntó Blay.

John negó con la cabeza.

—Aquí la tengo.

Unos cuantos metros por delante de ellos, Qhuinn iba guiándolos y se movía con rapidez. Parecía muy apurado desde que entraron y al ver que Blaylock se detenía frente a Brookstone, Qhuinn miró su reloj con impaciencia.

—Vamos, Blay —dijo con brusquedad—. Sólo falta una hora para que cierren.

—¿Qué te pasa hoy? —Blay frunció el ceño—. Estás horriblemente tenso y no pareces encontrarte bien.

—No importa.

Comenzaron a caminar más rápido y se cruzaron con varios grupos de adolescentes que se amontonaban como bancos de peces, divididos por especie y género: las chicas y los chicos no se mezclaban; los góticos y los *nerds,* tampoco. Las divisiones eran muy claras y John recordó exactamente cómo funcionaba. Él siempre había estado marginado de todos los grupos, así que había podido observarlos con cuidado.

Qhuinn se detuvo frente a Abercrombie and Finch, una de las tiendas más exclusivas.

—Vamos a darte un toque elegante.

John se encogió de hombros y dijo con lenguaje de señas:

—Sigo pensando que no necesito tanta ropa nueva.

—Tienes dos Levi's, cuatro camisetas Hanes y un par de Nikes. Y ese forro polar. —La última frase resonó con un tono casi de asco.

—También tengo sudaderas para entrenar.

—Con las que podrías salir en la portada del próximo número de *GQ*. —Qhuinn entró a la tienda—. Anda, vamos.

John lo siguió junto con Blay. Dentro, la música tronaba y la ropa se apretaba en las perchas; las fotografías de los modelos que colgaban de las paredes mostraban en blanco y negro grandes cantidades de gente perfectamente vestida.

Qhuinn comenzó a ojear las camisas con una expresión de disgusto, como si se tratara de algo que usaría su abuela. Lo cual tenía sentido. Él era, definitivamente, un hombre de Urban Outfitters, con una cadena colgando de los vaqueros azul oscuro, la camiseta Affliction, con la calavera y las alas, y las botas negras que eran tan grandes como una cabeza. Tenía el pelo negro peinado hacia arriba formando puntas y siete piercings en la oreja izquierda que subían desde el lóbulo hasta el cartílago de arriba.

John no sabía con certeza en qué otros sitios tenía piercings. Había algunas cosas de sus amigos que sencillamente no necesitaba saber.

Blay, cuyo estilo sí coincidía con el de la tienda, se fue por su lado y se dirigió a la sección de vaqueros rotos, que parecieron ser de su agrado. John se puso a dar vueltas por ahí, menos interesado en la ropa que en el hecho de que la gente comenzaba a mirarlos. Hasta donde sabía, los humanos no podían identificar a los vampiros, pero, joder, ellos tres estaban llamando mucho la atención por alguna razón.

—¿Puedo ayudarlos?

Los tres dieron media vuelta. La chica que les había hablado era tan alta como Xhex, pero hasta ahí llegaba el parecido entre las dos mujeres. A diferencia de la mujer que copaba las fantasías de John, ésta descollaba en la escala de la feminidad y sufría de algún tipo de compulsión relacionada con el cabello, una condición que se manifestaba en incesantes movimientos de cabeza y una urgencia evidentemente irresistible de acariciarse los rizos oscuros. Pero la chica tenía mucha habilidad. De alguna manera lograba moverse de esa forma compulsiva con mucha discreción, sin caerse sobre la estantería de las camisetas.

Realmente era algo impresionante. Aunque no necesariamente bueno.

Ahora, Xhex nunca…

Mierda. ¿Por qué siempre tenía que comparar a todas las chicas con Xhex?

Mientras Qhuinn le sonreía a la muchacha, en sus ojos brillaron algunos planes obscenos.

—Muy oportuna. Claro que necesitamos ayuda. Mi amigo necesita una inyección de modernidad. ¿Puedes echarle una mano?

Ay. Dios. No.

Cuando la chica fijó sus ojos en John, el ardor de su mirada hizo que el pobre se sintiera como si la dependienta acabara de meterlo entre sus piernas y le estuviera midiendo el pene.

Entonces John se refugió detrás de un expositor de camisas.

—Soy la gerente —dijo la chica, con un tono claramente seductor—. Así que están en las mejores manos. Todos ustedes.

—¡Qué bieeeen! —Los ojos disparejos de Qhuinn estudiaron con cuidado las piernas esbeltas de la muchacha—. ¿Por qué no te pones a trabajar con él? Yo estaré con vosotros para daros consejos.

Blay se paró junto a John.

—Yo revisaré todo lo que elijas y se lo llevaré al probador.

John respiró con alivio y le dijo gracias a su amigo, con rápidas señales de la mano, por acudir nuevamente en su ayuda. Blay debería llamarse «escudo protector». Era increíble.

La gerente sonrió con cierto retintín.

—Dos por uno me parece un buen trato. Caramba, no sabía que esta noche mi tienda se llenaría de chicos guapos.

Bien, iba a ser horrible.

Sin embargo, una hora después John estaba encantado. Resultó que Stephanie, la gerente, tenía buen ojo y cuando se concentraba en el tema de la ropa se le olvida su manía de la seducción. John terminó enfundado en unos vaqueros rotos, unas cuantas de esas camisas de botones y un par de camisetas ajustadas y sin mangas que incluso él tuvo que reconocer que resaltaban sus pectorales y sus músculos como si fueran algo digno de ver. Le embutieron también un par de gargantillas y una chaqueta de capucha negra.

Cuando terminó, John fue hasta la caja registradora con toda la ropa colgada del brazo. Al poner las cosas sobre el mostrador, vio un montón de pulseras en una cestita. Entre las pulseras de cuero y conchas destacaba un destello de lavanda y rebuscó hasta encontrarla. Era una pulsera tejida con cuentas del color de la rosa de Cormia, sonrió y la metió subrepticiamente debajo de una de las camisetas sin mangas.

Stephanie hizo la cuenta.

El total sumaba más de seiscientos dólares. Seiscientos. Dólares.

John comenzó a protestar. Sólo tenía cuatro…

—Yo tengo —dijo Blay y sacó una tarjeta negra, mientras miraba a John—. Puedes pagarme el resto después.

A Stephanie casi se le salen los ojos al ver la tarjeta y luego miró intensamente a Blay, como si estuviera reconsiderando la opinión que se había formado de él.

—Nunca antes había visto una American Express negra.

—No es nada especial. —Blay comenzó a mirar un montón de collares.

John le dio un apretón a su amigo en el brazo y luego dio un golpe en el mostrador para llamar la atención de Stephanie. Sacó su dinero, pero Blay negó con la cabeza y comenzó a hablarle por señas.

—Págame el resto después, ¿vale? Sé que lo vas a hacer si no. Necesitas toda esta ropa y quiero que te la lleves porque sé que si te vas de aquí sin una parte, luego no volverías a recogerla, aunque consiguieras los doscientos dólares que te faltan.

John frunció el ceño, pues le resultaba difícil rebatir ese argumento.

—Pero te voy a pagar la diferencia —dijo por señas y le entregó los cuatrocientos que tenía.

—Cuando puedas —contestó Blay—. Cuando buenamente puedas.

Stephanie pasó la tarjeta por la máquina, marcó la cantidad y esperó con los dedos sobre el recibo. Segundos después se escuchó un ruido y luego arrancó el recibo y se lo pasó a Blay con un bolígrafo azul.

—Bueno, ahora sí… hora de cerrar.

—¿De verdad? —Qhuinn apoyó la cadera contra el mostrador—. ¿Y qué significa eso exactamente?

—Que me voy a quedar sola aquí. Soy una jefa muy buena y dejo que los demás se vayan temprano.

—Pero entonces vas a estar muy solita.

—Así es. Cierto. Totalmente sola.

Mierda, pensó John. Si Blay era un escudo protector, Qhuinn era el rey de las complicaciones.

Qhuinn sonrió.

—¿Sabes? Mis amigos y yo nos sentiríamos muy mal dejándote aquí tan sola.

Ah, no… Claro que no se iban a sentir mal, pensó John. Tus amigos se van a sentir perfectamente.

Pero, por desgracia, la sonrisa de Stephanie pareció cerrar el trato. No iban a ir a ningún lado hasta que la chica terminara de hacer el recuento de caja, cosa para la que estaba recibiendo la entusiasta ayuda de Qhuinn.

Al menos trabajaban deprisa. Diez minutos después, la tienda estaba vacía, la puerta de seguridad que había a la entrada de la tienda estaba cerrada y la muchacha estaba tirando de Qhuinn para darle un beso.

John agarró sus dos bolsas de compras, mientras que Blay se concentró en mirar unas camisas que ya había visto.

—Vamos a uno de los probadores —dijo la gerente contra la boca de Qhuinn.

—Perfecto.

—Pero no tenemos que ir solos, por cierto. —La chica miró por encima del hombro y su mirada se clavó en John—. Hay suficiente espacio.

De ninguna manera, pensó John. Por nada del mundo.

Los ojos disparejos de Qhuinn brillaron con una chispa de mortificación y entonces le dijo a John por señas, sin que la chica se diera cuenta:

—Ven con nosotros, John. Alguna vez tiene que ser la primera, y ya va siendo hora de que lo hagas.

Stephanie aprovechó ese momento para darle un beso a Qhuinn y chuparle el labio inferior hasta meterlo entre sus dientes blancos, al tiempo que le introducía un muslo entre las piernas.

Imposible imaginarse qué más cosas le iría a hacer. Antes de que él se las hiciera a ella.

John negó con la cabeza.

—Me quedo aquí.

—Vamos. Puedes mirarme primero. Yo te mostraré cómo se hace.

El hecho de que fuera Qhuinn el que lo estuviera invitando no era ninguna sorpresa. Él constantemente tenía sexo con más de una pareja. Sólo que nunca le había pedido a John que participara.

—Vamos, John. Ven con nosotros.

—No, gracias.

Una expresión de molestia cruzó por los ojos de Qhuinn.

—No siempre vas a poder mantenerte al margen, John.

John desvió la mirada. Habría sido más fácil enfadarse con su amigo si él no pensara lo mismo constantemente.

—Está bien —dijo Qhuinn—. Enseguida vuelvo.

Con una sonrisa indolente, deslizó las manos por el trasero de la chica y la levantó del suelo. Mientras avanzaba hacia el fondo caminando de espaldas, la falda de la muchacha se subió hasta la cintura y dejó ver unas bragas rosas y unas nalgas muy blancas.

Cuando la parejita desapareció en el probador, John se volvió hacia Blay para hacerle algún comentario sobre lo promiscuo que era Qhuinn, pero de repente dejó las manos quietas. Blay estaba mirando hacia los probadores con una extraña expresión en el rostro.

John silbó bajito para llamar su atención.

—Puedes irte con ellos, ya sabes. Si quieres estar con ellos. Yo estaré bien aquí.

Blay negó con la cabeza, tal vez un poco demasiado rápido.

—No. Me quedo aquí.

Sólo que enseguida volvió a clavar los ojos en el probador y los mantuvo fijos allí mientras se escuchaba un gemido. A juzgar por el tenor del sonido, era difícil saber quién lo había emitido y Blay se puso aún más tenso de lo que ya estaba.

John volvió a silbar.

—¿Estás bien?

—Lo mejor será que nos pongamos cómodos. —Blay fue detrás del mostrador y se sentó en un banco—. Vamos a estar aquí un buen rato.

Cierto, pensó John. Lo que fuera que estaba molestando a su amigo era tema reservado.

John se subió al mostrador de un salto y empezó a balancear las piernas. Al oír otro gemido, comenzó a pensar en Xhex y se excitó.

Genial. Sencillamente fabuloso.

Estaba sacándose la camisa del pantalón para esconder su pequeño problema cuando Blay preguntó:

—Entonces, ¿para quién es la pulsera?

John respondió rápidamente:

—Para mí.

—Sí, claro. Ni siquiera te cierra, es demasiado pequeña. —Hubo una pausa—. Pero no tienes que decírmelo si no quieres.

—De verdad, no es nada importante.

—Está bien. —Después de un minuto, Blay dijo—: Entonces, ¿quieres ir al Zero Sum después de que salgamos de aquí?

John mantuvo la cabeza baja, mientras asentía.

Blay soltó una risita.

—Eso pensé. Y apuesto a que si vamos mañana por la noche, también vas a querer ir.

—Mañana por la noche no puedo —dijo rápidamente sin pensar.

—¿Por qué no?

—Porque no puedo. Tengo que quedarme en casa.

Volvió a escucharse otro gemido que venía del fondo y luego comenzó a oírse un golpeteo rítmico y amortiguado.

Cuando los ruidos cesaron, Blay respiró profundamente, como si hubiese estado corriendo y acabara de terminar el entrenamiento. John no lo culpaba. Él también quería irse lo más rápido posible. Con las luces apagadas y sin nadie alrededor, la ropa colgada tenía una apariencia siniestra.

Además, si llegaban al Zero Sum pronto, tendría un buen par de horas para tratar de ver a Xhex, y eso era…

Patético, en realidad.

Los minutos comenzaron a pasar. Diez. Quince. Veinte.

—Mierda —susurró Blay—. ¿Qué demonios están haciendo?

John se encogió de hombros. Conociendo las predilecciones de su amigo, no había manera de saberlo.

—Oye, Qhuinn —gritó Blay. Al ver que no lograba ningún tipo de respuesta, se levantó del banco—. Iré a ver qué sucede.

Blay fue hasta el probador y llamó. Después de un momento, asomó la cabeza por la puerta. Entonces abrió los ojos como platos y se ruborizó desde la raíz de su pelo rojo hasta las palmas de las manos.

Bueeeeno. Era evidente que la sesión no había terminado. Y lo que fuera que estaba pasando era digno de verse, pues Blay no se volvió enseguida. Después de un momento, movió lentamente la cabeza hacia arriba y hacia abajo, como si estuviera respondiendo a una pregunta que Qhuinn le hubiese hecho.

Cuando regresó a la caja registradora, Blay tenía la cabeza gacha y las manos hundidas en los bolsillos. No dijo ni una palabra mientras se sentaba de nuevo en el banco, pero comenzó a golpear el suelo con el pie a un ritmo de ochenta kilómetros por segundo.

Era evidente que su amigo no quería esperar más y John estaba totalmente de acuerdo.

Diablos, a esa hora ya podían estar en el Zero Sum.

Donde trabajaba Xhex.

Cuando esa idea obsesiva volvió a cruzar por su mente, a John le dieron ganas de romper el mostrador a cabezazos. Joder… la verdad era que la palabra «patético» tenía un nuevo sinónimo: ¡John Matthew!

U no de los problemas de la vergüenza es que no te hace más bajito, ni más silencioso ni menos visible. Sólo te sientes como si lo fueras.

Phury estaba en el jardín de la mansión, mirando fijamente la sombría fachada de la casa de la Hermandad. Toda gris, con una gran cantidad de ventanas oscuras y siniestras, el lugar parecía un gigante que hubiese sido enterrado hasta el cuello y no estuviera muy contento con su situación.

Él tenía tantas ganas de entrar en la mansión como la mansión de recibirlo.

Al sentir una brisa, miró hacia el norte. Era una típica noche de agosto en el norte del estado de Nueva York. Todos los alrededores seguían en verano, con los árboles llenos de hojas, la fuente encendida y las macetas de flores a cada lado de la entrada de la casa. Sin embargo, el aire tenía una consistencia diferente. Un poco más seco. Un poco más frío.

Las estaciones, al igual que el tiempo, eran implacables.

No, eso no era cierto. Las estaciones no eran más que una manera de medir el tiempo, igual que los relojes y los calendarios.

«Estoy envejeciendo», pensó.

Cuando sus pensamientos comenzaron a adentrarse por direcciones que parecían peores que el drama que probablemente le esperaba en la mansión, atravesó la puerta y entró al vestíbulo.

La voz de la reina salió desde la sala de billar, acompañada de un cuarteto de bolas que se estrellaban suavemente una contra otra y caían con un golpe seco. Tanto la maldición como la risa que siguieron tenían acento de Boston. Lo que significaba que Butch, que era capaz de derrotar a todos los demás habitantes de la casa, acababa de perder frente a Beth. Por segunda vez, por supuesto.

Mientras los escuchaba, Phury pensó que no podía recordar cuándo había sido la última vez que jugó una partida de billar o pasó un rato tranquilo con sus hermanos; y aunque lo hubiese hecho, estaba seguro de que no habría estado tranquilo. Él nunca estaba en paz. Para él la vida era una moneda que tenía por un lado el desastre y, por el otro, la víspera del desastre.

«Necesitas otro porro, socio», dijo el hechicero arrastrando las palabras. «Mejor aún, fúmate el paquete entero. Eso no cambiará el hecho de que eres un absoluto imbécil, pero aumentará las posibilidades de que le prendas fuego a tu cama cuando caigas inconsciente en ella».

Con ese propósito, Phury decidió enfrentarse a los leones y subir al segundo piso. Si tenía suerte, la puerta de Wrath estaría cerrada...

Pero no era así y el rey estaba ante su escritorio.

Wrath levantó la vista de la lupa con la que estaba examinando un documento. Aun a través de sus gafas oscuras era evidente que estaba bastante cabreado.

—Te estaba esperando.

En la imaginación de Phury, el hechicero se recogió las vestiduras negras y se sentó sobre una silla reclinable tapizada con piel humana.

«Mi reino por unas palomitas de maíz y un refresco. Esto va a ser es-pec-ta-cu-laaaar».

Phury entró al estudio y sus ojos apenas se fijaron en las paredes pintadas de azul, los sofás forrados en seda color crema y la chimenea de mármol blanco. En el aire flotaba un olor dulzón a restrictor y Phury pensó que seguramente Zsadist acababa de estar en el mismo sitio en que él estaba ahora.

—Supongo que Z ya habrá hablado contigo —dijo, porque no había razón para no llamar a las cosas por su nombre.

Wrath dejó la lupa a un lado y se recostó tras su escritorio Luis XIV.

—Cierra la puerta.

Phury se encerró con él.

—¿Quieres que hable yo primero?

—No, ya has hablado suficiente. —El rey levantó sus enormes botas y las dejó caer sobre la frágil estructura del escritorio. Aterrizaron como un par de cañonazos—. En realidad hablas demasiado.

Movido más por la cortesía que por la curiosidad, Phury se quedó esperando a que el rey comenzara a recitar la lista de sus errores. Sabía muy bien cuáles eran: arriesgarse a que lo mataran en el campo de batalla, asumir la responsabilidad de ser el Gran Padre de las Elegidas y no haber completado la ceremonia, preocuparse en exceso por la vida de Z y Bella, no prestarle suficiente atención a Cormia, fumar todo el tiempo…

Phury se concentró en el rey y esperó a que una voz distinta de la del hechicero comenzara a hacer el relato de sus meteduras de pata.

Sólo que no ocurrió. Wrath no dijo absolutamente nada.

Lo cual parecía sugerir que los problemas eran tan grandes y evidentes que enumerarlos sería como señalar una bomba a punto de explotar y decir: vaya, eso va a producir un estruendo y también va a dejar un cráter en el suelo.

—Pensándolo bien —dijo Wrath—, dime qué debo hacer contigo. Dime qué demonios debería hacer.

Al ver que Phury no decía nada, Wrath murmuró:

—¿Sin comentarios? ¿Eso quiere decir que tú tampoco sabes qué hacer?

—Creo que los dos sabemos cuál es la respuesta.

—No estoy seguro de eso. ¿Qué *crees* que debo hacer?

—Sacarme de la rotación por un tiempo.

—Ah.

Más silencio.

—Entonces, ¿eso es lo que vas a hacer? —preguntó Phury. Joder, de verdad, necesitaba un porro.

Wrath golpeó las botas una contra otra.

—No lo sé.

—¿Eso quiere decir que quieres que siga peleando? —Lo cual sería un resultado mucho mejor del que había esperado—. Te doy mi palabra de que…

—Vete a la mi-er-da. —Wrath se levantó con un movimiento rápido y rodeó el escritorio—. Le dijiste a tu gemelo que ibas a volver directamente a casa, pero apuesto lo que sea a que fuiste a ver a Rehvenge. Le prometiste a Z que ibas a dejar de masacrar a los asesinos y no cumpliste tu palabra. Dijiste que ibas a ser el Gran Padre y no lo eres. Demonios, no haces más que decir que te vas a tu cuarto a dormir, pero todos sabemos lo que haces allí. ¿Y de verdad esperas que confíe en tu maldita palabra?

—Entonces dime qué quieres que haga.

Desde detrás de las gafas oscuras, los ojos pálidos y desenfocados del rey parecían escudriñarlo.

—No estoy seguro de que sacarte un tiempo de las rotaciones y mandarte a terapia intensiva vaya a servir de algo, porque no creo que hagas ninguna de las dos cosas.

Un terror frío surgió en las entrañas de Phury, como un perro herido y mojado.

—¿Entonces me vas a expulsar?

Ya había sucedido antes en la historia de la Hermandad. No con frecuencia, pero ya había ocurrido. Phury pensó en Murhder… Mierda, sí, probablemente él era el último que había sido expulsado.

—No es tan simple como eso —dijo Wrath—. Si te echo de aquí, ¿dónde quedan las Elegidas? El Gran Padre siempre ha sido un hermano y no sólo por cuestiones de linaje. Además, Z no se lo tomaría muy bien, a pesar de lo cabreado que está contigo.

Genial. Sus redes de seguridad eran proteger a su hermano de volverse loco y ser la puta de las Elegidas.

El rey caminó hasta la ventana. Fuera, los árboles llenos de hojas de verano se mecían empujados por una brisa cada vez más fuerte.

—Esto es lo que pienso… —Wrath se levantó las gafas de la nariz y se restregó los ojos como si tuviera dolor de cabeza—. Tú deberías…

—Lo siento —dijo Phury, pues era lo único que podía decir.

—Yo también. —Wrath dejó caer las gafas en su lugar y sacudió la cabeza. Cuando regresó al escritorio y se sentó, tenía la mandíbula y los hombros tensos. Abrió un cajón y sacó una daga negra.

La de Phury. La que se había quedado en el callejón.

Z debía de haberla encontrado y llevado a casa.

El rey empuñó la daga y se aclaró la garganta.

—Dame tu otra daga. Quedas fuera de la rotación de forma permanente. Si vas a ver a un psiquiatra o no, y lo que suceda con las Elegidas, ya no es asunto mío. Y no tengo nada más que decirte, porque la verdad es que tú sólo haces lo que te da la gana. El hecho de que te ordene o te pida algo no tiene relevancia.

Phury sintió que el corazón dejaba de latirle en el pecho. A pesar de todos los desenlaces que había previsto para esta confrontación, nunca se le ocurrió pensar que Wrath pudiera lavarse las manos de esa manera.

—¿Pero sigo siendo un hermano?

El rey sólo se quedó mirando la daga… un gesto que Phury interpretó como: sólo de forma nominal.

Había cosas que no era necesario decir.

—Yo hablaré con Z —murmuró el rey—. Diremos que vas a trabajar en la parte administrativa. No más trabajo de campo para ti; y tampoco seguirás viniendo a las reuniones.

Phury sintió vértigo, como si estuviera cayendo de un edificio y acabara de hacer contacto visual con el trozo de acera que tenía su nombre grabado.

No más redes. No más promesas que romper. En lo que tenía que ver con el rey, estaba solo y por su cuenta.

Mil novecientos treinta y dos, pensó. Había estado sólo setenta y seis años en la Hermandad.

Phury se llevó la mano al pecho, agarró la empuñadura de la daga que le quedaba, la desenfundó con un solo movimiento y la puso sobre el ridículo escritorio azul pálido.

Luego le hizo una reverencia al rey y salió sin decir nada más.

«Bravo», gritó el hechicero. «Qué lástima que tus padres ya estén muertos, socio. Estarían encantados de presenciar este soberbio momento… Espera, ¿quieres que los traigamos de vuelta?».

Phury sintió que dos imágenes lo golpeaban: la de su padre desmayado en una habitación llena de botellas de cerveza y la de su madre acostada en la cama, con la cara hacia la pared.

Cuando regresó a su habitación, sacó su reserva de humo rojo, se lió un porro y lo encendió.

Con todo lo que había sucedido esa noche y el hechicero empeñado en hundirlo más y más, la opción era fumar o gritar. Así que se puso a fumar.

***

Al otro lado de la ciudad, Xhex se sentía fatal mientras acompañaba a Rehvenge al salir por la puerta trasera del Zero Sum hasta su Bentley blindado. Rehv no parecía sentirse mejor que ella: una sombra lúgubre vestida con un abrigo largo de piel que se movía lentamente por el callejón.

Xhex abrió la puerta del conductor y esperó a que su jefe se acomodara en el asiento acolchado con la ayuda del bastón. A pesar de que esa noche hacía calor, Rehv puso la calefacción y se subió las solapas del abrigo para cubrirse el cuello: señal de que todavía estaba bajo los efectos de su última dosis de dopamina. Pero pronto se le pasarían. Siempre iba sin tomar la medicación. No era seguro acudir a esas citas medicado.

Durante veinticinco años, ella había querido ir con él para apoyarlo en estas visitas a su chantajista, pero como obtenía una negativa cada vez que lo pedía, había decidido resignarse y quedarse callada. Sin embargo, no podía evitar ponerse de muy mal humor.

—¿Te quedarás en tu refugio de seguridad? —preguntó Xhex.

—Sí.

Xhex cerró la puerta y se quedó observando mientras Rehv se iba. Él nunca le había dicho dónde tenían lugar los encuentros, pero ella tenía una ligera idea. El sistema GPS del coche indicaba que se dirigía al norte del estado.

Dios, Xhex odiaba lo que él tenía que hacer.

A causa del error que ella había cometido hacía dos décadas y media, Rehv había tenido que prostituirse todos los primeros martes de cada mes para protegerlos a los dos.

La princesa symphath a la que él servía era peligrosa. Y ardía de deseo por él.

Al principio, Xhex pensó que los iba a delatar a él y a ella de manera anónima, para que los deportaran a la colonia symphath. Pero resultó ser más inteligente que eso. Si eran deportados, tendrían suerte si lograban sobrevivir seis meses, a pesar de lo fuertes que eran. Los mestizos no eran tan fuertes como los purasangres y, además, la Princesa estaba emparejada con su propio tío, el cual era un poderoso déspota posesivo.

Xhex soltó una maldición. No tenía ni idea de por qué Rehv no la odiaba y no podía entender cómo era posible que pudiera soportar la parte sexual del asunto. Sin embargo, tenía la sensación de que esas noches eran la razón por la cual Rehv cuidaba tanto a sus chicas. A diferencia de los demás proxenetas, él sabía exactamente qué sentían las prostitutas, sabía con precisión lo que era acostarse con alguien a quien no deseas porque esa persona tiene algo que tú necesitas, ya sea dinero o silencio.

Xhex todavía tenía que encontrar una salida para los dos, pues lo que hacía que la situación fuese todavía más insostenible era que Rehv había dejado de buscar la forma de liberarse. Lo que en algún momento había sido una situación de crisis, se había convertido en una nueva realidad. Dos décadas después, todavía seguía prostituyéndose para protegerlos y seguía siendo culpa de Xhex. Cada primer martes de mes, se iba y hacía lo impensable con alguien a quien odiaba… y así era la vida.

—Mierda —gritó en el callejón—. ¿Cuándo va a cambiar esto?

La única respuesta que obtuvo fue una ráfaga de viento que levantó las páginas de un periódico y las bolsas de plástico que había en el suelo.

Al regresar al club, sus ojos se adaptaron rápidamente a los rayos láser que destellaban por todas partes, sus oídos absorbieron la música psicodélica y su piel registró un leve descenso en la temperatura.

La sección vip parecía relativamente tranquila, tan sólo con los clientes habituales, pero de todas maneras intercambió miradas con sus dos gorilas. Después de que ellos asintieran con la cabeza para confirmar que todo estaba bien, Xhex miró a las chicas que estaban sirviendo en las mesas y vio cómo desocupaban sus bandejas y llevaban nuevas rondas de bebidas. Luego calculó los niveles de las botellas que había tras la barra.

Cuando llegó a la cuerda de terciopelo, observó la multitud que se agolpaba en la zona principal del club. El gentío que ocupaba la pista de baile se movía como un océano encabritado que subía, bajaba y volvía a subir. Las parejas y los tríos giraban mientras se manoseaban y los láseres rebotaban sobre las caras y los cuerpos en sombras que se mezclaban sin ton ni son.

Era una noche de poca congestión; a medida que avanzaba la semana, la asistencia iba creciendo hasta llegar al punto máximo los sábados por la noche. Para ella, como jefa de seguridad, los viernes eran, por lo general, el día más difícil, debido a los idiotas que pretendían deshacerse de los residuos de una mala semana de trabajo drogándose hasta terminar con una sobredosis o metidos en alguna pelea.

Aunque, pensó, teniendo en cuenta que los idiotas con adicciones eran el pan de cada día del club, la verdad era que las cosas se podían complicar en cualquier momento, cualquier noche.

Por fortuna, Xhex hacía muy bien su trabajo. Rehv controlaba la venta de drogas, alcohol y mujeres, se ocupaba del grupo de corredores de apuestas que rendían cuentas a la mafia de Las Vegas y de los contratos para ciertos proyectos especiales que requerían «fuerza». Ella se encargaba de mantener el ambiente del club bajo control para que los negocios pudieran seguir su curso con la menor interferencia posible de la policía humana y los clientes idiotas.

De pronto vio que entraba por la puerta principal el grupo de vampiros a los que se refería como «los Chicos».

Mientras retrocedía para ocultarse entre las sombras, observó cómo los tres jóvenes vampiros atravesaban la cuerda de terciopelo que separaba la sección vip y se dirigían al fondo. Siempre se sentaban en la mesa de la Hermandad si estaba libre, lo cual significaba que querían tener una posición estratégica, pues la mesa estaba al lado de una salida de emergencia, ubicada en un rincón, o que habían recibido instrucciones de la plana mayor de sentarse allí y quedarse tranquilitos.

«La plana mayor», es decir, Wrath, el rey en persona.

Sí, los Chicos no eran lo que se diría un grupo típico de gallitos de pelea, pensó Xhex mientras los veía acomodarse. Por una infinidad de razones.

El que tenía los ojos de dos colores distintos era un camorrista. Xhex vio cómo el muchacho pedía una cerveza y luego se levantaba y se iba a la parte principal del club para buscar entretenimiento. El pelirrojo se quedó en su puesto, lo cual tampoco era ninguna sorpresa. Él era el niño explorador que nunca faltaba, obediente y respetuoso de las reglas. Lo cual le hacía temer lo que habría debajo de esa cara de niño bueno.

De los tres, sin embargo, el mudo era el más enigmático. Su nombre era Tehrror, alias John Matthew, y el rey era su whard. Lo cual significaba que, en lo que tenía que ver con Xhex, el chico era como un florero de porcelana en medio de un campo de entrenamiento. Si algo llegaba a ocurrirle, el club estaba jodido.

Joder, cómo había cambiado ese chico en los últimos meses. Xhex lo había visto antes de la transición, todo flacucho y débil, absolutamente insignificante, pero ahora se había convertido en un macho enorme y fuerte… y los machos así eran un problema si comenzaban a repartir golpes. Aunque hasta ahora John se había mantenido en el grupo de los que se sientan a observar, los ojos del chico parecían los de un viejo en medio de su rostro juvenil, lo cual sugería que debía haber pasado por algunas malas experiencias. Y las malas experiencias tendían a ser el combustible que avivaba las llamas cuando la gente estallaba.

El de los ojos disparejos, alias Qhuinn, hijo de Lohstrong, regresó con un par de estoy-lista-para-lo-que-quieras, dos rubias que obviamente habían elegido el color de sus trajes para que combinara con sus bebidas: lo poco que llevaban puesto era rosa, como el cóctel que estaban tomando.

El pelirrojo, Blaylock, no parecía muy ducho en esas lides, pero eso no era problema, pues Qhuinn tenía suficiente experiencia por los dos. Tenía tanta experiencia que incluso podría darle un poco a John Matthew, pero no lo hacía porque John nunca participaba. Al menos, Xhex nunca lo había visto.

Después de que los amigos de John desaparecieran con las rubias, Xhex se acercó al chico sin tener ninguna razón en particular. Él se puso tieso cuando la vio, pero eso siempre le pasaba, aunque siempre la estaba observando. Cuando eres jefa de seguridad, la gente tiende a querer saber dónde estás.

—¿Cómo estás? —preguntó.

El muchacho se encogió de hombros y comenzó a jugar con su botella de cerveza. Xhex pensó que seguramente le habría gustado que la botella tuviera una etiqueta para arrancarla.

—¿Te importa si te hago una pregunta?

El chico abrió los ojos un poco más de la cuenta, pero volvió a encogerse de hombros.

—¿Por qué nunca te vas al fondo con tus amigos? —Se trataba, desde luego, de un asunto que no era en absoluto de su incumbencia y, peor aún, Xhex no sabía por qué le importaba. Pero, diablos, tal vez todo se debía a que era el primer martes del mes y ella estaba tratando de pensar en otra cosa.

—Tú le gustas a las chicas —dijo—. Las he visto mirándote. Y tú también las miras, pero siempre te quedas aquí.

John Matthew se puso tan rojo que Xhex lo notó a pesar de la penumbra.

—¿Ya estás comprometido? —murmuró, todavía más curiosa—. ¿El rey ya ha elegido una hembra para ti?

John negó con la cabeza.

Muy bien, era hora de dejarlo en paz. El pobre chico era mudo así que, ¿cómo pretendía que le respondiera?

—¡Quiero mi bebida ahora! —Una atronadora voz masculina retumbó por encima de la música y Xhex se volvió a mirar. Dos mesas más allá, un tío con pinta de matón mafioso estaba alzándole la voz a una camarera que, por la forma en que temblaba, parecía aterrorizada.

—Discúlpame —le dijo Xhex a John.

Cuando el matón agarró a la camarera de la falda, la pobre chica perdió el control de la bandeja y los cócteles salieron volando.

—¡He dicho que me traigas mi bebida ahora!

Xhex se puso detrás de la camarera y la ayudó a recuperar el equilibrio.

—No te preocupes. El señor ya se marcha.

El hombre se levantó de la silla. Medía casi dos metros.

—¿Ah, sí?

Xhex se le acercó hasta que quedaron pecho contra pecho. Le miró a los ojos, mientras que sus instintos de symphath luchaban por salir, pero se concentró en las púas metálicas que tenía clavadas alrededor de los muslos. Apoyándose en el dolor que se infligía a sí misma, lograba combatir su naturaleza.

—Te vas ahora mismo —dijo con voz suave— o te saco a rastras de aquí.

El tipo tenía un aliento asqueroso, olía a pescado podrido.

—Odio a las lesbianas. Siempre piensan que son más fuertes de lo que realmente...

Xhex agarró al hombre por la muñeca, le dio una pequeña vuelta y le retorció el brazo por detrás de la espalda. Luego metió la pierna detrás de los tobillos del tío y lo empujó hasta hacerle perder el equilibrio. El tipo aterrizó como un trozo de carne, mientras bufaba una maldición y su cuerpo caía sobre la alfombra.

Con un movimiento rápido, Xhex se inclinó, hundió una mano entre el pelo engominado del hombre y con la otra agarró el cuello de su chaqueta. Mientras lo arrastraba hacia la salida lateral, estaba haciendo varias cosas al mismo tiempo: armando un escándalo que atrajo la atención de los demás clientes, incurriendo en los delitos de asalto y agresión y exponiéndose a que se armara una trifulca mayor si los amigos del pobre desgraciado decidían involucrarse. Pero de vez en cuando había que montar un escándalo. Cada uno de los idiotas que frecuentaban la sección vip estaba observando, al igual que sus gorilas, que ya eran de por sí bastante irritables, y las putas, muchas de las cuales tenían problemas totalmente comprensibles a la hora de controlar su ira.

Para mantener la paz, tenías que ensuciarte las manos de vez en cuando.

Y, teniendo en cuenta la cantidad de productos para el cabello que ese imbécil llevaba encima, Xhex iba a tener que lavarse las manos muy bien cuando todo acabara.

Al llegar a la salida lateral que estaba al lado de la mesa de la Hermandad, se detuvo para abrir la puerta, pero John se le adelantó. Como un absoluto caballero, le abrió la puerta de par en par y la sostuvo abierta con su largo brazo.

—Gracias —dijo ella.

En el callejón, Xhex puso al matón de espaldas y le registró los bolsillos. Mientras el tipo yacía allí, parpadeando como un pez en el fondo de un barco de pesca, el hecho de que lo registrara se sumó a la lista de infracciones de Xhex. Ella tenía competencias policiales dentro del club, pero el callejón era, técnicamente, propiedad de la ciudad de Caldwell. Aunque en realidad el lugar donde se realizara el registro no era muy relevante, pues de todas maneras se trataba de una acción ilegal, en la medida en que ella no tenía motivos para creer que el tío llevara encima drogas o armas escondidas.

De acuerdo con la ley, nadie puede registrar a otro sólo por ser un desgraciado.

Ah… pero, vaya… En esos momentos era cuando Xhex se alegraba de no seguir las normas al pie de la letra y hacer caso a su instinto. Además de la billetera, encontró una buena cantidad de cocaína, junto con tres tabletas de éxtasis. Entonces agitó las bolsitas de celofán ante los ojos del hombre.

—Podría hacer que te arrestaran —dijo, y sonrió al ver que el tío empezaba a tartamudear—. Sí, sí, ya sé, no son tuyas. No tienes ni idea de cómo llegaron a tus bolsillos. Eres tan inocente como un chiquillo de dos años. Pero ¿ves lo que hay encima de esa puerta?

Al ver que el tío no respondía con la suficiente rapidez, Xhex lo agarró de las mejillas y le volvió la cara.

—¿Ves esa lucecita que parpadea? Es una cámara de seguridad. Así que esta mierda… —dijo, y mostró las bolsitas ante la cámara y luego abrió la billetera—… estos dos gramos de cocaína y tres tabletas de éxtasis que han salido del bolsillo delantero de tu traje, señor… Robert Finlay… ya han quedado registrados digitalmente. Ah… mira, tienes dos niños preciosos. Seguro que preferirían desayunar contigo mañana por la mañana, en lugar de desayunar con la niñera porque tu esposa está tratando de sacarte de la cárcel.

Xhex le volvió a meter la billetera dentro del traje y se quedó con las drogas.

—Mi sugerencia es que manejemos esto con discreción y cada uno siga su camino. No vuelvas a pisar mi club nunca, y yo no te mando a la cárcel. ¿Qué dices? ¿Hay acuerdo?

Mientras el hombre consideraba si aceptaba la oferta o no, Xhex se puso de pie y dio un paso atrás por si la cosa se ponía fea y tenía que defenderse. Sin embargo, no creía que fuera a ser necesario. La gente que estaba dispuesta a pelear tenía el cuerpo tenso y los ojos alerta. Pero ese idiota parecía un trapo y era evidente que se había quedado sin fuerzas y sin dignidad.

—Vete a casa —le dijo Xhex.

Y el hombre obedeció.

Mientras se alejaba, Xhex se metió las drogas en el bolsillo trasero.

—¿Te ha gustado el espectáculo, John Matthew? —preguntó sin darse la vuelta.

Cuando miró por encima del hombro, el aire se le atragantó en la garganta. Los ojos de John brillaban en la oscuridad… mientras el chico la miraba fijamente, con la clase de concentración que adoptan los machos cuando quieren sexo. Sexo de verdad.

Y entonces se dio cuenta de que John ya no era ningún chiquillo.

La naturaleza de symphath de Xhex era más fuerte que ella misma y, sin proponérselo, entró en la mente de John. Él estaba pensando en… estaba acostado en una cama de sábanas revueltas, con la mano entre las piernas encima de un gigantesco pene y la mente fija en una imagen de ella, mientras se masturbaba.

Lo había hecho muchas veces.

Xhex giró sobre los talones y se le acercó. Cuando llegó hasta donde él estaba, John no se movió, pero eso no la sorprendió. En ese preciso instante, no se trataba de ningún jovencito torpe que sale huyendo. Era todo un macho que se enfrentaba a ella de igual a igual.

Lo cual era… Ah, la verdad, muy poco estimulante. En. Realidad… no era nada estimulante.

Cuando levantó la vista para mirarlo, Xhex tenía la intención de decirle que se fuera a clavar esos brillantes ojos azules en las mujeres humanas del club y la dejara en paz. Tenía la intención de decirle que ella estaba más allá de su alcance y debía renunciar a esa fantasía. Tenía la intención de alejarlo, como había alejado a todos los demás, excepto al testarudo Butch O'Neal, antes de que se convirtiera en hermano.

Pero en lugar de eso le dijo en voz baja:

—La próxima vez que pienses en mí de esa manera, di mi nombre cuando eyacules. Eso te excitará más.

Luego Xhex dejó que su hombro rozara contra el pecho de John, mientras se hacía a un lado y abría la puerta del club.

La respiración entrecortada del muchacho siguió resonando en su oído por un rato.

Cuando regresó a trabajar, se dijo a sí misma que sentía el cuerpo caliente debido al esfuerzo físico de arrastrar a ese idiota hasta la puerta.

Su temperatura no tenía nada que ver con John Matthew.

***

Xhex volvió a entrar al club y John se quedó allí como un absoluto idiota. Lo cual tenía sentido. La mayor parte de su sangre había abandonado el cerebro para concentrarse en la erección que crecía dentro de sus vaqueros envejecidos de A & F recién estrenados. El resto se le había subido a la cara.

Lo cual significaba que no tenía sangre en el cerebro.

¿Cómo demonios sabía Xhex lo que él hacía cuando pensaba en ella?

Uno de los gorilas que vigilaba la oficina de Rehvenge se acercó.

—¿Estás saliendo o entrando?

John regresó a su silla, se bebió la cerveza de un trago y se alegró cuando una de las camareras se acercó con otra, sin que él tuviera que pedirla.

Xhex había desaparecido de la zona principal del club y John trató de localizarla con los ojos a través de la cascada que separaba la zona vip de los demás.

Sin embargo, no necesitaba verla para saber dónde estaba. Podía sentirla. En medio de todos los cuerpos que había en el club, sabía cuál pertenecía a ella. Xhex estaba junto al bar.

Dios, el hecho de que ella pudiera dominar a un tío que le doblaba el tamaño sin sudar ni una gota era excitante.

El hecho de que ella no pareciera ofendida al saber que John había fantaseado con ella era un alivio.

El hecho de que ella quisiera que él dijera su nombre cuando eyaculaba… le hacía desear eyacular en ese mismo instante.

Probablemente esto respondía a la pregunta de si prefería un día soleado a uno tormentoso. Y así John supo exactamente qué iba a hacer en cuanto regresara a casa.

CAPÍTULO
9

Más allá de la colcha de retazos formada por las granjas de Caldwell, al norte de las ciudades que se levantan sobre las sinuosas orillas del río Hudson, y a unas tres horas de la frontera con Canadá, se alzan las montañas Adirondack. Majestuosa y cubierta de pinos y cedros, la cordillera fue formada por glaciares que bajaron desde la frontera de Alaska, antes de que fuera conocida como Alaska y antes de que hubiese humanos o vampiros que la identificaran como una frontera.

Cuando la última glaciación se retiró a los libros de historia que se escribirían mucho después, los grandes valles que quedaron en la tierra se llenaron con el agua producida por el deshielo de los icebergs. A lo largo de varias generaciones de humanos, esos inmensos pozos geológicos fueron llamados con nombres como lago George, lago Champlain, lago Saranac y lago Blue Mountain.

Los humanos, esos molestos conejos parásitos, con sus múltiples camadas de hijos, se asentaron en el corredor del río Hudson en busca del agua, al igual que lo hicieron muchos otros animales. Pasaron los siglos y surgieron ciudades y se establecieron «civilizaciones». Sin embargo, las montañas siguieron siendo las dueñas del paisaje.

Y ahora, en la era de la electricidad, la tecnología, los automóviles y el turismo, las Adirondacks seguían dominando el paisaje de esta región del norte de Nueva York.

De modo que aún hay muchos parajes solitarios en medio de todos esos bosques.

Cuando vas por la interestatal 87, conocida como la carretera norte, las salidas comienzan a distanciarse cada vez más hasta que puedes llegar a recorrer diez, quince o veinte kilómetros sin encontrar ninguna. E incluso si tomas algunas de las salidas que se abren a la derecha, lo único que encuentras es un par de tiendas, una gasolinera y dos o tres casas.

La gente se puede esconder en las Adirondacks.

Los vampiros se pueden ocultar en las Adirondacks.

Al final de la noche, mientras el sol se aprestaba a hacer una espectacular salida por el oriente, un vampiro caminaba solo a través de los densos bosques de la montaña Saddleback, arrastrando su cuerpo maltrecho. El hambre era lo único que lo impulsaba, el instinto básico de beber sangre era lo único que lo mantenía en pie y luchando por avanzar entre las ramas.

Un poco más adelante, entre los pinos, su presa estaba inquieta y nerviosa.

El ciervo sabía que lo estaban siguiendo, pero no podía ver qué era lo que lo acechaba. De pronto levantó el hocico, olfateó el aire y movió las orejas hacia delante y hacia atrás.

La noche estaba fría en esa región tan lejana y elevada de la montaña. Teniendo en cuenta que el vampiro sólo llevaba encima unos cuantos jirones de ropa, sus dientes castañeteaban y tenía las uñas azules, pero aunque hubiese dispuesto de más ropa, no se la habría puesto. La única concesión que le hacía a la existencia era satisfacer su necesidad de beber sangre.

Sin embargo, tampoco estaba dispuesto a quitarse la vida. Hacía mucho tiempo había oído que si te suicidabas no podías entrar al Ocaso, y ahí era donde quería llegar. Así que pasaba los días en medio del sufrimiento, esperando morirse de hambre o terminar gravemente herido.

Pero el proceso estaba durando demasiado. Aunque, claro, la forma en que escapó de su antigua vida varios meses atrás lo había traído a esos bosques por azar más que por designio, pues él tenía la intención de aparecer en otra parte, en un lugar aún más peligroso.

No obstante, ya no podía recordar dónde estaba ese lugar.

El hecho de que sus enemigos no hubiesen llegado hasta ese punto tan remoto y profundo de las Adirondacks lo había salvado al principio, pero ahora resultaba frustrante. Estaba demasiado débil para desmaterializarse y tratar de buscar a los asesinos y tampoco tenía fuerza suficiente para caminar largas distancias.

Estaba atrapado allí en las montañas, esperando a que la muerte lo encontrara a él.

Durante el día, se escondía de la luz del sol en una cueva; una cavidad en el granito de la montaña era su refugio. Pero no dormía mucho. El hambre y los recuerdos lo mantenían despierto y alerta.

Su presa se alejó dos pasos de él.

Respiró profundamente y se obligó a reunir toda la energía que tenía. Si no lo hacía ahora estaría perdido; y no sólo por el hecho de que el cielo estaba empezando a iluminarse hacia el oriente.

En un segundo, desapareció y tomó forma alrededor del cuello del ciervo. Se aferró a las delgadas patas de su presa y hundió sus colmillos en la yugular que subía desde el aterrado corazón del animal.

Pero no lo mató. Sólo ingirió lo suficiente para sobrevivir otro día negro y llegar a otra noche todavía más oscura.

Cuando terminó, abrió los brazos de par en par y dejó que huyera. Al oír cómo escapaba ruidosamente internándose en el bosque, sintió envidia de la libertad del animal.

No se sintió muy fortalecido por la sangre, sin embargo. Últimamente, la energía que invertía en alimentarse era equivalente a lo que recibía a cambio. Lo cual significaba que el fin estaba cerca.

El vampiro se sentó en el lecho de agujas de pino en descomposición que tapizaba el bosque y miró hacia arriba a través de las ramas. Por un momento se imaginó que el cielo de la noche no estaba negro sino blanco y que las estrellas allá en lo alto no eran planetas fríos que reflejaban la luz, sino las almas de los muertos.

Se imaginó que estaba contemplando el Ocaso.

Eso era algo que hacía con frecuencia y entre la inmensa pléyade de luceros encontró los dos que consideraba propios, los dos que le habían sido arrebatados: un par de estrellas, una más grande y que brillaba con intensidad y otra pequeña y más dubitativa. Estaban muy pegadas, como si la pequeña estuviera buscando el refugio de su m…

El vampiro no podía pronunciar esa palabra. Ni siquiera mentalmente. Así como no podía decir los nombres que asociaba a las estrellas.

Aunque en realidad no importaba.

Esos dos luceros eran suyos.

Y pronto se reuniría con ellos.

CAPÍTULO

10

E l reloj que estaba al lado de Phury cambió de manera que en la pantalla digital se reflejaron cuatro palitos: once y once de la mañana.

Phury revisó su provisión de humo rojo. Estaba bajando rápidamente y, a pesar de lo drogado que estaba, tuvo un ataque de taquicardia. Mientras hacía cálculos, trató de fumar más despacio. Llevaba cerca de siete horas abusando de la bolsita… así que, si seguía así, se quedaría sin nada alrededor de las cuatro de la tarde.

El sol se ocultaba a las siete y media y él no podía estar en el Zero Sum antes de las ocho.

Cuatro horas de abstinencia. O, más exactamente, cuatro horas en las que podría estar tal vez demasiado lúcido.

«Si quieres», dijo el hechicero, «puedo leerte un cuento para que te duermas. Éste es estupendo. Se trata de un vampiro que se comporta como su padre alcohólico. Y termina muerto en un callejón. Sin que nadie lo llore. Es un clásico, prácticamente shakespeariano. A menos que ya lo conozcas, socio».

Phury subió el volumen de *Donna non vidi mai* y respiró profundamente.

Mientras la voz del tenor subía de acuerdo con las disposiciones de Puccini, Phury pensó en la voz de Z. Qué voz, la que tenía ese hermano. Como un órgano de iglesia, pasaba de los tonos

123

más agudos a unos bajos tan profundos que tu médula se convertía en caja de resonancia, y si oía algo una sola vez era capaz de reproducirlo perfectamente. Luego le imprimía su propio estilo a la melodía o podía crear algo totalmente nuevo. Su talento podía con todo: ópera, blues, jazz, rock and roll antiguo. Él era su propia radio.

Y siempre dominaba las voces del coro en el templo de la Hermandad.

Era difícil creer que ya nunca más oiría esa voz en la cueva sagrada.

O alrededor de la casa, si lo pensaba bien. Habían pasado varios meses desde la última vez que Z cantó algo, probablemente debido a que su preocupación por Bella no le mantenía precisamente muy contento, y no había manera de saber si alguna vez volvería a hacer sus conciertos improvisados.

El destino de Bella sería el que decidiera eso.

Phury le dio otra calada al porro. Dios, ardía en deseos de ir a verla. Quería asegurarse de que estaba bien. Prefería la confirmación visual a esa respuesta tan frecuente de que la falta de noticias son buenas noticias.

Pero él no estaba en condiciones de ir de visita y no sólo por estar drogado. Levantó las manos y se las llevó al cuello, donde examinó la marca que le había dejado la cadena. Aunque sanaba rápido, no lo hacía tan rápido y los ojos de Bella no tenían ningún problema. No había razón para preocuparla.

Además, Z debía estar con ella; y ver a su gemelo cara a cara sería demasiado peligroso, considerando cómo habían quedado las cosas entre ellos en ese callejón.

Un golpeteo que llegó desde la cómoda le hizo levantar la cabeza.

Al otro lado de la habitación, el medallón del Gran Padre estaba vibrando, el antiguo talismán de oro funcionaba como una especie de buscapersonas. Phury lo vio moverse sobre la madera, formando un pequeño círculo, como si estuviera buscando una pareja de baile entre el juego de cepillos de plata junto al cual lo había dejado.

Pero él no tenía ninguna intención de ir al Otro Lado. De ninguna manera. Ser expulsado de la Hermandad ya era suficiente, no necesitaba más emociones en un solo día.

Dio una última calada al porro, se levantó y salió de su habitación. Al salir al pasillo, miró hacia la puerta de Cormia, como siempre solía hacer. Estaba un poco abierta, lo cual era inusual, y entonces oyó una especie de golpe.

Se acercó y llamó suavemente a la puerta.

—¿Cormia? ¿Estás bien?

—¡Ah! Sí… sí, estoy bien. —Su voz se oía como amortiguada.

Al ver que ella no decía nada más, se inclinó.

—Tu puerta está abierta. —Bueno, no había que ser un genio para notarlo—. ¿Quieres que la cierre?

—Lo siento, me habré olvidado de cerrarla.

Como tenía curiosidad de saber cómo le había ido a Cormia con John Matthew, dijo:

—¿Te molesta si entro?

—Por favor.

Phury abrió la puerta totalmente.

Cormia estaba sentada en la cama con las piernas cruzadas, trenzándose el cabello húmedo. Había una toalla a su lado, lo cual explicaba el ruido que había oído y su túnica… su túnica estaba abierta formando una V y la suave redondez de sus senos estaba a punto de quedar totalmente expuesta.

¿De qué color tendría los pezones?

Phury desvió rápidamente la mirada y se encontró con una rosa color lavanda que reposaba en un florero de cristal sobre la mesita de noche.

Al sentir que el pecho se le cerraba sin ninguna razón en particular, frunció el ceño.

—Entonces, ¿qué tal lo has pasado con John?

—Muy bien. Es un chico encantador.

—¿De veras?

Cormia asintió con la cabeza, al tiempo que envolvía la punta de la trenza con una cinta de satén blanco. Bajo la tenue luz de la lámpara, la gruesa trenza brillaba como si fuera de oro y él pensó que era una lástima que se envolviera la trenza en la cabeza hasta formar un moño en la base de la nuca. Quería mirar su pelo un poco más, pero tuvo que conformarse con los mechones que ya empezaban a aparecer alrededor del rostro.

Era toda una aparición, pensó, y deseó tener a mano una hoja de papel y su pluma.

Curioso… ella… tenía un aspecto diferente, pensó Phury. Pero, claro, tal vez se debía a que tenía un poco de color en las mejillas.

—¿Qué habéis hecho?

—Corrí al aire libre.

Phury frunció el ceño.

—¿Porque algo te asustó?

—No, porque podía hacerlo.

De repente, Phury se la imaginó corriendo sobre el césped del jardín, con el pelo flotando tras ella.

—¿Y qué hizo John?

—Observar.

Conque sí.

Antes de que Phury pudiera decir algo más, ella agregó:

—Usted tiene razón, él es muy amable. Esta noche me va a poner una película.

—¿Ah, sí?

—Me enseñó a usar la televisión. Y mire lo que me dio. —Cormia extendió la muñeca. Sobre ella había una pulsera hecha con cuentas color lavanda y eslabones de plata—. Nunca había tenido algo así. Lo único que he tenido es mi perla de Elegida.

Al ver que ella se tocaba la perla iridiscente en forma de lágrima que llevaba colgada al cuello, Phury entornó los ojos. La mirada de Cormia era tan cándida, tan pura y adorable como el capullo de rosa que había sobre la mesilla de noche.

Las atenciones que John había tenido con ella hicieron que Phury viera su negligencia con más claridad.

—Lo siento —dijo Cormia con voz queda—. Me quitaré la pulsera…

—No. Te queda muy bien. Es preciosa.

—Dijo que era un regalo —murmuró Cormia—. Me gustaría guardarla.

—Y eso es lo que debes hacer. —Phury respiró profundamente y miró alrededor de la habitación. Cuando vio la compleja estructura hecha de palillos de dientes y… guisantes, preguntó—: ¿Qué es eso?

—Ah… sí. —Cormia se acercó con rapidez, como si quisiera ocultar lo que era.

—¿Qué es?

—Es algo que está en mi cabeza —dijo y se volvió hacia él, pero luego le dio la espalda—. Sólo es algo que empecé a hacer.

Phury atravesó la habitación y se arrodilló junto a ella. Con cuidado, pasó el dedo por un par de uniones.

—Es fantástico. Parece la estructura de una casa.

—¿Le gusta? —Cormia también se arrodilló—. La verdad es que me lo inventé yo.

—A mí me encantan la arquitectura y el arte. Y esto… el diseño es genial.

Cormia ladeó la cabeza mientras examinaba la estructura y él sonrió, al tiempo que pensaba en que él hacía lo mismo con sus dibujos.

Movido por un impulso, dijo:

—¿Te gustaría ir al pasillo de las estatuas? Estaba a punto de ir a dar un paseo. Es subiendo la escalera.

Cuando Cormia levantó los ojos hacia los suyos, había una determinación en ellos que le cogió por sorpresa.

Luego se dio cuenta de que ella no había cambiado, como había pensado hacía un momento. Era la misma, pero lo miraba de diferente manera.

Vaya, se dijo. Tal vez a ella realmente le gustaba John. Se sentía atraída hacia él. Ése sí que sería un giro sorprendente de la situación.

—Me encantaría ir con usted —dijo Cormia—. Me gustaría ver el arte.

—Bien. Esto está… bien. Vamos. —Phury se levantó y extendió su brazo sin ninguna razón aparente.

Después de un momento, Cormia deslizó su palma sobre la de él. Al tomarse de la mano, Phury se dio cuenta de que la última vez que habían tenido contacto físico fue aquella borrascosa mañana en su cama… cuando él tuvo ese sueño erótico y despertó con su cuerpo excitado sobre ella.

—Vamos —murmuró y la condujo hacia la puerta.

***

Cuando salieron al pasillo, Cormia no podía creer que fuera de la mano del Gran Padre. Después de pasar tanto tiempo deseando tener algo de intimidad con él, era increíble que finalmente tuviera no sólo eso, sino un contacto físico de verdad.

Mientras se dirigían adonde ella ya había estado, Phury le soltó la mano, pero siguió caminando junto a ella. Casi no se notaba que cojeaba, apenas se veía una ligera sombra en sus elegantes movimientos y, como siempre, él le parecía más adorable que cualquier obra de arte que pudiera contemplarse.

Sin embargo, Cormia estaba preocupada por él, y no sólo por lo que había oído.

La ropa que llevaba puesta no era la que normalmente usaba para bajar a comer. Llevaba los pantalones de cuero y la camisa negra de botones, la ropa con la que peleaba. Y estaba manchada.

De sangre, pensó. De su sangre y la de sus enemigos.

Pero eso no era lo peor. Había una marca en su cuello, como si la piel de esa zona hubiese sufrido alguna lesión, y también tenía moretones, en el dorso de la mano y a los lados de la cara.

Cormia pensó en lo que el rey había dicho sobre el Gran Padre. «Un peligro para él y para los demás».

—Mi hermano Darius era coleccionista de arte —dijo el Gran Padre, al pasar frente al estudio de Wrath—. Al igual que el resto de las cosas de esta casa, todas estas esculturas eran suyas. Ahora son de Beth y John.

—¿John es el hijo de Darius, hijo de Marklon?

—Sí.

—He leído algo acerca de Darius. —Y acerca de Beth, la reina, que era su hija. Pero no había nada sobre John Matthew. Curioso… como hijo del guerrero debería haber aparecido en la lista que había en la página titular, junto con los demás hijos de Darius.

—¿Leíste la biografía de Darius?

—Sí. —Había ido a buscar información sobre Vishous, el hermano con el que originalmente estaba comprometida. Sin embargo, de haber sabido quién terminaría siendo el Gran Padre, habría revisado las estanterías llenas de volúmenes forrados de cuero rojo para buscar algo sobre Phury, hijo de Ahgony.

El Gran Padre se detuvo a la entrada del corredor de las estatuas.

—¿Qué hacéis cuando muere un hermano? —preguntó Phury—. ¿Qué hacéis con sus libros?

—Una de las escribanas marca todas las páginas en blanco con un símbolo chrih negro y se anota la fecha en la primera página del primer volumen. También hay ceremonias. Las celebramos por Darius y estamos esperando… Bueno, aún no sabemos lo que ha sido de Tohrment, hijo de Hharm.

Phury asintió con la cabeza y siguió avanzando, como si acabaran de discutir un asunto menor.

—¿Por qué lo pregunta? —preguntó ella.

Hubo una pausa.

—Todas estas estatuas provienen del periodo greco-romano.

Cormia se cerró más las solapas de la túnica.

—¿De veras?

El Gran Padre pasó frente a las cuatro primeras estatuas, incluida la que estaba totalmente desnuda, gracias a la Virgen Escribana, pero se detuvo frente a la que le faltaban partes.

—Están un poco estropeadas, pero si consideramos que tienen más de dos mil años, es un milagro que sobrevivan aunque sea una parte de ellas. Eh… Espero que los desnudos no te ofendan.

—No —dijo Cormia, pero se alegró de que él no supiera de qué manera había tocado la que estaba desnuda—. Creo que son hermosas, independientemente de que estén cubiertas o no. Y no me importa que sean imperfectas.

—Estas estatuas me recuerdan al lugar donde crecí.

Cormia se quedó esperando, muy consciente de lo mucho que deseaba que él terminara la frase.

—¿Por qué?

—Teníamos un jardín de estatuas. —Phury frunció el ceño—. Pero estaban cubiertas de hiedra. Todos los jardines lo estaban. Había hiedra por todas partes.

El Gran Padre retomó el paseo.

—¿Dónde creció usted? —preguntó Cormia.

—En el Viejo Continente.

—¿Y sus padres…?

—Estas estatuas fueron traídas en los años cuarenta y cincuenta. Darius pasó por una etapa de interés por la escultura y, como siempre había odiado el arte moderno, esto fue lo que compró.

Al llegar al final del corredor, Phury se detuvo frente a la puerta que llevaba a una de las habitaciones y se quedó mirándola fijamente.

—Estoy cansado.

Bella debía de estar en esa habitación, pensó Cormia. Era evidente, a juzgar por la expresión del Gran Padre.

—¿Ha comido algo? —preguntó ella, pensando que sería maravilloso poder llevarlo en la dirección contraria.

—No lo recuerdo. —Phury bajó la vista hacia sus pies, que estaban enfundados en pesadas botas de combate—. Por… Dios. No me he cambiado de ropa. —Su voz sonaba extrañamente vacía, como si darse cuenta de eso lo hubiese dejado en blanco—. Debería haberme cambiado. Antes de hacer esto.

«Extiende la mano», se dijo Cormia. «Extiende la mano y toma la suya. Del mismo modo en que él tomó la tuya».

—Debería cambiarme —dijo el Gran Padre en voz baja—. Tengo que cambiarme.

Cormia respiró profundamente y, al tiempo que extendía el brazo, le tomó de la mano. Estaba fría. Alarmantemente fría.

—Regresemos a su habitación —le dijo—. Regresemos allí.

Phury asintió con la cabeza, pero no se movió, y antes de que ella se diera cuenta de lo que hacía, lo estaba llevando como a un niño. Al menos estaba llevando su cuerpo, pues Cormia sentía que su mente estaba en alguna otra parte.

Llevó a Phury a su habitación, hacia los confines de mármol de su baño y, cuando lo detuvo, él se quedó donde ella lo dejó, frente a los dos lavabos y el espejo inmenso. Mientras ella abría la cámara que rociaba agua, que ellos llamaban ducha, él esperó con más inconsciencia que paciencia.

Cuando sintió que el agua estaba lo bastante caliente, se volvió hacia él.

—Su Excelencia, todo está listo. Puede lavarse.

Los ojos amarillos de Phury miraban fijamente hacia uno de los espejos, pero no parecía reconocerse en el reflejo de su apuesto rostro. Era como si un desconocido se enfrentara a él desde el espejo, un desconocido en el que él no confiaba y al que no aprobaba.

—¿Su Excelencia? —dijo Cormia. Phury estaba alarmantemente inmóvil y de no haber estado de pie, Cormia habría comprobado si el corazón le seguía latiendo—. Su Excelencia, la ducha.

«Tú puedes hacerlo», se dijo a sí misma.

—¿Puedo desvestirlo, Su Excelencia?

Después de que él asintiera con un sutil movimiento de cabeza, Cormia se puso frente a él y levantó las manos hacia los botones de la camisa. Fue desabotonando uno por uno y la tela negra fue abriéndose gradualmente hasta dejar expuesto el inmenso pecho del Gran Padre. Cuando Cormia llegó al botón que estaba a la altura del vientre, dio un tirón a los faldones para sacarlos de los pantalones de cuero y siguió. Durante todo este tiempo, el Gran Padre se mantuvo inmóvil y sin oponer resistencia, con los ojos fijos en el espejo, incluso cuando ella abrió totalmente los dos lados de la camisa y se la bajó por los hombros.

Estaba magnífico bajo la tenue luz del baño; a su lado, las estatuas parecían obras mediocres. Tenía un pecho enorme y el ancho de sus hombros era casi tres veces el de ella. La cicatriz en forma de estrella que tenía en el pectoral izquierdo parecía tallada en la piel suave y sin vello. Cormia sintió deseos de tocarla, de seguir con el dedo los rayos que salían del centro de la marca.

Quería poner sus labios allí, pensó, sobre su corazón. Sobre la insignia de la Hermandad.

Dejó la camisa en el borde de la bañera y esperó a que el Gran Padre continuara desvistiéndose. Pero él no hizo ningún ademán de seguir haciéndolo.

—¿Quiere que… le quite los pantalones?

Phury asintió con la cabeza.

A Cormia le temblaron los dedos mientras desabrochaba la hebilla del cinturón y abría el botón de los pantalones. El cuerpo del Gran Padre se mecía hacia delante y hacia atrás debido a los movimientos de ella, pero no mucho, y Cormia se asombró de ver lo sólido que era.

Querida Virgen Escribana, el Gran Padre olía deliciosamente.

La cremallera de cobre bajó lentamente y Cormia tuvo que sostener las dos mitades de la pretina juntas, debido al ángulo en que estaba trabajando. Cuando las soltó, la parte delantera del pantalón se abrió totalmente. Debajo de los pantalones, Phury llevaba unos calzoncillos negros ajustados, lo cual fue un alivio.

En cierto modo.

La protuberancia del sexo del Gran Padre la hizo tragar saliva.

Estaba a punto de preguntarle si debía continuar, cuando levantó la vista y se dio cuenta de que él no estaba realmente ahí. Así que si no seguía con lo que estaba haciendo, él terminaría metiéndose a la ducha medio vestido.

Mientras le bajaba el pantalón por los muslos hasta las rodillas, sus ojos se fijaron en el bulto que escondía el suave algodón y recordó lo que había sentido cuando él se había tumbado sobre ella durante el sueño. Lo que estaba viendo ahora le había parecido entonces mucho más largo y en ese momento estaba duro y hacía presión contra su cadera.

Eso era lo que provocaba la erección. Las lecciones sobre el ritual del apareamiento que le había dado la anterior Directrix eran muy detalladas, y su maestra le había explicado con precisión lo que sucedía cuando los machos se aprestaban a tener sexo.

También sabía, gracias a las lecciones de la Directrix, que las hembras sentían dolor cuando el miembro se endurecía.

Mientras se obligaba a dejar de pensar en esas cosas, Cormia se arrodilló para deshacerse de los pantalones y se dio cuenta de que debería haberle quitado las botas antes. Entonces tuvo que abrirse camino a través de los pliegues de cuero que se arremolinaban en los tobillos hasta lograr quitarle una bota, apoyándose en las piernas de Phury para obligarlo a pasar el peso de una pierna a la otra. Luego comenzó el proceso en el otro lado… y se encontró con el pie que no era de verdad.

Cormia siguió, sin detenerse ni siquiera un momento. La tara del Gran Padre era indiferente para ella, aunque desearía saber cómo se había herido de manera tan grave. Debía haber sido durante un combate. Sacrificar tanto por la raza…

Los pantalones de cuero salieron de la misma manera que las botas: gracias a una serie de tirones que el Gran Padre no pareció notar. Sencillamente se apoyaba sobre el pie que ella le dejaba sobre el mármol, tan firme como un roble. Cuando por fin volvió a mirar hacia arriba, sólo quedaban dos prendas sobre su cuerpo: los calzoncillos, que tenían las palabras Calvin Klein en la etiqueta, y la pierna ortopédica.

Cormia fue hasta la ducha y abrió la puerta.

—Su Excelencia, el baño en forma de cascada está listo.

Phury la miró.

—Gracias.

Con un movimiento rápido, se quitó los calzoncillos y se acercó a ella, desnudo.

Cormia dejó de respirar. El miembro inmenso de Phury colgaba flácido y largo desde su base, y la cabeza redondeada se mecía ligeramente.

—¿Te quedarás mientras me ducho? —preguntó él.

—Ah… Ah, ¿es eso lo que desea?

—Sí.

—Entonces yo… Sí, me quedaré.

E l Gran Padre desapareció detrás de la mampara de la ducha y Cormia vio cómo se metía bajo el chorro y su magnífico pelo se aplastaba a medida que se iba mojando. Con un gruñido, arqueó la espalda y levantó las manos hacia la cabeza, mientras su cuerpo formaba una elegante y poderosa curva y el agua caía sobre su cabello y su pecho.

Cormia se mordió el labio inferior al ver que él se volvía hacia un lado y cogía un frasco. Se oyó un ruido como de succión cuando apretó el frasco sobre la palma una vez... dos veces... Luego volvió a ponerlo en su lugar y se llevó las manos al pelo para masajear su melena. Montones de espuma se escurrieron por sus brazos y cayeron desde sus codos hasta las baldosas del suelo, a sus pies. El perfume que se esparció por el aire le recordó a Cormia el aire libre.

Como no confiaba en la firmeza de sus rodillas y tenía la piel tan caliente como el agua que caía sobre el Gran Padre, Cormia se sentó en el borde de mármol del jacuzzi.

El Gran Padre cogió luego una pastilla de jabón, la frotó entre las palmas de sus manos y se lavó los brazos y los hombros. Por el aroma, Cormia supo que era el mismo jabón que ella usaba.

Con mortificación, pensó que la espuma que le bajaba por el torso, las caderas y esos muslos fuertes y suaves era digna de envidia y se preguntó si él la habría dejado acompañarlo. No había manera de saberlo con certeza. A diferencia de algunas de sus hermanas, Cormia no podía leer los pensamientos de los demás.

Pero, sinceramente, ¿podía imaginarse lo que sería estar de pie frente a él, con las manos sobre su piel, bajo esa lluvia cálida?

Sí. Sí podía.

El Gran Padre comenzó a enjabonarse la parte inferior del cuerpo, la parte baja del pecho y el estómago. Luego tomó suavemente entre las manos lo que tenía entre los muslos y pasó las manos por encima y por debajo de su sexo. Al igual que sucedía con el resto de sus movimientos, se movía con decepcionante economía.

Observarlo en medio de este momento privado era una extraña tortura, un dolor placentero. Cormia quería que esto durara para siempre, pero sabía que tendría que conformarse sólo con los recuerdos.

Cuando cerró la llave del agua y salió de la ducha, ella le alcanzó la toalla tan rápido como pudo para ocultar de su vista esa parte pesada y colgante de la anatomía masculina.

Mientras se secaba, los muslos del Gran Padre se flexionaban bajo la piel dorada y se apretaban y se aflojaban con el ritmo de sus movimientos. Después se envolvió en la toalla a la altura de las caderas, tomó otra y se secó el pelo frotándose los densos mechones hacia delante y hacia atrás. El golpeteo de la toalla parecía resonar en medio del mármol del baño.

O tal vez se trataba de los latidos del corazón de Cormia.

Cuando terminó, el pelo le quedó enredado, pero él no pareció notarlo mientras la miraba y le decía:

—Ahora debo irme a la cama. Tengo que ocupar cuatro horas, y tal vez pueda empezar a hacerlo ahora.

Cormia no sabía a qué se refería, pero asintió.

—Está bien, pero su cabello…

Phury lo tocó, como si acabara de darse cuenta de que tenía el pelo mojado, pegado a la cabeza.

—¿Le gustaría que se lo peinara? —preguntó Cormia.

Una extraña expresión cruzó por el rostro del Gran Padre.

—Si lo deseas. Alguien… alguien me dijo una vez que yo era demasiado brusco.

Bella, pensó Cormia. Debía haber sido Bella.

Cormia no estaba segura de cómo lo sabía, pero estaba absolutamente convencida...

¿A quién estaba tratando de engañar? El Gran Padre tenía un deje de dolor en la voz. Por eso se había dado cuenta. El tono era el equivalente verbal de lo que reflejaban sus ojos cuando se sentaba frente a Bella en la mesa del comedor.

Y aunque en cierto modo le parecía mezquino, Cormia quería cepillarle el cabello con el fin de reemplazar a Bella. Quería imprimir su recuerdo sobre el que él tenía de la otra vampiresa.

El carácter posesivo era un problema, pero Cormia no podía cambiar lo que sentía.

El Gran Padre le entregó un cepillo y aunque ella esperaba que él se sentara en el borde de la inmensa bañera, salió a la habitación y se sentó en el sillón que estaba al lado de la cama. Puso las palmas de las manos sobre las rodillas, inclinó la cabeza y esperó a que ella empezara.

Mientras se le acercaba, Cormia pensó en los cientos de veces que había cepillado el pelo de sus hermanas en el baño. En este momento, sin embargo, el instrumento que tenía en la mano le parecía un objeto extraño, una cosa que no estaba segura de cómo usar.

—Avíseme si le hago daño —le dijo.

—No lo harás. —Phury estiró la mano y agarró un control remoto. Cuando oprimió un botón, esa música que siempre escuchaba, la ópera, invadió la habitación.

—¡Qué hermoso! —dijo Cormia, mientras dejaba que las notas que cantaba el tenor penetraran dentro de ella—. ¿Qué idioma es?

—Italiano. Es Puccini. Una canción de amor. Se trata de un hombre, un poeta, que conoce a una mujer cuyos ojos le roban la única riqueza que posee... Una mirada a sus ojos y ella le roba todos los sueños, los deseos y los castillos en el aire y los reemplaza por la esperanza. Ahora le está diciendo quién es él... y al final del solo le va a preguntar quién es ella.

—¿Cómo se llama la canción?

—*Che gelida manina.*

—Usted la escucha a menudo.

—Es el solo que más me gusta. Zsadist...

—Zsadist, ¿qué?

—Nada. —El Gran Padre sacudió la cabeza—. Nada...

136

Mientras la voz del tenor se elevaba, Cormia le extendió los rizos sobre los hombros y comenzó a trabajar en las puntas, cepillando las ondas con movimientos precisos y delicados. El ruido que producían las cerdas se fundía con la ópera y el Gran Padre debió sentirse relajado por los dos estímulos, pues su pecho se expandió cuando tomó aire de manera larga y lenta.

Aunque el pelo ya estaba perfecto, Cormia siguió cepillando y repasando con la mano que tenía libre el camino por el que había pasado el cepillo. A medida que el pelo se fue secando, los colores fueron brotando y su volumen regresó, las ondas volvían a formarse después de cada pasada y la melena que ella conocía fue surgiendo poco a poco.

Pero no podía seguir con eso para siempre. ¡Qué lástima!

—Creo que he terminado.

—Pero no has peinado la parte de la frente.

En realidad sí lo había hecho.

—Está bien.

Lo rodeó hasta ponerse frente a él y no hubo manera de pasar por alto la forma en que el Gran Padre abrió las piernas, como si quisiera que ella se metiera en ese espacio.

Cormia atendió la insinuación y se metió entre las piernas de Phury. Tenía los ojos cerrados, las pestañas doradas sobre los pómulos salientes y los labios ligeramente abiertos. Luego levantó la cabeza hacia ella con la misma clase de invitación que le ofrecían su boca y sus rodillas.

Y ella la aceptó.

Así que volvió a pasar el cepillo por el pelo del Gran Padre, concentrándose en la parte suelta que se había formado en el centro. Con cada pasada, los músculos del cuello de Phury se tensaban para mantener la cabeza en su lugar.

Los colmillos de Cormia brotaron desde la parte superior de su boca.

Tan pronto lo hicieron, él abrió los ojos y la mirada de Cormia se encontró con un amarillo brillante que la contemplaba.

—Tienes hambre —dijo él, con un tono extrañamente gutural.

Cormia dejó caer la mano que sujetaba el cepillo. Había perdido la voz, así que, sencillamente, asintió con la cabeza. En el santuario, las Elegidas no necesitaban alimentarse. Pero aquí, en este lado, su cuerpo necesitaba sangre. Por esa razón se sentía tan aletargada.

—¿Por qué no me lo dijiste antes? —El Gran Padre ladeó la cabeza—. Aunque si la razón es que no me deseas, está bien. Podemos buscar otra persona para alimentarte.

—¿Por qué… por qué no habría de desearlo a usted?

Phury le dio un golpecito a su pierna artificial.

—Porque estoy incompleto.

Cierto, pensó Cormia con tristeza. Estaba incompleto, pero eso no tenía nada que ver con el hecho de que le faltara parte de una extremidad.

—No quería que se sintiera obligado —dijo Cormia—. Es la única razón. Usted me resulta atractivo, con o sin la parte inferior de la pierna.

Una expresión de sorpresa cruzó por sus rasgos y luego emitió un extraño sonido… un ronroneo.

—No es ninguna imposición. Si quieres beber de mi vena, te la daré.

Cormia se quedó inmóvil, todavía paralizada por la mirada de los ojos del Gran Padre y por la forma en que los rasgos de su rostro cambiaron cuando algo que nunca antes había visto en ninguna otra cara se apoderó de su expresión.

Lo deseaba, pensó. Con urgencia.

—Arrodíllate —dijo él con voz profunda.

Cuando Cormia se arrodilló, se le cayó el cepillo de la mano. Sin decir palabra, Phury se inclinó sobre ella y la envolvió entre sus brazos inmensos. No la empujó hacia él, pero le soltó el pelo, el moño y la trenza.

Dejó escapar un gruñido cuando ella movió el pelo sobre sus hombros y Cormia se dio cuenta de que el cuerpo del Gran Padre empezó a temblar. Sin previo aviso, la agarró por la nuca y la acercó a su garganta.

—Bebe de mí —le ordenó.

Cormia emitió un siseo, como el de una cobra y, antes de darse cuenta de lo que hacía, clavó los colmillos en la yugular del Gran Padre. Cuando ella lo mordió, él lanzó una maldición y su cuerpo se estremeció.

Santa Madre de Dios… La sangre del Gran Padre era fuego vivo, que ardía primero en su boca y luego en sus entrañas, una oleada poderosa que la llenó desde el interior y le dio una fuerza que ella nunca había sentido.

—Más fuerte —dijo Phury con brusquedad—. Chupa.

Cormia pasó sus brazos por debajo de los del Gran Padre, le clavó las uñas en la espalda y succionó con fuerza de su vena. Se sintió un poco mareada… No, un momento, ahora él la estaba empujando hacia atrás y llevándola hacia el suelo. Pero no le importaba lo que le hiciera o dónde terminaran, porque el sabor de su sangre la envolvía totalmente mientras succionaba. Lo único que ella conocía era la fuente de vida que sentía en los labios, bajando por su garganta y en su vientre. Y eso era lo único que necesitaba saber.

La túnica… El Gran Padre le estaba subiendo la túnica hasta las caderas. Los muslos… los suyos se estaban abriendo, pero esta vez por acción de las manos del Gran Padre…

Sí.

***

El cerebro de Phury estaba fuera de él, fuera del alcance de su cuerpo, fuera de su vista. En ese momento era sólo instinto, por el hecho de haber alimentado a su hembra y tener su miembro a punto de estallar, y su única preocupación era penetrar dentro de ella.

De repente, todo lo que tenía que ver con ella, y con él, era diferente. Y urgente.

Phury necesitaba estar dentro de ella de todas las maneras posibles y no sólo de la forma temporal que ofrecía el sexo. Necesitaba dejar su huella, marcarla para siempre, llenarla con su sangre y su semilla, y luego repetir el proceso otra vez al día siguiente, y al día siguiente y al otro. Tenía que estar en todas partes de ella para que todos los imbéciles del planeta supieran que, si se acercaban a ella, iban a tener que vérselas con él hasta que escupieran los dientes y necesitaran entablillarse los brazos y la piernas.

Mía.

Phury quitó bruscamente la túnica del camino hacia el sexo de ella y… Ah, sí, ahí estaba. Podía sentir el calor que emanaba y…

—Oh… —gimió. Cormia estaba húmeda, empapada, inundada.

Si hubiese habido manera de que ella siguiera tomando sangre de su vena mientras él la besaba allá abajo, habría cambiado de lado enseguida. Pero lo mejor que pudo hacer fue meter su mano dentro de ella y luego llevársela a la boca y chupar...

Phury se estremeció al sentir el sabor de Cormia; se lamió y se relamió los dedos mientras sus caderas empujaban y la cabeza de su pene se acomodaba en la entrada de la vagina.

Pero justo cuando hizo presión para entrar y sintió cómo la vagina cedía para dar paso a su... ese maldito medallón del Gran Padre comenzó a vibrar sobre la cómoda que tenían al lado. Con tanta intensidad como una alarma de incendio.

Olvídalo, olvídalo, olvída...

Entonces Cormia retiró la boca de su garganta y con ojos grandes y vidriosos por la sangre que había tomado y el sexo, se volvió hacia el punto de donde provenía el sonido.

—¿Qué es eso?

—Nada.

Pero la cosa vibró con más fuerza, como si estuviera protestando. Eso, o celebrando el hecho de que había echado a perder uno de los mejores momentos de su vida.

Tal vez se había puesto de acuerdo con el hechicero.

«De nada», tarareó el hechicero.

Phury se bajó de encima de Cormia y la cubrió enseguida. Mientras profería una retahíla de obscenidades, se echó hacia atrás hasta quedar contra la cama y se agarró la cabeza con las manos.

Los dos jadeaban, mientras aquel pedazo de oro seguía golpeando contra el juego de cepillos.

El sonido le recordaba que no había intimidad entre él y Cormia. Que estaban rodeados por el manto de la tradición y las circunstancias y que cualquier cosa que hicieran tendría enormes repercusiones que eran más grandes que el simple hecho de que un macho y una hembra se alimentaran mutuamente y tuvieran sexo.

Cormia se puso de pie, como si intuyera con exactitud lo que él estaba pensando.

—Gracias por el regalo de su vena.

Phury no pudo contestarle nada. Tenía la garganta atragantada de frustraciones y maldiciones.

Cuando la puerta se cerró detrás de ella, Phury se dio cuenta con exactitud de la razón por la cual se había detenido, y no tenía nada que ver con la interrupción. De haber querido, habría podido seguir.

Pero la cosa era que, si dormía con Cormia, tendría que dormir con todas.

Estiró la mano hasta la mesita de noche, agarró un porro y lo encendió.

Si dormía con Cormia, no habría vuelta atrás. Tendría que crear cuarenta Bellas… fecundar a cuarenta Elegidas y dejarlas a merced de los azares del parto.

Tendría que ser el amante de todas ellas, el padre de todos sus hijos y el líder de todas sus tradiciones, a pesar de que sentía que apenas podía sobrevivir al paso de los días sin tener que preocuparse por nadie más que él mismo.

Phury se quedó mirando la punta encendida del porro. Era todo un golpe darse cuenta de que habría estado con Cormia, si sólo se tratara de ellos dos. En realidad la deseaba mucho.

Entonces frunció el ceño. Dios… la había deseado durante todo este tiempo, ¿verdad?

Pero era más que eso.

Phury pensó en el rato en que Cormia le estuvo cepillando el pelo y se dio cuenta con sorpresa de que en realidad había logrado calmarlo durante esos momentos… y no sólo gracias a las caricias del cepillo. La misma presencia de la hembra le aliviaba, desde el aroma a jazmín, hasta la forma fluida en que se movía y la suave cadencia de su voz.

Nadie, ni siquiera Bella, podía tranquilizarlo así. Nadie más lograba que su pecho se relajara, que pudiera respirar hondo.

Cormia era capaz de todo eso.

Cormia lo había logrado.

Lo cual significaba que, a esas alturas, la deseaba como no había deseado a nadie, con todas sus fuerzas y en cada instante de su miserable vida.

«¿Y no te parece que eso la convierte en una chica afortunada?», dijo el hechicero arrastrando las palabras. «Oye, ¿por qué no le dices que quieres convertirla en tu nueva droga? Ella estará encantada de saber que puede ser tu siguiente adicción y que la usarás para tratar de evadirte del caos de tu maldita cabeza. Estará encantada, socio, porque ése es el sueño de toda muchacha…

y, además, todos sabemos que tú eres el rey de las relaciones saludables. Un verdadero ganador en ese aspecto».

Phury dejó caer la cabeza hacia atrás, aspiró profundamente y retuvo el humo hasta que los pulmones le ardieron como una hoguera.

Esa tarde, mientras la noche caía sobre Caldwell, sin que disminuyera la sofocante humedad del ambiente, el señor D, de pie en el ardiente baño del segundo piso de la granja, se quitó la venda que se había puesto hacia varias horas en el vientre. La gasa estaba negra. Pero la piel que cubría había mejorado bastante.

Al menos algo estaba funcionando bien, aunque era lo único. Aún no llevaba ni veinticuatro horas como jefe de los restrictores y ya se sentía como si alguien hubiera orinado en el tanque de combustible de su camioneta, hubiese envenenado a su perro y le hubiese prendido fuego a su granero.

Debería haber seguido como un soldado raso.

Aunque en realidad no tuvo elección.

Arrojó la venda usada al cubo que, al parecer, utilizaban los difuntos como papelera del baño y decidió no reemplazarla. El daño interno había sido bastante grande, a juzgar por lo mucho que le había dolido y la profundidad que había alcanzado la daga. Pero en el caso de los restrictores, el tracto intestinal se componía de carne inservible. El hecho de que sus entrañas fueran un desastre no tenía importancia mientras la hemorragia cediera.

Joder, la noche anterior había estado a punto de no salir con vida de aquel callejón. Si no hubiesen detenido al hermano con pelo de mariquita, el señor D estaba completamente seguro de que lo habrían destripado como a un pez.

Un golpe en la puerta de abajo le hizo levantar la cabeza.

Las diez en punto.

Al menos habían llegado a tiempo.

El señor D se puso el arma al cinto, recogió su Stetson y bajó por las escaleras. Fuera, en el camino de tierra, había tres camionetas y un coche usado, y frente a la puerta había dos escuadrones de restrictores. Cuando los dejó entrar, se fijó en que los desgraciados le llevaban al menos treinta centímetros y era evidente que no estaban muy convencidos con su nombramiento.

—Pasad a la sala —les dijo.

Cuando los ocho asesinos pasaron frente a él, retiró la correa de seguridad de su pistolera, sacó la Magnum 357 y apuntó al último que había entrado.

Apretó el gatillo una vez. Dos veces. Tres veces.

El sonido retumbó como un trueno; nada que ver con los sutiles estallidos de las 9 milímetros. Las balas penetraron la parte baja de la espalda del restrictor, destruyendo la columna y abriéndole un agujero en la parte delantera del torso. El tío cayó sobre la alfombra gastada con un golpe seco y levantó una pequeña nube de polvo.

Mientras el señor D volvía a guardar su pistola, se preguntó cuándo habría sido la última vez que le habían pasado una aspiradora a la casa. Probablemente cuando la construyeron.

—Me temo que tengo que ponerme las espuelas —dijo, al tiempo que pasaba por encima del asesino que se retorcía.

Mientras una sangre viscosa y negra empezaba a inundar la alfombra marrón, el señor D puso el pie sobre la cabeza del desgraciado asesino y sacó el trozo de papel en que el Omega había grabado la imagen del objetivo.

—Quiero estar seguro de que me prestáis toda vuestra atención esta noche —dijo, al tiempo que levantaba la imagen—. Tenéis que encontrar a este vampiro, u os iré liquidando uno por uno y luego seguiré trabajando con un nuevo equipo.

Los asesinos lo miraban fijamente en medio de un silencio absoluto, como si tuvieran un solo cerebro y estuviera tratando de entender cómo era el nuevo orden de su mundo.

—Dejad de mirarme a mí y mirad esto. —Movió la imagen—. Traédmelo. Vivo. O juro por mi Señor y salvador que encontraré nuevos sabuesos y los alimentaré con vuestras entrañas. ¿Está claro?

Uno por uno, fueron asintiendo con la cabeza, mientras que el moribundo gemía.

—Bien. —El señor D apuntó el cañón de la Magnum a la cabeza del restrictor y le voló los sesos—. Ahora, en marcha.

***

Simultáneamente, a unos veinte kilómetros al este, en los vestuarios del centro de entrenamiento subterráneo, John Matthew encontraba el amor. Y no era algo que esperara que ocurriese en ese lugar.

—Zapatillas de Ed Hardy —dijo Qhuinn, al tiempo que levantaba un par de deportivas—. Para ti.

John estiró la mano y las cogió. Muy bien, eran geniales. Negras. De suela blanca. Con una calavera en cada una y la firma de Hardy entre los colores del arco iris.

—Súper —dijo uno de los otros alumnos al salir de los probadores—. ¿De dónde las sacaste?

Qhuinn levantó las cejas y miró al tío.

—Geniales, ¿no?

Eran de Qhuinn, pensó John. Probablemente se moría por usarlas y había tenido que ahorrar mucho para comprarlas.

—Pruébatelas, John.

—Son espectaculares, pero, de verdad, no puedo.

Cuando el último de los estudiantes salió, la puerta se cerró y Qhuinn comenzó con sus payasadas. Agarró las zapatillas, las puso a los pies de John y levantó la vista.

—Lamento haberte jodido tanto anoche. Ya sabes, en A & F, con esa chica… Me porté como un imbécil.

—No pasa nada. Está bien.

—No, no está bien. Yo estaba de mal humor y me desquité contigo, y eso no está bien.

Así era Qhuinn. A veces podía extralimitarse y ponerse muy pesado, pero siempre regresaba y te hacía sentirte como si fueras la persona más importante del mundo para él y estuviera realmente apenado por haber herido tus sentimientos.

—Estás loco. Pero, de verdad, no puedo aceptarlas…

—¿Acaso fuiste criado en la selva? No seas grosero, amigo mío. Te las estoy regalando.

Blay sacudió la cabeza.

—Acéptalas, John. De todas maneras vas a perder esta discusión y así nos ahorraremos todo el teatro habitual.

—¿El teatro? —Quhinn se levantó de un salto y adoptó la pose de un orador romano—. ¿Acaso sabéis diferenciar vuestro culo de vuestro codo, joven escribano?

Blay se ruborizó.

—Vamos…

Quhinn se lanzó sobre Blay y lo agarró de los hombros, mientras apoyaba todo su peso sobre él.

—Sujétame. Tus insultos me han dejado sin aliento. Estoy boquituerto.

Blay gruñó y se agachó para evitar que Quhinn cayera al suelo.

—Se dice boquiabierto.

—Pero boquituerto suena mejor.

Blay estaba tratando de no reírse, de no ceder a su encanto, pero sus ojos brillaban como zafiros y sus mejillas comenzaban a ponerse coloradas.

Con una carcajada silenciosa, John se sentó en uno de los bancos, sacudió su par de medias blancas y se las puso debajo de los vaqueros envejecidos recién estrenados.

—¿Estás seguro, Quhinn? Porque tengo el presentimiento de que me van a quedar perfectas y tal vez después cambies de opinión —dijo por señas, aprovechando que en ese momento el otro lo estaba mirando.

Quhinn se retiró bruscamente de encima de Blay y se alisó la ropa con firmeza.

—Y ahora ofendes mi honor. —Luego se paró frente a John, adoptó una postura de ataque y gritó—: *Touché*.

Blay soltó una carcajada.

—Se dice *en garde*, imbécil.

Quhinn lanzó una mirada por encima del hombro.

—¿También tú, Brutus?

—¿Yo?

—Sí, y métete la pedantería donde te quepa, pervertido. —Qhuinn sonrió de oreja a oreja y todos sus dientes brillaron—. Ahora, ponte las malditas zapatillas, John, y acabemos con esto.

Las zapatillas le quedaban perfectas y de alguna manera hacían que John se sintiera más alto, aunque todavía no se había puesto de pie.

Qhuinn asintió con la cabeza y luego adoptó la posición de quien mira una obra maestra.

—Son geniales. ¿Sabes? Tal vez deberíamos darle un toque más rudo a tu aspecto. Colgarte algunas cadenas. Oye, perfórate la oreja como, como yo, agrega más negro…

—¿Sabéis por qué a Qhuinn le gusta tanto el negro?

Todos volvieron la cabeza al tiempo y miraron hacia las duchas. Lash estaba saliendo de ellas, con una toalla cubriendo las partes íntimas y gotas de agua chorreando de sus inmensos hombros.

—Es porque no distingue los colores, ¿no es verdad, primo? —Lash se acercó a su taquilla dando grandes zancadas y luego abrió la puerta con brusquedad para que se golpeara contra la de al lado—. Él sabe que tiene los ojos de dos colores distintos sólo porque la gente se lo ha dicho.

John se puso de pie, al tiempo que notaba distraídamente que las zapatillas nuevas se pegaban al suelo de una manera impresionante. Lo cual podría ser útil en aproximadamente segundo y medio, considerando la forma en que Qhuinn observaba el trasero desnudo de Lash.

—Sí, Qhuinn es *especial*, ¿no es cierto? —Lash se puso unos pantalones de camuflaje y una camiseta sin mangas y luego se deslizó con gran solemnidad un anillo de sello dorado sobre el índice izquierdo—. Alguna gente simplemente no encaja y nunca lo hará. Es una pena que lo sigan intentando.

Blay susurró:

—Vámonos, Qhuinn.

Qhuinn apretó los dientes.

—Deberías cerrar la boca, Lash. De verdad.

John se interpuso entre su amigo y Lash y dijo con señas:

—Vámonos con Blay y nos calmamos, ¿vale?

—Oye, John, se me acaba de ocurrir una pregunta. Cuando ese humano te violó en una escalera, ¿gritaste con las manos? ¿O sólo respiraste fuerte?

John se quedó totalmente inmóvil. Al igual que sus dos amigos.

Nadie se movía. Nadie respiraba.

Los vestuarios quedaron tan silenciosos que la gota que caía de la ducha retumbaba como un tambor.

Lash cerró la puerta de su taquilla con una sonrisa y miró a los otros dos.

—Leí su historia clínica. Ahí está todo. Lo enviaron con Havers para que recibiera terapia porque mostraba síntomas de —hizo el gesto de abrir unas comillas con los dedos— «un desorden de estrés postraumático». Así que, vamos, John, cuando el tío te violó, ¿trataste de gritar? ¿Lo intentaste, John?

Aquello tenía que ser una puta pesadilla, pensó John al sentir que se estremecía.

Lash soltó una carcajada y metió los pies en unas botas de combate.

—Miraos. Los tres boquiabiertos, como un trío de idiotas. Parecéis tres malditos retrasados.

La voz de Qhuinn adquirió un tono que nunca antes había tenido. No se trataba de una fanfarronada, ni de un arrebato de ira. Era pura amenaza fría.

—Será mejor que reces por que esto no salga de aquí. Que nadie lo sepa.

—¿O qué? Vamos, Qhuinn, soy un primogénito. Mi padre es el hermano mayor de tu padre. ¿Realmente crees que puedes ponerme un dedo encima? Mmmm… No, nada de eso, niño. Nada de eso.

—Ni una palabra, Lash.

—Claro. Si me disculpáis, es hora de marcharme. Me estáis quitando las ganas de vivir. —Lash cerró su casillero y comenzó a caminar hacia la salida. Como era de esperar, se detuvo frente a la puerta y miró hacia atrás, mientras se alisaba el pelo—. Apuesto a que no gritaste, John. Apuesto a que pediste más. Apuesto a que rogaste que…

John se desmaterializó.

Por primera vez en su vida, se movió a través del aire de un lugar a otro. Mientras tomaba forma frente a Lash y plantaba su cuerpo contra la puerta para bloquearle la salida, miró a sus amigos, que estaban detrás, y enseñó los colmillos. Lash era suyo y nadie debía intervenir.

Cuando los dos asintieron, comenzó el combate.

Lash se preparó para el primer golpe, con las manos en alto y el peso bien distribuido en las dos piernas. Así que en lugar de lanzarle un puñetazo, John se agachó, arremetió contra Lash y se aferró a la cintura del maldito grosero, haciendo que se estrellara contra la fila de taquillas.

Lash no pareció sentir el golpe y se vengó lanzando un rodillazo que casi le rompe la cara a John. Mientras retrocedía por el impacto, el mudo se tambaleó, pero luego contraatacó y agarró a Lash del cuello, mientras le metía los pulgares debajo de la barbilla y apretaba. Luego le dio un cabezazo en la nariz, destrozándosela de tal manera que la sangre brotó como de un géiser, pero a Lash no le importó. Sonrió a través de la sangre que le caía por la boca y lanzó un derechazo al abdomen que hizo que el hígado de John quedara a la altura de sus pulmones.

Iban y venían puños, mientras los dos se estrellaban una y otra vez contra las taquillas, los bancos y las papeleras. En cierto momento, un par de alumnos trataron de entrar, pero Blay y Qhuinn no los dejaron y cerraron la puerta con llave.

John agarró a Lash del pelo, lo echó hacia atrás y le mordió encima del hombro. Cuando lo soltó, después de desgarrarle la piel, los dos giraron, mientras Lash juntaba las manos y le propinaba a su rival un golpe en la sien con las manos unidas. El impacto lo lanzó a las duchas, pero logró recobrar el equilibrio antes de caerse. Por desgracia, no alcanzó a reaccionar con la suficiente rapidez para evitar un golpe en la mandíbula.

Era como si hubiese recibido el impacto de un bate de béisbol. Entonces se dio cuenta de que en algún momento Lash se había puesto un par de viejas manoplas de bronce; probablemente porque necesitaba una ventaja, considerando que John era más grande. De pronto recibió otro golpe en la cara y se sintió como si en su cabeza se estuviera celebrando el Cuatro de Julio y estallaran fuegos artificiales por todas partes. Antes de que pudiera parpadear para aclarar su visión, sintió que lo empujaban de cara contra la pared de baldosas y lo arrinconaban allí.

Y en ese momento, Lash le metió la mano por entre los pantalones.

—¿Qué te parecería una repetición, niñato? —dijo con voz ronca—. ¿O a tu culo sólo le gustan los humanos?

La sensación de tener un cuerpo grande apretándose contra él desde atrás paralizó totalmente a John.

Debería haberlo enfurecido. Debería haberle hecho enloquecer. Pero en lugar de eso, le hizo volver a sentirse como el chico frágil que había sido alguna vez, indefenso y aterrorizado, a merced de alguien mucho, mucho más grande. En un instante, se vio de nuevo en aquella decrépita escalera, arrinconado, atrapado, dominado.

Los ojos se le llenaron de lágrimas. No, esto no... otra vez no...

De repente se oyó un grito de guerra que salió de la nada y el peso que comprimía su cuerpo desapareció.

John cayó de rodillas y vomitó sobre el suelo de baldosas húmedas.

Cuando dejó de vomitar, se dejó caer de lado y se enroscó, adoptando la posición fetal y temblando como el mariquita que era...

Pero entonces vio a Lash tumbado en el suelo junto a él... y tenía la garganta abierta de lado a lado.

El chico estaba tratando de respirar, de contener la sangre que brotaba copiosamente, pero no lo lograba.

John levantó la vista horrorizado.

Qhuinn estaba de pie junto a ellos, jadeando. En la mano derecha tenía un cuchillo de caza lleno de sangre.

—Ay, Dios... —dijo Blay—. ¿Qué diablos has hecho, Qhuinn?

Aquello estaba mal, podía cambiarles la vida. A todos ellos. Lo que había empezado como una riña... podía terminar en asesinato.

John abrió la boca para pedir ayuda. Pero, naturalmente, no salió ningún sonido.

—Buscaré ayuda —dijo Blay, y salió corriendo.

John se sentó, se quitó rápidamente la camisa y se inclinó sobre Lash. Mientras le quitaba las manos del cuello, presionó la camisa contra la herida abierta y comenzó a rezar para que la sangre dejara de brotar. Lash lo miró a los ojos y después levantó las manos, como si quisiera ayudar.

—Quédate quieto —dijo John silenciosamente, con los labios—. Sólo quédate quieto. Ya vienen a ayudarnos.

Lash tosió y escupió sangre, que cayó por el labio inferior y comenzó a escurrir por la barbilla. Mierda, había sangre por todas partes.

Pero esto ya había sucedido, se dijo John. Los dos ya habían peleado allí mismo, en esa misma ducha, y el sifón también se había llenado de sangre, y todo había salido bien.

«Pero esta vez no», advirtió una voz dentro de él. «Esta vez no»…

Entonces sintió un ataque de pánico y comenzó a rezar para que Lash sobreviviera. Luego suplicó para que el tiempo volviera atrás. Luego deseó que todo fuera un sueño…

Alguien estaba junto a él y lo llamaba por su nombre.

—¿John? —John levantó la vista. Era la doctora Jane, la médica privada de la Hermandad y la shellan de Vishous. Su rostro fantasmal y translúcido parecía sereno y le hablaba con calma y tranquilidad. Cuando se arrodilló junto a él, se volvió tan sólida y real como cualquiera—. John, necesito que te retires para poder examinarlo, ¿de acuerdo? Quiero que te retires. Has hecho un buen trabajo, pero ahora necesito examinarlo.

John asintió, pero aun así ella tuvo que tocarle las manos para que soltara la camisa.

Alguien lo levantó. Era Blay. Sí, era Blay. Lo sabía por el olor de la loción de afeitar.

Había mucha más gente en los vestuarios. Rhage estaba dentro de la ducha, y al lado se encontraba V. Butch también estaba allí.

Qhuinn… ¿dónde estaba Qhuinn?

John miró a su alrededor y lo vio al otro lado. Ya no tenía en la mano el cuchillo ensangrentado y Zsadist se alzaba junto a él con actitud imponente.

Qhuinn estaba más pálido que las baldosas blancas y sus ojos dispares miraban fijamente a Lash, sin parpadear.

—Quedas bajo arresto domiciliario en la casa de tus padres —le dijo Zsadist a Qhuinn—. Si muere, serás acusado de asesinato.

Rhage se acercó a Qhuinn, como si pensara que el tono duro de Z no era lo más apropiado en aquella situación.

—Vamos, hijo, saquemos tus cosas del casillero.

Rhage fue el que sacó a Qhuinn de los vestuarios y Blay los siguió.

John se quedó exactamente donde estaba. Por favor, que Lash viva, pensó. Por favor…

Dios, no le gustaba la manera en que la doctora Jane movía la cabeza mientras lo examinaba. Luego abrió su maletín de médico de par en par y empezó a sacar instrumentos para tratar de suturar la herida del cuello de Lash.

—Cuenta.

John se sobresaltó y levantó la cabeza. Era Z.

—Dime cómo sucedió, John.

John volvió a mirar a Lash y revivió mentalmente toda la escena. Ay, Dios… no quería entrar en detalles, no quería dar explicaciones. Aunque Zsadist conocía su pasado, no se sentía capaz de contarle al hermano la razón por la cual Qhuinn había llegado tan lejos.

Tal vez se debía a que todavía no podía creer que su pasado hubiese resurgido de esa manera. Tal vez se debía a que la maldita pesadilla acababa de regresar.

Tal vez se debía a que era un cobarde que no podía dar la cara por sus amigos.

Z volvió a hablar y ahora su labio deformado parecía más tenso.

—Escucha, John, Qhuinn está metido en un lío muy gordo. Legalmente todavía es menor de edad, pero esto es asalto con arma mortal contra un primogénito. La familia va a perseguirlo como sea, aunque Lash sobreviva, y nosotros tenemos la obligación de saber qué sucedió aquí.

La doctora Jane se puso de pie.

—Ya suturé la herida, pero puede sufrir un paro cardiaco en cualquier momento. Quiero que lo llevéis con Havers. Ya mismo.

Z asintió y llamó a dos doggen que llevaban una camilla.

—Fritz está listo con el coche y yo iré con ellos.

Mientras levantaban a Lash del suelo, el hermano clavó en John su mirada sombría.

—Si quieres salvar a tu amigo, vas a tener que contarnos qué sucedió.

John observó al grupo, mientras sacaban a Lash de los vestuarios.

Cuando la puerta se cerró, sus rodillas temblaron y entonces miró el charco de sangre que había quedado en el centro de la ducha.

En la esquina de los vestuarios había una manguera que se usaba diariamente para hacer la limpieza del lugar. John hizo un esfuerzo para cruzar los vestuarios, hasta la maldita manguera que estaba colgada de la pared. Después de desenrollarla, abrió la llave del agua, dirigió la boca hacia la ducha y apretó la palanca para dejar salir el agua. Pasó el chorro una y otra vez por las baldosas, centímetro a centímetro, mientras perseguía la sangre y la empujaba hacia el desagüe, que se la tragaba con un borboteo.

De un lado a otro. De un lado a otro.

Las baldosas pasaron del rojo al rosa y luego al blanco. Pero eso no solucionó nada. Ni lo más mínimo.

Phury sentía manos sobre su piel, manos pequeñas de dedos ligeros que bajaban por su vientre. Se dirigían a la unión de los muslos y Phury le dio gracias a Dios por eso. Tenía el pene erecto, hinchado, ardiente y ansioso por encontrar alivio, y cuanto más se acercaban las manos, más empujaba con las caderas hacia arriba una y otra vez, mientras su trasero se apretaba y se aflojaba, a medida que se entregaba al bombeo que deseaba enloquecidamente.

Su miembro estaba goteando… podía sentir la humedad sobre el estómago. ¿O tal vez ya había eyaculado una vez?

Ay, esas manos, haciéndole cosquillas en la piel. Esas suaves caricias hacían que su erección creciera más y más, como si pudiera llegar al techo si aquellas manos se esforzaban lo suficiente.

Manos pequeñas que se dirigían a su…

Phury se despertó con un sobresalto tal que lanzó la almohada volando lejos de la cama.

—Mierda.

Debajo de las mantas su pene palpitaba, y no con la urgencia que solía acosar a un macho cuando se despertaba en medio de la noche. No… esto era otra cosa. Su cuerpo quería algo muy concreto de una hembra en particular.

Cormia.

«Está en la habitación de al lado», se dijo Phury mentalmente.

«Y menudo premio que se ha llevado», le espetó el hechicero. «¿Por qué no vas a verla, socio? Estoy seguro de que ella estará encantada de verte después de la forma en que dejaste que se fuera anoche. Sin decirle ni una palabra. Sin siquiera un gesto de reconocimiento por su actitud».

Como no podía rebatir aquello, Phury miró hacia el sillón.

Era la primera vez que alimentaba a una hembra.

Cuando se llevó los dedos al cuello para palpar la marca, notó que ya había desaparecido, ya había sanado.

Por fin había vivido una de las grandes experiencias de la vida… y eso le entristeció. No porque se arrepintiera de haberla vivido con ella. En absoluto. Pero lamentaba no haberle dicho que era la primera.

Se quitó el pelo de los ojos y miró el reloj. Era medianoche. ¿Medianoche? Por Dios, había dormido cerca de ocho horas, seguramente debido a que ella había bebido su sangre. Sin embargo, no se sentía renovado. Tenía el estómago revuelto y la cabeza le latía como un tambor.

Al estirar la mano para agarrar el porro que había preparado antes de dormirse, se detuvo. Estaba tan tembloroso que no creía que pudiera sujetarlo y entonces se miró la palma de la mano y le ordenó que se quedara quieta, pero sin ningún éxito.

Tuvo que hacer tres intentos antes de lograr retirar el porro de la mesita de noche y observó sus tanteos desde lejos, como si fuera la mano de otra persona, el porro de otra persona. Pero una vez tuvo entre los labios el rollo de hierba y papel, hizo un esfuerzo para agarrar correctamente el mechero y encenderlo.

Después de dos caladas, dejó de temblar. El dolor de cabeza se evaporó y su estómago se tranquilizó.

Por desgracia, del otro lado de la habitación llegó un cierto martilleo y las tres afecciones regresaron de inmediato: el medallón del Gran Padre había vuelto a comenzar su bailoteo sobre la cómoda.

Dejó las cosas como estaban y se volvió a concentrar en el porro, mientras pensaba en Cormia. No creía que, en otras circunstancias, ella le hubiese dicho que necesitaba alimentarse. Lo que había sucedido en esa habitación durante el día había sido un acto puramente impulsivo, generado por la necesidad de alimentarse que ella tenía, y él no podía interpretarlo como evidencia de que lo deseara en el plano sexual. No había rechazado el sexo anoche, era cierto, pero eso era una cosa, y otra muy distinta que lo deseara. La necesidad no era lo mismo que la libre elección. Ella necesitaba la sangre. Y él necesitaba el cuerpo de ella.

Y las Elegidas los necesitaban a los dos para seguir adelante.

Después de apagar la colilla del porro, se quedó mirando fijamente hacia la cómoda, al otro lado de la habitación. El medallón por fin se había detenido.

Le llevó menos de diez minutos ducharse, vestirse con la ropa de seda blanca y pasarse por la cabeza la cuerda de cuero de la que colgaba el medallón del Gran Padre. Cuando la pieza de oro se asentó sobre sus pectorales, estaba templada, probablemente debido a su bailoteo.

Viajó directamente al Otro Lado, pues en su calidad de Gran Padre tenía dispensa especial para no pasar antes por el jardín de la Virgen Escribana. Tomó forma ante el anfiteatro del santuario, donde todo aquello había comenzado hacía cinco meses, y le pareció increíble pensar que realmente hubiese ocupado el lugar de Vishous como Gran Padre.

Era una sensación parecida a la de ver su mano temblorosa como si no fuera suya.

Pero sí lo era.

Frente a él, el escenario blanco y su pesado telón no menos blanco brillaban en medio de la luz enrarecida e implacable del Otro Lado. Allí no había sombras, como tampoco había un sol en medio del cielo pálido, y sin embargo había mucha luz, como si todo tuviera luz propia. La temperatura era de veintiún grados, ni muy caliente ni muy fría, y no había brisa que acariciara tu piel o hiciera ondear tu ropa. Todo era de un color blanco suave y tranquilizador.

Era el paisaje equivalente a lo que en música sería la llamada música ambiental.

Mientras caminaba sobre el césped blanco perfectamente recortado, rodeó la parte posterior del teatro grecorromano y se dirigió hacia los distintos templos y los dormitorios. Alrededor de todo el lugar se extendía un bosque blanco que encerraba el complejo y eliminaba cualquier posibilidad de ver el horizonte. Phury se preguntó qué habría al final de ese bosque. Probablemente nada. El santuario producía la sensación de ser como la maqueta de un arquitecto o un juego de trenes: como si, al caminar hasta el borde, lo único que encontraras fuera un abismo que caía sobre el suelo alfombrado de pared a pared de la casa de un gigante.

Phury siguió avanzando, sin estar muy seguro de cómo podía llamar a la Directrix, pero la verdad era que tampoco tenía mucha prisa por hacerlo. Para dilatar más las cosas, se dirigió al templo del Gran Padre y usó su medallón de oro para abrir las puertas dobles. Después de atravesar el vestíbulo de mármol blanco, entró a la única y espaciosa estancia del templo y se quedó mirando la plataforma de la cama, con sus sábanas blancas.

Entonces recordó a Cormia atada allí, completamente desnuda, con una sábana blanca que caía desde el techo y se arremolinaba en su garganta para taparle la cara. Él había arrancado la maldita cortina y quedó horrorizado al encontrarse con los ojos llenos de terror y de lágrimas de Cormia.

Tenía puesta una mordaza.

Phury miró hacia el techo, hacia el lugar de donde había estado colgada la cortina que ocultaba su cara. Allí había dos pequeños ganchos dorados empotrados en el mármol. Sintió deseos de arrancarlos.

Mientras miraba hacia arriba, recordó vagamente una conversación que había tenido con Vishous, justo antes de que sucediera toda aquella mierda relacionada con el asunto del Gran Padre. Estaban en el comedor de la mansión y V había dicho algo acerca de que había tenido una visión de Phury.

Phury no quería saber los detalles, pero de todas formas los había sabido y las palabras que el hermano había dicho en ese momento le resultaron asombrosamente claras ahora, como si estuviera oyendo una grabación: «Te vi de pie en una encrucijada, en medio de un campo blanco. Era un día tormentoso… sí, con muchas tormentas. Pero cuando tomaste una nube del cielo y la envolviste alrededor del pozo, la lluvia cesó».

Phury entornó los ojos mientras seguía observando los dos ganchos. Él había arrancado la sábana de allí y la había usado para envolver a Cormia. Y en ese momento ella dejó de llorar.

Ella era el pozo… el pozo que él se suponía que debía llenar. Ella era el futuro de la raza, la fuente de nuevos hermanos y nuevas Elegidas. El manantial.

Al igual que lo eran todas sus hermanas.

—Su Excelencia.

Phury se dio media vuelta. La Directrix estaba de pie en el umbral del templo, su larga túnica blanca rozaba el suelo y tenía el cabello oscuro recogido en un moño sobre la cabeza. Con aquella sonrisa serena y la paz que irradiaba de sus ojos, tenía la expresión beatífica de los iluminados por el espíritu.

Phury sintió envida de tanta serena convicción.

Amalya le hizo una reverencia. Su cuerpo se veía esbelto y elegante envuelto en el vestido típico de las Elegidas.

—Me complace verlo.

Phury devolvió la reverencia.

—Y a mí me place verte a ti.

—Gracias por esta audiencia —dijo ella, mientras se enderezaba, y luego hubo un momento de silencio.

Pero Phury no dijo nada para romperlo.

Cuando ella finalmente decidió hablar, parecía estar eligiendo cuidadosamente las palabras.

—Pensé que tal vez a usted le gustaría reunirse con algunas de las otras Elegidas.

Phury se preguntó en qué tipo de encuentro estaría pensando la Directrix.

«Ah, en ir a tomar el té, por supuesto», intervino el hechicero. «Y mientras coméis pastelitos, tal vez puedan tener un poco de sexo oral y luego muchas penetraciones, con abundancia de eyaculaciones de tu parte».

—Cormia está bien —dijo Phury, dispuesto a eludir la oferta.

—Ayer la vi. —El tono de la Directrix era amable pero neutral, como si no estuviera exactamente de acuerdo con él.

—¿Ah, sí?

La Directrix volvió a hacer una reverencia.

—Discúlpeme, Su Excelencia. Era el aniversario de su nacimiento y la tradición ordena que yo le entregue un pergamino. Como no tuve noticias suyas, me presenté ante ella. Más tarde volví a tratar de hablar con usted.

Por Dios, ¿el cumpleaños de Cormia acababa de pasar y ella no había dicho nada?

Pero sí se lo había dicho a John, ¿verdad? Por eso le había dado la pulsera.

Phury sintió ganas de maldecir. Debería haberle regalado algo.

Entonces carraspeó.

—Siento no haberle contestado.

Amalya se enderezó.

—Es su prerrogativa. Por favor, no tiene importancia.

En medio del largo silencio que siguió, Phury entendió la pregunta que se reflejaba en los amables ojos de la Directrix.

—No, todavía no se ha consumado.

La mujer dejó caer los hombros.

—¿Acaso ella se ha negado?

Phury recordó la escena del día anterior en el suelo, frente al sillón. Era él el que se había detenido.

—No. Soy yo.

—Usted nunca puede tener la culpa de nada.

—Eso no es cierto. Y tiene que creerme.

La Directrix comenzó a pasearse, mientras acariciaba el medallón que llevaba colgado del cuello. Era una copia idéntica del suyo, pero el de ella colgada de una cinta de satén blanco, y la cadena que llevaba él era negra.

La Directrix se detuvo junto a la cama y sus dedos acariciaron delicadamente una almohada.

—Pensé que tal vez usted quisiera conocer a algunas de las otras.

Ay, demonios, no. No iba a cambiar a Cormia por otra Primera Compañera.

—Me puedo imaginar adónde quieres llegar con esto, pero el problema no es que yo no la desee.

—Cierto, pero tal vez sería bueno que conociera a alguna otra.

Estaba claro que esto era lo máximo que la Directrix podía hacer para mostrar su impaciencia y exigirle que tuviera sexo con Cormia o consiguiera a otra Primera Compañera. Y Phury no podía decir que estuviera sorprendido. Ya habían transcurrido cinco largos meses.

Joder, tal vez eso solucionara algunos problemas. La cuestión era que el hecho de tomar a otra Primera Compañera sería lo más parecido a lanzar una maldición sobre Cormia. Las Elegidas la verían como una fracasada y ella se sentiría igual, aunque eso no correspondiera en lo absoluto a la realidad.

—Ya te he dicho que estoy contento con Cormia.

—Eso lo entiendo… Sólo que es posible que usted se sintiera más atraído si conociera a alguna otra de nosotras. Layla, por ejemplo, tiene una cara y un cuerpo bastante hermosos y ha sido entrenada como ehros.

—Pero no quiero hacerle eso a Cormia. Eso la mataría.

—Su Excelencia… ella ya está sufriendo. Puedo verlo en sus ojos. —La Directrix se le acercó—. Y, más aún, el resto de nosotras estamos atrapadas en nuestra tradición. Teníamos tantas esperanzas en que nuestras funciones volvieran a ser lo que siempre habían sido. Si usted toma a otra Elegida como Primera Compañera y completa el ritual, nos liberará a todas del peso de llevar una existencia inútil y eso incluye a Cormia. Ella tampoco es feliz, Su Excelencia. Se siente tan desdichada como usted.

Phury volvió a pensar en Cormia, atada sobre esa cama… Ella se había opuesto a todo aquello desde el comienzo, no le cabía duda.

Pensó en lo callada que vivía en la mansión. Pensó en lo incómoda que se había sentido al decirle que necesitaba alimentarse. En que no había dicho nada acerca de su cumpleaños. Ni de los deseos que tenía de salir al aire libre. Ni de las construcciones que hacía en su habitación.

Un solo paseo por un pasillo no compensaba todo el abandono al cual la había sometido.

—Estamos atrapadas, Su Excelencia —dijo la Directrix—. Tal y como están las cosas, todos estamos atrapados.

¿No sería que Phury estaba aferrándose a Cormia porque el hecho de que ella fuera su Primera Compañera implicaba que no tenía que preocuparse por el tema del sexo? Claro, él quería protegerla y portarse de una manera honesta con ella, lo cual era muy honorable, pero las implicaciones de esa decisión también terminaban protegiéndolo a él.

Había Elegidas que sí querían poseerlo con todo lo que ello implicaba, que sí lo deseaban a él. Phury había sentido sus miradas cuando prestó su juramento.

Había dado su palabra. Y ya se estaba cansando de romper todas las promesas que hacía.

—Su Excelencia, ¿puedo pedirle que me acompañe un momento? Quisiera mostrarle un lugar del santuario.

Phury siguió a Amalya mientras salían del templo del Gran Padre. Los dos caminaron en silencio colina abajo, hacia un conjunto de estructuras blancas de cuatro pisos, adornadas por columnas.

—Éstos son los dormitorios de las Elegidas —murmuró la Directrix—, pero no es ahí adonde nos dirigimos.

«Menos mal», pensó Phury, mientras echaba un vistazo.

Al pasar junto a los dormitorios, notó que ninguna de las ventanas tenía cristales y se imaginó que no había razón para molestarse. Allí no había insectos ni animales… y tampoco había lluvia, supuso. Y la falta de cristales también significaba, claro, que no había barreras entre él y las Elegidas que lo miraban desde sus habitaciones.

Había una hembra en cada ventana de cada habitación, en cada uno de los edificios.

¡Por Dios!

—Hemos llegado. —La Directrix se detuvo frente a una estructura de un solo piso y abrió unas puertas dobles. Phury sintió una punzada en el corazón.

Cunas. Filas y filas de cunas blancas desocupadas.

Mientras Phury hacía un esfuerzo para seguir respirando, la voz de la Directrix adquirió un tono nostálgico.

—Éste solía ser un lugar lleno de alegría, lleno de vida e ilusiones sobre el futuro. Si usted decidiera tomar a otra… ¿Se siente bien, Su Excelencia?

Phury dio un paso atrás. No podía respirar. No podía…

—¿Su Excelencia? —La Directrix extendió los brazos.

Phury se apartó bruscamente.

—Estoy bien.

«Respira, maldición. Respira. Esto fue lo que aceptaste. Afróntalo».

En el fondo de su mente, el hechicero empezó a darle un ejemplo tras otro de la manera en que decepcionaba a la gente, comenzando por el presente con Z y Wrath, y ese asunto con los restrictores, y remontándose hasta el pasado remoto y sus fracasos con sus padres.

Se había desenvuelto deficientemente en todos los aspectos de su vida, y también se sentía atrapado en todas partes.

Al menos Cormia se podía salvar de eso. Se podía salvar de él.

La voz de la Directrix sonó cada vez más alarmada.

—Su Excelencia, tal vez debería recostarse…

—Tomaré a otra.

—Usted…

—Tomaré a otra Primera Compañera.

La Directrix parecía asombrada, pero luego hizo una pronunciada reverencia.

—Su Excelencia, gracias… gracias… Verdaderamente, usted es la fuerza de la raza y nuestro líder…

Phury la dejó seguir con su retahíla de elogios vacíos, mientras la cabeza le daba vueltas y se sentía como si le hubiesen arrojado al vientre un montón de hielo seco.

La Directrix agarró su medallón, mientras la dicha cubría su sereno rostro.

—Su Excelencia, ¿qué es lo que prefiere en una pareja? Tengo un par de candidatas en mente.

Phury clavó su mirada en Amalya con firmeza.

—Tienen que desear esto. Nada de imposiciones. Nada de ataduras. Tienen que desearlo. Cormia no lo deseaba y eso no era justo para ella. Yo me ofrecí a hacer esto, pero ella no tuvo elección.

La Directrix le puso una mano sobre el brazo.

—Lo entiendo y, más aún, estoy de acuerdo con usted. Cormia no reunía los requisitos para desempeñar ese papel; de hecho, por esa causa la eligió la anterior Directrix. Yo nunca sería tan cruel.

—Y Cormia estará bien. Me refiero a que no será expulsada de aquí, ¿verdad?

—La acogeremos con placer a su regreso. Se trata de una buena hembra. Sólo que… no se adapta tan bien a esta vida como algunas de nosotras.

En los momentos de silencio que siguieron, Phury recordó el momento en que ella lo estaba desvistiendo para poder ducharse, la expresión cándida e inocente de su mirada mientras trataba de desabrocharle el cinturón y los pantalones de cuero.

Ella sólo quería hacer lo que era correcto. Unos meses antes, cuando todo aquel embrollo comenzó, habría hecho lo correcto de acuerdo con su tradición y lo habría recibido dentro de ella, a pesar de que estaba aterrorizada. Lo cual la convertía en una persona más fuerte que él, ¿no? Ella no estaba huyendo. Él era el que quería salir corriendo.

—Tienes que decirles a las demás que yo no era digno de ella. —Al ver que la Directrix abría la boca con asombro, le apuntó con el dedo—. Es una maldita orden. Diles que… ella es demasiado buena para mí. Quiero que la eleven a un rango especial… Quiero que la pongan en una especie de altar, ¿me entiendes? Tienes que ayudarla o prometo que acabaré con este lugar.

Al ver que la Directrix parecía totalmente confundida, Phury la ayudó a despejar el camino recordándole:

—Éste es mi mundo. Yo doy las órdenes, ¿no es verdad? Yo soy la fuerza de la maldita raza, así que tú debes hacer lo que yo te diga. Ahora, asiente.

Cuando ella lo hizo, Phury sintió que la presión de su pecho cedía.

—Bien. Me alegra que estemos de acuerdo. Ahora, ¿tenemos que hacer otra ceremonia?

—Ah… Ah, cuando aceptó a Cormia, se unió a todas nosotras. —La Directrix se volvió a llevar la mano al medallón, pero esta vez Phury tuvo la sensación de que no estaba tan contenta. Parecía más bien que necesitaba apoyarse en algo—. ¿Cuándo vendrá… a quedarse aquí?

Phury pensó en el embarazo de Bella. No se podía perder el nacimiento y tal y como iban las cosas entre él y Z, era posible que ni siquiera le avisaran.

—Tardaré un poco. Podría ser todo un año.

—Entonces, ¿debo enviarle a la primera de ellas hasta el Otro Lado?

—Sí. —Phury se alejó de la guardería, pues sentía que necesitaba más aire—. Escucha, voy a pasear por ahí un rato.

—Les diré a las demás que no le molesten.

—Gracias, y por favor disculpa mi brusquedad. —Hizo una pausa—. Una última cosa… Yo quiero hablar con Cormia. Quiero ser yo el que se lo diga.

—Como desee. —La Directrix hizo una reverencia—. Necesitaré un par de días para preparar ritualmente…

—Sólo avísame cuando la vayas a enviar.

—Sí, Su Excelencia.

Cuando la Directrix se marchó, Phury se quedó mirando el paisaje blanco y, después de un momento, todo cambió frente a sus ojos y se transformó en un paisaje totalmente distinto. Desaparecieron los árboles blancos y bien ordenados y el césped que parecía cubierto de nieve. Y en su lugar Phury vio los descuidados jardines de la casa de su familia en el Viejo Continente.

Tras la inmensa casa de piedra en la que él creció, había un jardín amurallado que tenía cerca de una hectárea de extensión. Dividido en cuadrantes mediante senderos empedrados, había sido diseñado para albergar distintas especies de plantas y ofrecer un lugar lleno de belleza natural que le transmitiera serenidad a la mente. La muralla de piedra que encerraba el paisaje estaba enmarcada por cuatro estatuas ubicadas en cada esquina, las cuales reflejaban las etapas de la vida, desde el bebé que su padre sostiene en brazos, pasando por el joven atlético que se yergue solo y ese mismo joven pero ahora con un hijo en los brazos, hasta llegar a la figura del mismo hombre sentado en su plena vejez y sabiduría, y respaldado por su hijo adulto.

Cuando fue construido, el jardín debió ser verdaderamente elegante, un auténtico espectáculo, y Phury se podía imaginar la felicidad de sus padres mientras observaban su esplendor cuando estaban recién casados.

Sin embargo, él no había conocido ninguna de las maravillas que prometía su magnífica estructura. Lo único que había conocido había sido el caos del descuido. Cuando alcanzó una edad en que ya se daba cuenta de lo que le rodeaba, las jardineras estaban llenas de maleza, los bancos destinados a la reflexión estaban nadando entre el agua llena de algas y la hierba se había apoderado de los senderos. Pero lo que le parecía más triste eran las estatuas. Estaban cubiertas de hiedra y el manto de hojas se hacía más denso cada año, ocultando cada vez más lo que la mano del escultor había querido mostrar.

El jardín era la representación visual de la ruina que había sufrido su familia.

Y él había querido arreglarlo. Había querido solucionarlo todo.

Después de su transición, que casi lo mata, se había alejado de los escombros de la casa familiar y todavía podía recordar el día de su partida con tanta claridad como recordaba la imagen de ese desolado jardín. La noche de su partida había estado marcada por una luna llena de octubre, y recordaba haber empacado a la luz de la luna algunas prendas de la elegante ropa que solía usar su padre en otra época.

Lo único que tenía era un plan bastante impreciso: retomar la búsqueda en el punto en que su padre había renunciado a seguir el rastro. La noche en que secuestraron a Zsadist, quedó muy claro cuál de las criadas era la que se había llevado al bebé y Ahgony fue tras ella para cobrar venganza, como habría hecho cualquier padre. Sin embargo, la mujer había sido muy astuta y él no pudo descubrir nada durante dos años. Siguiendo pistas y sospechas y una trama de rumores, el hermano escudriñó cada centímetro del Viejo Continente y después de un tiempo encontró la manta de Zsadist entre las cosas de la mujer... que había muerto la semana anterior.

Ese fracaso era sólo otra página que se agregaba a la tragedia.

Fue en ese momento cuando Ahgony se enteró de que su hijo había sido recogido por un vecino, quien a su vez lo había vendido en el mercado de esclavos. El vecino había cogido el dinero y había huido y aunque Ahgony recurrió al comerciante de esclavos más cercano, descubrió que había demasiados niños sin padres que eran comprados y vendidos como para poder rastrear a Zsadist.

Así que Ahgony renunció a la búsqueda, regresó a casa y comenzó a beber.

Como Phury se preparaba para retomar la búsqueda que había iniciado su padre, parecía apropiado usar los mismos trajes y sedas de sus antepasados. También era un detalle importante. La apariencia de caballero arruinado le facilitaría la entrada a las casas de la aristocracia, que eran los lugares en los que se encontraban los esclavos. Con el viejo guardarropa de su padre, Phury sabía que todos lo tomarían por otro diletante bien educado, que buscaba ganarse la vida aprovechando su ingenio y su encanto.

Vestido a la usanza de hacía veinticinco años, y con una gastada maleta de cuero en la mano, había ido a ver a sus padres para informarles de lo que iba a hacer.

Phury sabía que su madre estaba en la cama, en el sótano de la casa, porque allí era donde vivía. También sabía que ella no se volvería a mirarlo cuando entrara. Ella nunca lo miraba y Phury no la culpaba por eso. Él era una réplica exacta del hijo que le habían robado, el recordatorio vivo de la tragedia. El hecho de que él fuera un individuo separado de Zsadist, el hecho de que él lamentara la pérdida tanto como ella porque desde que su gemelo les fue arrebatado sentía que le faltaba la mitad de su ser, el hecho de que él necesitara apoyo y cariño eran cosas que estaban más allá de la comprensión de su madre debido al dolor que la embargaba.

Su madre nunca lo había tocado. Ni una sola vez, ni siquiera para bañarlo cuando era un bebé.

Después de llamar a su puerta, Phury tuvo cuidado de anunciarse antes de entrar, para que la desdichada se pudiera preparar psicológicamente. Al ver que su madre no respondía, abrió la puerta y se quedó en el umbral, llenando todo el marco de la puerta con su cuerpo recién transformado. Cuando le dijo lo que iba a hacer, no estaba seguro de qué era exactamente lo que esperaba, pero tampoco obtuvo nada. Ni una palabra. Su madre ni siquiera levantó la cabeza de la almohada.

Entonces cerró la puerta y atravesó la casa hasta las habitaciones de su padre.

El hombre estaba desmayado, absolutamente ebrio, en medio de las botellas de cerveza barata que lo mantenían, si no cuerdo, al menos lo suficientemente aturdido como para no pensar demasiado. Después de tratar de levantarlo, Phury garabateó una nota para él, la dejó sobre el pecho de su padre y luego abandonó la casa.

Desde la deteriorada terraza cubierta de hojas de la que alguna vez había sido la grandiosa casa familiar, Phury escuchó el murmullo de la noche. Sabía que había muchas posibilidades de que nunca volviera a ver a sus padres y le preocupaba que el único doggen que les quedaba muriera o quedase incapacitado. Y, entonces, ¿qué iban a hacer sus padres?

Pero mientras miraba lo que alguna vez había sido majestuoso, tuvo la certeza de que su gemelo estaba en alguna parte, esa misma noche, esperando ser hallado.

Y cuando el manto de nubes lechosas se retiró de la cara de la luna, Phury escarbó profundamente dentro de sí mismo en busca de algún tipo de fuerza.

«La verdad», dijo una voz ronca dentro de su cerebro, «podrás buscar hasta contar mil amaneceres, e incluso podrás encontrar el cuerpo vivo de tu gemelo, pero seguro que nunca podrás salvar lo que no se puede salvar. No estás a la altura de esa tarea y, además, tu destino ordena que falles en todo, sin importar cuál sea tu meta, pues arrastras contigo la maldición del solitario».

Fue la primera vez que le habló el hechicero.

Y mientras esas palabras calaban profundamente dentro de él y se sentía demasiado débil para emprender el viaje que tenía ante sí, hizo sus votos de castidad. Levantando la vista hacia el inmenso disco brillante que se alzaba en el cielo azul oscuro, juró ante la Virgen Escribana que se mantendría alejado de toda distracción. Sería el salvador puro y decidido. Sería el héroe que traería de vuelta a su gemelo. Sería el salvador que rescataría a su familia de la triste desgracia en que se había sumido y la devolvería al estado de salud y belleza que antes había disfrutado.

Se convertiría en el jardinero.

Phury regresó al presente cuando el hechicero le habló:

«Pero yo tenía razón, ¿no es cierto? Tus padres murieron prematuramente y en la miseria, tu gemelo fue usado como prostituto y tú estás completamente perdido. Tenía razón, ¿no es así, socio?».

Phury volvió a concentrarse en el extraño panorama blanco del Otro Lado. Era tan perfecto, todo estaba en orden, nada estaba fuera de lugar. Los tulipanes blancos se erguían sobre sus tallos blancos en las jardineras que rodeaban los edificios. Los árboles no desbordaban la linde del bosque. No se veía ni una brizna de maleza.

Se preguntó quién cortaría el césped y tuvo la sensación de que la hierba, al igual que todo lo demás, simplemente crecía así.

Eso debía de ser agradable.

CAPÍTULO
14

En la mansión de la Hermandad, Cormia miró otra vez el reloj que había sobre la cómoda. Hacía una hora que John Matthew debía haber llegado a recogerla para ver una película y esperaba que no hubiera pasado nada.

Mientras se paseaba un poco más, sintió que aquella noche su habitación parecía demasiado pequeña y atestada, aunque no había ningún mueble nuevo y estuviera absolutamente sola.

Querida Virgen Escribana, tenía demasiada energía.

Era el efecto de la sangre del Gran Padre.

Eso y una urgencia apremiante e insatisfecha.

Entonces se detuvo junto a la ventana, se llevó los dedos a los labios y recordó el sabor de la sangre del Gran Padre, la textura de su piel. ¡Qué fuerza tan imponente, qué glorioso éxtasis! Pero ¿por qué se había detenido? Esa pregunta le había estado dando vueltas en la cabeza. ¿Por qué el Gran Padre no había seguido con lo que estaba haciendo? Sí, el medallón lo estaba llamando, pero al ser el Gran Padre, podía ignorarlo, pues todas las cosas se hacían según su voluntad. Él era la fuerza de la raza, el que gobernaba a las Elegidas, podía hacer caso omiso de cualquiera, a voluntad.

La única respuesta que se le ocurría le revolvía el estómago. ¿Sería a causa de sus sentimientos hacia Bella? ¿Acaso había sentido que estaba traicionando a la mujer que amaba?

Era difícil saber qué era peor: si la idea de que él estuviera con todas sus hermanas, o la de que no estuviera con ninguna de ellas porque su corazón pertenecía a otra.

Al mirar hacia la noche, pensó que se iba a volver loca si se quedaba en la habitación. De pronto, la piscina, con su superficie ondulante, atrajo su interés. El suave movimiento del agua le recordó los profundos baños del Otro Lado y la hizo pensar que tal vez allí podría encontrar el pacífico descanso que necesitaba para olvidarse de todo lo que le rondaba por la cabeza.

Antes de darse cuenta de lo que hacía, Cormia corrió hacia la puerta y salió al pasillo. Moviéndose de manera rápida y silenciosa con sus pies descalzos, bajó por la escalera hasta el vestíbulo y cruzó el suelo de mosaico. Una vez en la sala de billar, abrió la puerta por la que había salido con John la noche anterior y salió de la casa.

De pie sobre las frías losas de la terraza, dejó que sus sentidos se adaptaran a la oscuridad y estudió con los ojos lo que alcanzaba a ver de la imponente muralla que rodeaba la propiedad. No parecía haber peligro. Nada se movía entre las flores y los árboles del jardín, excepto el denso aire de la noche.

Luego se volvió a mirar la casa inmensa. Las luces brillaban a través de las ventanas y podía ver a algunos doggen moviéndose por allí. Tendría mucha gente cerca, en caso de que necesitara ayuda.

Entornó la puerta, se recogió la falda de la túnica y atravesó corriendo la terraza hacia el agua.

La piscina era rectangular y estaba bordeada por las mismas losas negras y lisas que cubrían la terraza. Había tumbonas, hechas de fibras entretejidas, y mesas con superficies de vidrio. A un lado había un aparato negro con un depósito blanco. Las jardineras de flores le añadían color.

Se arrodilló y probó el agua; la superficie parecía aceitosa a la luz de la luna, probablemente porque el fondo de la piscina estaba cubierto con la misma piedra negra. La forma en que estaba construida no se parecía a los baños de donde ella venía; no había un descenso gradual y sospechaba que era bastante profunda. Sin embargo, no había peligro de quedar sin salida. A los lados, ubicados a intervalos regulares, había agarraderas curvas que podías usar para ayudarte a salir del agua.

Primero metió un dedo del pie y luego el pie entero y la superficie de la piscina se llenó de ondas debido a la intromisión, como si el agua estuviera aplaudiendo para animarla.

A la izquierda había una escalera de peldaños poco profundos que, obviamente, eran la vía principal de entrada al agua. Así que fue hasta ellos, se quitó la túnica y entró desnuda a la piscina.

A pesar de que su corazón palpitaba con nerviosismo, la suavidad del agua fue acallándolo. Siguió avanzando hasta que quedó envuelta en su abrazo ondulante desde el pecho hasta los talones.

Era maravilloso.

Instintivamente tuvo el impulso de impulsarse con los pies y su cuerpo se deslizó hacia delante como si no pesara. Al sacar los brazos hacia arriba y después volverlos a sumergir, descubrió que podía desplazarse e ir adonde quisiera: primero a la derecha, luego a la izquierda, luego hacia delante, bien adelante, hasta el final, donde había una tabla delgada suspendida sobre el agua.

Después de terminar su exploración, Cormia se puso boca arriba y flotó en el agua mientras miraba el cielo. Las luces titilantes que se veían en lo alto la hicieron pensar en el lugar que ocupaba entre las Elegidas y en su deber de ser una entre muchas, una molécula que era parte de un todo. Sus hermanas y ella eran idénticas y no se podía distinguir una de otra dentro de la magnífica tradición a la que servían: al igual que el agua, sin uniones y fluidas, sin límites; igual que las estrellas de allá arriba, todas iguales.

Al mirar hacia el cielo, tuvo otra de aquellas ideas heréticas y fortuitas, sólo que ésta no tenía que ver con diseños arquitectónicos, o lo que alguien llevaba puesto o si le gustaba o no una comida.

Ésta tenía que ver con su esencia más íntima y la definía como una pecadora y una hereje:

Cormia no quería ser una entre muchas.

No quería serlo con el Gran Padre. Ni ante él.

Y tampoco ante ella misma.

***

Al otro lado de la ciudad, Qhuinn estaba sentado en su cama y observaba fijamente el teléfono móvil que tenía en la mano. Acababa de escribir un mensaje dirigido a Blay y a John y estaba a punto de mandarlo.

Le parecía que llevaba sentado allí muchas horas, pero probablemente no había pasado más de una. Después de tomar una ducha para quitarse de encima la sangre de Lash, se había sentado y se estaba preparando para lo que le esperaba.

Por alguna razón, no dejaba de pensar en la única cosa amable que sus padres habían hecho por él en toda su vida, al menos hasta donde podía recordar. Había sucedido cerca de tres años atrás. Llevaba meses rogándoles a sus padres que le permitieran ir con su primo Sax, a Connecticut. Saxton ya había pasado por la transición y era un poco alocado, así que, por supuesto, se había convertido en el héroe de Qhuinn. Y, naturalmente, a sus padres no les gustaba Sax, ni tampoco sus padres, a quienes no les interesaban para nada las cargas sociales que se autoimponía la glymera.

Qhuinn había suplicado, rogado y gemido, pero no había logrado nada a pesar de sus esfuerzos. Y luego, un día, sin ningún motivo aparente, su padre le dijo que finalmente le permitirían realizar la ansiada visita y que se marcharía ese mismo fin de semana.

¡Qué felicidad! Se sintió dichoso. Hizo el equipaje con tres días de antelación y cuando se sentó en el asiento trasero del coche al anochecer y lo llevaron hasta la forntera con Connecticut, se sintió como si fuera el rey del mundo.

Sí, había sido un bonito gesto de sus padres.

Por supuesto, más tarde se enteraría del motivo por el cual lo habían hecho.

La aventura en casa de Sax no salió muy bien, desgraciadamente. Terminó bebiendo un montón con su primo el sábado, durante las horas del día, y se puso tan malo debido a la mezcla letal de Jägermeister y gelatina hecha a base de vodka que los padres de Sax insistieron en que regresara a casa cuanto antes para recuperarse.

El viaje de vuelta con uno de los doggen de su primo fue absolutamente vergonzoso y lo peor fue que se pasó todo el trayecto pidiéndole al conductor que se detuviera para poder vomitar. Lo único bueno fue que los padres de Sax aceptaron no decirles nada a sus padres, con la condición de que él les hiciera una confesión completa tan pronto llegara a casa. Era evidente que ellos tampoco querían enfrentarse a la madre y el padre de Qhuinn.

Cuando el doggen se detuvo frente a la casa, Qhuinn se imaginaba que podría decir solamente que se había sentido indispuesto, lo cual era cierto, y había pedido que lo llevaran a su casa, lo cual no era cierto y nunca lo sería.

Pero las cosas no resultaron así.

Todas las luces de la casa estaban encendidas y se oía música que venía de una carpa instalada en la parte trasera. Había velas encendidas en cada ventana y gente moviéndose por todas las habitaciones.

—Me alegra que hayamos podido traerlo a tiempo —dijo el doggen, con tono alegre y servil—. Sería una lástima que se perdiera esto.

Qhuinn se bajó del coche con su mochila y no se dio cuenta de que el criado se marchaba.

Reflexionó. Su padre estaba finalizando su periodo como leahdyre de la glymera, después de varios años de servicio como presidente del Consejo de Princeps. Sin duda, era la fiesta para celebrar su encomiable labor y la transferencia del cargo al padre de Lash.

Y tal era el motivo por el cual los criados habían estado tan atareados durante las últimas dos semanas. Él había pensado que su madre sólo estaba atravesando por otro de sus ataques periódicos de maniaca de la limpieza, pero no. Toda aquella agitación era parte de los preparativos para esa noche.

Qhuinn se dirigió, entonces, a la parte trasera de la casa, pegándose a las sombras que proyectaban los setos y arrastrando la mochila por el suelo. La carpa tenía un aspecto espectacular. Había candelabros llenos de luces que titilaban sobre las mesas adornadas con hermosos arreglos florales y velas. Cada una de las sillas tenía adornos y había alfombras en los pasillos, entre mesa y mesa. Qhuinn se imaginaba que todo estaba decorado en color turquesa y amarillo para simbolizar las dos ramas de su familia.

Al mirar las caras de los invitados, fue reconociendo a todos y cada uno de ellos. Allí estaban todos los miembros de su linaje, junto con las principales familias de la glymera, y todos los invitados estaban vestidos formalmente, las damas llevaban trajes largos y los hombres iban de frac. Había niños correteando entre los adultos como luciérnagas y los mayores estaban sentados al margen, sonriendo.

Qhuinn se quedó allí, en la oscuridad, y se sintió como si formara parte de los trastos viejos de la casa que habían sido escondidos antes de que llegaran los invitados, otro objeto feo e inútil que se guardaba en un armario para que nadie lo viera. Y esa no fue la primera vez que sintió deseos de meterse los dedos entre las cuencas de los ojos para destruir lo que lo había destruido a él.

De repente la banda dejó de tocar y su padre se acercó al micrófono que estaba frente a la pista de baile. Mientras todos los invitados se reunían, la madre, el hermano y la hermana de Qhuinn subieron a la tarima y se situaron detrás del padre y los cuatro resplandecían de una manera que no tenía nada que ver con la cantidad de luces que titilaban en el lugar.

«Si me permiten un momento de atención», dijo entonces su padre en Lengua Antigua, «me gustaría disponer de unos minutos para saludar a las familias fundadoras, que están aquí presentes esta noche». Una ronda de aplausos. «A los otros miembros del Consejo». Otra ronda de aplausos. «Y al resto de ustedes, que forman parte del corazón de la glymera y componen mi linaje». Nueva tanda de aplausos. «Estos últimos diez años como leahdyre han sido un gran reto, pero hemos hecho muchos progresos y sé que mi sucesor tomará las riendas con mano firme. Con el reciente ascenso del rey, es incluso más urgente la tarea de cuidar nuestros intereses con prudencia y eficacia. A través de la incansable labor del Consejo, lograremos que se imponga nuestra visión de la raza… a pesar de la oposición poco meritoria de aquellos que no entienden los temas con la profundidad que nosotros lo hacemos».

En este punto se oyó una sonora ovación que fue seguida por un brindis en honor al padre de Lash. Luego el padre de Qhuinn se aclaró la garganta y miró a las tres personas que estaban detrás de él. Con voz un poco ronca, dijo: «Ha sido un honor servir a la glymera… y aunque extrañaré mi trabajo, mentiría si no les confesara que el hecho de tener más tiempo para mi familia es algo que me complace enormemente. La verdad es que ellos son la razón de mi vida y debo agradecerles la alegría y el calor que traen diariamente a mi corazón».

Al oír eso, la madre de Qhuinn le mandó un beso al padre y parpadeó rápidamente. Su hermano sacó pecho como un petirrojo y en sus ojos se reflejaba la adoración que sentía por su héroe. Y su hermana aplaudió y comenzó a dar brincos, mientras sus rizos se mecían llenos de alegría.

En ese momento, Qhuinn sintió un rechazo tan completo como hijo, como hermano y como miembro de la familia, que nada que le dijeran después podría ni siquiera mitigar la terrible tristeza que lo embargó.

Un golpe intempestivo en su puerta arrancó a Qhuinn de sus recuerdos y fue como si el peso de los nudillos de su padre sobre la madera hubiese roto el embrujo del pasado, pues la escena desapareció súbitamente de su mente.

Qhuinn envió el mensaje, se guardó el teléfono entre el bolsillo de la camisa y dijo:

—Adelante.

Pero no fue su padre el que abrió la puerta.

Era un doggen, el mismo mayordomo que le había dicho que no iba a ir al baile de la glymera ese año.

Cuando el criado le hizo una reverencia, no tenía intención de que fuera un gesto de respeto y Qhuinn lo sabía. Los criados le hacían reverencias a todo el mundo. Demonios, si atrapaban a un mapache escarbando en la basura, probablemente el primer impulso antes de espantarlo sería el de hacerle una reverencia.

—Supongo que tengo que irme —dijo Qhuinn, mientras el mayordomo ejecutaba rápidamente los movimientos de las manos que se suponía que te protegían del mal de ojo.

—Con el debido respeto —dijo el doggen, con la mirada clavada todavía en sus pies—, su padre ha solicitado que salga usted de la propiedad.

—Está bien. —Qhuinn se puso de pie y agarró la bolsa de lona en la que había metido su colección de camisetas y sus cuatro pantalones vaqueros.

Mientras se colgaba la bolsa del hombro, se preguntó cuánto tiempo más tendría línea su teléfono móvil. Llevaba un par de meses esperando a que se lo cortaran… desde que su asignación desapareció intempestivamente.

Tenía el presentimiento de que su móvil, al igual que él, estaba a punto de quedarse fuera de cobertura.

—Su padre me ordenó que le entregara esto. —El doggen no se inmutó mientras extendía la mano y le alcanzaba un pesado sobre de aspecto comercial.

Qhuinn sintió unos deseos casi irresistibles de decirle al criado que cogiera el maldito sobre y se lo metiera a su padre por el culo. Sin embargo, lo abrió. Después de mirar los papeles que contenía, los dobló tranquilamente y volvió a guardarlos dentro. Luego se metió el sobre entre la camisa y la parte trasera de la pretina del pantalón y dijo:

—Bajaré a esperar a que me recojan.

El criado se enderezó.

—Puede esperar al final de la entrada, si me hace el favor.

—Sí. Claro. Está bien. Necesita que le dé un poco de sangre, ¿no?

—Si es usted tan amable. —El doggen le alcanzó una copa de bronce que tenía el fondo recubierto de cristal negro.

Qhuinn usó su navaja del ejército suizo, porque el cuchillo de caza había quedado confiscado. Se pasó la hoja a lo largo de la palma y luego apretó el puño para exprimir unas cuantas gotas rojas dentro de la copa.

Las necesitaban para quemarlas en cuanto saliera de la casa, como parte del ritual de purificación.

Su familia no sólo estaba desechando algo defectuoso; se estaban librando del mal.

Qhuinn salió de su habitación sin mirar hacia atrás y comenzó a avanzar por el pasillo. No se despidió de su hermana, aunque la oyó practicar con la flauta, y dejó que su hermano siguiera recitando versos latinos sin interrumpirlo. Tampoco se detuvo en la salita privada de su madre, a pesar de que la oyó hablando por teléfono. Y desde luego pasó de largo frente al despacho de su padre.

Todos estaban enterados de su partida. La prueba estaba en el sobre.

Al llegar al primer piso, tampoco cerró con fuerza la gran puerta de la entrada. No había razón para hacer un escándalo. Todos sabían que él se estaba yendo, lo cual era el motivo para que todos estuvieran tan calculadamente ocupados, en lugar de estar tomando el té en la sala de estar.

Estaba seguro de que se reunirían tan pronto el doggen les dijera que ya había salido de la casa. Estaba convencido de que se tomarían una taza de Earl Grey y se comerían un par de panecillos. Podía apostar que suspirarían con alivio y luego se lamentarían de lo difícil que iba a ser mantener en alto la cabeza después de lo que él le había hecho a Lash.

Qhuinn recorrió lentamente el camino largo y sinuoso que llevaba hasta las grandes rejas de hierro. Al llegar a ellas, las encontró abiertas. Y tan pronto las atravesó, las rejas se cerraron con un ruido metálico, como si le hubiesen dado una patada en el culo.

La noche de verano era cálida y húmeda y se veían relámpagos hacia el norte.

Las tormentas siempre llegaban del norte, pensó Qhuinn, y eso era cierto tanto en verano como en invierno. En los meses fríos, los vientos del noreste traían tanta nieve que podías quedar sepultado y comenzar a sentirte como un…

Caramba. Estaba tan aturdido que ya estaba hablando sobre el clima consigo mismo.

Al llegar a la calle, se descolgó la bolsa y la dejó en el suelo.

Supuso que ahora sí debía mandarle un mensaje a Blay para ver si, de hecho, podía ir a recogerlo. Desmaterializarse con el peso de la bolsa iba a ser muy difícil y como nunca le habían dado un coche, pues no tenía muchas más opciones. La verdad era que, de momento, no podía ir a ninguna parte.

Justo cuando estaba sacando el teléfono, el aparato sonó en su mano. Era un mensaje de Blay: «Tienes que venir a quedarte aquí. Déjame ir a recogerte».

Cuando empezó a contestar al mensaje, de pronto pensó en el sobre y se detuvo. Entonces guardó el teléfono en la bolsa de lona, se la echó al hombro y comenzó a caminar por la calle. Se dirigió hacia el este, porque con todas las vueltas que daba la calle, allí fue donde le llevó la decisión fortuita de girar hacia la izquierda.

Joder… ahora sí era un huérfano de verdad. Era como si sus sospechas más íntimas se hubiesen vuelto realidad. Él siempre había pensado que era adoptado o algo así, porque nunca había encajado dentro de su familia, y no sólo debido al asunto de los ojos dispares. Parecía hecho de otra madera. Siempre había sido así.

Parte de él quería enfurecerse por el hecho de que lo hubiesen expulsado de la casa; pero ¿qué esperaba? Nunca había sido uno de ellos y atacar a su primo-hermano con un cuchillo de caza era imperdonable, aunque hubiese sido una reacción totalmente justificada.

Eso también les iba a costar mucho dinero a sus padres.

En los casos de asalto —o asesinato, si Lash moría—, si la víctima era miembro de la glymera, los padres o parientes cercanos del agresor tenían que pagar una suma que dependía del valor relativo del muerto o el herido. ¿Un macho joven, recién salido de la transición, que era el primogénito de una de las familias fundadoras? Lo único más costoso que eso sería la muerte de un hermano o de una hembra noble embarazada. Y los que tenían que pagar eran sus padres, no Qhuinn, pues, en el plano legal, sólo se te consideraba adulto después de que transcurría todo un año desde la transición.

Lo bueno, suponía Qhuinn, era que, como todavía era técnicamente menor de edad, no sería sentenciado a muerte. Pero aun así, estaba seguro de que tendría que enfrentarse a cargos serios, y la vida que había conocido hasta ahora llegaría oficialmente a su fin.

Hablando de cambios extremos, ahora estaba fuera de la glymera. Fuera de su familia. Fuera del programa de entrenamiento.

Salvo someterse a un cambio de sexo, era difícil pensar en qué otra cosa podrían hacerle para acabar de arruinar su identidad.

Tal y como estaban las cosas, tenía hasta el amanecer para decidir adónde iría a esperar las noticias sobre lo que iba a pasar con él. La casa de Blay sería la opción obvia, excepto por un problema grande y peliagudo: acoger a alguien que había sido expulsado de la glymera acabaría con la posición social de esa familia, así que eso no iba a suceder. Y John tampoco lo podía recibir. Él vivía con los hermanos y eso significaba que el lugar de su residencia era tan secreto que no podía recibir visitas y mucho menos tener un invitado semipermanente.

Un invitado que había atacado de manera salvaje a un compañero de entrenamiento. Y estaba esperando a que lo enviaran a la cárcel.

Dios… John. Esa mierda que Lash había dicho.

Qhuinn esperaba que no fuera cierto, pero tenía la sensación de que sí lo era.

Siempre había creído que John se mantenía apartado de las hembras porque era todavía más tímido que Blay. Pero ¿qué podía pensar ahora? Era obvio que el tío tenía problemas serios… y Qhuinn se sintió como un canalla de proporciones gigantescas por joder tanto a su amigo con el asunto del sexo.

No era de extrañar que John nunca hubiese querido llevarse al baño a ninguna hembra cuando iban al Zero Sum.

Maldito Lash.

Joder, sin importar lo que pasara a consecuencia de lo que había hecho con ese cuchillo, Qhuinn pensó que no cambiaría nada de lo sucedido. Lash siempre había sido un desgraciado y Qhuinn llevaba años queriendo darle su merecido. Pero, tras haber visto la manera en que se había lanzado sobre John, era peor. De verdad esperaba que Lash muriera.

Y no sólo por el hecho de tener un maldito hijo de puta menos en el mundo.

La realidad era que Lash tenía la boca muy grande y mientras el desgraciado siguiera respirando, esa información acerca de John no estaba a salvo. Y eso era peligroso. Había gente en la glymera que consideraba esa mierda como una castración social. Si John tenía la esperanza de convertirse algún día en un hermano y contar con el respeto de la aristocracia; si tenía la esperanza de aparearse y tener una familia, nadie podía saber que había sido violado por otro macho, y mucho menos por un humano.

Mierda, el hecho de que hubiese sido un humano empeoraba las cosas de modo dramático. A los ojos de la glymera, los humanos eran ratas que caminaban erguidas. Y ser dominado por uno de ellos era imperdonable.

No, pensó Qhuinn mientras avanzaba solo por la calle, no se arrepentía de nada de lo que había hecho.

CAPÍTULO

15

C uando terminó de limpiar el área de duchas del cuarto donde estaban las taquillas, John se dirigió a la oficina, se sentó en el escritorio y pasó Dios sabe cuánto tiempo observando fijamente el montón de papeles que debería estar organizando. En medio del silencio, sentía que el labio hinchado le palpitaba, al igual que los nudillos, pero eran simples molestias menores comparadas con el rugido sordo que retumbaba en su cabeza.

La vida era endiabladamente extraña.

La mayor parte de ella transcurría a un ritmo previsible y los eventos fluían dentro de un límite aceptable de velocidad o un poco por debajo. Sin embargo, de vez en cuando las cosas pasaban en segundos, como cuando te sobrepasa un Porsche en la carretera y sientes que el vacío que deja a su paso te va a arrancar las puertas del coche. En un instante, ocurría algo que salía de la nada y lo cambiaba todo.

La muerte de Wellsie había sido así. La desaparición de Tohr había sido así.

El ataque de Qhuinn a Lash había sido así.

Y aquella cosa horrible que le había sucedido a él en la escalera… sí, eso también había sido así.

Era la cualidad del destino de ir siempre un paso por delante.

Era evidente que la garganta de Lash estaba destinada a que Qhuinn la cortara en ese momento, así que el tiempo había apresurado la marcha para que nada ni nadie pudiera intervenir.

Cuando desistió de ordenar los papeles, John se levantó del escritorio y atravesó la puerta que había detrás del armario. Mientras salía al túnel subterráneo que lo llevaría de regreso a la mansión, se odió por desear que Lash no sobreviviera. No le gustaba pensar que podía ser tan cruel y, además, si Lash moría, las cosas se pondrían peor para Qhuinn.

Sin embargo, no quería que su secreto se conociera.

Al entrar al vestíbulo, su teléfono sonó una vez. Era Qhuinn: «M piré de la ksa. No s qánto tiempo funcionará el teléf. M entregaré a Wrath qando él diga».

Mierda. John le contestó rápidamente a su amigo: «Blay está listo xra ir a recogert».

Pero no hubo respuesta.

John volvió a intentarlo: «Q? Esp. a Blay, no t vays sin él. Pueds qdarte allí».

John se detuvo al pie de las escaleras, en espera de una respuesta. Pero el mensaje que llegó un minuto después era de Blay: «No t prqpes, yo m oqpo de Q. T aviso qando sep. de él. En el peor d ls ksos, yo lo recojo».

Gracias a Dios.

En circunstancias normales, John habría ido a encontrarse con sus amigos a casa de Blay, pero en ese momento no se sentía capaz de enfrentarse a ellos. ¿Sería posible que no lo mirasen con ojos diferentes? Además, lo que le había ocurrido a John se quedaría dando vueltas en su mente, tal y como le había sucedido a él al comienzo.

Después del ataque, John no hacía más que pensar en lo que le habían hecho. Luego comenzó a pensar en eso la mayor parte del tiempo durante el día y todo el tiempo durante la noche. Y luego, poco a poco, pensaba en eso sólo a veces durante el día y enseguida algún día que otro. Después comenzaron a pasar semanas enteras sin que se acordara del asunto. Le había costado más olvidarlo durante la noche, pero con el tiempo también dejó de soñar con eso.

Sí, no tenía ningún interés en mirar a sus amigos a los ojos en este momento y saber lo que estaban pensando. Lo que se estaban imaginando. Las preguntas que se estaban haciendo.

No, todavía no se sentía capaz de estar con ellos.

Y, además, no se podía sacar de la cabeza la idea de que todo lo que había sucedido con Lash era culpa suya. Si él no viviera escondiendo ese secreto, el tío no lo habría sacado a relucir delante de sus amigos y la pelea nunca habría comenzado y Qhuinn no habría atacado de esa manera tan brutal a su primo-hermano.

Una vez más, esa maldita mierda de la escalera estaba causando problemas. Era como si las consecuencias de lo que le había ocurrido nunca fueran a tener fin.

Al pasar frente a la biblioteca para ir a su cuarto, se le ocurrió entrar y revisar las estanterías hasta encontrar la sección de libros de derecho… que tenía cerca de seis metros. Dios, debía de haber unos setenta libros sobre leyes escritos en Lengua Antigua. Era evidente que a los vampiros les gustaba litigar tanto como a los humanos.

Ojeó algunos de los libros y se hizo una idea de lo que podía ocurrir de acuerdo con el código penal. Si Lash moría, Qhuinn tendría que presentarse ante Wrath acusado de asesinato y las cosas no pintaban bien, en la medida en que él no había sido el agredido, así que no podía alegar que había actuado en defensa propia. Su mejor opción era alegar homicidio justificado por causas de honor, pero incluso eso implicaba un tiempo de cárcel, además de una multa altísima que habría que pagarles a los padres de Lash. Por el otro lado, si Lash sobrevivía, sería un asunto de asalto y agresión con arma mortal, lo que también implicaría un tiempo a la sombra y una multa.

Las dos posibilidades planteaban el mismo problema: según lo que John sabía, la raza no tenía cárceles, pues el sistema penal de los vampiros se había ido descomponiendo a lo largo de los últimos cuatrocientos años, antes del ascenso de Wrath. En consecuencia, Qhuinn tendría que ser retenido en arresto domiciliario en alguna parte, mientras no hubiera una cárcel.

Era difícil imaginar que los padres de Blay estuvieran de acuerdo con mantener bajo su techo de manera indefinida a un criminal. Así que, ¿adónde iría a parar su amigo?

John soltó una maldición y devolvió a las estanterías los volúmenes forrados en cuero. Al dar media vuelta, alcanzó a ver una especie de aparición bajo la luz de la luna y olvidó todo lo que acababa de leer.

Al otro lado de las puertas francesas de la biblioteca, Cormia estaba saliendo de la piscina y su cuerpo desnudo chorreaba cristales de agua, mientras su piel parecía tan suave como si la hubiesen sacado brillo y sus brazos largos y elegantes resplandecían con la gracia de la brisa del verano.

¡Santo Dios!

¿Cómo era posible que Phury no quisiera estar con ella?

Después de ponerse otra vez la túnica, Cormia dio media vuelta para dirigirse a la casa y se quedó paralizada cuando lo vio. John se sintió como un mirón indiscreto, mientras levantaba la mano con torpeza para saludarla. Cormia vaciló, como si pensara que la habían pillado haciendo algo malo y luego le devolvió el saludo.

Después de abrir la puerta, John dijo con señas, sin pensarlo:

—Lo siento mucho, me retrasé.

Muy brillante, lo suyo. Cormia no conocía el lenguaje de signos…

—¿Te estás disculpando por haberme visto o por llegar tarde? Supongo que algo así es lo que habrás dicho… —Al ver que John le daba un golpecito al reloj, Cormia se sonrojó—. Ah, te estás disculpando por llegar tarde.

Cuando él asintió, Cormia se acercó y aunque sus pies no hacían ningún ruido, sí dejaron huellas húmedas sobre las losas de piedra.

—Te esperé un buen rato… Ay, Virgen santísima. Estás herido.

John se llevó una mano a la boca inflamada y pensó que le gustaría que ella no viera tan bien en la oscuridad. Entonces comenzó a decir algo con señas para desviar su atención, pero volvió a estrellarse contra la barrera de la comunicación hasta que tuvo un golpe de inspiración.

Sacó el teléfono y escribió un mensaje: «Todavía me gustaría ver una película, si te apetece».

Hasta entonces la noche había sido un desastre y John sabía que cuando los hermanos regresaran de la clínica y ya se supiera qué había ocurrido con Lash, las cosas se iban a poner peor. Como apenas podía soportarse él mismo y tenía la cabeza hecha un lío, la idea de sentarse en la oscuridad con ella y olvidarse de todo le pareció perfecta.

Cormia lo estudió durante un momento, con los ojos entrecerrados.

—¿Estás bien?

«Sí, estoy bien», escribió John. «Lamento llegar tarde. De verdad me gustaría ver una película».

—Entonces, será un placer —dijo ella, e hizo una graciosa reverencia—. Sin embargo, antes me gustaría bañarme y cambiarme de ropa.

Los dos jóvenes regresaron a la biblioteca y subieron la gran escalera y John se sintió impresionado. Cormia no parecía sentirse incómoda, a pesar de lo que él había visto, y eso resultaba muy atractivo.

Arriba, John esperó a que ella entrara a su habitación y pensó que estaría allí un buen rato, pero volvió a salir en segundos. Con el pelo suelto.

Ay, Dios, qué aparición.

Los rizos rubios le llegaban hasta las caderas y, como tenía el pelo mojado, parecía un poco más oscuro que el color dorado pálido habitual.

—Tengo el pelo mojado —dijo Cormia un poco avergonzada, al tiempo que le enseñaba una manojo de horquillas doradas—. Me lo recogeré en cuanto se seque.

«Pero no lo hagas por mí», pensó John, mientras la observaba fijamente.

—¿Vamos?

John salió de su ensueño y condujo a Cormia a través del corredor de las estatuas hasta las puertas giratorias que marcaban la entrada a las habitaciones del servicio. Las sostuvo abiertas hasta que Cormia pasó y luego giró a mano derecha, hacia una puerta acolchada y forrada en cuero que, al abrirse, dejó a la vista una escalera alfombrada, con una hilera de luces empotradas en el suelo a cada lado.

Cormia se recogió la túnica blanca y subió los escalones y, mientras John la seguía, trató de no distraerse con la manera en que las puntas entornadas del pelo acariciaban la parte baja de la espalda de la muchacha.

La sala de proyecciones del tercer piso tenía el ambiente típico de una sala de cine de los años cuarenta patrocinada por la Metro-Goldwyn-Mayer, con paredes negras y doradas adornadas con relieves en forma de flor de loto estilo art déco y recargadas lámparas de pared doradas y plateadas. Las butacas recordaban más a la tapicería de un Mercedes que las gradas de un estadio: veintiuna sillas de cuero divididas en tres secciones y separadas por pasillos iluminados en el suelo. Cada una de las sillas tenía el tamaño de una cama doble y en conjunto tenían más lugares para poner bebidas que un Boeing 747.

En la pared del fondo del teatro había miles de DVD y también cosas de comer. Aparte de una máquina para hacer palomitas de maíz, que estaba apagada debido a que no habían avisado a Fritz de que iban a venir, había una máquina dispensadora de Coca-Colas y una pastelería auténtica.

John se detuvo frente a los apetitosos dulces. Tenía hambre aunque al mismo tiempo sentía náuseas y al final tuvo que hacer caso a la sensación desagradable que tenía en el estómago, pero entonces pensó que tal vez a Cormia sí le gustaría comer algo. Mientras ella miraba a todos lados con ojos llenos de asombro, John eligió unos M&M's, porque eran un clásico, y una bolsa de Swedish Fish, por si no le gustaba el chocolate. Sacó dos vasos de la máquina de Coca-Cola, los llenó de hielo y los cubrió con la bebida oscura.

Luego silbó con suavidad para atraer la atención de Cormia, e hizo un gesto con la cabeza para invitarla a acompañarlo a la parte delantera. La muchacha lo siguió y parecía fascinada con las hileras de luces que bordeaban las escaleras. Después de ubicarla en una de las poltronas, John subió las escaleras corriendo, mientras trataba de pensar en qué demonios podían ver.

Bueno, las películas de terror quedaban totalmente descartadas, no sólo por el temor a herir la delicada sensibilidad de la muchacha, sino por la pesadilla de verdad que él acababa de vivir. Desde luego… eso descartaba cerca del cincuenta por ciento de la colección, debido a que Rhage solía ser el que le encargaba las películas a Fritz.

John pasó de largo por la sección de películas de Godzilla, porque le recordaban a Tohr. Las comedias baratas, como *American Pie* y *De boda en boda*, parecían demasiado ordinarias para ella. La colección de películas extranjeras de Mary, profundas e intelectuales, eran… demasiado realistas para John, incluso cuando tenía una buena noche. Y en este momento estaba buscando una manera de evadirse, no una tortura diferente. ¿Qué hay de las policiacas y de acción? Por alguna razón, John no estaba seguro de que Cormia pudiera entender las sutilezas de Bruce Willis, Stallone o Arnold Schwarzenegger.

Eso sólo dejaba disponibles las películas románticas que tanto encantan a las chicas. Pero ¿cuál? Estaban los clásicos de John Hughes: *Dieciséis velas*, *La chica de rosa*, *El club de los cinco*. La sección de Julia Roberts, con *Mystic Pizza*, *Pretty Woman*, *Magnolias de acero*, *La boda de mi mejor amigo*… Todas las de Jennifer Aniston eran totalmente descartables. Todas las de Meg Ryan de los noventa…

De pronto sacó una caja.

Cuando le dio la vuelta, recordó a Cormia bailando sobre la hierba. ¡Eureka!

Estaba dando media vuelta cuando sonó su teléfono. Era un mensaje de Zsadist, quien, evidentemente, todavía estaba en la clínica de Havers. «Lash no v bien. Tan atndiéndolo. Os mantndré informa2».

El mensaje iba dirigido a todos los de la casa y, mientras lo releía, John se preguntó si debería reenviárselo a Blay y a Qhuinn. Al final se volvió a guardar el teléfono en el bolsillo, pues pensó que sus dos amigos ya tenían suficientes problemas como para recibir mensajes periódicos sobre el estado de Lash. Si se moría, en ese caso sí les avisaría.

Luego se detuvo un momento y miró a su alrededor. Parecía absolutamente surrealista eso de estar haciendo algo tan normal como ver una película y sintió que de alguna manera no era apropiado. Pero por ahora lo único que se podía hacer era esperar. Tanto él como todos los demás implicados estaban en un punto muerto.

Entonces se dirigió al reproductor de DVD y mientras metía el disco en la caja negra del aparato, lo único que veía era a Lash tirado en el suelo, con una mirada de pánico y un chorro de sangre saliéndole del cuello.

John comenzó a rezar para que Lash viviera.

Aunque eso significara tener que vivir con el miedo de que su secreto se supiera, era mejor a pensar que Qhuinn terminara condenado por asesinato y él tuviera una muerte sobre su conciencia.

Por favor, Dios, deja que Lash viva.

E n el centro de la ciudad, en el Zero Sum, Rhev estaba teniendo una noche de mierda y su jefa de seguridad se estaba encargando de empeorarla. Xhex estaba frente a su escritorio, con los brazos cruzados, y lo miraba con desaprobación, como si fuese una mierda de perro en una noche sofocante.

Rehv se restregó los ojos y la miró con odio.

—¿Y por qué quieres que me quede aquí?

—Porque estás envenenado y estás asustando a los empleados.

Lo cual probaba que no eran tan brutos, pensó Rehv.

—¿Qué sucedió anoche? —preguntó Xhex con voz suave.

—¿Te conté que compré el lote que está a cuatro calles de aquí?

—Sí. Ayer. ¿Qué sucedió con la Princesa?

—Esta ciudad necesita un club gótico. Creo que lo llamaré La Máscara de Hierro. —Se inclinó sobre la pantalla de su portátil—. Hacemos suficiente caja aquí para cubrir un préstamo para la construcción. O simplemente podría extender un cheque, aunque eso tal vez haría que vinieran a hacernos una auditoría. El dinero sucio es tan jodidamente difícil de manejar… Y si me vuelves a preguntar una vez más por lo que sucedió anoche, te voy a sacar a patadas de aquí.

—Vaya, sí que estamos amables hoy.

Rehv levantó el labio superior, al tiempo que sus colmillos asomaron dentro de la boca.

—No me presiones, Xhex. No estoy de humor.

—Mira, no me cuentes nada si no se te da la gana, pero no jodas al personal. No quiero tener que andar arreglando dramas personales después… ¿Por qué te estás restregando los ojos otra vez?

Rehv entornó los ojos para mirar el reloj. En medio de su visión roja y plana se dio cuenta de que hacía sólo tres horas que se había puesto la última dosis de dopamina.

—¿Ya necesitas otra dosis? —preguntó Xhex.

Rehv no se molestó en contestar, sólo abrió un cajón y sacó un frasquito de vidrio y una jeringa. Se quitó la chaqueta, se subió la manga de la camisa, se puso el torniquete en el brazo y trató de meter la fina aguja a través del sello rojo del frasquito que contenía la medicina.

Pero no lo logró. Como carecía de visión en profundidad, sólo navegaba en un espacio vacío y no podía encontrar el lugar donde debía encajar la punta de la aguja sobre la tapa del frasco.

Los symphaths lo ven todo en distintas tonalidades de rojo y sólo en dos dimensiones. Cuando la medicación no funcionaba, ya fuera porque estaba demasiado nervioso o se había saltado una dosis, el cambio en la visión era la primera señal de que tenía problemas.

—Espera, permíteme.

Al tiempo que sentía una oleada de rabia, Rehv se dio cuenta de que no podía hablar, así que sólo negó con la cabeza y siguió intentando pescar el frasco con la jeringa. Entretanto, su cuerpo comenzó a despertarse del profundo estado de congelación en que lo mantenía y la sensación subsiguiente inundó sus brazos y sus piernas como una marea de cosquillas.

—Muy bien, ya engordé bastante tu ego. —Xhex rodeó el escritorio con actitud de estar dispuesta a hacerse cargo de la situación—. Sólo déjame…

Rehv trató de bajarse rápidamente la manga de la camisa, pero ya era demasiado tarde.

—Déjame hacerlo —dijo Xhex, al tiempo que le ponía una mano sobre el hombro—. Sólo relájate, jefe… y déjame cuidarte.

Con asombrosa suavidad, Xhex tomó la jeringa y el frasco y luego extendió el brazo lleno de moretones de Rehv sobre el escritorio. Había estado inyectándose tanto últimamente que, a pesar de que sanaba muy rápido, tenía las venas destrozadas, todas hinchadas y llenas de pinchazos, como una carretera muy transitada.

—Vamos a usar el otro brazo.

Al tiempo que Rehv extendía el brazo derecho, Xhex logró meter la aguja en la tapa sin problemas y extrajo la dosis normal. Pero Rehv negó con la cabeza y levantó dos dedos para indicarle que doblara la dosis.

—Eso es demasiado —dijo ella.

Rehv se abalanzó sobre la jeringa, pero ella la retiró de su alcance.

Rehv dio un puñetazo sobre el escritorio y la miró con odio, exigiéndole que le hiciera caso.

Tras proferir un par de groserías muy fuertes, Xhex extrajo más medicamento del frasco y Rehv observó cómo ella hurgaba entre el cajón hasta encontrar una toallita desinfectante, abría el sobre y le limpiaba la zona alrededor del codo. Después de ponerle la inyección, Xhex quitó el torniquete y volvió a guardarlo todo en el cajón.

Mientras se recostaba en la silla, Rehv cerró los ojos. La visión roja persistía, aunque tenía los ojos cerrados.

—¿Cuánto hace que estás así? —preguntó Xhex en voz baja—. ¿Cuánto tiempo llevas aplicándote el doble de la dosis, pinchándote sin desinfectar antes la zona del pinchazo? ¿Cuántas veces al día estás haciendo esto?

Rehv sólo sacudió la cabeza.

Un momento después, oyó que Xhex abría la puerta y le decía a Trez que trajera el Bentley. Justo cuando se estaba preparando para mandarla al carajo, Xhex sacó del armario uno de sus abrigos de piel.

—Nos vamos con Havers —dijo—. Y si protestas, voy a llamar a los chicos y ellos te sacarán de la oficina como si fueras un baúl.

Rehv la miró con odio.

—Tú no eres… el jefe aquí.

—Cierto. Pero ¿crees que los chicos tardarían mucho en maniatarte si les cuento lo infectado que tienes el brazo? Si te portas bien, tal vez termines en el asiento trasero del coche en lugar de viajar en el maletero. Pero si opones resistencia, terminarás en él.

—Vete a la mierda.

—Eso ya lo intentamos, ¿recuerdas? Y no nos gustó a ninguno de los dos.

Mierda, eso era lo último que necesitaba que le recordaran ahora.

—Piensa, Rehv. No vas a ganar esta discusión, así que, ¿para qué molestarse en pelear? Cuanto antes vayas, antes estarás de vuelta. —Los dos se miraron con odio durante un rato, hasta que Xhex dijo—: Bien, no menciones lo de la dosis doble. Sólo deja que Havers te examine el brazo. Piensa en esta única palabra: infección.

Como si el médico no se fuera a dar cuenta de lo que estaba pasando después de ver ese brazo.

Rehv agarró su bastón y se levantó lentamente de la silla.

—Estoy muy acalorado… para ponerme el abrigo.

—Pero lo voy a llevar para que, cuando la dopamina empiece a hacer efecto y tú te refresques, no te mueras de frío.

Xhex le ofreció el brazo sin mirarlo, porque sabía que era un desgraciado demasiado orgulloso para apoyarse en ella si ella lo estaba mirando. Y él necesitaba su apoyo, pues estaba demasiado débil.

—No puedo soportar que tengas razón —dijo él.

—Lo cual explica por qué vives de perpetuo mal humor.

Salieron lentamente de la oficina y llegaron al callejón.

El Bentley estaba ahí esperándolos y Trez iba al volante. Como de costumbre, el Moro no hizo ninguna pregunta.

Y, por supuesto, cuando uno se está portando como un idiota, todo ese silencio aplastante sólo le hace sentirse peor.

Rehv pasó por alto el hecho de que Xhex lo instalara en el asiento trasero y se sentara junto a él, como si le preocupase que pudiera sentirse mareado o alguna cosa por el estilo.

El Bentley arrancó con la suavidad de una alfombra voladora y eso parecía muy apropiado, pues la verdad es que Rehv se sentía como si realmente fueran montados en una alfombra mágica. En medio de la batalla entre su naturaleza symphath y su sangre de vampiro, oscilaba entre su lado malo y su lado decente, y los cambios de su centro de gravedad moral le producían unas náuseas horribles.

Tal vez Xhex tenía razón al temer que pudiera vomitar.

Tomaron la calle del Comercio, doblaron a la izquierda para enfilar la Décima avenida y siguieron hacia el río, por donde se incorporarían a la autopista. Cuatro salidas después, se internaron en un barrio de clase alta, donde las mansiones se asentaban en terrenos tan amplios como estacionamientos, y parecían reyes a la espera de ser saludados.

Con su visión roja y en dos dimensiones, Rehv no podía distinguir bien los objetos, pero, por otra parte, la naturaleza symphath hacía que viera demasiado. Podía sentir a los humanos en sus mansiones y conocía a los habitantes de las casas por la huella emocional que dejaban, gracias a la energía que proyectaban sus sentimientos. Aunque su visión era tan plana como la de una pantalla de televisión, percibía a la gente en tres dimensiones: aparecían registrados como patrones psíquicos, cuyas oscilaciones entre la dicha y el placer, la culpa y la lujuria, la rabia y el dolor creaban estructuras que le resultaban tan sólidas como sus casas.

Aunque su mirada no podía penetrar las murallas ni los setos de árboles, ni romper las paredes de las mansiones, su naturaleza perversa veía a los hombres y las mujeres que estaban dentro con tanta claridad como si estuvieran desnudos frente a él, y entonces sus instintos se ponían en estado de alerta. Rehv se concentraba en las debilidades que atravesaban esas estructuras emocionales, encontraba las filtraciones y los cabos sueltos y sentía deseos de sacudirlas un poco más. Era como el gato con el ratón, como el depredador que quiere juguetear con sus víctimas hasta hacer que sus cabezas sangren, debido a la cantidad de secretos sucios, mentiras oscuras y aterradoras vergüenzas que escondían.

Su lado perverso odiaba a esa gente con tranquilo desapego. Para su naturaleza symphath, los débiles no eran los que debían heredar la tierra. Deberían comérsela hasta atragantarse. Y luego había que moler sus esqueletos y fundirlos con el barro de su sangre para llegar a la siguiente víctima.

—Odio las voces de mi cabeza —dijo Rehv.

Xhex lo miró. En medio de la penumbra del asiento trasero del coche, el rostro severo y afilado de Xhex le resultó curiosamente hermoso, probablemente porque ella era la única que entendía de verdad a los demonios a los que tenía que enfrentarse y esa conexión la hacía adorable.

—Es mejor olvidar esa parte de ti —dijo ella—. El odio te mantiene a salvo.

—Pero la lucha es tan agotadora.

—Lo sé. Pero ¿preferirías que fuera de otra manera?

—A veces, no estoy seguro.

Diez minutos después, Trez atravesaba con ellos las puertas de la propiedad de Havers y para ese momento Rehv ya tenía las manos y los pies dormidos y su temperatura corporal había descendido. Cuando el Bentley dio la vuelta por detrás y se detuvo frente a la entrada de la clínica, el abrigo de piel fue como un regalo del cielo y Rehv se lo echó encima para no morirse de frío. Cuando se bajó del coche, notó que la visión roja también había desaparecido y toda la gama de colores del mundo regresaba a sus ojos, mientras la percepción de la profundidad ponía los objetos en la orientación espacial a la que estaba acostumbrado.

—Te espero aquí afuera —dijo Xhex desde el asiento trasero del coche.

Ella nunca entraba a la clínica. Pero, claro, considerando lo que le habían hecho, Rehv entendía sus razones.

Rehv cogió su bastón y se apoyó en él.

—No tardaré.

—Tarda lo que sea necesario. Trez y yo te estaremos esperando.

***

Al regresar del Otro Lado, Phury tomó forma en el Zero Sum. Le hizo la compra a Iam, pues Rehv no estaba y el Moro era el único presente, y luego regresó a casa y subió corriendo a su habitación.

Tenía la intención de fumarse un porro para calmarse un poco antes de llamar a la puerta de Cormia para decirle que quedaba en libertad de regresar al santuario. Y cuando hablara con ella, le iba a prometer que nunca la buscaría en su calidad de Gran Padre y que se iba a ocupar de protegerla de todo comentario o crítica.

También tenía la intención de dejarle muy claro que sentía mucho haberla encerrado en este lado.

Tras sentarse en la cama y sacar sus papeles de fumar, trató de pensar lo que iba a decirle… y acabó pensando en la manera en que ella lo había desnudado la noche anterior, y en la imagen de sus manos pálidas y elegantes luchando con el cinturón antes de ocuparse de la pretina de sus pantalones de cuero. En un segundo, una sensación ardiente y erótica se apoderó de la cabeza de su miembro y aunque él se esforzó por hacer caso omiso de la sensación, fingir que estaba tranquilo fue como estar en la cocina de una casa que se está incendiando.

Era imposible no notar el calor y el estruendo de las alarmas de humo.

Ah… pero eso no duró. El departamento de bomberos y todo su equipo de hombres enmascarados y con guantes llegó en la forma del recuerdo de todas aquellas cunas vacías. El recuerdo de esa imagen fue como si le hubiesen puesto una pistola cargada en la cabeza e inmediatamente extinguió sus ardores.

El hechicero apareció enseguida en su mente, de pie, en medio de su campo de calaveras, con la silueta recortada contra el cielo gris plomo.

«Cuando tú eras joven, tu padre vivía borracho día y noche. ¿Recuerdas cómo te hacía sentirte eso? Dime, socio, ¿qué tipo de padre vas a ser para todos esos retoños de tu semilla, considerando que te pasas drogado las veinticuatro horas del día?».

Phury suspendió lo que estaba haciendo y pensó en la cantidad de veces que había recogido a su padre del suelo del jardín lleno de maleza y lo había arrastrado hasta la casa, justo antes de que saliera el sol. Tenía cinco años la primera vez que lo hizo… y sintió terror al pensar que no iba a ser capaz de arrastrar el tremendo peso de su padre para ponerlo bajo techo a tiempo. ¡Fue horrible! Ese jardín parecía tan grande como una selva y sus manos diminutas se resbalaban constantemente y soltaban el cinturón de donde estaba tirando de su padre. Lágrimas de pánico empezaron a rodar por su cara mientras observaba el progreso del sol una y otra vez.

Cuando finalmente logró meter a su padre a la casa, los ojos de Ahgony se abrieron y le dio una bofetada en la cara, con una mano tan grande como una sartén.

«Quería morirme allí, idiota». Hubo un instante de silencio y luego su padre estalló en llanto y lo agarró y lo abrazó y le prometió que nunca más iba a tratar de matarse.

Sólo que volvió a suceder. Una y otra vez. Y al final siempre ocurría lo mismo.

Phury había salvado a su padre porque estaba decidido a traer a Zsadist de vuelta para que pudiera reunirse con ellos.

El hechicero sonrió.

«Y sin embargo eso no fue lo que ocurrió, ¿verdad, socio? Tu padre murió de todas formas y Zsadist nunca lo conoció. Afortunadamente tú decidiste volverte adicto, para que Z pudiera conocer de primera mano ese encantador legado familiar».

Phury frunció el ceño y miró hacia las puertas dobles que llevaban hasta el inodoro. Cerró el puño alrededor de la bolsa de humo rojo y comenzó a levantarse, dispuesto a tirarlo todo por la taza y tirar de la cadena.

El hechicero soltó una carcajada.

«No serías capaz de hacerlo. No hay ninguna posibilidad de que puedas abandonarlo. Ni siquiera eres capaz de pasar cuatro horas por la tarde sin fumar, porque enseguida te domina el pánico. ¿Sinceramente, eres capaz de imaginar lo que sería no volver a fumarte un porro en los próximos setecientos años? Vamos, socio, sé razonable».

Phury se volvió a sentar en la cama.

«Vaya, vaya, parece que sí tienes cerebro. Estoy impresionado».

Parecía que el corazón se le iba a salir del pecho, mientras terminaba de lamer y retorcer el porro que tenía en la mano y se lo llevaba a los labios. Justo en el momento en que sacó el encendedor, su teléfono comenzó a sonar al otro lado de la habitación.

Por intuición supo de quién se trataba, y cuando por fin encontró el móvil entre los pantalones, vio que tenía razón. Zsadist. Y el hermano ya lo había llamado tres veces.

Mientras contestaba, pensó en cuánto le gustaría haber encendido ya el porro.

—¿Sí?

—¿Dónde estás?

—Acabo de regresar del Otro Lado.

—Perfecto, entonces vente directo para la clínica. Hubo una pelea en los vestuarios. Creemos que John Matthew la comenzó, pero Qhuinn la terminó cortándole el cuello a Lash, y el chico ya ha tenido un paro cardiaco. Dicen que lo han podido estabilizar, pero nadie sabe qué puede pasar. Acabo de llamar otra vez a sus padres, pero siempre salta el buzón, probablemente debido a la fiesta esa. Quiero que estés aquí cuando ellos lleguen.

Seguramente Wrath todavía no le había dicho a Z que había echado a Phury con una patada en el culo.

—¿Hola? —dijo Zsadist con impaciencia—. ¿Phury? ¿Tienes algún problema conmigo?

—No. —Después de abrir rápidamente la tapa del encendedor y accionar el mecanismo con el pulgar logró encender la llama. Mientras se llevaba otra vez el porro a los labios y se recostaba, se preparó para lo que venía—. Pero no puedo ir.

—¿Qué quieres decir con que no puedes? Mi shellan está embarazada y en cama y estoy aquí. Te necesito como representante del programa de entrenamiento y miembro de la Hermandad para que…

—No puedo.

—¡Por Dios, oigo que estás fumando! Deja a un lado tus malditos porros y haz tu trabajo.

—Ya no soy miembro de la Hermandad.

Se hizo un silencio absoluto en el teléfono. Luego se oyó la voz de su gemelo, ronca y casi inaudible.

—¿Qué?

Pero en realidad no era una pregunta. Parecía como si Z ya supiera la respuesta, pero estuviera esperando una especie de milagro.

Phury no podía dejar así a su gemelo.

—Mira… Wrath me echó de la Hermandad. Anoche. Supuse que te lo había dicho. —Phury le dio una calada al porro y dejó que el humo saliera lentamente por su boca, espeso como la melaza. Se podía imaginar cómo estaba su hermano gemelo en ese momento, con el teléfono apretado en el puño, los ojos negros de rabia y el labio superior deformado a causa de la tensión y la cicatriz.

El gruñido que llegó hasta su oído no le cogió por sorpresa.

—Genial. Muy bien hecho.

El teléfono quedó muerto.

Phury rellamó a Z enseguida, pero saltó el buzón. Eso tampoco fue una sorpresa.

Mierda.

No sólo quería suavizar las cosas con Zsadist, también quería saber qué diablos había pasado en el centro de entrenamiento. ¿John estaba bien? ¿Cómo estaba Qhuinn? Los dos chicos eran un poco impulsivos, como todos los machos recién salidos de su transición, pero tenían buen corazón.

Lash debía de haber hecho algo horrible.

Phury se fumó el porro en tiempo récord. Mientras enrollaba otro y lo encendía, decidió que Rhage podría contarle los detalles. Hollywood siempre era una buena fuente de...

El hechicero negó con la cabeza.

«Supongo que te das cuenta de que a Wrath no le va a gustar que te inmiscuyas en los asuntos de la Hermandad, ¿cierto, socio? Tú no eres más que un invitado aquí, un maldito intruso. Ya no eres parte de la familia».

***

En la sala de proyecciones del tercer piso, Cormia se acomodó en un sillón que le resultó tan confortable como el agua de la piscina, acariciador y envolvente, como la palma de un gigante amistoso.

Las luces se apagaron y John bajó hasta la parte delantera de la sala.

Escribió algo en el teléfono y luego le mostró la pantalla.

«¿Estás lista?».

Al ver que ella asentía con la cabeza, la sala a oscuras se iluminó con una imagen enorme y el sonido lo inundó todo.

—¡Virgen santísima!

John estiró la mano y agarró la de Cormia. Después de un momento, ella se tranquilizó y se concentró en la pantalla, que mostraba una gama de azules. Entonces comenzaron a aparecer y desaparecer figuras humanas, hombres y mujeres que bailaban juntos y cuyos cuerpos se apretaban y giraban al ritmo de la música.

Luego comenzaron a aparecer periódicamente algunos letreros color rosa.

—¿Esto es lo mismo que la televisión? —preguntó Cormia—. ¿Funciona de la misma manera?

John asintió, al tiempo que la pantalla se llenaba con unas letras que decían *Dirty Dancing*.

De repente apareció una máquina de las que llamaban coches, que viajaba por una carretera entre colinas verdes. Había gente en el coche. Una familia de humanos, con un padre, una madre y dos hijas.

Entonces se escuchó en toda la sala una voz femenina: «Era el verano de 1963…».

Cuando John le puso algo entre la mano, Cormia apenas pudo despegar los ojos de la pantalla para ver de qué se trataba. Resultó ser una bolsa, una bolsa pequeña y marrón, abierta por la parte de arriba. John hizo el gesto de sacar algo de la bolsa y llevárselo a la boca, así que ella metió la mano. Sacó unas bolitas multicolores, y vaciló un poco.

Definitivamente no había ninguna blanca. Y también en este lado ella sólo había comido alimentos blancos, tal y como mandaba la tradición.

Pero, francamente, ¿qué daño podría hacer?

Cormia miró a su alrededor, aunque sabía que no había nadie más que ellos y, sintiéndose como si estuviera haciendo algo malo, se metió unas cuantas bolitas en la…

¡Queridísima… Virgen… Escribana!

El sabor de las bolitas hizo que su lengua cobrara vida y se llenara de una sensación que la hizo pensar en la sangre. ¿Qué era eso? Cormia miró la bolsa. Había un par de personajes animados en la parte delantera que parecían caramelos. Y el paquete decía M&M's.

Cormia sintió la necesidad de comerse todo el paquete. Enseguida. No importaba que lo que había dentro no fuera blanco.

Mientras se metía más a la boca y gemía, John se rió y le pasó un vaso alto que decía Coca-Cola. Dentro repiqueteaba el hielo y había un palito que atravesaba la tapa. John levantó su propio vaso y le dio un sorbo a través de la pajita. Ella hizo lo mismo y luego regresó a su bolsa de bolitas y a la pantalla.

Ahora había un grupo de gente alrededor de un lago, tratando de seguir los movimientos de una rubia muy guapa, que se movía primero a la derecha y luego a la izquierda. Baby, la jovencita que había estado hablando desde el comienzo, se esforzaba por moverse como todos los demás.

Cormia se volvió hacia John para preguntarle algo, pero vio que él estaba mirando su teléfono y luego fruncía el ceño, como si estuviera contrariado.

Algo debía haber ocurrido al comienzo de la noche. Algo malo. John estaba mucho más serio de lo que lo que jamás lo había visto, pero también era increíblemente reservado. Y aunque ella tenía deseos de ayudarlo en todo lo que pudiera, no iba a presionarlo.

En la medida en que ella también se guardaba las cosas para sus adentros, Cormia entendía la importancia de la privacidad.

Así que decidió dejarlo en paz, se acomodó en la silla y se dejó absorber por la película. Johnny era muy apuesto, aunque no tanto como el Gran Padre, y… ¡Ay! ¡Cómo se movía cuando sonaba la música! Y lo mejor era ver cómo iba mejorando Baby en el baile. Verla esforzarse y practicar y caerse y finalmente hacer bien los movimientos hacía que el corazón vibrara por ella.

—Me encanta esto —le dijo Cormia a John—. Siento como si lo estuviera viviendo en mis carnes.

Entonces apareció el teléfono de John.

«Tenemos más películas. Cientos de ellas».

—Quiero verlas. —Cormia le dio un sorbo grande a su bebida—. Quiero verlas todas…

De repente, Baby y Johnny se quedaron a solas.

Cormia se quedó paralizada al ver que los dos se acercaban y empezaban a bailar. Sus cuerpos eran tan distintos: el de Johnny era mucho más grande que el de Baby, mucho más musculoso, y sin embargo la tocaba con reverencia y cuidado. Y él no era el único que acariciaba. Ella le devolvía las caricias y deslizaba sus manos por la piel de él, y parecía que le encantaba lo que estaba sintiendo.

Cormia abrió la boca y se sentó derecha para estar más cerca de la pantalla. En su mente, el Gran Padre ocupó el lugar de Johnny y ella se convirtió en Baby. Se movían el uno contra el otro y sus caderas se rozaban y la ropa iba desapareciendo. Los dos estaban solos en la oscuridad, en un lugar seguro, donde nadie podía verlos o interrumpirlos.

Era como lo que había sucedido en la habitación del Gran Padre, excepto que en la película nadie se detuvo, ni había más implicaciones, ni pesadas tradiciones que respetar, ni miedo a fallar, y sus treinta y nueve hermanas tampoco formaban parte de la película.

Era tan simple. Tan real, aunque sucedía sólo en su cabeza.

Eso era lo que ella quería hacer con el Gran Padre, pensó Cormia, mientras observaba la película. Exactamente eso.

CAPÍTULO
17

Cuando John se sentó junto a Cormia, volvió a mirar su teléfono por dos razones. La escena de sexo le hacía sentirse un poco incómodo y, además, estaba desesperado por tener noticias de Qhuinn y Lash.

Maldición.

Le envió otro mensaje a Blay, quien le contestó enseguida y dijo que tampoco había tenido noticias de Qhuinn y estaba pensando que era hora de sacar las llaves del coche.

John dejó el teléfono sobre sus piernas. No era posible que Qhuinn hubiese hecho alguna estupidez, como colgarse en el baño o algo así. No. De ninguna manera.

Sin embargo, el padre de Qhuinn era capaz de cualquier cosa. John nunca lo había visto, pero Blay le había contado muchas historias… y él había visto con sus propios ojos cómo Qhuinn había llegado con un ojo negro la noche siguiente a su transición.

John sintió que estaba golpeando nerviosamente el suelo con el pie y, con el fin de detenerse, puso la mano sobre la rodilla. Como era muy supersticioso, no podía dejar de pensar en esa historia de que las malas noticias siempre llegan de tres en tres. Si Lash moría, después vendrían otras dos malas noticias.

John pensó en los hermanos que estaban allá afuera, en las calles, con los restrictores. Y en Qhuinn, por ahí solo, en medio de la noche. Y en Bella y su embarazo.

Volvió a mirar el teléfono y lanzó una maldición silenciosa.

—Si tienes que irte —dijo Cormia—, no tengo ningún problema en quedarme aquí sola.

John la miró y ya estaba a punto de negar con la cabeza, cuando ella lo detuvo tocándole el brazo con suavidad.

—Ve a hacer lo que tienes que hacer. Es evidente que has tenido una noche difícil. Te pediría que me hablaras del asunto, pero no creo que quieras hacerlo.

Sin pensarlo mucho, John escribió lo primero que se le vino a la cabeza:

«Desearía poder volver atrás en el tiempo y no ponerme estas zapatillas».

—¿De qué hablas?

Bueno, mierda, ahora tenía que explicarse o quedaría como un idiota.

«Hoy pasó algo malo. Justo antes de que sucediera, mi amigo me dio este par de zapatillas que llevo puestas. Si no me las hubiese puesto, los tres nos habríamos ido antes de…». John vaciló, mientras pensaba que él y sus amigos se habrían ido antes de que Lash saliera de la ducha y… «antes de que ocurriera lo que ocurrió».

Cormia lo miró un momento.

—¿Quieres saber lo que pienso?

Él asintió con la cabeza, y ella dijo:

—Si no hubiese sido por las zapatillas, te habrías retrasado por cualquier otra razón. Alguien más se habría puesto algo más. O te habrías entretenido conversando. O porque no podías abrir la puerta. A pesar de que poseemos el libre albedrío, el destino absoluto es inmutable. Lo que se supone que debe ocurrir siempre ocurre, de una manera u otra.

Dios, eso era exactamente lo que él pensaba mientras estaba en la oficina del centro de entrenamiento. Sólo que…

«Pero fue culpa mía. Todo el asunto tenía que ver conmigo. Lo que sucedió, sucedió por culpa mía».

—¿Acaso le hiciste daño a alguien? —Al ver que John negaba con la cabeza, Cormia preguntó—: Entonces, ¿por qué es culpa tuya?

John no quería entrar en detalles. De ninguna manera.

«Porque sí. Mi amigo hizo algo horrible para salvar mi reputación».

—Pero fue decisión suya, decidió libremente, como un macho de honor. —Cormia le dio un apretón en el brazo—. No te lamentes por la decisión que él tomó sin que nadie lo obligara. En lugar de eso, pregúntate qué puedes hacer para ayudarlo ahora.

«Me siento tan impotente».

—Es normal, pero estás pensando con el corazón, no con la cabeza —dijo ella con voz suave—. Ve y piensa. La solución llegará a ti. Lo sé.

Esa serena fe en él resultaba aún más poderosa porque se reflejaba en el rostro de Cormia y no era sólo palabras. Y eso era exactamente lo que él necesitaba.

«Eres genial», escribió John.

Cormia se ruborizó de placer.

—Gracias, señor.

«Llámame John, por favor».

John le entregó el mando a distancia y se aseguró de que Cormia supiera cómo usarlo. Al ver que aprendía rápidamente, no se sorprendió. Ella era como él. El hecho de que guardara silencio no significaba que no fuera inteligente.

Le hizo una reverencia, lo cual le hizo sentirse un poco raro, pero parecía lo más adecuado, y se marchó. Mientras bajaba hacia el segundo piso, le mandó un mensaje a Blay. Ya habían pasado dos horas desde la última vez que tuvieron noticias de Qhuinn y era tiempo de ir a buscarlo. Como seguramente llevaba cosas con él, no podía desmaterializarse, así que no debía estar lejos, considerando que no tenía coche. A menos que le hubiese pedido a alguno de los doggen de la casa que lo llevara a alguna parte…

John abrió las puertas dobles que salían al pasillo de las estatuas y pensó que Cormia tenía mucha razón: sentarse a esperar no iba a ayudar a Qhuinn a lidiar con el hecho de haber sido expulsado de su familia, y tampoco iba a alterar lo que pasara al final con Lash.

Y a pesar de lo incómodo que se sentía acerca de lo que sus amigos habían oído, los dos eran más importantes que esas palabras que Lash había pronunciado en los vestuarios, movido solamente por la crueldad.

Cuando llegó a las escaleras, su teléfono anunció un mensaje. Era de Zsadist: «Lash ha sufrido un paro cardiaco. Las cosas no pintan bien».

***

Qhuinn iba caminando por el borde de la carretera y la mochila le golpeaba el trasero a cada paso que daba. Por delante, un rayo cortó el cielo como una serpiente e iluminó los robles, convirtiendo sus troncos en lo que parecía una fila de matones de hombros grandes. El trueno que siguió no tardó mucho tiempo en estallar, lo que significaba que no estaba lejos, y además había ozono en el aire. Qhuinn tuvo el presentimiento de que estaba a punto de empaparse.

Y así fue. Al comienzo las gotas de lluvia eran grandes y espaciadas, pero luego se fueron volviendo más pequeñas y abundantes, como si las grandes hubiesen saltado primero de las nubes y las pequeñas las siguieran tras verificar que el salto era seguro.

Cuando golpeaban la tela de la mochila las gotas producían un pequeño estallido y el pelo de su cabeza comenzó a aplastarse. Qhuinn no hizo nada para protegerse, pues la lluvia iba a ganar de todas maneras. No tenía paraguas y no se iba a refugiar debajo de un roble.

Quedar carbonizado por un rayo no sería muy útil.

Cerca de diez minutos después de que empezara la lluvia, un coche redujo la velocidad detrás de él. Los faros del vehículo le iluminaron la espalda y proyectaron su sombra sobre el pavimento, y el resplandor se hizo más cegador cuando el motor se detuvo.

Blay había llegado a buscarlo.

Qhuinn se detuvo y dio media vuelta, al tiempo que se protegía los ojos con el brazo. La lluvia formaba un fino velo blanco frente a las luces y salía vapor de los faros, lo cual le recordó a algunos episodios de *Scooby-Doo*.

—Blay, ¿podrías bajar las luces? No veo nada.

De pronto la noche quedó negra y las cuatro puertas del coche se abrieron, sin que se encendiera la luz interior del vehículo.

Qhuinn puso la mochila en el suelo lentamente. Eran machos de su especie, no restrictores. Lo cual, considerando que no estaba armado, era una tranquilidad, pero sólo parcial.

Las puertas se cerraron en serie con un golpe seco. Cuando otro rayo iluminó el cielo, Qhuinn cayó en la cuenta de lo que estaba sucediendo: los cuatro machos iban vestidos de negro y tenían capuchas que cubrían sus rasgos faciales.

Ah, sí. La tradicional guardia de honor.

Qhuinn no trató de correr al ver que los machos sacaban uno por uno sus bastones negros; en lugar de eso, adoptó la posición de combate. Iba a perder esta batalla y la derrota iba a ser terrible, pero, maldición, estaba dispuesto a romperles algunos dientes, aunque terminara en suelo, con los puños ensangrentados.

La guardia de honor lo rodeó, adoptando la clásica posición de los que van a dar una paliza y Qhuinn dio vueltas en su puesto, esperando a ver cuál era el primero en atacar. Todos eran tíos grandes, todos de su tamaño, y su propósito era obtener una compensación física de lo que le había hecho a Lash, dándole una buena tunda. Como no se trataba de un rito, sino de una revancha, él podía defenderse.

Así que Lash debía haber sobrevivido…

Uno de los bastones lo golpeó en la parte trasera de la rodilla y fue como recibir un electroshock. Trató de conservar el equilibrio, pues sabía que si caía al suelo estaría perdido, pero alguien más se encargó de su otra pierna y le propinó un formidable golpe en el muslo. Al caer sobre las manos y las rodillas, los bastones comenzaron a castigar sus hombros y su espalda, pero Qhuinn se abalanzó hacia delante y agarró a uno de los guardias de los tobillos. El tío trató de zafarse, pero Qhuinn se aferró a él y le dio un tirón hasta desplazar el centro de gravedad del hombre. Por fortuna, cuando cayó al suelo como un yunque, tuvo la gentileza de llevarse a otro de sus amigos con él.

Qhuinn necesitaba un bastón. Era su única oportunidad.

Con un movimiento asombroso, intentó agarrar el arma del que había tumbado, pero otro bastón lo golpeó con fuerza en la muñeca. El dolor fue como ver un anuncio de neón que decía «estás perdido» y la mano quedó completamente incapacitada, colgando del brazo como un peso muerto. Afortunadamente Qhuinn era ambidextro. Así que agarró el bastón con la mano izquierda y le lanzó un golpe en la rodilla al que tenía enfrente.

Las cosas se pusieron peor después de eso. Ponerse de pie era imposible, así que se revolvió como una víbora en el suelo, lanzando golpes letales y rápidos a las piernas y los testículos. Era como estar rodeado de perros de caza, que se acercaban y se retiraban, de acuerdo con sus movimientos.

Estaba comenzando a pensar que iba a poder mantenerlos a raya, cuando uno de los vampiros cogió una piedra del tamaño de un puño y se la lanzó a la cabeza. Qhuinn logró esquivarla, pero la maldita piedra lo alcanzó cuando rebotó en el pavimento... y le pegó justo en la sien. Se quedó quieto durante un segundo y eso fue todo lo que necesitaron sus atacantes. Enseguida lo rodearon y comenzó la paliza de verdad. Mientras se encogía como un ovillo, se puso los brazos sobre la cabeza y se protegió los órganos vitales y el cerebro lo mejor que pudo, al tiempo que aguantaba la tortura.

Se suponía que no debían matarlo.

Realmente no debían hacerlo.

Pero uno de ellos lo pateó en la parte baja de la espalda, comprometiendo los riñones. Mientras se arqueaba del dolor, pues no pudo evitarlo, descubrió la parte baja de la mandíbula, que fue donde aterrizó la segunda patada.

Lamentablemente, su mandíbula no estaba especialmente dotada para absorber los golpes; de hecho, fue como un amplificador, pues sus dientes inferiores se estrellaron con los superiores y su cráneo recibió todo el impacto. Aturdido, quedó como desmayado y aflojó los brazos, mientras perdía su postura defensiva.

No debían matarlo, porque Lash todavía debía estar vivo si estaban haciendo esto. Si hubiese muerto, los padres de su primo lo habrían llevado ante el rey y hubiesen pedido la pena de muerte para él, aunque técnicamente todavía era menor de edad. No, aquella paliza era la manera de vengar una lesión corporal. Ojo por ojo. O, al menos, así se suponía que debía ser.

El problema era que los tíos seguían dándole patadas en la espalda y luego uno de ellos cogió impulso y plantó sus botas de combate en el centro del pecho de Qhuinn.

Inmediatamente se quedó sin aire. Su corazón dejó de latir. Y todo se detuvo.

Y en ese momento fue cuando oyó la voz de su hermano.

—No vuelvas a hacer eso. Va contra las reglas.

Su hermano...

¿Su hermano?

Entonces el ataque no era una venganza por la afrenta a Lash.

Era un castigo de su propia familia, para vengar la ofensa a su apellido.

Mientras Qhuinn luchaba por respirar, los cuatro vampiros comenzaron a discutir entre ellos. Pero la voz de su hermano resonó por encima de las demás.

—¡Es suficiente!

—¡Pero es un maldito mutante, merece morir!

Qhuinn perdió interés en la discusión cuando se dio cuenta de que su corazón no terminaba de latir de nuevo y ni siquiera el pánico que eso le produjo le hizo reaccionar. Los ojos se le empañaron y sintió que las manos y los pies comenzaban a entumecerse.

Ahí fue cuando vio la luz brillante.

Mierda, el Ocaso venía a por él.

—¡Joder! ¡Vámonos!

Alguien se inclinó sobre él.

—Regresaremos por ti, imbécil. Pero la próxima vez vendremos sin tu hermano.

Se oyó ruido de botas, puertas que se abrían y se cerraban y luego el chirrido de las llantas de un coche que arrancaba. Cuando otro coche se aproximó donde él estaba, se dio cuenta de que las luces que veía no eran del otro mundo sino de alguien que venía por la carretera.

Mientras yacía en el suelo como un muerto, se le ocurrió que tal vez él mismo podría golpearse el pecho. Como en *Casino Royale*… y hacerse una autorreanimación cardiopulmonar.

Entonces cerró los ojos. Si pudiera convertirse en el agente 007… Pero no había posibilidad. No lograba hacer que sus pulmones funcionaran y su corazón todavía no era más que un nudo inerte de músculos en medio del pecho. El hecho de que ya no sintiera dolor era aún más preocupante.

Las siguientes luces blancas que vio venir hacia él le produjeron el mismo efecto de la neblina que flotaba sobre la carretera y lo bañaba con un aire de tranquilidad. Al sentir que lo iluminaban, pasó de estar aterrorizado a no sentir miedo en absoluto. Qhuinn sabía que no era un coche. Era el Ocaso.

Luego sintió que levitaba y comenzaba a volar, ingrávido, hasta llegar a la entrada de un pasillo blanco. Al final del corredor había una puerta que se sentía impulsado a abrir. Qhuinn caminó hacia la puerta con rapidez, y tan pronto llegó, estiró la mano para agarrar el picaporte. Cuando su mano envolvió el tibio pestillo de bronce, tuvo la sensación de que una vez que atravesara esa puerta, ya no habría marcha atrás. Mientras no abriera la puerta y entrara a lo que había al otro lado, estaba en un punto muerto.

Pero cuando atravesara la puerta, ya no habría forma de regresar.

En el instante en que iba a girar el picaporte, vio una imagen en los paneles de la puerta. Era una imagen borrosa y se detuvo, tratando de discernir qué era lo que veía.

Ay… Dios… pensó, cuando entendió qué era lo que estaba viendo.

Puta… mierda.

C ormia no estaba en su habitación ni en el baño.

Mientras bajaba al vestíbulo para buscarla, Phury tomó una decisión. Si se encontraba con Rhage, no iba a hacerle la pregunta que tenía en mente. Lo que pasara con los estudiantes y los restrictores y la guerra ya no era de su incumbencia y sería mejor que se fuera acostumbrando.

Las cuestiones de los hermanos y los estudiantes ya no eran asunto suyo.

Su asunto era Cormia. Cormia y las Elegidas. Y ya iba siendo hora de que se hiciera cargo de sus responsabilidades.

Phury frenó en seco al llegar al arco que llevaba al comedor.

—¿Bella?

La shellan de su hermano gemelo estaba sentada en una de las sillas junto al aparador, con la cabeza inclinada y la mano sobre su barriga de embarazada. Estaba resoplando y parecía muy fatigada.

Bella levantó los ojos para mirarlo y sonrió débilmente.

—Hola.

Ay, Dios.

—Hola. ¿Qué estás haciendo?

—Estoy bien. Y antes de que digas... que debería estar en cama... me dirijo hacia allí... —Bella desvió la mirada hacia la imponente escalera—. Sólo que por el momento... parece demasiado lejos.

En nombre del decoro, Phury siempre había tenido cuidado de no buscar la compañía de Bella fuera de las comidas, donde estaban todos reunidos, incluso desde antes de que Cormia llegara a la casa.

Pero no era momento para guardar las distancias.

—¿Te llevo en brazos?

Hubo una pausa y Phury se preparó para enfrentarse a las protestas de Bella. Tal vez le permitiera al menos llevarla del brazo...

—Sí. Por favor.

Ay... mierda.

—Vaya, sí que estás razonable hoy.

Phury sonrió, como si no estuviera muerto del susto, y se acercó. Cuando la levantó, pasándole un brazo por debajo de las piernas y el otro por la espalda, Bella le pareció tan ligera como el aire. Olía a esas rosas que florecen por la noche, y a algo más. Algo... que no pintaba bien, como si hubiese un desequilibrio en sus hormonas.

Tal vez estaba sangrando.

—¿Y cómo te sientes? —preguntó Phury con una voz increíblemente reposada, mientras la llevaba escaleras arriba.

—Igual. Cansada. Pero el bebé está dando muchas patadas, lo cual es buena señal.

—Eso está bien. —Al llegar al segundo piso, Phury dobló hacia el corredor de las estatuas. Entonces Bella apoyó la cabeza contra su hombro y de repente se estremeció, lo cual hizo que él sintiera ganas de echar a correr.

Al llegar frente a la habitación de Bella, las puertas que había al final del corredor se abrieron. Entonces apareció Cormia que, al verlos, titubeó y abrió mucho los ojos.

—¿Podrías abrir esta puerta? —le dijo Phury.

Cormia se apresuró a abrir la puerta para que el Gran Padre pudiera entrar a la habitación. Luego él se encaminó directamente a la cama y depositó a Bella entre el nido creado por las sábanas y las mantas dobladas.

—¿Te apetece comer algo? —preguntó Phury, mientras pensaba cómo sugerir que lo mejor sería llamar a la doctora Jane.

De repente los ojos de Bella brillaron con un destello de su antiguo esplendor.

—Creo que ése el problema… Sencillamente he comido mucho. Me acabo de tragar dos helados de Ben & Jerry's de menta con trocitos de chocolate.

—Buena elección —dijo Phury y luego trató de parecer natural mientras murmuraba—: ¿Y qué te parece si llamo a Z?

—¿Para qué? Sólo estoy cansada. Y antes de que preguntes, no, no estuve levantada más de la hora permitida. No lo molestes, estoy bien.

Tal vez era cierto, pero de todas maneras iba a llamar a su hermano gemelo, aunque no lo haría delante de Bella.

Phury miró por encima del hombro. Cormia estaba fuera de la habitación, como una figura callada y envuelta en una túnica, con una expresión de preocupación en su hermoso rostro. Entonces se volvió hacia Bella.

—Oye, ¿qué te parece un poco de compañía?

—Me encantaría —dijo Bella y le sonrió a Cormia—. Grabé un maratón de *Project Runway*[*] y estaba a punto de verlo. ¿Te gustaría acompañarme?

Cormia clavó los ojos en Phury y debió ver la súplica en su mirada.

—No estoy segura de qué se trata, pero… sí, claro que me gustaría acompañarte.

Cuando Cormia entró, Phury la agarró del brazo y le habló en susurros.

—Voy a buscar a Z. Si ella tiene algún signo de dolor, marca asterisco-Z en el teléfono, ¿de acuerdo? Es el número directo de él.

Cormia asintió con la cabeza y dijo en voz baja:

—Yo la cuidaré.

Mientras le apretaba el brazo con suavidad, Phury murmuró:

—Gracias.

Después de despedirse, cerró la puerta y caminó unos cuantos metros por el corredor antes de llamar a Z desde su teléfono móvil.

---

[*] *Reality show* estadounidense.

«Contesta, contesta…».

Pero saltó el buzón.

Mierda.

* * *

—No es él. ¡No es él!

Al fondo de un callejón situado junto a McGrider's, el señor D estaba de pie bajo la lluvia y tenía ganas de usar al asesino que tenía enfrente como paso de peatones en la calle del Comercio.

—¿Qué diablos te pasa? —le espetó el asesino, mientras señalaba al vampiro civil que estaba a sus pies—. Éste es el tercer macho que atrapamos hoy. Es más de lo que hemos capturado en un año…

El señor D sacó su navaja.

—Y ninguno es el que necesitamos. Así que vuelve a montar y sal a cazar otra vez o me comeré tus huevos de desayuno.

Mientras el asesino retrocedía, el señor D se agachó y cortó la chaqueta del civil con la navaja. El macho estaba desmayado y borracho y parecía un traje sucio que necesitaba ir a la tintorería. Estaba muy manchado de sangre y su cara parecía una lámina de Rorschach, manchas, y nada más que manchas.

Después de encontrar la billetera del civil, el señor D pensó que estaba de acuerdo con su subordinado en una cosa, pero se quedó callado. Era difícil creer que hubiesen atrapado a tres vampiros en una sola noche y él todavía estuviera cagándose en los pantalones, como si llevara varios días tocándose las narices.

La cosa era que no tenía buenas noticias para el Omega y su pellejo era el que estaba en juego.

—Llévate esta mierda a la casa de la calle Lowell —dijo, al tiempo que una furgoneta azul pálido, con refuerzos, entraba por el callejón—. Y cuando recupere la conciencia, avísame. Veré si puede decirnos algo sobre el que estamos buscando.

—Como digas, jefe —dijo el otro y pronunció la palabra «jefe» como quien dice «imbécil».

El señor D pensó en sacar su navaja y despellejar al hijo de puta justo donde estaba. Pero después de recordar que ya había matado a un restrictor esa noche, se obligó a quedarse quieto y volvió a guardarse el arma en la chaqueta. En este momento no parecía buena idea mermar a su propio grupo de ayudantes.

—Estaré vigilando tus modales, chico.

Dos restrictores salieron de la furgoneta y se acercaron para recoger al civil.

—¿Por qué? No estamos en Texas.

—Cierto… —Entonces el señor D agarró al maldito por las pelotas y se las retorció como si fueran de caucho. El asesino soltó un alarido, lo cual prueba que aunque sea impotente, el punto débil de un hombre sigue siendo la mejor manera de llamar su atención—. Pero no hay razón para ser grosero —susurró el señor D, mientras miraba la cara del tío, contraída por el dolor—. ¿Acaso tu mamá no te enseñó nada?

La respuesta que recibió pudo haber sido desde el salmo veintitrés hasta un chiste o una lista de la compra, pues no se le entendió nada.

Cuando soltó al pobre desgraciado, el señor D comenzó a sentir una horrible angustia en cada centímetro cuadrado de su cuerpo.

Genial. La noche se ponía cada vez mejor.

—Encierren a ese macho —dijo el señor D— y luego vuelvan aquí. Todavía no hemos terminado por esta noche.

Cuando la furgoneta arrancó, estaba listo para pasarse por todo el cuerpo un papel de lija. Aquella horrible comezón significaba que el Omega quería verlo, pero ¿adónde diablos podía ir para tener una audiencia? Estaba en el centro de la ciudad y la propiedad más cercana de la Sociedad Restrictiva estaba a unos buenos diez minutos en coche… y considerando que no tenía ninguna buena noticia, no creía que retrasarse fuera buena idea.

El señor D recorrió la calle del Comercio y revisó los callejones llenos de edificios abandonados. Al final decidió que no podía correr el riesgo de tener una audiencia con el Omega en ninguno de esos lugares. Los indigentes humanos merodeaban por todo el centro y, en una noche así, sin duda debían estar buscando un lugar donde refugiarse de la tormenta. Y lo último que necesitaba el señor D era un testigo humano, aunque estuviera drogado o borracho, en especial considerando que iba a recibir una paliza.

Un par de calles más allá, llegó a una obra en construcción, rodeada por una valla de tres metros de altura. Había observado cómo crecía el edificio a lo largo de la primavera, primero con la estructura que brotaba del suelo, luego la piel de vidrio que envolvía las vigas y después el sistema nervioso de cables y tubos que se insertaban en medio de todo lo demás. Los obreros no trabajaban de noche, lo cual significaba que era el lugar perfecto para lo que necesitaba.

El señor D tomó impulso, se agarró del borde superior de la valla y se montó por encima hasta pasar al otro lado. Cayó de cuclillas y se quedó quieto.

No salió nadie ni parecía haber perros que pudieran interponerse en su camino, así que apagó con el pensamiento un par de luces y se escabulló entre las sombras hacia la puerta que estaba —¡sí!— abierta.

El aire del edificio estaba impregnado del olor seco del yeso y el señor D se adentró hasta el fondo, mientras sus pasos resonaban por todas partes. El lugar tenía el aire típico de una oficina, un espacio grande y abierto, que próximamente estaría lleno de cubículos. Pobres imbéciles. Él nunca podría haber soportado un trabajo de oficina. En primer lugar, porque no era muy bueno con los libros, y en segundo lugar, porque si no podía ver el cielo, sentía ganas de gritar.

Cuando estaba en el centro del edificio, se puso de rodillas, se quitó el sombrero de vaquero y se preparó para una buena ronda de insultos.

La tormenta arreció y los truenos llenaron el centro, rebotando contra los edificios altos. ¡Qué oportuna! La llegada del Omega sonó como otro trueno, cuando el Amo irrumpió dentro de la versión de la realidad que representaba Caldwell, apareciendo de la nada, como si saliera de un lago. Cuando completó su llegada, la construcción se sacudió como si fuera de goma.

Una túnica blanca se asentó sobre la forma negra y fantasmagórica del Omega y el señor D se preparó para comenzar a soltar su retahíla de «estamos haciendo todo lo que podemos».

Pero el Omega habló primero.

—He hallado lo que me pertenece. Su muerte fue el camino para encontrarlo. Debes darme cuatro hombres, tendrás que comprar algunas cosas y luego te dirigirás a la granja para prepararla para una inducción.

Fantástico, eso no era lo que esperaba que saliera de la boca del Amo.

El señor D se puso de pie y sacó su teléfono.

—Hay un escuadrón en la calle Tercera. Les diré que vengan para aquí.

—No, yo los recogeré y viajarán conmigo. Cuando regrese a la granja, deberás ayudarme con lo que haga falta y luego tendrás que prestarme un servicio.

—Sí, señor.

El Omega extendió los brazos y su túnica blanca se abrió como unas alas.

—Alégrate, porque ahora seremos diez veces más fuertes. Mi hijo vuelve a casa.

Con esas palabras, el Omega desapareció y un pergamino cayó sobre el suelo de cemento después de su partida.

—¿Su hijo? —El señor D se preguntó si habría oído bien—. ¿Hijo?

Entonces se inclinó y recogió el pergamino. La lista era larga y un poco asquerosa, pero no incluía nada fuera de lo común.

Fácil y barato. Lo cual era bueno, porque su billetera cada vez estaba más tiesa.

Se metió la lista entre la chaqueta y volvió a ponerse el sombrero de vaquero.

¿Su hijo?

***

Al otro lado de la ciudad, en la clínica subterránea de Havers, Rehv esperaba en una de las salas de reconocimiento y su paciencia comenzaba a agotarse. Después de mirar el reloj por enésima vez, se sentía como el conductor de un coche de carreras, cuyo equipo de mecánicos estuviera formado por ancianos de noventa años.

¿Qué diablos estaba haciendo, después de todo? La dopamina ya había hecho efecto y la sensación de pánico ya se había desvanecido, así que ahora se sentía ridículo con sus zapatos Bally colgando de una camilla de hospital. Todo había vuelto a la normalidad y estaba bajo control y, por el amor de Dios, su brazo sanaría en cualquier momento. El hecho de que estuviera tardando tanto en curarse probablemente significaba que necesitaba alimentarse. Una rápida sesión con Xhex y estaría perfecto.

Así que, realmente, debería marcharse.

El único problema con eso era que Xhex y Trez lo estaban esperando en el aparcamiento. Si no salía de allí con algún tipo de vendaje sobre los pinchazos, como si fuera una momia, iban a armar un escándalo.

De pronto se abrió la puerta y entró una enfermera. Llevaba un vestido médico blanco, medias blancas y zapatos de suela de goma blancos; parecía salida de una película llena de extras, al igual que todo el ambiente y las anticuadas formalidades de la clínica de Havers. Cuando cerró la puerta, la enfermera clavó la mirada en la historia clínica de Rehv y aunque él no tenía dudas de que leía lo que estaba escrito allí, también era consciente de que la mujer estaba aprovechando la oportunidad de no tener que mirarlo a los ojos.

Todas las enfermeras hacían lo mismo cuando estaban con él.

—Buenas noches —dijo ella con tono formal, mientras pasaba las páginas—. Voy a tomarle una muestra de sangre, si no le molesta.

—Me parece bien. —Al menos eso ya era algo.

Mientras se levantaba primero la manga del abrigo de piel y luego la manga de la chaqueta, ella se lavó las manos y se puso los guantes.

A ninguna de las enfermeras le gustaba tratar con él. Era pura intuición femenina. Aunque en su historia clínica no se mencionaba el hecho de que era medio symphath, las hembras podían sentir su lado perverso. Bella, su hermana, y Marissa, su antigua novia, eran las únicas excepciones a la regla, porque ellas dos sacaban a la superficie su lado bueno: él se preocupaba por ellas y ellas lo percibían. Pero ¿qué pasaba con el resto de la raza? La gente anónima no significaba absolutamente nada para él y de alguna manera el sexo débil siempre notaba eso.

La enfermera se le acercó con una bandeja llena de frascos y un torniquete de caucho y Rehv se enrolló la manga. La mujer trabajó rápido y sin decir una palabra mientras le sacó sangre y luego salió del cuarto lo más rápido que pudo.

—¿Cuánto va a tardar? —preguntó Rehv, antes de que ella pudiera escabullirse.

—Acaba de llegar un caso urgente. Así que vamos a tardar un rato.

La puerta se cerró.

«Mierda». Rehv no quería dejar el club solo toda la noche. Con Trez y Xhex fuera… la cosa no pintaba bien. Iam era duro de pelar, claro, pero incluso los matones más duros necesitaban apoyo cuando se enfrentaban a una multitud de cuatrocientos humanos borrachos.

Rehv abrió su teléfono, marcó el número de Xhex y peleó con ella durante cerca de diez minutos. Lo cual no era muy divertido, pero al menos servía para matar el tiempo. Ella no iba a aceptar que él se marchara sin que lo viera el médico, pero al menos logró convencerla de que regresara al club con Trez.

Desde luego, eso sólo sucedió después de que les diera una orden directa a los dos.

—Bien —replicó ella con furia.

—Pues eso —refunfuñó él, y colgó.

Luego se volvió a meter el teléfono en el bolsillo. Lanzó un par de maldiciones, volvió a sacar el maldito móvil y escribió el siguiente mensaje: «Lmento ser tan hp. ¿M perdonas?».

En cuanto oprimió el botón de enviar, le llegó un mensaje de ella: «Qndo s trata d esto, siempre t xtas como 1 hp. Sólo t llevé xq m preoqpo x ti».

Rehv no pudo evitar reírse, en especial cuando ella volvió a enviarle otro mensaje: «Tás prdnado aunq sigues siendo 1 hp. Nos vmos dspués».

Revh se volvió a guardar el teléfono y miró a su alrededor, observando los aparatos clínicos en su frasco de vidrio al lado del lavabo, el tensiómetro que colgaba de una pared y el escritorio con el ordenador que reposaban en la esquina. Ya había estado en este mismo cuarto antes. Había estado en todas las salas de reconocimiento.

Havers y él se trataban desde hacía algún tiempo como paciente y médico, pero el asunto era delicado. Si alguien tenía evidencia de la presencia de un symphath, incluso un mestizo, tenía que denunciar al individuo por ley, para que pudieran apartarlo de la población general y llevarlo a la colonia que tenían en el norte. Lo cual lo arruinaría todo. Así que cada vez que Rehv acudía a una de esas visitas, penetraba en la mente del buen doctor y abría lo que le gustaba considerar como su armario personal en el ático de Havers.

El truco era muy parecido a lo que los vampiros podían hacer para borrar los recuerdos a corto plazo de los humanos, sólo que era más profundo. Después de poner al médico en trance, Rehv sacaba la información sobre él y su «estado» y Havers podía tratarlo de acuerdo con eso, sin las desagradables consecuencias sociales que habría de otra manera. Cuando la consulta terminaba, Rehv volvía a meter sus «pertenencias» en la mente del médico y las volvía a poner a buen recaudo, encerrándolas en la corteza cerebral del doctor hasta la siguiente ocasión.

¿Era como perpetrar un robo? Sí. Pero ¿había otra salida? No. Rehv necesitaba tratamiento; él no era como Xhex, que lograba contener sus impulsos por su cuenta. Aunque sólo Dios sabía cómo lo hacía…

Rehv se enderezó y su columna vertebral sintió una especie de estremecimiento, mientras sus sentidos se ponían alerta.

Agarró el bastón con fuerza y se bajó de la camilla, al tiempo que aterrizaba en dos pies que no podía sentir. El viaje hasta la puerta fue de tres pasos y luego sujetó el picaporte con la mano y lo giró. Fuera, el pasillo estaba vacío en las dos direcciones. Hacia la izquierda, el control de enfermería y la sala de espera parecían estar bajo control. Hacia la derecha, había más habitaciones de pacientes y, más allá, las puertas dobles que llevaban a la morgue.

Ningún drama.

Sí… nada parecía fuera de lugar. El personal médico parecía moverse con determinación. Alguien tosió en la sala de reconocimiento de al lado. El zumbido del sistema de ventilación era como un borboteo constante y blanco.

Rehv entornó los ojos y sintió la tentación de inspeccionar el lugar con su lado symphath, pero era demasiado arriesgado. Acababa de recuperar el equilibrio y sería mejor dejar que Pandora y su caja permanecieran encerradas.

Después de regresar a la sala de observación, sacó su teléfono y comenzó a marcar el número de Xhex, para que volviera a la clínica, pero la puerta se abrió antes de completar la llamada.

Su cuñado, Zsadist, asomó la cabeza por la puerta.

216

—Oí que estabas aquí.

—Hola. —Rehv guardó el teléfono y atribuyó la sensación de ansiedad que le invadió a la paranoia que parecía atacarlo cuando se aplicaba dosis dobles. Ah, el placer de los efectos secundarios. Mierda.

—No me digas que estás aquí a causa de Bella.

—No. Ella está bien. —Z cerró la puerta y se recostó en ella para bloquearla, de modo que quedaron encerrados.

El hermano tenía los ojos negros, lo cual indicaba que estaba bastante cabreado.

Rehvenge acercó el bastón y lo dejó colgando entre sus piernas, por si lo necesitara. Z y él trataban de tolerarse lo más posible desde que el hermano y Bella habían comenzado su relación, pero las cosas podían cambiar. Y considerando el color tan oscuro de sus ojos, que eran como el interior de una cripta, era evidente que habían cambiado.

—¿Tienes algo en mente, hombretón? —preguntó Rehv.

—Quiero que me hagas un favor personal.

La palabra «favor» parecía un eufemismo.

—Habla.

—No quiero que sigas haciendo negocios con mi hermano gemelo. Vas a cortarle el suministro. —Z se inclinó hacia delante, pero dejó las caderas contra la puerta—. Y si no lo haces, haré que no puedas volver a vender ni una maldita pajita de cóctel en ese antro de tu propiedad.

Rehv golpeó con el extremo del bastón en la camilla y se preguntó si el hermano cambiaría de parecer si supiera que las ganancias del club eran lo que mantenía al hermano de su shellan fuera de la colonia symphath. Z sabía que él era mestizo; pero no sabía nada de la Princesa y sus juegos.

—¿Cómo está mi hermana? —preguntó Rehv arrastrando las palabras—. ¿Está bien? ¿Tranquila? Eso es importante para ella, ¿no? No hay que contrariarla sin necesidad.

Zsadist entornó los ojos hasta que se convirtieron en un par de ranuras y su cara llena de cicatrices parecía una de esas máscaras que la gente ve en las pesadillas.

—Realmente no creo que quieras provocarme, ¿verdad?

—Si jodes mi negocio, las consecuencias también la alcanzarán a ella. Créeme. —Rehv sujetó el bastón de manera que quedó vertical sobre su palma—. Tu hermano ya es mayorcito. Si tienes problemas con su adicción, tal vez deberías hablar con él, ¿no?

—Ah, claro que voy a hablar con Phury. Pero quiero tu palabra. No vas a venderle más droga.

Rehv se quedó mirando el bastón, que sostenía en el aire, perfectamente equilibrado. Hacía mucho tiempo que había hecho las paces con su negocio, sin duda gracias a la ayuda de su lado symphath, para el cual aprovechar las debilidades de los demás era una especie de imperativo moral.

Justificaba lo que hacía alegando que las decisiones de sus clientes no tenían nada que ver con él. Si la cagaban en la vida a causa de lo que él les vendía, era su elección... y eso no era muy distinto de otras maneras más aceptables, desde el punto de vista social, en que la gente se destruía a sí misma, como comiendo hasta enfermar del corazón, gracias a lo que McDonald's vendía, o bebiendo hasta destrozarse el hígado gracias a los buenos amigos de Anheuser-Busch, o jugando en casinos hasta perder sus casas.

Las drogas eran una mercancía y él era un hombre de negocios; además, los adictos encontrarían su destrucción en otra parte aunque él cerrara sus puertas. Lo mejor que él podía hacer era asegurarse de que, si le compraban a él, la mierda que consumían no estuviera contaminada con sustancias tóxicas y la pureza fuera constante, para que pudieran distribuir sus dosis con confianza.

—Tu palabra, vampiro —gruñó Zsadist.

Rehv bajó la vista hacia la manga que cubría su brazo izquierdo y pensó en la expresión de Xhex cuando había visto lo que se había hecho. ¡Qué curiosos eran los paralelismos! El hecho de que su droga predilecta fuera recetada no significaba que fuese inmune a la tentación de abusar de ella.

Rehv levantó los ojos, cerró los párpados y dejó de respirar. Se transportó a través del aire entre él y el hermano y entró en la mente de su cuñado. Sí... debajo de toda aquella rabia había un terror absoluto.

Y recuerdos... de Phury. Una escena ocurrida hacía mucho tiempo... hacía setenta años o más... un lecho de muerte. El de Phury.

Z estaba envolviendo a su gemelo en mantas y lo acercaba a una hoguera. Estaba preocupado... Por primera vez desde que había perdido el alma a causa de su esclavitud, miraba a alguien con cariño y compasión. En la escena, secaba la frente de Phury, empapada en sudor por efecto de la fiebre, y luego se ponía las armas y se marchaba.

—Vampiro… —murmuró Rehv—. Mírate bien, te has convertido en toda una enfermera.

—Sal de mi maldito pasado.

—Tú lo salvaste, ¿no es así? —Rehv abrió los ojos de repente—. Phury estaba enfermo. Tú fuiste a buscar a Wrath porque no tenías a quién recurrir. El salvaje convertido en salvador.

—Para tu información, estoy de mal humor y tú me estás volviendo más peligroso.

—Así fue como los dos acabasteis en la Hermandad. Interesante.

—Quiero tu palabra, devorador de pecados. No una historia que me aburre.

Motivado por algo que Rehv no quería nombrar, se puso una mano en el corazón y dijo claramente en Lengua Antigua:

—Te ofrezco mi promesa aquí y ahora. Tu gemelo de sangre nunca más volverá a salir de mi establecimiento portando drogas.

Una expresión de asombro cruzó por la cara llena de cicatrices de Z. Luego asintió con la cabeza.

—Dicen que no se debe confiar nunca en un symphath. Así que voy a confiar en la mitad de ti que es el hermano de mi Bella, ¿entendido?

—Buena idea —murmuró Revh, mientras dejaba caer la mano—. Porque ése es el lado con el que hice la promesa. Pero dime una cosa, ¿cómo te vas a asegurar de que no le compre la droga a alguien más?

—Para ser sincero, no tengo ni puta idea.

—Bueno, te deseo buena suerte con él.

—Vamos a necesitarla. —Zsadist se dirigió a la puerta.

—Oye, Z.

El hermano miró por encima del hombro.

—¿Qué?

Rehv se frotó el pectoral izquierdo.

—¿No has… no has sentido una mala energía hoy?

Z frunció el ceño.

—Sí, pero ¿qué tiene eso de extraño? Hace mucho tiempo que no tenemos buena energía por aquí.

La puerta se cerró lentamente y Rehv se volvió a poner la mano sobre el corazón. Su maldito corazón estaba palpitando como loco sin ninguna razón aparente. Mierda, probablemente lo mejor sí sería ver al médico. Sin importar lo que tardara…

La explosión destrozó la clínica con un bramido similar a un trueno.

P hury se materializó en los pinos que había detrás de los garajes de la clínica de Havers… exactamente al mismo tiempo en que se dispararon las alarmas de seguridad. Los estridentes alaridos electrónicos hicieron que los perros del vecindario comenzaran a ladrar, pero no había riesgo de que apareciera la policía, pues las alarmas estaban calibradas de manera que fueran demasiado agudas para los oídos humanos.

Mierda… estaba desarmado.

Phury corrió hacia la entrada de la clínica de todas maneras, listo para pelear aunque fuera con los puños si era necesario.

Pero la situación superaba todo lo imaginable. La puerta de acero colgaba abierta como un labio roto y en el interior del vestíbulo las puertas del ascensor estaban de par en par y se veía todo el hueco del ascensor, con sus venas y sus arterias de cables y alambres. Abajo, el techo de la caja del ascensor tenía un agujero producto de una explosión, y era como una herida de bala en el pecho de un hombre.

Las columnas de humo se elevaban desde abajo y el olor a talco de bebé se expandía por el ambiente mezclado con el aire que subía de la clínica subterránea. Junto con el ruido del combate que parecía desarrollarse abajo, la mezcla de olor dulce y amargo hizo que Phury enseñara los colmillos y apretara los puños.

No perdió tiempo preguntándose cómo habrían logrado los restrictores saber dónde estaba la clínica y tampoco se molestó en bajar por la escalera de mano que había empotrada en la pared de cemento del hueco del ascensor. Phury saltó hacia abajo y aterrizó en la parte del techo del ascensor que todavía se mantenía firme. Luego dio otro salto a través del agujero y quedó ante una escena totalmente caótica.

En la sala de espera de la clínica, un trío de asesinos de pelo blanco estaban moliéndose a palos con Zsadist y Rehvenge, y la pelea iba destruyendo poco a poco aquella estancia de asientos de plástico, revistas insulsas y plantas tristes. Los malditos carapálidas eran, obviamente, veteranos bien entrenados, considerando lo fuertes y seguros de sí mismos que parecían, pero Z y Rehv tampoco se quedaban atrás.

Como el combate avanzaba rápidamente, la única opción era lanzarse y comenzar a pelear sin pensarlo mucho. Así que Phury cogió una silla de metal del mostrador de la recepción y la usó como un bate contra el asesino que tenía más cerca. Cuando el asesino cayó al suelo, Phury levantó la silla y apuñaló al desgraciado con una de sus estilizadas patas, justo en el pecho.

Tan pronto se oyó el estallido y brotó la llamarada, los gritos que llegaban del pasillo que llevaba a las habitaciones de los pacientes sacudieron la clínica.

—¡Ve! —gritó Z, al tiempo que lanzaba una patada y alcanzaba a uno de los restrictores en la cabeza—. ¡Nosotros los retendremos aquí!

Phury atravesó las puertas giratorias como si fuera un rayo.

Había cuerpos en el pasillo. Muchos cuerpos. Cuerpos que yacían entre charcos de sangre roja, que ya encharcaban el suelo verde pálido de linóleo.

Aunque se sentía muy mal por no detenerse a comprobar el estado de los que iba dejando atrás, su objetivo tenía que ser el personal médico y los pacientes que estaban vivos sin ninguna duda. Un grupo de ellos venía huyendo en dirección hacia él, absolutamente aterrorizados, y las batas blancas y los camisones del hospital ondeaban en el aire, como un montón de ropa recién lavada y colgada al sol.

Phury los atajó agarrándolos de los brazos y los hombros.

—¡Escondeos en las habitaciones! ¡Atrancad esas malditas puertas!

—¡Pero no hay cerraduras! —gritó alguien—. ¡Y se están llevando a los pacientes!

—¡Maldita sea! —Phury miró a su alrededor y vio un letrero—. ¿Este armario tiene cerradura?

Una enfermera asintió con la cabeza, al tiempo que se quitaba algo de la cintura. Con mano temblorosa le alcanzó una llave.

—Sólo se puede cerrar desde fuera. Tendrá que… encerrarnos usted.

Entonces Phury hizo una señal con la cabeza hacia la puerta que decía «Sólo personal médico».

—Entrad.

El grupo se apresuró a entrar y se acomodó como pudo en el cuarto de tres metros cuadrados, que estaba lleno de estanterías con medicamentos y suministros. Cuando cerró la puerta, Phury supo que nunca olvidaría la imagen de aquella gente agazapada bajo las luces fluorescentes del techo: siete caras aterrorizadas, catorce ojos suplicantes y setenta dedos que se entrelazaron hasta que sus cuerpos conformaron una unidad compacta de miedo.

Era gente que él conocía: gente que lo había atendido cuando había tenido problemas con su prótesis. Vampiros como él, que querían que esa guerra terminara. Vampiros que se veían forzados a confiar en él porque, en ese momento, era más poderoso que ellos.

Así que esto es lo que se sentía cuando eres Dios, pensó Phury, sin estar muy contento con el trabajo.

—No me olvidaré de vosotros —dijo, y luego cerró la puerta y se detuvo por un segundo. Todavía se oían golpes que venían de la zona de la recepción, pero todo lo demás estaba en silencio.

No se veía más personal médico. Ni más pacientes. Aquellos siete eran los únicos supervivientes.

Entonces le dio la espalda al armario y se dirigió en dirección opuesta adonde Z y Rehv seguían batallando, siguiendo un penetrante olor dulzón. Pasó frente al laboratorio de Havers y frente a la habitación oculta destinada a las cuarentenas, en la que Butch había estado hacía unos meses. A lo largo de todo el camino, se veían las huellas de las botas de suela negra de los asesinos, mezcladas con la sangre roja de los vampiros.

Por Dios, ¿cuántos asesinos habían entrado?

Cualquiera que fuese la respuesta a esa pregunta, Phury tenía una idea acerca del lugar al cual se dirigían: los túneles de evacuación, probablemente con algunos rehenes. La pregunta era: ¿cómo sabían qué camino tomar?

Phury atravesó otro par de puertas giratorias y asomó la cabeza en la morgue. Las torres de unidades refrigeradas, las mesas de acero inoxidable y las balanzas que colgaban de las paredes estaban intactas. Lógico. A los asesinos sólo les interesaba lo que estaba vivo.

Siguió por el pasillo hasta el fondo y encontró la salida que habían usado los asesinos para escapar con los rehenes. No quedaba nada del panel de acero que protegía la entrada al túnel, lo habían volado, al igual que la entrada posterior y el techo de la caja del ascensor.

Mierda.

Una operación absolutamente limpia. Y estaba seguro de que sería sólo la primera ofensiva. Después vendrían otros a saquearlo todo, porque la Sociedad Restrictiva seguía esas prácticas medievales.

Phury decidió regresar rápidamente hacia la zona de la recepción, donde se desarrollaba el combate, por si Z y Rehv todavía no habían terminado la tarea. Por el camino se llevó el teléfono a la oreja, pero antes de que V respondiera, Havers asomó la cabeza por la puerta de su oficina privada.

Phury colgó para poder hablar con el médico y cruzó los dedos para que el sistema de seguridad de V se hubiese activado cuando se dispararon las alarmas. Pensó que seguramente había sido así, pues se suponía que los dos sistemas estaban interconectados.

—¿Cuántas ambulancias tiene? —le preguntó cuando llegó donde estaba Havers.

El médico parpadeó detrás de sus gafas y levantó una mano temblorosa en la que sostenía una nueve milímetros.

—Tengo un arma.

—Que se va a guardar en el cinturón y no va a usar. —Lo último que necesitaban era un aficionado disparando por ahí—. Vamos, guarde eso y concéntrese en lo que le estoy preguntando. Tenemos que sacar de aquí a los supervivientes. ¿Cuántas ambulancias tiene?

Havers comenzó a tratar de meter el cañón de la Beretta en su bolsillo, pero temblaba tanto que Phury pensó que se iba a disparar en el culo.

—Cu... cuatro...

—Deme eso. —Phury agarró el arma, comprobó que tenía el seguro puesto y la metió en el cinturón del médico—. Cuatro ambulancias. Bien. Vamos a necesitar conductores...

En ese momento se cortó la electricidad y todo se volvió negro, como la boca de un lobo. La repentina oscuridad le hizo preguntarse si el segundo grupo de asesinos no estaría bajando por el hueco del ascensor.

Cuando se encendió el generador de emergencia y las luces de seguridad parpadearon, Phury agarró el brazo del doctor y le dio un tirón.

—¿Podemos llegar a las ambulancias a través de la casa?

—Sí... la casa, mi casa... los túneles... —De pronto aparecieron tres enfermeras detrás de él. Estaban muertas de miedo y tan blancas como las luces del techo.

—Ay, Virgen santísima —dijo Havers—, los doggen de la casa. Karolyn...

—Yo los buscaré —dijo Phury—. Los buscaré y los sacaré. ¿Dónde están las llaves de las ambulancias?

El doctor metió la mano detrás de la puerta.

—Aquí.

Gracias a Dios.

—Los asesinos encontraron el túnel sur, así que tendremos que sacar a todo el mundo a través de la casa.

—Es... está bien.

—Empezaremos la evacuación tan pronto como aseguremos la zona temporalmente —dijo Phury—. Ustedes cuatro quédense encerrados aquí hasta que tengan noticias de alguno de nosotros. Ustedes van a ser los conductores.

—¿Co... cómo nos encontraron?

—Ni idea. —Phury empujó a Havers a la oficina, cerró la puerta y después le gritó al médico que cerrara con llave.

Cuando regresó a la recepción, el combate ya había terminado y el último restrictor caía en el olvido, apuñalado por la espada roja de Rehv.

Z se limpió la frente con la mano y se dejó una mancha negra sobre la piel. Al mirar por encima del hombro, le preguntó a Phury:

—¿Cuál es la situación?

—Hay al menos nueve muertos, entre pacientes y personal médico, un número desconocido de rehenes y la zona no es segura. —Porque sólo Dios sabía cuántos restrictores estaban todavía entre el laberinto de pasillos y habitaciones de la clínica—. Sugiero que tomemos el control de la entrada y el túnel sur, y de la salida hacia la casa. Para evacuar necesitaremos usar la escalera de servicio que lleva a la casa y luego saldremos rápidamente en las ambulancias y los vehículos privados. El personal médico va a conducir. El destino es la clínica de apoyo, en la calle Cedar.

Zsadist parpadeó por un segundo, como si estuviera asombrado por la claridad de la evaluación.

—Muy bien.

Un segundo después, llegó la caballería: Rhage, Butch y Vishous fueron aterrizando uno por uno en el ascensor. Los tres iban armados como tanques y estaban muy agitados.

Phury miró el reloj.

—Voy a sacar de aquí a los civiles y al personal. Ocupaos de encontrar a los restrictores sueltos que todavía queden en las instalaciones y de darles la bienvenida a los que lleguen después.

—Phury —gritó Zsadist, al tiempo que éste daba media vuelta.

Cuando Phury miró hacia atrás, su gemelo le lanzó una de las dos SIG que llevaba siempre encima

—Cuídate —dijo Z.

Phury cogió el arma al tiempo que asentía con la cabeza y salió corriendo por el pasillo. Después de hacer una rápida evaluación de las distancias entre el armario de suministros médicos, la oficina de Havers y la escalera, sintió como si hubiese varios kilómetros entre los tres puntos y no sólo unos cuantos metros.

Abrió la puerta que llevaba a la escalera. Las luces de seguridad irradiaban su luz roja y el silencio era absoluto. Moviéndose rápido, subió los escalones, marcó el código para abrir la puerta que llevaba a la casa y asomó la cabeza a un pasillo forrado con paneles de madera. El olor a cera de limón provenía del reluciente suelo. El perfume de rosas, de un espectacular ramo que reposaba en una mesita de mármol. Y el olor a asado de cordero al romero venía de la cocina.

Nada de olor a talco de bebé.

Karolyn, la criada de Havers, asomó la cabeza desde la esquina.

—¿Señor?

—Reúne a los criados…

—Estamos todos juntos. Aquí. Oímos las alarmas. —La mujer hizo un gesto con la cabeza por encima del hombro—. Somos doce en total.

—¿No entraron a la casa?

—Ninguno de los sistemas de alarma de seguridad se disparó.

—Excelente. —Phury le lanzó las llaves que Havers le había entregado—. Tomen los túneles que llevan a los garajes y enciérrense ahí. Pongan en marcha todas las ambulancias y coches que tengan, pero no los muevan, y dejen una persona en la puerta para que yo pueda entrar con los demás. Golpearé y me identificaré. No le abran a nadie que no sea yo o un hermano. ¿Entendido?

Fue una experiencia muy dolorosa ver cómo la criada se tragaba su propio miedo y asentía con la cabeza.

—¿Nuestro amo…?

—Havers está bien. Voy a traerlo aquí. —Phury tendió el brazo y le dio un apretón en la mano—. Váyanse. Ahora. Y apresúrense. No tenemos mucho tiempo.

En una fracción de segundo, estaba de regreso en la clínica y podía oír a sus hermanos recorriendo los alrededores; los reconocía por el sonido de sus botas y por su aroma y la manera de hablar. Evidentemente todavía no se habían encontrado con ningún asesino.

Entonces fue hasta la consulta de Havers y sacó primero a los que estaban allí porque no confiaba en que el doctor fuera capaz de mantener la calma. Por fortuna, el doctor se armó de valor e hizo lo que le decían, moviéndose rápidamente con las enfermeras por las escaleras, hasta la casa principal. Phury los escoltó hasta los túneles que llevaban a los garajes y recorrió con ellos la estrecha vía de escape subterránea que pasaba por debajo del aparcamiento de la mansión.

—¿Cuál de los túneles lleva directamente a la ambulancias? —preguntó, cuando llegaron a una encrucijada con cuatro salidas.

—El segundo a mano izquierda, pero todos los garajes están interconectados.

—Quiero que usted y las enfermeras se suban a las ambulancias con los pacientes. Así que allí es adonde vamos.

Marcharon tan rápido como pudieron. Cuando llegaron a una puerta de acero, Phury golpeó en el metal y dijo su nombre. La cerradura se abrió y dejó entrar al grupo.

—Volveré con más gente —dijo, jadeante, mientras todo el mundo se abrazaba.

Luego volvió otra vez a la clínica y se encontró con Z.

—¿Han encontrado más restrictores?

—No. V y Rhage están vigilando la parte frontal y Rehv y yo vamos a revisar el túnel sur.

—Me vendría bien que alguien me ayudara a cubrir los vehículos.

—Entendido. Enviaré a Rhage. Tú saldrás por el fondo, ¿no?

—Sí.

Phury y su gemelo se separaron y el primero se dirigió al armario de suministros. Su mano parecía tan firme como una roca cuando se sacó del bolsillo la llave que le había dado la enfermera y llamó a la puerta.

—Soy yo —metió la llave en la cerradura y giró el picaporte.

Phury se volvió a encontrar con las caras de aquellas personas y otra vez vio en ellas una expresión de alivio. Que sólo duró hasta que vieron que llevaba un arma en la mano.

—Voy a sacarlos por la casa —dijo—. ¿Alguien tiene problemas de movilidad?

El pequeño grupo se abrió en dos y en el suelo apareció un vampiro mayor. Tenía abierta una vía en vena y una de las enfermeras sostenía el suero por encima de su cabeza.

Phury miró otra vez hacia el pasillo. Ninguno de sus hermanos estaba por allí.

—Tú. —Señaló a uno de los empleados del laboratorio—. Levántalo. Tú —le dijo después a la enfermera que sostenía el suero—, quédate con ellos.

Mientras el empleado del laboratorio levantaba al paciente del suelo y la enfermera rubia sostenía el suero, Phury organizó al resto de la gente por parejas, un miembro del personal con cada paciente.

—Muévanse lo más rápido que puedan. Van a tener que usar la escalera para llegar a la casa y luego deben seguir directamente a los túneles que llevan a los garajes. Deben tomar el primero que vean a la derecha, después de que entren a la mansión. Yo iré detrás de ustedes. Vamos. Ahora.

Aunque todos se esforzaron al máximo, el desplazamiento les llevó años.

Años enteros.

Phury estaba a punto de sufrir un ataque de nervios; pero finalmente llegaron a la escalera iluminada por las luces rojas y cuando por fin cerró la puerta de acero tras ellos pensó que aquello no era más que un alivio pasajero, considerando que los restrictores tenían explosivos. Los pacientes avanzaban lentamente, pues hacía apenas un día o dos que habían salido de cirugía. Phury sintió deseos de cargar en volandas a los más graves, pero no se podía arriesgar a no tener el arma lista.

En el rellano de la escalera, una paciente, una vampiresa que tenía una venda alrededor de la cabeza, tuvo que detenerse.

Sin que nadie se lo pidiera, la enfermera rubia le entregó la bolsa de suero al técnico del laboratorio.

—Sólo hasta que lleguemos al túnel —dijo. Luego levantó a la paciente que estaba a punto de desplomarse y agregó—: Vamos.

Phury le hizo un gesto de aprobación y se hizo a un lado para que la enfermera siguiera la marcha. El grupo entró a la mansión en medio de sonidos de pies que se arrastraban y un par de toses. Cerró tras ellos la puerta que llevaba a la clínica y los condujo hasta la entrada del túnel. Phury dio gracias al cielo por la total ausencia de alarmas.

Mientras el grupo avanzaba tambaleándose, la enfermera rubia que llevaba a la paciente en brazos se detuvo.

—¿Tiene otra arma? Porque yo sé disparar.

Phury levantó las cejas con sorpresa.

—No tengo más…

En ese momento sus ojos captaron el brillo de dos espadas ornamentales que había en la pared, sobre una de las puertas.

—Toma mi arma. Se me dan bien las cosas afiladas.

La enfermera hizo un movimiento con la cadera para indicarle dónde ponérsela y Phury guardó la SIG de Z en el bolsillo de su bata blanca. Luego la mujer dio media vuelta y se internó en el túnel, mientras Phury arrancaba las dos espadas de sus ganchos de bronce y salía corriendo detrás del grupo.

Llegaron a la puerta del garaje donde estaban las ambulancias. Phury golpeó con el puño, gritó su nombre y la puerta se abrió de par en par. En lugar de apresurarse a entrar, cada uno de los vampiros que él había sacado de la clínica se quedó mirándolo.

Siete rostros. Catorce ojos. Setenta dedos que todavía se retorcían.

Pero ahora era diferente.

Ahora su actitud era de puro agradecimiento y Phury se sintió abrumado por su devoción y su expresión de alivio. La comprensión colectiva de que la fe que habían depositado en su salvador había dado frutos y ver que la recompensa era su vida les daba una fuerza palpable.

—Pero todavía no estamos fuera —les dijo.

***

Phury volvió a mirar el reloj y vio, sorprendido, que habían pasado treinta y tres minutos.

Veintitrés vampiros, entre civiles, personal médico y doggen de la casa habían sido evacuados por los garajes. Cuando las ambulancias y los coches arrancaron, no salieron por las puertas normales que daban a la parte posterior de la casa, sino por unos paneles retráctiles que permitían que los vehículos salieran directamente a los bosques que había detrás de la mansión. Uno por uno, fueron saliendo sin encender las luces y sin usar los frenos. Y cuando estuvieron en el exterior, desaparecieron en medio del silencio de la noche.

La operación fue un todo un éxito y, sin embargo, Phury tenía un mal presentimiento acerca de todo aquel asunto.

Los restrictores no regresaron.

Y eso no era muy propio de ellos. En circunstancias normales, una vez que lograban infiltrarse, llegaban en tropel. Su procedimiento operativo habitual consistía en capturar a todos los civiles que pudieran para interrogarlos y luego saquear todos los artículos de valor que encontraran. ¿Por qué no habían enviado más hombres? En especial, teniendo en cuenta la cantidad de objetos valiosos que había en la clínica y la casa de Havers y el hecho de que los asesinos debían saber que los hermanos estarían por todas partes, listos para pelear.

De regreso en la clínica, Phury recorrió el pasillo, asegurándose de nuevo de que no quedara ningún superviviente en las habitaciones. Fue una tarea dolorosa. Había cuerpos. Muchos cuerpos. Y todas las instalaciones habían quedado destrozadas, tan heridas de muerte como cualquiera de los cadáveres que yacían en el suelo. Había sábanas tiradas, almohadas por todas partes, monitores y atriles volcados. En los pasillos, los suministros estaban por el suelo y había muchas de aquellas horribles huellas de botas de suela negra manchadas de sangre roja y brillante.

Las evacuaciones rápidas no eran pulcras ni bonitas. Tampoco la guerra.

Mientras se dirigía a la zona de la recepción, pensó que parecía extraño el hecho de que no se oyera ningún ruido, sólo el sistema de ventilación y el zumbido de los ordenadores. Ocasionalmente sonaba un teléfono, pero, lógicamente, nadie contestaba.

La clínica había sufrido un verdadero paro cardiaco y sólo le quedaba un pequeño hilo de actividad cerebral.

Ni la clínica ni la hermosa mansión de Havers volverían a ser usadas nunca más. Los túneles, así como todas las puertas interiores y exteriores que habían quedado intactas, serían clausurados y los sistemas de seguridad de la casa, al igual que las persianas metálicas, serían activados. Las entradas que los asesinos habían volado, además de las puertas del ascensor, serían recubiertas con planchas de acero. Con el tiempo se permitiría la entrada de una guardia armada, para que sacara los muebles y los efectos personales a través de los túneles que no habían sido comprometidos, pero eso tardaría algún tiempo. Y, claro, dependía de si los asesinos finalmente regresaban con sus carritos de la compra.

Por fortuna, Havers tenía una casa de seguridad, así que sus criados y él tenían donde refugiarse, y los pacientes ya se estaban instalando en la clínica temporal. Las historias clínicas y los resultados de laboratorio estaban almacenados en un servidor que estaba ubicado en otro lugar, así que todavía tenían acceso a ellos, pero las enfermeras iban a tener que abastecer rápidamente el nuevo centro médico.

El verdadero problema iba a ser montar otro servicio completo, una clínica permanente, pero eso iba a costar varios meses y varios millones de dólares.

Cuando Phury llegó al mostrador de la recepción, sonó un teléfono que todavía estaba sobre su soporte. El timbre cesó cuando la llamada fue contestada por una máquina, cuyo mensaje acababa de cambiar: «Este número está fuera de servicio. Por favor, remítase al siguiente número de información general».

Vishous había establecido un segundo número para que la gente pudiera dejar sus datos y sus mensajes. Después de verificar la identidad y el motivo de la consulta, el personal de la nueva clínica les devolvería la llamada. Si V reconducía todas las llamadas a través de los cuatro juguetes que tenía en la Guarida, podría registrar los números de cualquiera que llamara a la clínica, así que si los restrictores volvían a aparecer, los hermanos podrían tratar de rastrear sus líneas.

Phury se detuvo y aguzó el oído, mientras apretaba la SIG que tenía en la mano. Havers había tenido la buena idea de esconder un arma debajo del asiento del conductor en cada una de las ambulancias, así que la nueve milímetros de Z había vuelto a la familia, por decirlo de algún modo.

Había un silencio relativo. Nada parecía fuera de lugar. V y Rhage se habían ido para la clínica nueva, por si los enemigos hubiesen seguido a la caravana. Zsadist estaba sellando la entrada del túnel sur. Y era posible que Rehvenge ya se hubiese marchado.

Aunque la clínica parecía relativamente segura en ese momento, Phury estaba listo para matar al que apareciera. Las situaciones como aquella siempre le ponían nervioso…

Mierda. Probablemente era su última operación. Y había participado en ella sólo porque, casualmente, llegó a buscar a Zsadist en ese momento, y no porque le hubiesen llamado para participar como miembro de la Hermandad.

Mientras trataba de no armarse un lío monumental en la cabeza, Phury comenzó a recorrer otro pasillo y esta vez tomó el que llevaba al servicio de urgencias de la clínica. Al pasar al lado de un cuarto de suministros, oyó ruido de cristales que se rompían.

Levantó el arma de Z hasta ponerla a la altura de su cara, mientras se apoyaba contra el dintel. Cuando se asomó rápidamente, vio lo que estaba sucediendo: Rehvenge estaba frente a un gabinete cerrado con llave, que tenía un agujero en el vidrio del tamaño de un puño, y estaba sacando los frascos que había en la estantería, para guardárselos en los bolsillos de su abrigo de piel.

—Relájate, vampiro —dijo Rehv, sin darse la vuelta—. Sólo es dopamina. No estoy comerciando con OxyContin ni nada parecido.

Phury bajó el arma.

—¿Y por qué te llevas eso?

—Porque lo necesito.

Después de sacar hasta el último frasco, Rehv dio media vuelta y se alejó del gabinete. Sus ojos color amatista estaban tan alerta como siempre, como los de una víbora. Joder, ese tío siempre parecía estar midiendo la distancia que lo separaba de su presa, incluso cuando estaba con los hermanos.

—Entonces, ¿cómo crees que llegaron hasta este lugar? —preguntó Rehv.

—No lo sé. —Phury hizo un gesto señalando hacia la puerta—. Vamos, ya estamos de retirada. Este lugar no es seguro.

Rehv sonrió, mostrando unos colmillos que todavía estaban medio fuera.

—Estoy bastante seguro de poder defenderme por mi cuenta.

—No lo dudo. Pero probablemente sea buena idea que te marches ya.

Rehv atravesó el cuarto de suministros con cuidado, esquivando cajas de vendas, guantes de látex y estuches de termómetros. Se apoyaba pesadamente en su bastón, pero sólo un tonto pensaría que estaba indefenso a causa de su dificultad para caminar.

Luego habló con el tono más amable que Phury le había escuchado jamás.

—¿Y dónde están tus dagas negras, célibe?

—Eso no es de tu incumbencia, devorador de pecados.

—En efecto. —Rehv movió con la punta del bastón un puñado de termómetros desparramados por el suelo, como si estuviera tratando de meterlos de nuevo en la caja—. Pero creo que debes saber que tu hermano habló conmigo.

—¿Ah, sí?

—Es hora de irse.

Los dos vampiros se volvieron a mirar hacia el pasillo. Zsadist estaba detrás de ellos, con las cejas fruncidas encima de unos ojos negros.

—Ya mismo —insistió Z.

Rehv sonrió tranquilamente, al tiempo que su teléfono comenzaba a sonar.

—Bueno, ya han venido a recogerme. Un placer, hacer negocios con ustedes, caballeros. Nos vemos después.

El vampiro pasó al lado de Phury, saludó a Z con la cabeza y se llevó el móvil a la oreja, mientras salía del cuarto apoyándose en su bastón.

Cuando el sonido de sus pasos se desvaneció, sólo quedó un silencio absoluto.

Phury respondió a la pregunta antes de que su gemelo pudiera hacérsela:

—Vine porque no quisiste responder a mis llamadas.

Luego le entregó la SIG a Z, sosteniéndola con la culata hacia donde estaba su hermano.

Zsadist aceptó el arma, revisó la recámara y se la volvió a guardar.

—Estaba demasiado cabreado para hablar contigo.

—Pero no te estaba llamando para hablar de nosotros. Me encontré con Bella en el comedor y parecía tan débil que la llevé en brazos hasta arriba. Creo que sería bueno que Jane la viera, pero eso es decisión tuya.

Zsadist se puso blanco como un papel.

—¿Bella dijo que pasaba algo malo?

—Estaba bien cuando la dejé en su cama. Dijo que había comido demasiado y que ése era el problema. Pero… —¿Tal vez estaba equivocado acerca del sangrado?— Realmente pienso que Jane debería hacerle una visita…

Zsadist salió corriendo como un loco y sus pisadas retumbaron en el corredor vacío, mientras el sonido reverberaba por toda la clínica.

Phury lo siguió más despacio. Mientras pensaba en su papel como Gran Padre, se imaginó corriendo para ir a ver a Cormia, con la misma sensación de preocupación, urgencia y desesperación. Dios, podía imaginarse esa situación con mucha claridad… Cormia llevando a su hijo dentro de ella, y él todo angustiado, igual que Z.

Luego se detuvo y se asomó a una habitación.

¿Cómo se habría sentido su padre, de pie junto a la cama en la que yacía su madre, cuando ella dio a luz al primero de sus dos hijos perfectamente sanos? Probablemente sintió una alegría imposible de imaginar… hasta que salió Phury y la buena fortuna se volvió desdicha.

Los partos siempre eran una apuesta arriesgada, a muchos niveles.

Mientras seguía caminando por el pasillo hacia la puerta destrozada del ascensor, Phury pensó que sí, que lo más probable era que sus padres supieran desde el principio que tener dos hijos sanos era el camino a una vida miserable. Los dos eran estrictos seguidores del sistema de valores de la Virgen Escribana, donde el equilibrio era esencial. En cierto modo, no debieron sentirse muy sorprendidos cuando Z fue secuestrado, porque eso restituyó el equilibrio familiar.

Tal vez fue la razón por la cual su padre abandonó la búsqueda, después de enterarse de que la criada había muerto y el niño perdido había sido vendido como esclavo. Tal vez Ahgony entendió que su búsqueda sólo perjudicaría más a Zsadist… que al buscar el regreso del niño que le había sido arrebatado, había causado la muerte de la criada y desencadenado no sólo una serie de consecuencias graves, sino algunas que eran totalmente inaceptables.

Tal vez su padre se culpó a sí mismo por el hecho de que Z hubiese terminado como esclavo.

Phury podía entender muy bien esa actitud.

Luego se detuvo y le echó un vistazo a la sala de espera, que estaba tan destrozada como un bar después de una juerga con barra libre.

Y entonces pensó en Bella, pendiendo de un hilo debido a su embarazo, y se angustió al pensar que tal vez la maldición todavía no había terminado su jodida tarea.

Al menos él había librado a Cormia de su legado.

El hechicero asintió con la cabeza.

«Buen trabajo, socio. La has salvado. Es la primera cosa digna que has hecho en toda la vida. Ella estará mucho, pero mucho mejor sin ti».

E l señor D aparcó detrás de la granja y apagó el Focus. Tenía las bolsas de Target* en el asiento del pasajero, así que las sacó al bajarse del coche. El recibo que se había guardado en la billetera marcaba 147,73 dólares.

Como su tarjeta de crédito fue rechazada, giró un cheque que no estaba seguro de poder cubrir. Igual que en los viejos tiempos, ¿no? Su padre era un maestro del regate, y no precisamente por haber jugado al fútbol en la escuela secundaria.

Mientras cerraba la puerta del conductor de una patada, el señor D se preguntó si la razón por la cual los restrictores tenían esos coches tan destartalados sería realmente para mantener el bajo perfil de la sociedad o porque no tenían dinero. Antes nunca tenías que preocuparte por si tenías fondos en la tarjeta de crédito o si podías comprar armas nuevas cuando las necesitabas. Maldición, cuando el jefe de restrictores era el señor R, allá por los ochenta, la empresa sí funcionaba bien.

Pero ahora era otra cosa. Y ahora era *su* problema. Probablemente debería averiguar dónde estaban todas las cuentas, pero no sabía por dónde empezar. Había habido muchos cambios entre los jefes de restrictores últimamente. ¿Cuándo fue la última vez que tuvieron un jefe organizado?

---

* Cadena de grandes almacenes estadounidense.

En tiempos del señor X.

Cuando el señor X estaba al mando, todo iba bien y además tenía esa cabaña en los bosques... El señor D había ido a visitarlo una o dos veces. Si había alguna información sobre las cuentas, lo más probable es que estuviera allí.

La cosa era que si sus tarjetas de crédito estaban fallando, seguramente las de los otros también. Lo cual significaba que los asesinos debían de estar buscando dinero por su cuenta, robando a los humanos y quedándose con las cosas que confiscaban.

Tal vez cuando encontrara la información de las cuentas descubriría que el banco estaba lleno, sólo que el dinero estaba reinvertido. Pero tenía el presentimiento de que no iba a ser el caso.

La lluvia volvía a caer. Abrió la puerta trasera de la granja con la cadera y entró a la cocina. Tuvo que contener la respiración al sentir el hedor de los dos cuerpos. Resultaron ser un hombre y una mujer, que todavía estaban tirados en el suelo como un par de tapetes horripilantes, pero una cosa buena de ser restrictor era que venías con tu propio ambientador. Después de un momento, ya no sintió el olor en absoluto.

Mientras ponía las bolsas sobre la gran encimera, oyó un sonido muy extraño que parecía flotar por toda la casa; era como un canturreo... como una canción de cuna.

—¿Señor? —Era como si alguien estuviera oyendo una emisora infantil.

Cuando dio la vuelta por el comedor, frenó en seco.

El Omega estaba de pie junto a la mesa destartalada, inclinado sobre el cuerpo desnudo de un vampiro rubio que estaba acostado sin moverse. El vampiro tenía un corte en la garganta justo debajo de la barbilla, pero alguien había suturado la herida y no parecía el resultado de una autopsia. Se trataba de pequeños puntos muy precisos.

¿Estaría muerto o vivo? El señor D no estaba seguro... No, un momento, el pecho inmenso del vampiro subía y bajaba con suavidad.

—Es tan hermoso, ¿no es verdad? —La mano negra y translúcida del Omega acarició los rasgos faciales del vampiro—. También es rubio. La madre era rubia. ¡Ja! Y me dijeron que no podría procrear. A diferencia de *ella*. Pero nuestro padre estaba equivocado. Mira a mi hijo. Sangre de mi sangre.

El señor D sintió que tenía que decir algo, como si acabaran de mostrarle a un bebé recién nacido y tuviera que elogiarlo.

—Es muy apuesto, sí, claro.

—¿Tienes lo que te pedí?

—Sí, señor.

—Tráeme los cuchillos.

Cuando el señor D regresó con las bolsas de Target, el Omega le puso una mano al vampiro en la nariz y la otra sobre la boca. El vampiro abrió los ojos como platos, pero estaba demasiado débil para hacer algo más que tratar de arañar las vestiduras blancas del Omega.

—Hijo mío, no luches —murmuró el malvado, lleno de satisfacción—. Ha llegado la hora de que vuelvas a nacer.

El forcejeo espasmódico fue aumentando, hasta que el vampiro comenzó a golpear la mesa con los talones y a deslizar las palmas sobre la madera produciendo un chirrido. Se agitaba como una marioneta, moviendo brazos y piernas de manera torpe y descoordinada, totalmente aterrorizado. Y cuando todo terminó, quedó mirando hacia arriba, con los ojos en blanco y la boca abierta.

La lluvia comenzó a azotar las ventanas, el Omega se quitó la capucha blanca de la cabeza y se desabrochó la túnica. Con un movimiento elegante, se despojó de sus vestiduras, que volaron hasta el otro lado de la habitación y se asentaron en el rincón, en posición vertical, como si estuvieran sobre un maniquí.

Luego se estiró y su forma se volvió más larga y delgada, como la de un hombre de goma, y cogió la lámpara barata que colgaba sobre la mesa. La agarró de la cadena, justo del punto donde se unía con el techo, la arrancó dándole un tirón rápido y la arrojó contra la esquina. Pero a diferencia de la túnica, la lámpara no aterrizó con suavidad, sino que acabó su vida útil, si es que todavía servía, convertida en una montaña de bombillas rotas y brazos de bronce retorcidos.

Un manojo de cables quedó colgando del techo manchado, como vides de un terreno baldío, sobre el cuerpo del vampiro.

—Cuchillo, por favor —dijo el Omega.

—¿Cuál?

—El de hoja corta.

El señor D escarbó entre las bolsas, encontró el cuchillo correcto y luego comenzó a tratar de sacarlo del envoltorio plástico a prueba de consumidores en que estaba envuelto, pero la cosa resultó tan resistente que le dieron ganas de clavarse el cuchillo de pura frustración.

—Basta —dijo el Omega con brusquedad y extendió la mano.

—Puedo traer unas tijeras...

—Dámelo.

En cuanto el paquete tocó la mano oscura del Omega, el plástico se quemó y cayó al suelo retorcido y chamuscado, como la piel de una serpiente.

Mientras se volvía hacia el vampiro, el Omega probó el filo del cuchillo sobre su propio brazo oscuro y sonrió al ver que un aceite negro brotaba del corte que se había hecho.

Fue como destripar a un cerdo y todo sucedió con la misma rapidez. Mientras los truenos rondaban la casa como si estuvieran buscando la forma de entrar, el Omega pasó la hoja del cuchillo por el centro del cuerpo del macho, desde el corte en la garganta hasta el ombligo. El olor de la sangre y la carne fue tan fuerte que se impuso sobre el olor a talco de bebé del malvado.

—Tráeme la vasija con tapa. —El Omega pronunció la palabra «vasija» con un acento extraño.

El señor D le alcanzó un jarrón de cerámica azul que había encontrado en la sección de artículos para el hogar. Mientras se lo entregaba, se sintió tentado a señalarle a su amo que era demasiado pronto para sacarle el corazón, porque la sangre del Omega tenía que circular antes por el cuerpo. Pero luego recordó que el macho ya estaba muerto, así que, ¿qué más daba?

Era evidente que no se trataba de una inducción de las habituales en la Sociedad.

El Omega puso la punta de su dedo sobre el esternón del vampiro y éste ardió enseguida, mientras el olor a hueso quemado le produjo cosquillas en la nariz al señor D. Luego abrió las costillas con manos invisibles que operaban a voluntad de su amo, y dejó expuesto el corazón inmóvil.

Entonces las manos translúcidas del Omega entraron dentro del pecho del vampiro y penetraron la membrana que recubría el corazón, formando un nuevo nido para dicho órgano. Con una expresión de disgusto, desprendió el nudo de músculos de su cadena de arterias y venas, mientras la sangre roja cubría la piel clara del pecho del vampiro.

El señor D le quitó la tapa a la vasija y la sostuvo debajo de la mano del Omega. Entonces el corazón estalló en llamas y un montón de cenizas cayó dentro del recipiente.

—Trae los baldes —dijo el Omega.

El señor D tapó la vasija de cerámica y la puso en el rincón, y luego fue hasta donde estaban las bolsas y sacó cuatro recipientes medianos de plástico de los que su madre usaba para la basura. Puso uno debajo de cada brazo y cada pierna del vampiro, mientras el Omega caminaba alrededor del cuerpo y le hacía cortes en las muñecas y los tobillos para sacar toda la sangre. Fue asombroso ver la rapidez con que la piel del vampiro perdió el color, pasando del blanco al gris azulado.

—Ahora el cuchillo de sierra.

El señor D ya no se preocupó por sacar el cuchillo de su envase de plástico. El Omega quemó el paquete y luego cogió el cuchillo y puso la otra mano sobre la mesa. Mientras doblaba los dedos hasta formar un puño, el malvado serró su propia muñeca y, a juzgar por el sonido, parecía que estuviera cortando madera muy vieja. Cuando terminó, le devolvió el cuchillo, tomó su propia mano y la puso dentro del pecho desocupado.

—Alégrate, hijo mío —susurró el Omega, al tiempo que otra mano aparecía en el muñón de su brazo—. Pronto sentirás mi sangre corriendo por tu cuerpo.

Con esas palabras, el Omega se pasó el otro cuchillo por la muñeca de la mano recién formada y puso la herida sobre el puño negro que había enterrado en el pecho.

El señor D recordaba esa parte de su propia inducción. Había comenzado a gritar al sentir un dolor que era más que físico. Se había sentido estafado. Completamente estafado. Lo que le habían prometido no fue lo que recibió y la agonía y el terror le hicieron desmayarse. Al despertar era algo completamente distinto, un miembro de la cofradía de los muertos vivientes, un cuerpo impotente y vagabundo puesto al servicio del mal.

El señor D había creído que era sólo una ceremonia. Había pensado que tal vez sólo iba a dormirlo levemente, para hacerle alguna marca que probara que estaba con ellos.

Pero no sabía que nunca más podría salirse. Ni que dejaría de ser humano.

Todo el asunto le recordaba a algo que su madre solía decir: «Si haces tratos con una víbora, no te sorprendas si te muerde».

De repente, se fue la electricidad.

El Omega dio un paso atrás y comenzó a tararear. Pero esta vez no se trataba de ninguna canción de cuna, era la invocación de una gran reunión de energía, la inminente recolección de un potencial invisible. A medida que las vibraciones crecieron, la casa comenzó a sacudirse, caía polvo de las rendijas del techo y los baldes empezaron a vibrar en el suelo como si estuvieran bailando. El señor D pensó en los cadáveres que había en la cocina y se preguntó si también estarían bailando.

Entonces se tapó los oídos con las manos y bajó la cabeza justo a tiempo, pues en ese momento un rayo golpeó el techo de la granja en lo que debió ser una descarga directa. A juzgar por el ruido que hizo, era imposible que se tratara del rebote o el eco de un rayo más grande.

No, aquello no era cualquier cosa; era como una gran pedrada en la cabeza.

El sonido se manifestó como un dolor intenso en los oídos, al menos en el caso del señor D, y la fuerza demoledora del impacto le hizo preguntarse si la casa aguantaría. Pero el Omega no parecía preocupado. Sólo levantó la mirada con el celo de un predicador, totalmente extasiado, casi orgásmico, como si fuera un verdadero creyente satánico y alguien acabara de traer las serpientes y la estricnina.

El rayo penetró a través de los conductos eléctricos de la casa o, en este caso, a través de unos cuantos tubos averiados, y brotó como un manto líquido de energía amarilla y brillante que se ubicó justo encima del cuerpo. Los cables colgantes del candelabro sirvieron de guía y el pecho abierto del vampiro, con su corazón aceitoso, fue el recipiente.

El cuerpo estalló sobre la mesa, moviendo brazos y piernas, y el pecho se infló. En un segundo, el maligno cubrió al macho, como si quisiera formar una segunda piel para que los cuatro cuadrantes de carne no fueran a volar en pedazos, como neumáticos reventados.

Cuando el rayo se retiró, el macho quedó suspendido en el aire, cubierto por el Omega como si fuera una manta que brillara en la oscuridad.

Y el tiempo… se detuvo.

El señor D podía afirmarlo porque el reloj de cuco que colgaba de la pared dejó de moverse. Por un espacio de tiempo, los minutos dejaron de correr y sólo hubo un ahora infinito, durante el cual lo que había dejado de respirar encontró el camino de regreso a la vida que había perdido.

O mejor, que le habían arrebatado.

El macho volvió a caer suavemente sobre la mesa y el Omega se retiró de encima de él y volvió a tomar forma. Sonidos jadeantes salieron de los labios grises del vampiro y cada inhalación iba seguida de un silbido, a medida que el aire entraba a los pulmones. El corazón se sacudió en la cavidad abierta del pecho y luego retomó su ritmo y comenzó a palpitar en serio.

El señor D se concentró en el rostro.

La palidez de la muerte iba siendo reemplazada lentamente por un extraño color rosado, como el que se ve en la cara de un niño que ha estado corriendo al viento. Pero en este caso no era un signo de salud. No. Era un proceso de reanimación.

—Ven a mí, hijo mío. —El Omega pasó su mano sobre el pecho y los huesos y la carne se soldaron de nuevo, desde el ombligo hasta la herida de la garganta—. Vive para mí.

El vampiro enseñó los colmillos. Abrió los ojos. Y rugió.

***

Qhuinn no flotó de regreso a su cuerpo. No. Cuando dio un paso atrás para alejarse de la puerta blanca que tenía frente a él y luego comenzó a correr como un bastardo, la vida en la Tierra regresó precipitadamente a él y su espíritu aterrizó dentro de su piel, como si el Todopoderoso del Ocaso le hubiese dado una patada cósmica en el culo.

Los labios de alguien estaban haciendo presión contra su boca, mientras le metían aire en los pulmones. Luego sintió unos golpes en el pecho y le pareció que alguien contaba. Hubo una pausa y luego sintió que le llegaba más aire.

Era una agradable alteración de la situación. Respiración. Golpes. Respiración. Respiración. Golpes…

El cuerpo de Qhuinn se estremeció de repente, como si estuviera aburrido de la rutina de la reanimación, y aprovechando el tembloroso espasmo, se apartó de la otra boca y tomó aire por sí mismo.

—Gracias a Dios —dijo Blay con voz entrecortada.

Qhuinn alcanzó a ver brevemente los ojos abiertos y llorosos de su amigo y luego se puso de lado y se encogió como un ovillo. Mientras tomaba aire por la boca poco a poco, sintió que su corazón cogía el balón y salía corriendo con él, palpitando por su propia cuenta. Por un momento experimentó la maravillosa sensación de ay-Dios-estoy-vivo, pero luego le golpeó el dolor, que se apoderó de su cuerpo y le hizo desear el retorno adonde estaba antes. Sentía la parte baja de la espalda como si se la hubiesen excavado con un martillo neumático.

—Llevémoslo al coche —ordenó Blay—. Necesita ir a la clínica.

Qhuinn abrió un ojo y se miró el cuerpo. John estaba a sus pies y asentía con la cabeza, como esos muñecos que ponen a veces en los coches.

Sólo que, demonios, no… No podían llevarlo a la clínica. Esa guardia de honor todavía no había terminado con él… Mierda, su propio hermano…

—A la clínica… no —dijo Qhuinn con dificultad.

—A la mierda —dijo John por señas.

—A la clínica no. —Era posible que no tuviera muchas razones para vivir, pero eso no significaba que le urgiera morirse.

Blay se inclinó sobre él y lo miró a los ojos.

—Te atropelló un coche…

—No… fue… un coche.

Blay se quedó callado.

—Entonces, ¿qué pasó?

Qhuinn se limitó a quedarse mirándolo y esperó a que su amigo cayera en la cuenta.

—Espera… ¿fue una guardia de honor? ¿La familia de Lash envió una guardia de honor a perseguirte?

—No… fue… la familia de Lash…

—¿La tuya?

Qhuinn asintió con la cabeza, porque recurrir a la energía que necesitaba para mover los labios hinchados le parecía demasiado esfuerzo.

—Pero se supone que no te deben matar…

—Así es.

Blay miró a John.

—No podemos llevarlo a casa de Havers.

—La doctora Jane —dijo John con señales de la mano—. Entonces necesitamos a la doctora Jane.

Cuando vio que John sacaba su teléfono, Qhuinn estaba a punto de oponerse también a esa idea, pero sintió algo que se agitaba contra su brazo. Era la mano de Blay, que temblaba con tanta fuerza que el tío no podía evitarlo. Mierda, estaba temblando de la cabeza a los pies.

Qhuinn cerró los ojos y sujetó la mano de su amigo. Mientras oía el tecleo suave de John en el teléfono, apretó la mano de Blay para consolarlo. Y consolarse él mismo.

Minuto y medio después, se oyó un pitido que anunciaba la respuesta al mensaje.

—¿Qué dice? —John debió decir algo por señas, porque Blay suspiró y dijo—: Ay… Dios mío. Pero va a venir, ¿no es cierto? Bien. ¿En mi casa? Correcto. Muy bien. Ahora movámoslo.

Dos pares de manos lo levantaron del pavimento y Qhuinn gruñó por el dolor… lo cual se suponía que era bueno, porque significaba que realmente había regresado al mundo de los vivos. Después de que lo acomodaran en el asiento trasero del coche de Blay y sus amigos se subieran con él, Qhuinn sintió la suave vibración del BMW acelerando.

Cuando volvió a abrir los ojos, se encontró con la mirada de John. Aunque iba en el asiento delantero, estaba vuelto completamente hacia atrás para poder vigilar constantemente a Qhuinn.

La mirada fija de su amigo era una mezcla de preocupación y cautela. Como si no estuviera seguro de que Qhuinn pudiera lograrlo… y estuviera pensando en lo que había ocurrido hacía cuatro horas o diez millones de años en los vestidores.

Qhuinn levantó las manos ensangrentadas y dijo torpemente por señas:

—Para mí sigues siendo el mismo. Nada ha cambiado.

John desvió la mirada hacia la izquierda y clavó los ojos en la ventana.

Las luces de un coche que venía detrás de ellos bañaron el rostro de John, sin dejar ni una sombra. Y la duda se imponía con claridad en sus rasgos apuestos y orgullosos.

Qhuinn cerró los ojos.

¡Qué noche tan horrible!

🗡

A y, Dios mío. Qué vestido tan horroroso.

Cormia se rió y levantó la mirada hacia la televisión de Bella y Zsadist. Resultó que *Project Runway* le parecía un programa fascinante.

—¿Qué es eso que cuelga por detrás?

Bella sacudió la cabeza.

—El mal gusto concentrado en una cabeza. Me imagino que inicialmente era un moño.

Las dos estaban en la cama de la pareja, recostadas contra la cabecera. El gato negro de la casa estaba en medio de ellas, disfrutando de los jugueteos y mimos a dos manos, y a *Boo* parecía disgustarle el vestido tanto como a Bella, pues sus ojos verdes observaban la televisión con expresión de desagrado.

Cormia comenzó a acariciar al gato en el lomo.

—Aunque el color del vestido es bonito.

—Pero eso no compensa su aspecto de carpa de circo. Y lleva una soga pegada al trasero.

—No sé lo que es una carpa de circo.

Bella señaló la pantalla plana del televisor y dijo:

—La estás viendo. Sólo imagínate algo enorme de muchos colorines, pensado para que se rían los niños, y *voilà*.

Cormia sonrió y pensó que el rato que había pasado con Bella había resultado revelador y, a la vez, extrañamente desconcertante. En realidad le *gustaba* Bella. De verdad. Era divertida, cariñosa y considerada, tan hermosa por dentro como por fuera.

No era de extrañar que el Gran Padre la adorase. Y a pesar de lo mucho que Cormia deseaba afirmar su derecho sobre él frente a Bella, descubrió que no había necesidad de hacer valer su estatus de Primera Compañera. El Gran Padre no había aparecido en la conversación y no había tenido que rebatir ninguna insinuación.

La que hasta entonces había percibido como una rival había resultado ser una amiga.

Cormia volvió a concentrarse en lo que tenía en el regazo. El cuaderno era grande y delgado, con páginas brillantes y cientos de letras, dibujos y fotos que, según le había dicho su nueva amiga, eran anuncios de publicidad. *Vogue,* decía en la tapa.

—Mira toda esa ropa tan distinta —murmuró—. Asombroso.

—Ya casi termino la *Harper's Bazaar,* si la quieres...

De pronto se abrió la puerta con tanta fuerza que Cormia saltó de la cama y soltó el *Vogue,* que cayó en el rincón, aleteando como un pájaro asustado. El hermano Zsadist estaba en el umbral, recién llegado de una pelea, a juzgar por el olor a talco de bebé y todas las armas que llevaba encima.

—¿Qué está sucediendo aquí? —preguntó.

—Bueno —dijo Bella lentamente—, sólo pasa que acabas de darnos un buen susto a Cormia y a mí, Tim Gunn ha pedido tiempo para los diseñadores y ya tengo hambre otra vez, así que estoy a punto de llamar a Fritz para pedirle una tortilla. De beicon y queso, con patatas fritas.

El hermano miró a su alrededor, como si esperara ver restrictores detrás de las cortinas.

—Phury dijo que no te sentías bien.

—Estaba cansada y él me ayudó a subir las escaleras. Cormia se quedó al principio en calidad de niñera, pero creo que ahora se lo está pasando bien, ¿no es cierto? O al menos, hasta que nos llevamos este susto lo estabas pasando bien, ¿verdad?

Cormia asintió con la cabeza, pero no desprendió los ojos de Zsadist. Con aquella cara llena de cicatrices y ese cuerpo enorme, siempre le hacía sentirse incómoda, pero no porque fuera feo, sino por lo feroz que parecía.

Entonces Zsadist la miró y ocurrió la cosa más asombrosa del mundo. Le habló con una voz increíblemente amable y levantó la mano como si tratara de calmarla.

—Tranquila. Siento haberte asustado. —Sus ojos, inicialmente negros, se fueron aclarando lentamente y su expresión se suavizó—. Sólo estoy preocupado por mi shellan. No te voy a hacer daño.

Cormia sintió que la tensión de su cuerpo cedía y empezó a entender mejor por qué Bella estaba con él. Así que hizo una reverencia.

—Desde luego, Su Excelencia. Entiendo que esté preocupado por ella.

—¿Estás bien? —preguntó Bella, al ver las manchas negras de la ropa de su hellren—. ¿Todos los de la familia están bien?

—Los hermanos estamos todos bien. —Zsadist se acercó a su shellan y le tocó la cara con una mano temblorosa—. Quiero que la doctora Jane te eche un vistazo.

—Si eso te hace sentirte mejor, por favor, pídele que venga. No creo que esté pasando nada malo, pero quiero hacer todo lo necesario para que te sientas mejor.

—¿Estás sangrando otra vez? —Bella no respondió—. Iré a por ella...

—No es mucho y es exactamente igual a lo que he tenido otras veces. Probablemente sea buena idea hablar con la doctora Jane, sólo que no creo que haya nada que hacer. —Bella apoyó sus labios sobre la mano de Z y lo besó—. Pero, primero, por favor, dime qué ha pasado esta noche.

Zsadist sólo sacudió la cabeza y Bella cerró los ojos, como si estuviera acostumbrada a las malas noticias... Como si hubiese recibido tantas malas noticias últimamente que la descripción exacta de la situación ya no fuera necesaria. Las palabras no aumentarían su tristeza ni la de él. Ni podrían aliviar lo que los dos sentían.

Zsadist agachó la cabeza y besó a su compañera. Cuando sus miradas se cruzaron, el amor entre ellos parecía tan intenso que creaba un aura cálida. Hasta Cormia pareció sentirla.

Bella nunca había mostrado ese tipo de conexión con el Gran Padre. Jamás.

Y la verdad era que él tampoco parecía sentir eso hacia ella. Aunque tal vez no se notaba como consecuencia de su actitud discreta.

Zsadist le dijo unas cuantas palabras en voz baja y después se marchó, como si tuviera prisa, con el ceño fruncido y los hombros tensos, como las vigas de una casa.

Cormia se aclaró la garganta.

—¿Quieres que llame a Fritz? ¿O que le pida algo de comer?

—Creo que lo mejor será esperar, si la doctora Jane va a venir a examinarme. —Bella se llevó una mano a la barriga y comenzó a darse un masaje circular—. ¿Te gustaría volver y ver conmigo el resto de los episodios más tarde?

—Si quieres…

—Por supuesto. Eres muy buena compañía.

—¿Lo soy?

Los ojos de Bella parecían increíblemente amables.

—Lo eres. Me tranquilizas mucho.

—Entonces seré tu acompañante durante el parto. De donde vengo, las hermanas embarazadas siempre tienen una acompañante.

—Gracias… muchas gracias. —Bella desvió la mirada cuando el miedo asomó a sus ojos—. Aceptaré cualquier ayuda que pueda conseguir.

—Si me permites la pregunta —murmuró Cormia—, ¿qué es lo que más te preocupa?

—Él. Me preocupa Z. —Bella volvió a clavar sus ojos en Cormia—. Y luego me preocupa mi hijo. Es tan extraño. No estoy preocupada por mí.

—Eres muy valiente.

—Ah, eso es porque no me has visto a mediodía, en la oscuridad. Muchas veces me desmorono, créeme.

—Sigo pensando que eres valiente. —Cormia se llevó la mano a su estómago plano—. No creo que yo pudiera ser tan valiente.

Bella sonrió.

—Creo que te equivocas en eso. Te he estado observando en estos meses y tienes una fortaleza increíble.

Cormia no estaba tan segura de eso.

—Espero que todo vaya bien. Regresaré más tarde...

—Tu existencia no es fácil, ¿verdad? Tener que vivir bajo el tipo de presiones que soportan las Elegidas. No me puedo imaginar cómo puedes soportarlo y por eso siento un gran respeto por ti.

Lo único que Cormia pudo hacer fue parpadear.

—¿De... verdad?

Bella asintió.

—Sí. Es cierto. Y ¿quieres saber algo más? Phury tiene mucha suerte de haberte encontrado. Rezo todos los días para que tarde o temprano se dé cuenta de eso.

Querida Virgen Escribana, aquello no era algo que Cormia esperara oír nunca en la vida, y mucho menos de los labios de Bella. Y la impresión debió ser evidente, porque la embarazada se rió.

—De acuerdo, te hago sentirte incómoda, lo siento. Pero desde hace mucho tiempo quería deciros eso a los dos. —Bella posó los ojos en el baño y respiró hondo—. Ahora, supongo que lo mejor será que te vayas para que yo pueda prepararme para la visita de la doctora Jane y sus toqueteos. Ella me encanta, de verdad, pero odio cuando se pone esos guantes de látex.

Cormia se despidió y salió hacia su habitación, sumida en sus pensamientos.

Cuando dobló la esquina, al lado del estudio de Wrath, se detuvo. Como si lo hubiese llamado con el pensamiento, el Gran Padre estaba en lo alto de la escalera, con actitud sombría y fatigada.

Enseguida clavó sus ojos en ella.

Debe estar ansioso por tener noticias de Bella, pensó Cormia.

—Bella se encuentra mejor, pero creo que oculta algo. El hermano Zsadist se acaba de ir a buscar a la doctora Jane.

—Qué bien. Me alegro. Gracias por cuidarla.

—Ha sido un placer. Ella es encantadora.

El Gran Padre asintió y luego la recorrió con los ojos desde el pelo, que tenía recogido en un moño, hasta sus pies descalzos. Era como si estuviera reencontrándose con ella, como si llevara años sin verla.

—¿Qué horrores ha visto desde que se fue? —susurró ella de repente.

—¿Por qué lo preguntas?

—Porque me observa como si llevara semanas sin verme. ¿Qué es lo que ha visto?

—Me conoces bien.

—Tan bien como usted evade mi pregunta.

Phury sonrió.

—Se me da bien, ¿eh?

—Por supuesto, si no quiere, no tiene que hablar de…

—He visto más muerte. Muertes que se pudieron evitar. Un derroche de vidas… Esta guerra es perversa.

—Sí. Así es. —Cormia quería agarrarle la mano, pero en lugar de eso dijo—: ¿Le gustaría… acompañarme al jardín? Iba a pasear un rato entre las rosas, antes de que salga el sol.

Phury vaciló y luego negó con la cabeza.

—No puedo. Lo siento.

—Claro. —Cormia hizo una leve reverencia para evitar la mirada de Phury—. Su Excelencia.

—Ten cuidado.

—Lo tendré. —Cormia se recogió las faldas y caminó de prisa hacia las escaleras que él acababa de subir.

—Cormia.

—¿Sí?

Al volverse, sintió que el Gran Padre clavaba los ojos en los suyos. Y parecían arder de tal forma que ella recordó la imagen de ambos en el suelo de su habitación y sintió que el corazón se le subía a la garganta.

Pero Phury apenas sacudió la cabeza.

—Nada. Sólo cuídate.

***

Cormia bajó las escaleras y Phury se dirigió hacia el pasillo de las estatuas y el jardín de la parte posterior de la mansión.

En ese momento no podía ir con ella a ver las rosas. Estaba en carne viva, se sentía muy mal, como si le hubieran desollado, aunque todavía tuviera la piel en su lugar. Cada vez que cerraba los ojos, veía los cuerpos en los pasillos de la clínica y las caras de pánico de la gente que había encerrado en el armario de suministros, y la valentía de aquellos que no deberían tener por qué luchar por su vida.

Si no se hubiese detenido a ayudar a Bella para llegar al segundo piso y luego no hubiese ido a buscar a Zsadist, tal vez esos
civiles no se habrían salvado. Estaba seguro de que nadie lo habría
llamado para pedir su ayuda, porque ya no era un hermano.

Abajo, Cormia salió a la terraza y su vestido blanco brillaba sobre las piedras gris oscuro del suelo. Se dirigió hacia las rosas
y se agachó para acercar la nariz a las flores. Phury casi podía oír-
la aspirando y luego soltando un suspiro de felicidad al sentir la
maravillosa fragancia.

Sus pensamientos pasaron rápidamente del horror de la
guerra a la belleza de la figura femenina.

Y a lo que los machos hacían con las hembras debajo de las
sábanas.

Sí, eso significaba que definitivamente no debía estar con
Cormia ahora. Phury quería reemplazar la muerte y el sufrimiento que había visto esa noche por algo más, algo vivo y tibio y enteramente físico, no intelectual. Mientras miraba a su Primera
Compañera prodigando su atención a los rosales, pensó en que le
gustaría tenerla desnuda y retorciéndose debajo de él, empapada
en sudor.

Ah… pero Cormia ya no era su Primera Compañera.

Mierda.

La voz del hechicero se impuso en su cabeza.

«Pero ¿de verdad piensas que podrías haber hecho algo
bueno por ella? ¿Haberla hecho feliz? ¿Protegerla? Pasas más de
doce horas al día fumando. ¿Serías capaz de encender un porro
tras otro frente a ella y obligarla a ver cómo languideces sobre las
almohadas y te duermes? ¿Quieres que ella vea eso?

»¿Acaso quieres que te arrastre hasta la casa al amanecer,
como hacías tú con tu padre, hasta que tal vez algún día termines
golpeándola en medio de tu frustración?».

—¡No! —exclamó Phury en voz alta.

«¿De veras? Tu padre también dijo lo mismo. ¿No es cierto, socio? Te prometió, mirándote a los ojos, que nunca más volvería a golpearte. El problema es que las promesas de un adicto
no valen nada. Son sólo palabras. Nada más».

Phury se restregó los ojos y se alejó de la ventana.

Con el fin de fijarse un objetivo, cualquiera que fuese, se
dirigió al despacho de Wrath. Aunque ya no era miembro de la

Hermandad, seguramente al rey le gustaría saber lo que había ocurrido en la clínica. Y como Z estaba con Jane y Bella y los otros hermanos estaban ayudando en la clínica nueva, él bien podía darle un informe extraoficial. Además, quería que Wrath supiera la razón por la cual había ido a la clínica originalmente y asegurarle al rey que no estaba desobedeciendo sus órdenes.

Y también estaba el asunto de Lash.

El chico había desaparecido.

El recuento de supervivientes en la clínica nueva y el de cadáveres en la vieja había revelado que sólo faltaba una persona: Lash. El personal médico afirmaba que estaba vivo en el momento del ataque, después de que lo sacaran de un paro cardiorespiratorio. Lo cual era trágico. El chico podía ser un desgraciado, pero nadie quería que cayera en manos de los restrictores. Si tenía suerte, moriría de camino al lugar adonde lo llevaban, y había una buena posibilidad de que eso hubiese ocurrido, considerando el estado de su salud.

Phury llamó a la puerta de Wrath.

—¿Señor? Señor, ¿estás ahí?

Como no hubo respuesta, volvió a intentarlo.

Más silencio. Dio media vuelta y se dirigió a su habitación, totalmente seguro de que se pondría a fumar un porro tras otro, mientras se sumía en el sombrío reino del hechicero.

«Como si tuvieras otro sitio adonde ir», dijo la voz ronca en su cabeza, arrastrando las palabras.

***

Al otro lado de la ciudad, en la casa de los padres de Blaylock, John y Blay metían a Qhuinn furtivamente por la puerta de servicio que usaban los doggen. Aunque Qhuinn hizo cuanto pudo para tratar de caminar, Blay tuvo que cargar con él por la escalera.

Blay se ausentó para mentir sobre lo que había hecho y lo que estaba haciendo, y John asumió el puesto de centinela, mientras Qhuinn se estiraba en la cama de su amigo, sin experimentar el alivio que hubiera deseado. Y estaba fatal, no sólo porque se sintiera como un saco de arena.

Los padres de Blay no se merecían aquello. Siempre habían sido muy buenos con Qhuinn. Demonios, muchos padres no dejarían que sus hijos se le acercaran, pero los de Blay habían sido amables desde el principio. Y ahora podían estar poniendo en peligro su posición ante la glymera, sin saberlo, por albergar a un fugitivo, una persona non grata.

Pensando en todo eso Qhuinn se incorporó hasta quedar sentado, con la intención de marcharse, pero su estómago tenía otros planes. Una punzada de dolor atravesó sus entrañas, como si el hígado estuviese peleando con los riñones. Soltó un gemido y volvió a acostarse.

—Trata de quedarte quieto —le dijo John por señas.

—Entendido.

Entonces sonó el teléfono de John y el chico se lo sacó del bolsillo de sus vaqueros A & F. Mientras leía el mensaje, Qhuinn recordó el día en que los tres fueron de compras al centro comercial y él terminó liándose con la gerente de la tienda en los probadores.

Desde entonces, todo había cambiado. Ahora todo el mundo era diferente.

Qhuinn se sentía muchos años más viejo.

John levantó la vista con el ceño fruncido.

—Quieren que regrese a casa. Algo ha sucedido.

—Vete tranquilo… yo estoy bien aquí.

—Si puedo, volveré contigo.

—No te preocupes. Blay te mantendrá al tanto.

Al tiempo que John salía, Qhuinn miró a su alrededor y recordó todas las horas que había pasado acostado en esa cama. Blay tenía un bonito cuarto. Las paredes estaban forradas en madera de cerezo, lo cual hacía que pareciera un estudio, y los muebles eran modernos y estilizados, no como aquellos armatostes antiguos y sofocantes que coleccionaban todos los miembros de la glymera, junto con las malditas reglas de la etiqueta social. La cama estaba cubierta por una colcha negra y tenía suficientes cojines para que te sintieras cómodo sin que pareciera el cuarto de una chica. La tele de plasma de alta definición tenía una Xbox 360, una Wii y una PS3 en el suelo, y el escritorio en el que Blay hacía sus deberes escolares estaba tan ordenado y pulcro como todas sus tarjetas de juego. A mano izquierda había una nevera pequeña, una papelera de plástico negra que parecía en realidad un pene, y un cubo de color naranja para tirar los envases de plástico.

Blay se había vuelto ecologista desde hacía un tiempo y se interesaba mucho por el tema del reciclaje y la reutilización. Lo cual era muy propio de él. Hacía donativos mensuales a PETA, la organización en defensa de los animales, y sólo comía carne libre de hormonas y alimentos orgánicos.

Si existiese algún tipo de Organización de Naciones Unidas entre los vampiros, o hubiese manera de hacer trabajo voluntario en Safe Place, se habría vinculado con esas organizaciones enseguida.

Blay era lo más parecido a un ángel que Qhuinn había conocido.

Mierda. Tenía que irse de allí antes de que su padre hiciera que expulsaran de la glymera a toda la familia de Blay.

Cuando se dio la vuelta para tratar de descansar la espalda, se dio cuenta de que lo que le hacía sentirse incómodo no eran sus lesiones internas: el sobre que le había entregado el doggen de su padre todavía estaba metido en el cinturón de sus pantalones y allí había permanecido incluso durante la paliza.

Qhuinn no quería ver los papeles otra vez, pero de alguna manera terminaron entre sus manos sucias y ensangrentadas.

A pesar de que tenía la visión borrosa y un catálogo completo de dolores, se concentró en el pergamino. Era el árbol genealógico familiar, con sus cinco generaciones, su certificado de nacimiento, por decirlo de alguna manera. Entonces Qhuinn se fijó en los tres nombres que había en la última línea. El suyo estaba a la izquierda, al lado del de su hermano mayor y el de su hermana. Pero su nombre estaba tachado con una X inmensa y debajo estaban las firmas de sus padres y sus hermanos, escritas con la misma tinta de la tachadura.

Expulsarlo de la familia requería una buena cantidad de papeleo. Los certificados de nacimiento de su hermano y su hermana tendrían que ser modificados de la misma manera que el de él, y también habría que rehacer el acta de matrimonio de sus padres. El Consejo de Princeps de la glymera también necesitaría una declaración donde constara que lo desheredaban, que renunciaban a ser sus padres, y una petición de expulsión. Después de que el nombre de Qhuinn fuese tachado del pergamino de derechos de la glymera y del enorme archivo genealógico de la aristocracia, el leahdyre del Consejo escribiría una misiva que sería enviada a todas las familias de la glymera, anunciando oficialmente su destierro.

Cualquiera que tuviese una hija en edad casadera, tenía que ser advertido, claro.

Todo era tan ridículo. Al fin y al cabo, con esos ojos dispares, no es que tuviera muchas oportunidades de casarse con una aristócrata.

Qhuinn dobló el certificado de nacimiento y lo guardó en el sobre. Cuando cerró la pestaña, sintió dolor de corazón. Estar totalmente solo en el mundo, aunque fuera un adulto, era aterrador.

Pero contaminar a los que habían sido amables con él era aún peor.

En ese momento Blay cruzó la puerta con una bandeja con comida.

—No sé si tienes hambre, pero…

—Tengo que irme.

Su amigo puso la bandeja sobre el escritorio.

—No creo que sea muy buena idea.

—Ayúdame a levantarme. Estaré bien…

—Tonterías —dijo una voz femenina.

La médica privada de la Hermandad había salido de la nada, justo frente a ellos. Su maletín de médico era de los de antes, con dos asas en la parte superior y forma de hogaza de pan, y la bata que llevaba era blanca, igual a la que se usaba en las clínicas. El hecho de que fuera un fantasma era insólito. Pero todo lo que tenía que ver con ella, desde su ropa hasta el maletín, el pelo y el perfume, se volvieron sólidos y tangibles tan pronto llegó, exactamente como si fuera normal.

—Gracias por venir —dijo Blay, como buen anfitrión.

—Hola, doc —balbuceó Qhuinn.

—Y bien, ¿qué tenemos aquí? —Jane se acercó y se sentó en el borde de la cama. No lo tocó, sólo lo miró de arriba abajo, con la mirada intensa propia de los médicos.

—Por el momento no parezco un buen candidato para *Playgirl*, ¿verdad? —dijo él con algo de incomodidad.

—¿Cuántos eran? —Ella no estaba bromeando.

—Dieciocho. Cientos.

—Cuatro —interrumpió Blay—. Una guardia de honor de cuatro.

—¿Guardia de honor? —La doctora Jane sacudió la cabeza, como si no pudiera entender las tradiciones de los vampiros—. ¿Por lo de Lash?

—No, la envió la propia familia de Qhuinn —dijo Blay—. Y se supone que no debían matarlo.

La dichosa frase ya parecía un estribillo, pensó Qhuinn.

La doctora Jane abrió su maletín.

—Muy bien, veamos qué hay debajo de la ropa.

La doctora se concentró en su trabajo, mientras le cortaba la camisa y le oía el corazón y le tomaba la tensión. Entretanto, Qhuinn se distraía mirando hacia la pared, la pantalla del televisor y el maletín de médico.

—Bonito… maletín… el que tienes ahí —gruñó, al tiempo que ella le palpaba el abdomen y tocaba un punto muy doloroso.

—Siempre quise uno. Es parte de mi obsesión con *Marcus Welby, doctor en medicina*.[*]

—¿Quién?

—¿Te duele ahí?

El gemido que escapó de su boca cuando ella lo volvió a tocar en ese punto debió ser suficiente respuesta, así que Qhuinn no dijo nada más.

La doctora Jane le quitó los pantalones y, cuando quedó totalmente desnudo, Qhuinn se echó encima unas sábanas para cubrir sus partes íntimas. Pero ella se las quitó, lo miró con ojo clínico de frente y por detrás y luego le pidió que flexionara brazos y piernas. Después de mirar con cuidado un par de hematomas enormes, lo volvió a cubrir.

—¿Con qué te golpearon? Esos moretones que tienes en las piernas son serios.

—Palancas. Palancas grandes, enormes…

Entonces Blay interrumpió.

—Con bastones. Debieron ser esos bastones ceremoniales negros.

—Eso encaja con las lesiones. —La doctora Jane se quedó pensando un momento, como si fuera un ordenador que estaba procesando una petición de apertura de un programa—. Bien, es-

---

[*] Serie de televisión estadounidense emitida en la cadena ABC en la década de 1960.

to es lo que tenemos. Las lesiones en las piernas deben ser muy incómodas, sin duda, pero las contusiones sanarán solas. No tienes heridas abiertas y, aunque parece que tienes cortada la palma de la mano, supongo que eso sucedió un poco antes, pues ya se está curando. Y no parece haber nada roto, lo cual es un milagro.

Nada roto, salvo el corazón, claro. Ser golpeado por tu propio hermano...

«No lloriquees, maricón», se dijo Qhuinn para sus adentros.

—Entonces, ¿estoy bien, doctora?

—¿Cuánto tiempo estuviste inconsciente?

Qhuinn frunció el ceño y la visión del Ocaso aterrizó en su memoria como un cuervo negro. Dios... ¿acaso había estado muerto?

—Ah... no tengo ni idea. Y no vi nada mientras estuve inconsciente. Sólo oscuridad, ya sabes... estaba inconsciente. —No estaba dispuesto a hablar de ese pequeño viajecito al más allá—. Pero estoy bien, ya sabes...

—Me temo que voy a tener que contradecirte ahí. El ritmo cardiaco está muy alto, la tensión es baja y no me gusta el estado de tu estómago.

—Sólo está magullado.

—Me preocupa que pueda haber una lesión interna.

Genial.

—Estoy bien.

—¿Estás bien? ¿Y dónde conseguiste tu licencia de médico? —La doctora Jane sonrió y Qhuinn también—. Me gustaría hacerte una resonancia, pero la clínica de Havers ha sufrido un ataque y está destrozada.

—¿*Qué?* —exclamaron los dos al mismo tiempo.

—Creí que lo sabíais.

—¿Y hubo víctimas? —preguntó Blay.

—Lash ha desaparecido.

Mientras los dos chicos asimilaban las implicaciones de esa última noticia, Jane buscó algo en su maletín y sacó una aguja sellada y un frasquito con una tapa de caucho.

—Voy a darte algo para el dolor. Y no te preocupes —dijo con ironía—, no es Demerol.

—¿Por qué? ¿El Demerol no es bueno?

—¿Para los vampiros? No. —Jane entornó los ojos—. Créeme.

—Te creo.

Cuando terminó de inyectarle el medicamento, Jane dijo:

—El efecto debe durar un par de horas, pero tengo intención de volver antes.

—El amanecer debe estar cerca, ¿no?

—Sí, así que vamos a tener que movernos rápido. Están instalando una clínica temporal…

—No puedo ir allí —dijo Qhuinn—. No puedo ir… No sería buena idea.

Blay asintió.

—Tenemos que mantener su paradero en secreto. En este momento no está seguro en ninguna parte.

La doctora Jane entornó los ojos y, después de un momento, volvió a hablar.

—Muy bien. Entonces pensaré en un lugar más privado para hacerte lo que necesitas. Entretanto, no quiero que te muevas de esa cama. Y nada de alimentos ni bebidas, por si tengo que operar.

Mientras la doctora Jane recogía su maletín de Marcus no sé qué, Qhuinn pensó en la cantidad de gente que no se atrevería a acercarse a él y mucho menos a tratarlo.

—Gracias —dijo en voz baja.

—No hay de qué. —Le puso una mano en el hombro y le dio un apretón—. Te voy a curar, no te quepa duda.

En ese momento, mientras miraba los ojos verdes de la doctora, Qhuinn realmente creía que ella era capaz de curar al mundo entero y la oleada de alivio que lo invadió fue indescriptible. Mierda, ya fuera por saber que su vida estaba en manos muy capaces, o resultado de lo que ella le había inyectado, la verdad es que no le importaba. De pronto se sentía de maravilla, y además estaba dispuesto a aceptar cualquier consuelo que le ofrecieran.

—Me siento adormilado.

—De eso se trata.

La doctora Jane se alejó y le susurró algo a Blay… y aunque su amigo trató de ocultar su reacción, Qhuinn notó que abría desmedidamente los ojos.

Ah, entonces la cosa era grave, pensó.

Cuando Jane se marchó, no se molestó en preguntarle a su amigo qué le había dicho la doctora, pues sabía que no habría manera de que Blay abriera la boca. Su expresión parecía una tumba.

Pero había muchas otras cosas de las cuales hablar, gracias a la situación tan grave en que todos se encontraban.

—¿Qué les dijiste a tus padres? —preguntó Qhuinn.

—No tienes que preocuparte de nada.

A pesar de la sensación de fatiga que se estaba apoderando de él, sacudió la cabeza.

—Dímelo, por favor.

—No tienes que…

—O me lo dices… o me levanto de la cama y me pongo a hacer Pilates ahora mismo.

—Como quieras. Siempre has dicho que el pilates es cosa de nenazas.

—Bien. Entonces judo.

Blay sacó una cerveza de la pequeña nevera.

—Al oír ruidos en la habitación, mis padres se dieron cuenta de que éramos nosotros. Acababan de regresar de la fiesta de la glymera. Así que los padres de Lash se deben estar enterando de lo ocurrido en este momento.

Mierda.

—¿Les hablaste… de mí?

—Sí, y quieren que te quedes. —Abrió la cerveza—. No le vamos a decir nada a nadie. Habrá mucha especulación sobre tu paradero, pero no es probable que la glymera organice una búsqueda casa por casa y nuestros doggen son discretos.

—Sólo me voy a quedar hoy.

—Mira, mis padres te quieren, y no te van a echar de aquí. Ellos saben cómo era Lash y también conocen a tus padres. —Blay no dijo nada más, pero el tono que usó llevaba implícita una buena cantidad de adjetivos.

Estirados, crueles, insensibles…

—No quiero ser una carga para nadie —dijo Qhuinn con rabia—. Ni para ti, ni para nadie.

—No eres una carga. —Blay clavó los ojos en el suelo—. Yo sólo tengo a mis padres. ¿A quién crees que recurriría si algo malo me ocurriera? John y tú sois lo único que tengo en este mundo, aparte de mis padres. Sois mi familia.

—Blay, voy a ir a la cárcel.

—No tenemos cárceles, así que vas a necesitar un lugar donde permanecer en arresto domiciliario. O quedarte escondido.

—¿Y no crees que eso se sabría? ¿No crees que voy a tener que decir dónde estoy?

Blay le dio un trago a su cerveza, sacó el teléfono y comenzó a mandar un mensaje.

—Mira, ¿puedes dejar de encontrarle un problema a cada solución? Ya tenemos suficientes problemas, no hay necesidad de que te inventes más. Ya encontraremos la manera de que te quedes aquí, ¿de acuerdo?

Se oyó un pitido.

—¿Ves? John está de acuerdo. —Blay le mostró la pantalla del móvil, en la cual decía «buena idea» y luego se terminó la cerveza con la expresión de satisfacción de quien acaba de ordenar el sótano y el garaje después de horas de trabajo—. Todo va a ir bien.

Qhuinn miró a su amigo a través de unos párpados que se habían vuelto tan pesados como plomos.

—Sí.

Antes de quedarse dormido, o inconsciente, su último pensamiento fue que seguramente las cosas iban a ir bien... sólo que no saldrían como Blay las había planeado.

CAPÍTULO
22

Lash, el hijo del Omega, renació con un grito que desgarró su garganta.

En medio de hechos extraños y confusos, regresó al mundo tal y como había venido a él, veinticinco años atrás: desnudo, luchando por respirar y cubierto de sangre, sólo que esta vez su cuerpo era el de un macho adulto y no el de un bebé.

Después de un fugaz momento de consciencia, se sumió en la agonía, mientras sus venas se llenaban de ácido y cada centímetro de su cuerpo se quemaba desde el interior. Se llevó las manos al estómago, se acostó de lado y vomitó una bilis negra sobre el suelo de madera gastada. Demasiado agotado por las arcadas, no se molestó en preguntarse dónde estaba, o qué había ocurrido, o por qué estaba vomitando sustancias que parecían aceite usado.

En medio de un remolino de desorientación, unas náuseas que lo paralizaban y una ciega sensación de pánico que no podía controlar, un salvador extendió la mano hacia él. Una mano que comenzó a acariciarle la espalda una y otra vez, mientras la tibieza de su palma adoptaba un ritmo que fue estabilizando las palpitaciones de su corazón, aquietando su cabeza y brindando alivio a su estómago. Cuando se sintió capaz, volvió a ponerse de espaldas.

A través de sus ojos vidriosos, Lash por fin logró divisar una figura oscura y translúcida. Tenía un rostro etéreo, similar al de un macho en la flor de la vida, pero la malevolencia que se escondía detrás de aquellos ojos tenebrosos hacía que la visión fuera horrible.

El Omega.

Tenía que ser el Omega.

Era el maligno que había conocido a través de su religión, sus tradiciones orales y su educación.

Lash comenzó a gritar otra vez, pero la mano oscura se acercó y le tocó delicadamente en el brazo. Entonces se calmó.

«En casa», pensó Lash. «Estoy en casa».

Su cabeza comenzó a retumbar ante esa idea. Desde luego que no estaba en casa. Estaba seguro de que nunca antes había visto aquella habitación decrépita.

¿Dónde demonios estaba?

—Tranquilo —murmuró el Omega—. Ya lo recordarás todo.

Y así fue. Todo llegó en un instante: vio los vestuarios del centro de entrenamiento… y a John, ese maldito maricón, totalmente asustado cuando su pequeño secreto quedó al descubierto. Luego comenzaron a pelear hasta que… Qhuinn… Qhuinn le había cortado la garganta de lado a lado.

Puta mierda… podía recordar incluso cómo se había caído sobre el suelo de las duchas, aterrizando sobre las duras baldosas. Revivió la impresión que sintió y se acordó del momento en que se llevó las manos a la garganta y comenzó a jadear como si se ahogara, mientras la asfixia se apoderaba de su pecho… y su sangre… se estaba ahogando con su propia sangre… pero luego lo habían suturado y lo habían enviado a la clínica, donde…

Mierda, no se había muerto, ¿o sí? El médico lo había traído de vuelta, pero definitivamente había muerto.

—Y así te encontré —murmuró el Omega—.Tu muerte fue el faro que iluminó el camino.

Pero ¿por qué el Maligno lo quería a él?

—Porque tú eres mi hijo —dijo el Omega con una voz reverente y distorsionada.

¿Hijo? ¿Su hijo?

Lash negó con la cabeza lentamente.

—No… no…

—Mírame a los ojos.

Cuando se produjo la conexión, desfilaron ante sus ojos más escenas, visiones que fueron pasando una tras otra, como en un libro de fotografías. La historia que se desplegó ante él hizo que arrugase la cara y al mismo tiempo comenzara a respirar con más tranquilidad. Él era el hijo del Maligno. Nacido de una vampiresa que fue retenida contra su voluntad en esa misma granja hacía más de dos décadas. Después de nacer, fue abandonado en un sitio de reunión de los vampiros, quienes lo encontraron y lo llevaron a la clínica de Havers… donde fue adoptado después por su familia, en un intercambio privado del que ni siquiera él tenía noticia.

Y ahora, después de alcanzar la madurez, había retornado a su padre.

A casa.

Mientras asimilaba las implicaciones de semejante historia, el hambre se hizo notar en el estómago de Lash y sus colmillos brotaron dentro de su boca.

El Omega sonrió y miró hacia atrás. Un restrictor del tamaño de un chico de catorce años estaba de pie en el rincón de la asquerosa habitación y sus ojos de rata estaban fijos en Lash, mientras mantenía el cuerpo tenso, como el de una serpiente enroscada.

—Y, ahora, con respecto al servicio que te mencioné… —le dijo el Omega al asesino.

El Maligno extendió su mano oscura y le indicó al tipo que se acercara.

Más que caminar, el restrictor se movió como un bloque, como si tuviera las piernas y los brazos paralizados y alguien empujara su cuerpo por el suelo. Entonces el tipo abrió los ojos pálidos y se volvieron blancos a causa del pánico, pero Lash tenía demasiadas cosas en qué pensar como para preocuparse por el miedo del hombre que le estaban ofreciendo.

Cuando captó el dulce aroma del restrictor, se sentó y enseñó los colmillos.

—Deberás alimentar a mi hijo —le dijo el Omega al asesino.

Lash no esperó a obtener el consentimiento del pobre desgraciado. Se estiró, agarró al maldito del cuello y lo atrajo hacia sus ávidos caninos. Lo mordió con fuerza, succionó profundamente y entonces saboreó una sangre dulce como la melaza, e igual de espesa.

No sabía a nada que conociera, pero llenaba su barriga y le proporcionaba energía, lo cual era suficiente.

Mientras Lash se alimentaba, el Omega comenzó a reírse, al principio con suavidad, y luego más fuerte, hasta que la casa se sacudió por la fuerza de esa alegría sanguinaria y demencial.

***

Phury le dio un golpecito al porro sobre el borde del cenicero y miró lo que había hecho con su pluma. El dibujo era asombroso, y no sólo por su temática.

El maldito boceto también era uno de los mejores dibujos que había hecho en su vida.

La forma femenina que llenaba la cremosa superficie del papel estaba recostada en una cama de aspecto noble, con almohadones detrás de los hombros y el cuello. Tenía un brazo sobre la cabeza y sus dedos jugueteaban con el pelo largo. El otro brazo yacía a su lado y la mano descansaba en la unión de los muslos. Tenía los pechos tensos, con los pezones en punta, listos para recibir un beso, y los labios entreabiertos, en una actitud invitadora, al igual que las piernas. Tenía una pierna flexionada, con el pie arqueado y los dedos tensos, como si anunciara algo delicioso.

La mujer miraba hacia el frente desde la página, observándolo directamente a él.

El dibujo tampoco era un boceto improvisado. Estaba totalmente terminado y cuidadosamente sombreado, para mostrar el atractivo del personaje. El resultado era el sexo personificado en tres dimensiones, un orgasmo a punto de consumarse, todo lo que un macho desearía en una compañera sexual.

Mientras le daba otra calada al porro, trató de convencerse de que no era Cormia.

No, esa hembra no era Cormia… no era una hembra en particular, sino una combinación de los atributos sexuales de los que se había privado por sus votos de castidad. Era el ideal femenino con el que quisiera haber estado esa primera vez. Era la hembra de la que le habría encantado beber a lo largo de todos estos años, su amante imaginaria, que a veces daba y otras recibía, suave y sumisa a veces, y otras veces ávida y traviesa.

Pero no era real.

Y no era Cormia.

Phury lanzó una maldición, se acomodó la erección dentro del pantalón del pijama y apagó el porro.

Estaba tan lleno de mentiras. Lleno. De. Mentiras. Por supuesto que era Cormia.

Entonces miró el medallón del Gran Padre que reposaba sobre la cómoda, recordó su conversación con la Directrix y volvió a maldecir. Genial. Precisamente ahora que Cormia ya no era su Primera Compañera, decidía que sí la deseaba. ¡Vaya suerte la suya!

—Por Dios.

Se inclinó sobre la mesita de noche, lió otro porro y lo encendió. Con él entre los labios, comenzó a dibujar la hiedra, empezando desde los dedos de los pies, adorablemente curvados. A medida que añadía una hoja tras otra e iba tapando el dibujo, sentía como si sus manos fuesen subiendo por aquellas piernas suaves y por ese estómago y llegaran hasta los senos erguidos.

Estaba tan distraído pensando en esas caricias, que esta vez no sintió la sensación asfixiante que normalmente lo embargaba cuando cubría de hiedra un dibujo. Sólo le ocurrió cuando llegó a la cara.

Ahí se detuvo. Ella realmente era Cormia y no sólo la mitad de ella, como era el dibujo de Bella de la otra noche. Todos los rasgos de Cormia estaban presentes, a plena vista, desde la inclinación de los ojos hasta la exuberancia de su labio inferior, pasando por la suntuosidad de su cabello.

Y ella lo estaba mirando. Deseándolo.

Ay, Dios…

Phury dibujó rápidamente un trozo de hiedra que tapó la cara y luego se quedó mirando lo que había hecho. La hiedra la cubría completamente e incluso desbordaba los límites de su cuerpo, enterrándola bajo la enredadera.

En ese instante Phury recordó el jardín de la casa de sus padres, tal y como lo había visto aquella última vez, cuando volvió para enterrarlos.

Todavía podía recordar aquella triste noche con total claridad. En especial el olor de los rescoldos del fuego.

Cavó la tumba a un lado del jardín y el hueco parecía una herida en medio de la gruesa capa de hiedra que lo cubría todo. Puso a sus padres en ella, aunque sólo pudo enterrar un cadáver.

Tuvo que quemar los restos de su madre porque, cuando la encontró, estaba en un estado de descomposición tan avanzado que era imposible sacarla del sótano. Así que le prendió fuego a lo que quedaba de ella allí mismo y recitó palabras sagradas hasta que se sintió tan asfixiado por el humo que se tuvo que salir al exterior.

Mientras el fuego arrasaba la habitación de piedra de su madre, levantó a su padre y lo llevó a la tumba. Y cuando las llamas terminaron de devorar todo lo que pudieron alcanzar en el sótano, Phury recogió las cenizas que quedaban y las guardó en una urna de bronce. Había muchas cenizas, pues había quemado también el colchón y las sábanas.

Puso la urna al lado de la cabeza de su padre y luego echó tierra encima.

Después le prendió fuego a toda la casa. Y ésta ardió hasta quedar en los cimientos. Era un lugar maldito y Phury estaba seguro de que ni siquiera la feroz temperatura de las llamas sería suficiente para eliminar el sello de la mala suerte.

Lo último que pensó al marcharse fue que no pasaría mucho tiempo antes de que la hiedra cubriera también los cimientos.

«Claro que lo quemaste todo», dijo el hechicero en su cabeza. «Pero tenías razón, no lograste acabar con la maldición. Ni siquiera todas esas llamas consiguieron purificarlos a ellos o a ti, ¿tengo razón, socio? Sólo te convirtieron en un pirómano, además de un salvador fracasado».

Phury apagó el porro, arrugó el dibujo, se puso la prótesis y se dirigió a la puerta.

«No puedes huir de mí ni del pasado», murmuró el hechicero. «Somos como la hiedra en esa parcela de tierra, siempre estamos contigo, siempre cubriéndote, protegiendo la maldición que pende sobre ti».

Después de arrojar el dibujo a la papelera, salió de su habitación, pues de repente sintió miedo de estar solo.

Al salir al pasillo casi se estrella con Fritz. El mayordomo alcanzó a quitarse a tiempo, para proteger un recipiente lleno de… ¿guisantes? ¿Guisantes en remojo?

«Las construcciones de Cormia», pensó Phury, al ver que lo que el doggen llevaba en los brazos se derramaba por los bordes.

Fritz sonrió, a pesar del susto, y su rostro arrugado y apergaminado mostró un gesto de alegría.

—Si está buscando a la Elegida Cormia, está en la cocina, tomando su Última Comida con Zsadist.

¿Con Z? ¿Qué demonios hacía Cormia con Z?

—¿Están juntos?

—Creo que el señor quería hablar con ella en privado acerca de Bella. Por eso, precisamente, estoy haciendo mis labores aquí arriba en este momento. —Fritz frunció el ceño—. ¿Está usted bien, señor? ¿Necesita algo?

«¿Podrías hacerme un trasplante de cerebro?».

—No, gracias.

El doggen hizo una reverencia y entró a la habitación de Cormia, al mismo tiempo que se escucharon unas voces que venían del vestíbulo. Phury se acercó al balcón y se inclinó sobre la barandilla de hojas doradas.

Wrath y la doctora Jane estaban al pie de las escaleras y la expresión fantasmagórica de la doctora parecía tan alterada como su voz.

—Ultrasonidos… Mira, sé que no es lo ideal, porque no te gusta tener gente en la casa, pero no nos queda otra alternativa. Fui a la clínica y no sólo se negaron a aceptarlo, sino que exigieron saber dónde estaba.

Wrath negó con la cabeza.

—Por Dios, pero no podemos traerlo sin más…

—Sí, sí podemos. Fritz lo puede recoger en el Mercedes. Y antes de que protestes, te recuerdo que has tenido a todos esos estudiantes viniendo al complejo todas las semanas desde diciembre pasado. El chico no sabrá dónde está. Y en cuanto a toda esa mierda de la glymera, nadie tiene que enterarse de que él está aquí. Se puede morir, Wrath. Y yo no quiero que eso quede pesando en la conciencia de John, ¿tú sí quieres?

El rey murmuró una maldición y miró a su alrededor, como si los ojos necesitaran algo que hacer mientras su cabeza daba vueltas y más vueltas estudiando la situación.

—Está bien. Dile a Fritz que vaya a recogerlo. El chico puede hacerse el examen que necesita y la operación, si es necesario, en el cuarto de terapia física, pero luego tienen que sacarlo de aquí a la mayor brevedad. Me importa una mierda lo que piense la glymera, lo que me preocupa es sentar un precedente equivocado. No nos podemos convertir en un hotel.

—Entendido. Y, escucha, quiero echarle una mano a Havers. Es demasiado trabajo para él instalar una nueva clínica y ocuparse además de los pacientes. Lo cierto es que eso va a implicar que estaré varios días fuera.

—¿Vishous está de acuerdo con asumir ese riesgo?

—No es decisión de él y a ti te estoy avisando sólo por cortesía. —La mujer se rió con sorna—. Y no me mires así. Ya estoy muerta. No es posible que los restrictores me puedan volver a matar.

—Eso no es nada gracioso.

—El humor negro es uno de los inconvenientes de tener un médico en casa. Acostúmbrate.

Wrath soltó una carcajada.

—Eres una maldita insolente. No me sorprende que V esté loco por ti. —El rey se puso serio—. Pero quiero dejar esto muy claro. Insolente o no, yo soy el que manda aquí. Este complejo y todos los que viven en él son mi responsabilidad.

La mujer sonrió.

—Dios, me recuerdas tanto a Manny.

—¿A quién?

—Mi antiguo jefe. El jefe de cirugía del Saint Francis. Os entenderíais a la perfección. O… tal vez no. —Jane estiró el brazo y puso su mano transparente sobre el grueso antebrazo del rey, lleno de tatuajes. En cuanto hicieron contacto, ella se volvió sólida de los pies a la cabeza—. Wrath, no soy estúpida y no voy a hacer nada imprudente. Tú y yo queremos lo mismo, es decir, que todo el mundo esté bien… y eso incluye a los miembros de la especie que no viven aquí. Nunca voy a trabajar para ti, ni para nadie, porque no es mi naturaleza. Pero puedes estar seguro de que voy a trabajar contigo, ¿de acuerdo?

La sonrisa de Wrath estaba llena de respeto y asintió con la cabeza una vez, lo cual era lo más parecido a una reverencia que hacía el rey.

—Puedo aceptarlo, sí.

Cuando Jane se marchó en dirección al túnel subterráneo, Wrath miró hacia arriba, donde estaba Phury.

Pero no dijo nada.

—¿Era de Lash de quien estaban hablando? —preguntó Phury, con la esperanza de que hubiesen encontrado al chico o algo así.

—No.

Phury se quedó esperando un nombre, pero cuando el rey dio media vuelta y comenzó a subir las escaleras, con sus pasos enormes que cubrían dos escalones a la vez, entendió que no iba a recibir respuesta.

Asuntos de la Hermandad, pensó.

«Que solían ser asunto tuyo», se apresuró a señalar el hechicero. «Hasta que perdiste la cabeza».

—Iba a buscarte —mintió Phury, al tiempo que se acercaba a su rey y decidía que un relato informal de lo que había sucedido en la clínica ya era claramente innecesario—. En los próximos días van a pasar por aquí un par de Elegidas. Vienen a verme a mí.

El rey frunció el ceño detrás de sus cristales oscuros.

—Así que completaste la ceremonia con Cormia, ¿eh? ¿No deberías ir tú a ver a las hembras en el Otro Lado?

—Sí, pronto. —Mierda, así debía ser.

Wrath cruzó los brazos sobre el pecho inmenso.

—Me han dicho que echaste una mano esta noche en la clínica. Gracias.

Phury tragó saliva.

Cuando eres un hermano, el rey nunca te da las gracias por lo que haces, porque sólo estás cumpliendo con tu deber y haciendo el trabajo que te corresponde por derecho propio. Puedes escuchar un «bravo» por los resultados, o recibir una torpe demostración de simpatía si te rompen el culo o sales herido… pero nunca te dan las gracias.

Phury se aclaró la garganta, pero no fue capaz de decir «de nada», así que sólo murmuró:

—Z estaba al frente de todo… al igual que Rehv, que casualmente se encontraba allí.

—Sí, también le voy a dar las gracias a Rehvenge. —Wrath dio media vuelta hacia su estudio—. Ese symphath está resultando útil.

Phury observó cómo las puertas dobles se cerraban lentamente, ocultando de su vista la oficina color azul pálido que se encontraba detrás.

Cuando él también dio media vuelta para marcharse, sus ojos se posaron brevemente en el majestuoso techo del vestíbulo, en aquellos guerreros tan orgullosos y seguros.

Ahora él era un amante, no un guerrero.

«Así es», dijo el hechicero. «Y apuesto a que vas a ser igual de malo para el sexo que para lo demás. Ahora, corre a buscar a Cormia para decirle que la quieres tanto que decidiste hacerla a un lado. Mírala a los ojos y dile que vas a copular con sus hermanas. Con todas ellas. Con cada una de las hembras.

»Excepto con ella.

»Y repítete a ti mismo que eso es lo mejor que puedes hacer por ella, mientras le rompes el corazón. Porque ésa es la razón por la cual estás huyendo. Tú has visto la manera en que ella te mira y sabes que te ama. Eres un cobarde.

»Díselo. Díselo todo».

Phury bajó las escaleras hasta el primer piso, entró a la sala de billar y sacó una botella de vermut Martini y una de ginebra Beefeater.

Unas aceitunas, una copa y…

La caja de palillos que vio junto a las botellas le hizo pensar en Cormia.

Mientras se dirigía otra vez al segundo piso, todavía tenía miedo de estar solo, pero se sentía igual de temeroso de estar en compañía de alguien más.

Lo único que sabía era que sólo había un método infalible para acallar al hechicero y estaba decidido a ponerlo en práctica.

Hasta quedar fuera de combate.

Por lo general, a Rehv no le gustaba quedarse en el estudio que tenía detrás de la oficina en el Zero Sum. Pero después de una noche como aquélla, tampoco estaba en condiciones de conducir hasta las afueras de la ciudad, hasta el refugio donde se alojaba su madre; y su ático del Commodore, con sus ventanales inmensos, no era realmente una opción.

Xhex lo había recogido en la clínica y en el camino de regreso al club le había regañado por no haberla llamado para participar en la pelea. Pero, vamos, le había dicho Rehv, ¿de verdad te parecería buena idea agregar otro symphath mestizo a la mezcla?

Sí, eso era cierto. Además, las clínicas siempre la ponían muy nerviosa.

Después de hablarle sobre lo ocurrido, Rehv mintió y dijo que Havers lo había reconocido y le había dado algunos medicamentos. Xhex se había dado cuenta de que estaba mintiendo, pero afortunadamente estaba a punto de amanecer, lo que impidió que se enzarzaran en una larga pelea. Claro, ella podría haberse quedado en el club para seguir discutiendo con él, pero Xhex siempre tenía que regresar a su casa. Siempre.

Y él no podía evitar preguntarse qué sería exactamente lo que la esperaba en casa. O quién.

Rehv entró en el baño. No se quitó el abrigo de piel, a pesar de que la calefacción estaba al tope. Mientras abría la llave del agua caliente pensó en lo que había sucedido en la clínica y le pareció que había sido un episodio trágicamente estimulante. Para él, pelear era como un traje de Tom Ford: algo que se le ajustaba perfectamente y podía lucir con orgullo. Y la buena noticia era que su lado symphath se había mantenido bajo control, a pesar de la tentación que suponía el espectáculo de toda esa sangre de restrictor derramada.

Era la prueba de que estaba bien. De verdad lo estaba.

Cuando el vapor comenzó a rodearlo, se obligó a quitarse el abrigo y el traje Versace y la camisa de Pink. La ropa había quedado completamente destrozada y a su abrigo de piel no le había ido mucho mejor. Así que lo amontonó todo para enviarlo a la tintorería.

Camino de la bañera, pasó frente al inmenso espejo que había sobre los lavabos de cristal. Al mirar su reflejo, se pasó las manos por las estrellas rojas de cinco puntas que tenía en el pecho. Y luego siguió bajando y se agarró el pene.

Habría sido agradable tener un poco de sexo después de todo eso, o al menos, tener la posibilidad de limpiar los deseos de su cuerpo con un buen sexo oral. O tal vez con tres.

Mientras se sostenía su miembro con las manos, Rehv no pudo pasar por alto el hecho de que parecía que su antebrazo izquierdo hubiese pasado por una picadora de carne, a juzgar por todos los pinchazos y moretones que tenía.

Definitivamente, los efectos secundarios eran un asco.

Se sentía muy caliente, pero no lo bastante, por lo cual se metió debajo del agua y su temperatura corporal se amoldó a su gusto. Soltó un suspiro de alivio. Sin embargo, la piel no le daba ninguna información: no le decía con cuánta fuerza lo golpeaban los chorros sobre los hombros, ni que la barra de jabón que se había pasado por el cuerpo era suave y resbaladiza, ni que su mano estaba tibia, mientras perseguía los copos de espuma y los hacía resbalar hacia el desagüe.

Rehv se quedó enjabonándose durante más tiempo del necesario. El caso era que no podía soportar la idea de acostarse con ningún tipo de suciedad en su cuerpo, pero, más que eso, necesitaba una excusa para quedarse en la bañera. Era uno de los pocos momentos en que se sentía suficientemente caliente y el choque de aire frío que sufría al salir siempre le parecía horrible.

Diez minutos después, estaba desnudo entre las sábanas de su gigantesca cama y se había subido hasta la barbilla la manta de visón gruesa, como hacen a veces los niños. Cuando se desvanecieron los escalofríos que le producía el cambio de temperatura, cerró los ojos y apagó las luces con el pensamiento.

Al otro lado de las paredes recubiertas con paneles de acero, su club ya debía estar vacío. Las chicas pasarían el día en casa, pues la mayoría tenían hijos. Sus camareros y sus corredores de apuestas estarían comiendo algo y relajándose en alguna parte. El personal administrativo que se encargaba de la contabilidad y otras tareas similares en la trastienda debía estar viendo la reposición de *Star Trek: la próxima generación*. Y el equipo de veinte personas que hacía la limpieza ya debía de haber terminado con los suelos, las mesas, los baños y las sillas, y debían estar quitándose los uniformes para irse a su otro trabajo.

A Rehv le gustaba la idea de estar allí solo. Eso no ocurría con frecuencia.

De pronto sonó el teléfono, soltó una maldición y recordó que, aunque estaba solo, siempre había gente que quería hablar con él.

Sacó un brazo para contestar y dijo:

—Xhex, si quieres seguir discutiendo, dejémoslo para mañana…

—No soy Xhex, symphath. —La voz de Zsadist sonaba tan tensa como un arco a punto de soltar su flecha—. Y te estoy llamando para hablar de tu hermana.

Rehv se sentó en la cama, sin preocuparse por el hecho de que las mantas se cayeran.

—¿Qué sucede?

Cuando colgó tras hablar con Zsadist, se volvió a acostar, pensando que lo que experimentaba en ese instante era lo que se debía sentir cuando piensas que estás teniendo un ataque cardiaco, pero resulta que sólo es una indigestión: alivio, aunque todavía te duele el estómago.

Bella estaba bien. Por ahora. El hermano había llamado porque estaba cumpliendo el trato que habían hecho. Rehv había prometido no interferir, pero quería estar permanentemente informado del estado de Bella.

Joder, eso del embarazo era horrible.

Rehv se volvió a subir las mantas hasta la barbilla. Tenía que llamar a su madre para ponerla al día, pero lo haría después. Ella debía estar acostándose en esos momentos y no había razón para tenerla todo el día preocupada.

Dios, Bella… su querida Bella ya no era su hermanita, ahora era la shellan de un hermano.

Rehv y Bella siempre habían tenido una relación muy profunda y complicada. Y aunque en parte era una cuestión de personalidades, también se debía a que ella no tenía idea de lo que él era. Tampoco sabía nada acerca del pasado de su madre, ni sabía qué era lo que había mandado a su padre a la tumba.

O, mejor, quién lo había mandado.

Rehv lo había matado para proteger a su hermana y no dudaría en volver a hacerlo otra vez. Desde que tenía memoria, Bella había sido la única cosa inocente en su vida; la única cosa pura. Y él quería mantenerla así para siempre. Pero al parecer la vida tenía otros planes.

Para evitar pensar en la manera en que los restrictores la habían secuestrado, episodio del cual todavía se sentía culpable, evocó uno de los recuerdos más vívidos que tenía de ella. Se trataba de algo que sucedió cerca de un año después de que él se hiciera cargo de los asuntos en casa y pusiera al padre de Bella bajo tierra. Bella tenía siete años.

Un día Rehv entró a la cocina y la encontró comiéndose un tazón de cereales en la encimera, con los pies colgando de la silla. Bella llevaba puestas sus pantuflas rosas —que no eran las que más le gustaban, pero eran las que tenía que usar cuando las otras, las azules oscuras, se estaban lavando— y un camisón de franela que tenía hileras de rosas amarillas separadas por líneas azules y rojas.

Parecía toda una aparición, sentada allí con su cabello oscuro, que le caía por la espalda, y esas pantuflas rosas y la frente arrugada mientras perseguía los últimos copos con la cuchara.

«¿Por qué me miras así, gallito?», le había preguntado Bella, mientras mecía los pies debajo de la silla.

Rehv había sonreído, pues ya entonces usaba un peinado con tupé, o mejor dicho casi una cresta, y ella era la única persona que se atrevía a molestarlo con ese sobrenombre. Y, naturalmente, él la quería todavía más por eso.

«Por nada», dijo. Pero era mentira, pues mientras la cuchara pescaba copos de cereal entre la leche azucarada, Rehv estaba pensando que ese momento tan sencillo y tranquilo justificaba toda la sangre con la que se había ensuciado las manos.

Luego Bella había suspirado y había levantado la vista hacia la caja de cereales, que estaba al otro lado de la encimera. Simultáneamente dejó de mecer los pies y el roce de las pantuflas contra el travesaño de la parte inferior de la silla cesó de repente.

«¿Qué estás mirando, lady Bell?», le preguntó entonces Rehv. Al ver que ella no respondía de inmediato, Rehv miró a Tony el tigre y pensó que ella debía estar viendo las mismas imágenes de su padre que habían cruzado por su mente al ver la caja.

Y luego, con una vocecita apenas perceptible, Bella había dicho: «Puedo comer más si quiero. Tal vez». Y lo dijo con un tono vacilante, como si estuviera hundiendo el pie en un estanque que podía tener sanguijuelas adentro.

«Sí, Bella. Puedes comer todo el que quieras», respondió Rehv entonces.

Pero ella se quedó quieta, como suelen hacer los niños y los animales, respirando solamente, mientras sus sentidos exploraban el entorno para verificar que no hubiese peligro en acercarse a la caja de cereales.

Rehv tampoco se movió. Aunque quería llevarle la caja a su hermana, sabía que ella era la que tenía que atravesar el suelo rojo con aquellas pantuflas y llevar a Tony el tigre hasta su tazón. Eran las manos de ella las que tenían que sostener la caja mientras se servía otra ración de copos sobre la leche templada. Ella tenía que volver a tomar la cuchara y comer.

Era ella la que tenía que saber que, en esa casa, ya no había nadie que la criticara por repetir si todavía tenía hambre.

El padre de Bella era especialista en ese tipo de situaciones. Como muchos machos de su generación, el desgraciado creía que las hembras de la glymera tenían que mantenerse muy delgadas. Pues, como decía una y otra vez, en los cuerpos de las aristócratas, la grasa era como el polvo que se acumula en una estatua muy valiosa.

Y era todavía más duro con su madre.

En medio del silencio, Bella había bajado la mirada hacia la leche y había movido la cuchara, renuente aún.

No va a hacerlo, había pensado Rehv, mientras sentía deseos de volver a matar al padre de Bella, pues todavía parecía asustada.

Sólo que en ese momento Bella había puesto la cuchara sobre el plato que había debajo del tazón, se había bajado de la silla y había atravesado la cocina con su camisón. Bella no lo miró. Y tampoco pareció fijarse mucho en el dibujo de Tony cuando cogió la caja.

Estaba aterrorizada. Pero era valiente. Era pequeña, pero decidida.

En ese momento la visión de Rehv se había vuelto roja, pero no porque su lado malo estuviese emergiendo. Después de ver cómo su hermanita se servía una segunda ración de Frosties, tuvo que irse. Dijo algo trivial y salió rápidamente hacia el baño del vestíbulo, donde se encerró.

Allí, Rehv había llorado, vertiendo sus lágrimas de sangre a solas.

Ese momento en la cocina con Tony y las zapatillas de repuesto de Bella le había confirmado que había actuado bien: la aprobación del asesinato que había cometido se hizo evidente cuando esa caja de cereales fue transportada hasta el otro lado de la cocina por su preciosa y adorada hermana.

Volviendo al presente, Rehv pensó en la actual Bella. Se había convertido en una adulta y tenía un compañero poderoso y un hijo que comenzaba a desarrollarse dentro de su cuerpo.

Los demonios a los que se enfrentaba ahora no eran algo con lo que su hermano grande y malo pudiera ayudarla. No había una tumba abierta a la cual pudiera arrojar los restos golpeados y llenos de sangre del destino. Rehv no podía salvarla de ese monstruo en particular.

Sólo el tiempo tenía la palabra y no había nada más que hacer.

Ni siquiera cuando Bella fue secuestrada, Rehv había considerado la posibilidad de que ella muriera antes que él. Nunca se le pasó por la cabeza. Sin embargo, durante las seis abominables semanas en las que ella fue retenida bajo tierra por un restrictor, el orden de las muertes de su familia era lo único en lo que él podía pensar. Siempre había asumido que su madre se marcharía primero y, de hecho, ya había comenzado el rápido deterioro que lleva a los vampiros al final de sus días. Rehv era muy consciente de que él se iría después, cuando, tarde o temprano, sucediera alguna de estas dos cosas: o bien alguien se percatara de su naturaleza symphath y fuera perseguido y enviado a la colonia, o bien su chantajista provocara su muerte a la manera de los symphaths.

Es decir, de forma intempestiva y brutalmente creativa…

Como si la hubiese llamado con el pensamiento, un acorde musical brotó de su teléfono justo en ese momento. Y volvió a sonar, una y otra vez.

Sin necesidad de coger el teléfono, Rehv ya sabía quién lo estaba llamando. Pero, claro, así eran las conexiones entre los symphaths.

«Hablando del diablo», pensó, mientras respondía la llamada de su chantajista.

Cuando colgó, tenía una cita con la Princesa para la noche siguiente.

¡Vaya suerte la suya!

***

Qhuinn tuvo un largo y extraño sueño, en el cual se veía en Disneylandia, montado en una montaña rusa que tenía muchas subidas y bajadas. Lo cual era extraño, teniendo en cuenta que sólo había visto montañas rusas en la tele, pues es imposible subirse a esos cachivaches cuando tienes problemas con el sol.

Sin embargo, cuando terminó el extraño viaje, abrió los ojos y descubrió que estaba en la sala de primeros auxilios del cuarto de terapia física, en el centro de entrenamiento de la Hermandad.

«Puf, gracias a Dios».

Era obvio que había sufrido un golpe en la cabeza mientras luchaba con alguien en clase y que esa mierda con Lash y su familia y su hermano y la guardia de honor no había sido más que una pesadilla. ¡Qué alivio!

Pero entonces apareció frente a él la cara de la doctora Jane.

—Hola, por fin has vuelto.

Qhuinn parpadeó y tosió.

—¿Y de dónde… he vuelto?

—Te echaste una pequeña siesta. Para que pudiera extraerte el bazo.

Mierda. No era una alucinación. Era la nueva realidad.

—¿Y… estoy… bien?

La doctora Jane le puso la mano en el hombro y el peso de su palma parecía normal, aunque el resto de su cuerpo era translúcido.

—Sí. Te has portado muy bien.

—Todavía me duele el estómago. —Qhuinn levantó la cabeza y miró hacia su pecho desnudo y las vendas que le envolvían la cintura.

—Eso es lo normal. Pero te alegrará saber que puedes regresar a la casa de Blay dentro de una hora. La operación salió perfecta, sin ningún contratiempo, y ya estás cicatrizando muy bien. Yo no tengo problemas con la luz del día, así que si me necesitas, puedo ir a verte en cualquier momento. Blay sabe cuáles son las cosas de las que debe estar pendiente y también le entregué unas medicinas para ti.

Qhuinn cerró los ojos, abrumado por una infinita tristeza.

Mientras trataba de calmarse, oyó que la doctora Jane decía:

—Blay, ¿quieres venir un…?

Qhuinn negó con la cabeza y miró hacia otro lado.

—Necesito estar un momento a solas.

—¿Estás seguro?

—Sí.

Mientras la puerta se cerraba silenciosamente, se llevó una mano temblorosa a la cara. Solo… sí, estaba solo. Y no sólo porque no hubiese nadie más en la habitación.

Realmente se había sentido feliz al pensar que las últimas doce horas habían sido un sueño.

Dios, ¿qué demonios iba a hacer con el resto de su vida?

De repente recordó la visión que había tenido cuando se acercó al Ocaso. Tal vez debería haber atravesado esa maldita puerta, a pesar de lo que vio. Con seguridad eso lo habría facilitado todo.

Se tomó un minuto para calmarse, o tal vez fue media hora. Luego gritó con la voz más fuerte que pudo:

—Estoy listo. Estoy listo para irme.

U na casa puede estar vacía aunque esté llena de gente. Y eso era algo bueno.

Cerca de una hora antes del amanecer, Phury iba tambaleándose por uno de los innumerables recodos de la mansión y tuvo que extender los brazos para conservar el equilibrio.

Aunque en realidad no estaba solo, ¿no? Boo, el gato negro de la casa, estaba allí, caminando junto a él, supervisándolo. Demonios, podría decirse que el animal era el que iba dirigiendo la marcha, pues en algún momento de la noche, Phury había comenzado a seguirlo, en vez de ir delante.

Porque dirigir no sería una buena idea. El nivel de alcohol en su sangre estaba muy por encima del límite legal para hacer cualquier cosa distinta de lavarse los dientes. Y eso sin contar los efectos anestésicos de un paquete completo de humo rojo.

¿Cuántos porros se había fumado? ¿Cuántas copas se había tomado?

Bueno, ahora eran las… Pero Phury no tenía ni idea de qué hora era. Aunque sabía que el amanecer estaba cerca.

No importa. De todas maneras, tratar de llevar las cuentas de la juerga habría sido una pérdida de tiempo. Considerando lo borracho que estaba, era poco probable que pudiera hacer bien los cálculos y, además, en realidad no podía recordar cuál había sido el porcentaje de consumo por hora. De lo único que estaba seguro era de que había salido de su habitación cuando se terminó la ginebra. Originalmente planeaba conseguir otra botella, pero entonces se encontró con Boo y comenzó a deambular por la casa.

Pensándolo bien, Phury debería estar inconsciente en su cama. Estaba lo suficientemente borracho como para caer desmayado, y ése era su propósito, después de todo. El problema era que, a pesar de toda la automedicación que se había aplicado, su cabeza no dejaba de pensar en todo lo que le preocupaba: la situación de Cormia, la responsabilidad que había adquirido con las Elegidas, la infiltración en la clínica y el embarazo de Bella.

Al menos el hechicero estaba relativamente tranquilo.

Empujó una puerta al azar y trató de identificar el lugar al que lo había llevado el gato. «Ah, perfecto». Si seguía así, llegaría al territorio de los doggen, esa parte inmensa de la casa donde habitaba el personal de servicio. Lo cual sería un problema. Porque si lo encontraban deambulando por ahí, Fritz desarrollaría un aneurisma pensando que alguno de los criados no había cumplido adecuadamente con su deber.

Cuando dobló a la derecha, la base de su cerebro comenzó a vibrar porque necesitaba otra dosis de humo rojo. Estaba a punto de dar media vuelta, cuando oyó ruidos que venían de la escalera que llevaba al tercer piso. Alguien estaba en la sala de proyecciones… lo cual significaba que realmente tenía que marcharse en la dirección opuesta lo más pronto posible, porque encontrarse en ese estado con alguno de sus hermanos no sería muy buena idea.

Comenzó a alejarse y de pronto percibió un aroma a jazmín.

Phury se quedó paralizado.

«Cormia».

Cormia estaba allí arriba.

Mientras se dejaba caer contra la pared, se restregó la cara y pensó en ese dibujo erótico que había hecho. Y en la erección que había tenido mientras lo hacía.

Boo lanzó un maullido y corrió hasta la puerta de la sala. Cuando el gato lo miró por encima del hombro, sus ojos verdes parecían decir: «Vamos, ven aquí, amigo».

—No puedo. Mejor dicho, *no debo*.

Pero *Boo* no le hizo caso. El gato se sentó, mientras subía y bajaba la cola, como si estuviera esperando a que Phury siguiera adelante.

Phury miró al animal a los ojos y lo desafió a sostenerle la mirada.

Y fue él, y no el gato, el que parpadeó primero y miró hacia otro lado.

Derrotado, se pasó una mano por el pelo. Se alisó la camisa de seda negra y se arregló los pantalones color crema. Era posible que estuviese totalmente borracho, pero al menos tendría el aspecto de un caballero.

Evidentemente satisfecho con la decisión que veía en su compañero, *Boo* se alejó de la puerta y se restregó contra la pierna de Phury, como si estuviera animándolo a seguir.

Mientras el animal se marchaba, Phury abrió la puerta y apoyó uno de sus mocasines Gucci sobre el primer escalón. Luego hizo lo mismo con el otro. Y volvió a hacerlo. Se agarró del pasamanos de bronce para mantener el equilibrio y, al subir, trató de justificar lo que estaba haciendo. Pero no podía. Si no estaba en condiciones ni de usar el cepillo de dientes, estaba claro que no debía relacionarse con la Elegida que ya no era oficialmente suya, pero a la que deseaba con tanto ardor que el pene le dolía.

En especial, considerando la noticia que iba a darle.

Al llegar al final de la escalera, dobló la esquina y miró hacia la hilera de butacas que descendía con una suave inclinación. Cormia estaba en la primera fila y su túnica blanca de Elegida caía hasta sus pies. En la pantalla las imágenes pasaban rápidamente. Cormia estaba rebobinando la cinta para volver a ver una escena.

Phury tomó aire. Dios, tenía un olor delicioso… y por alguna razón ese aroma a jazmín parecía especialmente fuerte esa noche.

Cormia detuvo la cinta y Phury levantó la vista hacia la inmensa pantalla.

Santo Dios. Era… una escena de amor. Patrick Swayze y esa tal Jennifer no sé qué, la de la nariz, estaban haciendo el amor en una cama. *Dirty Dancing*.

Cormia se echó hacia delante en la silla y su cara quedó dentro del campo visual de Phury. Tenía los ojos absortos en lo que ocurría frente a ella, sus labios estaban entreabiertos y una de sus manos reposaba en la base de su garganta. El cabello largo y rubio caía sobre sus hombros y rozaba la parte superior de la rodilla.

Phury sintió que su cuerpo se tensaba y el miembro se le proyectaba hacia fuera desde los pantalones de Prada, formando una especie de tienda de campaña y arruinando los pliegues hasta entonces perfectos. Aun a través de la neblina del humo rojo, su sexo se impuso, pareció rugir.

Pero no a causa de lo que se veía en la pantalla. El detonante era Cormia.

De repente recordó la imagen de ella en su garganta, y debajo de su cuerpo, y el animal que llevaba dentro señaló enseguida que él era el Gran Padre de las Elegidas y, por tanto, era quien ponía las reglas. Aunque la Directrix y él habían acordado que elegiría a otra Primera Compañera, todavía podía estar con Cormia si lo deseaba, y si ella lo aceptaba; la única diferencia sería que eso ya no tendría las mismas implicaciones en términos ceremoniales.

Sí... aunque iba a tomar a otra Elegida para completar la iniciación del Gran Padre, todavía podía bajar aquellos escalones, arrodillarse frente a Cormia y subirle el vestido blanco hasta las caderas. Podía deslizar sus manos por sus muslos y abrirle las piernas y hundir la cabeza dentro de ella. Después de excitarla un buen rato con la boca, podría...

Phury dejó caer la cabeza hacia atrás. Ciertamente, esos pensamientos no le estaban ayudando para nada a calmarse. Y además, nunca había excitado a una mujer de esa forma, así que no estaba seguro de qué era lo que tenía que hacer.

Aunque suponía que si podía comerse un helado, el acto de chupar y lamer se podía traducir al sexo con facilidad.

Y también los pequeños mordiscos.

«Joder, me doy asco».

Como la única cosa decente que podía hacer era marcharse, dio media vuelta. Si se quedaba, no iba a ser capaz de mantenerse alejado de ella.

—¿Su Excelencia?

La voz de Cormia lo dejó totalmente inmóvil y sin aliento. Y su miembro comenzó a palpitar.

Movido por el decoro, Phury le recordó a su sexo que el hecho de que ella dijera algo no era una invitación a llevar a cabo su fantasía pornográfica.

«Santo Dios».

Phury sintió que la sala de proyecciones era tan pequeña como una caja de zapatos cuando ella dijo:

—Su Excelencia, ¿necesita usted… algo?

«Quieto. No te des media vuelta».

Phury miró por encima del hombro y sus ojos brillantes irradiaron una luz amarilla sobre el respaldo de las butacas. Cormia quedó iluminada por el resplandor de su mirada y el pelo dorado captó los rayos generados por el deseo de Phury de estar dentro de ella.

—Su Excelencia… —dijo ella en voz baja.

—¿Qué estás viendo? —preguntó él con voz ronca, aunque era perfectamente obvio lo que se veía en la pantalla.

—Ah… John eligió la película. —Cormia comenzó a manipular el mando a distancia y a oprimir botones hasta que logró congelar la imagen.

—No me refiero a la película, Cormia, hablo de la escena.

—Ah…

—Esa escena que estabas viendo… la has visto una y otra vez, ¿no es cierto?

—Sí… así es. —Dijo ella con voz ronca.

Dios, qué hermosa estaba al dar media vuelta en la silla para mirarlo… qué ojos y qué boca, con el pelo cayéndole por todas partes y el olor a jazmín llenando el espacio que mediaba entre ellos.

Cormia estaba excitada; y por esa razón su fragancia natural era tan fuerte esa noche.

—¿Por qué esa escena? —preguntó Phury—. ¿Por qué escogiste esa escena?

Mientras esperaba la respuesta de Cormia, Phury sintió que su cuerpo se ponía tenso y su erección comenzaba a palpitar al ritmo del corazón. Lo que vibraba en su sangre no tenía nada que ver con rituales, ni obligaciones, ni responsabilidades. Era sexo puro y ardiente, de aquel que los dejaría exhaustos y sudorosos y sucios y, probablemente, también dejaría algunas marcas. Y aunque fuera una vergüenza absoluta, Phury reconocía que no le importaba que ella estuviera excitada por lo que había estado mirando. No le importaba que no fuera él la razón de su excitación. Phury quería que ella lo usara… que lo usara hasta que él quedara agotado y seco y gastado cada centímetro de su cuerpo, incluso ese pene que siempre parecía estar alerta.

—¿Por qué elegiste esa escena, Cormia?

Cormia volvió a llevarse la mano a la base del cuello.

—Porque… me hace pensar en usted.

Phury dejó escapar un gruñido. No se lo esperaba, desde luego. El deber era una cosa, pero, joder, en ese momento ella no parecía una hembra preocupada por cumplir una tradición. Ella quería sexo. Tal vez incluso lo necesitaba. Exactamente igual que él.

Y quería estar con él.

Casi a cámara lenta, Phury giró sobre los talones y se dirigió hacia ella, mientras su cuerpo comenzaba a moverse repentinamente con gran coordinación, como si todo el aturdimiento del humo rojo y el licor se hubiese desvanecido.

Iba a poseerla. Allí mismo. Ya mismo.

Entonces comenzó a bajar los escalones, dispuesto a reclamar lo que le pertenecía.

***

Cormia se levantó de la silla, bañada por la luz resplandeciente que proyectaban los ojos del Gran Padre. Él parecía una sombra inmensa mientras se acercaba a ella, bajando los escalones de dos en dos. Se detuvo cuando estaba a unos treinta centímetros y olía a ese delicioso aroma ahumado y también a especias negras.

—Dices que la miras porque esa escena te hace pensar en mí —dijo el Gran Padre con una voz profunda y ronca.

—Sí…

El Gran Padre estiró el brazo y le tocó la cara.

—¿Y en qué piensas?

Cormia reunió todo su coraje y pronunció palabras que no tenían sentido:

—Pienso en… Es que tengo ciertos sentimientos hacia usted.

La risa erótica del Gran Padre la estremeció.

—Sentimientos… ¿Y dónde me sientes exactamente, Cormia? —Sus dedos se deslizaron de la cara al cuello y de ahí la clavícula—. ¿Aquí?

Cormia tragó saliva, pero antes de que pudiera responder, los dedos del Gran Padre se deslizaron desde el hombro a lo largo del brazo.

—¿Aquí, tal vez? —El Gran Padre le apretó la muñeca, justo sobre las venas, y luego su mano se deslizó hacia la cintura y la rodeó, deteniéndose en la parte baja de la espalda, donde le hizo presión—. Dime, ¿es aquí?

De repente le agarró las caderas con las dos manos, se inclinó sobre su oreja y susurró:

—¿O tal vez más abajo?

Cormia sintió que algo se inflamaba en su corazón, algo excitante como la luz de los ojos del Gran Padre.

—Sí —dijo, con la respiración entrecortada—. Pero también aquí. Sobre todo… aquí. —Cormia llevó la mano del Gran Padre hasta su pecho y la puso justo encima de su corazón.

Él se quedó inmóvil y Cormia sintió el cambio en su actitud, sintió cómo su sangre se enfriaba repentinamente y las llamas se extinguían.

«Ah, sí, claro», pensó Cormia. Al exponerse a sí misma, había descubierto la verdad sobre él.

Aunque era obvio desde el comienzo.

El Gran Padre dio un paso atrás y se pasó la mano por su melena increíblemente hermosa.

—Cormia…

Recurriendo a toda su dignidad, Cormia echó los hombros hacia atrás.

—Dígame, ¿qué va a hacer con las Elegidas? ¿O es sólo conmigo en particular con quien no se quiere aparear?

El Gran Padre se alejó de ella y comenzó a pasearse frente a la pantalla. La imagen congelada de la película, en la que aparecían Johnny y Baby, acostados juntos, se reflejaba sobre él y Cormia pensó que le gustaría saber cómo apagar la película. Pues la imagen de la pierna de Baby sobre la cadera de Johnny, de la mano de él agarrando el muslo de ella, mientras se hundía en sus partes íntimas, no era precisamente lo que necesitaba ver en ese momento.

—No quiero estar con nadie —dijo el Gran Padre.

—Mentiroso. —Al ver que el Gran Padre se volvía a mirarla con asombro, Cormia se dio cuenta de que ya no le importaban las consecuencias de su franqueza—. Usted sabía desde el comienzo que no quería aparearse con ninguna de nosotras, ¿no es así? Usted lo sabía y sin embargo siguió adelante con la ceremonia frente a la Virgen Escribana, aunque sabía que estaba enamorado de Bella y no podía soportar la idea de estar con nadie más. Usted despertó las esperanzas de cuarenta hembras valiosas basándose en una mentira...

—Me reuní con la Directrix. Ayer.

Cormia sintió que se le doblaban las piernas, pero mantuvo la fuerza de su voz.

—¿Ah, sí? ¿Y qué decidieron ustedes dos?

—Voy a... dejarte ir. Voy a liberarte de la función de Primera Compañera.

Cormia se agarró la túnica con tanta fuerza que aparentemente la desgarró.

—Va a liberarme o ya lo ha hecho.

—Ya lo he hecho.

Cormia tragó saliva una vez más y se dejó caer en la silla.

—Cormia, por favor, debes saber que no es por ti. —El Gran Padre se le acercó y se arrodilló frente a ella—. Eres hermosa...

—Sí, sí es por mí —dijo ella—. No es que usted no se pueda aparear con ninguna otra hembra, es que no me desea a mí.

—Sólo quiero verte libre de todo esto...

—No mienta —replicó ella, renunciando a toda pretensión de cortesía—. Desde el principio le dije que estaba dispuesta a recibirlo dentro de mí. Y nunca he dicho ni hecho nada para desanimarlo. Así que si me está haciendo a un lado, es porque no me desea...

El Gran Padre le agarró la mano y se la puso entre las piernas. Cuando Cormia jadeó al sentir el contacto con ese cuerpo enorme, las caderas del Gran Padre se movieron hacia delante, empujando algo largo y duro contra la palma de la muchacha.

—El deseo no es el problema.

Cormia abrió los labios.

—Su Excelencia...

Sus ojos se encontraron y cada uno clavó la mirada en el otro. Cuando la boca del Gran Padre se abrió ligeramente, como si no pudiera respirar, Cormia reunió el coraje necesario para posar suavemente su mano alrededor del sexo duro del vampiro.

El cuerpo entero del Gran Padre tembló y le soltó la muñeca.

—No es por el apareamiento —dijo con voz ronca—. Tú fuiste obligada a hacer esto.

Cierto. Al principio la habían obligado. Pero ahora… lo que sentía por él no tenía nada que ver con ninguna obligación.

Cormia lo miró a los ojos y sintió un curioso alivio. Si ella ya no era la Primera Compañera, nada de esto tenía importancia realmente, ¿o sí? Y en un momento como ése, en que estaban juntos… eran sólo dos cuerpos anónimos, no los portadores de un inmenso significado. Eran sólo él y ella. Un macho y una hembra.

Pero ¿y las demás?, se preguntó Cormia. ¿Qué pasaría con todas sus hermanas? Él iba a estar con ellas; Cormia podía verlo en sus ojos. Había una rara expresión de determinación en sus ojos amarillos.

Y sin embargo, cuando el Gran Padre se estremeció, Cormia se olvidó de todo eso. Él nunca podría ser completamente suyo… pero en este momento lo tenía sólo para ella.

—Ya nadie me está obligando a nada —murmuró Cormia, mientras se recostaba sobre el pecho del Gran Padre y levantaba la cabeza, ofreciéndole lo que él quería—. Yo lo deseo.

El Gran Padre se quedó mirándola fijamente por un momento y luego pronunció unas palabras que ella no entendió.

—No soy lo bastante bueno para ti.

—No es cierto. Usted es la fuerza de la raza. Usted es nuestra virtud y nuestro poder.

El vampiro negó con la cabeza.

—Si de verdad crees eso, entonces no soy quien piensas que soy.

—Sí, lo es.

—Yo no soy…

Cormia acalló las palabras del Gran Padre con su boca y luego se echó hacia atrás.

—Usted no puede cambiar lo que pienso de usted.

Phury estiró la mano y le acarició el labio inferior con el pulgar.

—Si me conocieras de verdad, todo lo que crees cambiaría.

289

—Pero su corazón seguiría siendo el mismo. Y eso es lo que amo.

Al ver que los ojos del Gran Padre brillaban al oír esas palabras, Cormia volvió a besarlo para impedir que siguiera pensando y, evidentemente, la estrategia funcionó. El vampiro dejó escapar un gruñido y tomó la iniciativa, besándola en la boca con sus labios suaves, hasta que ella ya no pudo respirar y tampoco le importó. Cuando la lengua del Gran Padre rozó sus labios, Cormia la succionó enseguida empujada por el instinto, y sintió que el cuerpo de él se estremecía y se apretaba contra ella.

Los besos continuaron durante un largo rato. Parecía no haber fin para la cantidad de variaciones y las distintas sensaciones que se producían al rozar y deslizar y empujar y sorber, y su boca no era la única que participaba... Todo su cuerpo sentía lo que estaban haciendo y, a juzgar por la manera en que aumentaban el calor y el deseo del cuerpo del Gran Padre, lo mismo le sucedía a él.

Y Cormia quería que él se involucrara más. Así que comenzó a mover el brazo hacia arriba y hacia abajo, restregando su mano contra el sexo del hermano.

Él se retiró bruscamente.

—Tal vez sería mejor que tuvieras cuidado con eso.

—¿Con esto? —Mientras ella lo acariciaba por encima de los pantalones, el Gran Padre echó la cabeza hacia atrás y siseó... Así que ella volvió a hacerlo. Y lo siguió haciendo hasta que él comenzó a morderse el labio inferior con los colmillos completamente alargados y los músculos que subían por los lados de su garganta parecieron a punto de estallar.

—¿Por qué debo tener cuidado, Su Excelencia?

El Gran Padre levantó la cabeza y acercó la boca a la oreja de ella.

—Porque vas a hacer que eyacule.

Cormia sintió que una sensación de tibieza se arremolinaba en la unión de sus propios muslos.

—¿Eso fue lo que sucedió cuando estábamos en su cama? ¿Aquel primer día?

—Sí... —dijo el Gran Padre, alargando la palabra.

Con una mezcla de sorpresa y decisión, Cormia descubrió que quería que él hiciera eso otra vez. Necesitaba que lo hiciera otra vez.

Así que levantó la cabeza para susurrarle al oído:

—Hágalo para mí. Hágalo ahora.

El Gran Padre gruñó desde el fondo del pecho y el sonido vibró entre sus cuerpos. Curioso, si Cormia hubiese escuchado ese sonido de labios de alguien más, se habría sentido aterrorizada. Pero al provenir de él, y en medio de esas circunstancias, se sintió fascinada: tenía en la palma de su mano todo el poder contenido del Gran Padre. Literalmente. Y ella era quien tenía el control.

Por una vez en su maldita vida, ella tenía el control.

Mientras apretaba las caderas contra la mano de Cormia, dijo:

—No creo que debamos…

Pero Cormia cerró la mano sobre el miembro con fuerza y él gimió de placer.

—No me quite esto —exigió—. No se atreva a arrebatarme esto.

Y siguiendo un impulso que sólo la Virgen Escribana sabía de dónde salió, le mordió el lóbulo de la oreja. La reacción no se hizo esperar. El Gran Padre lanzó una maldición y saltó sobre ella, apretándola contra la silla y montándola con lujuria.

Pero como Cormia no estaba dispuesta a retroceder, mantuvo la mano sobre el sexo de él y siguió acariciándolo, mientras él hacía presión con la parte inferior de su cuerpo. El Gran Padre parecía regocijarse con la fricción, así que ella siguió haciéndolo, aunque él la agarró de la barbilla y la obligó a volver la cabeza para mirarlo.

—Déjame ver tus ojos —dijo entre dientes—. Quiero estar mirando tus ojos cuando…

El Gran Padre dejó escapar un gemido salvaje cuando sus miradas se cruzaron y su cuerpo se tensó totalmente. Sus caderas se sacudieron una vez… dos veces… tres veces, cada espasmo acentuado por un gemido.

Mientras su cuerpo expresaba el placer que sentía, el rostro absorto del Gran Padre y sus brazos tensos parecían la cosa más hermosa que Cormia había visto en la vida. Cuando por fin se relajó, tragó saliva, pero no se movió de donde estaba. A través del fino paño de lana de sus pantalones, Cormia sintió humedad en su mano.

—Me gusta cuando hace eso —dijo ella.

Él dejó escapar una risita.

—Y a mí me gusta cuando me lo haces.

Cormia estaba a punto de preguntarle si quería intentarlo de nuevo, cuando la mano del Gran Padre le retiró un mechón de pelo de la mejilla.

—¿Cormia?

—¿Sí?

—¿Me permitirías tocarte un poco? —Bajó la mirada hacia el cuerpo de la hembra—. No te puedo prometer nada. Yo no… Bueno, no te puedo prometer lo mismo que tú me diste. Pero me encantaría tocarte. Sólo un poco.

La desesperación le arrebató el aire de los pulmones y lo reemplazó por una sensación ardiente.

—Sí…

El Gran Padre cerró los ojos y pareció concentrarse. Luego se inclinó y apoyó los labios en la garganta de Cormia.

—Realmente pienso que eres hermosa, nunca lo dudes. Tan hermosa…

Mientras las manos del vampiro se deslizaban hacia la parte delantera de la túnica, Cormia sintió que las puntas de sus senos se ponían tan duras, que se retorció debajo de él.

—Puedo detenerme —dijo él, con voz vacilante—. Cuando quieras…

—¡No! —dijo Cormia y lo agarró de los hombros, para evitar que se alejara. Aunque no sabía qué iba a pasar después, sentía que era algo que necesitaba, fuera lo que fuese.

Los labios del macho subieron por su cuello y se detuvieron en la barbilla. Y en el momento en que él presionó su boca contra la de ella, Cormia sintió un ligero roce que bajaba por su vestido… hasta uno de sus senos.

Levantó el cuerpo, su pezón saltó hacia la mano del Gran Padre y los dos gimieron.

—Ay, Dios… —El vampiro se alejó un poco y, con mucha delicadeza, casi con reverencia, abrió la túnica hasta descubrir los senos de la muchacha—. Cormia… —El tono profundo de su voz fue como una caricia que recorrió todo su cuerpo de manera casi tangible.

—¿Puedo besarte aquí? —dijo mientras trazaba círculos alrededor del pezón—. *Por favor.*

—Querida Virgen, sí…

El Gran Padre inclinó la cabeza y la cubrió con su boca tibia y húmeda, mientras lamía suavemente.

Cormia echó la cabeza hacia atrás y metió las manos entre el pelo del Gran Padre, mientras abría las piernas sin tener ninguna razón en especial y todas las razones al mismo tiempo. Ella lo quería sentir en su sexo, quería sentirlo de todas las maneras posibles…

—¿Señor?

La respetuosa intromisión de Fritz desde la parte de arriba de la sala de proyecciones rompió la concentración de ambos. El Gran Padre se enderezó enseguida y la cubrió, aunque la silla impedía que el mayordomo pudiera ver lo que estaba ocurriendo.

—¿Qué demonios pasa? —dijo el vampiro.

—Discúlpeme, pero la Elegida Amalya está aquí con la Elegida Selena y quieren verlo.

Cormia sintió como si le echasen encima un cubo de agua helada que congeló todos los ardores y todo el deseo que corrían por su sangre. Su hermana. Estaba aquí para verlo a él. Perfecto.

El Gran Padre se puso de pie, mientras profería una palabra horrible que Cormia no pudo evitar repetir en su mente, y despachó a Fritz con un movimiento rápido de la mano.

—Estaré allí en cinco minutos.

—Sí, señor.

Tras marcharse el sirviente, el Gran Padre sacudió la cabeza.

—Lo siento…

—Vaya a hacer lo que tiene que hacer —dijo ella y, al ver que él vacilaba, agregó—: Váyase. Quiero estar sola.

—Podemos hablar más tarde.

«No, en realidad no», pensó ella. Las palabras no podrían arreglar la situación.

—Sólo váyase —dijo Cormia, sin escuchar nada más de lo que él dijo.

Cuando volvió a quedarse sola, se quedó mirando fijamente la imagen congelada de la pantalla hasta que, de repente, fue reemplazada por una tela negra y un pequeño letrero que decía «Sony» y se encendía y se apagaba en distintos sitios.

Se sentía miserable, por dentro y por fuera. Aparte del dolor que sentía en el pecho, su cuerpo se estremecía de ansiedad, como cuando te niegan una comida o no puedes alimentarte de una vena.

Pero lo que ella necesitaba no era comida.

Lo que necesitaba acababa de salir por la puerta.

Hacia los brazos de su hermana.

Al norte del estado, en las montañas Adirondack, minutos antes de que amaneciera en la montaña Saddleback, el macho que estaba siguiendo a un ciervo la noche anterior perseguía ahora a otro venado. Mientras se movía de manera lenta y descoordinada, pensaba que la cacería que estaba emprendiendo era una farsa. La fuerza que obtenía de la sangre animal ya no era suficiente. Esa noche, al dejar su cueva, se sentía tan débil que no estaba seguro de poder desmaterializarse.

Lo cual significaba que tal vez no iba a poder acercarse a su presa lo suficiente. Lo que a su vez significaba que no iba a poder alimentarse. Lo que a su vez significaba que... por fin había llegado la hora.

Era tan extraño. Muchas veces se había preguntado, como suponía que lo hacía todo el mundo de cuando en cuando, cómo iría a ser su muerte exactamente. ¿Cuáles serían las circunstancias? ¿Sería doloroso? ¿Cuánto tiempo tardaría? Dada su profesión, se había imaginado que moriría peleando.

Pero en lugar de eso moriría allí, en ese tranquilo bosque, a manos de la gloria ardiente del amanecer.

Vaya sorpresa.

Un poco más allá, el venado levantó su pesada cornamenta y se preparó para huir. Recurriendo a la poca energía que le quedaba, el macho se concentró en atravesar la distancia que separaba sus cuerpos… pero no sucedió nada. Su forma corporal comenzó a titilar en el espacio, parpadeando de manera intermitente como si alguien estuviese accionando su interruptor, pero no se movió de donde estaba, y entonces el venado salió disparado y su cola blanca centelleaba al atravesar la maleza.

El macho se dejó caer al suelo. Mientras miraba hacia el cielo, pensó en todas las cosas de las cuales se arrepentía, y la mayor parte tenían que ver con los muertos, pero no todas. No todas.

Aunque estaba desesperado por llegar a ese reencuentro que esperaba tener en el Ocaso, aunque ansiaba abrazar a los que había perdido hacía tan poco tiempo, el macho sabía que estaba dejando una parte de él aquí atrás, en la Tierra.

Pero no había nada que hacer. Ellos tenían que quedarse.

Su único consuelo era saber que su hijo había quedado en muy buenas manos. Las mejores. Sus hermanos velarían por el bienestar de su hijo, como debía ocurrir siempre en las familias.

Aunque debería haberse despedido.

Debería haber hecho muchas cosas.

Pero ahora ya era tarde, no había más «deberías».

Siempre consciente de la leyenda acerca del suicidio, el macho trató de levantarse un par de veces y, al ver que no podía, incluso trató de arrastrar el peso de su cuerpo en dirección a la cueva. No llegó a ninguna parte, sin embargo, y así, con una pizca de felicidad en el corazón, se permitió finalmente desplomarse sobre el lecho de hojas y agujas de pino.

El macho se quedó allí, bocabajo, y el lecho frío y húmedo del bosque llenó su nariz con olores limpios y puros, a pesar de que brotaban de la tierra.

Los primeros rayos del sol aparecieron detrás de él y luego sintió el golpe de calor. El fin había llegado y él lo acogió con los brazos abiertos y los ojos cerrados por el alivio.

Lo último que sintió antes de morir fue cómo se liberaba del suelo y su cuerpo deteriorado subía hacia la luz brillante, atraído por el reencuentro que había estado esperando durante ocho horribles meses.

Cerca de dieciséis horas después, cuando cayó la noche, Lash estaba de pie en un precioso césped que llevaba a una casa inmensa estilo Tudor… mientras hacía girar en su dedo el anillo que el Omega le había dado.

Había crecido allí, pensó. Allí se había criado y lo habían alimentado y lo habían arropado cuando era niño. Al crecer, empezó a quedarse despierto para ver películas y leer libros obscenos y había navegado en la red y se había alimentado de comida basura.

Arriba, en su habitación del tercer piso, había pasado por su transición y había tenido sexo por primera vez.

—¿Necesitas ayuda?

Lash dio media vuelta y miró al restrictor que estaba tras el volante del Ford Focus. Era el asesino bajito, aquel del que se había alimentado. El tipo tenía el pelo blanco, como Bo, el personaje de *Los Duques de Hazzard*, y los rizos se arremolinaban alrededor del sombrero de vaquero que usaba. Tenía los ojos de un azul descolorido, lo cual sugería que, antes de sufrir la inducción, debía haber sido un auténtico americano del Medio Oeste.

El tío había sobrevivido a sus mordeduras gracias a la auténtica depravación de parte del Omega y Lash tenía que admitir que eso le alegraba. Necesitaba ayuda para entender cómo eran las cosas y no se sentía amenazado en absoluto por el señor D.

—¿Hola? —dijo el asesino—. ¿Estás bien, hijo?

—Quédate en el coche. —Era agradable poder decir eso y saber que no iba a haber ninguna discusión—. No tardaré.

—Sí, claro.

Lash volvió a concentrarse en el palacio estilo Tudor. Las luces brillaban con una tonalidad amarilla, a través de las ventanas hechas del más fino cristal, y la casa también recibía la luz de los reflectores instalados en el suelo, como una reina de belleza en un escenario. Dentro, la gente se movía por las habitaciones y él sabía quiénes eran por la forma de su cuerpo y el lugar donde se encontraban.

A mano izquierda, en el salón, estaban los dos que lo habían criado como a su propio hijo. El que tenía los hombros anchos era su padre, y el vampiro se paseaba de un lado a otro, mientras subía y bajaba la mano hacia su rostro, como si estuviera bebiendo algo. Su madre estaba en el diván, asintiendo con la cabeza, con su elaborado peinado y su esbelto cuello. Se tocaba constantemente el pelo, como si tratara de asegurarse de que todo estaba en su lugar, aunque sin duda debía tener el cabello tieso por la cantidad de fijador que se había puesto.

A mano derecha, en el ala de la cocina, varios doggen se movían de un lado a otro, yendo del fogón al armario y de allí a la nevera y luego a la encimera, para regresar al fogón.

Lash prácticamente podía oler la cena y sus ojos se llenaron de lágrimas.

En ese momento sus padres ya debían de saber lo que había ocurrido en los vestuarios del centro de entrenamiento y después en la clínica. Ya debían de haber sido informados. Anoche estaban en el baile de la glymera, pero habían pasado todo el día en casa y los dos parecían perturbados.

Levantó la vista al tercer piso y las siete ventanas de su habitación.

—¿Vas a entrar? —preguntó el asesino, haciéndolo sentirse como un cobarde.

—Cierra la boca, antes de que te corte la lengua.

Lash desenfundó el cuchillo de caza que colgaba de su cinturón y comenzó a caminar por el césped recién podado. La hierba se notaba suave debajo de las nuevas botas de combate que llevaba puestas.

Había tenido que pedirle al pequeño asesino que le consiguiera algo de ropa, pero no le gustaba lo que llevaba encima. Todo era de Target. Ropa barata.

Al llegar a la puerta principal de la mansión, levantó la mano hacia el dispositivo de seguridad… pero se detuvo antes de marcar el código.

Su perro había muerto hacía un año. De viejo.

Era un rottweiler con pedigrí y sus padres se lo habían comprado cuando él tenía once años. No les gustaba mucho la raza, pero Lash había insistido, así que adoptaron uno que tenía cerca de un año. Durante la primera noche del perro en la casa, Lash había tratado de perforarle la oreja con un alfiler. *King* lo había mordido con tanta fuerza, que los colmillos del perro le atravesaron el brazo y asomaron por el otro lado.

Después de eso fueron inseparables. Y cuando ese maldito perro se murió, Lash había llorado como una nenaza.

Volvió a levantar la mano, marcó el código de seguridad y puso la mano izquierda sobre el picaporte. La luz que había sobre la puerta destelló contra la hoja del cuchillo.

Lash pensó que le gustaría que su perro todavía estuviera vivo. Le habría gustado tener algo de su antigua vida que pudiera llevarse a la nueva.

Entró a la casa y se dirigió al salón.

***

Cuando John Matthew llegó hasta las puertas del estudio de Wrath, estaba tan relajado como un golfista en medio de una tormenta, y ver al rey empeoró sus nervios. El vampiro estaba sentado detrás de su delicado escritorio, con el ceño fruncido, la mirada fija en el teléfono y tamborileando con los dedos, como si acabara de recibir malas noticias. Otra vez.

John se metió debajo del brazo lo que tenía en la mano y golpeó suavemente en el marco de la puerta. Wrath no levantó la vista.

—¿Qué sucede, hijo?

John esperó a que el rey lo mirara y, cuando lo hizo, dijo por señas:

—Qhuinn fue expulsado de su casa.

—Sí, y estoy enterado de que la paliza fue cosa de una guardia de honor también por cortesía de su familia. —Wrath se recostó en su silla, mientras la frágil estructura del mueble parecía protestar—. Ese padre de Qhuinn… típico integrante de la glymera.

El tono sugería que ése era un cumplido similar a «imbécil».

—No se puede quedar en casa de Blay para siempre y no tiene adónde ir.

El rey sacudió la cabeza.

—Mira, ya sé adónde quieres llegar con esto, pero la respuesta es no. Aunque ésta fuera una casa normal, lo cual no es, Qhuinn mató a un estudiante y me importa un pito lo que pienses que Lash pudo hacer para merecerlo. Ya sé que hablaste con Rhage y le dijiste lo que pasó, pero tu amigo no sólo está fuera de juego, sino que será acusado formalmente. —De pronto Wrath se inclinó hacia un lado y miró más allá de John—. ¿Has podido sacar a Phury de la cama?

John miró hacia atrás, por encima del hombro. Vishous estaba de pie en el umbral.

El hermano asintió con la cabeza.

—Se está vistiendo. Al igual que Z. ¿Estás seguro de que no quieres que yo me encargue de esto?

—Los dos eran profesores de Lash y Z fue testigo de lo que sucedió después en la clínica. Los padres de Lash quieren hablar con ellos y sólo con ellos y yo prometí que estarían en esa casa a la mayor brevedad.

—Muy bien. Estaré pendiente.

El hermano se marchó y Wrath apoyó los codos sobre la mesa.

—Mira, John, sé que Qhuinn es tu amigo y me siento muy mal por muchas de las cosas que le han pasado. Quisiera estar en posición de ayudarlo, pero no lo estoy.

John insistió, con la esperanza de no tener que recurrir a su última carta.

—¿Qué hay de Safe Place?

—Las hembras que hay allí no se sienten cómodas cerca de los machos por una buena razón. En especial de los que tienen historias violentas.

—Pero él es mi amigo. No me puedo quedar sentado, sabiendo que no tiene adónde ir, ni trabajo, ni dinero…

—Nada de eso va a importar, John. —Las palabras «irá a prisión» quedaron flotando en el aire—. Tú mismo lo dijiste. Qhuinn usó un ataque mortal para resolver lo que era una discusión típica entre dos muchachos impulsivos. La reacción correcta habría sido separaros a Lash y a ti. No sacar un cuchillo y cortarle la garganta a su primo hermano. ¿Acaso Lash te atacó con un arma mortal? No. ¿Podrías decir con toda honestidad que el chico te iba a matar? No. Fue un uso inapropiado de la fuerza y los padres de Lash están hablando de ataque con arma mortal con intención de matar, y homicidio culpable, de acuerdo con la antigua ley.

—¿Homicidio culpable?

—El personal médico afirma que Lash ya se había recuperado del paro cardiaco cuando ocurrió el ataque. Sus padres suponen que el chico no va a sobrevivir a la captura por parte de los restrictores y van a argumentar que hay una relación de causalidad. De no haber sido por el ataque de Qhuinn, Lash no habría estado en la clínica en ese momento y no habría sido secuestrado. Por tanto, es homicidio culpable.

—Pero Lash trabajaba allí. Así que de todas maneras podría haber estado en la clínica esa noche.

—Sólo que no habría estado en una cama, en calidad de paciente, ¿no crees? —Wrath golpeaba el delicado escritorio con los dedos—. Esta mierda es muy seria, John. Lash era el único hijo de sus padres y los dos provienen de familias fundadoras. Las cosas no pintan bien para Qhuinn. Esa guardia de honor es el menor de sus problemas en este momento.

En medio del silencio que siguió, John sintió una fuerte presión en los pulmones. Desde el comienzo sabía que iban a llegar a este punto, que lo que le había dicho a Rhage no iba a ser suficiente para salvar a su amigo. Y, claro, había hecho todo lo posible para evitar esto, pero había venido preparado.

John fue hasta las puertas dobles y las cerró, luego se volvió a acercar al escritorio. La mano le temblaba cuando sacó la carpeta que tenía debajo del brazo y puso su carta sorpresa sobre el escritorio del rey.

—¿Qué es esto?

John empujó su historia médica hacia el rey con el estómago.

—Lo que necesitas ver está en la primera página.

Wrath frunció el ceño y cogió la lupa que tenía que usar para leer. Después de abrir la carpeta, se inclinó sobre el informe que detallaba la sesión de terapia que John había tenido en la clínica de Havers. John pudo ver el momento en que el rey llegó a la parte interesante, porque sus hombros se tensaron debajo de la camiseta negra.

John tenía ganas de vomitar.

Después de un momento, el rey cerró la carpeta y puso la lupa sobre el escritorio. En medio de un silencio absoluto, se tomó unos minutos para alinear perfectamente las dos cosas y dejar el mango de marfil de la lupa exactamente a la misma altura de la parte inferior de la carpeta.

Cuando el rey levantó finalmente la vista, John no desvió la mirada, aunque se sentía sucio de la cabeza a los pies.

—Ésa fue la razón por la cual Qhuinn lo hizo. Lash leyó mi historia médica aprovechando su trabajo en la clínica y tenía la intención de contárselo a todo el mundo. A todo el mundo. Así que, en realidad, no se trató de una pelea típica entre dos tíos impulsivos.

Wrath se levantó las gafas oscuras y se restregó los ojos.

—Por Dios. Puedo entender la razón por la cual no tenías mucha prisa en venir a contarme esto. —Sacudió la cabeza—. John... siento mucho lo que sucede...

John dio una patada en el suelo para llamar la atención del rey.

—Sólo te lo estoy contando por la situación en la que se encuentra Qhuinn. No quiero hablar de eso.

Y luego, comenzó a mover sus manos rápidamente y con nerviosismo porque tenía que salir de aquella situación de mierda lo más pronto posible.

—Cuando Qhuinn sacó el cuchillo, Lash me tenía arrinconado contra la pared de las duchas y me estaba bajando los pantalones. Mi amigo hizo lo que hizo no sólo para evitar que Lash abriera la boca... ¿Entiendes? Yo... me quedé paralizado y... Me quedé paralizado...

—Está bien, hijo, está bien... No tienes que darme más detalles.

John cruzó los brazos sobre el cuerpo y metió las manos temblorosas debajo de las axilas. Luego cerró los ojos con fuerza, porque no soportaba ver la cara de Wrath.

—John —dijo el rey después de un momento—. Hijo, mírame.

John apenas pudo abrir los ojos. Wrath era tan masculino, tan poderoso… el líder de toda la raza. Tener que admitir algo tan vergonzoso delante de él era casi tan malo como haber pasado por esa experiencia.

Wrath le dio un golpecito a la carpeta.

—Esto lo cambia todo. —El rey estiró el brazo y levantó el teléfono—. ¿Fritz? Hola, viejo. Escucha, quiero que recojas a Qhuinn en casa de Blaylock y me lo traigas. Dile que es una orden perentoria.

Cuando Wrath volvió a poner el teléfono en el soporte, los ojos de John empezaron a arder como si estuviera a punto de echarse a llorar. En medio del pánico, agarró su carpeta, dio media vuelta y salió corriendo hacia la puerta.

—¿John? Hijo, por favor, no te vayas todavía.

Pero John no se detuvo. Sencillamente no podía. Sacudió la cabeza y salió rápidamente del estudio hacia su habitación. Después de cerrar la puerta con llave, fue al baño, se arrodilló frente al inodoro y vomitó.

***

Qhuinn se sentía como una rata mientras permanecía de pie, al lado del bulto constituido por la figura dormida de Blay. El tipo dormía como lo hacía desde que era un niño: con la cabeza envuelta entre una manta y las sábanas encaramadas hasta la nariz. Su cuerpo enorme parecía una montaña que se levantaba sobre la superficie plana de la cama, y ya no la pequeña colina de los tiempos en que era un pretrans, pero la posición seguía siendo la misma.

Habían pasado por muchas cosas juntos… todas las primeras experiencias de la vida, desde la primera borrachera hasta el sexo, pasando por conducir un coche, fumar o pasar por la transición. No había nada del otro que no supieran, ningún pensamiento íntimo que no hubiesen compartido de un modo o de otro.

Bueno, eso no era enteramente cierto. Él sabía algunas cosas que Blay no admitiría.

No despedirse parecía casi un crimen, pero así tenía que ser. Blay no podía seguirlo al lugar al que se dirigía.

Había una comunidad de vampiros en el Oeste; había leído sobre ella en una página de Internet. El grupo era una facción que se había separado de la cultura tradicional vampira, desde hacía unos doscientos años, y formaba un enclave alejado del asentamiento principal de la raza en Caldwell.

Allí no había gente de la glymera. De hecho, la mayoría eran forajidos.

Qhuinn se imaginaba que podía llegar hasta allí en una noche si se iba desmaterializando cada doscientos kilómetros, o algo parecido. Estaría hecho polvo cuando aterrizara, pero al menos estaría con los de su clase. Parias. Forajidos. Desertores.

Las autoridades de la raza lo iban a encontrar tarde o temprano, pero él no tenía nada que perder y bien podía ponerlos a trabajar un poco. Ya estaba deshonrado a todos los niveles, y los cargos que iban a presentar contra él no podrían empeorar las cosas. También sería bueno tener un poco de libertad, antes de que lo capturaran y lo enviaran a la cárcel.

Lo único que le preocupaba era Blay. Para su amigo iba a ser un duro golpe que lo abandonara, pero al menos tenía a John. Y John estaría pendiente de él.

Qhuinn se alejó de su amigo, se colgó la mochila del hombro y salió silenciosamente por la puerta. Había sanado perfectamente, como por encanto, pues la capacidad de recuperarse rápido era la única herencia familiar de la que no podían despojarlo. La cirugía sólo había dejado una pequeña marca en el costado y los moretones ya casi habían desaparecido... incluso los de las piernas. Se sentía fuerte y aunque iba a necesitar alimentarse dentro de poco, estaba lo bastante en forma para poder marcharse.

La casa de Blay era muy antigua, pero estaba decorada con un toque moderno, lo que significaba que tenía una alfombra de pared a pared en el pasillo que llevaba a las escaleras de servicio... ¡Gracias a Dios! Qhuinn avanzó como un fantasma, sin hacer ningún ruido, mientras se dirigía al túnel subterráneo que salía del sótano.

Al llegar al sótano, el lugar estaba tan limpio como una patena y, como siempre, olía a Chardonnay por alguna razón. ¿Sería el recubrimiento blanco que echaban regularmente sobre las viejas paredes de piedra?

La entrada secreta al túnel de escape estaba en la esquina derecha del fondo, oculta por unas estanterías de libros que se deslizaban hacia un lado. Sólo tenías que sacar el ejemplar de *Sir Gawain y el Caballero Verde*, movimiento que quitaba el cerrojo y hacía que las puertas se abrieran para revelar…

—Eres un completo idiota.

Qhuinn saltó como si fuera un atleta olímpico. Allí, en el túnel, sentado en una silla del jardín, como si estuviera bronceándose, estaba Blay. Tenía un libro sobre el regazo, una lámpara que funcionaba con pilas encima de una mesa y una manta sobre las piernas.

El tipo alzó tranquilamente un vaso de zumo de naranja y brindó, luego le dio un sorbo.

—Qué taaaalllll, Lucy.

—¿Qué diablos estás haciendo? ¿Acaso me estabas esperando?

—Sí.

—¿Y qué es lo que hay sobre tu cama?

—Almohadas y la manta con que me tapo la cabeza. Me estaba congelando de frío aquí sentado. Pero al menos tenía un buen libro. —Levantó la cubierta de *Una temporada en el purgatorio*—. Me gusta Dominick Dunne. Es buen escritor. Me encantaban sus gafas.

Qhuinn miró detrás de su amigo, hacia el túnel apenas iluminado que se desvanecía en lo que parecía ser una distancia infinita. Algo parecido al futuro, pensó.

—Blay, sabes que me tengo que ir.

Su amigo levantó el teléfono.

—De hecho, no puedes. Acabo de recibir un mensaje de John. Wrath quiere verte y Fritz ya viene para aquí a recogerte.

—Mierda. No puedo ir…

—Dos palabras: orden. Perentoria. Si huyes ahora, no sólo serás un fugitivo de la glymera, sino que entrarás en la lista de tareas pendientes del rey. Lo que significa que los hermanos irán tras de ti.

De todas maneras iban a perseguirlo.

—Mira, este asunto con Lash va para un tribunal real. Eso es lo que indica el mensaje de John. Y me van a encerrar en alguna parte. Por un largo, largo tiempo. Sólo me quiero marchar por una temporada.

«Es decir, por todo el tiempo que pueda mantenerme oculto».

—¿Vas a desafiar una orden del rey?

—Sí, sí, voy a hacerlo. No tengo nada que perder y tal vez pasen años antes de que me encuentren.

Blay se quitó la manta de las piernas y se puso de pie. Estaba vestido con unos vaqueros y una chaqueta de *sport,* pero parecía que llevara puesto un esmoquin. Blay era así: estaba impecable hasta en pijama.

—Si te vas, me marcho contigo —dijo Blay.

—No quiero que lo hagas.

—Lo haré.

Mientras se imaginaba el refugio de forajidos al que se dirigía, sintió una presión en el pecho. Su amigo era tan recto, tan sincero, tan honorable y tan pulcro. Aunque ya era un adulto, todavía conservaba una inocencia optimista y esencial típica de la juventud.

Qhuinn respiró hondo y dijo las palabras con dificultad.

—No quiero que sepas hacia dónde voy. No quiero volverte a ver.

—No puedes hablar en serio.

—Yo sé que… —Qhuinn se aclaró la garganta y se obligó a seguir hablando—: Sé cómo me miras. Te he visto observándome… Como el día en que estaba con esa chica, en los probadores de A & F. Tú no la estabas mirando a ella, me estabas mirando a mí, y era porque me deseabas. ¿No es cierto? —Blay se tambaleó y dio un paso atrás y, como si estuvieran en medio de una pelea a puñetazos, Qhuinn lo golpeó todavía más fuerte—. Ya hace un tiempo que me deseas y crees que no lo he notado. Pues bien, sí lo he notado. Así que no me sigas. Esta mierda entre nosotros se acaba aquí, esta noche.

Qhuinn dio media vuelta y comenzó a caminar, dejando en ese túnel helado a su mejor amigo, al macho que más quería en el mundo, incluso más que a John. Solo.

Era la única manera de salvar la vida de su amigo. Blay era exactamente ese tipo de idiota noble que es capaz de seguir a sus seres queridos aunque se lancen de cabeza desde un puente. Y como era imposible convencerlo de nada, había que cortar por lo sano.

Qhuinn caminó rápido y después más rápido, huyendo de la luz. Cuando el túnel dobló a la derecha, Blay y el resplandor del sótano desaparecieron y se quedó solo en medio de la jaula oscura de acero, enterrada en las profundidades.

Durante todo el camino se fue viendo el rostro de Blay. A cada paso que daba, le expresión de tristeza de su amigo le perseguía.

Iba a quedarse con él para siempre.

Cuando llegó al final del túnel, introdujo el código de seguridad y abrió la puerta que salía a un cobertizo del jardín, ubicado aproximadamente a un kilómetro y medio de la casa, se dio cuenta de que, después de todo, sí tenía algo que perder... sí había un nivel situado más abajo del fondo que creía haber alcanzado: acababa de destrozar el corazón de Blay y aplastarlo con su bota, y el arrepentimiento y el dolor que sentía eran casi insoportables.

Al salir a una jardinera llena de lilas, tomó una nueva decisión. Sí, las condiciones de su nacimiento y sus circunstancias lo habían deshonrado. Pero no tenía por qué empeorar las cosas por su cuenta.

Sacó su teléfono, que para ese momento sólo tenía una rayita en el indicador de la pantalla que mostraba el estado de la batería y le envió un mensaje a John diciéndole dónde estaba. No estaba seguro de tener servicio todavía...

Pero John le contestó enseguida.

Fritz llegaría a recogerlo en diez minutos.

En el segundo piso de la mansión de la Hermandad, Cormia estaba sentada en el suelo de su habitación, enfrente de la construcción que había comenzado la noche anterior, con una caja de palillos en la mano y un recipiente lleno de guisantes al lado. Sin embargo, no estaba utilizando ninguna de las dos cosas. Lo único que estaba haciendo desde quién sabe cuándo era abrir y cerrar la tapa de la caja… abrir y cerrar… abrir y cerrar.

Sintiéndose estancada y casi inmóvil, llevaba un buen tiempo jugando con la caja y su dedo ya estaba dejando una marca sobre la tapa.

Si ya no era la Primera Compañera, ya no tenía ningún motivo para quedarse en este lado. Ya no estaba ejerciendo ninguna función oficial y, por lo tanto, debería regresar al santuario, a meditar y rezar y servir a la Virgen Escribana al lado de sus hermanas.

No pertenecía a esta casa ni a este mundo. Nunca había pertenecido allí.

Luego pasó su atención de la caja a la estructura que había armado, se fijó en las unidades y pensó en las Elegidas y su red de funciones, que iban desde seguir el calendario espiritual, adorar a la Virgen Escribana, registrar Sus palabras y Su historia… hasta traer al mundo a los futuros hermanos y las futuras Elegidas.

Mientras se imaginó su vida en el santuario, sintió como si estuviera retrocediendo, no regresando a casa. Y, curiosamente, lo que debería hacerla sentirse peor, el hecho de haber fracasado como Primera Compañera, no era lo que la entristecía.

Cormia tiró la caja de palillos al suelo. Cuando aterrizó, la tapa se abrió y los palillos amarillos salieron volando y se esparcieron por el suelo.

Discordia. Desorden. Caos.

Entonces recogió lo que había tirado, arreglando el desorden, y decidió que tenía que hacer lo mismo con su vida. Hablaría con el Gran Padre, empacaría sus tres túnicas y se iría.

Cuando puso el último palillo dentro de la caja, escuchó que llamaban a su puerta.

—Entre —dijo, sin molestarse en levantarse.

Fritz asomó la cabeza por la puerta.

—Buenas noches, Elegida, traigo un mensaje de la señora Bella. Pregunta si usted querría acompañarla a tomar la Primera Comida en su dormitorio.

Cormia carraspeó.

—No estoy segura…

—Si me lo permite —murmuró el mayordomo—, la doctora Jane acaba de salir de examinarla otra vez. Y entiendo que el examen levantó algunas inquietudes. Tal vez la presencia de la Elegida pueda calmar a nuestra futura mahmen.

Cormia levantó la vista.

—¿Otro examen? ¿Quieres decir que volvió a examinarla después de verla anoche?

—Sí.

—Dile que iré enseguida.

Fritz bajó la cabeza con gesto reverencial.

—Gracias, señorita. Ahora debo ir a recoger a alguien, pero regresaré y cocinaré para ustedes. No tardaré.

Cormia se dio una ducha rápida, se secó y se recogió el pelo, y se puso una túnica recién planchada. Al salir de su habitación, oyó ruido de botas en el vestíbulo y se asomó por el balcón. El Gran Padre estaba abajo, paseándose sobre el árbol de manzanas hecho de mosaico que adornaba el suelo. Llevaba unos pantalones de cuero negro y una camisa del mismo color, y su pelo, esa melena maravillosa y llena de colores, resplandecía con la luz sobre la tela oscura que recubría sus hombros.

Como si hubiese sentido su presencia, el Gran Padre se detuvo y levantó la mirada hacia el balcón. Sus ojos brillaron como los cuarzos citrinos, resplandecientes, cautivándola.

Pero, luego, Cormia vio cómo el brillo se apagaba.

Esta vez fue ella la que se alejó, porque ya estaba cansada de hacer el papel de abandonada. Justo en el instante en que dio media vuelta, vio a Zsadist, que salía del corredor de las estatuas. Tenía los ojos negros cuando fijó la mirada en ella y Cormia no tuvo que preguntar cómo estaba Bella. Tenía una expresión tan taciturna que las palabras no eran necesarias.

—Iba a acompañarla un rato —le dijo al hermano—. Me mandó a buscar.

—Lo sé. Y me alegra. Gracias.

En medio del silencio, Cormia se fijó en las dagas que el guerrero llevaba en el pecho. Y también tenía otras armas encima, pensó, aunque no podía verlas.

El Gran Padre no llevaba armas. Ninguna daga, ni se le veían bultos debajo de la ropa.

Cormia se preguntó adónde se dirigiría. No iba para el Otro Lado, pues estaba vestido para este mundo. ¿Adónde iría entonces? ¿Y para qué?

—¿Él está ahí abajo esperándome? —preguntó Zsadist.

—¿El Gran Padre? —Al ver que el hermano asentía con la cabeza, dijo—: Eh… sí, allí está.

Qué extraño, ser la persona que sabía dónde estaba el Gran Padre… y que además se lo preguntaran.

En ese momento Cormia recordó que el Gran Padre no llevaba armas.

—Cuídelo —dijo, saltándose las formalidades—. Por favor.

Algo pareció contraerse en el rostro de Zsadist, luego inclinó la cabeza.

—Sí, eso haré.

Cormia hizo una reverencia y se adentró por el corredor de las estatuas, pero la voz profunda de Zsadist la hizo frenar en seco.

—El bebé no se está moviendo mucho. Al menos desde que ocurrió lo que sea que haya ocurrido anoche.

Cormia miró por encima del hombro y deseó poder hacer algo más.

—Purificaré la habitación. Eso es lo que hacemos al Otro Lado cuando… purificaré la habitación.

—No le digas que estás enterada.

—No lo haré. —Cormia tuvo deseos de agarrar la mano del hermano, pero en lugar de eso dijo—: Yo la cuidaré. Váyase y haga lo que tenga que hacer con él.

El hermano inclinó brevemente la cabeza y bajó las escaleras.

***

Abajo, en el vestíbulo, Phury se frotó el pecho y luego se estiró, tratando de deshacerse del dolor que sentía entre los pectorales. Le asombró descubrir lo difícil que era ver que Cormia se alejaba de él.

Asombrosamente brutal.

Entonces pensó en la Elegida que había conocido al amanecer. La diferencia entre ella y Cormia saltaba a la vista. Selena estaba ansiosa por ser Primera Compañera y sus ojos brillaban mientras lo miraba de arriba abajo, como si él fuera un toro. Había tenido que echar mano de toda su buena educación sólo para poder estar en la misma habitación con ella.

No era una mala hembra y era más que hermosa, pero su actitud… Joder, era como si quisiera subírsele encima allí mismo y ponerse a ello. En especial cuando le aseguró que estaba más que lista para servirlo a él y a la tradición… y que «cada fibra de su ser deseaba eso».

Donde «eso» significaba claramente el sexo de Phury.

Y había otra en camino, que llegaría al final de esta noche.

«Por Dios santo».

Zsadist apareció en lo alto de la escalera y bajó rápidamente, con el impermeable en la mano.

—Vámonos.

Al ver el ceño fruncido de su gemelo, Phury pensó que Bella no debía de estar bien.

—¿Bella está…?

—No voy a hablar de eso contigo. —Z atravesó el vestíbulo y pasó junto a él, sin mirarlo siquiera—. Esto es un asunto de trabajo, nada más.

311

Frunciendo el ceño, Phury siguió a su gemelo y sus pisadas resonaban como si fueran las de una sola persona, no dos. A pesar de que Phury tenía una prótesis, Z y él siempre habían tenido la misma forma de caminar, con zancadas largas, apoyando desde el talón hasta los dedos, y la misma manera de mover los brazos.

Gemelos.

Pero las semejanzas se limitaban a la biología. En la vida, habían tomado dos direcciones opuestas.

Y ambas apestaban.

Gracias a un súbito cambio de lógica, Phury comenzó a ver las cosas bajo una luz diferente.

Mierda, desde el principio se había torturado pensando en el destino de Z… desde el principio había vivido bajo la sombra fría y penetrante de la tragedia de su familia. Maldición, él también había sufrido… había sufrido mucho y todavía estaba sufriendo. Y aunque respetaba la intimidad de la relación de su gemelo con Bella, le enfurecía el hecho de que lo aislaran como si fuera un completo desconocido. Y un desconocido hostil, además.

Cuando salieron al patio empedrado, Phury frenó en seco.

—Zsadsit.

Z siguió caminando hacia el Escalade.

—¡Zsadist!

Su gemelo se detuvo y puso las manos sobre las caderas, pero no se dio media vuelta.

—Si me vas a hablar de esa mierda con los restrictores, no trates de disculparte otra vez.

Phury se llevó la mano a la garganta y se aflojó el cuello de la camisa.

—No es sobre eso.

—Tampoco quiero oír nada sobre el humo rojo. O el hecho de que te hayas hecho expulsar de la Hermandad.

—Vuélvete, Z.

—¿Por qué?

Hubo una larga pausa. Después Phury apretó los dientes y dijo en voz alta:

—Nunca me has dado las gracias.

Z volvió la cabeza por encima del hombro enseguida.

—¿Perdón?

—Nunca. Me. Has. Dado. Las. Gracias.

—¿Por qué?

—¡Por salvarte! ¡Maldita sea, yo te salvé de las garras de esa puta dueña tuya y de lo que te hacía! Y nunca me has dado las gracias. —Phury se acercó a su gemelo, mientras subía cada vez más la voz—. Te busqué durante todo un maldito siglo y luego te saqué de allí y salvé tu puta vida…

Zsadist se inclinó hacia delante y le apuntó con el dedo como si fuese un arma.

—¿Acaso quieres reconocimiento por haberme rescatado? Pues espera sentado. Yo nunca te pedí que lo hicieras. Y sólo lo hiciste movido por tu maldito complejo de buen samaritano.

—¡Si no te hubiese rescatado, no estarías ahora con Bella!

—¡Y si no lo hubieses hecho, ella no estaría en peligro de morir en este momento! ¿Quieres gratitud? Mejor date unas palmaditas en la espalda tú mismo, porque yo no me siento agradecido en absoluto.

Las palabras quedaron flotando en la noche, como si estuvieran buscando otros oídos que quisieran oírlas.

Phury parpadeó y luego se sorprendió al oír lo que salió de su boca, palabras que había querido decir desde hacía mucho tiempo:

—Yo enterré a nuestros padres solo. Fui el único que se ocupó de sus cuerpos, que sintió el olor del humo de la incineración…

—Y yo nunca los conocí. Eran unos desconocidos para mí, al igual que tú cuando apareciste…

—¡Pero ellos te amaban!

—¡Sí, me amaban tanto que dejaron de buscarme! ¡Al diablo con ellos! ¿Crees que no sé que él dejó de buscarme? Yo regresé y seguí el rastro desde esa casa que tú quemaste. Sé hasta dónde llegó mi padre antes de darse por vencido. ¿Crees que él significa algo para mí? ¡Mi padre me abandonó!

—¡Pero eras más real para ellos que yo! ¡Tú estabas por todas partes en esa casa, lo eras todo para ellos!

—¡Ay, pobrecito Phury! —le espetó Z—. No te atrevas a hacerte la víctima conmigo. ¿Tienes siquiera una remota idea de cómo era mi vida?

—¡Yo perdí mi maldita pierna por ti!

—¡Tú decidiste ir a buscarme! ¡Si no te gusta cómo resultaron las cosas, no me jodas a mí por eso!

Phury exhaló con fuerza, absolutamente asombrado.

—Eres un maldito desagradecido. Un maldito hijo de puta ingrato... ¿Acaso quieres decir que preferirías haberte quedado con tu ama? —Al ver que no obtenía otra respuesta que el silencio, sacudió la cabeza—. Siempre pensé que los sacrificios que había hecho habían valido la pena. El celibato. El pánico. El precio físico. —La furia resurgió—. Por no mencionar el tremendo trastorno emocional que me quedó después de todas esas veces que me pediste que te golpeara hasta sacarte sangre. ¿Y ahora me dices que preferirías haberte quedado como un esclavo de sangre?

—¿De eso es de lo que trata todo esto? ¿Quieres que te dé las gracias para justificar esa maldita actitud autodestructiva de salvador que vas arrastrando por la vida? —Z soltó una carcajada amarga—. Como quieras. ¿Acaso crees que me siento feliz de verte fumando y bebiendo todo el día hasta que te mueras? ¿Crees que me gusta lo que vi la otra noche en el callejón? —Z soltó una maldición—. A la mierda contigo, yo no voy a entrar en ese juego. Despierta, Phury. Te estás matando lentamente. Deja de buscar justificaciones e inventar mentiras y échale un buen vistazo a tu vida.

En las profundidades de su mente, Phury se dio cuenta de que aquella confrontación entre ellos dos debía haber tenido lugar hacía mucho tiempo. Y que su hermano gemelo tenía razón.

Pero él también.

Phury volvió a sacudir la cabeza.

—No creo que esté mal por mi parte pedir un poco de reconocimiento. He sido invisible en esta familia durante toda la vida.

Hubo un rato de silencio.

Lo rompió Z.

—Por el amor de Dios, Phury, bájate de la cruz. Otros necesitan la madera.

El tono despectivo de ese último comentario volvió a encender la rabia de Phury y su brazo se movió instintivamente y le propinó un puñetazo a su hermano en la mandíbula, que crujió como el bate de un campeón de béisbol.

Z se tambaleó y aterrizó en el suelo como un fardo.

Mientras que su gemelo se levantaba, Phury adoptó la posición de combate y se apretó los nudillos. En cosa de segundo y medio, estarían sumidos en una cruenta disputa física, intercambiando puñetazos en lugar de palabras ofensivas, hasta que uno, o los dos cayeran derrumbados.

¿Y exactamente adónde los llevaría eso?

Phury bajó lentamente los brazos.

En ese momento, el Mercedes de Fritz atravesó las puertas del jardín.

Con la ayuda de los faros del Mercedes, Phury vio que Zsadist se arreglaba la ropa y caminaba tranquilamente hacia la puerta del conductor del Escalade.

—Si no fuera por la promesa que le acabo de hacer a Cormia, te rompería la jeta.

—¿Qué?

—Sube al maldito coche.

—¿Qué le dijiste a Cormia?

Mientras se acomodaba detrás del volante, los ojos negros de Z cortaron la noche como cuchillos.

—Tu novia está preocupada por ti, así que me hizo prometerle que te cuidaría. Y a diferencia de ciertas personas, yo sí cumplo lo que prometo.

¡Mierda!

—Ahora, sube al coche. —Z cerró la puerta de la camioneta.

Phury lanzó una maldición y fue hasta el lado del pasajero, mientras el Mercedes se detenía y Qhuinn se bajaba del asiento trasero del coche. El chico abrió los ojos como platos al levantar la vista hacia la mansión.

Evidentemente debía estar allí para su juicio, pensó Phury, mientras se deslizaba en el puesto del pasajero, al lado de su gemelo, que guardaba un silencio fúnebre.

—Sabes dónde queda la casa de los padres de Lash, ¿no? —dijo Phury.

—Claro que lo sé.

El «cállate» no hubo necesidad de decirlo.

Mientras el Escalade atravesaba las puertas, la voz del hechicero resonó dentro de la cabeza de Phury:

«Para ganarte la gratitud de los demás tienes que ser un héroe y tú no eres ningún caballero de brillante armadura. Sólo pretendes serlo».

Phury miró por la ventana, mientras las palabras que Z y él acababan de intercambiar resonaban como disparos en un callejón.

«Hazle un favor a todo el mundo y aléjate», dijo el hechicero. «Limítate a largarte, socio. ¿Quieres ser un héroe? Conviértete en héroe asegurándote de que ellos nunca tengan que volver a verte».

Quhinn estaba absolutamente seguro de que sus pelotas formaban parte del menú de la cena que Wrath tomaría esta noche, pero eso no impidió que se asombrara al ver el centro de entrenamiento de la Hermandad. Parecía una pequeña ciudad hecha de bloques de piedra que tenían el tamaño del torso de un hombre, con ventanas que parecían reforzadas con titanio o alguna mierda parecida. Las gárgolas que rodeaban el techo y hasta las sombras eran perfectas. Exactamente lo que uno esperaría.

—¿Señor? —dijo el mayordomo, al tiempo que hacía un gesto hacia la puerta principal, que parecía digna de una catedral—. ¿Podemos entrar? Debo seguir con mi trabajo en la cocina.

—¿En la cocina?

El doggen comenzó a hablar más despacio, como si estuviera dirigiéndose a un débil mental.

—Soy el cocinero de la Hermandad y también me ocupo de esta mansión, su casa.

«Puta mierda»… No era el centro de entrenamiento; era la casa donde vivían los hermanos.

«Bueno, claro. Mira esa cantidad de dispositivos de seguridad». Había cámaras encima de todas las puertas y debajo del techo; y la muralla que rodeaba el jardín parecía salida de una película sobre Alcatraz. Dios, Qhuinn se imaginaba que en cualquier momento iba a aparecer una jauría de perros de presa enseñando los colmillos.

Pero, claro, tal vez los perros todavía estaban royendo los huesos del último visitante que habían convertido en picadillo.

—¿Señor? —repitió el mayordomo—. ¿Seguimos?

—Sí... sí, claro. —Qhuinn tragó saliva y empezó a caminar, listo a enfrentarse al rey—. Ah, oye, voy a dejar mis cosas en el coche.

—Como desee, señor.

Joder, gracias a Dios, Blay no tendría que presenciar lo que estaba a punto de ocurrir...

En ese momento se abrió uno de los batientes de la gigantesca puerta y una cara familiar alzó la mano a modo de saludo.

«Ah, genial». Blay se iba a perder el espectáculo, pero evidentemente John iba a estar en primera fila.

John tenía puestos unos vaqueros y una de las camisas anchas de botones que habían comprado en Abercrombie. Sus pies descalzos se veían muy pálidos sobre las escaleras de piedra negra y parecía relativamente tranquilo, lo cual resultaba un poco irritante. Al menos, el maldito podría haber tenido la elegancia de padecer sudores fríos o sufrir un ataque de diarrea.

—Hola —dijo John por señas.

—Hola.

John dio un paso atrás para dejar seguir a su amigo.

—¿Cómo vas?

—Desearía ser fumador. —Pensó que así podría postergar lo que le esperaba mientras se fumaba un cigarrillo.

—Pero no lo eres. Odias el tabaco.

—Cuando esté frente al pelotón de fusilamiento creo que voy a reconsiderar eso.

—Cállate.

Qhuinn entró a un vestíbulo que le hizo sentirse horriblemente mal vestido, con ese suelo de mármol ajedrezado y su lámpara de araña. ¿Acaso estaba hecha de oro de verdad? Probablemente.

«Menuda mierda», pensó, al tiempo que frenaba en seco.

El vestíbulo que tenía frente a sus ojos parecía el de un verdadero palacio. Algo propio de la realeza rusa, con esos colores brillantes y todo bañado en oro y ese suelo de mosaico y los murales en el techo... O, mierda, tal vez parecía más bien salido de una novela de Danielle Steel, con todas esas románticas columnas de mármol y espacios abovedados.

No era que él hubiese leído ninguno de sus libros, claro.

Bueno, está bien, sí había leído aquella novela, pero cuando tenía doce años y estaba enfermo, y sólo se había concentrado en los pasajes de sexo.

—Aquí arriba —dijo una voz profunda que resonó por todo el vestíbulo.

Qhuinn miró hacia lo alto de una escalera ornamentada. Plantado sobre sus botas de combate, como si fuera el dueño del mundo, estaba el rey, vestido con pantalones de cuero negro y una camiseta también negra.

—Vamos, acabemos con esto —ordenó Wrath.

Qhuinn tragó saliva y siguió a John hasta el segundo piso. Cuando llegaron arriba, Wrath habló.

—Sólo quiero hablar con Qhuinn. John, tú espera aquí.

John comenzó a hablar por señas.

—Pero quiero ser su testigo...

Sin embargo, Wrath dio media vuelta.

—No. No va a haber nada de eso.

«Mierda», se dijo Qhuinn. ¿Acaso no le iban a permitir ni siquiera defenderse?

—Te estaré esperando —dijo John por señas.

—Gracias, amigo.

Qhuinn se quedó mirando hacia la habitación cuyas puertas acababa de atravesar el rey. La estancia que tenía ante él era... bueno, parecía la clase de lugar que le habría encantado a su madre: con paredes azul claro, muebles delicados y muy femeninos y lámparas de lágrimas de cristal que parecían zarcillos.

Desde luego, no era exactamente el tipo de lugar en el que uno esperaría ver a Wrath.

Cuando el rey se sentó detrás de un delicado y lujoso escritorio, Qhuinn entró, cerró las puertas y entrelazó las manos por delante. Mientras esperaba, le pareció que toda la situación era surrealista. Y no podía entender cómo su vida había llegado a semejante punto.

—¿Fue tu intención matar a Lash? —preguntó Wrath.

Al parecer, no iba a haber ninguna declaración preliminar.

—Eh…

—Responde sí o no.

Qhuinn repasó las posibles respuestas en rápida sucesión: «No, claro que no, el cuchillo se movió por voluntad propia y en realidad yo estaba tratando de detenerlo… No, sólo quería afeitarlo… No, no pensé que cortarle la yugular a alguien pudiera causarle la muerte…».

Qhuinn se aclaró la garganta una vez. Dos veces.

—Sí, era mi intención.

El rey cruzó los brazos sobre el pecho.

—Si Lash no hubiese tratado de bajarle los pantalones a John, ¿habrías hecho lo mismo?

Qhuinn sintió que sus pulmones dejaban de funcionar por un momento. No debería sorprenderle el hecho de que el rey supiera exactamente lo que había ocurrido, pero, mierda, oír cómo lo decía de manera tan cruda resultaba impactante. Además, hablar de todo el asunto era difícil, considerando lo que Lash había dicho y hecho. Después de todo, se trataba de John.

—¿Y bien? —dijo el rey desde el escritorio—. Si Lash no estuviera tratando de bajarle los pantalones a John, ¿le habrías cortado el cuello?

Qhuinn trató de organizar sus ideas.

—John nos dijo a Blay y a mí que nos mantuviéramos al margen y yo estaba dispuesto a hacerlo mientras se tratara de una pelea justa. Pero… —Qhuinn sacudió la cabeza—. No. Eso que Lash hizo no fue justo. Fue como sacar un arma escondida.

—Pero no tenías que matarlo… Podrías habérselo quitado a John de encima y poco más. Golpearlo un par de veces. Dejarlo fuera de combate.

—Cierto.

Wrath estiró un brazo hacia un lado, como para relajarse, y el hombro crujió.

—Ahora vas a ser completamente honesto conmigo. Si mientes, lo sabré porque puedo oler la mentira. —Los ojos de Wrath relampaguearon detrás de sus cristales oscuros—. Soy muy consciente de que odiabas a tu primo. ¿Estás seguro de que no lo atacaste de esa manera tan brutal para solucionar tus propios problemas?

Qhuinn se pasó una mano por el pelo y trató de recordar todo lo posible lo que había sucedido. Había vacíos en sus recuerdos, espacios en blanco creados por la maraña de emociones que lo llevaron a agarrar su cuchillo y abalanzarse sobre Lash, pero lo que recordaba era suficiente.

—Para serte sincero... Mierda, no podía permitir que Lash humillara a John de esa manera, ni que le hiciera daño. ¿Sabes? Él se quedó paralizado. Cuando Lash comenzó a bajarle los pantalones, John se quedó quieto. Los dos estaban en la ducha y John estaba contra la pared y de repente se quedó totalmente inmóvil. No sé si Lash habría seguido adelante con... Bueno, ya sabes... porque no sé qué estaría pensando, pero sí sé que Lash era perfectamente capaz de hacerlo. —Qhuinn tragó saliva—. Vi lo que iba a suceder, vi que John no iba a poder defenderse y... fue como si todo quedara en blanco... Yo sólo, mierda, tenía el cuchillo en la mano y de repente estaba sobre Lash y todo pasó en un segundo. ¿Quieres la verdad? Sí, claro que odiaba a Lash, pero no me importa quién tratara de hacerle esa mierda a John. Habría atacado al que fuera. Y antes de que continúes con el interrogatorio, ya sé cuál es tu siguiente pregunta.

—¿Y tu respuesta es?

—Sí, lo volvería a hacer.

—¿Estás seguro?

—Sí. —Qhuinn miró hacia las paredes azul claro que lo rodeaban y pensó que no parecía correcto estar hablando de cosas tan horribles en una habitación tan increíblemente hermosa—. Supongo que eso me convierte en un asesino impenitente, ¿cierto? Entonces, ¿qué vas a hacer conmigo? Y, ah, probablemente ya lo sabes, pero mi familia me ha repudiado.

—Sí, ya me he enterado.

Se produjo un largo silencio y Qhuinn se pasó todo el tiempo mirándose las botas y sintiendo las palpitaciones de su corazón dentro del pecho.

—John quiere que te quedes aquí.

Qhuinn clavó los ojos en el rey.

—¿Qué?

—Ya me has oído.

—Pero tú no puedes permitirlo. No hay manera de que me quede aquí.

Al oír eso, Wrath frunció el ceño.

—¿Perdón?

—Eh… lo lamento. —Qhuinn cerró la boca y se recordó que el hermano era el rey, lo cual significaba que podía hacer lo que le diera la gana, incluso cambiarle el nombre al sol y a la luna, si quería, u ordenar que la gente lo saludara metiéndose el pulgar por el culo… o aceptar bajo su techo a una escoria como Qhuinn, si tenía ganas.

En el mundo vampiro, el rey tenía carta blanca.

Además, ¿por qué diablos iba a negarse a algo que podía ayudarlo?

Wrath se puso de pie y Qhuinn tuvo que hacer un esfuerzo para no retroceder, aunque todavía los separaban al menos ocho metros de alfombra.

Por Dios, el vampiro era un gigante de verdad.

—Hace cerca de una hora hablé con el padre de Lash —dijo Wrath—. Tu familia le ha dicho que no van a pagar la indemnización. Como te repudiaron, dicen que la deuda es tuya. Cinco millones.

—¿Cinco millones?

—Lash fue capturado por los restrictores anoche. Nadie cree que vaya a regresar. Estás acusado de homicidio culpable, bajo la suposición de que los asesinos no se habrían molestado en llevarse un cadáver.

—Vaya… —mierda, eso era mucho dinero—. Lo único que tengo es lo que llevo encima y otra muda que tengo en la mochila. Si quieren quedarse con eso, bien pueden hacerlo…

—El padre de Lash es muy consciente de tu situación financiera. En consecuencia, quiere que te conviertas en un sirviente permanente de su casa.

Qhuinn sintió que se quedaba sin sangre en el cerebro. Un esclavo… ¿por el resto de su vida? ¿Y sirviendo a los padres de Lash?

—Desde luego, eso sería —siguió Wrath— después de que salieras de prisión. Y, de hecho, aunque casi nadie lo sabe, la raza todavía tiene una funcionando. Al norte de la frontera con Canadá.

Qhuinn se quedó completamente aturdido. Por Dios, la vida podía terminar de maneras tan distintas, pensó. La muerte no era el único final posible.

—¿Qué piensas de todo esto? —murmuró Wrath.

Una cárcel… Dios sabe dónde y Dios sabe por cuánto tiempo. Y después la esclavitud… en una casa de gente que lo odiaría hasta que se muriera.

Qhuinn pensó en esa caminata a través del túnel en la casa de Blay y en la decisión que había tomado al salir.

—Tengo los ojos de dos colores distintos —susurró, mientras levantaba su mirada de pánico hacia el rey—. Pero tengo honor. Haré lo que haya que hacer para reparar lo que hice… *siempre y cuando* —dijo, con un súbito vigor— nadie me obligue a disculparme. Eso… eso no lo puedo hacer. Lo que Lash hizo estuvo muy mal. Fue intencionalmente cruel y buscaba arruinar la vida de John. No me arrepiento. No me arrepiento de nada.

Wrath salió de detrás del escritorio y atravesó la habitación a zancadas. Al pasar por el lado de Qhuinn, dijo con tono enérgico:

—Buena respuesta, hijo. Espera ahí afuera con tu amigo. Estaré con vosotros en unos momentos.

—¿Cómo?

El rey abrió la puerta e hizo un gesto de impaciencia con la cabeza.

—Fuera. Ya.

Qhuinn salió a trompicones de la habitación.

—¿Cómo ha ido todo? —dijo John saltando de la silla en la que estaba sentado, contra la pared del corredor—. ¿Qué ha pasado?

Mientras miraba a su amigo, Qhuinn decidió que no estaba dispuesto a contarle que iba a ir a la cárcel y después quedaría bajo la custodia de los padres de Lash, para ser torturado durante el resto de sus días.

—Bueno, no tan mal.

—Estás mintiendo.

—No.

—Estás blanco como la leche.

—Hombre, ayer me operaron, ¿recuerdas?

—Venga, por favor. ¿Qué está sucediendo?

—Para serte sincero, no tengo ni idea…

—Disculpadme. —Beth, la reina, se acercó con una expresión seria. Llevaba en las manos una caja de cuero larga y plana—. Necesito entrar.

323

Se hicieron a un lado, la reina entró al gran despacho y cerró la puerta.

John y Qhuinn esperaron. Luego esperaron un poco más… y otro poco más.

Sólo Dios sabía lo que estaba pasando. Seguramente la reina y el rey se estaban tomando su tiempo para redactar todo aquello de «vaya directamente a la cárcel sin pasar por la casilla de salida».

John sacó el teléfono, como si necesitara hacer algo con las manos, y frunció el ceño al revisar la pantalla. Mandó un mensaje a alguien y se volvió a guardar el aparato en el bolsillo.

—¡Qué extraño que Blay no dé señales de vida!

«En realidad no», pensó Qhuinn, sintiéndose un hijo de puta.

De pronto el rey abrió las puertas de par en par.

—Venid para acá otra vez.

Se oyó el ruido de sus pisadas y entonces Wrath se encerró con ellos. Regresó a su escritorio, se sentó y puso sus botas enormes sobre la montaña de papeles que tenía delante. Cuando Beth se ubicó a su lado, levantó el brazo y le agarró la mano.

—Muchachos, ¿estáis familiarizados con el término ahstrux nohtrum? —Al ver que los dos chicos negaban con la cabeza como un par de idiotas, Wrath sonrió con sorna—. Se trata de una función un tanto anticuada. Es una especie de guardia privado, pero con la diferencia de que a este tipo de guardias se les permite usar la fuerza de manera indiscriminada cuando están protegiendo a sus amos. Son una especie de asesinos autorizados.

Qhuinn tragó saliva, y se preguntó qué demonios tenía que ver todo eso con John y él.

El rey siguió:

—Los ahstrux nohtrum sólo pueden ser nombrados mediante decreto real. Es algo así como cuando el Servicio Secreto de Estados Unidos asigna una misión de protección especial. El protegido debe ser una persona importante y el guardia debe ser capaz de cumplir la misión. —Wrath besó la mano de su reina—. Una persona importante es alguien cuya presencia resulta significativa a juicio del rey. Es decir, a mi juicio. Pues bien… mi shellan, aquí presente, es la cosa más preciada del mundo y no hay nada que yo no esté dispuesto a hacer para asegurarme de que su corazón esté tranquilo. Además, ella es la reina de la raza. Por lo tanto, su único hermano definitivamente entra dentro de la categoría de persona importante.

—En lo que respecta al guardia cualificado… Resulta que sé que, de todos los estudiantes que participan en el programa de entrenamiento, tú, Qhuinn, eres el mejor luchador, aparte de John. Eres tenaz en el combate cuerpo a cuerpo y un gran elemento en el campo de tiro. —En ese momento la voz del rey adquirió un tono irónico—. Además, todos conocemos ya tus grandes habilidades con el cuchillo, ¿no es así?

Qhuinn sintió una extraña sensación que lo recorría de pies a cabeza, como si la niebla se hubiese disipado y de repente se abriera un camino inesperado para salir del oscuro bosque. Se agarró del brazo de John para ayudarse a mantener el equilibrio, aunque ese gesto lo hiciera quedar como un absoluto pelele.

—Sin embargo, hay una condición —dijo el rey—. Se espera que los ahstrux nohtrum estén dispuestos a sacrificar su vida por aquel a quien protegen. Si las cosas llegan a un punto crítico, ellos deben recibir el golpe mortal. Ah, y es un compromiso que dura toda la vida, a menos que yo disponga otra cosa. Yo soy el único que puede liberarlos de su misión y su promesa, ¿entendido?

Qhuinn respondió casi como un autómata.

—Por supuesto. Claro.

Wrath sonrió y tendió la mano hacia la caja que Beth había llevado. Entonces sacó un grueso fajo de papeles que llevaban al final un sello dorado con cintas rojas y blancas.

—Venid, echadle un vistazo a esto. —Sin ninguna ceremonia, lanzó el documento de aspecto oficial hasta el otro extremo del escritorio.

Qhuinn y John se inclinaron al unísono. En Lengua Antigua, el documento disponía que…

—Puta… mierda —dijo Qhuinn entre dientes y enseguida miró a Beth—. Lo siento, no fue mi intención ser grosero.

Ella sonrió y besó a su hellren en la cabeza.

—No te preocupes. He oído cosas peores.

—Y mirad la fecha —dijo Wrath.

Tenía una fecha antigua… el documento estaba datado dos meses atrás. De acuerdo con el documento, Qhuinn, hijo de Lohstrong, venía funcionando como el ahstrux nohtrum de John Matthew, hijo de Darius, hijo de Marklon, desde el pasado mes de junio.

—Soy un auténtico desastre con el papeleo —dijo Wrath arrastrando las palabras—. Y se me olvidó contaros lo que estaba pasando. Culpa mía. Ahora, por supuesto, eso significa que tú, John, eres responsable de pagar la indemnización, pues el protegido tiene que asumir todos los gastos en que se incurra para protegerlo.

John terció enseguida:

—Claro, yo pagaré…

—No, esperad —interrumpió Qhuinn—. John no tiene todo ese dinero…

—En este momento, tu amigo, aquí presente, tiene cerca de cuarenta millones, así que puede pagar eso sin problema.

Qhuinn miró a John.

—¿Qué? ¿Entonces cómo es que estás trabajando en la oficina para poder comprarte ropa?

—¿A nombre de quién hago el cheque? —dijo John por señas, haciendo caso omiso de Qhuinn.

—A nombre de los padres de Lash. En calidad de Directora Financiera de la Hermandad, Beth te dirá de qué cuenta sacarlo, ¿no es así, leelan? —Wrath apretó la mano de la reina y le dedicó una sonrisa. Cuando volvió a fijar sus ojos en Qhuinn y John, la expresión de dulzura se desvaneció—. Qhuinn se mudará a la casa desde este mismo momento y tendrá un salario de setenta y cinco mil al año, que tú le pagarás. Qhuinn, estás completamente fuera del programa de entrenamiento, pero eso no significa que los hermanos o yo no podamos… en fin, no sé, luchar contigo de vez en cuando para mantenerte en forma. Después de todo, siempre cuidamos a los nuestros. Y ahora tú eres uno de los nuestros.

Qhuinn respiró profundamente una vez. Y luego otra. Y luego…

—Yo… necesito sentarme.

Como un completo debilucho, fue tambaleándose hasta uno de los elegantes sofás azules. Todo el mundo lo miraba como si estuvieran a punto de ofrecerle una bolsa de papel para ayudarlo a respirar o un paquete de pañuelos para las lágrimas. Se llevó la mano a la zona donde lo habían operado, con la esperanza de que pareciera que lo que lo estaba afectando era la herida y no sus emociones.

El problema era que… no parecía capaz de llevar aire a sus pulmones. No estaba seguro de qué era lo que estaba entrando por su boca, pero, fuera lo que fuese, no servía para disipar la sensación de mareo ni el ardor que sentía en la caja torácica.

Curiosamente, quien se le acercó y se agachó frente a él fue Wrath. No John ni la reina. La imagen del rey apareció de repente frente a sus ojos aguados, y ni las gafas oscuras ni la expresión de ferocidad parecían coincidir con el tono tan suave con que le habló.

—Pon la cabeza entre las piernas, hijo. —La mano del rey aterrizó sobre su hombro y lo empujó delicadamente hacia abajo—. Vamos, hazlo.

Qhuinn hizo lo que le decían y de pronto comenzó a temblar con tanta fuerza que, de no haber sido porque la inmensa mano de Wrath lo estaba sosteniendo, se habría caído al suelo.

No iba a llorar. Se negaba a derramar una sola lágrima. Así que en lugar de eso comenzó a jadear y a temblar y quedó empapado en sudor frío.

En voz muy baja, que sólo Wrath pudo oír, susurró:

—Pensé… que estaba solo en el mundo.

—Nada de eso —respondió Wrath con el mismo tono de voz—. Como te he dicho, ahora eres uno de los nuestros, ¿me entiendes?

Qhuinn levantó los ojos.

—Pero yo soy un don nadie.

—Ah, a la mierda con eso. —El rey sacudió la cabeza lentamente—. Salvaste el honor de John. Así que, no lo diré más, eres parte de la familia, hijo.

Qhuinn miró entonces a Beth y a John, que estaban de pie, uno al lado del otro. A través de los ojos todavía aguados, vio el parecido de sus rasgos, con ese cabello oscuro y esos profundos ojos azules.

La Familia…

Entonces Qhuinn se enderezó, se puso de pie y se estiró hasta alcanzar toda su estatura. Al tiempo que se arreglaba la camisa y después el pelo, recuperó la compostura y se acercó a John.

Con los hombros firmes, le tendió la mano a su amigo.

—Daré mi vida por ti. Con o sin ese pedazo de papel.

En cuanto salieron de su boca esas palabras, Qhuinn se dio cuenta de que era la primera cosa importante que decía después de convertirse en un macho completamente adulto, la primera promesa que hacía en la vida. Y no podía pensar en nadie mejor a quien ofrecérsela, excepto, tal vez, Blay.

John bajó la vista y estrechó la mano que le ofrecían, con fuerza y determinación. No se abrazaron ni dijeron nada más.

—Y yo por ti —dijo John modulando las palabras con los labios, cuando sus miradas se cruzaron—. Y yo por ti.

***

—Puedes preguntarme por Phury si quieres. Cuando termines con eso.

Cormia se enderezó después de encender una vela blanca y echó un vistazo a la estancia. Bella estaba acostada de espaldas en la cama inmensa que estaba al otro extremo de la habitación, y tenía una mano pálida y delicada sobre la barriga.

—De verdad, puedes hacerlo —disintió Bella con una sonrisa—. Eso me dará otra cosa en qué pensar. Y eso es algo que necesito en este preciso momento.

Cormia apagó la cerilla.

—¿Cómo sabes que estaba pensando en él?

—Tienes lo que llamo «cara de síndrome masculino». Que es la cara que pones cuando estás pensando en tu macho y, una de dos, o quieres darle una patada en el culo o quieres abrazarlo hasta que no pueda respirar.

—El Gran Padre no es mío. —Cormia cogió el incensario dorado y lo movió tres veces alrededor de la vela. Luego recitó un cántico corto pero insistente, en el cual le pedía a la Virgen Escribana que velara por Bella y su hijo.

—Él no me ama —dijo Bella—. No, de verdad.

Cormia puso el incensario en una mesa que estaba situada en el extremo más oriental de la habitación y se cercioró dos veces de que las tres velas tuvieran llamas grandes y fuertes.

El pasado, el presente y el futuro.

—¿No has oído lo que te he dicho? Él no me ama.

Cormia cerró los ojos con fuerza.

—Creo que te equivocas con respecto a eso.

—Sólo cree que me ama.

—Con el debido respeto…

—¿Tú lo deseas?

Cormia se ruborizó, mientras recordaba lo que había sucedido en la sala de proyecciones. Entonces revivió lo que había sentido al tocarlo… el poder que había sentido al tener el sexo del Gran Padre en su mano… la forma en que la boca de él había acariciado su seno.

Bella soltó una risita.

—Supongo que eso es un sí.

—Virgen santísima, no sé qué decir.

—Ven, siéntate conmigo. —Bella dio un golpecito en la cama, para que Cormia se sentara a su lado—. Déjame hablarte de él. Te contaré por qué estoy segura de que no me ama.

Cormia sabía que si aceptaba la invitación de Bella y escuchaba por qué el Gran Padre no podía sentir lo que creía que sentía, sólo terminaría más enredada en sus sentimientos hacia él.

Así que, naturalmente, fue a sentarse sobre la cama, al lado de Bella.

—Phury es una buena persona. Una gran persona. Ama a los demás profundamente, pero eso no significa que esté enamorado de todos los que le importan. Si os tomáis un tiempo…

—Pronto me iré de aquí.

Bella levantó las cejas con sorpresa.

—¿Para el Otro Lado? ¿Por qué?

—Llevo mucho tiempo aquí. —Era muy difícil reconocer que la habían hecho a un lado. En especial decírselo a Bella—. Ya he estado aquí… lo suficiente.

Bella pareció entristecerse.

—¿Y Phury también se va a marchar?

—No lo sé.

—Bueno, pero tendrá que volver para luchar, ¿no?

—Ah… sí. —Era evidente que Bella todavía no sabía que lo habían expulsado de la Hermandad, y no era momento para darle una sorpresa desagradable.

Bella se acarició la barriga.

—¿Alguien te ha dicho por qué Phury se convirtió en el Gran Padre en lugar de Vishous?

—No. Ni siquiera me enteré de que había habido una sustitución, hasta que el Gran Padre estuvo conmigo en el templo.

—Vishous se enamoró de la doctora Jane justo por la misma época en que todo eso estaba sucediendo. Phury no quería que los separaran, así que se ofreció a reemplazarlo. —Bella sacudió la cabeza—. El problema con Phury es que siempre pone los intereses de los demás por encima de los suyos. Siempre. Es su naturaleza.

—Lo sé. Por eso lo admiro tanto. De donde yo vengo… —Cormia hizo un esfuerzo para encontrar las palabras correctas—. Para las Elegidas, la generosidad es el mayor de los valores. Servimos a la raza y a la Virgen Escribana y, al hacerlo, nos alegra anteponer el bien general a nuestros intereses personales. La mayor virtud es sacrificarte por el bien común, por algo más importante que el yo individual. Eso es lo que hace el Gran Padre. Creo que eso es…

—¿Sí?

—Ésa es la razón por la cual lo respeto tanto. Bueno, eso y su… su…

Bella se rió con sorna.

—Su inteligencia, ¿verdad? Desde luego, no tiene nada que ver con esos ojos amarillos ni esa magnífica melena.

Cormia se imaginó que si el color de sus mejillas ya había hablado una vez por ella, bien podía hacerlo otra vez.

—No hace falta que respondas —dijo Bella con una sonrisa—. Phury es un macho muy especial, ya lo sé. Pero, volviendo al tema de la generosidad, esto es lo que sucede. Si pasas demasiado tiempo centrándote sólo en los demás, terminas por perderte a ti mismo. Precisamente por eso me preocupa tanto Phury, porque él es así. Pero sé que no me ama de verdad. Piensa que yo salvé a su gemelo, que gracias a mí su hermano pudo superar su terrible pasado, y me está agradecido. Sí, lo que siente es gratitud. Una gratitud inmensa, que lo hace idealizarme. Pero no es amor de verdad.

—Pero ¿cómo estás tan segura?

Hubo un momento de vacilación.

—Pregúntale sobre sus relaciones con las hembras. Lo entenderás.

—¿Ha estado enamorado muchas veces? —Cormia se preparó para la respuesta.

—En absoluto. —Bella seguía acariciándose la barriga—. Esto no es de mi incumbencia, pero de todas maneras te lo voy a decir. A excepción de mi hellren, no hay ningún otro macho a quien estime más que a Phury y tú me pareces una persona muy agradable. Si él sigue viviendo aquí, espero que tú también lo hagas. Me gusta la manera en que lo miras. Y, de verdad, me gusta mucho cómo te mira él.

—Me ha hecho a un lado.

Bella levantó la cabeza.

—¿Qué?

—Ya no soy la Primera Compañera.

—Maldición.

—Así que realmente debería regresar al santuario. Aunque sea para facilitarle las cosas a quien elija para reemplazarme.

Cormia sabía que eso era lo correcto y lo que debía decir, pero no era lo que sentía realmente. Y aunque sus palabras decían una cosa, su voz decía otra y hasta ella se dio cuenta de la contradicción.

Curioso, la costumbre de decir una cosa mientras se guardaba lo que realmente pensaba era una habilidad que había cultivado a lo largo de toda su vida en el Otro Lado. Allí, mentir era tan fácil y cómodo como ponerse siempre el mismo vestido blanco, o recogerse el pelo, o recitar mecánicamente los textos ceremoniales.

Pero ahora era más difícil.

—No quiero ofenderte —dijo Bella—, pero mi medidor de sandeces está llegando al tope.

—¿Medidor… de sandeces?

—Me estás diciendo mentiras. Mira, ¿puedo ofrecerte un consejo, aunque no me lo hayas pedido?

—Claro.

—No te dejes devorar por toda esa historia de las Elegidas. Si de verdad crees en lo que te enseñaron, entonces está bien. Pero si descubres que todo el tiempo estás peleando contra una vocecita interna, entonces ése no es tu lugar. Saber mentir no es ninguna virtud.

Tenía razón, pensó Cormia. Eso era lo que siempre había tenido que hacer. Mentir. O al menos simular.

Bella se movió sobre los almohadones y se enderezó.

—No sé cuántas cosas has podido oír sobre mí, pero tengo un hermano. Rehvenge. Es un tío difícil y testarudo, siempre lo ha sido, pero yo lo quiero mucho y estamos muy unidos. Mi padre murió cuando yo tenía cuatro años y, desde entonces, Rehv se hizo cargo de la casa, de mi madre y de mí. Rehv nos cuidaba mucho, pero también era demasiado dominante, así que, después de un tiempo, terminé abandonando la casa familiar. Tuve que hacerlo... Rehv me estaba volviendo loca. Dios, deberías haber visto las peleas que teníamos. Las intenciones de Rehv eran buenas, pero él es de la vieja escuela, muy tradicional, lo cual significaba que siempre quería tomar todas las decisiones.

—Parece una persona muy valiosa, de todas formas.

—Ah, claro que lo es. Pero el problema era que, después de pasar veinticinco años bajo su dominio, yo sólo era su hermana, no yo misma. No sé si entiendes lo que quiero decir. —Bella estiró el brazo y agarró la mano de Cormia—. Lo mejor que he hecho fue alejarme de allí y así tener la oportunidad de conocerme a mí misma. —Una extraña sombra cruzó por sus ojos—. No fue fácil y eso tuvo algunas... consecuencias. Pero pese a todo lo que tuve que pasar, mi mejor recomendación es que descubras quién eres de verdad. Quiero decir, ¿sabes quién eres tú como persona?

—Soy una Elegida.

—¿Y qué más?

—Eso es... todo.

Bella le apretó la mano.

—Piensa un poco en ti, Cormia, y comienza por cosas pequeñas. Cosas como: ¿cuál es tu color favorito? ¿Qué te gusta comer? ¿Eres una madrugadora nata? ¿Qué te hace feliz? ¿Qué te entristece?

Cormia miró hacia el incensario que había dejado al otro lado de la habitación y pensó en todas las oraciones que conocía, oraciones que cubrían cualquier eventualidad. Y en los cantos. Y en las ceremonias. Tenía a su disposición todo un vocabulario espiritual, que se componía, no sólo de palabras, sino también de acciones.

Y eso era todo. ¿O no?

Entonces clavó sus ojos en los de Bella.

—Sé que... me gustan las rosas color lavanda. Y me gusta construir cosas, mentalmente primero, y en la práctica después.

Bella sonrió y luego trató de reprimir un bostezo con el dorso de la mano.

—Eso, amiga mía, es un buen comienzo. Entonces, ¿quieres terminar de ver *Project Runway*? Si la tele está encendida, te sentirás menos incómoda al sumergirte en tus propios pensamientos mientras estás conmigo, y Fritz todavía tardará al menos otros veinte minutos en subir con la cena.

Cormia se recostó en las almohadas al lado de su... amiga. No su hermana, su... amiga.

—Gracias, Bella. Muchas gracias.

—De nada. Y me encanta el incienso. Resulta muy relajante.

Bella apuntó con el mando a distancia hacia la pantalla plana y oprimió algunos botones y Tim Gunn apareció en el taller de costura, con ese pelo plateado tan perfecto como la ropa recién planchada. Frente a él, uno de los diseñadores sacudía la cabeza y examinaba un vestido rojo parcialmente confeccionado.

—Gracias —dijo Cormia otra vez, pero sin mirarla.

Bella tendió la mano y le dio un apretón a la de Cormia, mientras las dos se concentraban en la pantalla.

CAPÍTULO
29

Lash salió de la casa de sus padres tambaleándose y con las manos ensangrentadas. Sentía las rodillas flojas y caminaba con dificultad. Cuando se tropezó con sus propios pies, bajó la mirada. Dios, también tenía sangre en la camisa y en las botas.

El señor D se bajó rápidamente del Focus.

—¿Estás herido?

Lash no podía encontrar las palabras necesarias para responder. Aturdido y tembloroso, apenas era capaz de mantenerse en pie.

—Me llevó… mucho más tiempo del que esperaba.

—Vamos, déjame subirte al coche.

Lash dejó que el hombrecillo lo llevara hasta el lado del pasajero y lo acomodara en el asiento.

—¿Qué tienes en la mano, hijo?

Lash empujó al restrictor hacia un lado, se inclinó y trató de vomitar un par de veces en el suelo. Algo negro y aceitoso salió de su boca y se escurrió por la barbilla. Lash se limpió y examinó la sustancia.

No era sangre. Al menos, no del tipo…

—Los he matado —dijo con voz ronca.

El restrictor se arrodilló frente a él.

—Claro que lo has hecho, y tu padre estará orgulloso. Esos bastardos no son tu futuro. Nosotros somos tu futuro.

—Estoy en ello. —Cuando el hermano contestó, dijo—: Necesitamos refuerzos aquí cuanto antes. Ha habido una infiltración.

Antes de entrar a la casa, se detuvieron para revisar la puerta. La cerradura no había sido forzada y el sistema de seguridad no indicaba nada raro.

Eso no tenía sentido. Si un asesino hubiese llegado hasta la puerta a tocar el timbre, ningún doggen lo hubiese dejado entrar. De ninguna manera. Así que los asesinos debían haber entrado por otra parte y salido por la puerta principal.

Y seguro que habían estado bastante ocupados. Sobre la inmensa alfombra oriental que adornaba el vestíbulo de suelo de mármol había un rastro de sangre... y no eran precisamente gotas, era como si alguien hubiese pintado la alfombra con un rodillo.

La raya roja iba del estudio al comedor.

Z giró a mano izquierda, hacia el estudio. Phury se dirigió a mano derecha y entró al comedor.

—Encontré los cuerpos —dijo de manera abrupta.

Phury se dio cuenta del momento en que Z vio lo mismo que él estaba mirando porque su gemelo dijo:

—Joder.

Los cadáveres de los padres de Lash estaban sentados en un par de sillas ubicadas al otro extremo de la mesa, con los hombros amarrados a la silla, para que se mantuvieran derechos. La sangre que se había escurrido desde las puñaladas que tenían en el pecho y el cuello formaba un charco a sus pies, sobre el suelo brillante.

Las velas estaban encendidas. Había vino en las copas. Sobre la mesa, entre los dos cadáveres, había un apetitoso pollo asado, tan recién salido del horno que se podía sentir el olor de la carne por encima del hedor de la sangre.

Los cuerpos de dos doggen estaban sentados en un par de sillas que había a la izquierda y a la derecha del aparador, formando una escena en que los muertos parecían estar sirviendo a los muertos.

Phury sacudió la cabeza.

—Creo que no hay más cadáveres en la casa. De haberlos, estarían alineados aquí también.

Las finas ropas de los padres de Lash estaban perfectamente en orden, como si alguien las hubiese alisado con cuidado sobre los cadáveres; el collar de perlas de tres vueltas de su madre estaba en su lugar, al igual que la corbata y la chaqueta del padre. Tenían el pelo despeinado y las heridas eran brutales, pero la ropa manchada de sangre estaba perfecta. Eran como dos muñecos aterradores.

Z le dio un puñetazo a la pared.

—Malditos bastardos enfermizos… esos condenados restrictores están locos.

—Así es.

—Registremos el resto del lugar.

Registraron la biblioteca y la sala de música y no encontraron nada. La despensa estaba intacta. La cocina mostraba evidencias de dos asesinatos, pero eso era todo, no había señales del lugar por el que habían entrado.

El segundo piso estaba intacto, con sus preciosas habitaciones salidas de una revista de decoración, sus cortinas de algodón, sus antigüedades y sus lujosos edredones. En el tercer piso había una suite digna de un rey, que, a juzgar por los manuales sobre armas y artes marciales, así como por el ordenador y el equipo de sonido, debía de ser la habitación de Lash. Estaba como una patena.

Aparte de los sitios donde habían tenido lugar los asesinatos, nada parecía fuera de orden en el resto de la casa. No faltaba nada.

Regresaron al primer piso y Zsadist examinó rápidamente los cuerpos, mientras Phury revisaba el panel principal del sistema de seguridad en el garaje.

Cuando terminó, regresó con su hermano gemelo.

—He estado revisando el sistema de alarmas. No parece haber ninguna alteración provocada por ningún código extraño o por una avería eléctrica.

—Falta la billetera del padre —dijo Z—, pero todavía tiene el reloj en la muñeca y la madre tiene el diamante en el dedo y un par de pendientes enormes en las orejas.

Phury se puso las manos en las caderas y sacudió la cabeza.

—Dos infiltraciones, aquí y en la clínica. Y en ninguna se han llevado nada de valor.

—Al menos sabemos cómo encontraron este sitio. Mierda, seguramente torturaron a Lash hasta que cantó. Es la única explicación. No debía llevar consigo su identificación cuando lo sacaron de la clínica, así que la dirección tuvo que salir de su propia boca.

Phury miró a su alrededor y revisó con detalle todo el arte que colgaba de las paredes.

—Aquí hay algo que no encaja. Lo normal es que hubieran saqueado la casa.

—Pero si se llevaron la billetera del padre, el dinero de verdad debe estar en el banco, sin duda. Si pueden acceder a esas cuentas, harían un robo mucho más limpio y mejor.

—Pero ¿por qué dejar toda esta mierda?

—¿Dónde estáis? —La voz de Rhage resonó desde el vestíbulo.

—Aquí —gritó Z.

—Tenemos que avisar a las otras familias de la glymera —dijo Phury—. Si Lash dio su propia dirección, sólo Dios sabe qué más información le habrán sacado. Esto podría tener implicaciones nunca antes vistas.

Butch y Rhage entraron al comedor y el policía sacudió la cabeza.

—Mierda, esto me recuerda a los tiempos en que trabajaba en homicidios.

—Joder… —dijo Hollywood.

—¿Sabemos cómo entraron? —preguntó el policía, mientras rodeaba la mesa.

—No, pero registremos la casa otra vez —dijo Phury—. No puedo creer que hayan entrado por la puerta principal sin más.

Los cuatro llegaron al tercer piso, a la habitación de Lash. Phury miró la estancia, mientras la cabeza le daba vueltas.

—Tenemos que avisar a los demás.

—Bueno, mirad eso —murmuró Z y señaló con la cabeza hacia la ventana.

Abajo, en las rejas de la entrada, un coche acaba de doblar hacia la casa. Luego otro. Luego un tercero.

—Ahí están tus ladrones —dijo el hermano.

—Malditos hijos de puta —dijo Rhage con una sonrisa malévola—. Pero al menos llegan a tiempo… Necesito bajar la cena.

—Y sería una terrible descortesía no salir a recibirlos a la puerta —masculló Butch.

De manera instintiva, Phury hizo el gesto de abrirse la chaqueta, pero en ese momento recordó que no llevaba armas encima, ni siquiera tenía sus dagas.

Hubo un instante de tensión, durante el cual nadie lo miró, así que dijo:

—Volveré al complejo y avisaré a las otras familias de la glymera. También informaré a Wrath de lo que está ocurriendo.

Los otros tres asintieron y salieron corriendo hacia las escaleras.

Mientras los demás corrían a dar la bienvenida a los restrictores, Phury le echó un último vistazo a la habitación y pensó que le gustaría poder acompañar a sus hermanos y matar a los desgraciados que habían hecho aquello.

En ese momento el hechicero lo abordó desde el fondo de su mente:

«Ellos ya no quieren pelear contigo a su lado, porque no pueden confiar en ti. Y los soldados no quieren el respaldo de alguien a quien no le tienen fe. Afróntalo, socio, estás acabado en este lado. La pregunta es: ¿cuánto tiempo pasará antes de que la cagues también con las Elegidas?».

Cuando estaba a punto de desmaterializarse, Phury frunció el ceño.

Al otro lado de la habitación, la manija de bronce de uno de los cajones de la cómoda tenía una mancha extraña.

Se acercó para mirar con más cuidado. Era una mancha marrón… sangre seca.

Abrió el cajón y vio que los objetos que había dentro tenían huellas de dedos manchados de sangre: el reloj Jacob & Co. rodeado de brillantes que Lash solía usar antes de su transición tenía huellas de dedos, al igual que una cadena de diamantes y un pesado piercing. Era evidente que habían sacado algo del cajón, pero ¿por qué un restrictor dejaría esas otras cosas tan valiosas? Era difícil imaginar qué podía ser más valioso que todos esos diamantes y, a la vez, lo suficientemente pequeño para caber en un espacio tan reducido.

Phury le echó un vistazo al Sony Vaio y al iPod… y a la otra docena de cajones que había en la habitación, sumando los del escritorio y la cómoda y las mesitas de noche. Todos estaban perfectamente bien cerrados.

—Tienes que marcharte.

Phury dio media vuelta. Z estaba de pie en el umbral, con el arma en la mano.

—Lárgate ya de aquí, Phury. No estás armado.

—Pero podría estarlo —dijo y fijó la mirada en el escritorio, donde había un par de cuchillos sobre los libros—. En un segundo.

—Vete. —Z enseñó sus colmillos—. Esta vez no nos vas a ayudar.

Los primeros sonidos de la pelea llegaron desde la escalera, en forma de gruñidos e insultos.

Mientras que su gemelo corría a defender a la raza, Phury lo vio irse. Luego se desmaterializó desde la habitación de Lash, con destino a la oficina del centro de entrenamiento.

![daga]

Necesitas descansar —dijo Cormia, al ver que Bella volvía a bostezar.

Fritz acababa de salir con los platos de su Primera Comida. Bella había tomado carne con puré de patatas y helado de menta con chocolate. Cormia se había comido el puré… y un poco de helado.

¡Y pensar que había creído que los M&M's eran lo más delicioso del mundo!

Bella se acomodó sobre las almohadas.

—¿Sabes una cosa? Creo que tienes razón. Estoy cansada. Tal vez podamos terminar de ver el maratón más tarde, esta noche, si te parece.

—Me parece perfecto. —Cormia se levantó con suavidad de la cama—. ¿Necesitas algo?

—No. —Bella cerró los ojos—. Oye, antes de que te vayas, ¿de qué están hechas esas velas? Son increíblemente relajantes.

Bella parecía horriblemente pálida contra la funda blanca con encajes.

—Están hechas de cosas sagradas del Otro Lado. Cosas sagradas y curativas. Hierbas y flores mezcladas con una sustancia hecha con agua tomada de la fuente de la Virgen Escribana.

—Sabía que eran especiales.

—No estaré lejos —dijo Cormia.

—Y eso me alegra.

Al salir de la habitación, Cormia tuvo cuidado de cerrar la puerta con mucho sigilo.

—¿Señorita?

Cormia miró hacia atrás.

—¿Fritz? Pensé que ya te habías llevado la bandeja.

—Ya lo hice —dijo y levantó el ramo de flores que tenía en la mano—. Tenía que traer esto.

—¡Qué flores tan hermosas!

—Son para la sala de estar del segundo piso. —Fritz sacó una rosa color lavanda y se la ofreció a Cormia—. Para usted, señorita.

—Vaya, gracias. —Cormia se llevó los delicados pétalos a la nariz—. Es preciosa.

Cormia dio un brinco al sentir que algo le tocaba la pierna. Luego se agachó y acarició la espalda sedosa y elástica del gato.

—Hola, *Boo.*

El gato ronroneó y se recostó contra ella, y su cuerpo curiosamente sólido casi la hace perder el equilibrio.

—¿Te gustan las rosas? —le preguntó Cormia, al tiempo que le ofrecía la flor.

Boo sacudió la cabeza y empujó el morro contra la mano que tenía libre, exigiéndole más atención.

—Adoro a este gato.

—Y él la adora a usted —dijo Fritz, y luego vaciló un momento—. Señorita, si me lo permite…

—¿Qué sucede, Fritz?

—El amo Phury está abajo, en la oficina del centro de entrenamiento, y creo que le vendría bien un poco de compañía. Tal vez usted podría…

El gato dejó escapar un maullido, corrió en dirección de las escaleras y movió la cola. Parecía como si, de haber tenido brazos y manos, hubiera señalado hacia abajo, hacia el vestíbulo.

El mayordomo se rió.

—Creo que el amo *Boo* está de acuerdo.

El gato volvió a maullar.

Cormia apretó el tallo de la rosa mientras se incorporaba. Tal vez fuera buena idea. Tenía que decirle al Gran Padre que se iba a marchar.

—Me gustaría ver a Su Excelencia, pero ¿estás seguro de que es buen mo…?

—¡Bien, bien! La llevaré adonde está él.

El mayordomo fue corriendo hasta la sala de estar y regresó un minuto después. Mientras avanzaba hacia ella, tenía una expresión resplandeciente en el rostro y caminaba con más energía, como si estuviera haciendo un trabajo del que disfrutaba mucho.

—Vamos. Bajemos, señorita.

Boo volvió a maullar y tomó la delantera escaleras abajo, y luego dobló a la izquierda y se detuvo frente a una puerta de paneles negros escondida en un rincón. El mayordomo introdujo un código en un teclado numérico y abrió lo que resultó ser un panel de acero de más de veinte centímetros de grosor. Cormia siguió a Fritz mientras bajaban un par de escalones… y luego se encontró en un túnel que parecía extenderse hasta el infinito en las dos direcciones.

Al mirar a su alrededor, se subió el cuello de la túnica. Era extraño sentir claustrofobia en un espacio tan grande, pero de repente se dio cuenta de que estaban bajo tierra, en un sitio cerrado.

—Por cierto, el código es 1914 —dijo el mayordomo al cerrar la puerta y revisar que la cerradura quedaba como debía—. Se supone que es el año en que fue construida la casa. Sólo tiene que marcar ese número en estos teclados para atravesar cualquiera de las puertas que hay de aquí en adelante. El túnel está hecho de cemento y acero y está sellado en los dos extremos. Y todo lo que ocurre en él es vigilado por un sistema de seguridad a base de monitores. Hay cámaras —dijo y señaló hacia el techo— y otros dispositivos. Estamos tan seguros aquí como lo estamos en el jardín o en la casa misma.

—Gracias —dijo Cormia y sonrió—. Empezaba a sentirme… un poco nerviosa.

—Es perfectamente comprensible, señorita. —*Boo* volvió a refregarse contra ella, como si quisiera cogerla de la mano y darle un pequeño apretón tranquilizador.

—Por aquí. —El mayordomo caminaba rápidamente y su cara llena de arrugas estaba radiante—. Al amo Phury le encantará verla.

Cormia se aferró a su rosa y lo siguió. Mientras avanzaba, trató de imaginarse cómo sería una despedida apropiada y se sorprendió al ver que los ojos se le llenaban de lágrimas.

Al principio había luchado contra ese destino suyo como Primera Compañera. Pero ahora, cuando por fin había conseguido lo que quería, lamentaba la pérdida que implicaba su relativa libertad.

***

En el segundo piso de la mansión, en el pasillo de las estatuas, John abrió la puerta que estaba junto a la de su habitación y encendió la luz.

Qhuinn entró con mucho cuidado, como si tuviera miedo de ensuciar la alfombra con la suela de sus botas.

—Bonita guarida.

—Mi habitación está al lado —dijo John por señas.

Sus teléfonos sonaron al mismo tiempo y el mensaje era de Phury: «Canceladas todas las clases de la próxima semana. Remitirse a la página web segura para mayor información».

John sacudió la cabeza. Habían cancelado las clases. La clínica había sido saqueada. Lash estaba secuestrado... y seguramente lo estaban torturando. Las consecuencias de lo que había ocurrido en los vestuarios no cesaban.

Aparentemente las malas noticias estaban llegando en masa, no de una en una, ni siquiera de tres en tres.

—No más clases, ¿eh? —murmuró Qhuinn, mientras parecía concentrarse tal vez demasiado en poner su mochila sobre el suelo—. Para nadie.

—Necesitamos encontrarnos con Blay —dijo John por señas—. No puedo creer que no haya mandado ningún mensaje desde que oscureció. Tal vez deberíamos ir a verlo.

Qhuinn se acercó a uno de los ventanales y retiró las pesadas cortinas.

—No creo que Blay tenga ganas de verme durante bastante tiempo. Y ya sé que te estás preguntando por qué. Pero escucha lo que te digo. En los próximos días va a necesitar que lo dejen en paz. Sólo te diré eso.

John negó con la cabeza y le envió un mensaje a Blay: «¿Ns vmos en 0Sum sta noch ya q no hay clas? Tnmos noticias q contart».

—Supongo que le estás proponiendo que nos veamos, pero te va a decir que no puede ir.

Qhuinn miró por encima del hombro cuando el tono del teléfono indicó que acababa de llegar un mensaje. Era de Blay y decía: «Sta nch no puedo, oqpado con flia. T llamo dspués».

John se guardó el teléfono en el bolsillo.

—¿Qué pasó?

—Nada. Bueno, muchas cosas… No sé…

El golpe que se escuchó en ese momento en la puerta parecía el de un puño del tamaño de una cabeza.

—¿Sí? —dijo Qhuinn.

Wrath entró a la habitación dando grandes zancadas. El rey tenía un gesto incluso más adusto que el de hacía un rato, como si hubiese recibido más malas noticias. Llevaba en la mano un maletín metálico de color negro y una correa de cuero.

Levantó las dos cosas y miró a Qhuinn con solemnidad.

—No necesito decirte que tienes que tener mucho cuidado con esto, ¿verdad?

—Claro… señor. Pero ¿qué es?

—Tus dos nuevas mejores amigas. —El rey puso el maletín sobre la cama, lo abrió y levantó la tapa.

—¡Vaya!

—Vaya —exclamó también John moviendo los labios.

Dentro, sobre un lecho gris hecho de cartón de huevo, reposaban un par de pistolas automáticas de 45 milímetros Heckler & Koch, absolutamente letales. Después de revisar la recámara de una, Wrath le entregó la pistola negra a Qhuinn, sosteniéndola por el cañón.

—V te va a hacer después una identificación en Lengua Antigua. Si las cosas se ponen críticas, deberás mostrarla y quienquiera que tengas en la mira tendrá que vérselas conmigo. Fritz te va a pedir suficiente munición como para hacer cagarse del susto a un escuadrón de infantes de marina. —Luego el rey le lanzó a Qhuinn lo que resultó ser un arnés para el pecho—. Nunca debes ir desarmado cuando estés con él. Ni siquiera en la casa. ¿Estamos de acuerdo? Así son las cosas.

Cuando Qhuinn agarró la pistola y la sopesó en su mano, John pensó que su amigo iba a hacer una broma sobre lo bueno que era estar armado. Pero en lugar de eso dijo:

—Quiero tener acceso libre al campo de tiro. Quisiera ir a practicar al menos tres veces por semana.

Wrath sonrió levantando sólo una de las comisuras de los labios.

—Si quieres, le ponemos tu nombre al campo, ¿qué te parece?

John se sintió como un convidado de piedra, de pie entre Wrath y Qhuinn, sin decir nada, pero estaba fascinado por el cambio que se había operado en su amigo. Los días de las payasadas parecían haber quedado en el olvido. Ahora parecía muy serio y duro, más duro incluso que la ropa de tipo duro que le gustaba usar.

Qhuinn señaló una puerta.

—¿Esa puerta conduce a la habitación de John?

—Sí.

—Buenas noches, señoritas.

Vishous entró en ese momento a la habitación y los ojos de Qhuinn no fueron los únicos que relampaguearon. El hermano traía en la mano una cadena bastante pesada, que tenía una placa en la punta, un par de alicates y una caja de herramientas.

—Siéntate, niño —dijo V.

—Vamos —dijo Wrath y señaló la cama con un gesto de la cabeza—. Llegó la hora de las cadenas… esa placa tiene grabado el emblema de John. También te van a hacer un tatuaje. Esto es de por vida, ya te lo dije.

Qhuinn se sentó sin decir palabra y V se le acercó por detrás, le pasó la cadena alrededor de la garganta y luego cerró el eslabón que estaba abierto. El medallón quedó a la altura de la clavícula, un poco por debajo.

—Esto sólo sale cuando te mueres o si te despiden. —V le dio un golpe a Qhuinn en el hombro—. Y, por cierto, de acuerdo con las leyes antiguas, si te despiden, la carta de despido es la guillotina, ¿entendido? Así es como se quita la cadena. Si te mueres por tu cuenta, rompemos uno de los eslabones. Porque profanar un cadáver es de mal gusto. Ahora, el tatuaje.

Qhuinn comenzó a quitarse la camisa.

—Siempre había querido un tatuaje…

—Te puedes dejar la camisa. —Al ver que V abría la tapa de la caja de herramientas y sacaba una pistola de tatuar, Qhuinn se recogió una manga hasta el hombro—. No, tampoco necesito tu brazo.

Mientras Qhuinn fruncía el ceño con desconcierto, Vishous conectó el cable a la corriente y se puso dos guantes de látex negros. Luego abrió sobre la mesa de noche un pequeño frasco negro, otro rojo y uno aún más grande que contenía una solución transparente.

—Da media vuelta y mírame de frente. —El hermano sacó un pedazo de tela blanca y un paquete con una toallita desinfectante, al tiempo que Qhuinn se giraba y apoyaba las manos sobre las rodillas—. Mira hacia arriba.

«¿En la cara?», pensó John, al ver que V limpiaba con la toallita desinfectante la parte superior de la mejilla izquierda de Qhuinn.

Qhuinn no se movió. Ni siquiera cuando se comenzó a oír el zumbido de la aguja.

John trató de ver qué le estaban dibujando, pero no pudo. Era extraño que usaran tinta roja. Había oído que el único color permitido era el negro…

«Puta… mierda», pensó John cuando V dio un paso atrás.

El tatuaje representaba una sola lágrima roja delineada en negro.

Entonces Wrath dijo:

—Eso simboliza que estás dispuesto a derramar tu sangre por John. También permite que todo el mundo sepa, con toda claridad, cuál es tu posición. Si John muere, será rellenada con tinta negra, para dar a entender que serviste a alguien influyente de manera honorable. Si las cosas no funcionan, será tachada con una X para exhibir tu vergüenza ante la raza.

Qhuinn se puso de pie y se acercó al espejo.

—Me gusta.

—¡Qué bien! —dijo V con sorna, mientras se acercaba y aplicaba un ungüento transparente sobre la tinta.

—¿Podrías hacerme otro?

V miró a Wrath y luego se encogió de hombros.

—¿Qué quieres que te haga?

Qhuinn se señaló la nuca.

—Quiero que aquí diga «18 de agosto de 2008», en Lengua Antigua. Y hazlo grande.

«La fecha de hoy», pensó John.

V asintió con la cabeza.

—Sí. Puedo hacerlo. Pero tiene que ser en tinta negra. El rojo es sólo para casos especiales.

—Sí. Está bien. —Qhuinn regresó a la cama y se sentó sobre el borde del colchón, con las piernas cruzadas. Luego inclinó la cabeza hacia delante para descubrir la nuca—. Y quiero la fecha en letras, por favor.

—Eso va a ser grande.

—Sí.

V soltó una carcajada.

—Me gustas, chico. Ahora, levántate la cadena y déjame trabajar.

Fue relativamente rápido. El zumbido de la pistola fluctuaba como el motor de un coche, acelerando y aflojando, acelerando y aflojando. V agregó un bonito arabesco artístico debajo de las letras y luego lo rodeó todo con una línea, para que el tatuaje pareciera una especie de placa.

Esta vez John se colocó detrás de V y lo observó todo con detalle. Las tres líneas de texto se veían estupendamente y, considerando lo largo que Qhuinn tenía el cuello y lo corto que solía llevar el pelo, siempre se iban a ver.

John también quería un tatuaje. Pero ¿qué podía hacer?

—Ha quedado perfecto —dijo V, mientras limpiaba la piel con el trapo que al comienzo era blanco y ahora estaba cubierto de manchas.

—Gracias —dijo Qhuinn, mientras V le aplicaba un poco más de ungüento y sentía la tinta fresca sobre la piel—. Muchas gracias.

—Todavía no lo has visto. No sabes si te escribí «imbécil» ahí atrás.

—No. Nunca dudaría de ti —dijo Qhuinn y le dedicó una sonrisa al hermano.

Vishous esbozó una sonrisa y por su cara dura y llena de tatuajes cruzó una expresión de aprobación.

—Sí, bueno, no eres de los que se acobardan. Los que se acobardan son los que terminan con marcas muy feas. Los que se mantienen firmes obtienen los mejores tatuajes.

V estrechó la mano del muchacho y luego recogió sus cosas y se marchó, mientras Qhuinn iba al baño y usaba un espejo de mano para ver el trabajo.

—Es hermoso —señaló John desde atrás—. De verdad, muy bonito.

—Es exactamente lo que quería —murmuró Qhuinn, mientras observaba el letrero que cubría ahora toda su nuca.

Cuando los dos muchachos regresaron a la habitación, Wrath se metió la mano en el bolsillo trasero, sacó un juego de llaves de coche y se las entregó a Qhuinn.

—Son las llaves del Mercedes. Si vas a algún lado con él, te llevas ese coche hasta que te consigamos otro. Está completamente blindado y corre más rápido que cualquier otra cosa que te cruces en el camino.

—¿Y puedo llevarlo al Zero Sum?

—John no es ningún prisionero.

John dio una patada en el suelo y dijo con señas:

—Tampoco soy un niño.

Wrath soltó una carcajada.

—Nunca dije que lo fueras. John, dale las contraseñas de todas las puertas y del túnel y de las rejas de la entrada.

—¿Qué hay de las clases? —preguntó Qhuinn—. Cuando vuelvan a comenzar, ¿debo quedarme con John, aunque esté fuera del programa?

Wrath avanzó hasta la puerta y luego se detuvo.

—Nos ocuparemos de eso a su debido tiempo. Por el momento, el futuro es un poco incierto. Como de costumbre.

Cuando el rey salió, John pensó en Blay. En realidad debería haber estado con ellos en todos aquellos sucesos.

—Me gustaría ir al Zero Sum —dijo por señas.

—¿Por qué? ¿Porque crees que así podremos ver a Blay? —Qhuinn caminó hasta donde estaba el maletín y cargó la segunda pistola; al encajar en su sitio, el cargador dio un chasquido.

—Tienes que decirme qué está pasando. Ahora mismo.

Qhuinn se puso el arnés y enfundó las pistolas, que quedaron debajo de sus brazos. Tenía un aire… poderoso. Letal. Si John no lo conociera de antes, al verlo con ese pelo negro cortado al rape y esos piercings en la oreja y ese tatuaje debajo del ojo de color azul, habría jurado que estaba frente a un hermano.

—¿Qué sucedió entre Blay y tú?

—Corté de raíz con él y fui muy cruel.

—Por Dios… y ¿por qué?

—Yo iba directo a la cárcel, acusado de asesinato, ¿recuerdas? Blay se habría muerto de la angustia pensando en mí. Eso habría acabado con su vida. Pensé que era mejor que me odiara a permitir que pasara toda la vida con esa pena.

—No te ofendas, pero ¿de verdad crees que eres tan importante para él?

Qhuinn clavó sus ojos dispares en los de John.

—Sí. Lo soy. Y no hagas más preguntas al respecto.

John sabía reconocer un límite cuando se lo encontraba y, en esa conversación, acababa de estrellarse contra una pared de cemento rodeada de alambre de púas.

—De todas formas quiero ir al Zero Sum, y todavía quiero darle la oportunidad de encontrarse con nosotros.

Qhuinn sacó una chaqueta ligera de su morral y pareció absorto en sus pensamientos por un instante. Cuando dio media vuelta, ya tenía otra vez esa sonrisita del que cree que se las sabe todas.

—Tus deseos son órdenes para mí, mi príncipe.

—No me llames así.

Mientras se dirigía a la salida, John le envió un mensaje a Blay, con la esperanza de que su amigo apareciera en algún momento. Tal vez si lo presionaba bastante, Blay cedería.

—Entonces, ¿cómo debo llamarte? —dijo Qhuinn, al tiempo que saltaba para abrirle la puerta con una reverencia—. ¿Preferirías, «mi señor»?

—Déjame en paz, ¿quieres?

—¿Y qué tal esa vieja expresión de «amo»? —Al ver que John sólo lo fulminaba con la mirada, Qhuinn se encogió de hombros—. Está bien, entonces te llamaré cabezón. Pero es tu culpa, yo te di otras opciones. Hice lo que pude.

Las dos cosas que más le gustaban a la glymera, por encima de todo lo demás, eran una buena fiesta y un buen funeral. Con el asesinato de los padres de Lash, iban a tener ambas.

Phury estaba sentado frente al ordenador, en la oficina del centro de entrenamiento, y un dolor de cabeza intenso hacía presión sobre su ojo izquierdo. Sentía como si el hechicero le estuviese clavando un picahielos en el nervio óptico.

«En realidad es un taladro, socio», dijo el hechicero.

Claro, pensó Phury. Claro que es un taladro.

«¿Te vas a poner sarcástico?», dijo el hechicero. «Ah, claro. Hiciste todo lo posible para convertirte en un drogadicto y en una decepción para tus hermanos, y ahora que lo has logrado te estás volviendo descarado. ¿Sabes? Tal vez deberías empezar a ofrecer un seminario. Los diez pasos de Phury, hijo de Ahgony, para convertirse en un fracasado completo. ¿Quieres que empiece a contarte cómo va? Comencemos con lo primero: nacer».

Phury apoyó los codos a cada lado del portátil y se dio un masaje sobre las sienes, tratando de mantenerse en el mundo real, en lugar de perderse en el tétrico mundo del hechicero.

La pantalla del ordenador se encendió de repente y, mientras la miraba, Phury pensó en toda la mierda que estaba llegando al buzón de correo electrónico de la Hermandad. La glymera sencillamente no parecía entender lo que estaba pasando. En el mensaje general que les había enviado a todos, informaba a la aristocracia de los ataques y les pedía que se marcharan de Caldwell a la mayor brevedad y se refugiaran en sus casas de seguridad. Había tenido mucho cuidado al elegir las palabras, para no a despertar una ola de pánico, pero era evidente que no había sido lo suficientemente explícito.

Aunque habría jurado que el asesinato de su leahdyre y su shellan en su propia casa sería más que suficiente.

Dios, la Sociedad Restrictiva había causado muchas muertes entre la noche anterior y ésta… y, considerando las respuestas de la glymera, pronto iba a haber más.

Lash sabía dónde vivían todas las familias aristocráticas de la ciudad, así que había muchas posibilidades de que una parte significativa de la glymera hubiera quedado expuesta y estuviera en peligro de ser atacada. Y el pobre chico tampoco tenía que darles todas las direcciones bajo tortura. Si los restrictores entraban a un par de esas casas, hallarían pistas para llegar a muchas otras: libretas de direcciones, invitaciones a fiestas, agendas de reuniones. La información que saliera de Lash iba a ser como un terremoto que rompiera una falla tectónica y todo iba a salir volando en pedazos.

Pero ¿acaso la glymera iba a ser capaz de asumir una actitud inteligente frente a la amenaza? No.

Según el correo que acababa de llegar, del tesorero del Consejo de Princeps, esos idiotas no se iban a ir a sus casas de seguridad. En lugar de eso, tenían que guardar luto por la «dolorosa pérdida de un macho tan importante y su distinguida esposa», y para eso iban a dar otra fiesta.

No cabía duda de que estaba comenzando toda una lucha de poder para saber quién sería el próximo leahdyre.

Y para terminar, el tipo había agregado un pequeño párrafo aclarando que ahora sería el Consejo de la glymera el que recibiría la indemnización que le correspondía a la familia de Lash, como resultado de las acciones de Qhuinn.

Así de generosos eran. No es que quisieran el dinero para embolsárselo ellos y… digamos… celebrar el nombramiento del nuevo leahdyre. No, claro que no. Sólo estaban «salvaguardando el importante precedente de garantizar que las malas acciones no quedaran impunes».

¡Claro que sí!

Gracias a Dios, Qhuinn se había librado de las garras de esa gente, aunque el hecho de que Wrath hubiese nombrado al chico ahstrux nohtrum de John había sido toda una sorpresa. Un movimiento muy audaz, en especial porque lo había hecho con carácter retroactivo. ¿Y todo eso para cubrir lo que aparentemente era sólo una pelea que Qhuinn había detenido de manera inapropiada? En esas duchas debía haber pasado algo más, algo que se iba a mantener en secreto. De otra manera, la actuación de Wrath no tendría sentido.

La glymera se iba a dar cuenta de que Wrath estaba protegiendo a Qhuinn y ese nombramiento terminaría volviéndose contra el rey en algún momento. Pero de todas maneras, Phury se alegraba de la forma en que habían terminado las cosas. John, Blay y Qhuinn eran los mejores estudiantes de todo el programa, y Lash... bueno, Lash siempre había sido un problema.

Qhuinn podía tener los ojos de dos colores distintos, pero el que tenía un defecto de verdad era Lash. Ese chico siempre había tenido algo raro.

El ordenador pitó cuando llegó otro mensaje al buzón de la Hermandad. Esta vez era un mensaje del asistente del fallecido leahdyre. Y resultaba que el tipo estaba invitando a sus compañeros a adoptar «una posición firme contra lo que constituye una trágica serie de muertes, pero que, en última instancia, no es más que una insignificante amenaza para la seguridad de nuestros hogares. Lo que debemos hacer en este momento es reunirnos para celebrar juntos los rituales fúnebres que se merecen nuestros queridos amigos desaparecidos...».

Bueno, hablando de estupideces, allí había una bien grande. Cualquiera que tuviera dos dedos de frente estaría guardando todo lo que pudiera en sus maletas Louis Vuitton y saldría corriendo de la ciudad hasta que las cosas se calmaran. Pero no, estos imbéciles preferían sacar sus polainas y sus guantes y portarse como si estuvieran en una película de Merchant-Ivory, con toda esa ropa negra y esas expresiones formales de condolencia. Phury ya podía oír las elaboradas expresiones de falsa simpatía que intercambiarían entre ellos, mientras un ejército de doggen uniformados repartía canapés, y por debajo se iniciaba la pelea por el control político.

De todas maneras Phury esperaba que en algún momento entraran en razón, pues aunque esa gente le parecía detestable, tampoco quería que al día siguiente se despertaran muertos, por decirlo así. Wrath podría tratar de ordenarles que se marcharan de Caldwell, pero lo más probable es que eso los volviera más recalcitrantes. El rey y la aristocracia no eran muy amigos. Joder, si apenas eran aliados.

Luego llegó otro mensaje, con más de lo mismo: «Nos vamos a quedar y daremos una fiesta».

Por Dios, necesitaba un porro.

Y necesitaba…

De pronto se abrió la puerta del armario y Cormia salió del pasaje secreto que llevaba al túnel. Tenía una rosa color lavanda en la mano y una elegante y circunspecta expresión en el rostro.

—¿Cormia? —dijo Phury y se sintió ridículo. Como si ella hubiese podido cambiarse el nombre a Trixie o Irene en algún momento del día—. ¿Sucede algo malo?

—No era mi intención molestarlo. Fritz sugirió… —Cormia dio media vuelta como si esperara ver al mayordomo detrás de ella—. Ah… Fritz me trajo hasta aquí.

Phury se levantó, pensando que el mayordomo debía estarlo compensando por su inoportuna interrupción de la noche anterior. Y si eso no convertía al doggen en todo un héroe, poco le faltaba.

—Me alegra que estés aquí.

Bueno, tal vez «alegrarse» no era exactamente la palabra correcta. Desgraciadamente, al ver a Cormia su necesidad de fumarse un porro fue reemplazada por la urgente necesidad de hacer otra cosa con la boca. Aunque la acción de chupar seguía haciendo parte del asunto.

En ese momento llegó otro mensaje y el portátil emitió un pitido. Los dos miraron hacia el ordenador.

—Si está ocupado, puedo irme…

—No, no lo estoy. —La glymera era como una pared de ladrillo y, considerando que ya tenía dolor de cabeza, no había razón para seguir estrellándose contra su terquedad. Era una tragedia, pero no había nada que él pudiera hacer hasta que ocurriera otra cosa mala y tuviera que enviar nuevamente un correo…

Aunque seguramente no sería él quien lo enviara, ¿o sí? Sólo estaba al frente del teclado porque todos los demás estaban ocupados con sus dagas.

—¿Cómo estás? —preguntó Phury para acallar su voz interna. Y también porque le interesaba la respuesta.

Cormia le echó un vistazo a la oficina.

—Nunca me habría imaginado que esto estaba aquí abajo.

—¿Te gustaría conocer el lugar?

Cormia vaciló y levantó su rosa color lavanda… el mismo color de la pulsera que John Matthew le había regalado.

—Creo que mi flor necesita beber algo.

—Puedo ocuparme de eso. —Movido por el deseo de darle algo, lo que fuera, estiró la mano y agarró un paquete de veinticuatro botellas de Polar Spring y sacó una. Luego le quitó la tapa, le dio un sorbo para bajar el nivel del agua y la puso sobre el escritorio—. Creo que con esto será suficiente para mantenerla contenta.

Phury se quedó observando las manos de Cormia, mientras ponía la rosa en el florero improvisado. Eran tan hermosas y pálidas y… realmente necesitaba sentirlas sobre su piel.

Por todo su cuerpo.

Al ponerse de pie y salir de detrás del escritorio, Phury tuvo buen cuidado de sacarse la camisa, de manera que los faldones cubrieran la parte delantera de sus pantalones. No le gustaba vestir con descuido, pero era mejor verse un poco desarreglado a correr el riesgo de que Cormia viera que estaba excitado.

Y estaba excitado. Completamente excitado. Phury tenía el presentimiento de que esto siempre le iba a suceder cuando estuviera cerca de ella: era como si el hecho de haber eyaculado en la mano de Cormia la noche anterior lo hubiese cambiado todo.

El vampiro abrió la puerta que salía al pasillo y la sostuvo así para que Cormia pasara.

—Ven a conocer nuestro centro de entrenamiento.

Cormia lo siguió hasta el pasillo y luego Phury la llevó por un recorrido completo, contándole qué cosas se hacían en el gimnasio, en el cuarto de equipos, en la sala de terapia física y en el campo de tiro. Ella parecía interesada, pero guardó silencio durante casi todo el tiempo, y Phury tuvo la sensación de que quería decirle algo.

Y podía adivinar de qué se trataba.

Cormia iba a regresar al Otro Lado.

Phury se detuvo en los vestuarios.

—Aquí es donde los chicos se bañan y se cambian de ropa. Las aulas de clase están más allá.

Por Dios, no quería que Cormia se fuera. Pero ¿qué demonios esperaba que hiciese? Después de la decisión que había tomado él, ella ya no tenía nada que hacer ahí.

«Y tú tampoco tienes nada que hacer aquí», señaló el hechicero.

—Vamos, déjame mostrarte una de las aulas —le dijo para dilatar más las cosas.

Phury le mostró la que él solía usar y sintió una curiosa sensación de orgullo al mostrarle el lugar donde trabajaba.

Donde solía trabajar antes.

—¿Qué es todo eso? —preguntó Cormia y señaló hacia la pizarra, que estaba llena de dibujos.

—Ah… sí… —Phury se acercó, cogió un borrador de fieltro y comenzó a borrar rápidamente el análisis de lo que podría ocurrir si llegara a estallar una bomba en el centro de Caldwell.

Cormia cruzó los brazos sobre el pecho, pero su actitud parecía el gesto de alguien que se está conteniendo más que el de alguien que quiere defenderse.

—¿Usted cree que no sé qué es lo que hace la Hermandad?

—Me imagino que lo sabes, pero eso no significa que quiera recordártelo.

—¿Algún día va a regresar a la Hermandad?

Phury se quedó paralizado y pensó que Bella debía habérselo contado todo.

—No sabía que estabas al tanto de que me han apartado.

—Lo siento, no es de mi incumbencia…

—No, está bien… La verdad es que creo que mis días como guerrero han llegado a su fin. —Phury, que estaba de cara a la pizarra, miró por encima del hombro y quedó impactado al ver lo hermosa que estaba, con la espalda apoyada contra una de las mesas en que se sentaban los estudiantes y los brazos cruzados—. Oye… ¿te importa que te dibuje?

Cormia se sonrojó.

—Supongo que… Bueno, si lo desea. ¿Tengo que hacer algo?

—Sólo quédate donde estás. —Phury dejó el borrador sobre el estante inferior de la pizarra y alcanzó un trozo de tiza—. En realidad… ¿podrías soltarte el pelo?

Como ella no respondió enseguida, Phury se volvió a mirarla y se sorprendió al ver que tenía las manos en el pelo y estaba quitándose las horquillas doradas. Uno a uno, los mechones de cabello rubio fueron cayendo y enmarcando su cara, su cuello, sus hombros.

Incluso bajo las horribles luces fluorescentes del salón en que se encontraban, Cormia estaba radiante.

—Siéntate sobre la mesa —dijo Phury con voz ronca—. Por favor.

Cormia hizo lo que él le pidió y cruzó las piernas… y, Dios, al hacerlo, la túnica se abrió, destapándole las piernas hasta la altura de los muslos. Cuando ella trató de arreglársela, Phury murmuró:

—Déjala. Así está bien.

Entonces ella se quedó quieta y luego se echó hacia atrás y apoyó las manos sobre la mesa para mantenerse derecha.

—¿Así le vale?

—No te muevas.

Phury se tomó su tiempo para dibujarla y la tiza se convirtió en una prolongación de sus manos a medida que recorrían el cuerpo de Cormia, deteniéndose en el cuello y la ondulación de los senos, en la curva de las caderas y la larga y suave extensión de sus piernas. Mientras transfería su imagen a la pizarra, Phury pensó que le hacía el amor, arrullado por el sonido del roce de la tiza.

O tal vez eso no era más que su propia respiración.

—Dibuja usted muy bien —dijo Cormia en cierto momento.

Pero Phury estaba demasiado ocupado y ávido como para contestar, demasiado obsesionado con lo que se imaginaba que haría en cuanto terminase.

Después de una eternidad que duró sólo un instante, Phury dio un paso atrás para evaluar su obra. Era perfecta. No sólo era la imagen de Cormia, sino algo más… aunque había un trasfondo sexual en toda la composición que debía resultar obvio hasta para ella. Phury no quería asustarla, pero tampoco podría haber cambiado ese aspecto del dibujo. Estaba presente en cada línea de su cuerpo, de su postura, de su rostro. Era el ideal sexual femenino. Al menos para él.

—Está terminado —dijo Phury bruscamente.

—¿Ésa… soy yo?

—Es como yo te veo.

Hubo un largo silencio y luego Cormia dijo, con un cierto tono de asombro:

—Usted piensa que soy hermosa.

Phury siguió con el dedo las líneas que había dibujado.

—Sí, así es. —El silencio que siguió pareció ampliar la distancia entre ellos y Phury se sintió incómodo—. Bueno, ahora… —dijo—. No podemos dejar esto aquí…

—¡Por favor, no! —dijo Cormia y levantó una mano—. Quisiera mirarme un poco más. Por favor.

Muy bien. Claro. Lo que digas. Demonios, a esas alturas, Cormia habría podido pedirle al corazón de Phury que se detuviera, y el maldito habría obedecido con gusto. Ella se había convertido en su torre de control, en la dueña de su cuerpo, y él estaba dispuesto a hacer cualquier cosa que le pidiese que hiciera o dijera. Sin hacer preguntas. Sin importar los medios que tuviera que emplear para lograrlo.

En el fondo de su mente, Phury sabía que todo eso era el comportamiento característico de un macho que ha encontrado a su compañera: la hembra era la que daba las órdenes, tú obedecías, y punto. Sólo que él no podía haber establecido ese tipo de vínculo con ella.

—Es tan hermoso —dijo Cormia, con los ojos fijos en la pizarra.

Phury se volvió para mirarla a la cara.

—Eres tú, Cormia. Así eres tú.

Los ojos de la muchacha relampaguearon y luego, como si se hubiese sentido incómoda de repente, se llevó las manos a la abertura de la túnica y la cerró.

—Por favor, no —susurró él, repitiendo las palabras que ella había dicho hacía solo un momento—. Déjame mirar un poco más. Por favor.

La tensión estalló entre ellos y parecía cargada de electricidad.

—Lo siento —dijo Phury, molesto consigo mismo—. No fue mi intención hacerte sentir...

Entonces Cormia retiró las manos y la suave tela blanca de la túnica volvió a abrirse de manera tan obediente que Phury sintió ganas de acariciarle la cabeza y darle un hueso a la dócil tela.

—Su aroma es muy penetrante —dijo Cormia con voz profunda.

—Sí. —Entonces Phury dejó la tiza en su puesto y tomó aire, llenándose la nariz de ese olor a jazmín—. Al igual que el tuyo.

—Le gustaría besarme, ¿verdad?

Phury asintió con la cabeza.

—Sí, así es.

—Usted se sacó la camisa del pantalón. ¿Por qué?

—Porque estoy excitado. Me excité desde el momento en que entraste a la oficina.

Cormia ronroneó al escuchar esas palabras y enseguida bajó la mirada desde el pecho hasta las caderas de Phury. Y cuando entreabrió los labios, Phury sabía exactamente en qué estaba pensando: en la manera en que había eyaculado en su mano.

—Es asombroso —dijo ella con voz suave—. Cuando estoy con usted de esta manera, nada más parece importar. Nada, excepto...

Phury se acercó a ella.

—Lo sé.

Cuando el macho se detuvo frente a ella, Cormia levantó la vista.

—¿Va a besarme?

—Si me lo permites.

—No deberíamos —dijo Cormia y apoyó las manos contra el pecho de Phury. Pero no lo empujó para que se alejara. En lugar de eso se aferró a su camisa como si fuera un salvavidas—. No deberíamos.

—Es cierto. —Phury le quitó un mechón de pelo de la cara y se lo metió detrás de la oreja. Era tal su desesperación por estar dentro de ella de alguna manera, de cualquier manera, que su lóbulo frontal sufrió un cortocircuito y lo que comenzó a sentir al estar delante de ella sólo tenía que ver con sus necesidades más primordiales, los instintos básicos de un macho—. Pero esto puede ser un asunto privado, Cormia. Sólo entre tú y yo.

—Privado… me gustan las cosas privadas. —Cormia levantó la barbilla hacia arriba, ofreciéndole lo que él quería.

—A mí también —gruñó Phury, poniéndose de rodillas.

Cormia pareció un poco desconcertada.

—Pensé que quería besarme…

—Así es. —Phury deslizó las palmas por los tobillos de la muchacha y comenzó a acariciarle las pantorrillas—. Me muero por hacerlo.

—Pero entonces, ¿por qué…?

Phury le descruzó las piernas con delicadeza y le dio las gracias mentalmente a esa bendita túnica, que se corrió completamente hacia los lados, dejando ante sus ojos el panorama completo de las caderas y los muslos y esa pequeña abertura de Cormia que tanto necesitaba.

Luego se pasó la lengua por los labios, mientras deslizaba las manos hacia arriba por la parte interna de los muslos de Cormia, abriéndole las piernas lentamente, de manera inexorable. Con un suspiro erótico, ella se echó hacia atrás para abrirle espacio, un gesto que confirmó que estaba de acuerdo con lo que estaba sucediendo, y tan preparada para ello como él.

—Recuéstate —dijo Phury—. Recuéstate y túmbate sobre la mesa.

Cormia parecía tan suave como la crema, mientras se recostaba hacia atrás hasta quedar completamente tendida sobre la mesa.

—¿Así?

—Sí… exactamente así.

Phury bajó la palma de la mano por la parte posterior de una de las piernas de Cormia y le extendió el pie hasta apoyarlo contra su hombro. Entonces comenzó a besarla en la pantorrilla y siguió el mismo camino que sus manos habían acariciado hacía un momento, subiendo cada vez más y más. Se detuvo a la altura de la mitad del muslo y volvió a mirarla para ver si ella estaba realmente de acuerdo. Cormia lo estaba observando con unos ojos verdes enormes y tenía los dedos sobre los labios y la respiración entrecortada.

—¿Estás de acuerdo con que sigamos adelante? —le preguntó con voz carrasposa—. Porque una vez que comience, va a ser muy difícil detenerme, y no quiero asustarte.

—¿Qué me va a hacer?

—Lo mismo que tú me hiciste anoche con tu mano. Sólo que yo voy a usar la boca.

Cormia gimió y entornó los ojos.

—Ay, querida Virgen Escribana…

—¿Eso es un sí?

—Sí.

Phury estiró la mano hasta alcanzar el lazo de la túnica.

—Confía en mí. Seré delicado.

Y, mierda, sí, Phury estaba seguro de que lo haría. Una parte de él tenía la absoluta certeza de que iba a complacerla, aunque nunca antes hubiese hecho aquello.

Soltó el lazo y abrió completamente la túnica.

El cuerpo de Cormia apareció ante él, desde sus senos altos y erguidos, pasando por el valle absolutamente plano de su vientre, hasta los adorables labios pálidos de su sexo. Al ver que Cormia bajaba la mano y la apoyaba sobre el montículo de su sexo, ella se convirtió en el dibujo que él había hecho el día antes, toda sexualidad y poderosa fuerza femenina… sólo que esta vez era de carne y hueso.

—Por… Dios santo. —Phury sintió que sus colmillos se alargaban dentro de su boca, recordándole que hacía tiempo que no se alimentaba. Y al oír un ruido que brotó de su garganta a manera de exigencia y súplica, no pudo saber si el gemido era provocado por la necesidad de probar el sexo de Cormia o su sangre.

Aunque, ¿realmente tenía algún sentido esa división?

—Cormia… te necesito.

La forma en que ella abrió las piernas no era comparable a ningún otro regalo que le hubiesen hecho en la vida y, cuando ella se abrió un poco más, Phury pudo ver el pequeño núcleo rosado que estaba buscando. Y ya estaba brillando.

Pero él se iba a asegurar de que brillara todavía más.

Con un gruñido, se abalanzó sobre ella y acercó la boca a su sexo, encaminándose directamente al centro de su cuerpo.

Los dos dejaron escapar un grito. Y gritaron otra vez cuando ella le enterró las manos entre el pelo, él la agarró de los muslos con fuerza y se internó todavía más. La sentía tan caliente contra sus labios, y tan húmeda… Hizo que se pusiera más ardiente y se mojara más, besando y chupando su sexo. Mientras Cormia gemía, el instinto se apoderó de los dos y allanó el camino para que él comenzara a lamerla y ella empezase a mover las caderas.

Dios, los gemidos eran increíbles.

Pero saborearla era mucho mejor.

Cuando levantó la vista por encima del estómago para mirarle los senos, sintió el impulso de tocarle los pezones. Así que estiró las manos y los apretó suavemente y después los acarició con sus pulgares.

Ella arqueó el cuerpo de forma tan seductora que casi lo hace eyacular. Sencillamente, era demasiado.

—Mueve las caderas más rápido —dijo entonces Phury—. Por favor… Ay, Dios, mueve tus caderas contra mí.

Cuando la pelvis de Cormia comenzó a sacudirse, Phury sacó la lengua y dejó que ella cabalgara sobre su lengua como quisiera, usándola para darse placer. Pero eso no duró mucho, pues él necesitaba estar más cerca. Así que le agarró las caderas con las palmas y apretó la cara contra la vagina de Cormia, desde la barbilla hasta la nariz, y ella se convirtió en lo único que él saboreaba y olía y conocía.

Y luego llegó el momento de ponerse realmente serio.

Entonces se movió hacia arriba y comenzó a lamerle insistentemente la parte superior de la vagina y supo que había encontrado el lugar correcto cuando escuchó los jadeos más intensos de Cormia. Y cuando ella comenzó a mover adelante y atrás las caderas con creciente frenesí, él le agarró una mano para tranquilizarla. Cormia se aferró con tanta fuerza a esa mano que iba a dejarle marcadas las uñas en la piel y Phury pensó que eso era fantástico. También quería tener esas marcas en la espalda… y en el trasero, mientras la penetraba.

Phury quería cubrirla completamente, estar dentro de ella.

Él también quería dejar sus propias marcas.

* * *

Cormia sabía que su cuerpo estaba haciendo exactamente lo mismo que había hecho el cuerpo del Gran Padre el día anterior. Y supo que se encontraba en el mismo lugar en que él había estado cuando percibió la tormenta que se arremolinaba dentro de ella y esa sensación de urgencia y el calor que rugía por sus venas.

Estaba al borde.

Cormia sentía entre sus piernas el cuerpo inmenso del Gran Padre, abriéndola con sus hombros de gigante. Y ese magnífico pelo de colores que le cubría los muslos, mientras la boca de él se apretaba contra la parte más sensible de su cuerpo, en un encuentro de labios contra labios y una lengua imparable contra sus pliegues húmedos. Todo parecía tan glorioso, tan maravillosamente aterrador y tan inevitable... y la única razón por la que no estaba completamente abrumada era porque él la tenía agarrada de la mano y ese contacto era mejor en muchos sentidos que cualquier cosa que pudiera decirle, pero no decía nada, sobre todo, porque si él trataba de hablarle, tendría que dejar de hacer lo que estaba haciendo, y eso sería todo un crimen.

Justo cuando pensó que se iba a romper en mil pedazos, una oleada de energía estalló en todo su cuerpo, impulsándola hacia arriba y arrastrándola hacia algún otro lugar, mientras se agitaba rítmicamente. Y cuando toda esa maravillosa tensión estalló, la descarga fue tan placentera que sus ojos se llenaron de lágrimas y gritó algo... o tal vez no gritó nada y lo que oyó fue sólo la explosión de su aliento.

Cuando terminó, el Gran Padre levantó la cabeza y le dio una última caricia con su lengua en sentido ascendente, antes de apartarse de su centro.

—¿Estás bien? —le preguntó, mientras la miraba con una expresión salvaje que hacía brillar más sus ojos amarillos.

Cormia abrió la boca para hablar, pero al ver que de sus labios no salía nada coherente, sólo asintió con la cabeza.

El Gran Padre se lamió los labios lentamente, dejando ver las puntas de unos colmillos que se habían alargado... y se volvieron todavía más largos cuando su mirada se posó en el cuello de Cormia.

Volver la cabeza hacia un lado y ofrecerle su vena pareció, entonces, la cosa más natural del mundo.

—Tome de mi vena —dijo Cormia.

Los ojos del Gran Padre relampaguearon mientras se subía sobre ella, besándola en el estómago y deteniéndose brevemente sobre uno de los pezones para lamerlo. Y cuando sus colmillos llegaron a la altura de la garganta, él preguntó:

—¿Estás segura?

—Sí… Ay, Dios…

El mordisco fue contundente y profundo y sucedió tan rápido… tal y como ella se había imaginado que sería. Después de todo, se trataba de un hermano necesitado de aquello de lo que se alimentaban todos, y ella no era ninguna muñequita frágil que pudiera quebrarse. Cormia dio y él tomó y entonces sintió que se comenzaba a formar otra vez dentro de ella una ola de tensión salvaje como la de hacía un momento.

Así que se movió sobre la mesa para abrir las piernas y dijo:

—Hágame suya. Mientras está en eso… entre en mí.

El Gran Padre dejó escapar un gruñido salvaje y, sin separarse de su garganta, comenzó a abrirse los pantalones, hasta que la hebilla del cinturón golpeó contra la mesa produciendo un sonido metálico. Luego la deslizó bruscamente sobre la mesa hasta el borde, metió las manos por detrás de sus rodillas y le abrió las piernas.

Cormia sintió enseguida algo duro y ardiente que hizo presión contra su…

Pero súbitamente se detuvo.

Y la succión también se fue reduciendo hasta convertirse en una suave caricia de la lengua y después unos besos pequeños, hasta que el Gran Padre se quedó completamente inmóvil y la única señal de vida eran las ondulaciones de su respiración. Y aunque Cormia todavía podía sentir el deseo que hervía en su sangre y todavía podía oler el aroma a especias negras que él despedía, y percibía que él necesitaba seguir alimentándose, el vampiro no se movió. Se quedó inmóvil aunque la tenía totalmente a su disposición.

Después de un rato le soltó las piernas, dejándolas caer con suavidad, y la levantó, al tiempo que hundía la cabeza en el hombro de ella.

Cormia lo abrazó con ternura, mientras que él apoyaba el tremendo peso de sus músculos y sus huesos contra el suelo y la mesa, para evitar aplastarla.

—¿Está usted bien? —le dijo ella al oído.

El Gran Padre movió la cabeza hacia arriba y hacia abajo y se apretó aún más contra ella.

—Necesito que sepas algo.

—¿Qué es lo que le aflige? —preguntó la hembra, mientras le acariciaba el hombro—. Hábleme.

Entonces el Gran Padre dijo algo que ella no alcanzó a oír.

—¿Qué?

—Soy… virgen.

E sta noche? —preguntó Xhex—. ¿Tienes que viajar al norte
esta noche?

Rehv asintió con la cabeza y volvió a concentrarse en la
revisión de los planos de su nuevo club. Los rollos de papel estaban extendidos sobre su escritorio y los diseños arquitectónicos
se imponían sobre todos los demás papeles.

No. Eso no era lo que él quería. Había algo malo con la
circulación… era demasiado abierta. Rehv quería una distribución
llena de espacios pequeños, donde la gente pudiera desaparecer
entre las sombras. Quería una pista de baile, claro, pero que no
fuese cuadrada. Quería algo fuera de lo común. Misterioso. Un
poco amenazador y muy elegante. Quería que su club fuera una
combinación de Edgar Allan Poe, Bram Stoker y Jack el Destri-
pador, pero hecha en cromo niquelado y con muchas superficies
negras y lustrosas. Un ambiente victoriano combinado con el gótico moderno.

Lo que estaba viendo se parecía a cualquier otro club de la
ciudad.

Rehv hizo los planos a un lado y miró su reloj.

—Tengo que irme.

Xhex cruzó los brazos y se plantó en la puerta de la oficina.

—No, no lo vas a hacer —dijo Rehv.

—Pero quiero ir.

—¿Acaso estoy teniendo un desagradable *déjà vu*? ¿No pasamos por esto mismo hace dos noches? ¿Al igual que cientos de noches anteriores? La respuesta es, y siempre será no.

—¿Por qué? —replicó ella—. Nunca he entendido el porqué. Dejas que Trez vaya.

—Trez es diferente. —Rehv se puso su abrigo de piel y abrió un cajón del escritorio. El nuevo par de pistolas Glock calibre 40 que acababa de comprar encajaban perfectamente en el arnés que se puso debajo de la chaqueta de Bottega Veneta.

—Sé lo que haces con ella.

Rehv se quedó frío. Luego siguió guardándose las armas.

—Claro que lo sabes. Me encuentro con ella. Le entrego el dinero. Y me voy.

—Eso no es lo único que haces.

Rehv le enseñó los colmillos.

—Sí, eso es todo.

—No, no lo es. ¿Eso es lo que no quieres que vea?

Rehv apretó la mandíbula y le lanzó una mirada de odio desde el otro extremo de la oficina.

—No hay nada que ver. Punto.

Xhex no solía retroceder con frecuencia, pero en esta ocasión tuvo la sensatez de no presionarlo más. Aunque se le notaba la rabia en los ojos.

—Los cambios de fecha intempestivos no son buenos. ¿Te dijo por qué cambiaba de cita?

—No. —Rehv se encaminó a la puerta—. Pero esto sólo será otra cita de negocios como las demás.

—Nunca es una cita de negocios como las demás. ¿Acaso ya se te olvidó?

Rehv pensó en la cantidad de años que llevaba haciendo aquella mierda y en el hecho de que el futuro sólo ofrecía más de lo mismo.

—Te equivocas, no he olvidado nada. Créeme.

—Dime algo. Si ella trata de hacerte daño, ¿le dispararías a matar?

—Haré como si esa pregunta no hubiese salido de tus labios.

Ese tema de conversación por sí solo era suficiente para hacerlo sentirse sucio de los pies a la cabeza. Y la idea de que Xhex lo estuviera presionando a admitir algo que él no quería mirar muy de cerca era sencillamente intolerable.

La verdad era que a una parte de él realmente le gustaba lo que hacía una vez al mes. Y esa realidad era totalmente insoportable cuando se encontraba en el mundo en el que habitaba la mayoría del tiempo, el mundo en el que podía vivir gracias a la dopamina, el mundo que era relativamente normal y sano.

Esa pequeña porción de fealdad que albergaba en el corazón era, ciertamente, algo que no quería compartir con nadie.

Xhex se puso las manos sobre las caderas y levantó la mandíbula, la posición que siempre adoptaba cuando estaban discutiendo.

—Llámame cuando termines.

—Siempre lo hago.

Rehv recogió los planos del club, agarró el bolso en el que llevaba otra muda y salió de la oficina hacia el callejón. Trez estaba esperando en el Bentley y, cuando vio a Rehv, se bajó del asiento del conductor.

La voz del Moro resonó en la cabeza de Rehv con ese acento profundo y melodioso.

—Estaré allí en una media hora para revisar los alrededores y la cabaña.

—Perfecto.

—No me dirás que no estás medicado.

Rehv le dio una palmadita en el hombro al Moro.

—Desde hace como una hora. Y, sí, tengo la antitoxina.

—Bien. Conduce con cuidado, idiota.

—No, voy a lanzarme contra todos los camiones que vea y a atropellar a todos los ciervos que se me crucen.

Trez cerró la puerta y dio un paso atrás. Cuando cruzó los brazos sobre su pecho inmenso, esbozó una curiosa sonrisa y sus colmillos blancos brillaron contra ese hermoso rostro de piel oscura. Por una fracción de segundo sus ojos centellearon con un brillante color verde que, para los Moros, era el equivalente a hacer un guiño.

Mientras arrancaba, Rehvenge se sintió contento de contar con el respaldo de Trez. El Moro y su hermano, Iam, tenían una colección de trucos fascinantes que desafiarían incluso a un symphath. Después de todo, eran miembros de la realeza del S'Hisbe de las Sombras.

Rehv miró de reojo el reloj del Bentley. Tenía que encontrarse con la Princesa a la una de la mañana. Considerando que tenía por delante un viaje de dos horas y ya eran las once y cuarto, iba a tener que conducir como un murciélago salido del infierno.

Entonces arrancó y se puso a pensar en Xhex. No quería saber cómo se había enterado de lo del sexo... Pero esperaba que Xhex siguiera respetando sus deseos y no se apareciera un día entre las sombras.

Rehv detestaba pensar que ella supiera que él no era más que un puto.

***

Por un lado, Phury no podía creer que las palabras «soy virgen» hubiesen salido de su boca. Pero por otro, se alegraba de haberlo dicho.

No obstante, no tenía ni idea de lo que estaría pensando Cormia. Se había quedado muy callada.

Phury se retiró sólo lo suficiente para poder meterse el pene entre los pantalones y subirse la cremallera. Luego le arregló el vestido a ella, cerrando las dos partes de la túnica y cubriendo su hermoso cuerpo.

En medio del silencio que se impuso entre ellos, comenzó a pasearse por el salón, desde la puerta hasta la pared del fondo.

Los ojos de Cormia observaban todos sus movimientos. Dios, ¿qué demonios estaría pensando?

—Supongo que eso no debería importar —dijo Phury—. No sé por qué lo he mencionado.

—¿Cómo es posible...? Lo siento. Es muy inapropiado de mi parte...

—No, no me molesta dar explicaciones. —Phury hizo una pausa, pues no sabía si ella había leído algo sobre el pasado de Zsadist—. Hice voto de castidad cuando era joven. Para hacerme más fuerte. Y luego seguí cumpliéndolo.

«No del todo, socio», intervino el hechicero. «Háblale sobre aquella puta, ¿por qué no? Cuéntale lo de la prostituta que compraste en el Zero Sum y con la que te metiste al baño, pero sin poder terminar. Típico de ti, ser excepcional también en eso. Eres el único virgen impuro de todo el planeta».

Phury se detuvo frente al dibujo que había hecho en la pizarra. Lo había arruinado todo.

Entonces cogió una tiza y comenzó a dibujar las hojas de hiedra, empezando por los pies.

—¿Qué está haciendo? —preguntó Cormia—. Lo está echando a perder.

«Ay, muchacha», respondió el hechicero. «Tan bueno como para dibujar lo es para echarlo todo a perder».

No pasó mucho tiempo antes de que la impactante figura de Cormia quedara cubierta por un manto de hojas de hiedra. Cuando terminó, Phury se alejó de la pizarra.

—Traté de tener sexo una vez. Y no funcionó.

—¿Por qué no? —preguntó Cormia con voz ahogada.

—Porque no estaba bien. No fue una buena decisión. Y me detuve.

Se produjo una pausa y luego se oyó un ruido de faldas, al tiempo que ella se bajaba de la mesa.

—Tal y como ha hecho ahora conmigo.

Phury dio media vuelta enseguida.

—No, no fue…

—Pero usted se detuvo, ¿no es cierto? Decidió no seguir adelante.

—Cormia, no es que…

—¿Para quién se está reservando? —Cormia clavó en él un par de ojos incisivos—. O tal vez debería preguntar para qué. ¿Para la fantasía que tiene sobre Bella? ¿Eso es lo que lo detiene? Si es eso, siento lástima por las Elegidas. Pero si todo esto del celibato no es más que una manera de mantenerse aislado y seguro, siento pena por usted. Esa fuerza no es más que una farsa.

Cormia tenía razón. Él estaba jodido y ella tenía mucha razón.

Cormia se recogió el pelo y lo observó con la dignidad de una reina mientras se arreglaba el moño sobre la cabeza.

—Voy a regresar al santuario. Le deseo lo mejor.

Cuando dio media vuelta, Phury corrió a alcanzarla.

—Cormia, espera…

Cormia retiró el brazo que él trataba de agarrar.

—¿Por qué debería esperar? ¿Qué es exactamente lo que va a cambiar? Nada. Vaya y aparéese con las demás, si puede. Y si no puede, deberá renunciar para que otro pueda ser la fuerza que la raza necesita.

Cormia dio un portazo al salir.

De pie en medio del salón vacío, con las carcajadas del hechicero retumbando en sus oídos, Phury cerró los ojos y sintió que el mundo se encogía a su alrededor, hasta tal punto que su pasado, su presente y su futuro lo asfixiaban… y lo convertían en una de aquellas estatuas cubiertas de hiedra del desolado jardín de su familia.

«Esa fuerza no es más que una farsa».

En el silencio que le rodeaba, las palabras de Cormia siguieron resonando en su cabeza, una y otra vez.

P ero esto es sólo un club —dijo el hijo del Omega, con tono de cansancio e irritación al mismo tiempo.

El señor D apagó el traqueteo del motor del Focus y lo miró de reojo.

—Sí. Y aquí vamos a conseguir lo que necesitas.

Llevaban un buen rato dando vueltas en el coche sin rumbo porque el hijo del Omega no podía parar de vomitar. Sin embargo, la última tanda de arcadas había tenido lugar hacía cerca de cuarenta minutos, así que el señor D estaba bastante seguro de que las cosas ya debían haberse tranquilizado un poco. Era difícil saber si todo ese malestar se debía a lo que el muchacho había tenido que hacer o a su reciente inducción en la Sociedad. De cualquier manera, el señor D se había ocupado de él y una vez incluso tuvo que sostenerle la cabeza, pues el muchacho estaba demasiado débil para mantenerse en pie.

Screamer's era el lugar adecuado para refugiarse. Aunque el hijo del Maligno no iba a poder comer ni tener sexo, había una cosa que sí podrían encontrar allí, con toda seguridad: humanos completamente borrachos que podrían usar como sacos de arena.

A pesar de lo fatigado y destrozado que estaba, el muchacho todavía tenía energía en sus venas, una energía que tenía que liberar. El club y sus idiotas serían el arma y el hijo del Omega sería la munición.

Y una buena pelea volvería a dejarlo en forma.

—Vamos, hijo —dijo el señor D y se bajó del coche.

—Pero esto es una estupidez. —Aunque las palabras tenían la intención de sonar contundentes, todavía tenían el tono de un tío sin ganas de resistirse.

—No lo es. —El señor D rodeó el coche, abrió la puerta del hijo del Omega y lo ayudó a bajar—. Confía en mí.

Atravesaron la calle hasta el club y cuando el gorila que estaba parado en la puerta lo miró con cara de pocos amigos, el señor D le deslizó un billete de cincuenta, lo cual les permitió entrar si esperar turno.

—Sólo vamos a dar una vuelta —dijo el señor D, mientras atravesaban la multitud de gente y se encaminaban a la barra.

El club retumbaba con el golpeteo de la música rap, mientras las mujeres apenas vestidas con tiras de cuero se paseaban mirando y estudiando los penes y los hombres se miraban con odio.

El señor D supo que había tomado una buena decisión cuando los ojos del hijo del Omega se clavaron en un grupo de ruidosos estudiantes universitarios que estaban tomando salsa picante en vasos de Martini.

—Sí, eso nos dará un buen respiro —dijo el señor D con satisfacción.

El tipo que atendía la barra se acercó.

—¿Qué quieren tomar?

El señor D sonrió.

—Nada para nosotros…

—Un chupito de Patrón —dijo el hijo del Omega.

Cuando el barman se marchó, el señor D se inclinó hacia el muchacho.

—Ya no puedes comer. Y tampoco beber ni tener sexo.

Los ojos pálidos del hijo se clavaron en él con ferocidad.

—¿Qué? ¿Acaso me estás vacilando?

—No, hijo, así son las cosas…

—Pues, a la mierda con eso. —Cuando llegó el trago, el hijo le dijo al barman—: Abre una cuenta.

Lash se bebió el tequila de un trago, con los ojos fijos en el señor D.

El señor D sacudió la cabeza y comenzó a buscar el baño. Joder, todavía se acordaba de la vez que intentó lo del tema de la comida y terminó vomitando durante una hora. Y ¿acaso no habían tenido ya suficiente de eso por aquella noche?

—¿Dónde está mi segunda copa? —le gritó Lash al barman.

El señor D volvió a mirar hacia el bar. Ahí estaba el hijo del Omega, feliz como una lombriz, golpeando la barra con los dedos. Entonces llegó la segunda copa. Y después la tercera.

Tras pedir la cuarta, los ojos de Lash se clavaron en el restrictor, chispeantes de cólera.

—Entonces, ¿cómo era esa historia de que no podía comer ni beber?

El señor D no podía decidir si estaba frente a una bomba a punto de estallar… o frente a un milagro. Ningún restrictor podía recibir comida ni bebida después de haber sido inducido en la Sociedad. Ellos se alimentaban de la sangre del Omega y ésta era incompatible con todo lo demás. Lo único que necesitaban para sobrevivir era un par de horas de descanso al día.

—Supongo que tú eres diferente —dijo el señor D con cierto respeto en la voz.

—Claro que lo soy —farfulló el hijo y luego pidió una hamburguesa.

Mientras el chico comía y bebía, su rostro fue recuperando el color y la mirada perdida fue reemplazada por una actitud de seguridad en sí mismo. Y mientras observaba cómo la hamburguesa con patatas y el tequila bajaban por la garganta de Lash, el señor D tuvo que preguntarse si el hijo del Omega también se volvería pálido como les sucedía al resto de los restrictores. Era evidente que, en este caso, las reglas generales no parecían vigentes.

—¿Y qué es esa mierda de que tampoco puedo tener sexo? —dijo el hijo, al tiempo que se limpiaba la boca con una servilleta negra de papel.

—Somos impotentes. Ya sabes, no podemos…

—Ya sé lo que significa, señor profesor.

En ese momento el hijo vio una rubia sentada al final de la barra. Se trataba de una mujer a la que el señor D nunca habría tenido las agallas de acercarse, ni aunque pudiera tener una erección. Con ese cuerpo de modelo de *Playboy* y esa cara de reina de la belleza, la habría descartado por considerar que estaba muy por encima de sus posibilidades. Además, para empezar, ella nunca se habría fijado en él.

Pero sí se fijó en el hijo del Omega y mientras observaba la manera en que la mujer lo miraba, el señor D tuvo que considerar con más cuidado a su nuevo jefe. Lash era un hijo de puta muy atractivo, es cierto, con ese pelo rubio cortado al rape y esos rasgos afilados y esos ojos grises. Y además tenía el tipo de cuerpo que derrite a las mujeres, grande y musculoso, con el torso en forma de triángulo invertido apoyado sobre las caderas, y listo para todo tipo de acción.

De pronto el señor D pensó que, de estar todavía en la escuela, se habría sentido orgulloso de que lo vieran con el hijo del Omega. Y con la clase de gente que seguramente frecuentaba.

Pero aquello no era la escuela y Lash lo necesitaba. De eso estaba seguro.

La rubia de la barra sonrió al hijo del Omega, agarró la cereza que coronaba su bebida de color azul y envolvió su lengua rosada alrededor de la fruta.

Uno se la podía imaginar haciendo eso mismo con ciertas partes y el señor D tuvo que desviar la mirada. Ah, si todavía fuera humano ya estaría rojo como un tomate. Siempre se había sonrojado cuando se trataba de mujeres.

El hijo se bajó del taburete.

—Nada de comida ni de sexo. Sí, claro. Espera ahí, cabrón.

Se dirigió hacia la mujer.

Cuando el señor D se quedó sentado en la barra, frente a un vaso vacío y un plato lleno de manchas de salsa de tomate y grasa, pensó que definitivamente lo había hecho bien. Su intención era lograr que el hijo del Omega dejara de pensar en que había matado a sus padres vampiros… sólo que se había imaginado que la manera de lograrlo sería una buena pelea a puñetazos.

Pero en lugar de eso el muchacho se había metido una buena cena y una buena cantidad de alcohol y ahora iba a rematar la noche con un poco de sexo, para acabar de sacar de su mente esa experiencia.

El señor D negó con la cabeza cuando el barman le preguntó si quería algo más. Era una lástima que ya no pudiera beber nada. Le encantaría tomarse un buen SoCo*. También le habría gustado comerse una hamburguesa. Siempre le habían encantado las hamburguesas.

—¿Tienes algo para mí, Sam?

El señor D miró hacia el lado del que provenía la voz. Un tipo grande, con una sonrisa de idiota y un ego del tamaño de un camión, acababa de inclinarse sobre la barra y miraba fijamente al camarero. Debajo de la chaqueta de cuero negra, que tenía un águila enorme bordada en la espalda, iba vestido con unos vaqueros tres tallas más grandes de lo debido y botas de construcción. Llevaba unas cadenas de diamante colgadas al cuello y lucía un ostentoso reloj.

El señor D no era muy aficionado a las joyas, pero sí se fijó en el anillo de graduación del tipo. Era de oro, a diferencia del resto de lo que llevaba encima, y tenía en el centro una piedra azul pálido.

Al señor D le hubiera gustado terminar la secundaria.

El barman se acercó.

—Sí, tengo algo —dijo y señaló con la cabeza hacia el grupo de muchachos que habían llamado la atención del hijo del Omega al entrar—. Les dije a quién debían buscar.

—Bien. —El tipo grande se sacó algo del bolsillo y los dos hombres se estrecharon las manos.

«Efectivo», pensó el señor D.

El tipo grande sonrió y se arregló la chaqueta de cuero, mientras su anillo de graduación irradiaba un brillo azul. Luego se acercó a los muchachos y se dio la vuelta como si quisiera mostrarles la parte de atrás de su chaqueta.

Se oyó un griterío y silbidos y después todos parecieron sacar las manos de los bolsillos, estrechárselas y volver a guardarlas. Traficaban.

No eran muy discretos. Había más gente mirando y era bastante obvio que no estaban intercambiando tarjetas de presentación.

Ese tipo no iba a durar mucho en el negocio, pensó el señor D.

—¿Estás seguro de que no quieres nada? —le preguntó el barman al señor D.

---

* Southern-Comfort, marca de licor estadounidense.

El señor D miró hacia el baño en el que Lash se había metido con la rubia.

—No, gracias, sólo estoy esperando a mi amigo.

El barman sonrió.

—Apuesto a que se va a demorar un buen rato. Esa rubia parece de las que no se cansan muy rápido.

***

En el segundo piso de la mansión, en su habitación, Cormia empacó todas sus pertenencias… que tampoco eran muchas.

Mientras observaba el pequeño montón de túnicas, libros de oración e incensarios, se dio cuenta de que se había dejado la rosa en la oficina y soltó una maldición. Aunque, claro, tampoco habría podido llevársela al santuario. Las únicas cosas de este lado que estaban permitidas eran las que tuvieran importancia histórica.

En el sentido más amplio, por supuesto.

Cormia le echó un vistazo a su más reciente —y última— construcción de palillos y guisantes.

Entonces se sintió hipócrita por criticar al Gran Padre por buscar fortaleza en el aislamiento cuando ella estaba haciendo lo mismo, marchándose de este mundo que le planteaba tantos desafíos, con la intención de buscar una reclusión incluso más radical que la que había conocido como Elegida.

Los ojos se le llenaron de lágrimas…

En ese momento llamaron suavemente a su puerta.

—Un momento —gritó, mientras trataba de calmarse. Cuando por fin fue hasta la puerta y la abrió, se quedó tan sorprendida que los ojos se le desorbitaron y sólo atinó a subirse las solapas de la túnica para esconder la marca del mordisco que tenía en el cuello—. ¡Hermana mía!

La Elegida Layla estaba al otro lado de la puerta, tan hermosa como siempre.

—¡Salve!

—¡Salve, hermana!

Luego intercambiaron un par de reverencias, que era lo más cercano a un abrazo que podían permitirse las Elegidas.

—¿Hacia dónde te diriges? —preguntó Cormia—. ¿Acaso has venido a alimentar a los hermanos Rhage y Vishous?

Curioso, la formalidad de sus palabras le resultaba extraña ahora. Se había acostumbrado a hablar de manera más informal. Y se sentía más cómoda así.

—Así es, debo ver al hermano Rhage. —Hubo una pausa—. Y también esperaba saber algo de ti. ¿Puedo entrar?

—Pues claro. Por favor, mis aposentos están a tu disposición.

Al entrar Layla, se impuso entre ellas un incómodo silencio. Seguramente la noticia ya había llegado al santuario, pensó Cormia. Ya todas las Elegidas debían saber que había sido descartada como Primera Compañera.

—¿Qué es esto? —preguntó Layla y señaló la pequeña construcción que se erguía en un rincón de la habitación.

—Ah, sólo es un pasatiempo.

—¿Un pasatiempo?

—Cuando dispongo de tiempo libre, yo... —Bueno, eso sí que era una declaración de culpabilidad, ¿no? Si no tenía nada más que hacer, debería haber estado rezando—. En fin, no tiene importancia...

A pesar de la revelación que acababa de escuchar, Layla no pareció condenarla con su actitud ni con sus palabras. Y sin embargo, su sola presencia era suficiente para que Cormia se sintiera incómoda.

—Entonces, hermana mía —dijo Cormia con repentina impaciencia—, supongo que allí ya se han enterado de que van a nombrar a otra Elegida como Primera Compañera.

Layla se acercó a la estructura de palillos y guisantes y pasó delicadamente el dedo por una de las secciones.

—¿Recuerdas cuando me encontraste escondida al lado del espejo de agua? Eso fue después de que viniera aquí a ayudar a John Matthew a pasar por la transición.

Cormia asintió con la cabeza y recordó que ese día su hermana estaba llorando en silencio.

—Estabas muy afligida.

—Pero tú fuiste muy amable conmigo. Y aunque te pedí que te marcharas, me sentí muy agradecida y es con ese mismo espíritu con el que yo... he venido aquí para devolverte la gentileza que me brindaste aquella vez. Las cargas que portamos como Elegidas son pesadas y quienes no se encuentran entre nosotras no siempre pueden comprenderlas. Quiero que sepas que, después de sentir lo que tú estás sintiendo ahora, en este momento soy tu hermana de corazón.

Cormia hizo una reverencia.

—Estoy… conmovida.

También sentía otro montón de cosas. Para comenzar, le asombraba estar hablando del asunto. La franqueza no era habitual entre las Elegidas.

Layla volvió a fijar la vista en la construcción.

—No deseas regresar al redil, ¿verdad?

Después de sopesar sus posibilidades, Cormia decidió confiarle a la Elegida una verdad que ella misma apenas se atrevía a admitir.

—Me entiendes bien.

—Hay algunas de nosotras que han buscado otro camino. Que han venido a vivir a este lado. No hay deshonra en ello.

—No estoy tan segura de eso —dijo Cormia con amargura—. La vergüenza es como las túnicas que vestimos. Siempre nos acompaña, siempre nos cubre.

—Pero si te despojas de la túnica, quedas libre de las cargas y la decisión es tuya.

—¿Estás tratando de enviarme un mensaje, Layla?

—No, en absoluto. A decir verdad, si regresas al redil serás recibida por tus hermanas con los brazos abiertos. La Directrix ha dejado muy claro que el cambio de Primeras Compañeras no implica nada impropio. Y el Gran Padre te tiene en la más alta estima. Según sus palabras.

Cormia empezó a pasearse.

—Ésa es la posición oficial, claro. Pero, con sinceridad… debes saber lo que las otras piensan en sus momentos de soledad. Sólo puede haber dos explicaciones para el cambio. O bien el Gran Padre encontró algún defecto en mí o yo me negué a él. Y las dos cosas son inaceptables e igual de escandalosas.

El silencio que siguió le confirmó que estaba en lo cierto.

Cormia se detuvo frente a la ventana y miró hacia la piscina. No estaba segura de tener la fuerza necesaria para abandonar a sus hermanas, pensó. Además, ¿adónde podría ir?

Y mientras pensaba en el santuario, se dijo que había vivido días muy agradables allí. Momentos en los que había sentido que tenía un propósito y se había apoyado en el hecho de formar parte de algo mucho más grande, que perseguía un bien mayor. Y si se convertía en escribana recluida, como pretendía hacerlo, podría evitar el contacto con las demás durante ciclos enteros.

La privacidad y el aislamiento le resultaban muy atractivos.

—¿Es cierto que no sientes nada por el Gran Padre? —preguntó Layla.

«No».

—Sí. —Cormia sacudió la cabeza—. Me refiero a que siento por él lo que debo sentir. Tal y como tú lo haces. Y me alegraré por quienquiera que sea elegida como Primera Compañera.

Aparentemente Layla no tenía un medidor de sandeces como el de Bella, porque la mentira quedó flotando en el aire y la Elegida no cuestionó ni una sílaba y sólo inclinó la cabeza en señal de entendimiento.

—Entonces, ¿me permites preguntarte algo? —dijo Layla.

—Desde luego, hermana.

—¿Él te ha tratado bien?

—¿El Gran Padre? Sí. Ha sido muy atento.

Layla se acercó a la cama y tomó uno de los libros de oración.

—Leí en su biografía que es un gran guerrero y salvó a su hermano gemelo de un destino espantoso.

—En efecto, es un gran guerrero. —Cormia bajó la vista hacia el jardín de rosas. Para este momento ya todas las Elegidas debían haber leído los volúmenes que había sobre él en la sección especial de la biblioteca dedicada a la Hermandad… y pensó que le habría gustado haber hecho lo mismo antes de que él la llevara allí.

—¿Acaso te ha hablado de eso? —insistió Layla.

—¿De qué?

—De cómo rescató a su gemelo, el hermano Zsadist, de la condición de esclavo de sangre a que lo habían sometido. Así fue como perdió la pierna.

Cormia volvió la cabeza enseguida.

—¿De verdad? ¿Así fue como sucedió?

—Entonces, ¿nunca te ha hablado sobre eso?

—No, no lo ha hecho. Es una persona muy reservada. Al menos conmigo.

La información que acababa de oír le causó un gran impacto y entonces pensó en lo que le había dicho al Gran Padre acerca de estar enamorado de la fantasía que tenía de Bella. ¿Acaso eso no era lo mismo que le sucedía a ella con él? Cormia sabía tan poco de su historia, desconocía por completo lo que le había convertido en lo que era.

Ah, pero conocía su alma, ¿no?

Y lo amaba por eso.

En ese momento se escuchó un golpecito en la puerta. Ella contestó y Fritz asomó la cabeza.

—Discúlpenme, pero el señor está listo para recibirla —le dijo a Layla.

Layla se llevó las manos al pelo y luego se alisó la túnica. Cuando Fritz salió de la habitación, Cormia pensó que la Elegida parecía muy preocupada por su…

«Ay… no…».

—¿Acaso has venido a verlo… a él? ¿Al Gran Padre?

Layla hizo una inclinación de cabeza.

—Debo verlo ahora, sí.

—¿Y no a Rhage?

—A él le serviré más tarde.

Cormia se quedó paralizada, mientras sentía un frío que la recorría de arriba abajo. Pero, claro, ¿qué esperaba?

—Será mejor que te marches, entonces.

Layla entrecerró los ojos y luego los abrió mucho.

—¡Hermana mía!

—Vete. No es apropiado que hagas esperar al Gran Padre. —Cormia se volvió hacia la ventana sintiendo que estaba a punto de gritar.

—Cormia… —susurró su hermana—. Cormia, tú lo amas. Sí, lo amas profundamente.

—Nunca he dicho eso.

—No tienes que hacerlo. Se refleja en tu cara y el tono de tu voz. Hermana mía, ¿por qué, entonces… por qué te estás apartando a un lado?

Cuando Cormia se imaginó al Gran Padre con la cabeza entre las piernas de Layla y su boca complaciéndola y haciéndola arquearse de placer, sintió que el estómago se le revolvía.

—Deseo que te vaya muy bien en tu entrevista. Espero que él elija bien y te escoja a ti.

—¿Por qué te estás haciendo a un lado?

—Me *han hecho* a un lado —dijo Cormia con amargura—. No ha sido decisión mía. Ahora, por favor, no hagas esperar al Gran Padre. Eso sería un insulto, Dios no lo permita.

Layla palideció.

—¿Dios?

Cormia hizo un gesto con la mano.

—Sólo es una expresión que usan aquí, no una manifestación de mi fe. Ahora, por favor, vete.

Layla pareció necesitar un momento para recuperar la compostura, después de esa pequeña crisis espiritual. Entonces su voz adquirió un tono amable.

—Puedes estar segura de que no me escogerá. Y quiero que sepas que si alguna vez necesitas…

—No lo haré. —Cormia dio media vuelta y se quedó mirando por la ventana, sin moverse.

Cuando la puerta por fin se cerró, soltó una maldición. Luego atravesó la habitación y destruyó a patadas toda la estructura que había levantado con tanto gusto y delicadeza. Destrozó hasta la última sección, quebrando obsesivamente cada unidad, hasta que todo quedó reducido a un montón de basura sobre la alfombra.

Cuando ya no quedó nada que destruir, sus lágrimas bautizaron todo el desastre, junto con la sangre que brotaba de las plantas de sus pies descalzos.

✦

E n el centro, en Screamer's, Lash le estaba dando buen uso a uno de los baños privados del club.

Y no precisamente porque estuviera echando una buena meada.

Estaba hundido hasta el fondo dentro de la rubia del bar, a la que tenía arrinconada contra el lavabo, mientras se lo hacía por detrás. La rubia tenía la falda de cuero encaramada hasta las caderas, el tanga negro echado hacia un lado y el escote en V de la blusa negra completamente abierto, a través del cual asomaban sus senos. Tenía una bonita mariposa rosada tatuada en la cadera y en la garganta llevaba un corazón que colgaba de una cadena y los dos se mecían al ritmo de los embates de Lash.

Era divertido, en especial porque, a pesar de aquella ropa de puta curtida, Lash tenía la impresión de que la chica realmente no solía practicar ese tipo de sexo: no tenía implantes, el lápiz de labios no era permanente y al comienzo trató de convencerlo de usar condón.

Justo antes de eyacular, Lash se salió, le dio la vuelta a la chica y la obligó a ponerse de rodillas. Luego lanzó un rugido cuando eyaculó en la boca de la muchacha, mientras pensaba que ese pobre desgraciado del señor D había tenido razón: esto era exactamente lo que él necesitaba. Esa sensación de dominio, un reencuentro con lo que solía ser normal para él.

Y el sexo seguía siendo bueno.

Tan pronto terminó, se guardó el pene y se subió la cremallera, sin importarle si ella escupía o tragaba.

—¿Y qué hay de mí? —preguntó la chica, mientras se limpiaba la boca.

—¿Qué pasa contigo?

—¿Perdón?

Lash arqueó una ceja mientras se miraba el pelo en el espejo. Hmm… tal vez debería dejárselo crecer otra vez. Se lo había cortado al estilo militar después de la transición, pero le gustaba mucho su coleta. Además, tenía buen pelo.

Joder, el collar de King realmente le quedaba muy bien…

—¿Hola? —dijo la chica.

Con un gesto de irritación, Lash la miró por el espejo.

—Realmente no esperarás que me importe si tienes un orgasmo o no, ¿verdad?

Durante un momento, la chica pareció confundida, como si el video que había alquilado en Blockbuster tuviera un DVD distinto dentro del estuche.

—¿Cómo dices?

—¿Qué es lo que no entiendes?

El impacto la hizo parpadear como un pez.

—Es que… no lo entiendo.

Sí, evidentemente, lo que aparecía en su pantalla era *Debbie Does Dallas*, no *Pretty Woman*.

Lash le echó un vistazo al baño.

—Me dejas traerte aquí y subirte la falda hasta la nuca y follarte, ¿y te sorprende que no me importe qué pase contigo? Exactamente, ¿qué creías que iba a pasar?

En ese momento desapareció de la expresión de la chica el último rastro de entusiasmo por ser una chica-buena-haciendo-una-travesura.

—No tienes por qué ser tan brusco.

—¿Por qué será que las perras como tú siempre se sorprenden?

—¿Perras? —Una rabia absolutamente justificada distorsionó la cara de la chica, que pasó de la hermosura a la fealdad absoluta, pero la verdad es que eso la hizo más intrigante—. Tú no me conoces.

—Sí, claro que te conozco. Eres una puta que deja que un tipo que nunca antes había visto en la vida eyacule dentro su boca en un baño. Por favor. Siento más respeto por las prostitutas. Al menos a ellas se les paga con algo más que semen.

—¡Eres un desgraciado!

—Y tú me aburres —dijo Lash y avanzó hacia la puerta.

Ella lo agarró del brazo.

—Cuidado, idiota. Puedo hacer que las cosas se te pongan muy feas en un segundo. ¿Sabes quién es mi padre?

—¿Alguien a quien no le fue muy bien con la tarea de darte una buena educación?

La chica le dio una bofetada con la mano que tenía libre.

—Vete a la mierda.

Muy bien, definitivamente este arranque de rabia la volvía más interesante.

Cuando Lash sintió que sus colmillos se alargaban dentro de su boca, se preparó para morderla en la garganta como si fuera una chocolatina recién salida del envoltorio. Pero alguien llamó a la puerta en ese momento y le recordó que estaban en un sitio público y que ella era humana y que después siempre era un lío eso de hacerlos olvidar lo que había ocurrido.

—Te vas a arrepentir —le espetó la chica.

—¿Ah, sí? —Lash se agachó para intimidarla y se sorprendió al ver que ella no retrocedía—. No puedes tocarme, niñita.

—Espera y verás.

—Ni siquiera sabes mi nombre.

La chica sonrió con cinismo, lo cual le echó varios años encima.

—Sé bastante…

Sonaron más golpes en la puerta.

Antes de que ella se empinara para darle otra bofetada y él no pudiera contenerse y le respondiera, Lash salió del baño. Su única despedida fue:

—Bájate esa falda, ¿quieres?

El tipo que había estado llamando a la puerta le echó un vistazo y retrocedió.

—Lo siento, hombre.

—No hay problema —dijo Lash, entornando los ojos—. Probablemente le acabas de salvar la vida a esa perra.

El humano se rió.

—Estúpidas rameras. No puedes vivir con ellas, pero tampoco sin ellas. —La puerta del baño de al lado se abrió y el tipo que salió dio media vuelta y se alejó, exhibiendo un águila enorme bordada en la espalda de su chaqueta de cuero.

—Bonito pájaro el que tienes ahí —dijo Lash.

—Gracias.

Lash se dirigió a la barra, donde estaba el señor D, y le hizo una seña con la cabeza.

—Hora de irnos. Estoy listo.

Se sacó la billetera del bolsillo posterior... y se quedó helado. No era su cartera. Era la de su padre. Así que rápidamente sacó un billete de cincuenta y se la volvió a guardar donde estaba.

Cuando el señor D y él salieron de ese club ruidoso y lleno de gente y pusieron los pies en la acera de la calle del Comercio, Lash respiró hondo. Estaba vivo. Se sentía totalmente vivo.

Camino del Focus, Lash dijo:

—Dame tu teléfono. Y el número de cuatro asesinos eficientes.

El señor D le entregó el Nokia y recitó algunos números de teléfono. Cuando Lash llamó al primero y le dio al restrictor una dirección de una parte lujosa de la ciudad, notó la incertidumbre en la voz del bastardo, en especial cuando el restrictor le preguntó que quién diablos lo estaba llamando desde el teléfono del señor D.

Los restrictores no sabían quién era él. Sus hombres no sabían quién era él.

Lash le entregó el maldito teléfono al señor D y le ordenó al jefe de los restrictores que confirmara sus instrucciones. Joder, no podía decir que le hubiese sorprendido la duda del asesino, pero esa mierda iba a tener que cambiar. Les iba a dar a sus tropas unos cuantos lugares para que atacaran esa noche con el fin de hacerse una buena reputación entre ellos, y luego la Sociedad Restrictiva tendría una buena reunión por la mañana.

O aceptaban seguirlo o regresarían a encontrarse con su creador. Punto.

Hicieron otras tres llamadas telefónicas.

—Ahora llévame al número 2.115 de Boone Lane.

—¿Quieres que llame a otros hombres para que nos respalden?

—Para la próxima casa, sí. Pero esta primera es un asunto personal.

Su querido primo Qhuinn estaba a punto de comerse su propio trasero a modo de almuerzo.

***

Después de transcurridos cinco meses desde su nombramiento como Gran Padre, Phury se había acostumbrado a no sentirse cómodo. Toda esa maldita historia había sido como medirse un traje mal cortado tras otro, y ya tenía todo un guardarropa de No-quiero-hacer-esto.

Y sin embargo, la entrevista con Layla para la posición de Primera Compañera le resultó particularmente incómoda. Como si estuviera haciendo algo malo.

Algo terriblemente malo.

Mientras la esperaba en la biblioteca, Phury pidió al cielo que ésta no se quitara la túnica, como habían hecho las otras.

—¿Su Excelencia?

Phury miró por encima del hombro. La Elegida estaba de pie en el umbral de la puerta, su túnica blanca caía con elegancia en una cascada de pliegues y su cuerpo esbelto destacaba con imponente elegancia.

Layla hizo una reverencia.

—Es mi deseo que Su Excelencia se encuentre bien esta noche.

—Gracias. Yo espero que tú también te encuentres bien.

Cuando ella se enderezó, lo miró a los ojos. Tenía los ojos verdes. Como los de Cormia.

Mierda. Necesitaba un porro.

—¿Te molesta si fumo?

—Por supuesto que no. Permítame alcanzarle el fuego. —Antes de que Phury pudiera decirle que no se molestara, ella ya había cogido un encendedor de cristal y se acercaba con él.

Tras ponerse el porro entre los labios, Phury la detuvo cuando estaba a punto de accionar el mecanismo. Entonces le quitó el encendedor.

—No te preocupes. Puedo hacerlo solo.

—Desde luego, Su Excelencia.

Phury apretó el mechero y apareció una llama amarilla, mientras ella retrocedía y comenzaba a inspeccionar el salón con la mirada.

—Esto me recuerda a mi hogar —murmuró.

—¿Cómo es eso?

—Todos estos libros. —Layla atravesó el salón y se acercó a tocar algunos de los lomos de cuero—. Me encantan los libros. Si no hubiese sido entrenada como ehros, habría querido ser una escribana recluida.

Parecía tan tranquila, pensó Phury, pero por alguna razón eso lo puso más nervioso. Lo cual era una locura. Con las otras se había sentido como una langosta a la entrada de una marisquería. Pero con Layla, tenía la sensación de que sólo eran dos personas conversando.

—¿Puedo preguntarte algo? —dijo Phury echando humo.

—Claro.

—¿Has venido por tu propia voluntad?

—Sí.

Su respuesta estuvo tan exenta de emoción que parecía aprendida.

—¿Estás segura?

—Desde hace mucho tiempo he querido servir al Gran Padre. Mi deseo ha sido constante.

Parecía totalmente sincera… pero había algo que no encajaba.

Y entonces entendió de qué se trataba.

—No crees que vaya a escogerte, ¿verdad?

—No lo creo, es verdad.

—¿Y eso por qué?

En ese momento la Elegida cedió al embate de la emoción y bajó la cabeza, levantó las manos y entrelazó los dedos.

—Fui traída aquí para asistir a Su Excelencia John Matthew cuando ocurrió su transición. Y eso hice, pero él… me rechazó.

—¿Cómo?

—Después de pasar por el cambio, lo lavé, pero me rechazó. Fui entrenada para prestar servicios sexuales y estaba preparada para hacerlo, pero él me rechazó.

«Vaya. Por Dios. Tremenda información».

—Y ¿crees que eso implica que no te voy a escoger?

—La Directrix insistió en que viniera a verlo, pero lo hizo como una muestra de respeto hacia usted, para darle la oportunidad de escoger entre todas las Elegidas. Ni ella ni yo esperamos que me eleve a la posición de Primera Compañera.

—¿Acaso John Matthew dijo algo acerca de por qué no…?

—Le extrañaba mucho, porque la mayoría de los machos quedaban infernalmente excitados después de pasar por la transición.

—Me marché cuando me pidió que me fuera. Eso es todo. —Layla miró a Phury a los ojos—. En verdad, Su Excelencia, John Matthew es un macho de honor. Y no es su estilo criticar los defectos de los demás.

—Estoy seguro de que no fue porque…

—Por favor. ¿Podemos dejar este tema, Su Excelencia?

Phury exhaló una bocanada de humo con olor a café.

—Fritz dijo que estabas en la habitación de Cormia. ¿Qué hacías allí?

Hubo una larga pausa.

—Es algo entre hermanas. Pero, claro, si usted me ordena que se lo diga, se lo diré.

Phury no tuvo más remedio que aprobar la actitud de la muchacha. No insistió

—No, está bien. —Tuvo la tentación de preguntarle si Cormia estaba bien, pero ya conocía la respuesta. No lo estaba. Debía estar tan afectada como él.

—¿Desea que me vaya? —preguntó Layla—. Sé que la Directrix tiene preparadas para usted a otras dos de mis hermanas. Ellas están ansiosas por venir a saludarlo.

Al igual que las otras dos que habían venido a verlo la noche anterior. Excitadas. Listas para complacerlo. Honradas de conocerlo.

Phury se llevó el porro a los labios y le dio una buena calada.

—No pareces muy emocionada con todo esto.

—¿Con la idea de que mis hermanas vengan a verlo? Desde luego, yo…

—No, con la idea de conocerme.

—Por el contrario, estoy ansiosa por estar con un macho. Fui entrenada en las artes amatorias y quiero ser algo más que una fuente de sangre. Los hermanos Rhage y Vishous no requieren de todos mis servicios y es una tortura sentirme tan inútil… —Layla volvió a mirar hacia los libros—. De hecho, me siento como si estuviera guardada en un estante. Como si me hubiesen otorgado las palabras de la historia de mi vida, pero todavía nadie las hubiese leído, por así decirlo.

Dios, él sabía muy bien lo que era eso. Se sentía como si hubiera pasado toda la vida esperando a que las cosas se calmaran, a que el drama llegara a su fin y al fin pudiera respirar hondo y comenzar a vivir. Vaya ironía. Parecía que Layla se sentía como se sentía porque no ocurría nada en su vida. En cambio él se sentía como si nadie lo hubiese leído precisamente porque habían estado pasando demasiadas cosas, durante demasiado tiempo.

En los dos casos, el resultado era el mismo.

Ninguno de ellos podía hacer otra cosa que sobrevivir a cada día.

«Bueno, bueno, voy a llorar, socio», dijo el hechicero, arrastrando las palabras.

Phury se acercó hasta un cenicero y apagó el porro.

—Dile a la Directrix que no tiene que mandarme a nadie más.

Layla lo miró con sorpresa.

—¿Perdón?

—Te elijo a ti.

***

Qhuinn detuvo el Mercedes negro delante de la casa de Blay y aparcó. Habían esperado durante horas en el Zero Sum, mientras John le mandaba mensajes a Blay cada poco tiempo. Cuando dejaron de recibir respuesta, John se levantó de golpe, y allí estaban.

—¿Quieres que te abra la puerta? —dijo Qhuinn con ironía cuando apagó el motor.

John lo miró de reojo.

—Si digo que sí, ¿lo harías?

—No.

—Entonces, por favor, ábreme la puerta.

—Maldito seas. —Qhuinn se bajó del asiento del conductor—. Me estás jodiendo la diversión.

John cerró la puerta y sacudió la cabeza.

—Sólo me encanta que seas tan manipulable

—Eso es lo que tú crees.

—Como quieras.

Los dos muchachos se dirigieron a la parte de atrás de la casa, hacia la puerta que daba a la cocina. La casa era una inmensa mansión colonial de ladrillo, de aspecto muy formal por el frente, pero por detrás tenía un diseño muy acogedor, con grandes ventanales en la cocina y un porche del que colgaba un farol de hierro forjado que le daba la bienvenida a los visitantes.

Por primera vez en su vida Qhuinn golpeó y esperó a que le abrieran.

—Debe haber sido tremenda la pelea, ¿no? —dijo John por señas—. Entre Blay y tú.

—Ah, no te creas. Sid Vicious se comportaba peor de lo que yo lo hice, por ejemplo.

La madre de Blay abrió la puerta y estaba como siempre, igualita a Marion Cunningham, de *Happy Days*,[*] desde el pelo rojo hasta la falda. Esa señora representaba toda la bondad, la amabilidad y la calidez que se asociaba con el sexo débil, y, mientras la observaba ahora, Qhuinn se dio cuenta de que, para él, ella era el modelo con el que comparaba a todas las hembras, y no la actitud fría y tiesa de su madre.

Sí... era muy divertido eso de andarse tirando a muchas tías y tíos en los bares, pero el día que decidiera aparearse, quería hacerlo con alguien como la madre de Blay. Una hembra de honor. Y estaba dispuesto a serle fiel hasta el final de sus días.

Suponiendo, claro, que pudiera hallar a alguien que quisiera aceptarlo.

La madre de Blay dio un paso atrás para dejarlos pasar.

—Ya sabéis que no tenéis que llamar... —dijo y entonces notó la cadena de platino que Qhuinn llevaba en el cuello y el nuevo tatuaje que tenía en la mejilla.

Mientras miraba a John de reojo, murmuró:

—Conque así fue como el rey lo solucionó.

---

[*] Serie de televisión estadounidense.

—Sí, señora —dijo John por señas.

Entonces se volvió hacia Qhuinn, lo rodeó con sus brazos y lo apretó con tanta fuerza que él sintió que su columna vertebral se estremecía. Lo cual era exactamente lo que necesitaba. Y mientras le devolvía el abrazo, Qhuinn pudo respirar con tranquilidad por primera vez en varios días.

—Te habríamos escondido aquí. No tenías que irte —le susurró ella al oído.

—Pero yo no podía hacerles eso a ustedes.

—Somos mucho más fuertes de lo que crees —respondió la madre de Blay y luego lo soltó y señaló hacia la escalera con la cabeza—. Blay está arriba.

Qhuinn frunció el ceño al ver unas cuantas maletas junto a la mesa de la cocina.

—¿Van a salir de viaje?

—Tenemos que salir de la ciudad. La mayor parte de los miembros de la glymera se van a quedar, pero con… lo que ha sucedido, es demasiado peligroso quedarse aquí.

—Buena idea. —Qhuinn cerró la puerta de la cocina—. ¿Van a viajar al norte?

—El padre de Blay ha pedido unos días de vacaciones, así que tenemos pensado visitar a la familia en el sur…

En ese momento apareció Blay al pie de las escaleras. Cruzó los brazos sobre el pecho y saludó a John con un gesto de la cabeza.

—¿Qué hay?

Mientras John le devolvía el saludo, Qhuinn pensó que era increíble que su amigo no hubiese mencionado que se iba a marchar de la ciudad. Mierda. ¿Acaso pensaba marcharse sin despedirse y sin decir adónde iba o cuándo iba a regresar?

La madre de Blay le apretó el brazo a Qhuinn y le susurró:

—Me alegra que hayas venido antes de que nos fuéramos. —Y luego agregó en voz más alta—: Muy bien, ya limpié la nevera y no queda nada perecedero en la despensa. Iré a por mis joyas a la caja fuerte.

—Por Dios —dijo John cuando la madre de Blay salió—. ¿Cuánto tiempo pensáis estar fuera?

—No lo sé —dijo Blay—. Bastante.

Durante el silencio que siguió, John miró varias veces a sus dos amigos. Después de un rato emitió una especie de ronquido y habló.

—De acuerdo, esto es una estupidez. ¿Qué demonios pasó entre vosotros dos?

—Nada.

—Nada. —Blay hizo un gesto con la cabeza señalando las escaleras—. Escuchad, tengo que subir a terminar el equipaje…

Qhuinn saltó enseguida.

—Sí, y nosotros nos tenemos que ir…

—Maldita sea, se acabó. —John comenzó a caminar hacia las escaleras—. Vamos ahora mismo a tu habitación a solucionar este asunto. Ya.

Cuando John comenzó a subir las escaleras, Qhuinn tuvo que seguirlo debido a su nuevo trabajo y supuso que Blay tampoco se había opuesto gracias a la pequeña Emily Post* que llevaba dentro y que no le permitía ser mal anfitrión.

En el piso de arriba, John cerró la puerta de la habitación detrás de ellos y se puso las manos en las caderas. Mirando a uno y otro, parecía un padre frente a dos chicos traviesos que acaban de hacer una travesura.

Blay fue hasta el armario y, cuando lo abrió, el espejo que estaba pegado detrás de la puerta mostró el reflejo de Qhuinn. Sus ojos se cruzaron por un instante.

—Bonita joya la que tienes ahí —murmuró Blay, mientras observaba la cadena que indicaba la nueva posición de Qhuinn.

—No es una joya.

—No, no lo es. Y me alegro mucho por vosotros dos. De verdad. —Blay sacó una chaqueta gruesa… lo cual significaba que la familia tenía planes de ir muy al sur… por ejemplo a la Antártida, o que su amigo tenía intención de estar fuera mucho tiempo. Por ejemplo hasta el invierno.

John dio una patada en el suelo.

—Se nos está agotando el tiempo. ¿Me entendéis?

—Lo siento —murmuró Qhuinn, dirigiéndose a Blay—. Siento mucho lo que dije en el túnel.

—¿Le contaste a John toda la historia?

—No.

Blay dejó caer la chaqueta sobre la mochila y miró a John.

---

* En EE UU se utiliza como sinónimo de buenos y apropiados modales. Era una escritora estadounidense que fundó una escuela para señoritas.

—Él piensa que yo lo quiero. Que… estoy enamorado de él.

John se quedó boquiabierto.

Blay soltó una carcajada, pero luego se detuvo, como si se le hubiese cerrado la garganta de repente.

—Sí. Imagínate. Yo enamorado de Qhuinn… Un tío que, cuando no está de mal humor, no hace más que follar y hacer payasadas. Pero ¿quieres saber qué es lo peor?

Qhuinn se puso tenso cuando vio que John asentía con la cabeza.

Blay clavó la mirada en su mochila.

—Que tiene razón.

Bueno, ahora la expresión de John parecía la de alguien a quien le acaban de dar un martillazo en el pie.

—Sí —dijo Blay—. Y ahora ya sabes por qué nunca he estado muy interesado en las hembras. Ninguna se puede comparar con él. Y, por cierto, tampoco ningún tío. Así que estoy completamente jodido, pero de todas formas es mi problema, no es un problema tuyo ni de él.

«Por Dios», pensó Qhuinn. Desde luego, había sido la semana de las revelaciones.

—Lo siento, Blay —dijo Qhuinn, porque no se le ocurrió qué otra cosa decir.

—Sí, me imagino que sí. Esto hace que las cosas se vuelvan muy incómodas, ¿no? —Blay cogió la chaqueta y se colgó del hombro la mochila—. Pero no hay problema. Me voy a ir de la ciudad por un buen tiempo y vosotros dos os quedáis juntos y estaréis muy bien. Así que, nada. Me tengo que ir. Mandaré un mensaje en un par de días.

Qhuinn estaba completamente seguro de que él no iba a ser el destinatario de ese mensaje.

Mierda.

Blay dio media vuelta y se despidió.

—Nos vemos.

Al ver que su mejor amigo les daba la espalda y se dirigía a la puerta, Qhuinn abrió sus malditos labios y rezó para que saliera de ellos algo adecuado. Cuando no salió nada, comenzó a rezar para que pasara algo inesperado. Cualquier cosa…

El grito llegó desde el primer piso y parecía de mujer.

Era la madre de Blay.

Los tres salieron de la habitación como si acabara de estallar una bomba y se lanzaron escaleras abajo. En la cocina se encontraron con que la pesadilla de la guerra había llegado hasta su puerta.

Restrictores. Dos de ellos. En la casa de Blay.

Y uno de ellos tenía a la madre agarrada del cuello y la estaba estrangulando contra su pecho.

Blay lanzó un grito, pero Qhuinn lo pudo sujetar antes de que se abalanzara sobre el maldito desgraciado.

—Le ha puesto cuchillo en la garganta —susurró Qhuinn—. Si te acercas, la va a degollar.

El restrictor sonrió, mientras arrastraba a la madre de Blay por el suelo de la cocina y la sacaba de la casa, hacia una camioneta que estaba aparcada junto al garaje.

Mientras John Matthew se desmaterializaba, otro asesino llegó desde el comedor.

Qhuinn soltó a Blay y los dos se lanzaron a la lucha, ocupándose primero de ese asesino y luego de otro que entró por la puerta de atrás.

A medida que el combate cuerpo a cuerpo se ponía más violento y la cocina iba quedando destrozada, Qhuinn pensó que ojalá John hubiese tomado forma dentro de la camioneta y estuviera dándole una buena bienvenida al que se había llevado a la madre de Blay.

«Por favor, que la madre de Blay no termine atrapada en el fuego cruzado».

Al ver a otro asesino que entraba por la puerta, Qhuinn le dio un cabezazo al restrictor con el que estaba moliéndose a puñetazos, sacó una de sus flamantes 45 nuevas y metió el cañón bajo la barbilla del desgraciado.

Las balas destrozaron la cabeza del maldito, volándole la tapa de los sesos, lo cual le dio a Qhuinn tiempo para apuñalar al restrictor en el corazón con el cuchillo que llevaba al cinto.

Cuando el restrictor desapareció con una llamarada, Qhuinn no se detuvo a disfrutar de su primer triunfo. Dio media vuelta para ver cómo estaba Blay y se quedó asombrado. El padre de Blay había llegado repartiendo golpes y los dos estaban dándoles una buena paliza a los asesinos. Lo cual era una gran sorpresa, pues el padre de Blay era contable.

Era el momento de apoyar a John.

Qhuinn se encaminó a la puerta trasera, pero en el momento en que sus botas tocaron el césped, una luz brillante salió de la camioneta y vio que su ayuda no iba a ser necesaria.

John saltó de la Town & Country con elegancia y cerró la puerta. Luego dio un golpe en el panel trasero y el coche retrocedió a toda prisa. Qhuinn alcanzó a ver a la madre de Blay con los nudillos blancos sobre el volante, mientras salía marcha atrás por la entrada.

—¿Estás bien J? —dijo Qhuinn, y rezó para que John Matthew no resultase muerto en su primera noche como ahstrux nohtrum de su amigo.

En el momento en que John levantó las manos para responder, se oyó un estallido de cristales.

Los dos se volvieron a mirar hacia la casa. Como si estuvieran en una película, dos cuerpos salieron volando por las ventanas de la sala de estar. Uno de ellos era Blay, y aterrizó encima del restrictor que había arrojado fuera de la casa como si fuera un colchón manchado. Antes de que el asesino pudiera recuperarse del impacto, Blay le agarró la cabeza y le torció el cuello como si fuera un pollo.

—¡Mi padre todavía está peleando dentro! —gritó, al tiempo que Qhuinn le lanzaba el cuchillo—. Abajo, en el sótano.

Mientras John y Qhuinn regresaban al interior, se oyó un tercer estallido y Blay los alcanzó en las escaleras que llevaban al sótano. Los tres corrieron hacia donde se oían nuevos ruidos de lucha.

Llegaron al final de las escaleras y se pararon en seco. El padre de Blay se estaba enfrentando a un restrictor con una espada de la Guerra Civil en una mano y una daga en la otra.

Detrás de sus gafas de contable, sus ojos brillaban como antorchas cuando los miró por un segundo.

—No intervengáis. Éste es mío.

El asesino cayó un instante después.

Entonces el padre de Blay se le abalanzó con la daga, lo trinchó como si fuera un pavo y luego lo apuñaló para enviarlo de regreso al Omega. Cuando la llamarada se desvaneció, el vampiro los miró con ojos frenéticos.

—Tu madre...

—Huyó en la camioneta de los asesinos —dijo Qhuinn—. John la rescató.

Tanto Blay como su padre descansaron al oír esa noticia. Pero entonces Qhuinn notó que Blay estaba sangrando por una herida que tenía en el hombro y otra en el abdomen, y otra en la espalda y…

El padre se limpió el sudor con el brazo.

—Tenemos que localizarla…

John levantó su teléfono, lo puso en altavoz y marcó.

Cuando la madre de Blay respondió, tenía la voz entrecortada y no precisamente por problemas de conexión.

—¿Cómo estáis?

—Todos estamos aquí —dijo el padre de Blay—. Sigue conduciendo, querida.

John sacudió la cabeza.

—¿Es posible que haya un rastreador GPS en el coche?

El padre de Blay soltó una maldición.

—Querida. Detén el coche. Para y sal de ahí. Desmaterialízate y reaparece en el refugio de seguridad; llámame cuando estés allí.

—¿Estás seguro?

—Hazlo ya, querida. Ahora.

Entonces se oyó el sonido de un motor que reducía la marcha, una puerta que se cerraba y luego… silencio.

—¿Querida? —El padre de Blay se aferró al teléfono—. ¿Querida? Ay, por Dios…

—Aquí estoy —dijo la voz—. Ya estoy en el refugio.

Todo el mundo respiró.

—Voy para allá.

Luego hablaron un poco más, pero Qhuinn estaba pendiente de otras posibles pisadas. ¿Qué sucedería si llegaban más asesinos? Blay estaba herido y su padre parecía agotado.

—Tenemos que salir de aquí —dijo, sin dirigirse a nadie en particular.

Los cuatro vampiros subieron hasta la cocina, metieron las maletas en el Lexus del padre de Blay y, antes de que Qhuinn se diera cuenta, Blay y su padre se perdieron en la noche

Todo había ocurrido tan rápido. El ataque, la pelea, la evacuación… la despedida que quedó pendiente. Blay simplemente se montó en el coche con su padre y arrancaron con su equipaje. Pero ¿qué más podría haber ocurrido? No era el momento para una larga despedida, y no sólo por el hecho de que hacía diez minutos estuvieran peleando con unos restrictores.

—Supongo que debemos irnos —dijo.

John negó con la cabeza.

—Quiero quedarme aquí. Cuando los restrictores que matamos no den novedades a su base, vendrán más.

Qhuinn observó la sala de estar, que ahora se había convertido en otro porche, gracias a la pirueta cinematográfica de Blay. Había muchas cosas que robar en esa casa y la idea de que siquiera una caja de pañuelos de papel de Blay pudiera caer en manos de la Sociedad Restrictiva lo enfurecía hasta la locura.

John comenzó a mandar un mensaje.

—Le estoy informando a Wrath de lo sucedido y de que nos vamos a quedar aquí. Nos hemos entrenado para esto. Es hora de que entremos en acción.

Qhuinn no podía estar más de acuerdo, pero estaba bastante seguro de que Wrath no lo iba a permitir.

Un momento después se oyó el pitido del teléfono. John leyó primero el mensaje completo y luego sonrió lentamente y le dio vuelta a la pantalla.

El mensaje era de Wrath.

«De acuerdo. Llamad si necesitáis apoyo».

Puta mierda… Acababan de unirse a la guerra.

R ehv aparcó el Bentley en la entrada sur del parque estatal Black Snake. El estacionamiento cubierto de gravilla
era pequeño, cabían sólo diez coches, y mientras que los otros
recintos similares estaban cerrados con cadenas por la noche, éste
siempre estaba abierto, porque de él salían caminos que llevaban
a las cabañas de alquiler.

Al bajarse del coche agarró su bastón, pero no porque lo
necesitara para apoyarse. Su visión se había vuelto completamente roja desde antes de llegar y ahora su cuerpo se sentía vivo y
caliente, vibrando de sensibilidad por todas partes.

Antes de cerrar con llave el Bentley, guardó el abrigo de
piel en el maletero, porque el coche ya era suficientemente llama-
tivo como para dejar además a la vista una piel rusa que costaba
más de veinticinco mil dólares. También comprobó que llevaba el
kit antitóxico y suficiente dopamina.

Cerró el maletero, puso la alarma y se dirigió a la espesa
línea de arbustos que formaba el límite exterior del parque. Sin
ninguna razón en particular, los abedules, los robles y los álamos
que rodeaban el estacionamiento le hicieron pensar en una multitud de gente que observaba un desfile, todos apretados al borde del suelo de gravilla, con las ramas extendiéndose más allá de
las barreras, aunque sus troncos permanecieran donde debían
estar.

La noche estaba bastante serena, excepto por una brisa seca y áspera que anunciaba la llegada inminente del otoño. Curioso que, al estar tan al norte, agosto se pudiera volver tan frío, pero la verdad era que en el estado en que se encontraba en ese momento, su cuerpo disfrutaba del frío. Incluso se regocijaba con él.

Se dirigió hacia el sendero principal, tras pasar por un puesto de control en el que no había nadie y frente a una serie de avisos para los caminantes. A unos cuatrocientos metros de allí se abría un camino que se adentraba en el bosque y Rehv tomó el sendero de tierra y se internó en las profundidades del parque. La cabaña de madera se encontraba a kilómetro y medio de allí. Cuando estaba a unos doscientos metros, un montón de hojas cayó a sus pies. La sombra que las había arrastrado parecía arder alrededor de sus tobillos.

—Gracias, hombre —le dijo a Trez.

—Te veré allí.

—Bien.

Mientras su guardaespaldas se perdía en el bosque como si fuera un banco de niebla, Rehv se arregló la corbata sin motivo aparente. Era muy consciente de que no iba a durar mucho tiempo colgada de su cuello.

El claro en el que estaba situada la cabaña estaba bañado por la luna y Rehv no podía saber cuál de las sombras que se arremolinaban entre los árboles era Trez. Precisamente por eso su guardaespaldas valía su inmenso peso en oro. Ni siquiera un symphath podía diferenciarlo del paisaje cuando no quería dejarse ver.

Rehv se acercó a la tosca puerta y se detuvo a mirar a su alrededor. La Princesa ya estaba allí: lo sabía porque los bucólicos alrededores se habían cubierto de repente con una nube densa e invisible de terror, como la que los chicos perciben cuando observan casas abandonadas en medio de una noche oscura y borrascosa. Ésa era la versión symphath del mhis, y garantizaba que ningún humano fuese a interrumpirlos. Ni ningún otro animal, en realidad.

Rehv no se sorprendió al ver que ella había llegado pronto. Nunca podía predecir si iba a llegar tarde, temprano o a tiempo, y por eso siempre estaba alerta, independientemente de la hora a la que ella apareciese.

La puerta de la cabaña se abrió con su crujido habitual. Cuando el sonido alcanzó el centro de su cerebro, Rehv ocultó sus emociones tras la imagen de una playa soleada que había visto una vez en televisión.

Desde las sombras del rincón llegó una voz densa y turbia que hablaba con acento.

—Siempre haces eso. Me hace preguntarme qué es lo que le ocultas a tu amante.

Por Rehv, podía seguir preguntándoselo. No podía permitir que ella entrara en su cabeza, porque, aparte de la necesidad de protegerse, sabía que el hecho de que él se cerrara completamente frente a ella la enervaba, y eso le hacía resplandecer con tanta satisfacción que parecía un maldito reflector.

Mientras cerraba la puerta decidió que esa noche iba a hacer el papel de amante abandonado. Ella debía estar esperando que tuviera mucha curiosidad por saber por qué diablos no se habían encontrado en la fecha establecida y lo iba a chantajear con esa información todo el tiempo que pudiera. Pero el encanto funcionaba, incluso con los symphaths, aunque de una manera retorcida y perversa. Ella sabía que él la odiaba y que le costaba mucho trabajo pretender que estaba enamorado de ella. Así que el sufrimiento que le costaba decir esas bonitas mentiras era lo que le hacía ganarse el favor de la Princesa, y no las mentiras en sí mismas.

—Te he echado de menos —dijo Rehv con una voz profunda y seductora.

Luego se llevó los dedos a la corbata que se acababa de arreglar y soltó lentamente el nudo. La respuesta de ella fue instantánea. Sus ojos relampaguearon como rubíes frente a una hoguera y no hizo nada para tratar de ocultar su reacción. Ella sabía que eso le hacía sentirse muy mal.

—¿De verdad? Ah, claro que me echaste de menos. —La voz de la Princesa parecía el siseo de una serpiente, pues alargaba el sonido de las eses con sus exhalaciones—. Pero ¿cuánto?

Rehv mantuvo la escena de la playa fija en su mente, clavándola a su lóbulo frontal para evitar que ella entrara dentro de su cabeza.

—Te extrañé hasta la locura.

Dejó el bastón a un lado, se quitó la chaqueta y se abrió el botón de arriba de su camisa de seda... luego el siguiente... y el siguiente, hasta que tuvo que sacarse los faldones de entre los pantalones para terminar el trabajo. Mientras se bajaba la camisa por los hombros y dejaba caer la seda al suelo, la Princesa siseó de verdad y Rehv sintió que su miembro se inflamaba.

Odiaba a la Princesa y odiaba el sexo, pero le encantaba ver el poder que tenía sobre ella. Esa debilidad de la Princesa le producía un placer sexual muy cercano al que sientes cuando estás realmente atraído por alguien. Y así era exactamente como lograba tener erecciones, aunque sentía un hormigueo en la piel como si estuviera envuelto en una manta llena de gusanos.

—No te desnudes —dijo ella con voz aguda.

—Sí. —Rehv siempre se quitaba la ropa cuando quería y no cuando ella se lo ordenaba. Era una exigencia de su orgullo.

—Que no te desvistas, puto.

—Sí lo haré. —Rehv se desabrochó el cinturón y le dio un tirón por encima de las caderas para sacarlo del pantalón, mientras el cuero crujía en el aire. Luego lo dejó caer de la misma forma en que había dejado caer la camisa, sin ningún cuidado.

—He dicho que te quedes vestido… —dijo ella sin terminar la frase, porque su resistencia comenzaba a flaquear. Lo cual era precisamente el objetivo.

Con un gesto decidido, Rehv se acarició el pene, bajó la cremallera, desabotonó la pretina y sintió cómo los pantalones bajaban por sus piernas hasta el suelo tosco. Su erección salió al aire, sintetizando en cierta forma la naturaleza de su relación. Rehv se sentía horriblemente enfurecido con ella y se odiaba y despreciaba el hecho de que Trez estuviese afuera, presenciando todo eso. Y como resultado, su miembro estaba duro como una piedra y brillando de humedad en la punta.

Para los symphaths, un paseo por la locura era mejor que cualquier prenda de lencería provocativa y ésa era la razón por la que todo ese asunto funcionaba y él podía darle a ella aquella mierda de satisfacción enfermiza. Pero también podía darle algo más. Ella anhelaba todo el combate sexual que solían tener. El apareamiento de los symphaths era como una partida de ajedrez con un intercambio de fluidos al final. Así que ella ansiaba los ardores carnales que sólo el lado vampiro de Rehv podía ofrecerle.

—Tócate —dijo ella entre de jadeos—. Tócate para mí.

Pero Rehv no hizo lo que le ordenaban. Con un gruñido, se quitó los mocasines y se alejó del montón que había formado su ropa. Mientras avanzaba hacia delante, era muy consciente del aspecto que debía tener, empalmado, rudo y amenazante. Se detuvo en el centro de la cabaña, donde un rayo de luna que entraba por la ventana iluminó su cuerpo.

Odiaba admitirlo, pero la verdad era que también ansiaba esos encuentros con ella. Era el único momento en que podía ser como realmente era, en que no tenía que mentirle a la gente que lo rodeaba. La horrible verdad era que una parte de él necesitaba esa relación retorcida y enfermiza y que eso era lo que lo hacía acudir mes tras mes, y no la amenaza que pendía sobre él y Xhex.

No sabía si la Princesa era consciente de esa debilidad. Siempre tenía cuidado de no enseñar sus cartas, pero nunca podías saber con certeza cuánto sabía un symphath sobre ti. Lo cual, por supuesto, hacía que todo fuera más interesante, debido a lo que estaba en juego.

—Pensé que esta noche podíamos empezar con un pequeño espectáculo —dijo Rehv y dio media vuelta. Mientras le daba la espalda, al fin le hizo caso y comenzó a masturbarse, pero sin dejarla ver, manteniéndose de espaldas, acariciando con su mano inmensa el grueso miembro, enorme.

—Aburrido —dijo ella sin aliento.

—Mentirosa. —Rehv apretó con tanta fuerza la cabeza de su pene que se le escapó un gemido.

La Princesa gimió al oír ese sonido, pues el dolor de Rehv la atraía más hacia el juego. Al bajar la vista y mirar lo que estaba haciendo, Rehv sintió una confusa sensación de desdoblamiento, como si lo que estuviera viendo fueran el pene y la mano de otro. Pero, claro, esa distancia era necesaria, pues era la única forma en que su naturaleza vampira y decente podía aceptar las cosas que ellos dos hacían. La parte buena de él no tomaba parte en eso. Siempre la dejaba en la puerta al momento de entrar.

Éste era el territorio del Devorador de pecados.

—¿Qué estás haciendo? —gimió ella.

—Me estoy acariciando. Con fuerza. La luz de la luna queda muy bien sobre mi pene. Estoy mojado.

Ella tomó aire con fuerza.

—Date la vuelta. Ahora.

—No.

Aunque no hizo ningún ruido, Rehv sintió que ella comenzaba a acercarse y el sentimiento de triunfo que experimentó aniquiló esa sensación de distancia que había sentido al comienzo. El objetivo de su vida era hacerle daño a la Princesa. Ese poder era como heroína en sus venas. Sí, después se iba a sentir endemoniadamente sucio y, claro, vivía con pesadillas debido a todo esto, pero en este momento realmente se estaba excitando.

La Princesa pasó junto a él en medio de las sombras y Rehv se dio cuenta del momento en que vio lo que él estaba haciendo, porque gimió con fuerza, pues ni siquiera su naturaleza symphath fue lo suficientemente fuerte para contener la reacción.

—Si me vas a mirar —dijo Rehv y volvió a apretar la cabeza de su miembro con tanta fuerza que se puso morado y tuvo que arquear la espalda del dolor—, quiero verte.

La Princesa dio un paso hacia el rayo de luz y él perdió el ritmo por un momento.

Estaba vestida con un traje largo rojo y brillante, y los rubíes que llevaba al cuello resplandecían contra el color blanco de su piel. Tenía el pelo negro azulado recogido sobre la cabeza y los ojos y los labios eran del mismo tono que las piedras color sangre que llevaba al cuello. De sus orejas pendían dos escorpiones albinos que lo miraban mientras colgaban de la cola.

La Princesa era terriblemente hermosa. Un reptil capaz de erguirse y de ojos hipnotizadores.

Tenía los brazos cruzados sobre la cintura y metidos entre las larguísimas mangas de su vestido, que llegaban hasta el suelo, pero en ese momento los soltó y Rehv tuvo cuidado de no mirarle las manos. No podía hacerlo. Le resultaban demasiado desagradables y si su mirada se cruzaba con ellas perdería la erección.

Para mantenerse excitado deslizó la palma de la mano por debajo de sus testículos y los estiró hacia arriba de manera que enmarcaran el pene. Luego los dejó volver a su lugar y las dos partes rebotaron con fuerza.

Había tantas cosas que quería ver de él que la Princesa no sabía dónde fijar los ojos. Mientras recorría su pecho, se detuvo en el par de estrellas rojas que marcaban los pectorales de Rehv. Los vampiros pensaban que sólo era decoración, pero para los symphaths esas dos estrellas eran la evidencia de su sangre real y de los dos asesinatos que había cometido. El parricidio te otorgaba estrellas, mientras el matricidio te valía círculos. La tinta roja significaba que él era miembro de la familia real.

La Princesa se quitó el vestido y debajo de esos pliegues lujuriosos tenía el cuerpo cubierto con una malla roja satinada que se le incrustaba en la piel. En consonancia con la apariencia casi totalmente asexuada de los de su especie, tenía senos pequeños y caderas aún más pequeñas. La única manera de estar seguro de que era una hembra era viendo la pequeña abertura entre sus piernas. Los machos también eran andróginos, con ese pelo largo que se peinaban igual que las hembras y esos vestidos idénticos. Rehv nunca había visto desnudo a un macho, gracias a Dios, pero suponía que sus penes tenían la misma pequeña anomalía que tenía la suya.

¡Ah, el placer!

Su anomalía era, desde luego, otra de las razones por las que le gustaba copular con la Princesa. Él sabía que al final le hacía daño.

—Ahora te voy a tocar —dijo ella, al tiempo que se acercaba—. Puto.

Rehv se preparó para sentir cómo la mano de la Princesa se cerraba sobre su miembro, pero sólo le permitió un momento de contacto, pues enseguida dio un paso atrás y se lo arrancó de la mano.

—¿Acaso vas a terminar con nuestra relación? —dijo, arrastrando las palabras y odiándose por lo que estaba diciendo—. ¿Por esa razón me dejaste plantado la otra noche? ¿Esta mierda es demasiado aburrida para ti?

La Princesa se acercó, tal y como él sabía que lo haría.

—Vamos, si tú eres mi juguete. Te extrañaría terriblemente.

—Ah.

Esta vez, cuando lo agarró, le enterró las uñas en su órgano viril. Rehv contuvo el gemido de dolor apretando los hombros casi hasta romperse las clavículas.

—Entonces, ¿te preguntaste dónde estaba? —susurró ella mientras se inclinaba sobre él y le rozaba la garganta con los labios, lo que le hizo arder la piel. El lápiz de labios que llevaba estaba hecho de pimientos molidos, cuidadosamente elegidos para provocar escozor—. Te preocupaste por mí. Sufriste por mí.

—Sí. Así es —dijo Rehv, porque la mentira le excitaba.

—Yo sabía que así sería. —La Princesa cayó de rodillas y se inclinó sobre él. Tan pronto rozó con los labios el glande de Rehv, la sensación ardiente del carmín hizo que sus testículos se apretaran como si fueran puños—. Pídemelo.

—¿El qué? ¿Una mamada o la explicación de por qué cambiaste la fecha?

—Estoy comenzando a pensar que deberías suplicar por las dos. —La Princesa agarró el pene de Rehv y la empujó hacia atrás, mientras sacaba la lengua y comenzaba a juguetear con la base del miembro. Era la parte de él que más le gustaba, la que encajaba en su lugar cuando él eyaculaba y los mantenía unidos. En lo personal, él la odiaba, pero, mierda, cómo le gustaba que se la lamieran, incluso a pesar del dolor que le producía la boca de la Princesa.

—Pídemelo —repitió la Princesa y soltó la verga para metérsela después en la boca.

—Ah, mierda, chúpamela —gruñó Rehv.

Y, demonios, vaya si lo hizo. Abrió su boca enorme y se hundió la protuberancia todo lo que pudo. Era sensacional, pero el ardor era matador. Así que, en recompensa por su carmín de pesadilla, Rehv la agarró del pelo y empujó con las caderas hacia delante, haciendo que se atragantara.

En respuesta, ella le clavó una uña en el miembro, con tanta fuerza que le hizo sangre y él gritó y los ojos se le llenaron de lágrimas. Al ver que una lágrima rodaba por la mejilla de Rehv, la Princesa sonrió, pues sin duda le gustaba el contraste del rojo sobre la piel del rostro.

—Vas a decir «por favor» —dijo—. Cuando me pidas que te explique algo.

Rehv tuvo la tentación de decirle que esperara sentada, pero en lugar de eso volvió a meterle el pene en la boca y ella volvió a clavarle la uña y siguieron haciendo eso mismo una y otra vez, hasta que los dos se quedaron sin aire.

En este punto Rehv sentía su miembro ardiendo, palpitando por la necesidad de eyacular en la horrible boca de ella.

—Pregúntame el porqué —ordenó ella—. Pregúntame por qué no aparecí.

Rehv negó con la cabeza.

—No... me lo dirás cuando quieras. Pero lo que sí quiero saber es si sólo estamos perdiendo el tiempo aquí o me vas a dejar terminar.

La Princesa se levantó del suelo, fue hasta la ventana y se apoyó en el alféizar.

—Puedes terminar. Pero sólo dentro de mí.

Aquella perra siempre hacía lo mismo. *Siempre* tenía que ser dentro de ella.

Y siempre en la ventana. Era evidente que, aunque no estaba segura de que él llevaba refuerzos, de alguna manera sabía que estaban siendo observados. Y si lo hacían frente a la ventana, su centinela estaría obligado a mirar.

—Eyacula dentro de mí, maldición.

La Princesa arqueó la espalda y levantó el trasero. La malla que llevaba subía por sus piernas y se metía entre los muslos y Rehv iba a tener que romperla para poder penetrarla. Lo cual era precisamente la razón para que la llevara puesta. Si la pintura de labios era mala, la malla esa con la que se cubría el cuerpo, era peor.

Rehvenge se colocó detrás de ella y metió los dedos índice y medio de sus dos manos entre la malla, a la altura de la parte baja de la espalda. Con un tirón rompió el tejido, liberando las nalgas y el sexo de la Princesa.

Ella estaba brillante de humedad, con el sexo hinchado y suplicando que la penetrara.

Al mirar por encima del hombro, la Princesa sonrió, revelando unos dientes blancos y perfectos.

—Tengo hambre. Me reservé para saciarme contigo. Como siempre.

Rehv no pudo ocultar una mueca de disgusto. No soportaba la idea de que él fuera su único amante; habría sido mucho mejor formar parte de una legión de machos, de manera que lo que pasaba entre ellos no pareciera tan importante. Además, la paridad de la situación le causaba náuseas. Ella también era su única amante.

Rehv se abalanzó dentro del sexo de ella, empujándola hacia delante hasta que la cabeza de la Princesa se estrelló contra el vidrio. Luego la agarró de las caderas y se salió lentamente. Las piernas de la Princesa temblaron en una serie de espasmos y Rehv odió una vez más la idea de estar dándole lo que quería. Así que volvió a penetrarla lentamente, deteniéndose a mitad de camino para que ella no se apropiara de todo.

Los ojos rojos de la hembra escupieron fuego cuando lo miró por encima del hombro.

—Más.

—¿Por qué no apareciste el otro día, mi adorable perra?

—¿Por qué no te callas y terminas?

Rehv se inclinó y rozó los colmillos sobre el hombro de ella. La malla estaba recubierta con una capa de veneno de escorpión y de inmediato sintió que los labios se le entumecían. Cuando terminaran de copular, iba a tener esa mierda por todas las manos y todo el cuerpo, así que tendría que ducharse en su refugio de seguridad tan pronto como llegara. Pero como eso no iba a ocurrir lo suficientemente pronto, lo más seguro es que terminara brutalmente enfermo, como siempre. Debido a que ella era una symphath pura, el veneno no le afectaba; para ella era como perfume, una manera de resaltar su belleza. Pero para la naturaleza vampira de Rehv, que era especialmente susceptible, era veneno puro.

Entonces se salió lentamente para volver a penetrarla enseguida, pero sólo unos centímetros, y supo que la tenía a su merced cuando vio cómo clavaba sus dedos de tres nudillos entre la madera vieja y gastada del marco de la ventana.

Dios, esas manos, con su trío de coyunturas y las uñas que crecían rojas… parecían salidas de una película de terror, como las que se agarran de la tapa del ataúd antes de que el muerto salga de la tumba y asesine al chico bueno.

—Dime… por… qué… puta… —dijo Rehv, puntuando sus palabras con el ritmo de sus caderas—. O ninguno de los dos podrá terminar.

Dios, cómo odiaba y adoraba aquel juego al mismo tiempo, ese juego de los dos, luchando por mantener la posición de poder, mientras se enfurecían por las concesiones que tenían que hacer. Ella se estaba muriendo de rabia por haber tenido que acercarse para poder verlo masturbarse y él despreciaba lo que le estaba haciendo al cuerpo de ella, y ella no quería decirle por qué había aparecido dos noches después, pero sabía que iba a tener que hacerlo si quería tener un orgasmo…

Y así siguieron un buen rato.

—Dímelo —gruñó él.

—Tu tío está volviéndose más fuerte.

—¿De verdad? —Rehv la recompensó con una penetración rápida y brusca que la hizo gemir—. ¿Y por qué lo dices?

—Hace dos noches… —La Princesa se quedó sin aire al arquear la espalda para permitir que él la penetrara lo más profundamente posible—. Fue coronado.

Rehv perdió el ritmo. Mierda. Los cambios de líder no eran buenos. Ciertamente los symphaths estaban atrapados en esa colonia, aislados del mundo real, pero cualquier inestabilidad política que hubiese allí ponía en riesgo el poco control que se tenía sobre ellos.

—Te necesitamos —dijo ella, al tiempo que extendía las manos hacia atrás y le hundía la uñas en el trasero—. Para que hagas lo que sabes hacer mejor.

De. Ninguna. Manera.

Ya había matado a suficientes parientes.

La Princesa miró por encima del hombro y el escorpión que colgaba de su oreja le observó con odio, mientras movía sus delicadas patas tratando de alcanzarlo.

—Ya te dicho el porqué. Así que a lo tuyo.

Rehv cerró con llave su cerebro, se concentró en la escena de la playa y dejó que su cuerpo hiciera lo que sabía hacer, mientras ella llegaba al orgasmo y su cuerpo se aferraba a él en una serie de espasmos que parecían como un puño que se cerraba sobre su pene y lo retorcía.

Lo que hizo que su sexo se agarrara al interior de la vagina de ella y la llenara.

Rehv se retiró en cuanto pudo y comenzó su descenso al infierno. Ya podía sentir el efecto del veneno de la maldita malla. Notaba un cosquilleo por todo el cuerpo y parecía como si las terminaciones nerviosas de toda su piel se encendieran y se apagaran de forma intermitente, con espasmos de dolor. Y las cosas se iban a poner mucho peor.

La Princesa se enderezó y fue a por su vestido. De un bolsillo secreto sacó una tira larga de tela roja y, con los ojos clavados en él, se la pasó entre las piernas y se la amarró con una elaborada serie de lazos.

Sus ojos de rubí relampaguearon de satisfacción, al tiempo que se aseguraba de que ni una sola gota de la semilla de Rehv se escapara de su cuerpo.

Rehv odiaba eso y ella lo sabía, por eso nunca se quejaba cuando él salía rápidamente de ella. Sabía muy bien que a él le gustaría meterla en una bañera llena de blanqueador y obligarla a bañarse hasta borrar de su cuerpo todos los rastros del acto sexual, como si nunca hubiese sucedido.

—¿Dónde está mi diezmo? —preguntó, mientras se ponía el vestido.

Rehv sintió que veía doble a causa del veneno, mientras caminaba hasta su chaqueta y sacaba una pequeña bolsa de terciopelo verde. Luego se la arrojó y ella la cogió.

Dentro había doscientos cincuenta mil dólares en rubíes. Cortados. Listos para montarlos en una joya.

—Debes regresar a casa.

Rehv estaba demasiado cansado para seguir ese juego.

—Esa colonia no es mi casa.

—Te equivocas. Estás muy equivocado. Pero ya entrarás en razón. Te lo garantizo. —Con esas palabras desapareció, evaporándose en el aire.

Rehv sintió que se desplomaba y tuvo que apoyar la mano contra la pared de la cabaña, cuando una negra oleada de cansancio lo recorría de arriba abajo.

Cuando la puerta se abrió, se incorporó y levantó sus pantalones. Trez no dijo nada, sólo se acercó y le ayudó a mantener el equilibrio.

A pesar de lo enfermo que estaba, y a sabiendas de que se pondría peor, se vistió. Eso era importante para él. Siempre se vestía solo.

Cuando tuvo la chaqueta en su lugar, la corbata alrededor del cuello y el bastón en la mano, su mejor amigo y guardaespaldas lo alzó en brazos y lo llevó como a un niño de regreso al coche.

E l estrés en una persona es como el aire en un globo. Cuando hay demasiada presión, demasiada mierda, demasiadas malas noticias… la fiesta de cumpleaños se vuelve un desastre.

Phury volvió a abrir el cajón de la mesita de noche con brusquedad, a pesar de que acababa de revisarlo.

—Mierda.

¿Dónde diablos estaba todo su humo rojo?

Se sacó la bolsa casi vacía que tenía entre el bolsillo de la camisa. Apenas tenía suficiente para un porro pequeño. Lo cual significaba que tenía que apresurarse a llegar al Zero Sum antes de que el Reverendo cerrara esa noche.

Phury cogió una chaqueta ligera para tener un lugar donde esconder la bolsa llena que traería al regreso y bajó corriendo las escaleras. Al llegar al vestíbulo, sentía que la cabeza le palpitaba y se retorcía, mientras repetía sin cesar la retahíla del hechicero de las «Diez Razones Principales» por las cuales Phury, hijo de Ahgony, era un Imbécil.

«Número diez: logró hacerse expulsar de la Hermandad. Número nueve: es un drogadicto. Número ocho: inicia una pelea con su gemelo cuando la shellan embarazada de su gemelo está en peligro. Número siete: es un borracho. Número seis: lo estropea todo con la hembra con la que quiere estar y la aparta de él. Número cinco: dice mentiras para proteger su adicción».

¿O tal vez ésa estaría incluida en las razones número nueve y siete?

«Número cuatro: decepciona a sus padres. Número tres: es un mentiroso. Número dos: Se enamora de la hembra que ya mencionamos y que ahuyentó».

Mierda.

Mierda.

Mierda.

¿De verdad se había enamorado de Cormia? ¿Cómo? ¿Cuándo?

El hechicero apareció abruptamente en su cabeza.

«A la mierda con eso, socio. Termina la lista. Vamos. Bien… Creo que pondremos "Es un drogadicto" como número uno, ¿te parece?».

—¿Adónde vas? —La voz de Wrath llegó desde arriba, como una especie de conciencia, y Phury se quedó paralizado, con la mano sobre el picaporte de la puerta del vestíbulo—. ¿Adónde vas? —volvió a preguntar el rey.

«A ningún sitio en especial», pensó Phury, sin darse la vuelta. «Sólo me estoy volviendo loco».

—A dar un paseo.

A esas alturas ya no le molestaba lo más mínimo mentir. Sólo quería que todos se apartaran de su camino. Cuando tuviera su humo rojo, cuando estuviera tranquilo y su cabeza ya no fuera una bomba a punto de estallar, podría volver a relacionarse con los demás.

Las botas de Wrath comenzaron a bajar por las escaleras y el sonido de sus pisadas era como la cuenta atrás de una paliza. Phury dio media vuelta para enfrentarse al rey, mientras sentía hervir la rabia en su pecho.

Y he aquí que Wrath tampoco parecía muy contento. Tenía el ceño fruncido detrás de sus gafas oscuras, los colmillos alargados y el cuerpo tan tenso como el infierno.

Estaba claro que debía haber recibido más malas noticias.

—¿Qué ha pasado ahora? —preguntó Phury, mientras pensaba cuándo demonios pasaría esa maldita tormenta y se iría a joderle la vida a otra gente.

—Esta noche atacaron a cuatro familias de la glymera y no hay supervivientes. Tengo que decirle algo horrible a Qhuinn, pero no he podido localizarlo ni a él ni a John Matthew, que están vigilando la casa de Blaylock.

—¿Quieres que vaya hasta allí?

—No, quiero que te largues para el santuario y cumplas con tu maldito deber —estalló Wrath—. Necesitamos más hermanos y tú accediste a ser el Gran Padre, así que deja de posponerlo.

Phury se moría por enseñar sus colmillos, pero se contuvo.

—He elegido otra Primera Compañera. Ahora la están preparando y mañana al anochecer voy para el santuario.

Wrath levantó las cejas y asintió con la cabeza, una vez.

—Está bien. Vale. Ahora, ¿cuál es el número de Blaylock? Voy a pedirle que regrese a su casa. Todos los hermanos están ocupados y no quiero darle esta noticia a Qhuinn por teléfono.

—Yo puedo ir...

—Ni lo sueñes —replicó el rey—. Aunque todavía formaras parte de la Hermandad, con las cosas tal y como están ahora, no me voy a arriesgar a perder al maldito Gran Padre de la raza, muchas gracias. Ahora, ¿cuál es el puñetero número de Blaylock?

Phury recitó el número al rey, se despidió con un gesto de la cabeza y salió. Le importaba un bledo haberle dicho a Wrath que iba a dar un paseo: dejó su BMW donde estaba estacionado en el jardín y se desmaterializó, rumbo al centro.

De todas maneras, Wrath sabía que estaba mintiendo. Y no había razón para demorar el viaje al Zero Sum yendo en coche, sólo para apoyar una mentira de la que los dos eran muy conscientes.

Cuando llegó a la entrada del club, Phury pasó frente a la fila que aguardaba su turno, se acercó al gorila que estaba en la puerta y le hizo quitarse del camino.

En la zona vip, Iam estaba de pie, apoyado contra la puerta de la oficina de Rehvenge. El Moro no pareció sorprenderse al verlo, pero, claro, era difícil sorprender a alguno de los guardias privados de Rehv.

—El jefe no está; ¿quieres hacer una compra? —preguntó.

Phury asintió y el guardaespaldas le abrió la puerta. Rally, el empleado que manejaba la balanza, salió corriendo después de que Phury le enseñara la mano abierta dos veces.

Iam apoyó la cadera contra el escritorio de Rehvenge y sólo se quedó mirando al vacío, con sus ojos negros, impasibles y tranquilos. Su hermano, Trez, era el más impulsivo de los dos, así que Phury siempre había pensado que Iam era al que había que vigilar.

Aunque suponía que era como elegir entre dos tipos distintos de armas: un asunto de intensidad.

—Un consejo —dijo el Moro.

—Paso, gracias.

—No saltes a cosas más fuertes, amigo.

—No sé de qué hablas.

—No hagas tonterías.

Rally salió por la puerta oculta que había en la esquina y cuando Phury vio todas aquellas hojas en la bolsa de plástico, su tensión bajó y el ritmo de su corazón se estabilizó. Entregó sus mil dólares y salió de la oficina lo más rápido que pudo, listo para regresar a su habitación.

En el momento en que se dirigía a la salida lateral, vio a Xhex, que estaba junto a la barra de la zona vip. Los ojos de la mujer se clavaron en el brazo que tenía metido en la chaqueta y Phury la vio fruncir el ceño y dedicarle una grosería muda con el movimiento de los labios.

Al verla ir hacia él, Phury tuvo la extraña impresión de que ella iba a tratar de quitarle su reserva de humo rojo, y no iba a permitir que eso pasara. Había pagado en efectivo, con dinero bueno, y había comprado la droga a un precio justo. No había razón para que la gerencia lo jodiera.

Así que salió rápidamente por la puerta y se desmaterializó. No tenía idea de cuál podía ser el problema y tampoco le importaba. Ya tenía lo que necesitaba, y se podía ir a casa.

Mientras viajaba en forma de nube de moléculas de regreso a la mansión, pensó en el drogadicto que había visto en el callejón, el que le había cortado la garganta al distribuidor y luego había revisado los bolsillos del hombre, mientras la sangre se derramaba por todas partes.

Phury trató de pensar que él no era así. Trató de no ver que esa desesperación que había sentido en los últimos veinte minutos era la puerta hacia lo que ese adicto había hecho con la navaja.

La realidad era, sin embargo, que nada ni nadie estaba a salvo cuando se interponía entre un adicto y la droga que ansiaba.

Mientras vigilaba el jardín posterior de la casa de Blaylock, John sintió como si hubiese hecho aquello un millón de veces. Esa espera, la vigilancia… la pausa depredadora, todo le parecía natural. Lo cual era una locura.

«No», dijo algo en su interior. Esto es lo de siempre. Sólo que hasta ahora no te has dado cuenta.

Junto a él, en medio de las sombras, Qhuinn estaba sorprendentemente quieto. Por lo general su amigo siempre estaba moviéndose, dando golpecitos con los pies o las manos, caminando, parloteando. Pero esta noche no, no en medio de ese rincón poblado de madreselva.

Sí, cierto, se estaban escondiendo entre una mata de madreselva. No era exactamente lo mismo que ocultarse detrás de unos robles, lo cual resultaba más masculino, pero entre la madreselva se mimetizaban mejor y, además, era lo único que tenían para camuflarse junto a la puerta trasera de la casa de Blay.

John miró su reloj. Ya llevaban una o dos horas esperando. Después de un rato iban a tener que regresar para evitar la luz del amanecer, y eso era una mierda. Él estaba allí para pelear. Estaba listo para matar.

Si no podía ponerle las manos encima a otro restrictor, su asesino interior se iba a quedar frustrado, y eso era grave.

Por desgracia, lo único que habían percibido era una brisa ocasional que enmascaraba por momentos el zumbido de los grillos.

—No sabía lo de Blay —dijo John por señas y sin ninguna razón en particular—. ¿Cuánto tiempo hace que sabes… lo que él siente por ti?

Qhuinn se dio unos golpecitos en la pierna con los dedos.

—Prácticamente desde que empezó… que fue hace mucho tiempo.

«Caramba», pensó John. Con todos esos secretos que estaban saliendo a la luz, se sentía casi como si estuvieran pasando de nuevo por la transición.

Y al igual que había sucedido con los cambios que experimentaron en sus cuerpos, ninguno de los tres volvería a ser lo que había sido antes.

—Blay ocultó lo que sentía —murmuró Qhuinn—. Aunque no lo hizo por el tema sexual. Me refiero a que no me importa hacerlo con tíos, en especial si hay chicas involucradas. —Qhuinn se rió—. Pareces asombrado. ¿Acaso no lo sabías?

—Bueno… Yo… Quiero decir…

Mierda, si antes ya se había sentido como un idiota virgen, a la luz de todo lo que hacía Qhuinn… John se sentía ahora como un auténtico virgen.

—Mira, si te hago sentirte incómodo…

—No, no es eso. Demonios, en realidad no estoy tan sorprendido. Me refiero a que te he visto irte al baño con mucha gente diferente…

—Sí. Sencillamente dejo que pase lo que tiene que pasar, ya sabes. Todo es bueno. —Qhuinn se restregó la frente—. Aunque no pienso ser siempre así.

—¿Ah, no?

—Algún día quiero encontrar una shellan propia. Sin embargo, mientras tanto voy a hacer de todo. Así es como me siento vivo.

John se quedó pensando en eso.

—Yo también quiero una hembra. Pero es difícil porque…

Qhuinn no lo miró, pero asintió con la cabeza como si lo entendiera, lo cual era bueno. Era curioso, ahora que su amigo sabía exactamente por qué algunas cosas le resultaban difíciles, en cierta forma parecía más cómodo hablar acerca del asunto.

—¿Sabes? He visto la manera en que miras a Xhex.

John se puso rojo como un tomate.

—Ya…

—Está bien. Quiero decir que, mierda… ella es salvaje, ardiente. En parte porque impresiona su aire amenazador. Creo que es capaz de hacerte comer tus propios dientes si te pasas de la raya. —Qhuinn se encogió de hombros—. Pero ¿no crees que sería mejor empezar con alguien que sea un poco más… no sé, más suave?

—Uno no elige a la persona que le atrae.

—Amén.

En ese momento oyeron los pasos de alguien que venía desde la parte delantera de la casa y los dos se pusieron alerta, levantaron los cañones de sus pistolas y apuntaron hacia el este.

—Soy yo —gritó Blay—. No disparéis.

John salió de su escondite entre la madreselva.

—Pensé que te ibas con tus padres.

Blay se quedó mirando a Qhuinn.

—Los Hermanos han estado tratando de localizarte.

—¿Por qué me estás mirando de esa manera? —dijo Qhuinn, mientras bajaba el arma.

—Quieren que regreses a la mansión.

—¿Por qué? —preguntó John con señas, aunque Blay no se percató porque todavía tenía los ojos fijos en Qhuinn—. Wrath dijo que estaba bien que nos quedáramos…

—¿Qué pasa? —preguntó Qhuinn con voz tensa—. Tú traes una noticia, ¿no es cierto?

—Wrath quiere que tú…

—Han atacado a mi familia, ¿verdad? —Qhuinn apretó la mandíbula—. ¿Verdad?

—Wrath quiere que tú…

—¡A la mierda con Wrath! ¡Habla!

Blay miró rápidamente a John, antes de volverse a concentrar en su amigo.

—Tu madre, tu padre y tu hermana están muertos. Tu hermano ha desaparecido.

Qhuinn dejó escapar una especie de bufido, como si alguien acabara de golpearlo en el vientre. John y Blay se le acercaron enseguida, pero Qhuinn se alejó.

Blay sacudió la cabeza.

—Lo siento.

Qhuinn no dijo nada. Era como si se le hubiese olvidado hablar.

Blay trató de agarrarlo otra vez, pero al ver que Qhuinn daba otro paso hacia atrás, dijo:

—Mira, Wrath me llamó porque no pudo localizaros a ninguno de vosotros y me pidió que os llevara de regreso a la mansión. La glymera se va a esconder por un tiempo.

—Vamos al coche —le dijo John a Qhuinn.

—Yo no voy a ir.

—¡Qhuinn!… —exclamaron los otros dos casi a la vez.

La voz de Qhuinn resonó con toda la emoción que su rostro se negaba a manifestar.

—A la mierda con todo esto. A la mierda...

En ese instante se encendió una luz dentro de la casa de Blay y Qhuinn se volvió a mirar enseguida. A través de las ventanas de la cocina vieron a un restrictor que entraba al salón.

Y entonces no hubo manera de detener a Qhuinn. Con una velocidad supersónica entró a la casa por la puerta trasera con el arma en alto. Y una vez que estuvo dentro, tampoco es que comenzara a moverse a cámara lenta. Levantó su H & K, apuntó al restrictor y apretó el gatillo una y otra vez, mientras el pobre diablo se desplomaba contra la pared.

Aunque el asesino ya estaba en el suelo y sangrando, Qhuinn seguía disparando, mientras el papel de la pared comenzaba a parecerse a una obra de Jackson Pollock.

Blay y John se abalanzaron sobre él y John le pasó un brazo por el cuello. Mientras alejaba a su amigo, le agarró con fuerza la mano en la que tenía el arma, por si intentaba dar media vuelta y seguir disparando.

Otro restrictor entró corriendo a la cocina en ese momento y Blay se hizo cargo, al tiempo que agarraba un cuchillo que sacó de un soporte de cubiertos que había en la encimera. Mientras le hacía frente al maldito asesino, el restrictor sacó de la nada una navaja y los dos comenzaron a caminar en círculos, frente a frente. Blay estaba tenso, con el cuerpo listo para atacar y los ojos alerta. El problema era que todavía estaba sangrando por las heridas que había recibido antes de irse y estaba pálido y demacrado por todo lo que había sucedido.

Qhuinn levantó de nuevo el cañón de la pistola a pesar de la fuerza con que John le sujetaba la mano.

Cuando John negó con la cabeza, Qhuinn susurró:

—Suéltame. Inmediatamente.

La voz sonaba tan serena que John obedeció.

Entonces Qhuinn metió una bala por entre los ojos del restrictor y el maldito se desplomó como un muñeco.

—¿Qué diablos te pasa? —Le reclamó Blay—. Ése era mío.

—No quiero ver cómo te hieren de nuevo. Eso no va a suceder.

Blay apunto a Qhuinn con un dedo tembloroso y dijo:

—Nunca vuelvas a hacer eso.

—Esta noche he perdido a muchas personas que no soportaba. No voy a perder a alguien que sí me importa de verdad.

—No necesito que te conviertas en mi héroe…

John se interpuso entre los dos.

—A casa —dijo—. Ahora mismo.

—Podría haber más…

—Probablemente hay más…

Los tres se quedaron inmóviles cuando sonó el teléfono de Blay.

—Es Wrath. —Los dedos de Blay se movieron rápidamente sobre las teclas—. Realmente nos quiere en casa. John, revisa tu teléfono, creo que no está funcionando.

John se sacó el teléfono del bolsillo y estaba completamente muerto, pero no era el momento de pararse a averiguar por qué. ¿Tal vez se había dañado durante la pelea?

—Vamos —dijo con señas desesperadas.

Qhuinn se acercó al soporte de los cuchillos, sacó uno y apuñaló al asesino que había convertido en colador y al que le había clavado la bala en todo el centro de los ojos.

Luego se apresuraron a sellar la casa lo mejor que pudieron, pusieron la alarma y se subieron al Mercedes de Fritz, con Qhuinn al volante y Blay y John en el asiento trasero.

Cuando tomaron la carretera 22, Qhuinn comenzó a subir la pantalla opaca que dividía el automóvil en dos.

—Si vamos a regresar a la mansión, no puedes ver el camino, Blay.

Lo cual era, claro, sólo una parte de la razón por la cual quería subir el panel. La otra razón era que quería estar solo. Eso era lo que necesitaba cada vez que sentía que la cabeza le iba a estallar y la razón por la cual John se había ofrecido a sentarse en el asiento trasero como si fuera Miss Daisy.

En medio de la densa penumbra del asiento trasero, John miró de reojo a Blay. Su amigo estaba recostado sobre el asiento de cuero como si la cabeza le pesara tanto como un bloque de cemento, y sus ojos parecían hundidos en el cráneo. Parecía que tuviera cien años.

En términos humanos.

John pensó en el aspecto que tenía su amigo sólo un par de noches atrás, en Abercrombie, mientras examinaba un muestrario de camisas y sacaba cada una para mirarla con cuidado. Al mirar a Blay ahora, parecía como si ese chico de pelo rojo que estaba en la tienda fuera un primo lejano, y mucho más joven, de esta persona que iba ahora en el Mercedes, alguien que tenía su misma estatura, pero con la cual no tenía nada más en común.

John dio un golpecito a su amigo en el brazo.

—Hay que pedirle a la doctora Jane que te eche un vistazo.

Blay bajó la vista hacia su camisa blanca y pareció sorprenderse al ver que estaba manchada de sangre.

—Supongo que era a esto a lo que se refería mi madre. Pero no me duele.

—Pues mejor.

Blay se volvió para mirar por la ventana, aunque no se podía ver nada.

—Mi padre dijo que me podía quedar. Para pelear.

John silbó bajito para llamar la atención de Blay.

—No sabía que tu padre manejara la espada de esa manera, es un verdadero experto.

—Antes de casarse con mi madre fue soldado. Pero ella le hizo retirarse. —Blay trató de limpiarse la camisa con un gesto de la mano, aunque la sangre había penetrado en las fibras—. Tuvieron una terrible discusión cuando Wrath me llamó y me pidió que viniera a buscaros. A mi madre le preocupa que termine muerto. Mi padre quiere que me porte como un macho de honor en este momento en que la raza nos necesita. Así que aquí me tienes.

—¿Y tú qué quieres hacer?

Blay clavó los ojos en la pantalla oscura y luego miró a su alrededor en el asiento trasero.

—Quiero pelear.

John se recostó sobre el asiento.

—Qué bien.

Después de un largo silencio, Blay habló.

—¿John?

John se volvió a mirarlo lentamente, pues se sentía tan agotado como Blay aparentaba estar.

—¿Qué? —preguntó moviendo los labios, porque no tenía energía para mover las manos.

—¿Todavía quieres ser amigo mío, aunque sea homosexual?

John frunció el ceño. Luego se sentó derecho, cerró el puño y le clavó a su amigo un buen golpe en el hombro.

—¡Ay! ¿Qué demonios haces?

—¿Por qué no iba a querer ser tu amigo, aparte del hecho de que eres un idiota por preguntarme eso?

Blay se frotó el hombro donde había recibido el golpe.

—Lo siento. No sabía si eso podía cambiar las cosas o… ¡Pero no me vuelvas a pegar! ¡Tengo una herida ahí!

John se acomodó en la silla. Estaba a punto de volver a decirle a su amigo que era un estúpido, cuando se dio cuenta de que él también se había preguntado lo mismo después de lo que sucedió en los vestuarios.

Entonces miró a Blay.

—Para mí eres exactamente igual.

Blay respiró hondo.

—No se lo he dicho a mis padres. Qhuinn y tú sois los únicos que lo saben.

—Bueno, cuando se lo digas a ellos o a quien sea, él y yo estaremos contigo. En todo.

La pregunta que John no tuvo el valor de hacer debió reflejarse con claridad en sus ojos, porque Blay estiró el brazo y le tocó el hombro.

—No. En absoluto. No creo que haya nada que me pueda hacer pensar mal de ti.

Los dos dejaron escapar un suspiro idéntico y cerraron los ojos al mismo tiempo. Ninguno dijo nada más durante el resto del viaje a casa.

***

Mientras viajaba en el Focus, sentado en el asiento del pasajero, Lash tuvo la frustrante sensación de que, a pesar de los golpes que habían iniciado esta noche a las casas de la aristocracia, la Sociedad todavía no captaba bien el nuevo panorama. Los restrictores seguían recibiendo órdenes del señor D, no de él.

Demonios, ni siquiera sabían que él existía.

Miró de reojo al señor D, que llevaba las manos sobre el volante, situadas exactamente a las diez y diez. Parte de él quería matar al tipo sólo por despecho, pero su lado lógico sabía que tenía que mantener vivo al desgraciado, para usarlo como portavoz; al menos hasta que pudiera probar al resto de sus tropas quién era él.

Tropas. Le encantaba esa palabra.

Era la palabra que más le gustaba después de los posesivos.

Tal vez pudiera diseñarse algún tipo de uniforme. Como el de un general, o algo así.

Estaba seguro de que se lo merecía, teniendo en cuenta lo buena que era su estrategia militar. Era todo un genio y el hecho de estar atacando a la Hermandad con lo que ellos mismos le habían enseñado era sencillamente sublime.

Durante los últimos siglos, la Sociedad Restrictiva sólo había estado tratando de diezmar a los vampiros mediante ataques puntuales contra la población. Sin ninguna labor de inteligencia y con una fuerza de ataque descoordinada, era más bien una especie de cacería indiscriminada que no había arrojado mayores resultados.

Sin embargo, él estaba pensando a lo grande y tenía el conocimiento necesario para llevar a cabo sus planes.

La manera de eliminar a los vampiros era quebrar la voluntad colectiva de la raza y el primer paso para eso era la desestabilización. Acababan de rodar las cabezas de cuatro de las seis familias fundadoras de la glymera. Todavía quedaban dos, pero después de acabar con ellas, los restrictores podrían comenzar con el resto de la aristocracia. Una vez que la glymera se sintiera atacada y diezmada, lo que quedara del Consejo de Princeps se volvería contra su rey, Wrath. Se crearían distintas facciones. Sobrevendrían múltiples luchas de poder. Y al verse forzado a ocuparse de conflictos civiles y desafíos a su autoridad y con una guerra en marcha, Wrath terminaría cometiendo terribles errores de juicio que exacerbarían la inestabilidad.

Las consecuencias no serían sólo políticas. Los asaltos a las casas implicarían menos diezmos para la Hermandad, debido a la disminución de la población que paga impuestos. La reducción de la aristocracia implicaría una caída en los puestos de trabajo para la población civil, lo cual causaría estragos financieros entre las clases bajas y erosionaría su apoyo al rey. Todo el asunto se convertiría en un círculo vicioso que inevitablemente llevaría a que Wrath fuese depuesto, asesinado o relegado a una mera figura decorativa, y que la estructura social de los vampiros terminara de irse por el desagüe. Y cuando todo estuviera en ruinas, Lash aparecería para acabar con lo que quedaba.

Lo único mejor que eso sería una plaga que acabara con todos los vampiros.

Hasta ahora su plan estaba funcionando a la perfección, considerando que esa primera noche había sido un completo éxito. No le había gustado que el maldito Qhuinn no estuviera en casa cuando atacaron a su familia, pues le habría encantado matar a su primo, pero se había enterado de algo muy interesante. Sobre el escritorio de su tío había visto unos documentos de renuncia que implicaban la expulsión de Qhuinn de la familia. Lo cual significaba que el pobre desgraciado de ojos dispares andaba por ahí solo, aunque evidentemente no estaba en casa de Blay, porque esa casa también había sido asaltada.

Sí, le enfurecía que Qhuinn no hubiese estado en casa. Pero al menos habían capturado vivo a su hermano. Eso iba a ser divertido.

Había habido varias bajas en las filas de la Sociedad, principalmente en la casa de Blay y en su propia casa, pero en general la balanza se inclinaba a favor de Lash.

El tiempo, sin embargo, era un aspecto clave. En este momento la glymera debía estar huyendo a sus refugios de seguridad, y aunque él conocía algunas de las zonas donde estaban los refugios, la mayoría estaban en la parte norte del estado, lo cual implicaría una seria pérdida de tiempo en desplazamientos para sus hombres. Para acelerar los asesinatos tenían que atacar el mayor número de direcciones posible en la propia ciudad.

Planos. Mapas. Necesitaban cartografía.

Mientras pensaba en todo eso, el estómago le rugió.

Necesitaba mapas y comida.

—Para en esa gasolinera —ordenó.

El señor D no alcanzó a salirse a tiempo, así que se orilló a mano izquierda y dio marcha atrás.

—Necesito comer algo —dijo Lash—. Y mapas para…

Al otro lado de la calle titilaron las luces azules de una patrulla del Departamento de Policía de Caldwell y Lash soltó una maldición.

Si el policía había visto la infracción que acababan de cometer, estaban en un tremendo lío. Tenían el maletero del Focus lleno de armas, ropa ensangrentada, billeteras, relojes y anillos de los vampiros muertos.

Genial. Absolutamente genial. Era evidente que el agente no se estaba comiendo una rosquilla, porque en ese momento se dirigía directamente hacia ellos.

—A la mierda. —Lash miró al señor D mientras aparcaba—. Dime que tienes un permiso de conducir válido.

—Claro que sí. —El señor D apagó el motor del coche y bajó la ventanilla, mientras uno de los guardias de Caldie se acercaba—. ¿Qué tal, agente? Aquí está mi permiso de conducir.

—También necesito los documentos del coche. —El policía se agachó e hizo una mueca, como si no le hubiese gustado el olor del coche.

Mierda, claro. El talco para bebé.

Lash se relajó cuando el señor D se inclinó para abrir la guantera, con toda la tranquilidad del mundo. Mientras sacaba un trozo de papel blanco del tamaño de una tarjeta, Lash revisó rápidamente el documento. Ciertamente parecía legal. Tenía el escudo del estado de Nueva York, el nombre de Richard Delano y una dirección: 1583 de la calle 10, apartamento 4F.

El señor D se lo entregó todo al policía.

—Ya sé que no debí hacer eso allá atrás, agente. Pero queríamos algo de comer y me pasé la salida.

Lash miraba fijamente al señor D, asombrado por ese notable despliegue de talento dramático. Estaba representando a la perfección el papel del buen ciudadano avergonzado y sinceramente arrepentido, mientras miraba ingenuamente al policía. Mierda, parecía la imagen misma de la decencia, mientras daba explicaciones y decía «agente» como quien dice «amén» en la iglesia. Un representante de la mejor nutrición norteamericana, saludable y lleno de vitaminas y fibra.

El policía revisó los documentos y se los devolvió a D. Mientras revisaba rápidamente el interior del coche con la luz de la linterna, dijo:

—Bueno, no lo vuelva a…

Pero cuando vio a Lash frunció el ceño.

De repente aquella actitud de aquí-sólo-estoy-perdiendo-mi-tiempo cambió radicalmente, se acercó a la boca la radio que llevaba colgada de la solapa para pedir refuerzos y dijo:

—Me temo que voy a tener que pedirle que baje del coche, señor.

—¿Quién, yo? —dijo Lash. Mierda, no tenía ninguna identificación—. ¿Por qué?

—Por favor, baje del coche, señor.

—No, a menos que me diga por qué.

La luz de la linterna se enfocó sobre la cadena de perro que llevaba alrededor del cuello.

—Hace cerca de una hora recibimos una queja de una mujer que estaba en Screamer's, acerca de un hombre blanco, de cerca de uno noventa de estatura, con cabello rubio cortado al rape y un collar de perro en el cuello. Así que necesito que se baje del coche.

—¿Y cuál fue la queja?

—Asalto sexual. —En ese momento apareció otra patrulla, que estacionó prácticamente contra los faros del Focus—. Por favor, salga del vehículo, señor.

¿Acaso esa maldita perra del bar había ido a denunciarlo a la policía? ¡Si ella le había rogado que se lo hiciera!

—No.

—Si no se baja del coche, tendré que sacarlo a la fuerza.

—Bájate —dijo el señor D entre dientes.

El segundo oficial rodeó el Focus y abrió la puerta de Lash.

—Salga del coche, señor.

Aquello no podía estar pasando. Estos malditos humanos. Él era el hijo del Omega, por Dios santo. Si no seguía las reglas de los vampiros, mucho menos iba a seguir las de esos idiotas de los Homo sapiens.

—¿Señor? —dijo el policía.

—¿Qué tal si mejor te metes la placa por el culo?

El oficial se agachó y lo agarró del brazo.

—Queda bajo arresto por asalto sexual. Todo lo que diga podrá ser usado en su contra en un tribunal. Si no puede costearse un abogado…

—No puede estar hablando en serio…

—… el Estado le proporcionará uno. ¿Entiende estos derechos…

—Suélteme…

—… tal y como se los he explicado?

Se necesitó de la fuerza de los dos oficiales para sacar a Lash del coche y, claro, entretanto se fue formando un corrillo de curiosos. Mierda. Aunque podría zafarse fácilmente de estos dos y arrancarles los brazos para metérselos por el culo, no podía armar un escándalo. Había demasiados testigos.

—Señor, ¿entiende sus derechos? —le dijo uno de los oficiales mientras le daban la vuelta, lo empujaban contra el capó del coche y lo esposaban.

Lash miró por el retrovisor del coche al señor D, cuya cara ya no tenía aquella expresión de inocencia. Tenía los ojos entrecerrados y la única esperanza es que estuviera pensando en una manera de salir de esto.

—¿Señor? ¿Entiende sus derechos?

—Sí —espetó Lash—. Perfectamente bien.

El policía de la izquierda se agachó para susurrarle al oído.

—A propósito, también vamos a agregar una denuncia por resistirse al arresto. ¿Y sabe una cosa? Esa rubia sólo tenía diecisiete años.

CAPÍTULO
37

D etrás de la mansión de la Hermandad, los pies llenos de
heridas de Cormia corrían sobre el césped recién cortado tan rápido como podían. Corría con el fin de olvidarse de
todo, con la esperanza de encontrar algo de claridad en medio
de su confusión, corría porque no tenía adónde ir, pero tampoco
podía quedarse donde estaba.

El aire entraba y salía de sus pulmones con brusquedad,
mientras las piernas le ardían y sentía los brazos entumecidos,
pero aun así seguía corriendo a lo largo de la muralla que rodeaba
el jardín. Al llegar al borde del bosque, dio media vuelta y siguió
corriendo, otra vez en dirección al jardín.

Ideas e imágenes obsesivas la torturaban. Layla y el Gran
Padre. Layla en brazos del Gran Padre. Layla desnuda con el Gran Padre.

Cormia corría cada vez más rápido.

Estaba segura de que el Gran Padre iba a escoger a Layla.
Como no se sentía muy cómodo en su papel, se decidiría por la
única Elegida a la que había visto varias veces y había servido a
sus Hermanos con discreción y elegancia. Se inclinaría por alguien
que le resultara más familiar.

Iba a escoger a Layla.

Intempestivamente, Cormia sintió que las piernas le fla-
queaban y cayó al suelo completamente exhausta.

Cuando recuperó suficiente energía para levantar la cabeza, frunció el ceño mientras trataba de estabilizar su respiración. Se había caído en un lugar donde el suelo era particularmente áspero, una parcela circular de unos dos metros de diámetro en la que parecía que algo se hubiese quemado y la hierba todavía tuviera que recuperarse.

Parecía un lugar bastante apropiado en muchos sentidos.

Así que se acostó de espaldas y miró hacia el cielo nocturno. Sentía ardor en las piernas y en los pulmones, pero el verdadero incendio estaba en su cabeza. No pertenecía a este lado, pero tampoco soportaba la idea de regresar al santuario.

Se sentía como el aire del verano que se extendía entre el césped verde y el cielo tachonado de estrellas. No estaba ni aquí ni allí… y además era invisible.

Entonces se levantó y comenzó a caminar lentamente hacia la terraza de la mansión. Las luces brillaban a través de las ventanas de la casa y, al mirar a su alrededor, Cormia se dio cuenta de que iba a echar de menos la gama de colores de este mundo por la noche: los rojos, rosas, amarillos y púrpuras de las rosas parecían hoy atenuados, como si las flores se sintieran cohibidas. Pero en la biblioteca, el rojo profundo de las cortinas parecía una hoguera y la sala de billar resplandecía como si estuviera hecha de esmeraldas.

Era tan hermoso. Todo era tan hermoso, una verdadera fiesta para los ojos.

Para dilatar la partida un poco más, Cormia decidió ir a la piscina.

El agua negra pareció hablarle y su superficie brillante le susurró melodiosos lamentos al oído, mientras la luz de la luna se reflejaba en pequeñas olas que parecían invitarla a entrar.

Cormia se quitó la túnica y se sumergió en esa suave oscuridad, penetrando la superficie de la piscina hasta el fondo y quedándose luego allí, mientras braceaba bajo el agua.

Cuando llegó al otro extremo, su cuerpo pareció tomar una determinación junto con la primera bocanada de aire que entró a sus pulmones. Avisaría a Fritz de que se marchaba y le pediría al mayordomo que se lo dijera a Bella. Luego se dirigiría al santuario y pediría una audiencia con la Directrix Amalya… Una audiencia en la que presentaría su solicitud formal para convertirse en escribana recluida.

Cormia sabía que uno de sus deberes como escribana recluida sería llevar el registro de la descendencia del Gran Padre, pero sería mejor enfrentarse con eso en el papel que tener que contemplar diariamente a una legión de jóvenes de cabello multicolor y adorables ojos amarillos.

Y estaba segura de que habría descendencia. Aunque había puesto en duda la fuerza del Gran Padre para desafiarlo, Cormia sabía que él terminaría por hacer lo que tenía que hacer. A pesar de que en ese momento parecía incluso más incómodo con su papel, ella sabía que el sentido del deber le llevaría a superar sus objeciones personales.

Bella tenía tanta razón en la descripción que le había hecho del Gran Padre.

—Vaya, hola.

Al oír la voz, Cormia salió de su ensoñación y se sorprendió de verse frente a un par de botas enormes con punta metálica. Sobresaltada, levantó los ojos hacia el cuerpo largo y esbelto de un macho vestido con lo que llamaban vaqueros.

—¿Y quién eres tú? —le preguntó él con voz suave y amable, al tiempo que se ponía en cuclillas. Tenía unos ojos muy llamativos, intensos y de dos colores distintos, enmarcados por pestañas del mismo color negro de su melena.

Antes de que ella pudiera responder, John Matthew se acercó por detrás y silbó ruidosamente para llamar la atención del macho. Cuando él miró por encima del hombro desde la orilla de la piscina, John sacudió la cabeza y comenzó a decirle algo con señas de manera frenética.

—Ay,… mierda, lo siento. —El macho de cabello oscuro se volvió a poner de pie y levantó las manos como si quisiera demostrar su inocencia—. No sabía quién eras.

Entonces apareció otro macho que salió de la casa por las puertas de la biblioteca. El pelirrojo tenía manchas de sangre en la camisa y parecía completamente exhausto.

Debían ser soldados que peleaban junto a John, pensó Cormia. Jóvenes soldados.

—¿Quién eres tú? —le preguntó ella al que tenía aquellos adorables ojos dispares.

—Qhuinn. Estoy con él. —Señaló con el pulgar hacia donde estaba John Matthew—. El pelirrojo es…

—Blaylock —dijo el otro enseguida—. Me llamo Blaylock.

—Sólo quería nadar un poco —dijo Cormia.

—Ya veo —dijo Qhuinn, y su sonrisa parecía ahora simplemente amistosa, habiendo perdido ya todo carácter sexual.

Sin embargo, Cormia podía ver que el macho se sentía
atraído por ella. Podía sentirlo. Y ahí fue cuando se dio cuenta de
que, debido al camino que había decidido seguir, su virginidad
permanecería intacta para siempre. Al convertirse en escribana
recluida, ya no formaría parte del grupo de Elegidas con las que
el Gran Padre tenía que aparearse.

Así que aquella tormenta que se había producido dentro
de ella de esa manera tan gloriosa ya nunca volvería a repetirse.

Jamás.

Cuando Cormia vio ante ella todos esos años de vida que
le quedaban, sintió que estallaba en su interior una sensación de
desesperación y frustración que la hizo atravesar el agua tibia en
dirección a la escalera. Se agarró de las barandillas para ayudarse
a salir de la piscina y en el instante en que sintió el golpe del aire
frío sobre su cuerpo, también sintió la mirada de los tres soldados
sobre ella.

El impacto de esa mirada la deprimió, pero también le dio
más fuerzas. Era la última vez que un macho vería su cuerpo y era
difícil pensar que estuviera cancelando para siempre todos sus
instintos femeninos. Pero como no estaba dispuesta a estar con
nadie que no fuese el Gran Padre y tampoco podía soportar estar
con él a sabiendas de que también iba a estar con todas sus hermanas, era el final.

En unos pocos momentos se cubriría con la túnica y le diría adiós a algo que en realidad nunca había comenzado del todo.

Así que no se iba a disculpar por estar desnuda y tampoco
escondería su cuerpo al salir del delicioso abrazo del agua.

***

Phury volvió a tomar forma en el jardín posterior de la mansión
de la Hermandad, pues no tenía ningún interés en encontrarse con
nadie. Con todo lo que tenía en la cabeza, la idea de entrar por la
puerta principal y correr el riesgo de...

433

De pronto sus pies frenaron en seco y la respiración y los latidos de su corazón también parecieron detenerse.

Cormia estaba saliendo de la piscina y su maravillosa forma femenina resplandecía bajo las gotas de agua... mientras tres machos recién salidos de la transición la observaban a cerca de tres metros de distancia, con la boca abierta y babeando.

Joder... no.

El macho enamorado se agitó dentro de él como una bestia, zafándose de todas las mentiras que se había dicho a sí mismo con respecto a lo que sentía por Cormia y rugió al salir de la cueva de su corazón, despojándolo de todo rastro de civilización.

En lo único en lo que podía pensar era en que su hembra estaba desnuda, ante la mirada lasciva de otros.

Eso era lo único que importaba.

Antes de darse cuenta de lo que hacía, Phury soltó un rugido que cortó el aire como el estallido de un trueno. John Matthew y sus amigos miraron enseguida hacia donde él estaba y los tres retrocedieron de repente, como si la piscina acabara de incendiarse.

Cormia, por el contrario, ni siquiera lo miró. Y tampoco se apresuró a cubrirse. En lugar de eso, recogió su túnica con deliberada lentitud y la fue deslizando poco a poco por sus hombros, desafiándolo abiertamente.

Lo cual le enardeció como ninguna otra cosa.

—Entra a la casa —le exigió—. Ya.

Mientras lo miraba de reojo, Cormia le respondió con una voz tan indiferente como la expresión de sus ojos.

—¿Y qué pasa, si no quiero entrar?

—Te llevaré adentro por la fuerza. —Phury se volvió a mirar a los chicos y agregó—: Esto es un asunto entre ella y yo. Vosotros no tenéis nada que hacer aquí. Si tenéis dos dedos de frente, largaos ahora mismo.

Los tres vacilaron hasta que Cormia volvió a hablar.

—Todo va bien. Tranquilos.

Mientras los veía alejarse, Phury tuvo el presentimiento de que no se iban a ir muy lejos, pero en realidad Cormia no necesitaba que la protegieran. Los machos enamorados podían ser mortalmente peligrosos para todo el mundo, pero no para sus compañeras. Si bien estaba fuera de control, ella era la que tenía el mando en ese momento.

Y Phury sospechaba que Cormia lo sabía.

Entretanto, la hembra levantó las manos y se escurrió el pelo con absoluta calma.

—¿Y para qué quiere que entre?

—¿Vas a entrar por tu propio pie o quieres que te lleve en volandas?

—Le he preguntado por qué.

—Porque vas a mi habitación. —Las palabras salieron de su boca impulsadas por el rugido de su respiración.

—¿Su habitación? ¿No querrá decir la mía? Porque usted me expulsó de su habitación hace cinco meses.

Phury sintió que su miembro era la encarnación de la bestia que luchaba por salir para poder meterse dentro de ella. Su excitación era innegable, el tren de la lujuria desbocada ya estaba en la estación. Mejor dicho, el viaje ya había comenzado.

Y lo mismo le sucedía a Cormia.

Phury se le acercó y pudo sentir cómo el cuerpo de la mujer despedía tanto calor que él podía percibirlo sobre la piel y el aroma a jazmín era tan denso como la sangre que corría por sus venas.

Phury enseñó los colmillos y siseó como un gato.

—Iremos a mi habitación.

—Pero no tengo ninguna razón para ir a su habitación.

—Sí, sí la tienes.

Cormia se soltó con displicencia la espesa trenza de su cabello, que cayó sobre el hombro.

—No, me temo que no tengo ninguna razón para ir a su habitación.

Y diciendo eso, dio media vuelta y comenzó a caminar hacia la casa.

Phury la siguió como si fuera un depredador y ella la presa, pisándole los talones mientras atravesaba la biblioteca y subía la escalera hasta la puerta de su habitación.

Cormia abrió la puerta rápidamente y entró.

Pero antes de que pudiera cerrar de nuevo, Phury puso la palma contra el panel de madera y entró de un empujón. Él fue quien cerró la puerta y echó la llave.

—Quítate la túnica.

—¿Por qué?

—Porque si lo hago yo te la voy a desgarrar.

Cormia alzó la barbilla y bajó los párpados, de tal manera que, a pesar de que tenía que levantar la cabeza para mirarlo a los ojos, todavía parecía verlo desde una posición de superioridad.

—¿Por qué tengo que desnudarme?

Phury rugió, como el macho enloquecido y excitado que era en ese momento.

—Porque te voy a hacer mía.

—¿De verdad? Pero usted se da cuenta de que eso es totalmente innecesario.

—Claro que es necesario.

—Usted no me deseaba antes.

—A la mierda con eso de que no te deseaba.

—Usted me comparó con la otra hembra con la que trató de estar, pero con la que al final no pudo hacer nada.

—Y tú no me dejaste terminar. Esa mujer era una ramera que compré con el único propósito de deshacerme de mi virginidad. No era una hembra que yo deseara. No eras tú. —Phury tomó aire profundamente para llenarse los pulmones con el aroma de Cormia y después rugió con tono sordo—: No eras tú.

—Pero aun así usted aceptó a Layla, ¿no es verdad? —Al ver que él no le respondía, ella se dirigió al baño y abrió la llave de la ducha—. Sí, usted la aceptó. La eligió como la nueva Primera Compañera.

—No estamos hablando de ella —dijo Phury desde la puerta.

—¿Cómo puede afirmar que no estamos hablando de ella? Las Elegidas somos una única entidad y yo todavía formo parte de ellas. —Cormia dio media vuelta, lo enfrentó y se quitó la túnica—. ¿No es así?

Phury sintió que el pene se estrellaba contra la cremallera de sus pantalones. El cuerpo de Cormia realmente parecía resplandecer bajo las luces del techo, con los senos duros y erguidos y las piernas ligeramente abiertas.

Cormia se metió en la ducha y él observó la manera en que arqueaba la espalda y se lavaba el pelo. Con cada movimiento que hacía, él perdía un poco más de la poca decencia que le quedaba. En el fondo de su cerebro sabía que debería marcharse, porque estaba a punto de hacer que una situación que ya era complicada se volviera absolutamente insostenible. Pero su cuerpo parecía haber encontrado el alimento que necesitaba para sobrevivir.

Y en cuanto Cormia saliera de la maldita ducha, Phury se la iba a comer viva.

Y *ella iba a permitírselo.*
Mientras se aclaraba la espuma del cabello, Cormia sabía
que tan pronto como saliera de esa ducha, iba a terminar debajo
del Gran Padre.

Iba a permitir que él la hiciera suya. Y en el proceso, ella se
apoderaría a su vez de él.

Ya estaba harta de los *casi* y los *por poco* y los *somos* o *no
somos*. Estaba harta de ese destino retorcido en que los dos estaban
atrapados. Harta de hacer lo que le ordenaban.

Ella lo deseaba. Y lo iba a tener.

Al diablo con sus hermanas. Él era suyo.

«Aunque sólo por esta noche», señaló una voz interior.

—Púdrete —le espetó Cormia a la pared de mármol, pero
en realidad se lo decía a sus prejuicios.

La hembra cerró el grifo y abrió la puerta. Cuando el flujo
de agua se interrumpió, se encaró con el Gran Padre.

Él estaba desnudo. Erecto. Con los colmillos totalmente
expuestos.

El rugido que salió de su boca parecía el de un león y mientras el sonido reverberaba contra las paredes de mármol del baño,
Cormia se sintió todavía más húmeda entre las piernas.

El Gran Padre se le acercó y ella no opuso resistencia cuando la agarró por la cintura y la levantó del suelo. No lo hizo con

suavidad, pero ella tampoco quería que la tratara con suavidad, y para asegurarse de que él lo supiera, le mordió en el hombro cuando salieron a la habitación.

El Gran Padre volvió a rugir y la arrojó sobre la cama. El cuerpo de Cormia rebotó una, dos veces. Entonces se volvió sobre el vientre y comenzó a tratar de huir a cuatro patas, sólo para obligarlo a esforzarse un poco más. No tenía intención de negarse, pero él tendría que perseguirla...

El Gran Padre saltó sobre ella, le agarró las manos y se las sujetó contra la cabeza. Al tiempo que ella trataba de volverse, le separó las piernas con las rodillas y la apretó con sus caderas para impedirle moverse. Su miembro se deslizó entre las piernas de ella y trató de penetrarla, haciendo que ella arqueara el cuerpo.

Entonces él se alejó un poco, apenas lo suficiente para que la mujer pudiera girar los hombros y mirarlo.

Luego le dio un beso largo y profundo. Y ella hizo lo propio, harta de estar atrapada en la tradición sumisa de las Elegidas.

Con un movimiento súbito, el Gran Padre se echó hacia atrás, se movió un poco y...

Cormia gimió cuando él la penetró de un solo golpe. Y luego ya no hubo tiempo para hablar o pensar, ni para perder el tiempo pensando en el dolor que sentía, pues las caderas del Gran Padre se convirtieron en una fuerza que la arrastraba. Se sentía tan bien, todo era tan increíble, ese olor a especias negras, el peso de él sobre ella y la forma en que su pelo cubría la cara de Cormia, mientras los dos jadeaban con la boca entreabierta.

A medida que los embates del Gran Padre se fueron haciendo profundos, Cormia abrió las piernas todavía más, y comenzó a seguir el ritmo con sus propias caderas.

Sus ojos se llenaron de lágrimas, pero no se detuvo a pensar en ellas, pues el ritmo implacable del Gran Padre la fue envolviendo y un nudo de fuego comenzó a apoderarse del lugar donde él estaba entrando y saliendo de ella, hasta que pensó que iba a quemarse viva... y no le pareció que eso fuera nada malo.

Los dos llegaron al orgasmo al mismo tiempo y, en medio de su propio clímax, Cormia alcanzó a verlo por encima del hombro, con la cabeza echada hacia atrás, la mandíbula apretada y los músculos de los brazos destacándose por encima de la piel. Pero luego ya no pudo seguir mirando, pues su propio cuerpo comenzó a apretarse y relajarse, apretarse y relajarse, como si estuviera ordeñándolo lentamente para extraerle su semilla, mientras él gemía y se retorcía.

Y luego todo terminó.

Minutos después, Cormia pensó en las tormentas de verano que a veces azotaban la mansión. Cuando la tormenta cedía, el silencio parecía todavía más denso por la furia que había desatado. Esto era igual. Mientras yacían inmóviles, tratando de recuperar el aliento y estabilizar el ritmo de su corazón, parecía difícil recordar la vívida urgencia que los había empujado hasta ese punto, hasta ese atronador momento de silencio.

Y luego, mientras observaba al Gran Padre, Cormia vio cómo la consternación primero y después el horror se apoderaban de su rostro, reemplazando la urgencia obsesiva por hacerla suya.

¿Y qué esperaba? ¿Que aquella danza de cuerpos le haría renunciar a su estatus de Gran Padre, romper su promesa y declarar que ella era su única y verdadera shellan? ¿Que estuviera feliz de ver que, justo antes de que ella partiera, habían permitido que un impulso apasionado los obligara a hacer algo que deberían haber consumado con reverencia y cautela hacía muchos meses?

—Por favor, salga de mí —dijo Cormia con una voz apenas audible.

***

Phury no podía comprender lo que había hecho y, sin embargo, la prueba estaba ahí. El delgado cuerpo de Cormia yacía debajo de su enorme peso, y ella tenía las mejillas empapadas en lágrimas y marcas en las muñecas.

La había poseído por detrás, quitándole la virginidad como si fuera una perra. La había sujetado y la había obligado a someterse porque él era más fuerte. Y la había penetrado sin ninguna consideración con el dolor que claramente debía haber sentido.

—Por favor, salga de mí —volvió a decir Cormia con tono tembloroso y el hecho de que ella lo pidiera por favor le causó una punzada de dolor. En la medida en que estaba completamente dominada, sólo podía rogarle que se quitara de encima.

Phury se salió de la vagina de Cormia y se bajó de la cama, tambaleándose como un borracho.

Cormia se volvió hacia un lado y se encogió como un ovillo. Su columna vertebral parecía tan frágil, una delicada columna de huesos completamente quebradizos debajo de la piel pálida.

—Lo siento. —Dios, esas palabras resultaban tan vacías.

—Por favor, déjeme sola.

Considerando la forma en que se había impuesto sobre ella para poseerla, Phury sintió que en este momento era importante hacer honor a su petición, aunque lo último que quería hacer ahora era dejarla sola.

Pero de todas maneras fue hasta al baño, se vistió y se dirigió a la puerta.

—Después tenemos que hablar…

—No habrá un después. Voy a solicitar permiso para convertirme en escribana recluida. Así podré llevar el registro de su historia, pero sin ser parte de ella.

—Cormia, no.

Cormia se volvió a mirarlo.

—Ése es mi sitio.

Luego volvió a bajar la cabeza.

—Váyase —dijo—. Por favor.

Phury no tuvo conciencia del momento en que salió de la habitación de Cormia y entró a la suya. Sólo después de un rato se dio cuenta de que estaba en su cuarto, sentado en el borde de la cama, fumándose un porro. En medio del silencio, las manos le temblaban, mientras su corazón resonaba como un tambor roto y golpeaba instintivamente el suelo con el pie.

El hechicero era el amo de su cabeza, de pie con sus vestiduras negras meciéndose al viento, y su figura recortada contra un horizonte gris y desolado. En la palma de la mano sostenía una calavera.

Una calavera de ojos amarillos.

«Te dije que ibas a hacerle daño. Te lo dije».

Phury miró el porro que tenía en la mano con la esperanza de poder ver algo más que ruinas. Pero no pudo. Se había portado como una bestia.

«Te advertí lo que iba a suceder. Y tenía razón. Siempre he tenido razón. Y, por cierto, tu nacimiento no fue el que trajo la maldición. No fue el hecho de que nacieras después de tu gemelo. La maldición eres tú. Así hubiesen nacido cinco niños al mismo tiempo que tú, el resultado final de la vida de todos los que te rodean habría sido el mismo».

Phury se estiró para coger el mando a distancia y encender su equipo de sonido Bose, pero en cuanto las notas de la hermosa ópera de Puccini comenzaron a inundar la habitación, los ojos se le llenaron de lágrimas. La música era tan adorable que el contraste entre la mágica voz de Luciano Pavarotti y el gruñido que había emitido cuando estaba sobre Cormia era absolutamente insoportable.

La había arrojado contra la cama. Le había agarrado los brazos. Y la había montado por detrás...

«La maldición eres tú».

Mientras la voz del hechicero seguía azotándolo, Phury sintió que la hiedra del pasado comenzaba a apoderarse nuevamente de él: todas las cosas en las que había fracasado, todas las cosas buenas que no había logrado hacer, todo el cuidado que había tratado de poner, pero que no había sido suficiente... y ahora había una nueva capa de hojas. La capa de Cormia.

Phury oyó entonces el último aliento angustioso de su padre. Y el crujido del cuerpo de su madre mientras lo devoraban las llamas. Y la rabia de su hermano gemelo porque lo había rescatado.

Y luego oyó la voz de Cormia, lo peor de todo: «Por favor, salga de mí».

Se tapó las orejas con las manos, pero eso no sirvió de nada.

«La maldición eres tú».

Con un gemido, se apretó el cráneo con las manos con tanta fuerza que sus brazos temblaron.

«¿No te gusta oír la verdad?», espetó el hechicero. «¿No te gusta oír mi voz? Tú sabes cómo hacer que desaparezca».

El hechicero arrojó la calavera a la montaña de huesos que tenía a sus pies. «Tú sabes lo que hay que hacer».

Phury comenzó a fumar con desesperación, aterrorizado ante todo lo que daba vueltas en su cabeza.

Pero el porro ni siquiera lograba acallar una parte del odio que sentía por sí mismo ni las voces que lo amedrentaban.

Entonces el hechicero apoyó su bota negra en forma de garra sobre la calavera de ojos amarillos.

«Tú sabes lo que hay que hacer», repitió.

Al norte del estado, en las montañas Adirondack, en el fondo de una cueva situada en el parque estatal Black Snake, el macho que se había desplomado al amanecer hacía dos días no podía entender por qué el sol parecía brillar sobre él y no estaba ardiendo en llamas. A menos que aquello fuera el Ocaso.

No… esto no podía ser el Ocaso. Los dolores y los achaques que sentía por todo el cuerpo y la forma en que su cerebro parecía gritar eran muy parecidos a lo que solía sentir cuando estaba en la Tierra.

Pero ¿y ese sol? Se sentía bañado por su brillo cálido, a pesar de que seguía respirando.

Joder, si toda esa historia de que los vampiros no resistían la luz del sol no era más que una mentira, todos los miembros de la raza eran unos idiotas.

Pero, un momento, ¿acaso no estaba en una cueva? Entonces, ¿cómo era posible que los rayos del sol llegaran hasta él?

—Come esto —dijo la luz del sol.

Muy bien, si aceptaba la improbable idea de que todavía estuviera vivo, era evidente que tenía que estar alucinando. Porque lo que sintió que le ponían frente a la cara parecía una Big Mac y eso era totalmente imposible.

A menos de que realmente estuviera muerto y en lugar de tener unas puertas doradas, el Ocaso estuviera adornado con los arcos dorados de McDonald's.

—Mira —dijo la luz del sol—, si a tu cerebro se le olvidó cómo comer, limítate a abrir la bocaza. Así podré meterte esta mierda y ya veremos si tus dientes se acuerdan de lo que deben hacer.

El macho abrió los labios porque el olor de la carne estaba despertando su apetito y lo hacía babear como un perro. Cuando tuvo la hamburguesa en la boca, sus mandíbulas funcionaron automáticamente y mordieron con fuerza.

Mientras desgarraba un trozo, gimió. Por un breve momento, la sensación de cosquilleo producida por sus papilas gustativas se superpuso a su agonía, incluso a la confusión mental. Cuando tragó, emitió otro gemido.

—Come más —dijo la luz del sol y le apretó el Big Mac contra los labios.

Se la comió entera. Y algunas patatas fritas, que estaban algo frías, pero de todas maneras le supieron a gloria. Luego le levantaron la cabeza y sorbió un poco de Coca-Cola levemente aguada.

—El Mickey D's más cercano está a treinta kilómetros —dijo la luz del sol, como si tratara de llenar el silencio—. Por eso no está tan caliente como podría estar.

El macho quería más.

—Tranquilo, he traído reservas. Abre la boca.

Otro Big Mac. Y más patatas. Y más Coca-Cola.

—Ya he hecho contigo todo lo que estaba a mi alcance, pero necesitas sangre —le dijo la luz del sol, como si se tratara de un niño—. Y necesitas volver a casa.

Cuando sacudió la cabeza, se dio cuenta de que estaba acostado de espaldas y tenía una piedra por almohada y el suelo de tierra por colchón. Pero no estaba en la misma cueva que había estado antes. Ésta tenía un olor diferente. Olía como a... aire fresco, al fresco aire de la primavera.

Aunque... ¿tal vez ése era el olor del sol?

—Sí, tienes que ir a casa.

—No....

—Bueno, entonces tú y yo tenemos un problema —farfulló la luz del sol. Luego se oyó un ruido de telas, como si alguien muy grande se estuviera poniendo en cuclillas—. Tú eres el favor que tengo que devolver.

El macho frunció el ceño, tomó aire con dificultad y graznó:

—No quiero ir a ningún lugar. No quiero saber nada de ningún favor.

—No es tu decisión, amigo. Y tampoco la mía. —La luz del sol parecía estar negando con la cabeza, a juzgar por cómo se mecían las sombras que su resplandor proyectaba en la cueva—. Desgraciadamente, tengo que entregarte adonde perteneces.

—No soy nada tuyo.

—En un mundo perfecto, eso sería cierto. Pero desgraciadamente esto no es el cielo. Ni mucho menos.

El macho no podía estar más de acuerdo, pero toda esa historia de regresar a casa le parecía una estupidez. A medida que su cuerpo fue absorbiendo la energía de la comida, encontró la fuerza necesaria para sentarse, restregarse los ojos y…

Se quedó mirando fijamente la luz del sol.

—Ay… mierda.

La luz del sol asintió con expresión de tristeza.

—Sí, eso es más o menos lo mismo que yo pienso sobre todo esto. Así que éste es el trato: podemos hacerlo por las buenas o por las malas. Tú eliges. Aunque me gustaría señalar que si tengo que encontrar tu casa sin ayuda, eso va a requerir un gran esfuerzo por mi parte y nada me cabrea más que tener que trabajar.

—No quiero regresar allí. Nunca.

La luz del sol se pasó la mano por su largo cabello rubio y negro. Llevaba muchos aros dorados que relampagueaban desde los dedos de sus manos y sus orejas y también desde la nariz y el cuello. Los ojos sin pupila eran de un color blanco brillante y resplandecieron con rabia, mientras los círculos azules que rodeaban esos iris similares a lunas llenas pareció oscurecerse.

—Correcto. Entonces será por las malas. Hasta mañana, pues.

Cuando todo quedó negro, el macho oyó que Lassiter, el ángel caído, decía:

—Maldito hijo de puta.

O s habéis fijado en la expresión de Phury? —preguntó Blay.

John miró de reojo desde el otro lado de la cocina y asintió con la cabeza para mostrar que estaba de acuerdo. Sus compañeros y él estaban bebiendo cerveza para calmarse. A toda velocidad.

Nunca había visto a un macho en ese estado. Jamás.

—Estoy seguro de que son cosas de un macho enamorado —dijo Qhuinn, al tiempo que caminaba hasta la nevera, abría la puerta y sacaba otras tres botellas.

Blay aceptó la cerveza que le estaban ofreciendo, luego hizo una mueca de dolor y se tocó el hombro.

John abrió la cerveza y le dio un trago largo. Luego bajó la botella y dijo por señas:

—Estoy preocupado por Cormia.

—No le va a hacer daño —aseguró Qhuinn sentándose en la mesa—. No, de ninguna manera. Podría habernos mandado a la tumba a nosotros tres, pero a ella no le hará nada.

John miró hacia el comedor.

—Ha habido un par de portazos…

—Bueno, hay mucha gente en esta casa… —Qhuinn miró a su alrededor, como si estuviera tratando de hacer un cálculo mental—. Incluyéndonos a nosotros tres. Quién lo habría imaginado…

John se puso de pie.

—Tengo que ir a ver. No voy a... ya sabéis, no quiero interrumpir nada. Sólo quiero asegurarme de que todo está bien.

—Iré contigo —dijo Qhuinn y comenzó a levantarse.

—No, tú te quedas aquí. Y antes de que comiences a protestar, recuerda que ésta es mi casa y no necesito tener una sombra detrás de mí todo el tiempo.

—Está bien, está bien. —Los ojos de Qhuinn se fijaron brevemente en Blay—. Entonces nosotros iremos al cuarto de terapia física. ¿Nos vemos allí?

—¿Y por qué tenemos que ir al cuarto de terapia física? —preguntó Blay sin mirar a su amigo.

—Porque todavía estás sangrando y no sabes cómo llegar desde aquí.

Qhuinn se quedó mirando a Blay, al tiempo que éste clavaba la mirada en su cerveza.

—¿Por qué no me dices simplemente cómo llegar hasta allí? —murmuró Blay.

—¿Y cómo te vas a curar la herida de la espalda?

Blay dio un trago largo a su botella.

—Está bien. Pero antes quiero terminar mi cerveza. Y tengo que comer algo. Me estoy muriendo de hambre.

—Está bien. ¿Qué tipo de comida quieres?

Parecía como si los dos amigos estuvieran jugando a comportarse como un par de detectives, muy tiesos y preocupados sólo por los hechos.

—Nos vemos allí más tarde —dijo John con señas y dio media vuelta. Joder, estar con sus dos amigos en ese plan era muy perturbador. Sencillamente no se sentía bien.

John salió por el comedor y cuando llegó a lo alto de las escaleras se dio cuenta de que prácticamente estaba corriendo. Al llegar al segundo piso sintió el aroma del humo rojo y oyó la ópera que sonaba en la habitación de Phury, aquella melodía tan poética que siempre solía escuchar.

No parecía la música más adecuada para una escena de sexo violento. ¿Tal vez cada uno se había ido a su habitación después de la discusión?

John se acercó a la puerta de Cormia y aguzó el oído. No se oía nada. Aunque el ambiente alrededor de la habitación estaba perfumado por una sensual fragancia floral.

Suponiendo que era pertinente asegurarse de que Cormia estaba bien, John levantó los nudillos y dio un golpecito en la puerta. Al ver que no había respuesta, silbó.

—¿Eres John? —dijo la voz de Cormia.

Entonces John asumió que podía entrar y abrió la puerta...

Pero se quedó paralizado ante lo que vio.

Cormia estaba echada de través en la cama, entre una maraña de sábanas y edredones. Estaba desnuda, con la espalda hacia la puerta y había sangre... por la parte interna de los muslos.

Ella levantó la cabeza por encima del hombro y, al verlo, se apresuró a cubrirse.

—¡Virgen santísima!

Mientras ella se subía el edredón hasta el cuello, John se quedó allí, como una piedra, tratando de procesar lo que acababa de ver.

Phury sí le había hecho daño. Le había hecho daño.

Cormia sacudió la cabeza.

—No, no... maldita sea.

John parpadeó y volvió a parpadear... pero eso sólo le transportó de nuevo a la escena en que se vio a sí mismo, más joven, tirado en un pasillo sucio, cuando al fin dejaron de hacerle lo que le habían hecho.

Y él también tenía líquidos que escurrían por la parte interna de los muslos.

Algo en su expresión debió alertar a Cormia, porque de pronto se levantó y comenzó a acercarse.

—John... Ay, John, no... Estoy bien... Estoy bien... Créeme, yo...

Pero en ese momento John dio media vuelta y se retiró de la puerta.

—¡John!

En el pasado, cuando era un ser insignificante y desvalido, no había tenido la posibilidad de vengarse de su atacante. Pero ahora, mientras recorría los tres metros que lo separaban de la puerta de Phury, John sintió que por fin estaba en posición de hacer algo relativo a su pasado y al presente de Cormia. Ahora era lo suficientemente grande y fuerte. Ahora podía salir en defensa de alguien que había estado a merced de otro sencillamente porque era más débil.

—¡John! ¡No! —Cormia salió corriendo de su cuarto.

John no llamó a la puerta. No, esta vez no iba a anunciarse. En este momento sus puños ansiaban estrellarse en la piel de alguien, no quería desperdiciar sus energías con la madera.

Al abrir la puerta de Phury, John encontró al hermano sentado en la cama, con un porro entre los labios. Cuando sus miradas se encontraron, la expresión del rostro de Phury revelaba culpa, dolor y arrepentimiento.

Y eso precipitó los acontecimientos.

Mientras soltaba un rugido inaudible, John se lanzó a través de la habitación y Phury no hizo absolutamente nada para detenerlo. Lo único que hizo fue quedarse a merced del atacante, mientras se dejaba caer sobre las almohadas para que John lo golpeara en la boca, en la cara y en los ojos, una y otra vez.

Había alguien gritando. Una hembra.

Luego entraron corriendo otras personas.

Más gritos. Muchos gritos.

—¡Qué diablos pasa aquí! —retumbó la voz de Wrath.

Pero John no podía oír nada de eso. Estaba completamente concentrado en romperle el alma a Phury. El hermano ya no era su profesor ni su amigo, ahora no era más que un bestia y un violador.

La sangre comenzó a manchar las sábanas.

Finalmente alguien quitó a John de encima de Phury… Era Rhage, sí, era Rhage… y Cormia salió corriendo hacia Phury. Pero él la apartó y se hizo a un lado.

—¡Por Dios santo! —gritó Wrath—. ¿Acaso no podemos tener ni un minuto de paz en esta casa?

La ópera que sonaba de fondo sencillamente no encajaba con la escena: la majestuosa belleza de la música contrastaba dramáticamente con la cara ensangrentada de Phury, la rabia temblorosa de John y las lágrimas de Cormia.

Wrath se dirigió a John.

—¿Qué demonios te pasa a ti?

—Me lo merezco —dijo Phury, mientras se limpiaba la sangre del labio—. Merecía eso y más.

Wrath volvió la cabeza hacia la cama enseguida.

—¿Qué?

—No, no es cierto —dijo Cormia, al tiempo que se apretaba la túnica contra el cuello—. Fue consentido.

—No, no lo fue —dijo Phury negando con la cabeza—. No lo fue.

El cuerpo del rey se puso tenso y en voz baja y controlada le preguntó a la Elegida:

—¿Qué fue consentido?

Mientras el público reunido en la habitación miraba a uno y otro, John mantenía sus ojos clavados en Phury. En caso de que Rhage lo soltara, tenía la intención de volver a golpearlo. No importaba quién estuviera presente.

Phury se sentó lentamente, mientras hacía una mueca de dolor y su rostro comenzaba a hincharse.

—No mientas, Cormia.

—¿Por qué no sigue usted su propio consejo? —replicó ella y luego agregó—: El Gran Padre no hizo nada malo…

—¡Mentiras, Cormia! Yo te obligué…

—No, no lo hizo…

Otros se fueron sumando a la discusión. Hasta John entró otra vez en escena, profiriendo con gestos groserías contra Phury, mientras luchaba por zafarse de Rhage.

Wrath se acercó al escritorio, agarró un pesado cenicero de cristal y lo lanzó contra la pared. El cenicero se estrelló rompiéndose en mil pedazos y dejó en la pared un desconchón del tamaño de una cabeza.

—Eso mismo es lo que voy a hacer con la cabeza del próximo que diga una maldita palabra más, ¿entendido?

Todo el mundo cerró la boca. Por fin hubo silencio.

—Tú —dijo Wrath señalando a John—, lárgate de aquí mientras soluciono esto.

John negó con la cabeza, como si no le importara la advertencia del rey. Él quería quedarse. Necesitaba quedarse. Alguien tenía que proteger…

En ese momento se le acercó Cormia, lo cogió de la mano y le dio un apretón.

—Eres un macho honorable y sé que crees que estás protegiendo mi honor, pero mírame a los ojos y verás la verdad de lo que ocurrió.

John se quedó mirando la cara de Cormia. Parecía triste, pero con ese tipo de dolor que sientes cuando te encuentras en una situación infeliz. Y también había determinación y una fuerza inmensa.

Pero no había temor. Ni desesperación. Ni vergüenza.

Ella no se encontraba en el estado en que él había quedado después de lo que sucedió.

—Ahora vete —dijo ella con voz suave—. Todo va bien, de verdad.

John miró a Wrath, quien le hizo un gesto de asentimiento con la cabeza.

—No sé qué has visto, pero lo voy a averiguar. Déjame que me encargue de esto, hijo. Yo me ocuparé de ella. Ahora, todo el mundo fuera.

John le apretó la mano a Cormia y salió de la estancia con Rhage y los demás. Tan pronto estuvieron en el pasillo, la puerta se cerró y ya sólo se oyeron voces apagadas.

Sin embargo John no llegó muy lejos. No podía. Tras pasar ante el despacho de Wrath, las rodillas se le doblaron y se desplomó sobre uno de los sillones antiguos que adornaban el pasillo. Después de asegurar a todo el mundo que estaba bien, dejó caer la cabeza y respiró lentamente.

El pasado aún estaba vivo en su cabeza, reanimado por el tremendo golpe que supuso lo que había visto en la habitación de Cormia.

Cerrar los ojos no sirvió de nada. Y tratar de convencerse de que todo estaba bien, tampoco.

Mientras trataba de recuperar la compostura, se dio cuenta de que habían pasado varias semanas desde la última vez que Zsadist y él habían dado uno de sus paseos por los bosques. A medida que el embarazo de Bella había ido progresando y volviéndose más complicado, aquellos paseos nocturnos en los que él y Z caminaban por el bosque en silencio se fueron haciendo menos frecuentes.

Ahora necesitaba uno.

John levantó la cabeza, miró hacia el corredor de las estatuas y se preguntó si Zsadist estaría en la casa. Probablemente no, pues no se había presentado en la habitación de Phury durante el altercado. Teniendo en cuenta todos los ataques que habían tenido lugar esa noche, el hermano seguramente estaba muy ocupado.

John se levantó y fue hasta su habitación. Después de encerrarse, se acostó en la cama y envió un mensaje a Qhuinn y a Blay diciéndoles que se iba a dormir. Seguramente verían el mensaje cuando salieran del túnel.

Mirando fijamente el techo, pensó… en el número tres. Las cosas malas siempre venían de tres en tres y no siempre tenían que ver con la muerte.

En el último año había perdido el control tres veces. Tres ataques de cólera en los que había terminado atacando a alguien.

Dos veces a Lash. Y ahora a Phury.

«Eres inestable», dijo una voz interior.

Sin embargo, a diferencia de otros, siempre había tenido una razón para sus arrebatos, y todas eran buenas razones. La primera vez, Lash había atacado a Qhuinn. La segunda vez Lash se lo tenía más que merecido. Y esta tercera vez… la evidencia circunstancial había sido abrumadora y ¿qué clase de macho es capaz de ver a una hembra en ese estado y no reaccionar?

«Eres inestable».

John cerró los ojos y trató de no recordar aquella escalera ni el sucio edificio de apartamentos en el que vivía solo. Trató de no recordar cómo habían sonado las pisadas de aquellas botas mientras se acercaban a él. Trató de no recordar el olor a moho y a orines, ni aquel repulsivo aroma a colonia y sudor que entró por su nariz mientras le estaban haciendo lo que le hicieron…

Pero no podía quitarse de encima esos recuerdos. En especial los olores.

El moho provenía de la pared contra la que lo empujaron de cara. El olor a orines provenía de su propio cuerpo, mientras se escurrían por el interior de sus muslos hasta los pantalones, que le habían bajado a la fuerza. Y el olor a colonia y sudor era de su atacante.

La escena permanecía tan real en su mente como el lugar donde se encontraba ahora. Sintió su cuerpo de entonces con la misma claridad con que sentía el de ahora, vio la maldita escalera con la misma nitidez con que en ese momento veía su habitación. Estaba allí, absolutamente vigente, y no parecía tener fecha de vencimiento.

No se necesitaba tener un diploma en psicología para darse cuenta de que su temperamento explosivo tenía sus raíces en todo lo que tenía guardado.

Por primera vez en su vida, John sintió deseos de hablar con alguien.

No... no exactamente.

Quería tener de regreso a uno de sus seres queridos. Quería a su padre.

***

Después de que durante unos minutos John se convirtiera en Oscar de la Hoya con Phury, la cara del hermano parecía asada a la parrilla y servida sobre un lecho de ahora-sí-toqué-fondo.

—Mira, Wrath... no te enfades con John.

—Fue un malentendido —le dijo Cormia al rey—. Nada más.

—¿Qué demonios pasó entre vosotros dos? —preguntó Wrath.

—Nada —respondió Cormia—. Absolutamente nada.

El rey no les creía ni una palabra, lo cual demostraba que su intrépido líder tenía algo de cerebro, pero en ese momento Phury no tenía suficientes fuerzas para dar explicaciones. Así que se limitó a limpiarse la boca reventada con la manga, mientras el rey seguía hablando y Cormia seguía defendiéndolo, sólo Dios sabía por qué.

Los ojos de Wrath relampagueaban de rabia tras sus gafas oscuras.

—¿Es que voy a tener que ponerme violento para que vosotros dos me digáis la verdad? A la mierda con el cuento de que no pasó nada. John podrá ser impulsivo, pero no es un...

En ese momento Cormia lo interrumpió:

—John malinterpretó lo que vio.

—¿Y qué fue lo que vio?

—Nada. Le estoy diciendo que no fue nada y, por tanto, debe creerme.

Wrath la miró de arriba abajo, como si estuviera buscando marcas, pruebas en su cuerpo. Luego clavó sus ojos en Phury.

—¿Y tú qué tienes que decir?

Phury sacudió la cabeza.

—Ella se equivoca. John no malinterpre…

Antes de que pudiera terminar la frase, Cormia lo interrumpió y dijo con voz aguda:

—El Gran Padre está asumiendo una culpa innecesaria. Mi honor no fue mancillado de ninguna manera y creo que yo soy la única que tiene derecho a juzgar eso, ¿no es verdad?

Después de un momento, el rey inclinó la cabeza.

—Como desees.

—Gracias, Majestad —dijo Cormia y le hizo una reverencia profunda al rey—. Ahora, debo pedirles que me disculpen.

—¿Quieres que le pida a Fritz que te traiga algo de comer?

—No. Voy a marcharme de este lado. Regreso a casa. —Cormia volvió a inclinarse y, en ese momento, el maravilloso cabello rubio que todavía se estaba secando después de la ducha se deslizó por su hombro hasta tocar el suelo—. Mis mejores deseos para ustedes dos y, por favor, transmitan mis respetos al resto de los habitantes de la casa. Su Majestad. —Cormia le hizo una reverencia a Wrath—. Su Excelencia. —Se inclinó ante Phury.

Éste saltó de la cama y se abalanzó hacia delante con una expresión de terror… pero Cormia se evaporó antes de que él pudiera alcanzarla.

Se había marchado. Sin más.

—Si me disculpas —le dijo entonces a Wrath. No era una solicitud, pero no le importó.

—Realmente no creo que debas quedarte solo en este momento —dijo Wrath con tono sombrío.

Luego siguió una pequeña conversación, una especie de tira y afloja que de alguna forma debió tranquilizar a Wrath, porque el rey finalmente salió.

Cuando se marchó, Phury se quedó de pie en medio de su habitación, completamente inmóvil, como una estatua, observando la marca que había dejado el cenicero en la pared. Aunque por dentro se estaba retorciendo, por fuera permanecía absolutamente quieto: la hiedra que lo asfixiaba estaba creciendo ahora por debajo de su piel.

Entonces desvió los ojos rápidamente hacia el reloj. Sólo quedaba una hora antes del amanecer.

Mientras se dirigía al baño para lavarse un poco, pensó que tenía que darse prisa.

La comisaría de policía de Caldwell tenía dos fachadas distintas: la entrada frontal, es decir la principal, en la calle 10, con las escaleras donde los periodistas filmaban toda esa basura que se ve en las noticias, y la entrada posterior, con los barrotes de hierro, donde pasaban las cosas de verdad. En realidad, la fachada de la calle 10 sólo era un poco mejor, porque el edificio construido en los años sesenta era como el perfil de una mujer vieja y fea: no tenía lado bueno.

La patrulla en cuyo asiento trasero iba Lash se detuvo frente a la entrada posterior.

¿Cómo demonios había ido a parar allí?

El policía que lo arrestó rodeó el coche y abrió la puerta.

—Salga del coche, por favor.

Lash levantó la vista hacia el tipo y luego sacó las piernas, desdobló las rodillas y se estiró hasta alcanzar toda su estatura, que superaba por mucho a la del humano. Por su cabeza cruzaron miles de ideas, todas relacionadas con agarrar a ese pobre hijo de puta, cortarle la garganta y convertir su yugular en una fuente.

—Por aquí, señor.

—Claro.

Lash se dio cuenta de lo nervioso que ponía al policía por la forma en que el desgraciado apoyó la mano sobre la culata de su arma, a pesar de que estaban frente a todo el personal de la oficina del Departamento de Policía de Caldwell.

Después de atravesar una puerta doble, entraron a un pasillo de suelo de linóleo que parecía instalado en la época en que se inventó ese material. Se detuvieron frente a una ventana con un vidrio tan grueso como un brazo y el policía dijo algo a través de una rejilla circular de metal que estaba empotrada en la pared. La mujer que estaba al otro lado parecía muy ocupada, embutida en su uniforme azul y tan atractiva como el agente que lo acompañaba.

Pero se encargó rápidamente del papeleo. Cuando hubo reunido todos los formularios para que ellos los rellenaran, los deslizó por debajo de la ventana y le hizo un gesto de asentimiento al policía. La puerta que estaba al lado emitió un pitido prolongado y luego un sonido ahogado, como si acabara de eructar, y apareció otro pasillo de linóleo convertido en mierda, que terminaba en un cuarto pequeño en el que había un banco de madera, una silla y un escritorio.

Se sentaron y el agente sacó un bolígrafo.

—¿Nombre completo?

—Larry Owen —dijo Lash—. Como le dije a su compañero.

El tipo se inclinó sobre los papeles.

—¿Dirección?

—Calle 10, número 1.583, apartamento 4F, por ahora. —Supuso que lo mejor sería dar la dirección que aparecía en los documentos del Focus. El señor D iba a traer el permiso de conducir falso que Lash usaba cuando vivía con sus padres, pero no se acordaba bien de la dirección que aparecía allí.

—¿Tienes alguna identificación que pruebe que vives ahí?

—No la tengo conmigo. Pero mi amigo va a traer mi identificación.

—¿Fecha de nacimiento?

—¿Cuándo podré hacer mi llamada telefónica?

—En un minuto. ¿Fecha de nacimiento?

—13 de octubre de 1981. —Al menos creía que ésa era la fecha que aparecía en la identificación falsa.

El oficial acercó un tampón de tinta, se levantó y abrió las esposas para liberarle una mano.

—Ahora necesito tomar tus huellas.

«Vas a necesitar buena suerte con eso», pensó Lash.

Entonces dejó que el tipo tomara su mano izquierda y la acercara a la almohadilla. Luego observó cómo le deslizaba las yemas de los dedos sobre la almohadilla y las apretaba después sobre una hoja de papel que tenía diez casillas distribuidas en dos filas.

El policía frunció el ceño y lo volvió a intentar con otro dedo.

—No marca nada.

—Es que me quemé las manos cuando era niño.

—No me digas —dijo con cierta sorna, al tiempo que le volvía a pasar los dedos por la almohadilla y los apretaba de nuevo sobre el papel un par de veces más. Al ver que no obtenía resultado, le volvió a poner las esposas—. Ponte frente a la cámara.

Lash fue hasta el otro extremo del cuarto y se quedó quieto mientras un flash le iluminaba la cara.

—Quiero hacer mi llamada.

—Ya va.

—¿Cuánto es la fianza?

—No lo sabemos todavía.

—¿Cuándo saldré de aquí?

—Cuando el juez fije la fianza y tú la pagues. Probablemente sea esta tarde, considerando que todavía no ha amanecido.

Lash tenía ahora las manos esposadas por delante y el policía le acercó un teléfono. El oficial presionó el botón del altavoz y marcó el número del móvil del señor D, mientras Lash le iba dictando los números.

El policía dio un paso atrás cuando el restrictor contestó.

Lash no desperdició ni un minuto.

—Trae mi cartera. Está en mi chaqueta, en el asiento trasero del coche. Todavía no han fijado la fianza, pero tienes que conseguir efectivo lo más pronto posible.

—¿Cuándo quieres que vaya a buscarte?

—Trae la identificación ahora mismo. Luego tendremos que esperar a que el juez fije la fianza. —Lash levantó la mirada hacia el oficial—. ¿Puedo volverlo a llamar para avisarle cuándo tiene que venir a recogerme?

—No, pero él puede llamar a la comisaría, pedir que le comuniquen con la cárcel y averiguar cuándo te vamos a soltar.

—¿Lo has oído?

—Sí —dijo el señor D.

—No dejéis de trabajar.

—No lo haremos.

Diez minutos después, Lash estaba en una celda.

Era una celda estándar, con paredes de cemento, barrotes en una ventana no muy grande y un retrete y un lavabo de acero inoxidable en la esquina. Cuando Lash entró y fue a sentarse en el banco con la espalda contra la pared, cinco tíos lo miraron. Dos eran, obviamente, un par de drogadictos. Se notaba porque estaban grasientos como un trozo de tocino y era evidente que hacía tiempo que se habían frito el cerebro. Los otros tres llamaron más su atención, aunque eran sólo humanos: en la esquina del otro lado, alejado de todos los demás, había un tío con unos bíceps enormes y una buena docena de tatuajes carcelarios; paseándose ante los barrotes, como una rata enjaulada, había un pandillero con un trapo azul en la cabeza, y el último era un sociópata de cabeza rapada, que se movía nerviosamente junto a la puerta.

Como era de esperar, los adictos no hicieron ningún gesto cuando Lash se sumó al grupo, pero los otros tres lo miraron de arriba abajo, como si fuera una pata de cordero en la vitrina de un restaurante con autoservicio.

Lash pensó en la cantidad de pérdidas que había tenido la Sociedad Restrictiva esa noche.

—Oye, idiota —le dijo al más veterano—. ¿Tu novio fue el que te hizo esos tatuajes? ¿O estaba demasiado ocupado dándote por el culo?

El tipo entornó los ojos.

—¿Qué estás diciendo?

El pandillero sacudió la cabeza y dijo:

—Debes estar completamente loco, blanco.

El de la cabeza rapada comenzó a carcajearse como si fuera una licuadora conectada a la máxima velocidad.

«Quién iba a pensar que reclutar soldados sería así de fácil», pensó Lash.

***

Phury no se dirigió al Zero Sum, y en lugar de eso se materializó en Screamer's.

Como ya casi estaba amaneciendo, no había cola en el exterior del club, así que simplemente atravesó la puerta y se encaminó hacia la barra. Mientras retumbaba la música rap, los últimos juerguistas se aferraban a sus bebidas con desesperación, amontonados unos encima de otros en las esquinas, demasiado borrachos para tener sexo siquiera.

Cuando el barman se acercó, dijo:

—Estamos sirviendo los últimos.

—Un vermut con ginebra.

El tipo regresó con la bebida un par de minutos después y plantó una servilleta de cóctel sobre la barra, antes de poner el vaso triangular.

—Son doce dólares.

Phury deslizó sobre la barra un billete de cincuenta, pero mantuvo la mano sobre el billete.

—Estoy buscando algo. Y no precisamente cambio.

El barman miró el billete.

—¿Qué estás buscando?

—Me gusta montar a caballo.

Los ojos del tipo empezaron a inspeccionar el salón como si estuviera buscando algo.

—¿Ah, sí? Pues esto es un club, no un establo.

—Nunca me visto de azul. Jamás.

Los ojos del barman volvieron a fijarse en Phury y lo miró de arriba abajo.

—Con ropa tan cara como la que llevas encima… puedes usar lo que quieras.

—Es que no me gusta el azul.

—¿No eres de la ciudad?

—Se podría decir que no.

—Tienes la cara hecha un desastre.

—¿De verdad? No me había dado cuenta.

Hubo una pausa.

—¿Ves a ese tipo que está al fondo? ¿El que tiene un águila en la chaqueta? Es posible que él te pueda ayudar. Pero no estoy seguro. No lo conozco.

—Claro que no lo conoces.

Phury dejó el billete y la bebida sobre la barra y atravesó el salón, que ya estaba bastante vacío, con una sola idea en mente.

Cuando estaba llegando, el tipo en cuestión echó a andar y salió del club por una puerta lateral.

Phury lo siguió hasta el callejón y, en cuanto pusieron un pie en la calle, sintió una señal de alarma, pero hizo caso omiso de ella. Por el momento sólo estaba interesado en una única cosa… estaba tan absorto que hasta la voz del hechicero había desaparecido.

—Discúlpeme —dijo Phury.

El camello dio media vuelta y le lanzó a Phury la misma mirada inquisitiva con que lo había estudiado el barman.

—No lo conozco.

—No, no me conoces, pero sí conoces a mis amigos.

—¿Ah, sí? —Cuando Phury sacó un par de billetes de cien, el tipo sonrió—. Ah, sí, cómo no. ¿Qué estás buscando?

—H.

—Justo a tiempo. Casi no me queda. —El anillo de graduación del tipo lanzó un destello azul cuando se metió la mano a la chaqueta.

Durante una fracción de segundo, Phury recordó la imagen del vendedor y el drogadicto con los que el restrictor y él se habían cruzado hacía un par de noches. Curioso, ese encuentro parecía haber desencadenado el inicio de una gran caída. Una caída que lo había llevado a ese preciso momento y lugar… en que un sobrecito lleno de heroína aterrizaba en su mano.

—Estoy aquí casi todas las noches —dijo el camello, señalando con un gesto la puerta del club.

En ese momento los iluminaron unas luces muy potentes, que parecían venir de todas partes, por cortesía de los coches de policía camuflados que estaban aparcados a la entrada y el fondo del callejón.

—¡Manos arriba! —gritó alguien.

Phury se quedó mirando fijamente los ojos aterrados del camello, sin sentir ni una pizca de simpatía o complicidad con él.

—Me tengo que ir. Nos vemos.

Después de borrar su recuerdo de la cabeza de los cuatro policías que les apuntaban y del vendedor de droga con cara de pánico, Phury se desmaterializó con su mercancía en el bolsillo.

Qhuinn iba delante mientras recorrían el túnel subterráneo que unía la mansión de la Hermandad con la oficina del centro de entrenamiento. Blay caminaba detrás y el único ruido que se escuchaba era el de sus pisadas. Durante la comida había sido lo mismo, sólo el ruido de los cubiertos sobre los platos y de repente un ocasional «¿Me pasas la sal, por favor?».

La interesante ausencia de conversación durante la comida sólo fue interrumpida por el alboroto de un drama que parecía estar desarrollándose en el segundo piso. Cuando oyeron los gritos, Qhuinn y Blay dejaron los tenedores sobre el plato y salieron corriendo al vestíbulo, pero en ese momento Rhage se asomó por el balcón y sacudió la cabeza para indicarles que se mantuvieran al margen.

Lo cual estuvo muy bien. Ellos dos ya tenían suficientes problemas como para meterse en otro más.

Al llegar a la puerta que salía al armario de la oficina, Qhuinn marcó en el panel de seguridad los números 1914, de manera que Blay pudiera verlos.

—El año en que la casa fue construida, evidentemente. —Cuando atravesaron el armario y salieron junto al escritorio, Qhuinn sacudió la cabeza—. Siempre me había preguntado cómo se llegaba aquí.

461

Blay hizo un ruido gutural que podría ser equivalente tanto a las palabras «yo también» como a «¿por qué no te ahorcas con esa cadena, maldito desgraciado?».

La ruta hasta la sala de terapia física ya no necesitaba guía y, una vez que llegaron al gimnasio, se hizo difícil no notar la cantidad de metros que Blay puso entre él y Qhuinn en cuanto pudo.

—Ya te puedes ir —dijo Blay, en cuanto llegaron a la puerta marcada con las palabras «Equipo/Sala de terapia física»—. Yo me las arreglaré con la herida de la espalda.

—La herida está en todo el centro.

Blay puso la mano sobre el picaporte y volvió a hacer otro ruido ininteligible. Pero esta vez estaba claro que no se trataba de ningún comentario amistoso.

—Sé razonable —dijo Qhuinn.

Blay clavó la mirada al frente. Después de un momento, abrió la puerta.

—Lávate las manos primero. Quiero que te laves las manos antes de ponerme un dedo encima.

Cuando entraron, Blay se dirigió directamente a la camilla en que hacía dos noches habían operado a Qhuinn.

—Parece como si hubiéramos comprado un tiempo compartido aquí —dijo Qhuinn, mientras le echaba un vistazo al salón de paredes de baldosa y armarios metálicos llenos de suministros médicos.

Blay se subió a la camilla, se quitó la camisa e hizo una mueca cuando bajó la vista hacia las heridas todavía abiertas que tenía en el pecho.

—Mierda.

Mientras observaba a su amigo, Qhuinn pareció sacar todo el aire que tenía entre los pulmones. Blay tenía la cabeza agachada para mirarse los cortes y estaba hermoso así, con sus hombros anchos, los pectorales abultados y los brazos musculosos. Pero lo que le hacía más atractivo era su actitud contenida y reservada.

Era difícil no preguntarse qué había debajo de toda esa compostura.

Qhuinn se puso manos a la obra y sacó de los armarios gran cantidad de gasa, esparadrapo y antiséptico, después lo puso todo en un carrito con ruedas y lo acercó a la camilla.

Una vez listo el equipo, se acercó al lavabo de acero inoxidable y presionó el pedal para dejar correr el agua.

Mientras se lavaba las manos, dijo en voz baja:

—Si pudiera, lo haría.

—¿Perdón?

Qhuinn se puso un poco de espuma sobre las palmas de las manos y comenzó a refregarse los antebrazos. Lo cual era un poco exagerado, pero si Blay quería que estuviera como los chorros del oro, eso era lo que iba a tener.

—Si pudiera amar a un tío de esa manera, serías tú.

—Bueno, pensándolo bien, creo que será mejor que yo me haga las curas y a la mierda con la espalda…

—Estoy hablando en serio. —Qhuinn soltó el pedal para detener el agua y sacudió las manos sobre el lavabo—. ¿Crees que no he pensado en eso? ¿En estar contigo? Y no me refiero sólo al sexo.

—¿De verdad has pensado en eso? —susurró Blay en un tono apenas audible.

Qhuinn se secó las manos con unas toallas de papel azul que había a la izquierda del lavabo y, antes de dirigirse hacia donde estaba Blay, cogió una más.

—Sí, lo he pensado. Sostén esto debajo de la herida, ¿quieres?

Blay obedeció, al tiempo que Qhuinn echaba un poco de loción antiséptica sobre la herida del esternón.

—No lo sabía… ¡Puta mierda!

—Arde, ¿verdad? —Qhuinn rodeó la camilla y se acercó a la espalda de su amigo—. Ahora voy a limpiar ésta y lo mejor será que te prepares, porque es más profunda.

Qhuinn puso otra toalla de papel debajo de la herida y le echó encima algo que olía a desinfectante. Al oír que Blay se quejaba, hizo una mueca.

—Ya estoy terminando.

—Apuesto a que eso es lo que les dices a todos los que… —Blay dejó la frase sin terminar.

—No. Nunca le digo eso a nadie. No me comprometo con nadie. Y si no lo pueden asumir, problema de ellos.

Luego Qhuinn sacó un paquete de gasa estéril, lo abrió y apretó la tela blanca contra la herida que Blay tenía entre los omoplatos.

—Claro que he pensado en nosotros… pero siempre me veo comprometido con una hembra en el futuro. No lo puedo explicar. Sólo sé que así es como va a ser.

Blay soltó el aire.

—¿Será porque no quieres tener otro defecto?

Qhuinn frunció el ceño.

—No.

—¿Estás seguro?

—Mira, si me importara lo que la gente piensa, ¿crees que haría lo que hago? —Qhuinn rodeó otra vez la camilla, tapó la herida del pecho y luego comenzó a curarle la del hombro—. Además, mi familia está muerta. Ya no tengo a quien causarle una buena impresión.

—¿Por qué fuiste tan cruel? —preguntó Blay con tono de indignación—. Allí, en el túnel de mi casa.

Qhuinn agarró un tubo de pomada antibiótica y volvió a colocarse frente a la espalda de su amigo.

—Estaba seguro de que no iba a regresar nunca y no quería arruinarte el resto de la vida. Pensé que era mejor que me odiaras a que me echaras de menos.

Blay soltó una carcajada y eso fue reconfortante.

—Eres tan arrogante.

—Cierto. Pero es verdad, ¿no? —Qhuinn aplicó el ungüento blanco sobre la piel de Blay—. Me habrías echado de menos.

Cuando volvió a ponerse al frente, Blay levantó la cabeza. Sus miradas se cruzaron y Qhuinn estiró la mano y puso la palma sobre la mejilla de su amigo.

Mientras lo acariciaba con el pulgar, susurró:

—Quiero que estés con alguien que sea digno de ti. Que te trate bien. Que esté sólo contigo. Yo no soy esa clase de tío. Aunque me comprometa con una hembra… Mierda, yo me digo que voy a poder estar sólo con ella, pero en el fondo del corazón no creo que vaya a poder hacerlo.

La añoranza que reflejaban aquellos ojos azules que lo miraban fijamente le rompió el corazón. Totalmente. Y no podía entender qué era lo que lo hacía tan especial los ojos de Blay.

—¿Qué es lo que te pasa —susurró—, que te preocupas tanto por mí?

La sonrisa triste de Blay le sumó un millón de años a su edad y cubrió su cara con el tipo de sabiduría que sólo se adquiere después de que la vida te ha dado unos cuantos golpes.

—¿Qué es lo que te pasa a ti que no puedes entender por qué te quiero?

—Vamos a tener que acordar que no estamos de acuerdo en eso.

—¿Me prometes una cosa?

—Lo que quieras.

—Abandóname si quieres, pero no lo hagas por mi propio bien. No soy un chiquillo que se desmorona fácilmente, y además mis sentimientos no son asunto tuyo.

—Pensé que estaba haciendo lo correcto.

—Pues no. Entonces, ¿lo prometes?

Qhuinn soltó aire con fuerza.

—Está bien, lo prometo. Pero siempre y cuando tú prometas que vas a buscar a alguien a quien puedas amar de verdad. ¿De acuerdo?

—Yo te quiero de verdad.

—Júralo. O te prometo que voy a volver a poner una barrera entre nosotros. Quiero que estés abierto a conocer a alguien a quien sí puedas tener.

Blay puso una mano sobre el brazo de Qhuinn y le apretó la muñeca para sellar el pacto que acababan de hacer.

—Está bien… correcto. Pero tiene que ser un tío. Lo he intentado con hembras y sencillamente no es lo mío.

—Lo que quieras, siempre y cuando seas feliz.

Mientras la tensión entre ellos cedía, Qhuinn envolvió a Blay entre sus brazos y lo acercó a él, tratando de absorber toda la tristeza de su amigo y deseando que las cosas pudieran ser distintas entre ellos.

—Supongo que esto es lo mejor —dijo Blay contra su hombro—. No sabes cocinar.

—¿Lo ves? No soy el príncipe azul.

Qhuinn podría haber jurado que Blay susurró «Sí, sí lo eres», pero no estaba del todo seguro.

Entonces se separaron, se miraron a los ojos… y algo cambió. En medio del silencio del centro de entrenamiento, en medio de la vasta intimidad de ese momento, algo se transformó.

—Sólo una vez —dijo Blay en voz baja—. Hazlo sólo una vez. Sólo para saber cómo es.

Qhuinn comenzó a negar con la cabeza.

—No… no creo que…

—Sí.

Después de un momento, Qhuinn deslizó las dos manos por el cuello enorme de Blay y lo agarró de la mandíbula.

—¿Estás seguro?

Al ver que Blay asentía, Qhuinn empujó la cabeza de su amigo un poco hacia atrás y hacia el lado, mientras acortaba lentamente la distancia que los separaba. Justo antes de que sus bocas se tocaran, Blay parpadeó, tembló y…

Los labios de Blay eran increíblemente dulces y suaves.

Tal vez la lengua no debería haber tenido participación en el asunto, pero no hubo manera de evitarlo. Qhuinn acarició la boca de Blay y se hundió en sus profundidades, mientras deslizaba sus brazos alrededor de la espalda de su amigo y lo abrazaba con fuerza. Cuando finalmente levantó la cabeza, la expresión de los ojos de Blay le indicó que estaba dispuesto a que pasara cualquier cosa entre ellos. Que estaba dispuesto a todo.

Podrían aprovechar ese momento de euforia y llevarlo hasta sus últimas consecuencias, hasta el momento en que los dos estuvieran desnudos y Qhuinn le hiciera a su amigo lo que mejor sabía hacer.

Pero entonces las cosas nunca podrían volver a ser iguales entre ellos y eso fue lo que le detuvo, a pesar de que, de repente, Qhuinn comenzó a desear lo mismo que deseaba Blay.

—Eres demasiado importante para mí —dijo con voz ronca—. Eres demasiado bueno para la clase de sexo que puedo ofrecerte.

Los ojos de Blay se clavaron en la boca de Qhuinn.

—En este momento, estoy completamente en desacuerdo con eso.

Mientras soltaba a su amigo y daba un paso atrás, Qhuinn se dio cuenta de que era la primera vez que rechazaba a alguien.

—No, yo tengo razón. Estoy absolutamente seguro de que es lo mejor.

Blay respiró hondo y luego apoyó los brazos en la camilla, como si estuviera tratando de reunir fuerzas. De pronto se rió.

—No siento los pies ni las manos.

—Te ofrecería un masaje, pero…

Blay bajó las pestañas y lo miró con aire seductor.

—¿No te gustaría darme un masaje en otra parte?

Qhuinn se rió.

—Imbécil.

—Está bien, está bien. Entonces no. —Blay se estiró para agarrar el antiséptico, se puso un poco sobre el pecho y luego tapó la herida con una gasa y la pegó con esparadrapo—. ¿Me vendas la de la espalda?

—Sí.

Mientras cubría la herida de la espalda con un trozo de gasa, Qhuinn se imaginó que alguien tocaba la piel de Blay… que deslizaba sus manos por el cuerpo de su amigo y aliviaba la típica urgencia que se arremolina entre los muslos de un macho.

—Sólo una cosa —murmuró Qhuinn.

—¿Qué?

La voz que salió de su garganta no se parecía a nada que se hubiese escuchado decir antes:

—Si algún día un tío te rompe el corazón, o te trata mal, te prometo que le voy a hacer pedazos con mis propias manos y luego dejaré su cuerpo ensangrentado al sol.

Blay soltó una carcajada que rebotó contra las paredes de baldosa.

—Claro que lo harás…

—Estoy hablando muy en serio.

Blay lo miró enseguida por encima del hombro.

—Si alguien se atreve a hacerte daño alguna vez —declaró Qhuinn en Lengua Antigua—, prometo perseguirlo hasta verlo atado a una estaca ante mí y dejar su cuerpo en ruinas.

***

En su casa de descanso de las Adirondacks, Rehvenge luchaba por calentarse. Envuelto entre una bata de tela de toalla y con una manta de visón sobre el cuerpo, estaba acostado en un sofá, a metro y medio de distancia de las llamas de la chimenea.

El salón era una de las habitaciones que más le gustaban de aquella casa enorme tipo rancho, cuya severa decoración victoriana en colores granate, dorado y azul profundo solía coincidir con su estado de ánimo. Curioso, siempre había pensado que un perro quedaría muy bien junto a la inmensa chimenea de piedra. Dios, tal vez debería hacerse con un perro. A Bella siempre le habían gustado los perros. Pero a su madre no le gustaban, así que nunca habían tenido uno en la casa familiar de Caldwell.

Rehv frunció el ceño y pensó en su madre, que se estaba hospedando en otra de las casas de la familia, a unos ochenta kilómetros de allí. No acababa de recuperarse del secuestro de Bella. Probablemente nunca lo haría. Incluso después de todos los meses que habían transcurrido desde entonces, seguía empeñada en vivir en el campo, aunque, considerando cómo estaban las cosas en Caldwell, eso tampoco era mala idea.

Rehv pensó que probablemente su madre se iba a morir en la casa en la que estaba ahora. Tal vez en un par de años. La vejez se estaba apoderando de ella y su reloj biológico estaba comenzando a correr hacia la meta, mientras el pelo se le volvía blanco.

—Traigo más leña —dijo Trez, entrando con una brazada de troncos. El Moro se dirigió a la chimenea, retiró la reja y atizó el fuego hasta que comenzó a rugir con más fuerza.

Lo cual era bastante extraño, considerando que estaban en agosto.

Ah, pero era agosto en las Adirondacks. Además, Rehv se había inyectado una dosis doble de dopamina, de manera que tenía la misma percepción sensorial y la misma temperatura corporal todo el rato.

Trez volvió a poner la reja de la chimenea y miró por encima del hombro.

—Tienes los labios azules. ¿Quieres que te prepare un poco de café?

—Tú eres un guardaespaldas, no un mayordomo.

—¿Y a cuánta gente ves a nuestro alrededor con bandejas de plata?

—Yo me lo puedo preparar. —Rehv trató de sentarse, pero el estómago se le revolvió—. Mierda.

—Acuéstate antes de que lo haga yo de un golpe.

Después de que Trez saliera, Rehv se volvió a acomodar sobre los cojines, pensando que detestaba las horas posteriores a lo que hacía con la Princesa. Las odiaba. Lo único que quería era olvidarse de todo el asunto, al menos hasta el siguiente mes. Desdichadamente, las escenas de lo que había hecho en esa cabaña se repetían una y otra vez en su cabeza. Se veía masturbándose para seducir a la Princesa y luego teniendo sexo con ella contra el marco de la ventana.

Su vida sexual se componía de distintas variaciones de esa perversión desde demasiado tiempo. ¿Cuánto?

Rehv se preguntó por un momento qué se sentiría teniendo a alguien que lo quisiera de verdad, pero desechó esa fantasía rápidamente. La única manera de tener sexo normal era dejando de tomar el medicamento, así que la única persona con la que podía estar debía ser un symphath, y no había ninguna posibilidad de que él se sintiera atraído hacia una de esas hembras. Claro, Xhex y él lo habían intentado, pero había sido un desastre en muchos aspectos.

En ese momento sintió que le ponían debajo de la nariz una taza de café.

—Toma esto.

Mientras estiraba un brazo para agarrar la taza, dijo:

—Gracias...

—Joder, mira cómo tienes ese brazo.

Rehv cambió rápidamente de mano y metió el antebrazo lleno de pinchazos y hematomas debajo de la manta.

—Como te estaba diciendo, gracias.

—Así que por eso Xhex te obligó a ir a la clínica, ¿eh? —Trez se sentó en un sillón color terracota—. No, no espero que me contestes. Me parece que es evidente.

Trez se recostó y cruzó las piernas, y su imagen era la de un perfecto caballero, un verdadero ejemplo de la realeza: a pesar de que llevaba unos pantalones negros, botas de combate y una camiseta sin mangas —y era completamente capaz de arrancarle la cabeza a un hombre y usarla como balón de fútbol— cualquiera podría jurar que tenía en su armario prendas de armiño y una corona.

Lo cual, de hecho, era cierto.

—Buen café —murmuró Rehv.

—Mientras no me pidas que hornee unas galletas. ¿Ya está haciendo efecto el antídoto?

—Sí, todo va perfectamente.

—O sea que todavía tienes el estómago revuelto.

—Deberías ser symphath.

—Trabajo con dos symphaths. Eso ya es suficiente, muchas gracias.

Rehv sonrió y dio otro sorbo grande a la taza. Era probable que se estuviese quemando los labios, a juzgar por la cantidad de vapor que estaba saliendo, pero él no sentía nada.

Por otro lado, tenía muy presente la mirada solemne de Trez. Estaba claro que el Moro estaba a punto de decirle algo que no le iba a gustar. Al contrario de la mayoría de la gente, cuando ese tío quería decirte algo que tú no querías oír, te miraba directamente a los ojos.

Rehv arrugó la frente.

—Venga, suelta lo que sea.

—Cada vez que estás con ella te quedas peor.

Cierto. Hacía unos años, cuando todo comenzó, Rehv podía estar con la Princesa y regresar a trabajar inmediatamente. Después de transcurridos un par de años, necesitaba echarse un rato. Luego fue necesitando dos o tres horas de siesta. Ahora quedaba fuera de combate durante al menos veinticuatro horas. Al parecer, estaba desarrollando una alergia al veneno. Claro, el antídoto que Trez le inyectaba inmediatamente después de los encuentros impedía que entrara en estado de shock, pero la recuperación se volvía cada vez más lenta.

Tal vez iba a llegar el día en que no pudiera recuperarse.

Cuando pensó en la cantidad de medicamentos que necesitaba tomar de manera regular, se dijo: «Mierda, es mejor seguir vivo, aunque sea por medio de la química. Bueno, en cierta forma».

Trez todavía lo estaba mirando, así que le dio otro sorbo al café y luego respondió.

—No puedo dejar de verla.

—Pero podrías huir de Caldwell. Encontrar otro lugar donde vivir. Si ella no sabe cómo encontrarte, no puede denunciarte.

—Si me voy de la ciudad, se dedicaría a perseguir a mi madre. Y ella no se va a ir a ningún lado. Jamás consentiría estar lejos de Bella y su bebé.

—Pero esto te va a matar.

—Está demasiado obsesionada conmigo para arriesgarse a eso.

—Entonces tienes que decirle que deje de embadurnarse en veneno de escorpión. Entiendo que quieras parecer fuerte, pero ella va a terminar tirándose a un cadáver si sigue con esa mierda.

—Conociéndola, puedo apostar lo que sea a que la necrofilia la excitaría.

Detrás de Trez, un precioso resplandor cortó súbitamente el horizonte.

—Mierda, ¿ya es tan tarde? —dijo Rehv, mientras buscaba el mando a distancia para cerrar las persianas de acero que cubrían las ventanas de la casa.

Pero no se trataba del sol. Al menos no del sol que daba vueltas en el cielo.

Una figura luminosa se acercaba tranquilamente a la casa a través del jardín.

Rehv sólo podía pensar en una cosa que pudiera producir ese efecto.

—No me lo puedo creer —balbuceó, mientras se incorporaba—. Joder, ¿esta noche no se va a acabar nunca?

Trez ya estaba de pie y alerta.

—¿Quieres que lo deje entrar?

—Da lo mismo. De todas maneras podría atravesar el vidrio.

El Moro abrió una de las puertas correderas y se quedó a un lado. Lassiter entró. Aquel hombre caminaba como deslizándose por el suelo, lo cual parecía el equivalente físico de esa forma de hablar despreocupada e insolente que se ve en algunas personas.

—Cuánto tiempo sin verte —dijo el ángel.

—No lo suficiente.

—Tú siempre tan hospitalario.

—Escucha, General Electric —dijo Rehv al tiempo que parpadeaba—. ¿Te molesta bajar un poco la intensidad de tus luces de discoteca?

El resplandor se fue atenuando hasta que Lassiter se hizo normal. Bueno, normal para alguien con una seria afición a los piercings y la aspiración a convertirse en el patrón oro de algún país.

Trez cerró la puerta y se quedó detrás, como una amenazadora presencia muda que decía «ángel o no, si le haces algo a mi amigo, te muelo a palos».

—¿Qué te trae a mi casa? —dijo Rehv, mientras sostenía la taza con las dos manos y trataba de absorber el calor del café.

—Tengo un problema.

—No puedo arreglar tus problemas de personalidad, lo siento.

Lassiter soltó una carcajada que resonó por toda la casa como el tañido de campanas de iglesia.

—No. Me gusto mucho tal y como soy, gracias.

—Tampoco puedo corregir tus delirios.

—Necesito encontrar una dirección.

—¿Y acaso tengo cara de guía telefónica o de callejero?

—Tienes una cara horrible, para serte sincero.

—Siempre tan amable. —Rehv terminó su café—. ¿Qué te hace pensar que voy a ayudarte?

—Pues…

—¿No quieres agregar un par de sustantivos y verbos a esa bonita frase para que te entienda?

Lassiter se puso serio y su belleza etérea se impuso sobre la expresión de «a la mierda» que siempre mantenía.

—Estoy aquí en funciones oficiales.

Rehv frunció el ceño.

—No te ofendas, pero pensé que tu jefe te había echado a patadas.

—Tengo una última oportunidad para demostrar mi buena voluntad. —El ángel clavó la vista en la taza que Rehv tenía entre las manos—. Si me ayudas, puedo pagarte el favor.

—¿De veras?

Cuando Lassiter trató de acercarse, Trez se le puso detrás.

—No, no te vas a acercar.

—Lo voy a curar. Si me dejas tocarlo, lo puedo hacer.

Trez frunció el ceño y abrió la boca como si estuviera a punto de decirle al ángel que se largara de inmediato de la casa.

—Espera —dijo Rehv.

Mierda, se sentía tan cansado, tan dolorido y miserable, que le resultaba difícil pensar que se fuera a sentir mejor al anochecer. O una semana después.

—Sólo dime de qué tipo de dirección estamos hablando.

—La de la Hermandad.

—Venga ya. Aunque la supiera, y no la sé, no podría dártela.

—Tengo algo que ellos perdieron.

Rehv estaba a punto de reírse otra vez, cuando su naturaleza symphath entró en acción. El ángel era un imbécil, pero estaba hablando totalmente en serio. Y, joder... ¿no sería cierto? ¿Sería verdad que había hallado...?

—Sí, así es —dijo Lassiter—. Entonces, ¿vas a ayudarme a ayudar a los hermanos? Y, en contraprestación, porque soy un tío de palabra, me ocuparé de tu pequeño problema.

—¿Y cuál sería ese problema?

—La infección de estafilococos dorados que tienes en el antebrazo. Y el hecho de que, en este momento, te encuentras a dos pasos de sufrir un shock anafiláctico por culpa de ese veneno de escorpión. —Lassiter sacudió la cabeza—. Y no te voy a preguntar nada al respecto. En ninguno de los dos casos.

—¿Te sientes bien? Por lo general eres mucho más entrometido.

—Oye, si quieres...

—De acuerdo. Inténtalo si quieres. —Rehv extendió su brazo lleno de heridas—. Haré lo que pueda para ayudarte, pero no te puedo prometer nada.

Lassiter dedicó una sonrisa a Trez.

—Entonces, grandullón, ¿no quieres tomarte un descanso y hacerte a un lado? Porque tu jefe acepta...

—Él no es mi jefe.

—No soy su jefe.

Lassiter inclinó la cabeza.

—Entonces tu colega. Ahora, ¿te molestaría quitarte de mi camino?

Trez enseñó los colmillos y abrió y cerró la boca dos veces, que era su manera de decirle a alguien que estaba a punto de cruzar un límite muy peligroso. Pero se hizo a un lado.

Lassiter se acercó y su resplandor volvió a resurgir.

Rehv clavó la mirada en los ojos plateados y sin pupilas del ángel.

—Si me haces daño, Trez te va a dejar hecho añicos. Ya sabes cómo es.

—Lo sé, pero está perdiendo el tiempo conmigo. No puedo hacer daño a los justos, así que estás a salvo.

Rehv soltó una carcajada.

—Entonces, muy al contrario, será mejor que se ponga alerta.

Cuando Lassiter estiró la mano y tocó a Rehv, una corriente de energía penetró por su brazo y le hizo jadear. Y mientras un maravilloso proceso sanador comenzaba a recorrerlo, se estremeció y se recostó entre las mantas. «Dios»… Notaba que el agotamiento se iba evaporando. Lo cual quería decir que el dolor que no podía sentir estaba cediendo.

Con su maravillosa voz, Lassiter murmuró:

—No tienes nada de qué preocuparte. Los justos no siempre hacen lo correcto, pero sus almas permanecen puras. Tu corazón está intacto. Ahora, cierra los ojos, idiota, porque estoy a punto de encenderme como una hoguera.

Rehv entornó los ojos y tuvo que desviar la mirada mientras un estallido de energía pura atravesaba su cuerpo. Fue como un orgasmo con esteroides, una ola inmensa que lo llevó lejos, convirtiéndolo en mil pedazos hasta que comenzó a caer convertido en una lluvia de estrellas.

Cuando regresó a su cuerpo, suspiró con fuerza.

Lassiter lo soltó y se limpió la mano en los vaqueros que llevaba puestos.

—Y ahora, lo que necesito de ti.

—No va a ser fácil llegar a ellos.

—Dime algo que no sepa.

—Primero necesito saber qué es lo que tienes.

—No está muy contento.

—Bueno, claro que no, ¿no ves que está contigo? Pero no voy a mover un dedo hasta que vea de qué estamos hablando.

Se produjo una pausa. Y luego Lassiter inclinó la cabeza.

—Está bien. Regresaré al anochecer y te llevaré hasta donde está.

—De acuerdo, ángel, de acuerdo.

Al filo del amanecer, Phury fue hasta su habitación y cogió un maletín con algunos accesorios para hacer deporte, tales como una toalla, su iPod y su botella de agua… y todo lo que necesitaba para drogarse, como una cuchara, un encendedor, una jeringuilla, un cinturón y su reserva de humo rojo.

Luego salió de su habitación y se dirigió hacia el pasillo de las estatuas, caminando como si estuviera lleno de vigor saludable. No quería estar muy cerca de Bella y Z, así que se decidió por una de las habitaciones de huéspedes que estaban cerca de la escalera. Cuando se deslizó por la puerta, casi se vuelve para elegir otra: las paredes estaban pintadas de un color lavanda pálido, exactamente el mismo color de las rosas que le gustaban a Cormia.

Pero las voces de unos doggen que pasaban por el pasillo le hicieron detenerse.

Fue al baño, cerró también esa puerta y bajó la intensidad de las luces hasta que parecieron las brasas de una hoguera. Cuando las persianas comenzaron a bajar sobre las ventanas anunciando el comienzo del día, se sentó en el suelo de mármol con la espalda contra el jacuzzi y sacó lo que necesitaba para inyectarse.

La realidad de lo que estaba a punto de hacer no le pareció gran cosa.

Era como sumergirse en agua fría. Una vez que pasa el primer impacto, te vas acostumbrando.

Y Phury se sentía alentado por el silencio que sentía en su cabeza. Desde que había tomado la decisión de inyectarse, el hechicero no había vuelto a abrir la boca.

Las manos no le temblaron cuando puso un poco del polvo blanco en la cuchara de plata y añadió un poco de agua de la botella. Encendió el mechero y puso la llama debajo de la mezcla.

Sin ninguna razón en particular, se fijó en que la cuchara tenía en el mango el diseño de lirios de los cubiertos Gorham, de finales del siglo diecinueve.

La mezcla hirvió, dejó la cuchara sobre el suelo, llenó la jeringuilla y cogió su cinturón Hermès. Luego extendió el brazo izquierdo, lo rodeó con el cuero del cinturón, lo apretó tirando a través de la resplandeciente hebilla dorada y se metió el resto del cuero debajo del brazo para poder sostenerlo en su lugar.

Cuando brotaron las venas, las tanteó. Eligió la más gruesa y luego frunció el ceño.

El líquido que había en la jeringa tenía un color marrón.

Por un momento sintió pánico. El marrón no era un buen color.

Pero enseguida sacudió la cabeza para hacer a un lado esas ideas, se pinchó la vena con la aguja y sacó el émbolo para asegurarse de que había entrado a la vena de forma adecuada. Cuando vio una mancha roja, empujó el émbolo con el pulgar, vació la jeringa y soltó el cinturón.

El efecto fue mucho más rápido de lo que se había imaginado. No acababa de dejar caer el brazo, cuando sintió que se le revolvía el estómago y tuvo que arrastrarse hasta el inodoro en una extraña especie de cámara lenta.

Definitivamente aquello no era humo rojo. Aquí no había nada de esa lenta relajación melosa, ningún golpecito en la puerta para anunciar la llegada de la droga al cerebro. Era un asalto a mano armada y con ariete y, mientras vomitaba, Phury se recordó que esto era lo que quería.

Y de pronto, desde el fondo de su conciencia, le llegó la risa del hechicero… la vibrante satisfacción de su adicción, al tiempo que la heroína se apoderaba del resto de su mente y su cuerpo.

Antes de desmayarse mientras vomitaba, Phury se dio cuenta de que lo habían engañado. En lugar de deshacerse del hechicero, se había quedado solo en esa tierra baldía, a merced de su amo.

«Buen trabajo, socio… excelente».

Mierda, esos huesos que tapizaban el suelo del reino del hechicero eran los restos de todos los adictos a los que el maldito brujo había convencido de que se mataran. Y la calavera de Phury estaba en primera fila, como la víctima más reciente. Pero ciertamente no la última.

***

—Por supuesto —dijo la Elegida Amalya—. Claro que puedes ser escribana recluida… si estás segura de que eso es lo que deseas.

Cormia asintió con la cabeza y luego se recordó que, como estaba otra vez en el santuario, había vuelto a la tierra de las reverencias, así que inclinó la parte superior del tronco y habló en un murmullo.

—Gracias.

Mientras se incorporaba echó un vistazo a las habitaciones privadas de la Directrix. Las dos estancias estaban decoradas según la tradición de las Elegidas, lo que quería decir que no tenían ninguna decoración. Todo era sencillo, austero y blanco; la única diferencia con las habitaciones de las otras Elegidas era que Amalya tenía un lugar con asientos para las audiencias con las hermanas.

Todo era tan blanco, pensó Cormia. Tan… *blanco*. Y las sillas en las que las dos estaban sentadas tenían el respaldo rígido y sin cojines.

—Supongo que esto resulta oportuno —dijo la Directrix—. La última escribana recluida que quedaba, Selena, se retiró debido al ascenso del Gran Padre. La Virgen Escribana se sintió complacida de permitirle renunciar a sus deberes, considerando el cambio de nuestras circunstancias. Sin embargo, nadie se ha ofrecido a reemplazarla.

—Me gustaría sugerir que también se me conceda la función de escribana primaria.

—Eso sería muy generoso por tu parte. Y liberaría a las demás para servir al Gran Padre. —Hubo un momento de silencio—. ¿Procedemos, entonces?

Al ver que Cormia asentía y se arrodillaba en el suelo, la Directrix quemó un poco de incienso y realizó la ceremonia de reclusión.

Cuando terminó, Cormia se levantó y caminó hacia el fondo, hacia una abertura en la pared que ella habría calificado de ventana.

Al otro lado de la blanca extensión del santuario divisó el templo de las escribanas recluidas. Estaba situado al lado de la entrada a los apartamentos privados de la Virgen Escribana y no tenía ventanas. En sus confines blancos no habría nadie más que ella. Ella y las montañas de pergaminos y frascos de tinta color sepia con los que debería registrar la historia de la raza, en su calidad de espectadora, mas no de participante.

—No puedo hacer esto —dijo.

—Lo siento, ¿qué fue lo que…?

En ese momento llamaron a la puerta.

—Adelante —dijo Amalya.

Una de las hermanas entró e hizo una reverencia.

—La Elegida Layla ha concluido los baños preparatorios para recibir a Su Excelencia, el Gran Padre.

—Ah, bien. —Amalya cogió su incensario—. Vamos a instalarla en el templo y después lo llamaré.

—Como desees. —Mientras la Elegida hacía una venia y salía de la habitación, Cormia alcanzó a ver la sonrisa esperanzada que tenía en el rostro.

Probablemente tenía la esperanza de ser la próxima en la fila de visitantes al Templo del Gran Padre.

—¿Tendrías la bondad de disculparme? —dijo Cormia, mientras su corazón latía como loco, convertido en un instrumento incapaz de encontrar su ritmo—. Voy a retirarme al templo de las escribanas.

—Desde luego. —De repente una sombra de sospecha cruzó por los ojos de Amalya—. ¿Estás segura de que quieres hacer esto, hermana mía?

—Sí. Éste es un día glorioso para todas nosotras. Me aseguraré de registrarlo adecuadamente.

—Ordenaré que te lleven tus alimentos.

—Sí. Gracias.

—Cormia… Estaré aquí si necesitas consejo. Sólo tú y yo.

Cormia hizo una reverencia y se marchó deprisa en dirección al sólido templo blanco que se iba a convertir ahora en su casa.

Cuando cerró la puerta detrás de ella, se sintió envuelta por una densa oscuridad. Entonces encendió con el pensamiento las velas ubicadas en las cuatro esquinas del salón de techo alto, y en medio de su resplandor vio los seis escritorios blancos, con sus plumas blancas listas para escribir y sus tinteros de tinta sepia y los cuencos de cristal llenos de agua en los que podría ver todo lo que sucedía. Guardados en canastas ordenadas en el suelo había rollos de pergamino amarrados con cinta blanca y listos para recibir los signos en Lengua Antigua con los que registrarían para siempre el progreso de la raza.

Contra la pared del fondo había tres literas dobles, cada una con una sola almohada prístina y con sábanas perfectamente dobladas. Nada de mantas al pie de la cama, pues la temperatura allí era tan perfecta que no se necesitaban. Hacia un lado había una cortina que llevaba al baño privado.

A mano derecha había una puerta plateada y llena de ornamentos que llevaba a la biblioteca privada de la Virgen Escribana. Las escribanas recluidas eran las únicas a las que Su Santidad les dictaba su diario privado y cuando la Virgen las convocaba, usaban esa puerta para acceder a la audiencia.

La abertura que había en el centro de la puerta se usaba para pasar de un lado a otro los pergaminos que llenaban las escribanas primarias y las recluidas durante el proceso de edición. La Virgen Escribana leía y aprobaba, o corregía, todos los pergaminos hasta que los juzgaba adecuados. Una vez aceptados, los pergaminos eran cortados y encuadernados con otras páginas para sumarse a los volúmenes de la biblioteca, o enrollados y guardados en los archivos secretos de la Virgen Escribana.

Cormia se acercó a uno de los escritorios y se sentó en el banco sin respaldo.

El silencio y el aislamiento de ese lugar eran tan perturbadores como estar en medio de una muchedumbre y Cormia no se dio cuenta de cuánto tiempo pasó allí, tratando de controlarse.

Había creído que sería capaz de hacer esto, que la reclusión era la única salida que tenía, pero ahora sentía ganas de gritar y salir corriendo.

Tal vez sólo necesitaba algo en qué concentrarse.

Así que tomó una de las plumas blancas y abrió el tintero que tenía a mano derecha. Para practicar, comenzó a trazar algunos de los caracteres más sencillos de la Lengua Antigua.

Pero no parecía capaz de hacerlos bien.

En cuanto comenzaba, las letras se iban volviendo diseños geométricos. Los diseños se volvían filas de cubos. Y los cubos se volvían... planos de construcción.

***

Entretanto, en la mansión de la Hermandad, John levantó la cabeza de la almohada al sentir un golpe en su puerta. Cuando se levantó de la cama y abrió, se encontró con Qhuinn y Blay, hombro con hombro en el pasillo, como siempre solían estar.

Al menos había algo que había salido bien esa noche.

—Tenemos que buscarle un cuarto a Blay —dijo Qhuinn—. ¿Tienes idea de dónde podemos hospedarlo?

—Y también tengo que ir a por algunas de mis cosas por la noche —añadió Blay—. Lo que significa que tendremos que regresar a mi casa.

—No hay problema —dijo John por señas.

Qhuinn estaba en la habitación contigua a la suya, así que siguió hasta la que estaba al lado y, al abrir la puerta, se encontró con un cuarto de huéspedes decorado en color lavanda pálido.

—Podemos cambiar la decoración, si te parece muy femenina —dijo John.

Blay se rió.

—Sí, no estoy seguro de poder vivir con esto.

Mientras que Blay caminaba hacia la cama para probarla, John fue hasta las puertas dobles del baño y las abrió...

Phury estaba inconsciente en el suelo, con la cabeza al lado del inodoro, el cuerpo inmenso totalmente desmadejado y el rostro lívido. A sus pies había una aguja, una cuchara y un cinturón.

—¡Puta mierda! —Las palabras exaltadas de Qhuinn resonaron contra la pared de mármol.

John se dio media vuelta enseguida.

—Busca a la doctora Jane. Ya mismo. Probablemente esté en la Guarida con Vishous.

Qhuinn echó a correr mientras John se apresuraba a dar la vuelta a Phury para echarlo de espaldas. El hermano tenía los labios azules, pero no debido a los golpes que John le había propinado. La verdad es que no estaba respirando. Y parecía que llevaba un buen rato sin hacerlo.

Para sorpresa de todos, la doctora Jane entró con Qhuinn prácticamente un segundo después.

—Iba a ver a Bella... ¡Ay... mierda!

Jane se acercó e hizo la comprobación de signos vitales más rápida que John había visto en la vida. Luego abrió su maletín médico y sacó una aguja y un frasquito.

—¿Está vivo?

Los cuatro se volvieron hacia la puerta del baño. Zsadist estaba allí, con los pies bien plantados, pero la cara pálida.

—¿Está... —Los ojos de Z se clavaron en lo que había en el suelo al lado del jacuzzi—... vivo?

La doctora Jane miró a John y susurró:

—Sacadlo de aquí. Ahora. Es mejor que no vea esto.

John se quedó frío al ver la expresión del rostro de Jane: como si no estuviera segura de poder salvar a Phury.

Dominado por la impresión, se levantó y se dirigió a Z.

—No me voy a ir —dijo Zsadist.

—Sí, sí te vas. —La doctora Jane levantó la jeringuilla que había llenado y empujó el émbolo. Cuando un hilillo de algo se asomó a la punta de la aguja, se volvió hacia el cuerpo de Phury—. Qhuinn, quédate conmigo. Blaylock, tú vete con ellos y cierra la puerta.

Zsadist abrió la boca, pero John sólo sacudió la cabeza para indicarle que se tenía que ir. Y con la calma más extraña, se acercó al hermano, le puso las manos en los brazos y lo empujó hacia atrás.

En medio de un silencio cargado de pavor, Z se dejó sacar del baño. Luego Blay cerró las puertas y se quedó ante ellas bloqueando el camino.

Los ojos negros de Z se clavaron en los de John. Y lo único que el joven mudo pudo hacer fue sostenerle la mirada con firmeza.

—No puede estar muerto —dijo Zsadist con voz ronca—. Simplemente no puede estar...

CAPÍTULO

44

A qué te refieres con eso de «trabajo»? —preguntó el tipo de los tatuajes de presidiario.

Lash apoyó los codos sobre las rodillas y miró a su nuevo mejor amigo a los ojos. La forma en que los dos habían pasado de los insultos a ser como un par de gatitos era una muestra de los poderes de la seducción. Primero había que golpear de frente y con fuerza para establecer una relación de igualdad. Luego mostrabas respeto. Y después hablabas de dinero.

Los otros dos, el pandillero que tenía en las clavículas un tatuaje que decía «Diego RIP» y el Don Limpio con la cabeza rapada y botas de combate, se habían acercado y también estaban escuchando con atención. Lo cual también formaba parte de la estrategia de Lash: cuando logras llamar la atención del más duro, los demás siguen detrás.

Lash sonrió.

—Estoy buscando refuerzos para mis tropas.

El de los tatuajes de presidiario lo miró con cara de ser capaz de hacer muchas cosas malas.

—¿Tienes un bar?

—No. —Lash miró de reojo a RIP—. Supongo que se podría decir que se trata de un asunto de defensa territorial.

El pandillero asintió con la cabeza, como si conociera todas las reglas de ese juego.

El de los tatuajes flexionó los brazos.

—¿Y qué te hace pensar que yo quiero hacer tratos contigo? No te conozco.

Lash se echó para atrás hasta que sus hombros tocaron el muro de cemento.

—Sólo pensé que querías hacer un poco de dinero. Me equivoqué.

Mientras cerraba los ojos como si se fuera a echar una siesta, oyó unas voces que le hicieron abrirlos. Un agente se dirigía a la celda con otro detenido.

«Vaya, vaya, qué pequeño es el mundo». El tipo con la chaqueta del águila que estaba en Screamer's.

Cuando el nuevo entró, los tres matones volvieron a mirarlo de arriba abajo. Uno de los yonquis levantó la vista y esbozó una sonrisa, como si conociera al tipo por asuntos de negocios.

Interesante. Así que el tipo era vendedor de drogas.

El del águila estudió al grupo y le hizo un gesto a Lash en señal de reconocimiento, antes de tomar asiento al otro extremo del banco. Parecía más molesto que asustado.

Entonces el fulano de los tatuajes se inclinó sobre Lash.

—Tampoco dije que no estuviera interesado.

Lash se volvió a mirarlo.

—¿Cómo te encuentro para discutir las condiciones?

—¿Conoces Motos Buss?

—Es ese lugar de reparación de Harleys que está en Tremont, ¿no?

—Sí. Mi hermano y yo somos los dueños. Somos moteros.

—Entonces conoces a más gente que podría ayudarme.

—Tal vez sí. Tal vez no.

—¿Cómo te llamas?

El de los tatuajes entornó los ojos. Luego señaló un dibujo de una Harley modificada que tenía tatuada en el brazo.

—Me puedes llamar Bajo.

Diego RIP comenzó a dar golpecitos con el pie, como si estuviera esperando algo, pero Lash no estaba listo para involucrarse con las pandillas o los cabezas rapadas. Todavía no. Era más seguro comenzar poco a poco. Ya vería si podía sumar un par de moteros a la Sociedad Restrictiva. Si eso funcionaba podría volver a salir de pesca. Tal vez hacerse arrestar otra vez para establecer contacto.

—¡Owens! —gritó un oficial desde la puerta.

—Nos vemos —le dijo Lash a Bajo. Luego le hizo un gesto con la cabeza a Diego, al de la cabeza rapada y al camello y dejó a los yonquis con su charla con el suelo.

Cuando salió a la zona donde se hacían los trámites, esperó mientras un policía le explicaba página por página todo eso de «aquí están los cargos de los que se te acusa», «éste es el número de la oficina de defensores públicos; si quieres que te asignen un abogado tienes que llamarlos», «tu audiencia en el tribunal es en seis semanas», «si no te presentas, te suspenden la fianza y expiden una orden de arresto contra ti», bla, bla, bla...

Firmó un par de veces con el nombre de Larry Owens y luego lo dejaron salir al corredor por el que lo habían llevado esposado hacía cerca de ocho horas. El señor D estaba sentado en una silla de plástico, al final del pasillo de linóleo. Pareció aliviado cuando lo vio, y se puso de pie.

—Vamos a comer algo —dijo Lash mientras se dirigían a la salida.

—Claro, hijo.

Cuando Lash salió por la parte frontal de la comisaría de policía, iba demasiado distraído pensando en las cosas que tenía que hacer como para pensar en qué hora era. Pero cuando el sol le dio de lleno en la cara, se echó hacia atrás con un grito y se estrelló contra el señor D.

Mientras se cubría la cara, retrocedió para refugiarse en el edificio.

El señor D lo agarró de los brazos.

—¿Qué pasa?

—¡El sol! —Lash ya casi estaba atravesando otra vez las puertas de la comisaría, cuando se dio cuenta de que... no estaba pasando nada. No había llamas, ni ninguna bola de fuego, ni sentía que se moría quemado.

Entonces se detuvo... y volvió su cara hacia el sol por primera vez en su vida.

—Es tan brillante. —Se tapó los ojos con el antebrazo.

—Se supone que no debes mirarlo directamente.

—Es... cálido.

Mientras se dejaba caer hasta recostarse en la fachada de piedra del edificio, no podía creer el calor que le producía. A medida que los rayos lo iluminaban, el calor se irradiaba por toda su piel y sus músculos.

Nunca antes había envidiado a los humanos. Pero, Dios, si hubiese sabido lo que se sentía al estar bajo el sol, los habría envidiado siempre.

—¿Estás bien? —preguntó el señor D.

—Sí... sí, estoy bien. —Lash cerró los ojos y sólo se dedicó a respirar por unos minutos—. Mis padres... nunca me dejaron salir. Se supone que los pretrans pueden soportar la luz del sol hasta que llegan al cambio, pero mi madre y mi padre nunca quisieron correr ese riesgo.

—No me puedo imaginar la vida sin sol.

Después de esto, Lash tampoco.

Mientras levantaba la barbilla y cerraba los ojos durante otro momento... Lash se hizo la promesa de darle las gracias a su padre la próxima vez que lo viera.

Esto era... magnífico.

***

Phury se despertó con un sabor agrio y ardiente en la boca. En realidad la sensación se extendía por todo su cuerpo, como si alguien hubiese rociado limpiador de hornos por todo el interior de su piel.

Sentía los ojos pegados. El estómago parecía una bola de plomo. Los pulmones se inflaban y se comprimían con el mismo entusiasmo que trabaja un par de drogadictos al día siguiente de un concierto de Grateful Dead. Y encabezando la marcha de desastres estaba su cabeza, que evidentemente debía haber sufrido un paro total y al parecer todavía no había resucitado, a diferencia del resto del cuerpo.

En realidad el pecho también parecía bastante dormido. O... tal vez no, su corazón debía estar latiendo todavía porque... Bueno, tenía que estar latiendo, ¿no? De otra forma no podría estar pensando en ello, ¿verdad?

De repente vio el paraje desolado en que habitaba el hechicero y la silueta de éste recortada contra el paisaje gris.

«Bienvenido, querido. Eso fue muy divertido. ¿Cuándo podemos volver a hacerlo?».

«Volver a hacer ¿qué?», se preguntó Phury.

El hechicero soltó una carcajada.

«¡Ay, con cuánta facilidad se olvidan los momentos divertidos!».

Phury resopló y oyó que alguien se movía.

—¿Cormia? —dijo con voz ronca.

—No.

Esa voz, esa voz profunda y masculina. Una voz muy parecida a la que salía de su propia boca. De hecho, era idéntica.

Zsadist estaba con él.

Cuando volvió la cabeza, Phury sintió que su cerebro se estrellaba contra el cráneo, esa cavidad que se había convertido en una pecera con agua y plantas y un pequeño tesoro, pero en la que no había ningún pez. Nada que tuviera vida.

Z tenía tan mal aspecto como en sus peores momentos, con ojeras debajo de los ojos y los labios apretados y la cicatriz más visible que nunca.

—Soñé contigo —dijo Phury. Dios, apenas le salía un hilo de voz—. Me estabas cantando.

Z negó lentamente con la cabeza.

—No era yo. Ya no tengo ganas de cantar.

—¿Dónde está ella? —preguntó Phury.

—¿Cormia? En el santuario.

—Ah… —¡Claro! La había hecho salir huyendo después de lo que pasó. Y luego él… se… había… inyectado… heroína—. Dios.

Esa feliz revelación le hizo enfocar la vista y mirar a su alrededor.

Lo único que vio, por todas partes, fue un color lavanda pálido y entonces pensó en Cormia, saliendo por la puerta del armario en la oficina, con su túnica blanca y aquella rosa en la mano. La rosa todavía debía estar allí, pensó Phury. Pues Cormia la había olvidado.

—¿Quieres beber algo?

Phury volvió a mirar a su gemelo. Al otro lado de la habitación, Zsadist parecía encontrarse tal y como él se sentía, agotado y vacío.

—Estoy cansado —murmuró Phury.

Z se puso de pie y trajo un vaso de agua.

—Levanta la cabeza.

Phury obedeció, aunque sintió que ese movimiento amenazaba con hacer que se desbordara el agua de su cabeza. Cuando Zsadist le puso el vaso contra los labios, dio primero un sorbo y después otro y luego comenzó a beber con desesperación.

Cuando terminó, dejó caer la cabeza sobre la almohada.

—Gracias.

—¿Más?

—No.

Zsadist volvió a poner el vaso sobre la mesilla de noche y luego se volvió a sentar en el sillón color lavanda pálido, con los brazos cruzados y la barbilla casi sobre el pecho.

Hacía días que estaba perdiendo peso, pensó Phury. Los pómulos estaban empezando a ser otra vez muy prominentes.

—No tengo recuerdos —dijo Z con voz suave.

—¿De qué?

—De ti. De ellos. Ya sabes, de donde salí antes de ser robado y vendido como esclavo.

Ya fuera efecto del agua o de lo que Z acababa de decir, Phury recuperó súbitamente la conciencia.

—Es imposible que te acuerdes de nuestros padres… de la casa. Eras apenas un bebé.

—Recuerdo a la nodriza. Bueno, tengo un recuerdo de ella untándose mermelada en el pulgar y dejándome lamérselo. Eso es todo lo que recuerdo. Lo siguiente que recuerdo es… Estar a la venta, con toda esa gente mirándome. —Z frunció el ceño—. Cuando estaba creciendo trabajaba en la cocina. Lavaba muchos platos y limpiaba y cortaba muchas verduras y llevaba cerveza a los soldados. Ellos eran buenos conmigo. Esa parte fue… aceptable. —Z se restregó los ojos—. Dime algo. En aquella época en que estabas creciendo… ¿cómo fueron esos años para ti?

—Solitarios. —Bueno, eso sonaba muy egoísta—. No, quiero decir…

—Yo también me sentía solo. Sentía como si me faltara algo, pero no sabía qué era. Sentía que era la mitad de un todo, pero sólo me tenía a mí.

—Yo me sentía igual. Salvo que yo sí sabía lo que me faltaba —dijo Phury, haciéndole entender tácitamente a Z que era él.

La voz de Z adquirió un tono frío.

—No quiero hablar acerca de lo que sucedió después de pasar por la transición.

—No tienes que hacerlo.

Zsadist asintió con la cabeza y pareció sumirse en sus pensamientos. En medio del silencio que siguió, Phury no alcanzaba a imaginar lo que podría estar recordando. El dolor, la humillación y la rabia.

—¿Recuerdas la época antes de que entráramos a la Hermandad —murmuró Z—, cuando desaparecí durante tres semanas? Todavía estábamos en el Viejo Continente y tú no tenías idea de adónde había ido.

—Sí.

—La maté. A mi dueña.

Phury parpadeó, sorprendido al escuchar que Z finalmente admitía lo que todo el mundo había sospechado siempre.

—Así que no fue su marido.

—No. Claro, el marido era muy violento, pero yo fui el que lo hizo. ¿Sabes? Ya había conseguido a otro esclavo de sangre. Lo tenía encerrado en esa jaula. Yo... —La voz de Z tembló por un momento y luego volvió a adquirir un tono duro—. No podía permitir que le hiciera eso a nadie más. Cuando regresé allí y... lo encontré... Mierda, estaba desnudo y agazapado en la misma esquina en que yo solía...

Phury contuvo el aliento, mientras pensaba en que esto era lo que siempre había querido y temido saber. Qué extraño resultaba que estuvieran teniendo esa conversación en ese momento.

—Donde tú solías ¿qué?

—Sentarme. Solía sentarme en esa esquina cuando no me estaban... Sí, me sentaba ahí porque al menos así sabía lo que me esperaba. El chico también tenía la espalda contra la pared y las rodillas dobladas. Exactamente igual que como yo solía sentarme. Era muy joven. Parecía que apenas había pasado la transición. Tenía los ojos claros... y estaba aterrorizado. Pensó que yo estaba allí por él. Ya sabes... para aprovecharme de él. Cuando entré, no pude articular palabra y eso lo asustó todavía más. Estaba temblando... temblaba tanto que los dientes le castañeteaban y todavía recuerdo la imagen de sus nudillos. Tenía las manos sobre las piernas huesudas y los nudillos parecían a punto de brotar a través de la piel.

Phury apretó los dientes mientras recordaba cómo había sacado a Zsadist de allí, la imagen de él desnudo y encadenado a la cama en la mitad de la celda. Z no parecía asustado. Habían abusado tanto de él y durante tanto tiempo que ya no se inmutaba por nada de lo que pudiera pasarle.

Zsadist se aclaró la garganta.

—Le dije al chico... le dije que lo iba a liberar. Al principio no me creyó. Sólo me creyó cuando me subí las mangas de la chaqueta y le mostré mis muñecas. Cuando vio mis marcas de esclavo, ya no tuve que decir ni una palabra más. Yo sabía que estaba conmigo. —Z respiró hondo—. Ella nos encontró mientras lo estaba llevando por la parte baja del castillo. Tenía dificultades para caminar, porque supongo que el día anterior lo habían... tenido ocupado. Tuve que cargar con él. En todo caso, ella nos encontró... y antes de que pudiera llamar a los guardias, me encargué de ella. Ese chico... vio cuando le torcí el cuello y ella se cayó al suelo. Después de verla caer, le corté la cabeza, porque... ¿Sabes? Ninguno de los dos podía creer que realmente estuviera muerta. Mierda, hermano, estábamos en medio de ese laberinto de túneles, donde cualquiera podría habernos atrapado, y yo no podía moverme. Sólo la miraba fijamente a ella. El chico me preguntó si estaría realmente muerta. Yo dije que no sabía. No se movía, pero, ¿cómo podía estar seguro de que estaba muerta?

Zsadist se pasó la mano por la cara.

—Entonces el chico me miró y nunca olvidaré el sonido de su voz: «Va a regresar», dijo. «Ella siempre regresa». Y yo entendí lo que quería decirme: él y yo ya teníamos suficientes cosas en la cabeza como para preocuparnos por eso. Así que le corté la cabeza y la arrastré del pelo mientras salíamos de ahí. No sabía qué hacer con el chico cuando lo saqué de allí. Eso fue lo que estuve haciendo durante esas tres semanas. Lo llevé hasta la punta de la bota italiana, lo más lejos que pude. Había una familia allí, una familia que Vishous conocía de los años en los que trabajó para ese comerciante de Venecia. En todo caso, necesitaban ayuda en la casa y eran buenas personas. Lo recibieron como sirviente y le pagaban un salario. Lo último que supe de él, hace cerca de una década, era que acababa de tener su segundo hijo con su shellan.

—Tú lo salvaste.

—No, sacarlo de allí no lo salvó. —Zsadist miró hacia otro lado—. Ésa es la cuestión, Phury. No hay manera de salvarlo. Como tampoco hay manera de salvarme a mí. Ya sé que eso es lo que esperas de todo corazón, lo que te hace vivir. Pero… eso nunca va a suceder. Mira… no te puedo dar las gracias porque… a pesar de lo mucho que amo a Bella y la vida que tengo ahora, todavía vuelvo constantemente allí. No puedo evitarlo. Todavía vivo eso día tras día.

—Pero…

—No, déjame terminar. Todo este asunto de tu consumo de drogas… Mira, tú no me fallaste. Porque no se puede fallar ante algo imposible.

Phury notó que dos lágrimas grandes se asomaba a sus ojos.

—Sólo quiero que todo esté bien.

—Lo sé. Pero las cosas nunca han estado bien y nunca van a estar bien, y tú no te tienes que matar por eso. A lo máximo que llegaré es adonde estoy ahora.

La expresión de Z no albergaba ninguna promesa de alegría. Ningún potencial de felicidad. La ausencia de la vieja manía homicida era una mejoría, pero la carencia de satisfacción por estar vivo no era algo que se pudiera celebrar.

—Pensé que Bella te había salvado.

—Ella ha hecho mucho por mí. Pero ahora, con todo esto del embarazo…

No había necesidad de terminar la frase. No había palabras adecuadas para describir el horror de las posibles consecuencias. Y Phury se dio cuenta de que Z estaba convencido de que la iba a perder. Había decidido que el amor de su vida se iba a morir.

Por eso no era de extrañar que no quisiera andar prodigando agradecimientos por haber sido rescatado.

Z siguió hablando.

—Conservé la calavera de esa mujer durante muchos años, pero no por algún tipo de fijación enfermiza. La necesitaba para cuando tenía pesadillas en las cuales ella regresaba a por mí. ¿Entiendes? Me despertaba y lo primero que hacía era mirar la calavera para asegurarme de que seguía muerta.

—Eso lo puedo entender…

—¿Quieres saber qué me ha estado pasando desde hace un mes o dos?

—Sí…

—Me despierto aterrorizado preguntándome si todavía estarás vivo. —Z sacudió la cabeza—. ¿Sabes? Cuando estamos en la cama puedo estirar los brazos y sentir el cuerpo tibio de Bella. Pero contigo no puedo hacer eso y… creo que mi subconsciente ya entendió que ninguno de vosotros dos va a estar por aquí dentro de un año.

—Lo siento… Mierda… —Phury se llevó las manos a la cara—. Lo siento.

—Creo que debes irte. Tal vez al santuario. Vas a estar más seguro allí. Si te quedas aquí, es posible que no dures ni un año. Tienes que marcharte.

—No sé si eso será necesario…

—Déjame ser un poco más explícito. Tuvimos una reunión.

Phury dejó caer las manos.

—¿Qué clase de reunión?

—Una reunión a puerta cerrada. Wrath y yo, y la Hermandad. La única forma de que puedas quedarte es si dejas definitivamente las drogas y entras a Adictos Anónimos. Pero nadie cree que vayas a hacerlo.

Phury frunció el ceño.

—No sabía que los vampiros tuvieran un grupo de Adictos Anónimos.

—No lo hay, pero los humanos sí y se reúnen por las noches. Estuve buscando en Internet. Pero eso no importa, ¿o sí? Porque aunque digas que vas a ir, nadie cree que lo harás y yo no creo que… no creo que tú mismo lo creas.

Eso era difícil de rebatir, considerando lo que había traído a la casa y se había inyectado en el brazo.

Cada vez que pensaba en cortar el consumo, le comenzaban a sudar las manos.

—Le dijiste a Rehv que no me vendiera más humo rojo, ¿no es cierto? —Era la razón por la cual Xhex había salido detrás de él cuando había hecho la última compra.

—Sí, lo hice. Y sé que él no fue el que te vendió la heroína. El paquete tenía un águila y él marca su mercancía con una estrella roja.

—Si me voy para el santuario, ¿cómo sabrás que no voy a seguir drogándome?

—No lo sabré. —Z se puso de pie—. Pero no tendré que verlo. Y los demás tampoco.

—Pareces tan tranquilo —murmuró Phury, casi como hablando para sí mismo.

—Te vi muerto al pie de un inodoro y me he pasado las últimas ocho horas cuidándote y preguntándome cómo diablos puedo darle la vuelta a esta situación. Pero estoy exhausto y tengo los nervios de punta y, si todavía no te has dado cuenta, nos estamos lavando las manos con respecto a lo que te pase.

Zsadist dio media vuelta y se dirigió lentamente hacia la puerta.

—Zsadist. —Z se detuvo, pero no se volvió—. No te voy a dar las gracias por esto. Así que supongo que estamos en paz.

—Me parece justo.

Cuando la puerta se cerró, cruzó por la mente de Phury el pensamiento más extraño que, considerando todo lo que se acababa de decir en esa habitación, resultaba absolutamente inapropiado.

Si Zsadist dejaba de cantar, el mundo habría perdido un tesoro.

En el otro extremo del complejo de la Hermandad, cerca de doce metros bajo tierra, John estaba sentado detrás del escritorio de la oficina del centro de entrenamiento y miraba fijamente el ordenador que tenía enfrente. Sentía que debía estar haciendo algo para ganarse el salario, pero con las clases suspendidas de manera indefinida, no había muchos papeles que organizar.

Le gustaba el papeleo, así que le gustaba su trabajo. Por lo general pasaba el tiempo registrando las calificaciones, actualizando archivos con los informes de lesiones sufridas durante el entrenamiento y manteniendo al día los currículos. Era agradable eso de poner orden en el caos, de tenerlo todo a mano y en su lugar.

Miró su reloj. Blay y Qhuinn estaban practicando en la sala de pesas y estarían ahí durante otra media hora, por lo menos.

Qué hacer... qué hacer...

Siguiendo un impulso, se puso a revisar los archivos del ordenador y encontró una carpeta titulada «Informes sobre incidentes». Al abrirla, buscó el informe que Phury había archivado acerca del ataque a la casa de Lash.

«Por... Dios santo». Habían encontrado los cadáveres de los padres sentados alrededor de la mesa del comedor, después de trasladarlos desde el salón donde los asesinaron. Todo estaba intacto en la casa, excepto un cajón en la habitación de Lash y Phury había hecho una anotación marginal: «¿Efectos personales? Pero ¿de qué valor, considerando que dejaron las joyas?».

John abrió los informes sobre los ataques a las otras casas. La de Qhuinn. La de Blay. Las de otros tres compañeros de entrenamiento. Las de otros aristócratas. Número total de víctimas: veintinueve, contando a los doggen. Y el saqueo había sido abundante.

Evidentemente había sido el ataque más exitoso desde el ataque a la propiedad de la familia de Wrath en el Viejo Continente.

John trató de imaginarse lo que le habrían hecho a Lash para obtener esas direcciones. El tío era una mierda, pero tampoco es que adorara a los restrictores.

Seguramente lo habían torturado. A esas horas debía estar muerto.

Sin tener ningún motivo en particular, John revisó el archivo sobre Lash que había en el ordenador. Phury, o alguien más, ya había llenado el certificado de defunción: «Nombre: Lash, hijo de Ibix, hijo de Ibixes, hijo de Thornsrae. Fecha de nacimiento: 3 de marzo de 1983. Fecha de defunción: aprox. agosto de 2008. Edad en el momento de la muerte: 25. Causa de defunción: sin confirmar; se presume tortura. Ubicación del cuerpo: desconocida, se presume que la Sociedad Restrictiva se deshizo de él. Restos entregados a: pendiente de hallazgo».

El resto del archivo era extenso. Lash había tenido muchos problemas disciplinarios, y no sólo durante el programa de entrenamientos, sino incluso en reuniones de la glymera. Era curioso que hubiese registro de todo eso, teniendo en cuenta lo discreta que solía ser la aristocracia con las imperfecciones, pero, claro, la Hermandad necesitaba tener pleno conocimiento de la historia de todos los estudiantes antes de que pudieran entrar al programa.

También había una copia del certificado de nacimiento de Lash. «Nombre: Lash, hijo de Ibix, hijo de Ibixes, hijo de Thornsrae. Fecha de nacimiento: 3 de marzo de 1983, 1.14 a.m. Madre: Rayelle, hija legítima del soldado Nellshon. Certificado de nacimiento firmado por: Havers, hijo de Havers, M. D. Dado de alta de la clínica: 3 de marzo de 1983».

Era extraño pensar que el tipo hubiese desaparecido.

En ese momento sonó el teléfono y John se sobresaltó. Cuando levantó el auricular, silbó y la voz de V dijo: «En diez minutos en el estudio de Wrath. Reunión. Los tres debéis asistir».

Luego colgó.

Después de un momento de agitación, John corrió hasta la sala de pesas y llamó a Qhuinn y a Blay. Los dos pusieron la misma cara de sorpresa y luego todos salieron corriendo para el despacho de Wrath, aunque sus amigos todavía estaban con las sudaderas de entrenamiento.

En el estudio color azul pálido del rey estaba reunida toda la Hermandad, y llenaban el salón de tal forma que los detalles refinados y delicados de la decoración parecían completamente subyugados: Rhage estaba desenvolviendo un caramelo al lado de la chimenea, de fresa, a juzgar por el papel de color rosa. Vishous y Butch estaban sentados en un sofá antiguo y las frágiles patas del mueble parecían a punto de partirse. Wrath estaba detrás del escritorio. Z se encontraba en el rincón, con los brazos cruzados sobre el pecho y la mirada clavada en el centro del salón.

John cerró la puerta y se quedó quieto. Qhuinn y Blay siguieron su ejemplo y los tres se quedaron junto a la puerta.

—Esto es lo que tenemos —dijo Wrath, al tiempo que apoyaba sus botas de combate sobre el escritorio lleno de papeles—. Los cabecillas de cinco de las familias fundadoras están muertos. La mayor parte de lo que queda de la glymera está diseminada por la costa este y en casas de seguridad. Por fin. El número de vidas perdidas llega casi a treinta. Aunque hemos tenido una o dos masacres en toda nuestra historia, es un ataque de una gravedad sin precedentes.

—Deberían haberse movido más rápido —farfulló V—. Pero esos malditos idiotas no prestaron atención.

—Cierto, pero ¿realmente esperábamos algo distinto? Así que eso es lo que tenemos. Debemos esperar algún tipo de respuesta negativa de parte del Consejo de Princeps, probablemente en forma de una proclama en mi contra. Mi apuesta es que van a tratar de organizar una guerra civil. Por supuesto, mientras yo siga respirando nadie más puede ser rey, pero pueden hacer que se me vuelva muy difícil seguir gobernando de manera justa y mantener la unión. —Cuando los Hermanos comenzaron a mascullar todo tipo de obscenidades, Wrath levantó la mano para imponer silencio—. La buena noticia es que tienen ciertos problemas estratégicos, lo cual nos da un poco de tiempo. Los estatutos del Consejo de Princeps establecen que la sede del Consejo deber ser Caldwell y es aquí donde deben tener sus reuniones. Dictaron esa regla hace un par de siglos para asegurarse de que la base de poder nunca se trasladara a otra parte. Y como ninguno de ellos está en la ciudad y, bueno, las conferencias telefónicas no existían en 1790, cuando redactaron los estatutos, no van a poder reunirse para cambiar los estatutos ni elegir a un nuevo leahdyre hasta que vuelvan aquí, al menos por una noche. Y considerando la cantidad de muertes que ha habido, eso va a llevar algún tiempo, pero estamos hablando de semanas, no de meses.

Rhage mordió el caramelo y el crujido resonó por todo el salón.

—¿Tenemos una idea aproximada de los sitios que todavía no han atacado?

Wrath señaló un montón de papeles que había sobre la esquina del escritorio.

—Hice copias para todos.

Rhage se acercó, cogió los papeles y los fue distribuyendo entre los presentes… incluyendo a Qhuinn, John y Blay.

John miró el documento lleno de columnas. Primero había un nombre. Después, una dirección. La tercera columna era un cálculo de la cantidad de personas que habitaban en la casa, incluyendo a los doggen. La cuarta era una estimación aproximada de la riqueza que había en la casa, basada en los impuestos. La última columna decía si la familia había salido de la casa o no y si había habido saqueos o no.

—Quiero que os repartáis la lista de aquellos de los que todavía no hemos tenido noticias —dijo Wrath—. Si todavía queda alguien en alguna de esas casas, quiero que los saquéis de inmediato, aunque sea arrastrándolos de los pelos. John, Qhuinn y tú id con Z. Blay, tú vas a ir con Rhage. ¿Alguna pregunta?

John se sorprendió mirando la horrible silla de color verde aguacate que estaba detrás del escritorio de Wrath. Era la de Tohr.

O, mejor dicho, fue la de Tohr.

Entonces pensó que le habría gustado que Tohr lo viera con la lista en la mano, preparado para salir a defender a la raza.

—Bien —dijo Wrath—. Ahora largaos de aquí e id a hacer lo que necesito que hagáis.

* * *

En el Otro Lado, en el templo de las escribanas recluidas, Cormia enrolló el pergamino en el que había estado diseñando casas y edificios y lo puso en el suelo, al lado de su taburete. No sabía qué hacer con él. ¿Tal vez quemarlo? En el santuario no había papeleras.

Cuando movió un cuenco de cristal que estaba lleno de agua tomada de la fuente de la Virgen Escribana, pensó en los recipientes con guisantes que Fritz solía llevarle. Ya echaba de menos su pasatiempo. Extrañaba al mayordomo. Echaba de menos...

Al Gran Padre.

Rodeó el cuenco con las manos, comenzó a frotar el cristal, lo cual produjo en la superficie del agua ondas que captaron la luz de las velas. El calor de sus manos y el sutil movimiento crearon un efecto de remolino y del vaivén de las olas comenzó a surgir de repente la visión de la persona que ella quería ver. Una vez que apareció la imagen, Cormia dejó de agitar el agua y permitió que la superficie se aquietara para poder ver y después poder describir lo que había visto.

Era el Gran Padre y llevaba la misma ropa que tenía puesta aquella noche en que se habían encontrado en las escaleras y él la había mirado como si hiciera más de una semana que no la veía. Pero no estaba en la mansión de la Hermandad. Iba corriendo por un pasillo que tenía manchas de sangre y huellas de pisadas negras. Había cuerpos amontonados en el suelo a uno y otro lado del pasillo, los restos de vampiros que estaban vivos hacía sólo unos momentos.

Cormia observó el momento en que el Gran Padre reunió a un pequeño grupo de vampiros aterrorizados y los ayudó a refugiarse en un armario de suministros. Vio la expresión de su rostro cuando le echaba la llave a la puerta, vio el horror, la tristeza y la rabia que reflejaban sus rasgos.

Había luchado para salvarlos, para encontrar la manera de sacarlos de allí y cuidar de ellos.

Cuando la visión se desvaneció, Cormia volvió a rodear el cuenco con las manos. Ahora que sabía lo que había ocurrido, pudo invocarla otra vez y observó de nuevo los actos del Gran Padre. Y luego otra vez.

Era como el cine del otro lado, sólo que esto era real; eran cosas que habían ocurrido en la realidad y no sólo un presente ficticio.

Y luego vio otras cosas, escenas relacionadas con el Gran Padre, la Hermandad y la raza. Ay, el horror de todas esas muertes, todos esos cadáveres en casas lujosas... había demasiados cuerpos para que ella pudiera llevar la cuenta. Una a una, vio las caras de aquellos que habían sido asesinados por los restrictores. Luego vio a los hermanos luchando, pero eran tan pocos que John, Blay y Qhuinn se habían visto forzados a unirse a la guerra de forma prematura.

Si esto sigue así, pensó Cormia, los restrictores van a ganar...

Cormia frunció el ceño y se inclinó más sobre el cuenco.

En la superficie del agua vio a un restrictor rubio, lo cual no era raro... pero éste tenía colmillos.

Entonces se oyó un golpe en la puerta y, cuando se movió, la visión desapareció.

Una voz apagada llegó desde el otro lado de la puerta del templo.

—¿Hermana?

Era Selena, la anterior escribana recluida.

—Ave, hermana mía —gritó Cormia.

—Tus alimentos, hermana mía —dijo la Elegida. Luego se oyó un ruido que indicaba que estaba deslizando la bandeja por la trampilla de la puerta—. Espero que sean de tu agrado.

—Gracias.

—¿Tienes alguna pregunta que hacerme?

—No. Gracias.

—Entonces regresaré más tarde a por la bandeja —dijo y luego la excitación de su voz la hizo subir el tono al menos una octava—. Después de que él llegue.

Cormia inclinó la cabeza y luego cayó en cuenta de que su hermana no podía verla.

—Como desees.

La elegida se marchó, seguramente para prepararse para la llegada del Gran Padre.

Cormia se inclinó de nuevo sobre el escritorio y se quedó mirando el cuenco en lugar de mirar en su interior. Parecía un objeto tan frágil, tan delgado, excepto en la base, donde el cristal era pesado y sólido. El borde del cristal era tan afilado como un cuchillo.

No estaba segura de cuánto tiempo permaneció así. Pero después de un rato se sacudió para salir de su ensoñación y se obligó a volver a poner las manos alrededor del cuenco.

Cuando el Gran Padre volvió a aparecer en la superficie, no se sintió sorprendida...

Pero sí *horrorizada*.

Estaba tirado en un suelo de mármol, inconsciente, al lado de un inodoro. Cormia estaba a punto de levantarse para hacer cualquier locura, cuando la imagen cambió. Ahora el Gran Padre estaba en una cama, una cama adornada con sábanas color lavanda pálido.

Entonces giró la cabeza, la miró directamente desde el agua y dijo:

—¿Cormia?

Ay, querida Virgen Escribana, aquella voz le provocó ganas de llorar.

—¿Cormia?

Cormia se levantó de un salto. El vampiro estaba en el umbral del templo, vestido de blanco, con el medallón que simbolizaba su posición colgado del cuello.

—En verdad... —comenzó a decir Cormia, pero no pudo seguir. Lo único que quería era salir corriendo a su encuentro y estrecharlo entre sus brazos. Acababa de verlo muerto. Acababa de verlo...

—¿Por qué estás aquí? —preguntó el Gran Padre, mientras miraba la austera habitación—. Absolutamente sola.

—Estoy recluida —contestó Cormia y se aclaró la garganta—. Tal y como le dije que lo haría.

—Entonces, ¿se supone que yo no debería estar aquí?

—Usted es el Gran Padre. Puede ir adonde le plazca.

Mientras el Gran Padre caminaba por la habitación, ella sentía deseos de formularle muchas preguntas, pero sabía que no tenía derecho a hacerle ninguna.

El vampiro la miró.

—¿Nadie más puede entrar aquí?

—No, a menos que una de mis hermanas decida acompañarme como escribana recluida. Aunque la Directrix puede entrar, si yo le concedo licencia.

—¿Por qué es necesaria la reclusión?

—Además de registrar la historia de la raza en general, nosotras... yo veo cosas que la Virgen Escribana desea mantener... en privado. —Cuando Cormia vio que el Gran Padre entornaba sus ojos amarillos, supo enseguida en qué estaba pensando—. Sí, vi lo que usted hizo. En ese baño.

La maldición que el Gran Padre lanzó resonó en el techo inmaculadamente blanco.

—¿Está usted bien? —preguntó ella.

—Sí, estoy bien. —Cruzó los brazos sobre el pecho—. ¿Vas a estar bien aquí? ¿Sola?

—Sí, estaré bien.

El vampiro se quedó mirándola fijamente. Durante largo rato. La aflicción se reflejaba en su rostro de manera palpable, formando profundas arrugas, clara expresión de dolor y pesar.

—Usted no me hizo daño —dijo ella—. Cuando estuvimos juntos, no me lastimó. Sé que piensa que lo hizo, pero no fue así.

—Quisiera... quisiera que las cosas fueran diferentes.

Cormia se rió con tristeza y, siguiendo un impulso, murmuró:

—Usted es el Gran Padre. Cámbielas.

—Excelencia. —La Directrix apareció en el umbral de la puerta y parecía confundida—. ¿Qué está haciendo aquí?

—Visitando a Cormia.

—Ah, pero... —Amalya pareció intimidarse, como si de repente hubiese recordado que el Gran Padre podía ir adonde quisiera y ver a quien quisiera, pues la condición de recluida restringía las visitas a todo el mundo menos a él—. Pero, Su Excelencia. Ah... la Elegida Layla está lista para usted y ya está en su templo.

Cormia bajó la vista hacia el cuenco que tenía frente a ella. Como las Elegidas tenían ciclos de fertilidad muy cortos en este lado, era muy probable que Layla estuviese en su momento ideal o a punto de entrar en él. Sin duda, muy pronto tendría que registrar la noticia de un embarazo.

—Es hora de que se marche —dijo Cormia y miró al Gran Padre.

Él prácticamente la atravesó con la mirada.

—Cormia...

—¡Excelencia! —interrumpió la Directrix.

Con un tono de voz fuerte, el vampiro dijo por encima del hombro:

—Iré cuando me dé la gana y esté listo.

—Ay, por favor, perdóneme, Su Excelencia, no quise...

—Está bien —dijo el Gran Padre con tono de cansancio—. Sólo dile que... en un momento estaré con ella.

La Directrix se marchó rápidamente y cerró la puerta.

Los ojos del Gran Padre volvieron a clavarse en Cormia y luego atravesó la habitación con una expresión solemne en el rostro.

De pronto se arrodilló frente a ella, y Cormia se sobresaltó.

—Su Excelencia, usted no debe...

—Phury. Quiero que me llames Phury. No quiero oírte más eso de «Su Excelencia» o «Gran Padre». A partir de ahora sólo quiero que me llames por mi nombre.

—Pero...

—Sin peros.

Cormia sacudió la cabeza.

—Está bien, pero usted no debería estar de rodillas. Nunca.

—Frente a ti, sólo debería estar de rodillas. —Phury puso sus manos con delicadeza sobre los brazos de Cormia—. Frente a ti... Yo siempre debería inclinarme. —Luego se quedó mirando su rostro y su pelo—. Escucha, Cormia, necesito que sepas algo.

Mientras Cormia lo miraba desde arriba, sus ojos parecían la cosa más maravillosa que hubiese visto en la vida, hipnóticos, del color de los cuarzos citrinos a la luz del fuego.

—¿Qué?

—Te amo.

Cormia sintió que el corazón se le encogía.

—¿Cómo?

—Te amo. —El vampiro sacudió la cabeza y se dejó caer hacia atrás, de manera que quedó sentado sobre las piernas—. Ay, Dios... Soy un imbécil atormentado. Pero yo te amo. Quería que lo supieras porque… bueno, mierda, porque es importante y porque eso significa que no puedo estar con las otras Elegidas. No puedo estar con ellas, Cormia. O tú o nadie.

Cormia sintió que todo su ser empezaba a cantar. Durante una fracción de segundo, su corazón comenzó a volar dentro del pecho, impulsado por la brisa de la felicidad. Esto era lo que ella quería, esta promesa, esta realidad…

Pero su felicidad se extinguió con la misma rapidez con que se encendió.

Cormia pensó en las imágenes de todos aquellos muertos, de los torturados, de aquellos a quienes habían asesinado con saña. Y en el hecho de que ahora sólo quedaban… ¿Cuántos hermanos quedaban combatiendo? Cuatro. Apenas cuatro.

Siglos atrás, los hermanos solían ser más de veinte o treinta.

Cormia miró de reojo el cuenco que tenía frente a ella y luego la pluma que había usado. Era muy posible que en un futuro no muy lejano ya no hubiese historia que escribir.

—Tiene que ir con ella, con Layla —dijo Cormia con una voz tan plana como el pergamino sobre el que iba a escribir—. Y tiene que estar con todas ellas.

—Pero ¿no has oído lo que te he dicho?

—Sí. Lo he oído. Pero esto es más grande que usted y que yo. —Cormia se puso de pie, porque si no se movía, sentía que se iba a volver loca—. Ya no soy una Elegida, y menos en el fondo de mi corazón. Pero he visto lo que está ocurriendo. La raza no va a sobrevivir si las cosas siguen así.

El Gran Padre se restregó los ojos e hizo una mueca.

—Pero te deseo a ti.

—Lo sé.

—Si estoy con las demás, ¿podrás soportarlo? Yo no estoy seguro de poder hacerlo.

—Me temo que… no. Precisamente por esa razón escogí este camino. —Cormia hizo un gesto con el brazo para mostrar la habitación—. Aquí puedo tener paz.

—Y yo puedo venir a verte, ¿no es verdad?

—Usted es el Gran Padre. Puede hacer lo que quiera. —Cormia se detuvo frente a una de las velas y, mientras miraba la llama, preguntó—: ¿Por qué hizo lo que hizo?

—¿Lo de convertirme en Gran Padre? Yo…

—No. Lo de la droga. En el baño. Estuvo a punto de morir. —Al ver que no obtenía respuesta, se volvió a mirarlo—. Quiero saber por qué.

Hubo un largo silencio. Y luego él habló.

—Porque soy un adicto.

—¿Adicto?

—Sí. Soy la prueba viviente de que puedes venir de la aristocracia y tener dinero y posición y acabar convertido en un yonqui. —Los ojos amarillos del vampiro parecían brutalmente serenos—. Y la verdad es que quisiera portarme como un macho honorable y decirte que puedo dejarlo, pero sencillamente no lo sé. Ya he hecho muchas promesas, a mí mismo y a otras personas. Mis palabras… ya no tienen ningún valor, ni siquiera para mí.

Sus palabras…

Cormia pensó en Layla, en las Elegidas que seguían esperando, en cómo toda la raza estaba a la espera. Esperándolo a él. Y el amor y el dolor hicieron que al fin le tuteara.

—Phury… mi querido y adorado Phury, cumple ahora una de tus promesas. Ve y toma a Layla y únete a nosotras. Danos una historia que escribir y a través de la cual podamos vivir y prosperar. Conviértete en la fuerza de la raza, tal y como debe ser. —Al ver que él abría la boca, ella levantó la mano para impedirle hablar—. Tú sabes que eso es lo correcto. Tú sabes que tengo razón.

Después de un momento de tensión, Phury se puso de pie. Estaba pálido y tembloroso, mientras se alisaba la ropa.

—Quiero que sepas… que aunque esté con alguien más, siempre estarás en mi corazón.

Cormia cerró los ojos. Toda la vida le habían enseñado a compartir, pero dejarlo ir con otra hembra era como arrojar algo muy valioso al suelo y pisotearlo hasta convertirlo en polvo.

—Vete en paz —dijo ella con voz suave—. Y regresa del mismo modo. Aunque no pueda estar contigo, nunca rechazaré tu compañía.

***

Phury subió con dificultad la colina que llevaba hasta el templo del Gran Padre, sentía como si tuviera el pie encadenado y envuelto en alambre de espino.

Dios, aparte de la aflicción que sentía en el corazón, su único pie y el tobillo le ardían como si los hubiese metido entre un cubo lleno de ácido sulfúrico. Nunca había pensado que se alegraría de tener sólo una pierna, pero al menos no tenía que experimentar esa sensación en estéreo.

Las puertas que llevaban al templo estaban cerradas y, cuando abrió una hoja, alcanzó a percibir el aroma a hierbas y flores. Una vez dentro, se quedó en el vestíbulo, mientras sentía a Layla en la habitación principal, que estaba al lado. Phury sabía que la iba a encontrar tal y como había encontrado a Cormia: acostada en la cama, con el rostro cubierto por rollos de tela blanca que caían desde el techo y se arremolinaban en el cuello, de manera que sólo quedara a la vista su cuerpo.

Phury se quedó mirando los escalones de mármol blanco que llevaban hasta la pesada cortina que tendría que correr para llegar hasta Layla. Había tres peldaños. Sólo tenía que subir tres escalones y estaría en la habitación abierta.

Entonces dio media vuelta y se sentó en las escaleras.

Tenía una sensación extraña en la cabeza, probablemente porque hacía cerca de doce horas que no se fumaba un porro. Era muy raro… como si de repente pudiera pensar con pasmosa claridad. Por Dios, la verdad es que estaba lúcido. Y el producto de esa lucidez era una nueva voz en su cabeza. Una voz muy diferente de la del hechicero, que le hablaba con claridad.

Era… su propia voz. Hacía tanto tiempo que no la escuchaba que casi no la reconoció.

«Esto está mal».

Phury hizo una mueca de dolor y se frotó la pantorrilla de su pierna de verdad. El ardor parecía estar subiendo desde el tobillo, pero al menos cuando se daba masaje en el músculo parecía mejorar.

«Esto está mal».

Era difícil no estar de acuerdo. Toda su vida había vivido en función de los demás. De su hermano gemelo. De la Hermandad. De la raza. Y todo el asunto del Gran Padre parecía salido del mismo guión. Se había pasado la vida tratando de ser un héroe y ahora no sólo se estaba sacrificando él, sino que estaba sacrificando también a Cormia.

Phury pensó en Cormia metida en aquella habitación, sola con esos cuencos y las plumas y todos esos pergaminos. Luego la vio apretada contra su cuerpo, tibia y viva.

«No», dijo su voz interior, «no voy a hacer esto».

—No lo voy a hacer —dijo, mientras se frotaba los muslos.

—¿Su Excelencia? —la voz de Layla llegó desde el otro lado de la cortina.

Estaba a punto de responderle, cuando el ardor pareció apoderarse súbitamente de todo su cuerpo, devorándolo vivo, consumiendo cada centímetro de su ser. Con brazos temblorosos, apoyó las manos sobre el suelo para no caerse de espaldas, mientras el estómago se le apretaba como si fuese un nudo corredizo.

Un extraño sonido burbujeó en su garganta y comenzó a tener dificultad para respirar.

—¿Su Excelencia? —La voz de Layla sonaba preocupada y parecía estar más cerca.

Pero ya no pudo responderle. Abruptamente todo su cuerpo se transformó en una especie de terrible hoguera, que se sacudía y lo cubría todo de dolor.

«Es el síndrome de abstinencia», pensó Phury. Era el maldito síndrome de abstinencia, pues era la primera vez en cerca de doscientos años que su organismo llevaba tanto tiempo libre de humo rojo.

Phury sabía que tenía dos opciones: desmaterializarse para ir hasta el otro lado, encontrar a otro distribuidor distinto de Rehvenge y seguir conectado a su adicción, o aguantar el maldito dolor.

Y dejar de consumir.

El hechicero apareció en el fondo de su mente, con su siniestra figura recortada contra el paisaje desolado.

«Ay, socio, no puedes hacerlo. Tú sabes que no puedes. ¿Para qué intentarlo, entonces?».

Phury esperó un momento a que se le pasaran las náuseas. Mierda, se sentía como si estuviera a punto de morir. De verdad.

«Lo único que tienes que hacer es regresar al mundo y conseguir lo que necesitas. Podrás sentirte mejor en cuanto enciendas un porro. Eso es todo. Tienes el poder de hacer que esto desaparezca».

Phury estaba temblando tanto que comenzaron a castañetearle los dientes como si fueran cubitos de hielo agitados en un vaso.

«Puedes hacer que esto pase. Lo único que tienes que hacer es encender un porro».

—Ya me mentiste una vez —dijo en voz alta—. Dijiste que podía deshacerme de ti y aún sigues aquí.

«Pero, socio, ¿qué es una pequeña mentira entre amigos?».

Phury pensó en lo que había ocurrido en el baño de la habitación color lavanda y en lo que había hecho allí.

—Lo es todo.

Cuando el hechicero comenzó a rezongar y Phury sintió que su cuerpo se deshacía como si estuviera en una licuadora, se dio cuenta de que lo único que podía hacer era estirar las piernas, acostarse sobre el suelo de mármol del vestíbulo y prepararse para una larga jornada de agonía.

—Mierda —se dijo, al tiempo que se rendía a todas las sensaciones que le producía el síndrome de abstinencia—. Esto va a ser horrible.

Mientras inspeccionaban las casas que todavía podían ser atacadas, John y Qhuinn iban un par de metros detrás de Zsadist, cuando llegaron a una casa moderna de un solo piso. Era la sexta finca de la lista y los tres se detuvieron a la sombra de un par de árboles que había al borde del jardín.

Una vez frente al edificio, John se estremeció. Amplia y elegante, la casa se parecía mucho al hogar que había compartido durante tan poco tiempo con Tohr y Wellsie.

Zsadist miró hacia atrás.

—¿Quieres quedarte aquí, John?

Al ver que John asentía con la cabeza, el hermano dijo:

—Eso me imaginé. A mí también me produjo escalofríos. Qhuinn, quédate con él.

Zsadist comenzó a avanzar hacia la casa protegido por la oscuridad, revisando ventanas y puertas. Cuando desapareció por la parte trasera de la casa, Qhuinn miró a John de reojo.

—¿Por qué te da escalofríos esta casa?

John se encogió de hombros.

—Viví en una casa parecida.

—Vaya, te iba bien cuando eras humano.

—Fue después de eso.

—Ah, te refieres a la casa donde vivías con… Claro.

Dios, la casa debió de haber sido diseñada por el mismo constructor, pues la fachada y la distribución de las habitaciones era básicamente la misma. Al mirar hacia las ventanas, John pensó en su añorado cuarto. Tenía las paredes pintadas de azul, con un estilo moderno y una puerta corrediza de vidrio. Cuando llegó, el armario estaba vacío, pero rápidamente se había llenado con la primera ropa nueva que había tenido en su vida.

Entonces regresaron los recuerdos, la imagen de aquella comida que habían compartido la noche en que Tohr y Wellsie lo acogieron. Comida mexicana. Wellsie había preparado comida mexicana y lo había puesto todo sobre la mesa, bandejas llenas de enchiladas y quesadillas. Por aquel entonces, cuando era un pretrans, John tenía un estómago muy delicado y todavía podía recordar lo mortificado que se sintió al pensar que sólo iba a poder probar un poco de lo que se sirviera en el plato.

Sólo que, después de un rato, Wellsie le puso delante un plato de arroz blanco con salsa de jengibre.

Cuando ella se volvió a sentar, John se echó a llorar, simplemente se encogió y comenzó a sollozar, conmovido por aquel acto de bondad. Después de haberse pasado toda la vida sintiendo que era diferente, de pronto había encontrado a alguien que sabía lo que necesitaba y lo quería lo suficiente para dárselo.

Era una madre. Las madres te conocían mejor que tú mismo y te cuidaban cuando tú no podías hacerlo por tus propios medios.

Zsadist regresó hasta donde estaban ellos.

—Está vacía y no ha sido saqueada. ¿Cuál es la siguiente?

Qhuinn miró la lista.

—425 de Easterly Court…

En ese momento se oyó un discreto timbrazo, el teléfono de Z. El hermano frunció el ceño al ver el número y luego se llevó el aparato a la oreja.

—¿Qué sucede, Rehv?

John volvió a fijar sus ojos en la casa, pero luego se volvió a mirar a Z, que parecía alterado en su conversación telefónica.

—¿Qué? ¿Me estás jodiendo? ¿Que apareció dónde? —Hubo una larga pausa—. ¿Estás hablando en serio? ¿Estás cien por cien seguro? —Cuando el hermano colgó, Z se quedó mirando el teléfono—. Tengo que regresar a casa. Ahora mismo. Mierda.

—¿Qué sucede? —preguntó John por señas.

—¿Podéis encargaros de las otras tres direcciones? —Al ver que John asentía, el hermano lo miró con una expresión curiosa—. Mantente atento al teléfono, hijo. ¿Me oyes?

John asintió y Z desapareció.

—Muy bien, sea lo que sea, claramente no es asunto nuestro. —Qhuinn dobló la lista y se la volvió a guardar en el bolsillo de los pantalones—. ¿Nos vamos?

John volvió a mirar hacia la casa.

—Siento lo de tus padres.

La respuesta de Qhuinn tardó un rato.

—Gracias.

—Yo echo de menos a los míos.

—Pensé que eras huérfano.

—Durante un tiempo no lo fui.

Hubo un largo silencio. Luego Qhuinn lo rompió.

—Vamos, John, salgamos de aquí. Tenemos que ir a Easterly.

John reflexionó durante un minuto y luego habló.

—¿Te molesta si hacemos una parada antes? No es lejos.

—Claro. ¿Dónde?

—Quiero ir a la casa de Lash.

—¿Por qué?

—No lo sé. Supongo que quiero ver el sitio donde todo esto comenzó. Y quiero echarle un vistazo a su habitación.

—¿Y cómo vamos a entrar?

—Si las persianas todavía están funcionando con el temporizador automático, deben estar abiertas y podemos desmaterializarnos a través del vidrio.

—Bueno… Demonios, si eso es lo que quieres hacer, está bien.

Los dos se desmaterializaron y viajaron hasta el jardín de la mansión estilo Tudor. Las persianas estaban alzadas y un segundo después ya se encontraban en el salón.

El hedor era tan horrible que John se dijo que no sería capaz de soportarlo.

Al tiempo que se cubría la boca y la nariz, tosió.

—Mierda —dijo Qhuinn, mientras hacía lo mismo.

Los dos miraron hacia el suelo. Había sangre en la alfombra y el sofá, y las manchas ya habían adquirido un color marrón pues estaban secas.

Siguieron el rastro de manchas de sangre hasta el vestíbulo.

—Dios...

John levantó la cabeza. A través del hermoso arco que llevaba al comedor, se veía una escena que parecía sacada de una película de terror. Los cuerpos de la madre y el padre de Lash, sentados en los que, sin duda, debían ser sus lugares habituales, frente a una mesa hermosamente dispuesta. Los cadáveres tenían un color ceniciento y sus finas ropas estaban manchadas de sangre, al igual que la alfombra.

Había moscas.

—Joder, esos malditos restrictores están realmente enfermos.

John tragó saliva y se acercó.

—Mierda, ¿realmente necesitas mirar eso más de cerca, amigo?

Mientras revisaba el lugar, John se obligó a hacer caso omiso del espanto y procuró fijarse en los detalles. La bandeja en la que reposaba el pollo asado tenía marcas de sangre en los bordes.

Lo que implicaba que el asesino era el que la había puesto sobre la mesa. Después de organizar los cuerpos, seguramente.

—Subamos a la habitación de Lash.

Subir al segundo piso fue una experiencia espantosa, porque aunque estaban solos en la casa, en realidad no lo estaban del todo. De alguna manera los muertos del primer piso llenaba el aire con algo parecido al sonido. Ciertamente el olor siguió a John y a Qhuinn escaleras arriba.

—Su habitación está en el tercer piso —dijo Qhuinn, cuando llegaron a la segunda planta.

Cuando entraron a la habitación de Lash, todo parecía muy normal en comparación con lo que habían visto en el comedor. La cama. El escritorio. El estéreo. El ordenador. La televisión.

La cómoda.

John se acercó a la cómoda y vio el cajón con las huellas de sangre. Estaban demasiado borrosas como para saber si tenían la forma de remolino de una huella dactilar humana. Así que John cogió una camisa al azar y la usó para abrir el cajón, porque eso era lo que hacían en las películas. Dentro había más manchas de sangre, demasiado borrosas para estudiarlas.

Pero de pronto el corazón se detuvo en su pecho y se inclinó para mirar más de cerca. Había una huella que estaba especialmente clara, en la esquina de la caja del reloj Jacob & Co.

John silbó para llamar la atención de Qhuinn.

—¿Sabes si los restrictores dejan huellas?

—Cuando tocan algo, claro.

—Me refiero a si dejan huellas dactilares como tales. No sólo manchas, sino de esas que tienen líneas.

—Sí, dejan huellas dactilares reconocibles —dijo Qhuinn y se acercó—. ¿Qué estás mirando?

John señaló la caja. En la esquina había la reproducción perfecta de un pulgar… que no tenía un patrón de líneas reconocible. Como la huella que habría dejado el dedo de un vampiro.

—No crees que…

—No. No puede ser. Nunca han convertido a un vampiro.

John sacó su teléfono e hizo una foto. Pero luego, pensándolo mejor, cogió la caja del reloj y se la metió en la chaqueta.

—¿Listo? —preguntó Qhuinn—. Hazme feliz y di que sí.

—Sólo… —John vaciló por un momento—. Necesito estar un momento más aquí.

—Está bien, pero yo voy a revisar las habitaciones del segundo piso. No puedo… no aguanto más aquí.

John asintió mientras Qhuinn salía de la habitación, y se sintió mal. Dios, tal vez había sido muy cruel por su parte pedirle a su amigo que viniera aquí.

Sí… porque esto era extraño. Al estar rodeado de todas las cosas de Lash, John sentía como si todavía estuviera vivo.

***

Al otro lado de la ciudad, Lash iba sentado al volante del Focus y no parecía muy feliz. El coche era una verdadera mierda. Aunque iban por calles residenciales, el maldito no tenía fuerza. Por Dios santo, acelerar de cero a treinta le llevaba tres días.

—Necesitamos conseguir algo mejor.

Sentado en el asiento del pasajero, el señor D iba revisando el arma con sus delgados dedos.

—Sí… Um, acerca de eso…

—¿Qué?

—Creo que vamos a tener que esperar a que entre algo de dinero de lo que hemos robado.

—¿De qué diablos estás hablando?

—Conseguí los extractos bancarios, ya sabes, los del último jefe de restrictores. El tal señor X. Estaban en su cabaña. Y no es que haya mucho ahí.

—Define «mucho».

—Bueno, básicamente no hay nada. No sé dónde está o quién se lo llevó. Pero sólo quedan unos cinco mil.

—¿Cinco mil? ¿Me tomas el pelo? —Lash dejó que el coche perdiera velocidad.

¿No tenían dinero? ¿Qué demonios era eso? Él era como el Príncipe de la Oscuridad, o alguna mierda parecida, y resulta que todo su ejército dependía de un presupuesto de ¡cinco mil dólares!

Claro, Lash tenía el dinero de su familia, pero a pesar de que era mucho, no se podía librar toda una guerra con eso.

—Joder, a la mierda con esto… Voy a regresar a mi antigua casa. No voy a seguir conduciendo esta porquería. —Sí, de repente sintió que ya había superado por completo todo el asunto de mami y papi. Necesitaba un coche nuevo lo más pronto posible y en el garaje de la mansión Tudor había una belleza de Mercedes. Iba a tomarlo prestado y no se iba a sentir culpable por ello.

A la mierda con todos los vampiros.

Sin embargo, cuando giró a la derecha y se dirigió a su antiguo vecindario, comenzó a sentir náuseas. Pero no tendría que entrar a la casa, así que no se vería obligado a ver los cuerpos, suponiendo que todavía estuvieran donde los había dejado.

Mierda, pero tenía que entrar a buscar las llaves.

No importaba. Necesitaba superar esa mierda de una vez por todas.

Diez minutos después, Lash estacionó al lado de los garajes que había en la parte posterior de la casa y se bajó del coche.

—Llévate esto a la granja. Nos veremos allí.

—¿Estás seguro de que no quieres que te espere?

Lash frunció el ceño y bajó la mirada hacia su mano. El anillo que el Omega le había dado la noche anterior se estaba calentando en su dedo y comenzaba a brillar.

—Parece que tu padre te está buscando —dijo el señor D, al tiempo que se bajaba del asiento del pasajero.

—Sí. ¿Y cómo funciona esto?

—Tienes que estar en un sitio resguardado. Te quedas en él y vendrá a ti o te llevará hasta él de alguna manera.

Lash miró hacia la mansión de estilo Tudor y se imaginó que eso podría servir.

—Te veré en la granja. Y luego quiero que me lleves a esa cabaña donde están todos los estados de cuentas.

—Sí, hijo. —El señor D se llevó una mano al ala de su sombrero de vaquero y se sentó detrás del volante.

Mientras el Focus se alejaba jadeando, Lash entró a la casa por la cocina. La mansión olía realmente mal. El hedor nauseabundo de la muerte y la descomposición parecía casi sólido.

Esto era obra suya, pensó Lash. Él era el responsable de lo que estaba apestando en esa casa.

Sacó el teléfono para llamar al señor D y hacerle volver, pero luego vaciló y se concentró en el anillo. El oro estaba ardiendo de tal manera que se sorprendió de que no se le cayera el dedo.

Su padre. Su *padre*.

Los vampiros muertos que estaban allí no eran su familia.

Había hecho lo correcto.

Lash salió al comedor por la puerta de servicio. Mientras su anillo resplandecía, se quedó mirando fijamente a la gente que creía que eran sus padres. Siempre se podía encontrar la verdad entre las mentiras, ¿no? Toda su vida había tenido que encubrir su verdadera naturaleza, había tenido que esconder la maldad que residía en él. Algunos atisbos menores de su auténtico yo habían salido de vez en cuando a la luz, claro, pero su verdadero motor había permanecido oculto.

Pero ahora estaba libre.

Mientras observaba al macho y a la hembra asesinados, súbitamente dejó de sentir. Era como si estuviera mirando carteles macabros colgados a la entrada de un cine y su mente apenas les concediera importancia.

Es decir, ninguna importancia.

Lash se llevó la mano a la correa de perro que llevaba al cuello y se sintió estúpido al recordar los tontos sentimientos que lo habían impulsado a quedársela. Sintió ganas de arrancársela, pero no... El animal que esa correa le recordaba había sido fuerte, cruel y poderoso.

Así que era como una especie de símbolo, y por eso se la dejó donde estaba.

Joder, cómo olía de mal la muerte.

Lash atravesó el vestíbulo y supuso que el suelo de mármol podría ser un buen lugar para ver a su verdadero padre. Se sentó, y se sintió como un idiota por estar ahí sin hacer nada. Así que cerró los ojos y pensó que estaba ansioso por terminar con aquello y coger las llaves del...

En ese momento un zumbido comenzó a desplazar el silencio de la casa, un zumbido que no parecía emanar de ningún lugar en particular.

Lash abrió los ojos. ¿Acaso su padre iba a presentarse allí? ¿O lo llevaría a algún otro lugar?

Súbitamente, una corriente que brotó de la nada comenzó a girar alrededor de él, distorsionando su visión. O tal vez sólo distorsionaba lo que le rodeaba. En medio de aquella vorágine, sin embargo, Lash se sintió tranquilo, dueño de una extraña seguridad. El padre nunca le haría daño a su hijo. El mal siempre sería el mal, pero los lazos de sangre entre su progenitor y él significaban que él era el Omega.

Y, aunque fuera por proteger sus propios intereses, el Omega no se haría daño a sí mismo.

Cuando estaba a punto de ser arrastrado, cuando la vorágine había consumido ya casi por completo su forma corpórea, Lash levantó la vista hacia la escalera.

Allí estaba John Matthew, de pie, justo frente a él.

Hermana! —fue el susurro que Cormia escuchó desde el otro lado de la pared del templo—. ¡Hermana mía!

Cormia levantó la vista del pergamino en que había estado consignando las escenas que había visto, las del Gran Padre salvando a los civiles.

—¿Layla?

—El Gran Padre está enfermo. Te está llamando.

Cormia soltó la pluma y corrió a la puerta. Al abrirla de par en par, se quedó frente al rostro pálido y desencajado de su hermana.

—¿Enfermo?

—Está en cama, temblando de frío. Está verdaderamente muy mal. Pasó mucho rato antes de que me dejara ayudarlo, lo arrastré desde el vestíbulo hasta la cama cuando perdió el conocimiento.

Cormia se puso la capucha de su túnica.

—¿Las demás están…?

—Nuestras hermanas están comiendo. Todas están comiendo. Nadie te va a ver.

Cormia se apresuró a salir del templo de las escribanas recluidas, pero quedó ciega al recibir de frente la luz brillante del santuario. Así que se agarró de la mano de Layla hasta que sus ojos se adaptaron a la luz y las dos corrieron al templo.

Cormia se deslizó a través de la puerta dorada y corrió la cortina.

El Gran Padre estaba en la cama, vestido solamente con los pantalones de seda que tenía que usar en el santuario. La piel estaba cubierta por un resplandor enfermizo y una capa de sudor. Sacudido por los temblores, su cuerpo inmenso parecía horriblemente frágil.

—¿Cormia? —dijo el vampiro, mientras tendía una mano temblorosa.

Cormia se acercó y se quitó la capucha.

—Aquí estoy. —El Gran Padre pareció sobresaltarse al escuchar su voz, pero luego ella lo tocó y se calmó.

¡Por Dios, estaba ardiendo!

—¿Qué sucede? —preguntó Cormia, al tiempo que se sentaba junto a él.

—Cre... creo que... es... el sín... drome de abs... de abstinencia.

—¿Síndrome de abstinencia?

—La falta de... de... drogas.

Cormia apenas podía entender lo que él estaba diciendo, pero se daba cuenta de que lo último que debía ofrecerle era uno de esos cigarros que siempre estaba fumando.

—¿Hay algo que pueda hacer para aliviarte? —Él comenzó a lamerse los labios—. ¿Quieres un poco de agua?

—Yo la traigo —dijo Layla y corrió al baño.

—Gracias, hermana mía. —Cormia miró por encima del hombro y agregó—: ¿Podrías traer también toallas?

—Sí.

Cuando Layla desapareció detrás de la cortina, Phury cerró los ojos y comenzó a sacudir la cabeza sobre la almohada, al tiempo que comenzaba a hablar más claro.

—El jardín... el jardín está lleno de maleza... Ay, Dios, la hiedra... está por todas partes... ya ha cubierto las estatuas.

Cuando Layla regresó con agua, un cuenco y algunas toallas blancas, Cormia le dijo:

—Gracias. Ahora, ¿podrías dejarnos solos, por favor, hermana mía?

Tenía el presentimiento de que las cosas se iban a poner mucho peor y que Phury no querría que nadie lo viera en ese estado.

Layla hizo una reverencia.

—¿Qué debo decirles a las Elegidas cuando me presente a la comida?

—Diles que él está descansando después del apareamiento y que ha solicitado unos momentos de privacidad. Yo lo cuidaré.

—¿Cuándo regreso?

—¿Falta mucho para que comience el ciclo de sueño?

—Después de las oraciones Thideh.

—Bien. Regresa cuando todas se hayan acostado. Si esto persiste... tendré que ir hasta el otro lado a buscar a la doctora Jane y tú tendrás que quedarte con él.

—¿A buscar a quién?

—A una curandera. Vete ya. Exalta las virtudes de su cuerpo y de tu posición. Alardea al respecto. —Cormia acarició el pelo de Phury y se lo echó hacia atrás—. Cuanto más presumas, mejor para él.

—Como desees. Volveré luego.

Cormia esperó hasta que su hermana salió y luego trató de darle algo de beber. Sin embargo, Phury estaba demasiado delirante como para poder tomar agua, no podía ni ver el vaso que ella sostenía contra sus labios. Así que se dio por vencida y prefirió mojar una toalla y ponérsela sobre la cara.

Los ojos febriles de Phury se abrieron súbitamente y se clavaron en ella mientras le refrescaba la frente.

—El jardín... está lleno de maleza —dijo con alarma—. Lleno de maleza.

—Sshh... —Cormia volvió a mojar la toalla para refrescarlo un poco más—. Todo está bien, tranquilo.

De pronto tomó aire con desesperación y gimió:

—No, ya las cubrió a todas. Las estatuas... ya no se ven... han desaparecido... yo he desaparecido.

El terror que Cormia vio en los ojos amarillos de Phury le heló la sangre. Era evidente que estaba alucinando, completamente enajenado, pero lo que estaba viendo, fuera lo que fuese, era absolutamente real para él; cada vez parecía más agitado y su cuerpo se retorcía entre las sábanas blancas.

—La hiedra... Ay, Dios, la hiedra viene por mí.... Está cubriendo mi piel...

—Sshh… —Tal vez Cormia no iba a poder manejar aquella situación sola. Tal vez… Sólo que si el problema era su mente, entonces…—. Phury, escúchame. Si la hiedra está cubriendo las cosas, entonces debemos podarla.

La agitación pareció ceder y sus ojos parecieron aclararse por un segundo.

—¿Podarla… nosotros?

Cormia pensó en los jardineros que había visto en el otro lado.

—Sí. Vamos a deshacernos de ella.

—No… no podemos. Ella va a ganar… Nos ganará…

Cormia se inclinó y lo miró de cerca.

—¿Y quién dice que va a ganar? —El tono tajante de su voz pareció atraer la atención de Phury—. Ahora dime, ¿por dónde debemos empezar a cortarla?

Cuando él comenzó a negar con la cabeza, ella le agarró la barbilla.

—¿Por dónde comenzamos?

Phury parpadeó al percibir el tono imperativo.

—Ah… está peor en las estatuas de las cuatro etapas de la vida…

—Muy bien. Entonces iremos primero allí. —Cormia trató de imaginarse las cuatro etapas de la vida… infancia, juventud, edad madura y vejez—. Empezaremos con el niño. Dime, ¿qué herramientas vamos a usar?

El Gran Padre cerró los ojos.

—Las tijeras de podar. Usaremos las tijeras de podar.

—¿Y qué hacemos con las tijeras?

—La hiedra… la hiedra está creciendo sobre las estatuas y las va a cubrir. Ya no se puede… ya no se pueden ver las caras. Está… asfixiando a las estatuas. Están atrapadas… no pueden ver… —El Gran Padre comenzó a llorar—. Ay, Dios. Ya no las puedo ver. Nunca he podido ver… más que maleza en ese jardín.

—Quédate conmigo. Escúchame… Vamos a cambiar eso. Juntos, vamos a cambiar eso. —Cormia agarró la mano de Phury y le dio un beso—. Tenemos las tijeras de podar. Juntos vamos a podar la hiedra. Y vamos a comenzar con la estatua del niño. —Se sintió animada cuando vio que Phury respiraba hondo, como si estuviera a punto de emprender un gran trabajo—. Voy a retirar la hiedra que cubre la cara del niño y tú la vas a cortar. ¿Puedes verme?

—Sí…

—¿Puedes verte a ti mismo?

—Sí.

—Bien. Ahora, quiero que cortes este pedazo de hiedra que tengo en la mano. Hazlo. Ahora.

—Sí… Lo haré… Sí, voy a hacerlo.

—Puedes dejar en el suelo lo que vas cortando, a nuestros pies. —Cormia le quitó el pelo de la cara—. Y, ahora, vuelve a cortar… otra vez…

—Sí.

—Y una vez más.

—Sí.

—Ahora… ¿puedes ver la cara de la estatua?

—Sí… sí, puedo ver la cara del niño… —Una lágrima rodó por la mejilla de Phury—. Puedo verla… Puedo ver… me veo a mí mismo.

***

Entretanto, en la casa de Lash, John se detuvo en medio de las escaleras y pensó que tal vez había permitido que el siniestro ambiente de la mansión entrara en su cerebro y provocara un cortocircuito.

Porque no era posible que el que estaba allí abajo, sentado sobre el suelo del vestíbulo con las piernas cruzadas y envuelto en una nube que giraba a su alrededor, fuera Lash.

Mientras el cerebro de John se esforzaba por discernir la realidad de lo que no podía ser posible de ninguna manera, notó que el olor dulzón a talco de bebé impregnaba el aire, que empezaba a adquirir un tono rosa. Dios, la verdad es que el olor no lograba eclipsar el nauseabundo aroma de la muerte; por el contrario, lo reforzaba. La razón por la cual ese olor siempre le había provocado náuseas era porque era parecido al hedor de la muerte.

En ese momento, Lash levantó la vista hacia las escaleras. Parecía tan sorprendido como John, pero enseguida comenzó a esbozar una sonrisa.

Desde el centro del maremágnum que lo rodeaba, la voz de Lash subió hasta él y parecía venir de una distancia mucho mayor que los pocos metros que los separaban.

—Vaya, hola, pequeño John. —La risa de Lash le pareció al mismo tiempo familiar y desconocida, con una extraña reverberación.

John empuñó su arma, agarrándola con las dos manos mientras apuntaba hacia lo que estaba allí abajo.

—Te veré pronto —dijo Lash, al tiempo que se volvía bidimensional y se convertía en una imagen de sí mismo—. Y le daré tus recuerdos a mi padre.

Luego su figura comenzó a titilar y desapareció, absorbida por la nube que lo rodeaba.

John bajó el arma y se la volvió a guardar en la pistolera, que era lo que se hacía cuando ya no había nada a lo cual disparar.

—¿John? —El sonido de los pasos de Qhuinn llegó desde atrás—. ¿Qué demonios estás haciendo?

—No lo sé… Pensé que había visto…

—¿A quién?

—A Lash. Lo vi justo ahí abajo. Yo… bueno, pensé que lo había visto.

—Quédate aquí. —Qhuinn sacó su arma y bajó las escaleras corriendo para hacer una inspección del primer piso.

John bajó lentamente hasta el vestíbulo. Había visto a Lash. ¿O tal vez no?

Qhuinn regresó.

—Todo está en orden. Mira, regresemos a casa. No tienes buen aspecto. ¿Has comido algo hoy? Y, a propósito, ¿cuándo fue la última vez que dormiste?

—No… no lo sé.

—Correcto. Nos vamos.

—Podría haber jurado que…

—Ya.

Mientras se desmaterializaban de regreso al patio de la mansión, John pensó que tal vez su amigo tenía razón. Tal vez debería comer algo y…

Pero no alcanzaron a entrar a la casa. Tan pronto llegaron, toda la Hermandad iba saliendo por las imponentes puertas del edificio. En conjunto llevaban más armas que una milicia completa.

Wrath clavó sus ojos en él y en Qhuinn, a través de sus gafas oscuras.

—Vosotros dos, en el Escalade con Rhage y Blay. A menos que necesitéis más munición.

Cuando los dos negaron con la cabeza, el rey se desmaterializó, seguido de Vishous, Butch y Zsadist.

Se subieron a la camioneta, con Blay en el puesto del pasajero, y John preguntó por señas:

—¿Qué sucede?

Rhage pisó el acelerador. Mientras el Escalade rugía y salía del patio, el hermano respondió con voz tajante.

—Una visita de un viejo supuesto amigo. De esos que nunca quisieras volver a ver.

Bueno, definitivamente la reaparición de viejos amigos parecía ser la constante de esa noche.

E l sueño… o alucinación… o lo que fuera parecía real. Absoluta y totalmente real.

En medio del desolado jardín de la casa de su familia en el Viejo Continente, debajo de una luna llena brillante, Phury alargó los brazos hacia la cara de la estatua de la tercera etapa y arrancó la hiedra que se había metido entre los ojos, la nariz y la boca del macho que sostenía con orgullo a su hijo en brazos.

Para ese momento ya era todo un experto en podar y, después de hacer su mágica tarea con las tijeras, arrojó otro manojo de hiedra a la lona que estaba tendida a sus pies.

—Ahí está —susurró—. Ahí… está…

La estatua tenía el pelo largo, igual que él, y unos ojos profundos, lo mismo que él, pero Phury no tenía esa misma expresión de radiante felicidad en el rostro. Y tampoco tenía un bebé en brazos. Sin embargo, se sintió liberado al seguir arrancando las distintas capas de hiedra que habían crecido sobre la estatua.

Cuando terminó, el mármol de la estatua aparecía manchado por los rastros verdes de la maleza, pero su majestuosidad era innegable.

Un macho en la flor de la vida, con un bebé en los brazos.

Phury levantó la vista.

—¿Qué piensas?

La voz de Cormia pareció rodearlo por completo, aunque estaba a su lado.

—Creo que es hermoso.

Phury sonrió, al ver reflejado en el rostro de Cormia todo el amor que sentía por ella en el corazón.

—Otra más.

Cormia hizo un gesto con la mano a su alrededor.

—Pero, mira, parece que la última ya está bien.

Y, en efecto, la última estatua estaba perfecta: libre de hiedra y de cualquier mancha o señal de abandono. El macho que representaba ya era viejo, y estaba sentado con un bastón entre las manos. Su rostro todavía era atractivo, aunque lo que le hacía atractivo era la sabiduría, no la flor de la juventud. Detrás de él, alto y fuerte, estaba el joven que una vez había tenido en brazos.

El ciclo se había completado.

Y ya no había hiedra.

Phury miró de reojo hacia la tercera etapa. Esa estatua también parecía haberse limpiado de manera mágica, al igual que la del joven y la del niño.

De hecho, todo el jardín estaba perfecto y resplandecía bajo la pálida luz de la luna, absolutamente florecido. Los árboles frutales que estaban al lado de las estatuas se veían cargados de peras y manzanas y los senderos estaban bordeados por setos perfectamente podados. En las jardineras, las flores prosperaban en armónico desorden, como sucedía en todos los jardines ingleses.

Phury se volvió hacia la casa. Las persianas que antes colgaban precariamente de las bisagras ahora estaban impecables y ya no había agujeros en el techo. La pared de estuco se extendía, lisa, por la fachada, sin ninguna grieta, y todas las ventanas tenían los cristales en su sitio. En el suelo de la terraza ya no había ninguna hoja y los agujeros en los que antes se encharcaba el agua habían desaparecido. Las macetas de geranios y petunias lo salpicaban todo de manchas blancas y rojas, en medio de las mesas y las sillas de mimbre.

A través de la ventana del salón, Phury vio algo que se movía... ¿Acaso sería posible? Sí, así era.

Su madre. Y su padre.

Al igual que las estatuas, la pareja había resucitado. Su madre, con esos ojos amarillos y ese cabello rubio y esa cara perfecta... Y su padre con el pelo oscuro, la mirada transparente y la sonrisa amable.

Phury pensó que le parecían... increíblemente hermosos, eran como su Santo Grial.

—Acércate —dijo Cormia.

Phury avanzó hasta la terraza y sus vestiduras blancas estaban inmaculadas, a pesar de todo el trabajo que acababa de hacer. Se acercó a sus padres lentamente, como si tuviera miedo de espantar la visión.

—¿Mahmen? —murmuró.

Su madre apoyó la mano en el cristal y Phury también estiró la mano y la puso contra el vidrio, exactamente en la misma posición. En cuanto su palma tocó el cristal, Phury sintió la calidez que irradiaba la mano de su madre a través de la ventana.

Su padre sonrió y moduló algo con los labios.

—¿Qué? —preguntó Phury.

—*Estamos muy orgullosos de ti... hijo.*

Phury apretó los ojos. Era la primera vez que alguno de ellos le decía algo así.

La voz de su padre continuó:

—*Ahora puedes irte. Ya estamos bien. Tú lo has arreglado... todo.*

Phury los miró.

—¿Estáis seguros?

Los dos asintieron con la cabeza y entonces se escuchó la voz de su madre a través del vidrio.

—*Ahora ve y vive tu vida, hijo. Ve... y vive tu vida, no la nuestra. Nosotros estamos bien aquí.*

Phury dejó de respirar y se quedó mirándolos fijamente, absorbiendo aquella imagen con todos sus sentidos. Luego se llevó la mano al corazón e hizo una reverencia.

Era una despedida provisional. No un adiós definitivo, sino un hasta pronto. Tenía el presentimiento de que así sería.

Phury abrió los ojos de repente. Sobre él se cernía una densa nube... No, espera, era un techo abovedado de mármol blanco.

Entonces volvió la cabeza. Cormia estaba sentada a su lado y le sostenía una mano, mientras su rostro reflejaba la misma calidez que él sentía en su pecho.

—¿Quieres beber algo? —dijo ella.

—¿Qué… qué?

Cormia se estiró y levantó un vaso de agua de la mesa.

—¿Quieres beber algo?

—Sí, por favor.

—Levanta la cabeza.

Phury le dio un sorbo de prueba y le pareció que el agua era casi etérea. No sabía a nada y tenía exactamente la misma temperatura de su boca, pero al tragarla se sintió mejor y, antes de que se diera cuenta de lo que hacía, ya se había tomado todo el vaso.

—¿Quieres más?

—Sí, por favor. —Evidentemente eso era todo lo que iba a decir por el momento.

Cormia volvió a llenar el vaso con el agua del cántaro y Phury pensó que el sonido del agua era hermoso.

—Toma —murmuró ella. Ella le sostuvo la cabeza, mientras él bebía y miraba fijamente el fondo de sus hermosos ojos verdes.

Cuando estaba a punto de retirar el vaso de sus labios, Phury la agarró de la muñeca con firmeza pero con suavidad y dijo en Lengua Antigua:

—Quiero despertar siempre así, bañado por la luz de tu mirada y tu aroma.

Phury esperaba que ella se alejara enseguida. Que se pusiera nerviosa. Que lo hiciera callar. Pero en lugar de eso murmuró:

—Limpiamos tu jardín.

—Sí…

En ese momento se oyó que alguien llamaba a las puertas del templo.

—Espera un momento antes de contestar —dijo Cormia y miró a su alrededor.

Entonces puso el vaso sobre la mesa y corrió hacia el otro extremo de la habitación. Después de que Cormia se escondiera detrás de unas cortinas de terciopelo blanco, Phury carraspeó.

—¿Sí?

La voz de la Directrix resonó con respeto y amabilidad.

—¿Puedo entrar, Su Excelencia?

Phury se echó una sábana encima, aunque tenía los pantalones puestos, y se aseguró de que Cormia estuviera bien escondida.

—Sí.

La Directrix corrió la cortina del vestíbulo e hizo una reverencia. Llevaba en sus manos una bandeja tapada.

—Le he traído una ofrenda de las Elegidas.

Cuando se enderezó, Phury pudo ver la expresión radiante de su rostro y supo que Layla había mentido y había sido bastante convincente.

Como no confiaba en que pudiera sentarse, respondió el saludo con un gesto de la mano.

La Directrix se acercó a la plataforma en la que estaba la cama y se arrodilló ante él. Cuando levantó la tapa dorada, dijo:

—De parte de sus compañeras.

Sobre la bandeja había una bufanda bordada y doblada con tanta precisión como si fuese un mapa. Tenía incrustaciones de piedras preciosas, era toda una obra de arte.

—Para nuestro macho —dijo la Directrix e hizo una inclinación de cabeza.

—Gracias.

«Mierda».

Phury tomó la bufanda y la extendió sobre las palmas de sus manos. Bordada en cuarzos citrinos y diamantes, había una leyenda en Lengua Antigua que decía: «La fuerza de la raza».

Cuando las piedras resplandecieron con la luz, Phury pensó que eran como las hembras de ese santuario, atrapadas en sus soportes plateados.

—Usted nos ha hecho muy felices —dijo Amalya con voz temblorosa. Luego se levantó y volvió a hacer una reverencia—. ¿Hay algo que podamos traerle para recompensarlo por nuestra alegría?

—No, gracias. Sólo quiero descansar.

La Directrix volvió a inclinarse y luego se marchó como una brisa suave, desapareciendo en medio de un silencio cargado de tensión.

Entonces Phury se sentó con la ayuda de sus manos. Al estar en posición vertical, sintió que su cabeza era como un balón, ligera y llena de aire, que se mecía sobre la columna.

—Cormia.

Ella salió de detrás de la cortina y, después de mirar la bufanda por un instante, clavó sus ojos en él.

—¿Necesitas a la doctora Jane?

—No. No estoy enfermo. Sólo son los síntomas del síndrome de abstinencia.

—Eso fue lo que dijiste, aunque no entiendo muy bien de qué se trata.

—Mi cuerpo está reclamando las drogas —dijo Phury y se frotó los brazos, mientras pensaba que la tortura todavía no había terminado. Sentía comezón por toda la piel y los pulmones le ardían como si le hiciera falta el aire, aunque tenía suficiente.

Lo que querían, Phury lo sabía, era humo rojo.

—¿Hay un baño aquí? —preguntó Phury.

—Sí.

—¿Podrías esperarme un momento? No tardaré. Sólo quiero asearme un poco.

«Te llevará más tiempo del que ella tiene de vida regresar puro», dijo el hechicero.

Phury cerró los ojos, como si de repente hubiese perdido la fuerza para moverse.

—¿Qué sucede?

«Dile que tu viejo socio está de vuelta. Dile que tu socio nunca te va a abandonar. Y vámonos ya para el mundo real a conseguir lo que te va a quitar esa extraña sensación en los pulmones y esa comezón en la piel».

—¿Qué sucede? —volvió a preguntar Cormia.

Phury respiró profundamente. En ese momento no sabía muchas cosas, apenas se acordaba de su nombre, pero estaba seguro de algo: si seguía prestándole atención al hechicero, iba a terminar muerto.

Entonces se concentró en la hembra que tenía ante él.

—No es nada.

Pero eso no le gustó al hechicero, que levantó sus vestiduras con indignación, mientras un viento azotaba el campo de huesos.

«¡Eso es mentira! ¡Yo soy todo! ¡Soy todo!», gritaba la voz del hechicero cada vez con más fuerza y en un tono más chillón.

—Nada —dijo Phury, al tiempo que hacía el esfuerzo de ponerse de pie—. No eres nada.

—¿Qué?

Al ver que Phury sacudía la cabeza, Cormia lo agarró y, con su ayuda, él logró recuperar el equilibrio. Caminaron juntos hasta el baño, que tenía el mismo equipamiento de cualquier otro, y sólo se diferenciaba por el hecho de que el inodoro no tenía marca alguna. Bueno, eso y que había una corriente de agua que pasaba por el fondo del baño y que él se imaginó que hacía las veces de bañera.

—Estaré aquí afuera —dijo Cormia, al tiempo que se salía.

Después de usar el inodoro, Phury entró al arroyo con la ayuda de unas escaleras de mármol. El agua que corría por allí era como la del vaso, una corriente que tenía exactamente la misma temperatura de la piel. Sobre un platillo que reposaba en la esquina había una barra de lo que supuso que era jabón, y la cogió. Era suave y tenía forma de media luna; Phury apretó el jabón entre las palmas y sumergió las manos en el agua. Enseguida se formó una espuma suave que olía a siemprevivas. Se la echó en el pelo, en la cara y en el cuerpo, mientras respiraba hondo para que el aroma penetrara hasta sus pulmones... con la esperanza de que pudiera limpiar todos esos siglos de automedicación con los que los había estado llenando.

Cuando terminó, sólo dejó que el agua rodara por su piel para aliviar la comezón y el dolor de los músculos. Al cerrar los ojos, trató de olvidarse del hechicero con todas sus fuerzas, pero era difícil, porque el maldito estaba armando un alboroto de proporciones mayúsculas. En su antigua vida habría puesto ópera a todo volumen, pero ahora no podía y no sólo porque los equipos de sonido Bose no existieran en este lado. Esa música en particular le hacía acordarse de su hermano gemelo... que ya no cantaba.

Sin embargo, el sonido del agua era maravilloso y su tintineo musical resonaba sobre las piedras como si fuese saltando de una en otra.

Como no quería dejar a Cormia mucho tiempo esperando, plantó los pies en el lecho del arroyo y sacó la parte superior del torso. El agua corrió por su pecho y su estómago como si fueran manos acariciadoras y, cuando levantó los brazos, sintió cómo se escurría desde los dedos y los codos.

Recorriéndolo... lavándolo... aliviándolo.

La voz del hechicero trató de elevarse por encima del ruido del agua y tomar el control. Phury podía oír cómo luchaba por imponerse en su cabeza, por apoderarse de su oído, de su voluntad.

Pero el ruido del agua era más fuerte.

Phury tomó aire profundamente y, mientras aspiraba el olor de las siemprevivas, sintió una libertad que no tenía nada que ver con el lugar en el que su cuerpo se encontraba, pero sí con el lugar en que se encontraba su cabeza.

Por primera vez en mucho tiempo, el hechicero no era más poderoso que él.

***

Cormia se paseaba por el templo del Gran Padre. No estaba enfermo. Sólo eran las manifestaciones del síndrome de abstinencia.

No estaba enfermo.

Se detuvo a los pies de la plataforma en la que estaba la cama.

Entonces recordó los momentos en que yacía allí, amarrada y completamente aterrorizada, mientras sentía entrar a un macho. Sin poder ver, sin poder moverse y sin poder decir no, estaba totalmente a merced de la tradición.

Toda hembra virgen era presentada de esa manera ante el Gran Padre, después de pasar por la transición.

Seguramente muchas otras debían haber sentido el mismo pánico que ella había sentido. Y seguramente muchas más lo sentirían en el futuro.

Dios… ese lugar era como una cloaca, pensó, mientras miraba las impecables paredes blancas. Una cloaca llena de mentiras tanto explícitas como tácitas, que habían quedado grabadas para siempre en el corazón de las hembras que respiraban ese aire inmóvil.

Las Elegidas solían repetir una vieja oración que nadie sabía muy bien de dónde había salido:

Justa es la causa de nuestra fe;
sereno, nuestro rostro frente al deber;
nada nos dañará a nosotras las creyentes,
porque la pureza es nuestra fuerza y nuestra virtud,
el padre que guiará nuestro retoño.

En ese momento se oyó un rugido salvaje que provenía del baño.

Phury estaba gritando.

Cormia dio media vuelta y salió corriendo hacia allí.

Lo encontró desnudo en el arroyo, con el cuerpo echado hacia atrás, los puños apretados y el pecho hacia arriba, mientras la columna se arqueaba. Sólo que no estaba gritando. Se estaba riendo.

Phury volvió la cabeza enseguida y, cuando la vio, dejó caer los brazos, pero no dejó de reírse.

—Lo siento… —dijo, mientras trataba de contener su alegría, pero no parecía lograrlo—. Debes pensar que estoy loco.

—No… —Cormia pensó que estaba hermoso, con esa piel dorada resplandeciente por el agua y el pelo cayéndole en gruesos mechones sobre la espalda—. ¿Qué es tan divertido?

—¿Me pasas una toalla?

Cormia le alcanzó una toalla y no apartó la vista mientras él salía del arroyo.

—¿Has oído hablar alguna vez del Mago de Oz? —dijo.

—¿Es una historia?

—Supongo que no. —Phury se colocó la toalla sobre la cintura—. Tal vez algún día te ponga la película. Pero de eso era de lo que me estaba riendo. Yo estaba equivocado. Lo que había en mi cabeza no era un poderoso sirviente de Sauron. Era el Mago de Oz, nada más que un frágil anciano. Yo pensé que era aterrador y mucho más fuerte que yo.

—¿Un mago?

Phury se dio un golpecito en la sien.

—La voz que oía en mi cabeza. Una voz terrible, de la cual trataba de escapar por medio de las drogas. Pensé que se trataba de un poderoso hechicero maligno. Pero no lo era. No lo es.

Era imposible no contagiarse de la felicidad de Phury y, cuando Cormia le sonrió, una súbita tibieza la inundó desde el fondo del corazón.

—Sí, era una voz fuerte y ruidosa, pero no es nada especial —dijo Phury, al tiempo que se frotaba la piel del brazo, como si tuviera un alergia, aunque en realidad nada estropeaba la suave perfección de su piel—. Una voz fuerte… ruidosa…

Phury se quedó mirándola y de repente la expresión de sus ojos cambió. Y Cormia conocía la razón. Mientras su sexo comenzaba a crecer contra las caderas, los ojos de Phury ardían de deseo.

—Lo siento —dijo, agarrando otra toalla y cubriéndose con ella.

—¿Estuviste con ella? —preguntó Cormia abruptamente.

—¿Con Layla? No. Sólo alcancé a llegar hasta el vestíbulo cuando decidí que no podía seguir adelante con esto. —Phury sacudió la cabeza—. Sencillamente, no va a suceder. No puedo estar con nadie que no seas tú. La pregunta es qué hacer ahora y, para bien o para mal, creo que conozco la respuesta. Creo que todo esto —en ese momento movió la mano a su alrededor como para indicar que se refería a todo lo que estaba dentro y alrededor del santuario— no puede seguir así. Este sistema, esta forma de vida no está funcionando. Tú tienes razón, no se trata sólo de nosotros, se trata de todo el mundo. Y esto no está funcionando para nadie.

Mientras asimilaba las palabras de Phury, Cormia pensó en el lugar en el que había nacido y en la posición que ocupaba dentro de la raza. Pensó en aquella inmensa extensión de césped blanco y en los edificios blancos y los vestidos blancos.

Phury sacudió la cabeza.

—Solía haber cerca de doscientas Elegidas, ¿no es verdad? Por la época en que había treinta o cuarenta hermanos, ¿me equivoco? —Al ver que ella asentía, Phury clavó la vista en el agua del arroyo—. Y ahora, ¿cuántos quedan? ¿Sabes? La Sociedad Restrictiva no es lo único que nos está matando. Son estas malditas leyes que nos rigen. Quiero decir que, vamos, no es cierto que las Elegidas estén aquí para su protección, la verdad es que están presas. Y son maltratadas. El hecho de que te sintieras atraída hacia mí no tenía importancia. De todas maneras habrías tenido que estar conmigo y eso es cruel. Tú y tus hermanas estáis atrapadas aquí, al servicio de una tradición en la que no creo que todas crean. La vida como Elegidas… no tiene nada que ver con la posibilidad de elegir. Ninguna de vosotras tiene ninguna opción. Mira tu caso, tú no quieres estar aquí. Sólo regresaste porque no tenías más remedio, ¿no es cierto?

Tres palabras brotaron de la boca de Cormia, tres palabras imposibles que cambiaron todo:

—Sí, así es.

Cormia se recogió la túnica y volvió a dejarla caer en su lugar, mientras pensaba en ese pergamino que había dejado en el suelo del templo de las escribanas recluidas, aquel en el que había trazado unos cuantos bosquejos de construcciones que nunca iba a poder hacer.

Ahora fue ella la que comenzó a sacudir la cabeza.

—No me di cuenta de lo poco que sabía sobre mí misma hasta que fui al otro lado. Y me siento inclinada a creer que a las demás les sucede lo mismo. Tiene que ser así… no es posible que yo sea la única con talentos por descubrir e intereses que aún no conocemos. —Cormia empezó a pasearse por el baño—. Y no creo que haya una sola de nosotras que no se sienta fracasada, aunque sea sólo porque las presiones son tan grandes que todo cobra una importancia suprema. Un pequeño error, ya sea en una palabra escrita de manera incorrecta, o una nota desafinada en un canto, o una puntada torcida en un pedazo de tela, y te sientes como si hubieses defraudado a toda la raza.

De repente sintió que no podía detener la cascada de palabras que salían de su boca.

—Tienes tanta razón. Esto no está funcionando. Nuestro propósito es servir a la Virgen Escribana, pero tiene que haber una manera de hacerlo en la que podamos honrarnos también a nosotras mismas. —Cormia miró a Phury—. Si somos sus hijas Elegidas, ¿acaso eso no implica que ella quiere lo mejor para nosotras? ¿Acaso eso no es lo que los padres quieren para sus hijos? ¿Cómo es posible que esto…? —Cormia miró a su alrededor, hacia las paredes blancas que lo rodeaban todo en ese mundo—. ¿Cómo es posible que esto sea lo mejor? Para la mayoría de nosotras esta vida es como estar congeladas. Aunque podemos movernos, estamos como suspendidas. ¿Cómo… puede ser esto lo mejor para nosotras?

Phury arrugó la frente.

—No lo es. Claro que no lo es. —Agarró la tela que tenía entre las manos y la estrelló contra el suelo de mármol, antes de arrancarse del cuello el medallón del Gran Padre.

Va a renunciar a su posición, pensó Cormia, mientras se dejaba llevar por la exaltación y la desilusión que ofrecía el futuro. Va a renunciar…

Pero entonces Phury levantó el pesado medallón de oro, que comenzó a mecerse en el aire colgado de su correa de cuero, y ella se quedó sin aliento. En ese momento el rostro de Phury adoptó una expresión de determinación y poder, no de irresponsabilidad. La luz que despedían sus ojos hablaba de inteligencia y liderazgo, no de cobardía. Mientras se erguía allí, frente a ella, Phury se transformó en el paisaje mismo del santuario, en todos los edificios y la tierra y el aire y el agua. No es que fuera parte de ese mundo, es que se había transformado en el mundo mismo.

Después de pasarse la vida viendo en un cuenco de agua cómo se desarrollaba la historia, Cormia se dio cuenta de que por primera vez estaba viendo cómo se hacía la historia justo ante sus ojos, en tiempo real.

Nada iba a volver a ser lo mismo después de esto.

Mientras sostenía en su puño el emblema de su posición, Phury proclamó con voz profunda:

—Soy la fuerza de la raza. Soy el Gran Padre. ¡Y como tal gobernaré!

A las afueras de Caldwell, al abrigo de la tibia noche de verano, la Hermandad estaba reunida bajo la luz de una luna llena y magnífica, preguntándose qué demonios estaba ocurriendo. Cuando el Escalade se acercó al grupo, John se sintió maravillado de poder estar entre ellos. Se quitó el cinturón de seguridad y se bajó del coche, al tiempo que Rhage cerraba la camioneta. Blay y Qhuinn se situaron a su lado y los tres caminaron juntos hacia donde estaban los hermanos.

El pastizal que tenían delante se extendía entre un anillo de pinos y el prado parecía una colcha de tonos verdes, amarillos y rojos.

Vishous encendió uno de sus cigarrillos y el aroma del tabaco turco invadió el aire.

—El maldito desgraciado se retrasa.

—Tranquilízate, V —dijo Wrath en voz baja—. Si no eres capaz de calmarte, te echaré de aquí a patadas.

—Hijo de puta. No tú, él.

—Butch, tranquiliza a tu amigo, ¿quieres? Antes de que lo atraviese con una maldita rama de pino.

El resplandor apareció por oriente. Comenzó como la llama de un mechero y luego fue creciendo hasta adquirir el tamaño del sol. A medida que iba invadiendo el bosque, la luz se filtraba entre los troncos y las ramas de los árboles y John pensó en esas películas que había visto en la escuela sobre pruebas de la bomba nuclear, aquellas en que los árboles y todo quedaba destrozado después de un gran estallido de luz.

—Por favor, decidme que esa mierda no es radiactiva —dijo Qhuinn.

—No —contestó Rhage—. Pero mañana todos vamos a estar bronceados.

Butch levantó el brazo para protegerse los ojos.

—Y yo, que no me puse protección solar.

Sin embargo, John notó que ninguno había sacado sus armas, aunque estaban tensos como gatos.

De repente salió un hombre de entre los árboles... un hombre que resplandecía y parecía ser la fuente de la luz. Y llevaba algo en los brazos, una especie de lona o una alfombra o...

—Hijo de puta —susurró Wrath, al tiempo que la figura se detenía a unos veinte metros de ellos.

El hombre resplandeciente soltó una carcajada.

—Vaya, vaya, pero si son el buen rey Wrath y su banda de payasos. Os juro, chicos, que deberíais hacer espectáculos para niños, con toda esa alegría que os caracteriza.

—Genial —farfulló Rhage—, el maldito todavía conserva intacto su sentido del humor.

Vishous suspiró.

—Tal vez yo pueda arreglar ese problema.

—Y usa su propio brazo para hacerlo, si puedes...

Wrath los fulminó con la mirada y los dos guardaron silencio.

El rey sacudió la cabeza y se dirigió a la figura resplandeciente.

—Ha pasado algún tiempo. Gracias a Dios. ¿Cómo diablos te encuentras?

Antes de que el hombre pudiera responder, V soltó una maldición.

—Si tengo que escuchar toda esa mierda de «yo soy Neo», al estilo Keanu Reeves en *Matrix*, mi cabeza va a explotar.

—¿No será más bien Neón? —intervino Butch—. Porque me recuerda a los anuncios luminosos.

Wrath se volvió a mirarlos.

—Callaos, maldita sea. Todos.

La figura resplandeciente soltó otra carcajada.

—Entonces, ¿queréis que os adelante el regalo de Navidad? ¿O vais a seguir faltándome al respeto hasta que decida marcharme?

—¿Navidad? Pensé que la Navidad era una tradición vuestra, no nuestra —dijo Wrath.

—¿Eso es un no? Porque se trata de algo que se os perdió hace algún tiempo. —Al decir esas palabras, el resplandor se desvaneció, como si alguien hubiese desconectado la fuente de luz.

Y ahora se veía a un hombre como cualquier otro... Bueno, más o menos, considerando que éste estaba cubierto de cadenas de oro. Y llevaba a alguien en los brazos, a un macho barbado, que tenía un mechón blanco en medio del pelo oscuro...

John sintió que todo su cuerpo se tensaba.

—¿No reconocéis a vuestro hermano? —dijo la figura, y luego miró al macho que llevaba en brazos—. Qué rápido olvidáis.

John fue el primero en romper filas y salir corriendo a través de la hierba alta. Alguien gritó su nombre, pero él no estaba dispuesto a detenerse por nada ni nadie. Corrió tan rápido como se lo permitieron sus piernas, golpeando el aire con sus puños apretados, mientras la maleza azotaba sus piernas y el viento frío de la noche de agosto le golpeaba las mejillas y rugía en sus oídos, y la sangre palpitaba en sus venas.

«Padre», dijo, modulando la palabra con los labios. «¡Padre!».

Pero de pronto John frenó en seco y se tapó la boca con la mano. Era Tohrment, pero parecía una versión reducida de sí mismo, como si hubiese permanecido al sol durante muchos meses. Tenía el rostro demacrado, la piel le colgaba de los huesos y los ojos se le hundían en el cráneo. La barba negra había crecido sin control y el pelo no era más que una masa negra, excepto por el mechón blanco que tenía al frente. Llevaba exactamente la misma ropa que tenía puesta la noche que desapareció del centro de entrenamiento, pero toda rota y sucia.

John dio un salto cuando sintió una mano que aterrizaba sobre su hombro.

—Tranquilo, hijo —dijo Wrath—. Por Dios santo...

—En realidad me llamo Lassiter —dijo el hombre—, en caso de que se te haya olvidado.

—Como quieras. Entonces, ¿cuál es el precio? —preguntó el rey, al tiempo que estiraba los brazos para recibir a Tohr.

—Me encanta que supongas que hay un precio.

John quería ser la persona que llevara a Tohrment hasta el coche, pero sentía las rodillas tan débiles que probablemente él también iba a necesitar ayuda.

—¿Acaso no hay un precio? —Cuando el rey recibió el cuerpo de su hermano, sacudió la cabeza—. Mierda, no pesa nada.

—Ha estado alimentándose de sangre de ciervos.

—¿Cuánto tiempo hace que sabías de él?

—Lo encontré hace dos días.

—El precio —dijo Wrath, todavía con la mirada fija en su hermano.

—Bueno, ésa es la cuestión. —Al oír que el rey soltaba una maldición, Lassiter se rió—. No es exactamente un precio.

—Qué es lo que quieres.

—Somos dos por uno.

—¿Perdón?

—Yo voy incluido en el mismo paquete.

—Ni lo sueñes.

La voz del hombre pareció volverse más seria de repente.

—Es parte del trato y, créeme, yo tampoco quisiera hacerlo. Pero el hecho es que él es mi última oportunidad, así que, sí, lo siento, pero voy con él. Y, por cierto, si dices que no, voy a acabar con todos nosotros sin más.

El hombre chasqueó los dedos y una chispa brillante y blanca se proyectó hacia el cielo de la noche.

Después de un momento de estupor, Wrath se volvió hacia John.

—Éste es Lassiter, el ángel caído. Una de las últimas veces que estuvo en la Tierra, hubo una plaga en Europa...

—Está bien, pero eso no fue culpa mía...

—Que acabó con dos tercios de la población. La llamaron la peste.

—Me gustaría recordarte que no te gustan los humanos.

—Huelen muy mal cuando se mueren.

—Todos vosotros, los mortales, oléis mal.

John apenas podía seguir la conversación; estaba demasiado absorto en la contemplación del rostro de Tohr. Abre los ojos... abre los ojos... por favor, Dios...

—Vamos, John. —Wrath dio media vuelta hacia la Hermandad y comenzó a caminar en dirección a ellos. Al llegar, dijo con voz suave:

—Nuestro hermano ha regresado.

—Santo Dios, está vivo —dijo alguien.

—Gracias al cielo —gruñó alguien más.

—Díselo —dijo Lassiter desde atrás—. Diles que ha regresado con un compañero de viaje.

Como si fueran uno solo, todos los hermanos volvieron la cabeza al mismo tiempo.

—A la mierda —dijo Vishous entre dientes.

—Haré como que no lo he oído —murmuró Lassiter.

Phury atravesó la resplandeciente extensión blanca del santuario y se dirigió a la entrada privada que llevaba a los aposentos de la Virgen Escribana. Llamó una vez a la puerta y esperó, mientras solicitaba mentalmente una audiencia.

Cuando las puertas se abrieron, esperaba encontrarse con la Directrix Amalya, pero no había nadie al otro lado. El jardín blanco de la Virgen Escribana estaba vacío, salvo por los pájaros que jugueteaban en el árbol de flores blancas.

Los pinzones y canarios estaban por todas partes y así se veían más hermosos. Sus colores brillantes resaltaban contra el fondo blanco de ramas y hojas y, al oír sus cantos, Phury pensó en la cantidad de veces que Vishous había venido con una de aquellas frágiles criaturas acunada entre las manos.

Después de que la Virgen Escribana renunciara a ellos por su hijo, el hijo se los había devuelto.

Phury se acercó a la fuente y escuchó el ruido del agua chocando contra el pilón de mármol. Se dio cuenta del momento en que la Virgen Escribana apareció detrás de él porque sintió que se le erizaba el pelo de la nuca.

—Pensé que ibas a renunciar —le dijo ella—. Vi que el camino del Gran Padre se desplegaba para recibir las pisadas de alguien más. Se suponía que sólo ibas a ser una transición.

Phury miró por encima del hombro.

—Yo también pensé que iba a renunciar. Pero no.

Qué extraño, pensó Phury. Tras las vestiduras negras que ocultaban su cara, sus manos y sus pies, el resplandor de la Virgen Escribana parecía un poco menos intenso de lo que recordaba.

Ella flotó lentamente hacia donde estaban sus pájaros.

—Ahora salúdame apropiadamente, Gran Padre.

Phury se inclinó y pronunció las palabras adecuadas en Lengua Antigua. También tuvo la deferencia de permanecer postrado, en espera de que ella le concediera licencia para levantarse.

—Ah, pero es que de eso se trata —murmuró la Virgen Escribana—. Tú ya te concediste licencia para liberarte. Y ahora quieres lo mismo para mis Elegidas. —Phury abrió la boca, pero ella lo interrumpió—. No necesitas explicar tus razones. ¿Acaso crees que no sé qué es lo que tienes en la cabeza? Hasta tu famoso hechicero, como tú lo llamas, me resulta conocido.

Se sintió incómodo.

—Levántate, Phury, hijo de Ahgony. —Cuando Phury se levantó, ella dijo—: Todos somos producto de nuestra crianza, Gran Padre. Lo que resulta de nuestras decisiones se apoya en los cimientos asentados por nuestros padres y los padres de éstos, antes que ellos. Sólo somos el siguiente nivel de la casa o del pavimento del sendero.

Phury negó con la cabeza lentamente.

—Pero podemos elegir una dirección diferente. Podemos desplazarnos en otro sentido de la brújula.

—De eso no estoy segura.

—En cambio yo debo estar seguro de eso… de lo contrario, no podría hacer nada con esta vida que me has concedido.

—En efecto. —La Virgen Escribana miró hacia sus aposentos privados—. En efecto, Gran Padre.

En medio del silencio que siguió, Phury tuvo la sensación de que ella parecía triste y eso le sorprendió. Había venido preparado para una pelea. Demonios, era difícil no pensar en la Virgen Escribana como en un camión de ocho ejes envuelto en vestiduras negras.

—Y, dime, Gran Padre, ¿cómo planeas hacer todo esto?

—Todavía no estoy seguro. Pero aquellas que se sientan más cómodas aquí podrán quedarse. Y aquellas que quieran aventurarse a ir al otro lado tendrán un lugar seguro allí, conmigo.

—Entonces, ¿estás abandonando este lado para siempre?

—Allí hay algo que necesito, algo que tengo que tener. Pero estaré yendo y viniendo. Nos va a llevar décadas, o tal vez más, cambiarlo todo. Pero Cormia va a ayudarme.

—¿Y sólo estarás con ella, como hace un macho?

—Sí. Si las demás encuentran compañeros de su elección, yo aceptaré toda su descendencia femenina dentro de las tradiciones de las Elegidas y le pediré a Wrath que reciba a sus hijos en la Hermandad, ya nazcan aquí o en el otro lado. Pero mi única compañera será Cormia.

—¿Y qué hay de la pureza de sangre, de la fuerza que ésta conlleva? ¿No se va a conservar ninguna regla? Hasta ahora, el cruce de linajes ha sido deliberado, para engendrar fuerza de la fuerza. ¿Qué pasará si una Elegida escoge a alguien que no provenga de un linaje de la Hermandad?

Phury pensó en Qhuinn y en Blay. Dos chicos fuertes que se convertirían en machos aún más fuertes con el tiempo. ¿Por qué no tendrían derecho a entrar a la Hermandad?

—Eso dependerá de Wrath. Pero yo lo alentaré a aceptar a los que sean dignos, independientemente del linaje. Un corazón valeroso puede hacer que un macho sea más alto y más fuerte de lo que es físicamente. Mira, la raza está fallando y tú lo sabes. Estamos perdiendo terreno con cada nueva generación y eso no sólo se debe a la guerra. La Sociedad Restrictiva no es lo único que nos está matando. Las tradiciones también nos están matando.

La Virgen Escribana se acercó a la fuente.

Hubo un largo, muy largo silencio.

—Siento como si hubiese perdido —dijo de repente con voz suave—. Como si os hubiese perdido a todos vosotros.

—No es cierto. En absoluto. Conviértete en una madre para la raza, no en su guardiana, y obtendrás todo lo que quieras. Déjanos en libertad y obsérvanos prosperar.

El repiqueteo del agua de la fuente pareció crecer y resonar cada vez con más fuerza, como si percibiera el curso de las emociones de Su Santidad.

Phury observó el agua y se fijó en la manera en que las gotas atrapaban la luz y brillaban como estrellas. Los arco iris que se formaban en cada gota eran de una belleza increíble y mientras contemplaba el resplandor que producía cada fragmento del total, pensó en las Elegidas y todos los talentos individuales que poseían.

Pensó en sus hermanos y en sus shellan.

Pensó en sus seres queridos.

Y entonces comprendió el porqué del silencio de la Virgen Escribana.

—No nos vas a perder. Nunca te abandonaremos ni te olvidaremos. ¿Cómo podríamos hacerlo? Tú nos diste la vida, nos guiaste y nos diste fuerza. Pero ahora… ha llegado nuestra hora. Déjanos ir y estaremos más cerca de ti que nunca. Deja que tomemos el futuro en nuestras manos y lo moldeemos lo mejor que podamos. Ten fe en tu creación.

Con voz ronca, ella dijo:

—¿Y crees que tienes la fuerza para todo esto, Gran Padre? ¿Podrás liderar a las Elegidas, a pesar de todo lo que has pasado? Tu vida no ha sido fácil y el camino que estás contemplando no será llano ni directo.

Apoyado en la única pierna que le quedaba y en su prótesis, Phury pensó en los días de su existencia y sopesó el temple de su columna vertebral y encontró una sola respuesta.

—Estoy aquí, ¿no es cierto? —declaró—. Todavía estoy de pie, ¿no es cierto? Dime tú si tengo o no la maldita fuerza para hacerlo.

La Virgen Escribana esbozó una sonrisa. Aunque Phury no podía ver su cara, estaba seguro de que había sonreído.

Y en ese momento Su Santidad asintió con la cabeza, una sola vez.

—Entonces que así sea, Gran Padre. Será como lo deseas.

Luego dio media vuelta y desapareció en sus aposentos privados.

Phury dejó salir el aire de sus pulmones como si alguien le hubiese quitado un tapón.

«Joder».

Acababa de desbaratar todo el fundamento espiritual de la raza. Y también el biológico.

Joder, si hubiese sabido cómo iba a terminar esa noche, se habría comido un buen plato de cereales por la mañana, antes de levantarse de la cama.

Phury dio media vuelta y se dirigió a la puerta que lo llevaba de nuevo al santuario. La primera parada sería Cormia; luego los dos irían donde la Directrix y…

Cuando abrió la puerta, se quedó paralizado.

La hierba se había vuelto verde.

La hierba era verde y el cielo era azul… y las flores amarillas eran amarillas y las rosas parecían todo un arco iris de colores… y los edificios eran rojos y crema y azul oscuro…

Abajo, las Elegidas salían corriendo de sus dormitorios, con sus nuevas túnicas de colores recogidas y mirando a su alrededor con entusiasmo y asombro.

Cormia salió del templo del Gran Padre y su adorable rostro se maravilló al mirar a su alrededor. Cuando lo vio, se llevó las manos a la boca y comenzó a parpadear con rapidez.

Entonces soltó un grito, se recogió su preciosa túnica color lavanda pálido y salió corriendo hacia él, mientras las lágrimas rodaban por sus mejillas.

Phury la agarró cuando ella saltó sobre él y abrazó su cuerpo tibio.

—Te amo —dijo ella con voz ahogada—. Te amo, te amo… te amo.

En ese momento, con el mundo en plena transformación gracias a él, y su shellan entre sus brazos, Phury sintió algo que nunca se habría imaginado.

Finalmente se sintió como el héroe que siempre había querido ser.

Mientras tanto, en este lado, en la mansión de la Hermandad, John Matthew velaba el sueño de Tohr sentado en una silla. El hermano no se había movido desde que lo habían traído, hacía ya varias horas.

Lo cual parecía el patrón de comportamiento de todo el mundo esa noche. Era como si todos los de la casa estuvieran dormidos, aplastados por el peso de un agotamiento colectivo, abrumador.

Bueno, todos menos John. Y el ángel, que no hacía otra cosa que pasearse en la habitación de al lado.

Los dos estaban pensando en Tohr.

Dios, John nunca había pensado en que algún día se podría sentir más grande que el hermano. Nunca había pensado en que sería más fuerte físicamente. Y ciertamente nunca había pensado en que tendría que cuidarlo. O ser responsable de él.

Y ahora tenía que pensar en todo eso porque Tohr había perdido al menos treinta kilos. Y su cara y su cuerpo parecían los de un hombre que había ido a la guerra y había recibido una herida mortal.

Era extraño, pensó John. Al comienzo había querido que el hermano se despertara de inmediato, pero ahora tenía miedo de ver esos ojos abiertos. No sabía si podría soportar que Tohr no quisiera saber nada de él. Claro, eso sería comprensible, considerando todo lo que Tohr había perdido, pero... eso lo mataría.

Además, mientras Tohr estuviera dormido, John no corría el riesgo de perder el control y comenzar a sollozar.

Porque había un fantasma en la habitación. Una hermosa fantasma pelirroja con una inmensa barriga de embarazada: Wellsie estaba con ellos. A pesar de estar muerta, Wellsie estaba con ellos, al igual que ese hijo que no llegó a nacer. Y la *shellan* de Tohr nunca iba a estar lejos. Así como habían sido inseparables en vida, también lo eran en la muerte. Pues aunque Tohr estuviera respirando todavía, John estaba seguro de que ya no estaba vivo.

—¿Eres tú?

John clavó los ojos en la cama.

Tohr estaba despierto y lo miraba a través de la penumbra que los separaba.

John se levantó lentamente y se alisó la camiseta y los vaqueros.

—Soy John. John Matthew.

Tohr no dijo nada, sólo lo miró de arriba abajo.

—Ya pasé por la transición —dijo John con señas, como si fuera un imbécil.

—Eres del tamaño de D. Inmenso.

Dios, esa voz era exactamente igual a como la recordaba. Profunda, como los tonos más graves de un órgano de iglesia, e igual de imperiosa. Aunque había una diferencia. Ahora había una cierta vaguedad en las palabras.

O tal vez todo eso venía del espacio en blanco que se escondía detrás de esos ojos azules.

—Tuve que comprar ropa nueva. —Por Dios santo, estaba diciendo una sarta de estupideces—. ¿Tienes… tienes hambre? Tengo sándwiches de carne. Y galletas. A ti te solían gustar…

—Estoy bien.

—¿Quieres algo de beber? Tengo un termo con café.

—No. —Tohr miró hacia el baño—. Mierda, un cuarto con baño. Hace mucho tiempo que no veía eso. Y no, no necesito ayuda.

Lo que siguió fue doloroso de ver, algo salido de un futuro que John no había pensado que llegaría en cientos y cientos de años: Tohrment convertido en un anciano.

El hermano llevó una mano temblorosa hasta el borde de las sábanas y las retiró con gran esfuerzo de su cuerpo desnudo.

Hizo una pausa. Luego deslizó las piernas hasta que quedaron colgando de la cama. Hubo otra pausa antes de tratar de levantarse y esos hombros que solían ser tan anchos ahora parecían tener que hacer un gran esfuerzo para sostener un peso que apenas superaba el de un esqueleto.

Tohr no caminó. Se fue arrastrando los pies como hacían los ancianos, con la cabeza baja, encorvado hacia el suelo y con las manos extendidas, como si esperara caerse en cualquier momento.

Las puertas se cerraron. Después se oyó la descarga del inodoro. Y luego la ducha.

John regresó a la silla en que había estado sentado y sintió el estómago vacío. Y no sólo porque no hubiese comido nada desde la noche anterior. Lo único que lo mantenía en pie por el momento era la preocupación. Eso era lo que respiraba y lo que hacía palpitar su corazón.

Era la otra cara de la moneda de la relación padre/hijo. En la que el hijo se preocupaba por el padre.

Suponiendo que Tohr y él todavía tuvieran esa conexión.

John no estaba seguro. El hermano lo había mirado como si se tratara de un desconocido.

John comenzó a mover el pie con impaciencia y frotó las palmas de las manos contra las piernas. Era extraño, pero todo lo demás que había sucedido esa noche, incluso aquel encuentro con Lash, parecía irreal y poco importante. Sólo existía este momento con Tohr.

Cuando la puerta se abrió, casi una hora después, John se quedó paralizado.

Tohr se había puesto una bata y su cabello parecía casi totalmente desenredado, aunque la barba todavía aparecía deshilachada.

Con el mismo andar inseguro, el hermano regresó a la cama y se estiró con un gemido, apoyándose con torpeza contra las almohadas.

—¿Hay algo que pueda…?

—No era aquí donde quería acabar, John. No voy a poder afrontarlo. No es aquí… donde quiero estar.

—Está bien —dijo John con señas—. Está bien.

Mientras el silencio se imponía entre ellos, John sostuvo mentalmente la conversación que quería tener con Tohr: «Qhuinn y Blay terminaron aquí y los padres de Qhuinn están muertos y Lash está... No sé qué decir sobre él... Hay una hembra que me gusta, pero que está completamente fuera de mi alcance, y ya estoy implicado en la guerra y te he echado de menos y quiero que te sientas orgulloso de mí y tengo miedo y echo de menos a Wellsie y ¿estás bien?».

Y, más importante... «Por favor prométeme que no te vas a volver a ir. Nunca. Te necesito».

Sin embargo, en lugar de decir todo eso John se puso de pie y dijo:

—Supongo que lo mejor será que te deje descansar. Si necesitas algo...

—Estoy bien.

—Muy bien. Sí. Bien...

John le dio un tirón a su camiseta y dio media vuelta. Mientras caminaba hacia la puerta, sintió que no podía respirar.

Ay, por favor, esperaba no encontrarse con nadie camino de su habitación...

—John.

John se detuvo y dio media vuelta.

Cuando sus ojos se cruzaron con la mirada cansada de Tohr, sintió que se le doblaban las rodillas.

Tohr cerró los ojos y abrió los brazos.

John corrió hasta la cama y se abrazó a su padre con todas sus fuerzas. Hundió la cara en lo que alguna vez había sido un pecho inmenso y escuchó el corazón que todavía palpitaba allí dentro. De los dos, John fue el que abrazó con más fuerza, pero no porque Tohr no quisiera hacerlo, sino porque no tenía fuerzas.

Los dos lloraron hasta que se quedaron sin aire.

CAPÍTULO

52

N o todos los gatillos formaban parte de un arma, pero todos eran igual de peligrosos, pensó Phury, mientras contemplaba la fachada de vidrio y acero del Zero Sum.

Mierda, el proceso de desintoxicación consistía en una serie de efectos físicos que el cuerpo experimentaba por el cambio químico, pero no alteraban las ansias que atormentaban su mente. Y, claro, aunque ahora el hechicero parecía más pequeño, el maldito desgraciado todavía seguía ahí. Y Phury tenía el presentimiento de que iba a pasar mucho tiempo antes de que su voz desapareciera.

Phury se obligó a caminar hasta donde estaba el gorila que cuidaba la puerta, el cual lo miró con curiosidad, pero lo dejó pasar. Una vez dentro, no se fijó en la multitud que, como siempre, se abrió para dejarlo pasar. Tampoco saludó al gorila que cuidaba la cuerda de terciopelo que separaba la zona vip. Ni le dijo nada a Iam cuando éste le abrió la puerta de la oficina de Rehv.

—¿A qué debo este placer? —dijo Rehvenge desde su escritorio.

Phury se quedó mirando a su camello.

Rehv llevaba puesto un traje negro convencional, que no tenía nada de convencional. El corte parecía magnífico, aunque estaba sentado, y la tela emitía un cierto resplandor bajo las luces tenues, clara indicación de que contenía un poco de seda. Las solapas reposaban perfectamente planas sobre el pecho enorme y debajo de las mangas se asomaban los puños de la camisa en la cantidad justa.

Rehv frunció el ceño.

—Puedo sentir tus emociones desde aquí. Acabas de hacer algo.

Phury no pudo evitar reírse.

—Sí, podría decirse que sí. Ahora mismo voy a ver a Wrath porque tengo muchas cosas que explicarle, pero quise venir primero aquí porque mi shellan y yo necesitamos un lugar donde vivir.

Rehvenge levantó las cejas encima de sus ojos color amatista.

—¿Shellan? Vaya. ¿Ya no hablas de Elegida?

—No. —Phury carraspeó—. Mira, sé que eres propietario de varias casas. De muchas. Y quiero saber si puedo alquilar una por un par de meses. Necesito muchas habitaciones. Muchas.

—¿Acaso la mansión de la Hermandad está llena?

—No.

—Ya. —Rehv ladeó la cabeza, enseñando las partes afeitadas de su estrambótico peinado—. Wrath tiene otras casas, ¿no es cierto? Y sé que tu hermano V también tiene algunas propiedades. He oído que tiene un lugar donde realiza sesiones sadomasoquistas. Tengo que admitir que me sorprende que recurras a mí.

—Sólo pensé que podía empezar por ti.

—Bien. —Rehv se puso de pie y se apoyó en su bastón, mientras daba media vuelta y abría unas puertas corredizas que estaban detrás de su escritorio—. Bonito atuendo, por cierto. ¿Dónde lo conseguiste, en Victoria's Secret? Discúlpame un momento.

Mientras Rehv desaparecía en la habitación que acababa de abrirse ante sus ojos, Phury bajó la mirada hacia su ropa. Iba vestido solamente con la túnica de satén blanco que usaba en el Otro Lado. Estaba descalzo. No era de extrañar que la gente lo hubiese estado mirando raro.

Rehv reapareció un momento después. Llevaba en la mano un par de mocasines negros de piel de lagarto, adornados con unos delatores estribos entrelazados.

Arrojó los Gucci a los pies de Phury y dijo:

—Tal vez quieras meter aquí esos pies descalzos. Y, lo siento, pero no tengo nada para alquilar.

Phury respiró hondo.

—Está bien. Gracias…

—Pero puedes vivir gratis en mi casa de campo de las Adirondacks. Por todo el tiempo que quieras.

Phury parpadeó.

—Puedo…

—Si estás a punto de decir que puedes pagarme, vete a la mierda. Como dije, no tengo nada que puedas alquilar. Trez puede llevarte hasta allí y darte los códigos. Me verás sólo de vez en cuando, el primer martes de cada mes, justo antes del amanecer, pero aparte de eso tendrás el lugar sólo para ti.

—No sé qué decir.

—Tal vez algún día me devuelvas el favor. Por ahora, dejaremos las cosas así.

—Mi honor es tuyo.

—Y mis zapatos son tuyos. Incluso después de que recuperes los tuyos.

Phury se puso los zapatos. Le quedaban perfectos.

—Te los traeré…

—No. Considéralos como un regalo de bodas.

—Bueno… Gracias.

—De nada. Sé que te gusta Gucci…

—No hablo de los zapatos, en realidad, aunque son fabulosos. Me refiero… al hecho de que me hayas sacado de la lista de compradores. Sé que Z habló contigo.

Revh sonrió.

—Así que lo estás dejando, ¿eh?

—Estoy haciendo lo posible.

—Puf —exclamó Rehv, y sus ojos de amatista se entornaron—. Yo creo que lo vas a lograr. Tienes esa clase de determinación que he visto en los ojos de gente que solía venir mucho a mi oficina y que un día, por cualquier razón, decidieron no volver. Y lo hicieron. Me alegro.

—Sí. Ya no me verás por aquí.

En ese momento sonó el teléfono de Rehv y, al mirar el identificador de llamadas, frunció el ceño.

—Espera —dijo—. Es posible que esto te interese. Es el presidente de facto del Consejo de Princeps. —Cuando cogió el teléfono, la voz de Rehv sonaba entre impaciente y aburrida—. Estoy bien. ¿Y tú? Sí. Sí. Terrible, sí. No, todavía estoy en la ciudad, puedes decir que soy un incondicional.

Rehv se recostó en la silla y comenzó a jugar con el abrecartas que tenía en el escritorio, el que tenía forma de daga.

—Sí. Ajá, ajá. Correcto. Sí, lo sé, el vacío de poder es… ¿Perdón? —Rehv dejó caer el abrecartas—. ¿Qué dijiste? Ah, ya… Bueno, ¿y qué hay de Marissa? Ah. Claro. Y no me sorprende…

Phury comenzó a preguntarse qué clase de bomba habría estallado ahora.

Después de un rato, Rehv se aclaró la garganta y luego fue esbozando lentamente una sonrisa.

—Bueno, claro, considerando cómo te sientes… Estaré encantado. Gracias. —Rehv colgó y levantó los ojos enseguida—. Adivina quién es el nuevo leahdyre del Consejo.

Phury se quedó boquiabierto.

—No puede ser. ¿Cómo demonios…?

—Pues resulta que soy el miembro vivo más viejo de mi estirpe y hay una regla que establece que las hembras no pueden ejercer como leahdyre. Y como soy el único macho del Consejo, adivina quién viene a cenar. —Rehv se recostó contra su silla de cuero—. Me necesitan.

—Puta… mierda.

—Sí, si vives lo suficiente, puedes llegar a ver cualquier cosa. Dile a tu jefe que será un placer hacer negocios con él.

—Lo haré. Claro que lo haré. Y, escucha, gracias otra vez por esto. Por todo. —Phury avanzó hacia la puerta—. Si alguna vez me necesitas, sólo llámame.

Rehvenge hizo una inclinación de cabeza.

—Lo haré, vampiro. Los devoradores de pecados siempre cobramos los favores que hacemos.

Phury sonrió.

—El término políticamente correcto es symphath.

Cuando salió de la oficina, la risa profunda y ligeramente maligna de Rehv estalló como un trueno.

Phury tomó forma frente a la mansión de la Hermandad y se alisó la túnica. A juzgar por su deseo de causar una buena impresión, se notaba que ya no se sentía parte de esa casa.

Lo cual tenía sentido, supuso: su cabeza había cambiado de dirección.

Se sentía muy extraño al subir los escalones que llevaban hasta la casa, llegar al porche y anunciarse en la pantalla, como haría un desconocido. Fritz pareció igualmente sorprendido cuando abrió la puerta.

—¿Señor?

—¿Podrías avisar a Wrath de que estoy aquí y quiero hablar con él?

—Por supuesto. —El doggen hizo una reverencia y subió de inmediato la escalera.

Mientras esperaba, Phury observó el vestíbulo, pensando en que su hermano Darius había construido la casa… ¿cuántos años hacía de eso?

Wrath apareció en lo alto de la escalera y parecía agotado.

—Hola.

—Hola. —Phury levantó la mano a modo de saludo—. ¿Te molesta si subo un minuto?

—Sígueme.

Phury subió lentamente las escaleras. Y a medida que se iba acercando a su habitación, sintió cómo aumentaba la comezón de su piel, porque no podía evitar pensar en todo el humo rojo que se había fumado allí. Una parte de él estaba prácticamente jadeando, ansiosa por fumarse un porro, y sintió que su cabeza comenzaba a palpitar.

—Escucha —le dijo Wrath con tono brusco—, si vienes a por tus drogas…

Phury levantó una mano y dijo con voz ronca:

—No. ¿Podemos hablar en privado?

—Está bien.

Cuando las puertas del estudio de Wrath se cerraron tras él, Phury hizo su mejor esfuerzo por olvidarse de sus ansias de fumarse un porro y comenzar a hablar. Al final, no estaba completamente seguro de lo que había salido de su boca. El Gran Padre. Cormia. La Virgen Escribana. El futuro. Las Elegidas. Los Hermanos. Cambio.

Cambio.

Cambio.

Finalmente se quedó sin aire y se dio cuenta de que Wrath no había dicho ni una palabra.

—Así que ésta es la situación —dijo Phury para concluir—. Ya hablé con las Elegidas y les dije que voy a conseguir un lugar para nosotros aquí.

—¿Y dónde será eso?

—En la casa de campo de Rehv, al norte del estado.

—¿De verdad?

—Sí. Allí estaremos a salvo. Es un lugar seguro. No hay demasiada gente, ni muchos humanos. Y así podré proteger con más facilidad a las que vengan a vivir aquí. Todo esto va a tener que ser un proceso gradual. Un par de ellas ya están interesadas en venir de visita. En explorar. En aprender. Cormia y yo vamos a ayudarlas a adaptarse hasta donde quieran. Pero todo es voluntario. Lo interesante es que pueden escoger lo que quieren hacer.

—¿Y la Virgen Escribana estuvo de acuerdo con esto?

—Sí. Así fue. Desde luego, la parte de la Hermandad depende completamente de ti.

Wrath sacudió la cabeza y se puso de pie.

Phury asintió, pues no lo culpaba por dudar de su plan. Había dicho muchas palabras y ahora tenía que probarlas con algunos hechos.

—Claro que, como dije, el asunto depende de…

Wrath se le acercó y le extendió la mano.

—Cuenta conmigo. Y cuenta con todo lo que necesites para las Elegidas en este lado. Cualquier cosa.

Phury sólo pudo asombrarse de la generosidad de la oferta. Cuando estrechó la mano de su hermano, dijo con voz ronca.

—Bien… trato hecho.

Wrath sonrió.

—Cualquier cosa que necesites, es tuya.

—Estoy bien… —Phury frunció el ceño y miró de reojo hacia el escritorio del rey—. Aunque… ¿podría usar tu ordenador un momento?

—Por supuesto. Y cuando termines, tengo algunas buenas noticias que compartir contigo. Bueno, más o menos buenas.

—¿De qué se trata?

Wrath hizo un gesto con la cabeza hacia la puerta.

—Tohr ha vuelto.

Phury se quedó sin habla.

—¿Está vivo?

—Más o menos… más o menos. Pero está en casa. Y vamos a tratar de mantenerlo así.

E n la zona vip del Zero Sum, John Matthew estaba sentado
en la mesa de la Hermandad, completamente borracho. Absolutamente perdido.

Así que cuando terminó la enésima cerveza que se había
tomado en los últimos cinco minutos, pidió un cóctel.

Qhuinn y Blay no decían absolutamente nada.

Era difícil explicar cuál era el motivo de esa necesidad in-
controlada de beber. La única cosa que se le ocurría era que tenía
los nervios destrozados. Había dejado a Tohr en casa, durmiendo
en esa cama como si fuera un ataúd y, aunque era genial que se
hubieran reencontrado, todavía no se podía decir que el hermano
estuviera fuera de peligro.

Y John no soportaba la idea de volver a perderlo.

También estaba esa extraña visión de Lash que había tenido, y el hecho de que estaba llegando a la conclusión de que se
estaba volviendo loco.

Cuando la camarera regresó con el cóctel, Qhuinn habló:

—También quiere otra cerveza.

—Te quiero —le dijo John a su amigo por señas.

—Pues bien, cuando llegues a casa y comiences a vomitar
hasta el hígado, nos vas a odiar a los dos, pero por ahora limité-
monos a vivir el momento presente, ¿quieres?

—Entendido.

John se tomó el cóctel de un solo trago y no sintió ningún ardor, no sintió que su estómago se consumiera con una llamarada. Pero ¿cuándo se ha visto que un incendio forestal se preocupe por la llamita de un encendedor?

Qhuinn tenía razón. Lo más probable es que terminara vomitando hasta las tripas. De hecho…

John se puso de pie.

—Ay, mierda, aquí vamos —dijo Qhuinn, al tiempo que se levantaba para acompañarlo.

—Voy yo solo.

Qhuinn se tocó la cadena que llevaba al cuello.

—Ya no.

John plantó los puños sobre la mesa, se inclinó hacia delante y enseñó los colmillos.

—¿Qué demonios estás haciendo? —siseó Qhuinn, mientras Blay miraba nerviosamente a su alrededor—. ¿Qué diablos crees que estás haciendo?

—Voy solo.

Qhuinn lo miró como si fuera a seguir discutiendo, pero se volvió a sentar.

—Está bien. Como quieras. Sólo mantén esa boca cerrada.

John se alejó, asombrado de ver que ninguna otra persona del club pareciera notar que el suelo se movía de un lado para otro. Justo antes de tomar el pasillo que llevaba a los baños privados, cambió de opinión, dobló a la izquierda y se escurrió hacia el otro lado de la cuerda de terciopelo.

Al otro lado, comenzó a atravesar la masa de gente con la gracia de un búfalo, estrellándose aquí y allá, golpeándose contra las paredes, inclinándose hacia delante y hacia atrás para no caerse.

Tomó las escaleras y se abrió camino hasta el baño de hombres.

Había dos tipos en los urinarios y uno junto a los lavabos, pero John no se fijó en ninguno mientras iba hasta los escusados. Abrió el cubículo reservado para los minusválidos, pero luego dio marcha atrás porque se sintió culpable y se metió al penúltimo. Mientras cerraba la puerta, su estómago comenzó a dar vueltas como si fuera una mezcladora de cemento.

Mierda. ¿Por qué no había usado los baños privados del fondo de la zona vip? ¿Realmente necesitaba que esos tres fulanos fueran testigos de su vomitona?

Maldita sea. Estaba completamente ebrio.

Pensando en eso, se volvió y bajó la mirada hacia el inodoro. Era negro, como casi todo en el Zero Sum, pero John tenía la certeza de que estaba limpio. Rehv siempre mantenía el club muy limpio.

Bueno, excepto por la prostitución. Y las drogas. Y las apuestas.

El caso es que mantenía el club limpio desde el punto de vista del aseo, no de acuerdo con el código penal.

John echó la cabeza hacia atrás, la apoyó contra la puerta de metal y cerró los ojos, mientras pensaba en la verdadera razón de todo aquel despliegue alcohólico.

¿Cuál era el criterio con el que se evaluaba el valor de un macho? ¿Su habilidad para pelear? ¿El peso que era capaz de levantar? ¿La capacidad de vengarse de los que le hacían daño?

¿O tal vez su capacidad de mantener el control de las emociones cuando todo el mundo parecía desmoronarse? ¿O la decisión de querer a alguien cuando sabes que existe el riesgo de que esa persona te abandone para siempre?

¿O tal vez tenía que ver con el sexo?

No había duda: cerrar los ojos había sido un error. O empezar a pensar. Así que abrió los párpados y se concentró en el techo negro y sus luces indirectas en forma de estrella.

De pronto oyó que cerraban la llave del lavabo. Y accionaban la cisterna de dos orinales. La puerta que salía hacia el club se abrió y se cerró, después se volvió a abrir y se volvió a cerrar.

Se oyó el ruido de alguien que inhalaba dos cubículos más allá. Y otra inhalación. Luego una exhalación y un suspiro de alivio. Pasos. Agua corriendo. Una risa maniaca. Otra vez el ruido de la puerta que se abría y se cerraba.

Solo. Estaba solo. Salvo que eso no iba a durar mucho tiempo, porque seguramente alguien volvería a entrar en un par de minutos.

John miró hacia el inodoro negro e invitó a su estómago a poner manos a la obra, si quería evitarle la vergüenza que se avecinaba.

Pero evidentemente eso no iba a suceder. O tal vez... ¿Sí? ¿No? Mierda...

Estaba mirando fijamente el inodoro, esperando a que el estómago se decidiera, cuando se olvidó por completo de sus tripas y se dio cuenta de dónde estaba.

Había nacido en un baño como ése. Había llegado al mundo en un lugar donde la gente va a vomitar cuando ha bebido mucho... había sido abandonado en un baño por una madre que nunca había conocido y un padre que nunca sabría de él.

Si Tohr se volviese a marchar...

John dio media vuelta, pero no logró que sus dedos abrieran la puerta para poder salir. Acosado por un pánico cada vez mayor, le dio un tirón al mecanismo negro hasta que finalmente abrió. Al salir al baño, se dirigió hacia la puerta, pero no logró llegar.

Encima de cada uno de los seis lavabos de cobre había un espejo con marco dorado.

Así que respiró hondo, eligió el espejo que estaba más cerca de la puerta, se situó frente a él y miró su rostro de adulto por primera vez.

Los ojos eran los mismos... eran los mismos ojos azules y tenían la misma forma. Pero John no reconoció nada más, ni el ángulo cuadrado de la mandíbula, ni ese cuello grueso, ni la frente ancha. Pero eran sus ojos.

Al menos eso suponía.

—¿Quién soy? —dijo con el movimiento de los labios frente al espejo.

Entonces abrió los labios, se inclinó y se miró los colmillos.

—¿No me digas que nunca antes te los habías visto?

John se dio media vuelta. Xhex estaba de pie en la puerta, impidiendo eficazmente la entrada y la salida, de manera que estaban encerrados.

Llevaba puesto exactamente lo mismo que siempre usaba, pero a John le pareció como si nunca hubiese visto esa camiseta ajustada y sin mangas ni esos pantalones de cuero.

—Te vi entrar aquí dando tumbos y pensé que sería mejor que me asegurara de que estabas bien. —Los ojos grises de Xhex no titubearon ni un segundo y John estaba seguro de que nunca lo hacían. La mirada de esa hembra era como la de una estatua, directa e imperturbable.

Una estatua increíblemente sexy.

—Quiero follarte —dijo John con los labios y sin preocuparse por estar haciendo el ridículo.

—¿De veras?

Era evidente que Xhex sabía leer los labios. O los labios o los penes, porque Dios era testigo de que el miembro de John tenía la mano levantada y estaba saludando desde el interior de los pantalones.

—Sí.

—Pues hay muchas mujeres en este club.

—Pero sólo hay una como tú.

—Creo que estarías mucho mejor con ellas.

—Y yo creo que tú estarías mucho mejor conmigo.

¿De dónde diablos provenía toda esa súbita confianza en sí mismo? Ya fuera un regalo de Dios o sólo un ataque de estupidez producido por el alcohol, John pensaba aprovecharla.

—De hecho, estoy seguro de que es así.

John deslizó los pulgares por la pretina de sus vaqueros de manera deliberada y les dio un lento tirón hacia arriba. Cuando su erección fue tan evidente como el revestimiento de una casa, los ojos de Xhex se clavaron allí abajo y John sabía lo que ella estaba viendo: estaba bastante bien equipado, considerando los casi dos metros de estatura de su cuerpo, incluso sin estar excitado. Con una erección, su pene tenía un tamaño asombroso.

Ah, tal vez no era tan imperturbable, pensó John, al ver que la mirada de Xhex no regresaba de inmediato a su cara y parecía irradiar un cierto destello.

Sintiendo los ojos de Xhex sobre él y una increíble tensión eléctrica entre ellos, John por fin dejó atrás su pasado. Ahora sólo existía el presente. Y el presente era esa imagen de ella bloqueando la maldita puerta, segundos antes de que lo dejara irrumpir en su húmeda intimidad y terminaran haciéndolo de pie.

Xhex abrió los labios y John esperó sus palabras como si fuera el advenimiento de Dios.

Pero de pronto ella se llevó la mano al audífono que tenía en la oreja y frunció el ceño.

—Mierda. Me tengo que ir.

Entonces John cogió una toalla de papel del dispensador que había en la pared, sacó el bolígrafo de su bolsillo y escribió una frase atrevida. Antes de que ella pudiera irse, se acercó y le puso en la mano lo que había garabateado.

Xhex bajó la vista hacia la toalla de papel.

—Quieres que lo lea ahora o después.

—Después —dijo John con los labios.

Cuando ella salió, John se sintió mucho más sobrio y dibujó una enorme sonrisa que venía a decir «soy el mejor».

***

Cuando Lash reapareció en el vestíbulo de la casa de sus padres, se quedó inmóvil por un segundo. Sentía el cuerpo aplastado, como si le hubiese pasado por encima una apisonadora, y estaba muy dolorido.

Entonces se miró las manos y las flexionó. Luego hizo crujir el cuello con un enérgico movimiento.

Las lecciones de su padre habían comenzado. Se iban a seguir reuniendo regularmente y él estaba ávido de aprender.

Mientras cerraba las manos y las volvía a abrir, revisó mentalmente la cantidad de trucos con los que contaba ahora. Trucos que... en realidad no eran trucos. Nada de trucos. La verdad es que era un monstruo. Un monstruo que apenas estaba comenzando a entender la utilidad de las escamas que recubrían su piel, las llamas que brotaban de su boca y las púas que tenía en la cola.

Era algo parecido a lo que había sentido después de la transición. Tenía que entender otra vez quién era y cómo funcionaba su cuerpo.

Afortunadamente, el Omega lo iba a ayudar. Como lo haría cualquier buen padre.

Cuando se sintió capaz, volvió la cabeza y miró hacia las escaleras, recordando la imagen de John observándolo desde lo alto.

Había sido muy bueno ver otra vez a su enemigo. Una experiencia positiva y reconfortante.

Alguien tenía que fabricar tarjetas de venganza, tarjetas que uno les pudiera enviar a aquellos de los que se quería vengar.

Lash se levantó con cuidado y giró lentamente mientras lo inspeccionaba todo. Vio el reloj del abuelo en una esquina, junto a la puerta de entrada, y las pinturas al óleo y toda aquella cantidad de objetos que habían estado en la familia durante generaciones.

Luego miró hacia el comedor.

Las palas estaban en el garaje, pensó.

Encontró un par de palas recostadas contra la pared, al lado de donde estaban las herramientas de jardinería, y eligió una con mango de madera y otra más grande y esmaltada en color rojo.

Cuando salió, le sorprendió ver que todavía estaba oscuro, pues se sentía como si hubiese estado muchas horas con el Omega. A menos que ya fuera el día siguiente. O incluso algún día más tarde.

Lash fue hasta el jardín lateral y escogió un lugar debajo del roble que le daba sombra a las amplias ventanas del estudio. Mientras cavaba, sus ojos se dirigían ocasionalmente hacia los paneles de vidrio y la habitación que había al fondo. El sofá todavía tenía manchas de sangre, aunque luego pensó que era ridículo pensar en eso, pues, ¿qué quería?, ¿que las manchas desaparecieran de las fibras de seda como por arte de magia?

Cavó una tumba de uno cincuenta de profundidad, por tres y medio de largo y uno y veinte de ancho.

La montaña de tierra que se iba formando era más grande de lo que se había imaginado y olía a lo que huele la hierba después de una fuerte lluvia, a almizcle y dulce. O tal vez era él el que olía a dulce.

El resplandor que se hacía cada vez más intenso hacia oriente le hizo soltar la pala y salirse del hueco a toda prisa. Tenía que moverse rápido, antes de que el sol saliera, y eso fue lo que hizo. Puso a su padre primero. Luego a su madre. Los acomodó de manera que quedaran abrazados, con los brazos de él alrededor de ella.

Luego se quedó mirando los dos cuerpos.

Aunque le sorprendía, había sentido la necesidad de enterrarlos antes de que llegara un escuadrón de restrictores a desvalijar el lugar. Esos dos habían sido sus padres durante la primera parte de su vida, y aunque se había dicho que le importaba un bledo lo que pasara con ellos, la verdad era que sí le importaba. No iba a permitir que esos asesinos profanaran sus cuerpos en descomposición. ¿La casa? Bueno, eso era otra cosa. Pero los cuerpos no los tocarían.

Mientras el sol se levantaba y sus rayos dorados atravesaban las ramas llenas de hojas del roble, Lash hizo una llamada y volvió a poner la tierra en su lugar.

Puta mierda, pensó cuando terminó. La cosa había quedado de verdad como una tumba, con forma de cúpula y todo.

Estaba poniendo la pala en su lugar cuando oyó el primero de los coches que entraba por las rejas. Cuando un segundo automóvil atravesó la entrada, seguido de un Ford F-150 y una furgoneta, dos restrictores se bajaron del primer coche.

Todos tenían un olor tan dulce como la luz del sol, mientras fueron entrando a la casa de sus padres.

El último en llegar fue el señor D, al volante de un camión de mudanzas.

El jefe de los restrictores tomó el mando y Lash subió y se dio una ducha en su antiguo baño. Mientras se secaba, se dirigió al armario. Ropa... ropa... tenía la sensación de que lo que había estado usando últimamente ya no resultaba apropiado, así que sacó un vistoso traje de Prada.

Su etapa minimalista militar había llegado a su fin. Ya no era el buen soldadito en fase de entrenamiento de la Hermandad.

Sintiéndose toda una bestia sexual, se acercó a la cómoda, abrió su joyero y...

¿Dónde demonios estaba su reloj? ¿Qué había pasado con el Jacob & Co con diamantes?

¿Qué demonios había...?

Lash miró a su alrededor y olisqueó el aire. Entonces encendió su visión azul para que las huellas de quienquiera que hubiese estado tocando sus cosas aparecieran de color rosa, tal y como su padre le había enseñado.

La cómoda estaba llena de huellas frescas y sin patrón, y algunas eran más intensas que las que él había dejado hacía unos días. Volvió a tomar aire. John había... John y Qhuinn habían estado allí... y uno de esos malditos hijos de puta se había llevado su reloj.

Lash cogió el cuchillo de cacería que tenía sobre el escritorio y lo lanzó con un rugido al otro lado del cuarto, donde fue a clavarse de punta en una de sus almohadas negras.

El señor D apareció enseguida en el umbral.

—Hijo... ¿Pasa algo?

Lash dio media vuelta y apuntó al hombrecillo con el dedo, pero no para poner énfasis en un comentario, sino para usar otro de los regalos que le había dado su padre verdadero.

Pero se contuvo, respiró hondo, dejó caer el brazo y se arregló el traje.

—Hazme... —Tuvo que aclararse la garganta, pues casi no podía hablar de la ira que tenía—. Hazme el desayuno. Y quiero tomarlo en la terraza, no en el comedor.

El señor D se marchó y, cerca de diez minutos después, cuando dejó de ver doble a causa de la cólera, Lash bajó y se sentó frente a un hermoso despliegue de beicon, huevos, tostadas con mermelada y zumo de naranja.

Era evidente que el señor D había exprimido las naranjas él mismo. Lo cual, considerando lo bien que sabía el zumo, era suficiente justificación para no haberlo volado en pedazos.

Los otros restrictores terminaron asomados a la puerta de la terraza, viendo a Lash comer, como si estuviera realizando un asombroso truco de magia.

Cuando Lash le daba el último sorbo a su taza de café, uno de ellos dijo:

—¿Qué demonios eres tú?

Lash se limpió la boca con la servilleta y se quitó lentamente la chaqueta. Cuando se levantó, se desabrochó los botones de su camisa rosa.

—Soy tu maldito rey.

Al decir esas palabras, se abrió la camisa y le ordenó mentalmente a su piel que se abriera a lo largo del esternón. Con las costillas abiertas de par en par, enseñó sus colmillos y les mostró su corazón negro y palpitante.

Todos los restrictores retrocedieron al mismo tiempo. Uno incluso se santiguó, el maldito.

Luego Lash se cerró tranquilamente el pecho, se volvió a abotonar la camisa y se sentó de nuevo.

—Más café, señor D.

El vaquero parpadeó como un estúpido un par de veces, como si fuera una oveja frente a un complejo problema de matemáticas.

—Sí… claro, hijo.

Lash volvió a agarrar su taza y confrontó esos rostros pálidos que lo miraban con asombro.

—Bienvenidos al futuro, caballeros. Ahora, pónganse a trabajar porque quiero ver desocupado el primer piso de esta casa antes de que llegue el cartero, a las diez y media.

El centro comunitario de la zona este de Caldwell estaba situado entre Caldie Pizza & Mexican y la Academia de Tenis, en la avenida Baxter. Funcionaba en una granja antigua que había sido construida cuando los terrenos aledaños se usaban para cultivar maíz, y tenía un bonito jardín delantero y un asta para la bandera y unos columpios en la parte de atrás.

Cuando Phury tomó forma detrás de la casa, en lo único en lo que podía pensar era en la necesidad de marcharse enseguida. Miró su reloj. Diez minutos.

Tenía diez minutos.

Dios, se moría por un porro. Sentía que el corazón le saltaba contra las costillas y las manos le sudaban como si fueran un par de esponjas y aquella comezón en la piel lo estaba volviendo loco.

Para tratar de olvidarse de las sensaciones de su cuerpo, miró hacia el aparcamiento. Había veinte coches, todos de distintas marcas y modelos. Había camiones y Toyotas y un convertible, y un escarabajo rosado, y tres furgonetas, y un Mini Cooper...

Se metió las manos en los bolsillos y caminó sobre la hierba hasta el sendero que rodeaba el edificio. Cuando llegó al trecho de asfalto que formaba el estacionamiento, tomó el camino que conducía a las puertas dobles de la entrada, protegidas por un porche de aluminio.

Dentro, el lugar olía a coco. Probablemente debido a la cera con que abrillantaban el suelo de linóleo.

Justo cuando estaba pensando seriamente en marcharse, un humano salió por una puerta, mientras que al fondo se desvanecía el ruido de una cisterna.

—¿Eres miembro de Adictos Anónimos? —preguntó el tipo, mientras se secaba las manos con una toalla de papel. Tenía los ojos de color café, amables como los de un San Bernardo, y llevaba una chaqueta de *tweed* que parecía demasiado pesada para la época de verano. Llevaba corbata de lana.

—Ah… no lo sé.

—Bueno, si vienes a la reunión, es abajo, en el sótano. —La sonrisa del tipo parecía tan natural y sincera que Phury estuvo a punto de devolvérsela, pero enseguida recordó las diferencias dentales que había entre las especies—. Yo voy para allá, si quieres bajar conmigo. Y si quieres esperar un poco, también está bien.

Phury bajó la vista hacia las manos del hombre. Todavía se las estaba secando, pasándose la toalla una y otra vez por las palmas.

—Estoy nervioso —dijo—. Me están sudando las manos.

Phury esbozó una sonrisa.

—¿Sabes?… Creo que bajaré contigo.

—Bien. Me llamo Jonathon.

—Yo soy Ph… Patrick.

Phury se alegró de que no se dieran la mano. Él no tenía una toalla de papel y sus manos estaban cada vez más sudorosas en los bolsillos.

El sótano tenía paredes de cemento pintadas de color crema; el suelo estaba cubierto por una alfombra pesada y oscura y había muchas luces fluorescentes empotradas en el techo. La mayoría de los treinta asientos, o más, que estaban organizados en forma de círculo grande ya estaban ocupados, y cuando Jonathon se dirigió a un lugar libre situado en todo el centro, Phury le hizo un gesto con la cabeza y se sentó en el puesto más cercano a la puerta que encontró.

—Son las nueve en punto —dijo una mujer de pelo negro corto. Entonces se levantó y leyó algo que tenía escrito en una hoja de papel—: Todo lo que se dice aquí, se queda aquí. Cuando alguien esté hablando, nadie puede hablar al mismo tiempo ni hacer comentarios…

Phury no oyó el resto de las instrucciones, porque estaba demasiado ocupado inspeccionando a los presentes. Nadie más llevaba ropa de marca, como él, y todos eran humanos. Todos y cada uno de ellos. La edad oscilaba entre los veintitantos y los cuarenta y tantos años, tal vez porque la hora resultaba muy conveniente para gente que trabajaba o estudiaba.

Mientras miraba fijamente esos rostros, Phury trató de imaginarse qué habría hecho cada uno de ellos para terminar allí, en ese sótano austero con olor a coco, sentado en una de esas sillas de plástico negro.

Entonces sintió que no pertenecía a ese lugar. Ésa no era su gente, y no sólo porque ninguno de ellos tuviera colmillos o dificultades con el sol.

Sin embargo, de todas maneras se quedó, porque tampoco tenía adónde ir. Se preguntó si eso también podría ser cierto para algunas de esas personas.

—Formamos un grupo al que venimos a compartir experiencias —dijo la mujer— y esta noche nos va a hablar Jonathon.

Jonathon se puso de pie. Todavía se estaba frotando las manos con los restos de la toalla de papel, que para ese momento ya se había convertido en un rollo compacto.

—Hola, mi nombre es Jonathon. —Un murmullo de saludos recorrió la habitación—. Y soy adicto a las drogas. Yo... yo, eh, consumí cocaína durante cerca de una década y perdí casi todo lo que tenía. He estado dos veces en la cárcel. Tuve que declararme en bancarrota. Perdí mi casa. Mi esposa... ella, eh, se divorció y se fue a vivir a otro estado con mi hija. Poco después de eso perdí mi empleo como profesor de física porque me pasaba los días drogado. No he consumido nada desde... sí, desde agosto; pero... todavía pienso en drogarme. Estoy viviendo en una casa temporal porque estuve en rehabilitación y tengo un nuevo empleo. Comencé hace dos semanas. Doy clases en una prisión. La cárcel en la que estuve internado. Matemáticas, sí, enseño matemáticas. —Jonathon se aclaró la garganta—. Sí... pues, ah, hoy hace un año... hace un año exactamente estaba en un callejón del centro. Estaba comprando droga y nos atraparon. Pero no fue la policía. Fue el camello de la zona y en el tiroteo que se organizó recibí un tiro en el costado y otro en el muslo. Yo...

Jonathon se volvió a aclarar la garganta. Luego siguió.

—Mientras estaba allí, desangrándome, sentí que me movían los brazos. El que me disparó me quitó la chaqueta, la billetera y el reloj y después me dio un golpe en la cabeza con la culata. En realidad... en realidad faltó muy poco para que no pudiera estar hoy aquí. —Se oyeron exclamaciones de solidaridad—. Comencé a venir a este tipo de reuniones porque no tenía ningún otro sitio adonde ir. Y ahora vengo porque lo único que supera las ganas de drogarme es el deseo de estar donde estoy esta noche. Algunas veces... algunas veces siento que el deseo de volver me va a ganar, así que no hago ningún plan más allá del próximo martes a esta hora. Cuando tengo que volver a venir. Así que, ésta es mi historia y donde estoy ahora.

Jonathon se sentó.

Phury esperaba que la gente comenzara a abrumarlo con preguntas y comentarios, pero en lugar de eso otro se puso de pie y dijo:

—Hola, me llamo Ellis...

Y eso fue todo. Uno tras otro, todo el mundo fue dando testimonio de su adicción.

Cuando eran las nueve y cincuenta y tres, según el reloj que había en la pared, la mujer de pelo negro se levantó y dijo:

—Y ahora, la Oración de la Serenidad.

Phury se puso de pie con el resto de los asistentes y se sobresaltó cuando sintió que alguien lo cogía de la mano.

Pero ya no tenía las manos sudorosas.

Aunque no sabía si se podría comprometer con aquello a largo plazo —después de todo, el hechicero llevaba muchos años con él y lo conocía como a un hermano—, la única cosa que sabía era que el próximo martes, a las nueve en punto, quería estar otra vez allí.

Cuando salió con los demás y el aire de la noche lo golpeó, casi se dobla por la imperiosa necesidad de fumarse un porro.

Mientras toda la gente se dispersaba hacia los coches y se oía el ruido de los motores arrancando entre las luces de los faros, Phury se sentó en uno de los columpios, con las manos sobre las rodillas y los pies bien plantados sobre la tierra.

Por una fracción de segundo tuvo la impresión de que alguien lo observaba, aunque tal vez la paranoia era otra secuela de la recuperación, quién podía saberlo.

Después de cerca de diez minutos, encontró una sombra lo suficientemente oscura y se desmaterializó hacia la casa de campo de Rehv, al norte del estado.

Tan pronto como tomó forma detrás de la casa, lo primero que vio fue una silueta que se movía junto a las puertas correderas de cristal del estudio.

Cormia lo estaba esperando.

Al verlo, se deslizó hacia fuera con sigilo, cerró la puerta detrás de ella y cruzó los brazos sobre el pecho para calentarse. El pesado jersey irlandés que tenía puesto era de él y las mallas se las había prestado Bella. Llevaba el pelo suelto, que le bajaba hasta las caderas, y las luces que se proyectaban desde la casa a través de las ventanas en forma de diamante lo hacían brillar como el oro.

—Hola —dijo ella.

—Hola.

Phury avanzó hasta la terraza de piedra, después de atravesar el césped.

—¿Tienes frío?

—Un poco.

—Bien, eso significa que puedo calentarte. —Phury abrió los brazos y ella se metió entre ellos. Aun a través de la gruesa lana del jersey, podía sentir el cuerpo de Cormia contra el suyo—. Gracias por no preguntarme cómo me fue. Todavía lo estoy intentando… Realmente no sé qué decir.

Cormia subió sus manos desde la cintura hasta los hombros de Phury.

—Me lo dirás cuando estés listo.

—El próximo martes voy a volver.

—Bien.

Entonces se quedaron allí, abrazados en medio de la noche fría, dándose calor.

Después de un rato, Phury le susurró al oído:

—Quiero estar dentro de ti.

—Sí… —contestó ella, alargando la palabra.

No podían estar a solas dentro de la casa, pero sí estaban a solas allí, abrigados por la sombra de la casa. Mientras la empujaba hacia atrás, hacia lo profundo de las sombras, Phury deslizó las manos por debajo del jersey para llegar hasta la piel de su shellan.

Y el cuerpo suave y tibio de Cormia se arqueó al sentir el contacto con sus manos.

—Puedes quedarte con el jersey —dijo Phury—. Pero esas mallas tienen que volar.

Entonces metió los pulgares entre el resorte de las mallas, se las bajó hasta los tobillos y se las sacó por los pies.

—No tienes frío, ¿verdad? —preguntó, aunque podía percibir por el aroma la respuesta.

—En absoluto.

La pared exterior de la casa era de piedra, pero él sabía que el tupido tejido irlandés podría servirle de colchón a Cormia.

—Recuéstate contra la pared, ¿quieres?

Mientras ella lo hacía, él le pasó el brazo por detrás de la cintura para que la hembra se apoyara con mayor comodidad y con la mano que tenía libre comenzó a acariciarle los senos. La besó larga, profunda y lentamente, y la boca de ella se movía dentro de la suya de una manera que le resultaba al mismo tiempo familiar y misteriosa. Pero, claro, así era hacer el amor con Cormia. A estas alturas ya la conocía perfectamente por dentro y por fuera y no había ninguna parte de él que no hubiese estado dentro de ella de una forma o la otra. Y, sin embargo, estar con ella le resultaba tan maravilloso como la primera vez.

Ella era la misma y, sin embargo, siempre era distinta.

Cormia, a su vez, estaba muy consciente de lo que estaba ocurriendo en ese momento. Ella sabía que Phury necesitaba estar en control de la situación, necesitaba ser el líder. En ese momento, él quería hacer algo que era correcto y hermoso, y quería hacerlo bien, porque después de esa reunión en lo único en lo que podía pensar era en todas las cosas horribles que se había hecho a sí mismo y a los demás y que por poco termina haciéndole también a ella.

Phury se tomó su tiempo, mientras su lengua entraba y salía de la boca de Cormia y su mano le acariciaba los senos y esa inversión le produjo unos dividendos que hicieron que su erección se templara contra los pantalones, buscando una salida: Cormia se derritió entre sus brazos, mientras su intimidad se ponía cada vez más húmeda y ardiente.

Phury deslizó la mano hacia abajo.

—Creo que debo asegurarme de que no estés pasando frío.

—Por favor… adelante —gimió ella, mientras dejaba caer la cabeza hacia un lado.

Phury no estaba seguro de que ella hubiese expuesto su garganta a propósito, pero a sus colmillos no les importó. Inmediatamente se prepararon para penetrarla, brotando desde el maxilar superior, afilados y ávidos de sangre.

Phury le metió la mano entre las piernas y el calor húmedo con que se encontró casi lo hizo desmayarse. Tenía intención de ir despacio, pero enseguida desistió de ese propósito.

—Ay, Cormia —gimió, al tiempo que deslizaba las dos manos por el contorno de las caderas de ella, la levantaba del suelo y le abría las piernas con su cuerpo—. Desabrocha mis pantalones… Déjame salir…

Mientras el cuerpo de Phury despedía el fuerte olor de los machos enamorados, Cormia liberó su pene y se deslizó sobre él con un movimiento sencillo pero poderoso.

Luego dejó caer la cabeza hacia atrás, mientras él la movía hacia arriba y hacia abajo, y bebía su sangre, en una hazaña de coordinación que no le demandó ningún esfuerzo.

Tan pronto sus colmillos rasgaron la dulce piel de Cormia, ella apretó los brazos sobre sus hombros y agarró con fuerza su camisa entre los puños.

—Te amo…

Durante una fracción de segundo, Phury se quedó paralizado al experimentar la nitidez del momento que estaba viviendo: desde la conciencia del peso de ella sobre sus manos, pasando por la sensación de la vagina de Cormia alrededor de su sexo y la garganta de ella contra su boca, hasta el olor que despedían los dos al llegar al orgasmo y el aroma del bosque y el aire trasparente. Phury tuvo conciencia del equilibrio perfecto que formaban su pierna y la prótesis y sintió con claridad la forma en que la tela de la camisa se tensaba sobre sus brazos debido a que Cormia tiraba de ella. Sintió las palpitaciones del pecho de Cormia contra el suyo, el flujo de su sangre y la de ella y la forma en que se iba acumulando la tensión erótica.

Pero, sobre todo, experimentó la sensación de unión que brotaba del amor que se tenían el uno al otro.

No podía recordar haber tenido nunca una sensación tan real, tan vívida.

Era el premio de la recuperación, pensó. La capacidad de vivir plenamente ese momento con la hembra que amaba y estar totalmente consciente, presente y alerta. Sin que sus sentidos estuviesen perturbados por ninguna sustancia.

Entonces pensó en Jonathon y en la reunión, y en lo que éste había dicho: «Lo único que supera las ganas de drogarme es el deseo de estar donde estoy esta noche».

Sí. Maldita sea... sí.

Así que Phury comenzó a moverse de nuevo, jadeante y sobreexcitado, a veces dando y otras veces tomando, mientras sentía que, al tiempo que los dos llegaban juntos al orgasmo, la vida hervía dentro de él... y se sentía vivir de verdad.

Xhex salió del club a las cuatro y doce minutos de la mañana. El personal de limpieza estaba dedicado a su tarea de aspirar, frotar y dejar todo limpio y reluciente, luego se encargarían de cerrar las puertas y ella había dejado todo dispuesto para que las alarmas se activaran automáticamente a las ocho en punto. Las cajas registradoras estaban vacías y la oficina de Rehvenge no sólo estaba cerrada con llave, sino que era impenetrable.

Su Ducati estaba esperándola en el garaje privado donde dejaban el Bentley cuando Rehv no lo necesitaba. Sacó la moto negra, se montó mientras la puerta rodaba hasta cerrarse y la encendió con una patada.

Nunca usaba casco.

Siempre llevaba puestos sus pantalones de cuero y la chaqueta de motorista.

La motocicleta rugió entre sus piernas y, después de decidir tomar el camino largo, comenzó a zigzaguear por la maraña de calles de un solo sentido del centro, hasta tomar la carretera que llevaba hacia el norte. Iba a más de cien kilómetros por hora cuando pasó frente a una patrulla de la policía estacionada debajo de unos pinos, en la franja central de la carretera.

Xhex nunca encendía las luces.

Lo cual explicaba por qué el policía no había salido a perseguirla, en el supuesto de que ella hubiese activado el radar del control de velocidad y él no estuviese durmiendo detrás de su insignia: no se podía perseguir lo que no se veía.

Tenía dos casas en Caldwell: un apartamento situado en un sótano en el centro, para los días en que necesitaba tener privacidad, y una cabaña de dos habitaciones en un lugar apartado sobre el río Hudson.

El camino de tierra que llevaba hasta su casa frente al río ya no era más que un sendero apenas discernible, gracias a que ella había dejado crecer la maleza a lo largo de los últimos treinta años. Al final de ese bosque se encontraba una cabaña de pescadores construida en los años veinte, en una parcela de tres hectáreas. Sólida pero sin gracia, la cabaña tenía un garaje independiente situado a la derecha y eso había sido un importante valor añadido a la hora de comprar la propiedad. Ella era la clase de hembra a la que le gustaba rodearse de pólvora; y almacenar la munición fuera de la casa reducía las posibilidades de salir volando mientras dormía.

Guardó la moto en el garaje y se encaminó a la casa.

Al entrar por la cocina, pensó que le encantaba el olor del lugar: la combinación del aroma de los viejos tablones de pino del techo, las paredes y el suelo, con el dulce olor a cedro de los armarios que habían sido construidos para guardar los aparejos.

Xhex no tenía ningún sistema de seguridad. No creía en ellos.

Se tenía a sí misma. Y eso siempre había sido suficiente.

Después de tomarse una taza de café instantáneo, fue a su habitación y se quitó la ropa de cuero. Vestida sólo con su sostén deportivo negro y las bragas, se acostó en el suelo y empezó a hacer su ejercicio.

Aunque era muy fuerte, siempre necesitaba unos instantes de preparación.

Cuando estuvo lista, se llevó las manos a los muslos, hacia las bandas metálicas con púas que se clavaba en la piel y los músculos. Los pasadores de los cilicios se soltaron con un suave estallido y Xhex gimió cuando la sangre empezó a manar de las heridas. Con la visión borrosa, se encogió hacia un lado, al tiempo que respiraba por la boca.

Ésa era la única manera en que podía controlar su naturaleza symphath. El dolor era su manera de automedicarse.

A medida que la piel se le llenaba de sangre y el sistema nervioso de su cuerpo se estabilizaba, sintió un hormigueo que le recorría todo el cuerpo. Ella lo veía como la recompensa por su fortaleza, por ser capaz de mantener el control. Seguramente era una reacción química, una descarga normal de endorfinas que corrían por sus venas, pero había algo mágico en esa sensación espasmódica e intensa.

Era en esas ocasiones cuando se sentía tentada a comprar algunos muebles para adornar el sitio, pero el impulso era fácil de resistir, pues el suelo de madera era más fácil de limpiar.

Cuando su respiración comenzaba a regularizarse, al igual que el ritmo de su corazón, y su cerebro empezaba a funcionar otra vez, algo cruzó por su mente; algo que frustró todo el proceso hacia la estabilización.

John Matthew.

John Matthew… ese maldito desgraciado. Por el amor de Dios, tenía como… ¿Doce años? ¿En qué diablos estaba pensando al tratar de seducirla?

Xhex volvió a ver la imagen de John Matthew, iluminado por las luces del baño, con su cara de guerrero, ya no de niño, y ese cuerpo de macho capaz de brindar satisfacción, y no el de aquel adolescente tímido con problemas de autoestima.

Entonces se estiró hacia un lado, acercó sus pantalones de cuero y sacó la toalla de papel que le había dado. La desdobló y leyó lo que él había escrito.

«Pronuncia mi nombre. El orgasmo será mejor».

Xhex gruñó y arrugó el maldito papel, mientras sentía deseos de levantarse y quemarlo.

Pero en lugar de eso deslizó hacia abajo la mano que tenía libre y se la metió entre las piernas.

Cuando el sol salió y la luz entró a la habitación, Xhex se imaginó a John Matthew acostado de espaldas debajo de ella, embistiéndola con lo que ella había visto dentro de sus vaqueros para satisfacer sus deseos de amazona…

No podía creer que estuviera teniendo esa fantasía, lo odiaba por eso y, de haber podido, habría cortado con esa mierda de inmediato.

Pero en lugar de eso pronunció el nombre de John Matthew.

Dos veces.

56

La Virgen Escribana tenía tendencia a ser muy dominante. Lo cual no es malo cuando eres una diosa que ha creado todo un mundo dentro del mundo, una historia dentro de la historia del universo.

En realidad no era un defecto.

Incluso tal vez fuera una virtud... pero hasta cierto punto.

La Virgen Escribana flotó hasta el santuario sellado que tenía en sus aposentos privados y abrió las puertas dobles con el pensamiento. Una neblina densa brotó de la habitación recién abierta, meciéndose como un trozo de satén a merced del viento. Cuando la condensación del ambiente cedió, su hija Payne apareció ante sus ojos, con el poderoso cuerpo inanimado suspendido en el aire.

Payne se parecía mucho a su padre: agresiva, calculadora y poderosa.

Peligrosa.

No había lugar entre las Elegidas para una hembra como Payne. Y tampoco en el mundo vampiro. Así que cuando concluyó su último acto de creación, la Virgen Escribana decidió aislar allí a la hija que no encajaba en ninguna parte, para seguridad de todos.

Ten fe en tu creación.

Las palabras del Gran Padre habían quedado resonando en su cabeza desde el momento en que las pronunció. Y ellas dejaban al descubierto una verdad que había estado escondida en las profundidades de los pensamientos y temores más íntimos de la Virgen Escribana.

La vida de los machos y las hembras que ella había creado a partir de la biología y a través del don único de su voluntad no se podían almacenar en secciones distintas, como si fueran libros de la biblioteca del santuario. El orden era algo atractivo, ciertamente, pues conllevaba seguridad y protección. Pero la naturaleza, y más la naturaleza de los seres vivos, era desordenada e imprevisible y no se podía limitar.

Ten fe en tu creación.

La Virgen Escribana podía ver muchas cosas en el futuro, legiones enteras de triunfos y tragedias, pero eso sólo eran granos de arena en medio de una playa inmensa. No podía ver la totalidad del destino, pues en la medida en que el futuro de la raza que ella había creado estaba demasiado ligado a su propio destino, el triunfo o la desaparición de su gente quedaban fuera de su alcance.

La única totalidad que podía ver era el presente y el Gran Padre tenía razón. Sus amados hijos no estaban prosperando y, si las cosas seguían como iban, pronto no quedaría nada de ellos.

El cambio era la única esperanza hacia el futuro.

La Virgen Escribana se quitó la capucha negra de la cabeza y la dejó caer a sus espaldas. Extendió la mano y le envió a su hija un caluroso torrente de moléculas que atravesaron el aire.

Los ojos diamantinos de Payne, tan parecidos a los de su hermano gemelo Vishous, se abrieron súbitamente.

—Hija —dijo la Virgen Escribana, y no se sorprendió al oír la respuesta.

—Vete a la mierda.

Más de un mes después, Cormia se despertó de la misma forma en que ya se estaba acostumbrando a recibir la caída de la noche: apretada contra el cuerpo de Phury, mientras él le hacía presión con las caderas y parecía saludarla con una erección tan dura como la piedra. Probablemente seguía dormido, pero Cormia sonrió cuando se dio la vuelta y se acostó boca abajo para hacerle sitio, pues ya sabía cuál sería su respuesta. Sí, en un segundo Phury estaba sobre ella, cubriéndola como una manta tibia y envolvente con el peso de su cuerpo, y…

Cormia gimió cuando él la penetró.

—Mmm —le dijo Phury al oído—. Buenas noches, shellan.

La hembra sonrió y arqueó un poco la espalda para que él pudiera entrar aún más.

—Hellren mío, ¿cómo te encuentras hoy?

Los dos gimieron cuando él la embistió con más fuerza y el poder de su estocada llegó hasta el centro mismo del cuerpo de Cormia. Mientras la montaba de manera lenta y dulce, haciéndole caricias con la nariz en la nuca y mordisqueándole la piel con los colmillos, se agarraron de las manos y entrelazaron los dedos.

Todavía no se habían comprometido oficialmente, pues habían tenido mucho que hacer con las Elegidas que querían ver cómo era este mundo. Pero siempre estaban juntos y Cormia no podía entender cómo habían sido capaces de vivir separados hasta ahora.

Bueno… sólo había una noche a la semana en que se separaban por un rato. Todos los martes, Phury asistía a las reuniones del grupo de Adictos Anónimos.

Abandonar el humo rojo no había sido fácil para él. Todavía había ocasiones en las que se ponía tenso y la visión se le volvía borrosa, o en que tenía que hacer un esfuerzo enorme por no irritarse por contrariedades menores. Había tenido sudores diurnos durante las dos primeras semanas, y aunque la comezón estaba cediendo, todavía había periodos en que tenía la piel extremadamente sensible.

Sin embargo, no había tenido ninguna recaída. Cualquiera que fuese la gravedad de la crisis, no había cedido a la tentación. Y tampoco estaba bebiendo alcohol.

Habían estado teniendo mucho sexo, eso sí. Lo cual a ella le parecía genial.

Phury se retiró y la acostó de espaldas. Después de volverse a acomodar dentro de su sexo, la besó apasionadamente, mientras le acariciaba los senos y estimulaba sus pezones con los dedos. Luego Cormia arqueó el cuerpo para deslizar las manos hacia abajo y, cuando tuvo la erección de Phury entre sus manos, comenzó a acariciarla tal y como a él le gustaba, de la base a la punta, de la base a la punta.

En ese momento se oyó un pitido que provenía del teléfono móvil que estaba sobre la mesita de noche, pero los dos hicieron caso omiso del ruido y ella sonrió mientras volvía a meterlo dentro de su vagina. Cuando volvieron a ser uno, la tormenta de fuego estalló y los envolvió, intensificando su ritmo. Así que Cormia se aferró a los hombros ondulantes de su amado y, al tiempo que imitaba sus movimientos, sintió que él la arrastraba hacia las alturas y los dos salían volando.

Después de pasado el arrebato, Cormia abrió los ojos y se encontró con esa cálida mirada amarilla que la hizo resplandecer desde el fondo de su ser.

—Me encanta despertar —dijo él y la besó en la boca.

—A mí también…

Mientras estaban en eso, se disparó la alarma de incendios que había en la escalera y que tenía un pitido tan estridente que te hacía desear ser sordo.

Phury soltó una carcajada y se bajó de encima de Cormia, mientras la apretaba contra su pecho.

—Cinco… cuatro… tres… dos…

—¡Peeeeerdóooooonnn! —gritó Layla desde el pie de las escaleras.

—¿Qué fue esta vez, Elegida? —le respondió Phury.

—Huevos revueltos —gritó ella.

Phury sacudió la cabeza y le dijo a Cormia en voz baja:

—Curioso, yo pensé que habían sido las tostadas.

—Imposible. Ayer se cargó la tostadora.

—¿De veras?

Cormia asintió con la cabeza.

—Trató de calentar un pedazo de pizza en la tostadora. Y ya te imaginarás lo que pasó con el queso.

—¿Quedó por todas partes?

—Por todas partes.

Entonces Phury gritó:

—Está bien, Layla. Puedes lavar la sartén y volver a intentarlo.

—No creo que la sartén se pueda usar más —fue la respuesta.

—No pienso preguntar por qué —dijo primero en voz baja y luego subió la voz y agregó—: ¿Pero no es de metal?

—Debería.

—Será mejor que vaya a ayudarle. —Cormia se enderezó y gritó—: ¡Ya bajo a ayudarte, hermana mía! Dame dos segundos.

Phury la atrajo para darle un beso y luego la dejó ir. Cormia se dio una ducha rápida, como un rayo, y salió vestida con unos pantalones anchos y una de las camisas Gucci de Phury.

Tal vez se debía a todos aquellos años usando túnicas, pero la verdad era que no le gustaba la ropa apretada. Lo cual le venía bien a su hellren, pues le encantaba que ella se pusiera su ropa.

—Ese color te sienta muy bien —dijo Phury, mientras la observaba peinándose.

—¿Te gusta el lavanda? —dijo Cormia e hizo un pequeño giro que hizo que los ojos de Phury relampaguearan con un resplandor amarillo.

—Ah, sí. Me gusta. Ven aquí, Elegida.

Cormia se puso las manos en las caderas y en ese momento empezó a sonar el piano en el primer piso. Escalas. Lo cual significaba que Selena acababa de levantarse.

—Tengo que bajar antes de que Layla queme la casa.

Phury sonrió de la manera que siempre lo hacía cuando se la estaba imaginando completamente desnuda.

—Ven aquí, Elegida.

—¿Qué tal si bajo y regreso con algo de comer?

Phury tuvo la audacia de quitarse las sábanas de encima y apoyar la mano sobre su pene duro.

—Sólo tú puedes saciar mi hambre.

Una aspiradora se unió al coro de ruidos que provenían del primer piso, con lo que quedó claro quién más se había levantado. Amalya y Pheonia echaban a suertes diariamente quién podía usar la aspiradora. Y tanto si las alfombras de la casa de campo de Rehvenge lo necesitaban como si no, siempre las aspiraban.

—Dame dos segundos —dijo Cormia, a sabiendas de que si se dejaba alcanzar por las manos de Phury, empezarían a hacer el amor otra vez—. Y luego regresaré y podrás darme de comer en la boca, ¿qué te parece?

Phury se estremeció de la cabeza a los pies y entornó los ojos.

—Ah, sí. Eso… Ah, sí, eso suena muy bien.

El teléfono volvió a pitar para recordarle que tenía un mensaje y Phury estiró la mano hasta la mesilla de noche y dejó escapar un gruñido.

—Está bien, vete ya, antes de que no te deje salir de aquí durante un buen rato.

Cormia soltó una carcajada y se dirigió a la puerta.

—Por… Dios santo.

Cormia dio media vuelta.

—¿Qué sucede?

Phury se sentó lentamente en la cama, sosteniendo el móvil como si costara más de los cuatrocientos dólares que había pagado por él la semana anterior.

—¿Phury?

Phury le dio media vuelta al móvil y le enseñó la pantalla.

Era un mensaje de Zsadist: «Ha sido niña, hace dos horas. Nalla. Espero que estés bien. Z».

Cormia se mordió el labio y le puso una mano en el hombro con suavidad.

—Deberías volver a la casa. Deberías ir a verlo. Ir a verlos.

Phury tragó saliva.

—Sí. Aunque no lo sé. No quiero regresar allí… Creo que tal vez eso es lo mejor. Wrath y yo podemos hablar de nuestras cosas por teléfono y… no. Mejor no voy.

—¿Vas a responder el mensaje?

—Sí. —Phury se cubrió con la sábana, pero sólo se quedó contemplando el teléfono, sin moverse.

Después de un momento, ella dijo:

—¿Quieres que lo haga por ti?

Phury asintió.

—Por favor. Hazlo en nombre de los dos, ¿vale?

Cormia le dio un beso en la cabeza y escribió:

«Bendiciones para ti, para tu shellan y para tu hija. Estamos contigo en espíritu. Con cariño, Phury y Cormia».

***

A la noche siguiente, Phury tuvo la tentación de no ir a la reunión de Adictos Anónimos. Estuvo muy tentado.

Al final no supo con certeza qué fue lo que lo decidió a ir. Ni siquiera se dio cuenta de cómo llegó allí.

Lo único que quería era fumarse un porro para no sentir el dolor. Pero ¿cómo era posible que estuviera sufriendo? Después de todo lo que había sucedido, uno se imaginaría que debería sentirse aliviado y feliz por el hecho de que la hija de su gemelo hubiese venido al mundo sana y salva, que Z se hubiese convertido en padre, que Bella hubiese sobrevivido al parto y que la recién nacida estuviera bien… Todo eso debía ser motivo de alegría, ya que era exactamente lo que él y todos los demás habían estado esperando y por lo que habían estado rezando.

No cabía duda de que él debía ser el único que se sentía amargado por todo eso. El resto de los hermanos debían estar ocupados brindando por Z y su nueva hija y mimando a Bella. Las celebraciones durarían varias semanas y Fritz debía estar extasiado con todos los preparativos para las comidas y las ceremonias especiales.

Phury se lo podía imaginar. La magnífica entrada de la mansión debía estar adornada con cintas de color verde brillante, el color del linaje de Z, y púrpura, el de Bella. De cada puerta de la casa, incluso de las de los armarios y gabinetes, colgaría una corona de flores para simbolizar que Nalla había pasado a este lado. Y las chimeneas permanecerían encendidas durante varios días, quemando leños dulces, unos trozos de madera especialmente tratada que se consumían lentamente y cuyas llamas rojas simbolizarían la sangre nueva que acababa de llegar al mundo.

Al comienzo de la vigésima cuarta hora del nacimiento, cada persona de la casa les llevaría a los orgullosos padres un inmenso lazo de cinta con los colores de su familia. Los lazos serían colgados de la cuna de Nalla, como señal del compromiso de velar por ella a lo largo de su vida. Y al final de esa hora, el lugar donde reposaba su preciosa cabeza sería cubierto con una cascada de lazos de satén, cuyas largas puntas llegarían hasta el suelo simbolizando un río de amor.

Nalla recibiría joyas de incalculable valor y su cuerpecito estaría envuelto en terciopelo mientras todos la alzaban con delicadeza. Sería vista como el milagro que era y su nacimiento sería un eterno motivo de regocijo para los corazones de aquellos que habían esperado su llegada con esperanza y temor.

Sí... Phury no sabía qué fue lo que lo impulsó a llegar al centro comunitario esa noche. Y no entendía cómo había atravesado esas puertas y bajado hasta el sótano. Ni sabía qué lo había inducido a quedarse.

Pero al regresar a la casa de Rehvenge, sí sabía que no podía entrar.

En lugar de eso se sentó en la terraza posterior, en una mecedora de mimbre, bajo las estrellas. No estaba pensando en nada en especial. Pero al mismo tiempo estaba pensando en todo.

En algún momento apareció Cormia y le puso una mano sobre el hombro, como hacía siempre que sentía que él estaba sumido en sus pensamientos. Phury le besó la palma de la mano y luego ella le dio un beso en la boca y volvió a entrar, probablemente a seguir trabajando en los planos del nuevo club de Rehv.

La noche estaba tranquila y fría. De vez en cuando llegaba una ráfaga de viento que sacudía las copas de los árboles y las hojas otoñales crujían con un sonido arrullador, como si estuvieran disfrutando de la atención del viento.

Detrás de él, en la casa, Phury podía sentir el futuro. Las Elegidas estaban abriendo sus brazos hacia este mundo, aprendiendo cosas sobre ellas y sobre este lado. Estaba muy orgulloso de ellas y se veía como el Gran Padre tradicional, en el sentido de que estaba dispuesto a hacer cualquier cosa por cualquiera de ellas y a matar para protegerlas.

Pero se trataba de un amor paternal, pues su amor de macho estaba dirigido exclusivamente a Cormia.

Phury se frotó el centro del pecho y dejó que las horas pasaran, a su propio ritmo, mientras el viento soplaba. La luna alcanzó la cima del cielo y comenzó su descenso. Alguien puso ópera dentro de la casa. Alguien más la cambió por un hip-hop, gracias a Dios. Alguien abrió una ducha. Alguien estaba pasando la aspiradora. Otra vez.

Tal era la vida, en toda su prosaica majestad.

Y no podías disfrutar de ella si la pasabas metido en la penumbra… ya fuera literalmente o de forma metafórica, porque estabas atrapado en la oscuridad del mundo de un adicto.

Phury estiró la mano y se tocó la prótesis. Si había logrado llegar hasta aquí con una sola pierna, podría vivir el resto de la vida sin su gemelo y sin sus hermanos… Sí, también podría hacerlo. Tenía muchas cosas que agradecer y eso debía ser suficiente compensación.

Tal vez no siempre se sintiera tan vacío.

Alguien en la casa volvió a poner ópera.

Mierda. Esta vez era Puccini.

Che gelida manina.

De todas las opciones posibles, ¿por qué alguien tendría que elegir precisamente el solo que le hacía sentirse peor? Dios, no escuchaba *La Bohème* desde… Bueno, parecía que hacía siglos que no la escuchaba. Y el sonido de eso que había amado tanto le oprimió las costillas hasta que sintió que le faltaba el aire.

Phury se agarró de los brazos de la silla y comenzó a levantarse. Sencillamente, no se sentía capaz de escuchar esa voz de tenor. Esa gloriosa voz le recordaba tanto a…

En ese momento, Zsadist apareció en el borde del bosque, y estaba cantando.

Estaba cantando… Lo que Phury estaba escuchando no era un CD que venía de la casa, era la voz de tenor de su hermano.

La voz de Z navegaba perfectamente afinada por los altos y bajos del aria, mientras se acercaba por el césped al ritmo de cada palabra. El viento se convirtió en su orquesta, y comenzó a llevar los espectaculares sonidos que salían de su boca hacia los árboles y las montañas, elevándolos luego al cielo, el único lugar de donde podía haber salido ese maravilloso talento.

Phury se puso de pie como si lo que lo hubiese levantado de la silla fuera la voz de su gemelo y no sus propias piernas. Éste era el agradecimiento que había quedado pendiente. Ésta era su forma de expresar su gratitud por haberlo rescatado y por la vida que estaba llevando. Eran las emociones de un padre maravillado, al que le faltaban las palabras para expresarle a su hermano todo lo que sentía, y que necesitaba la música para mostrar, aunque sólo fuera una parte de todo lo que quería decir.

—Joder… Z —susurró Phury en medio de ese glorioso momento.

Cuando el solo alcanzó el punto culminante, y las emociones vibraron con mayor potencia, todos los miembros de la Hermandad fueron apareciendo uno por uno en medio de la noche. Wrath, Rhage, Butch, Vishous. Iban vestidos con las capas ceremoniales blancas que debían usar para honrar la vigésimo cuarta hora del nacimiento de Nalla.

Zsadist cantó la última nota del aria cuando estaba frente a Phury. Y cuando la última línea, *vi piaccia dir*, se desvaneció en el infinito, levantó la mano: ondeando en medio del viento nocturno había un inmenso lazo hecho con cintas verdes y doradas.

Cormia vino a situarse junto a Phury en el momento oportuno, pues su brazo alrededor de la cintura fue lo que lo mantuvo en pie.

En Lengua Antigua, Zsadist dijo:

—¿Tendríais la bondad de honrar a mi hija recién nacida con los colores de vuestros respectivos linajes y el amor de vuestros corazones? —Luego se inclinó ante ellos y les ofreció el lazo.

Al tomar el lazo, Phury dijo con voz ronca:

—Será el mayor honor de nuestra vida brindarle nuestros colores a tu hija recién nacida.

Cuando Z se incorporó, fue imposible decir quién fue el primero en acercarse.

Lo más probable es que lo hicieran a la vez.

Ninguno de los dos dijo nada mientras se abrazaban. A veces las palabras no son suficientes, pues los recipientes de las letras y el cucharón de la gramática no siempre pueden contener los sentimientos del corazón.

La Hermandad comenzó a aplaudir.

En cierto momento, Phury estiró el brazo y agarró la mano de Cormia para acercarla a él.

Luego se echó hacia atrás y miró a su gemelo.

—Y, dime, ¿tiene los ojos amarillos?

Z sonrió y asintió.

—Sí, tiene ojos amarillos. Bella dice que se parece a mí… lo que significa que se parece a ti. Ven a conocer a mi hija, hermano mío. Regresa a conocer a tu sobrina. Todavía hay un enorme espacio vacío en su cuna y necesitamos que vosotros dos lo llenéis.

Phury abrazó a Cormia y sintió que ella le acariciaba el centro del pecho. Entonces respiró hondo y dijo:

—Es mi ópera preferida y mi solo favorito.

—Lo sé. —Z le sonrió a Cormia y repitió los dos primeros versos—: *Che gelida manina, se la lasci riscaldar.* Y ahora tienes una maravillosa criatura que calentar.

—Lo mismo se puede decir de ti, hermano mío.

—Muy cierto. Maravillosamente cierto —dijo Z y de pronto se puso serio—. Por favor… ven a verla a ella, pero también ven a vernos a nosotros. Los hermanos te echamos de menos. Yo te echo de menos.

Phury entornó los ojos y de pronto lo entendió.

—Fuiste tú, ¿no es verdad? Fuiste al centro comunitario y me observaste cuando me senté en ese columpio después.

—Estoy tan orgulloso de ti —dijo Z con voz ronca.

—Yo también —agregó Cormia.

Qué momento tan perfecto, pensó Phury. Era un momento absolutamente perfecto: estaba frente a su gemelo, tenía a su shellan a su lado y el hechicero no parecía estar por ninguna parte.

Era un momento tan perfecto que Phury supo que lo iba a recordar el resto de sus días, con la misma nitidez y emoción con que lo estaba viviendo.

Phury besó la frente de su shellan y la abrazó con fuerza para darle las gracias. Luego sonrió a Z.

—Será un placer. Iremos a visitar a Nalla y nos acercaremos a su cuna con alegría y reverencia.

—¿Y las cintas?

Phury bajó la vista hacia el lazo verde y dorado, las hermosas cintas entrelazadas que simbolizaban la unión de Cormia y él. De repente ella lo apretó entre sus brazos, como si estuviera pensando exactamente lo mismo que él:

Que los dos combinaban a la perfección.

—Sí, hermano mío. Claro que iremos con nuestras cintas —dijo Phury y miró a Cormia a los ojos—. Y ¿sabes una cosa? Si tenemos tiempo para una ceremonia de apareamiento, eso sería genial porque…

Los gritos y los silbidos y las palmadas en la espalda de la Hermandad interrumpieron la frase. Pero Cormia percibió lo esencial. Y Phury nunca había visto a una hembra que sonriera de una manera tan hermosa y completa como sonrió Cormia cuando levantó la mirada hacia él.

Así que seguramente debió entender lo que quería decirle.

No siempre había necesidad de decir «te amo para siempre» para hacerse entender.